Dariush Gilani

English and Persian Dictionary

Dariush Gilani

English and Persian Dictionary

ISBN/EAN: 9783743316195

Manufactured in Europe, USA, Canada, Australia, Japa

Cover: Foto ©Andreas Hilbeck / pixelio.de

Manufactured and distributed by brebook publishing software
(www.brebook.com)

Dariush Gilani

English and Persian Dictionary

WORKS BY S. B. DOCTOR.

———◆———

ENGLISH AND PERSIAN DICTIONARY,

BY

SORABSHAW BYRAMJI DOCTOR,

PERSIAN TEACHER, SURAT HIGH SCHOOL.

AUTHOR OF "THE STUDENT'S PERSIAN AND ENGLISH DICTIONARY,"
"PERSIAN PRIMER," "SECOND BOOK OF PERSIAN," &c.

~~~~~~~

نگاهت بیفتد اگر بر خطا ۔   تو آنرا بپوشان ز لطف و عطا ۔
تو بر من مگیر آهوای ذیخرد ۔   که خالی نباشد بشر از خطا ۔

———•———

SURAT:
Printed at the Irish Presbyterian Mission Press
By W. Raymond.

——

1882.

TO

HIS EXCELLENCY
THE RIGHT HONORABLE
SIR JAMES FERGUSSON, BART., K. C. M. G., C. I. E.,

GOVERNOR OF BOMBAY

THIS

ENGLISH - PERSIAN DICTIONARY

IS

BY PERMISSION
RESPECTFULLY DEDICATED IN
HUMBLE TOKEN

OF

RESPECT AND ESTEEM

BY

His Excellency's Most Obedient Servant

THE COMPILER,

PREFACE.

THIS book, which has been brought out as a companion Volume to my Persian-English Dictionary, is intended to supply a long-felt and still growing want of Students of Persian, the study of which beautiful language has recently received a great impetus in the Bombay Presidency by its having been accepted as a Second Language in the higher University Examinations. The book has been prepared with great care, not only with a view to utility and suitableness, but also to lowness of price.

The compiler does not claim perfection for his book, but hopes that, if any errors have crept into it, they are such as may be easily pardoned. A lexicographer's task is in itself always difficult, but it is rendered much more difficult when he has to deal with a language like Persian, in which the Arabic element, with all its manifold intricacies predominates,—where a confusing similarity of sound prevails among a large number of the letters of the Alphabet and still greater confusion is caused by the identical form of a number of others which are distinguishable from each other only by the different dispositions of dots or points,—where the true pronunciation of words can only be learnt by long practice,— and where, consequently, it requires a keen eye, steady attention, and constant reading to attain to accuracy.

PREFACE.

In the choice of the Persian and Arabic equivalents of English words I have been as liberal as I could, consistently with the aim of my work. In the arrangement of the various meanings and equivalent expressions of the English words, I have endeavoured to be clear. I have explained the particular parts of speech in which the English words agree with the Persian and Arabic words which follow, and have made occasional references as regards the meanings of some words to other words of similar signification. The perplexity into which the student is thrown in selecting from among a group of words the one that will exactly fit in with the context has been, to a great extent, avoided by placing those words first which are of frequent occurrence in the language, and those of less frequent use towards the end, and by giving the various English equivalents of an English word, followed by the Persian equivalents, in case an English word bears more than one signification. As to the selection of words, I have given preference where I thought preference was due, and have rejected many words which appeared to have crept into large Dictionaries through inadvertance or mistake, or, which at least, are needless for practical purposes.

In compiling this work I have consulted some half-a-dozen Dictionaries of large size, to the learned authors of which my obligations are in this place due.

It is earnestly hoped, and not without a certain degree of confidence, that the form and character of the typography, the fulness of the matter, and the simplicity of its

THE STUDENT'S

ENGLISH AND PERSIAN DICTIONARY.

A.

A or An, considered as the article of unity, is expressed in Persian by ي subjoined to the noun; as مرد *man*, مردي *a man, a certain man.* But if the noun end in ه, it is common to note it by ء *hamza* subjoined, as فرشته angel, فرشتهٔ an angel.

A, in such expressions as *so much a yard, gone a hunting*, &c., may be translated by the particle في *in*, براي *for*, بعزم *for the purpose*, as پنج دينار في گز *five dinars a measure*, براي شكار رفته or بعزم شكار رفته *gone a hunting.*

Abandon, *v.* دست بردار شدن - گذاشتن - ترک کردن - هجر کردن - برطرف کردن.

Abandoned, *a.* (*forsaken*) ترک کرده شده - گذاشته - (*graceless*) بي پروا - بي شرم - بي آبرو - بي حرمت.

Abandonment, s. ترك - هجر - هجران - گذاشتگي .

Abase, v. ذليل كردن - بي قدر كردن - خوار ساختن -
سرفرو آوردن - حقير كردن - فضيحت نمودن .

Abasement, s. تذليل - بي قدري - حقارت - فضيحت .

Abate, v. (make less) كم كردن - ناقص نمودن - كاستن -
تخفيف ساختن - (to become less) كم شدن - كميدن .

Abatement, s. كاست - نقصان - كمي .

Abbey, s. خانقا - دايره - زهبانان ءتكيه .

Abbot, s. صاحب الدّير - زهبان باشي .

Abbreviate, v. مختصر كردن - إختصار كردن - كوتاه كردن .

Abbreviation, s. إختصار - كوتاهي ... Abbreviation of
words, إختصارات .

Abdicate, v. ترك كردن ـ عزلت كردن To abdicate a
throne, ترك خلافت كردن .

Abdication, s. ترك ـ عزلت ـ إعتدال .

Abdomen, s. شكم ـ نهيگاه .

Abet, v. مدد دادن - ياري كردن - پشتي كردن .

Abetment, s. مدد ـ دست گيري ـ مددگاري . [كردن .

Abhor, v. كراهيت كردن - نفرت نمودن - نفرت - إستكراه .

Abhorrence, s. كره ـ نفرين ـ نفرت - إستكراه .

Abide, v. مكان كردن ـ ماندن ـ ساكن شدن . To abide
by one's word or agreement, برقول خود ثابت بودن .
To abide by a promise, بر واعده وفادار شدن .

Ability, s. (power) طاقت ـ قدرت ـ تاب . Abilities

(*faculties of mind*) عقل - فراست - خاطر - جان - مثال .
Abject, *a.* ذليل - حقير - كميند - فرومايه - ناكس - دون - حقير .
Abjectness, *s.* تذليل - ذلالت - ناقصي .
Abjuration, *s.* برگشتگي - ارتداد - انحراف .
Abjure, *v.* ارتداد كردن - انحراف كردن .
Able, *a.* (*skilful*) قابل - لايق - دان - واقف - (*strong*) قوي - استوار - توانا - محكم .
Able, to be, *v.* قابل شدن - توانستن - قابليت داشتن .
Ablution, *s.* غسل - شستگي - اغتسال - وضو .
Aboard, *ad.* برجهاز سوار . To go aboard, بجهاز در رفتن To come aboard, بكشتي در آمدن .
Abode, *s.* مكان - خانه - بيت - منزل - مسكن (*pl.* مساكن).
Abolish, *v.* موقوف كردن - منسوخ كردن - محوكردن - ناپود كردن - باطل كردن .
Abolition, *s.* موقوفي - محو - نسخ .
Abominable, *a.* مكروه - كريه - مستكره .
Abominate, *v.* [See Abhor.]
Abomination, *s.* مكروهت - نفرت - نفرين .
Abortion, *s.* اسقاط - اسقاط حمل .
Abortive, *a.* بي وقت پيدا - باطل - بي فايده .
Abound, *v.* كثير شدن - وافر شدن - بسيار بودن .
About, *pr.* (*around*) گرد - درحوالي - پيرامن - دور -
Above, *pr.* (*over head*) بالا - علي - فوق - (*upon*) بر - (*upwards*) زبر - بام - فراز - (*high*) بلند - عالي - (*above-*

mentioned) مزبور - مذكور - مشاراليه (near) قريب - نزد -
(concerning) درباب - بابت - ،من - في - از - بهر .
كردن [.]

Abreast, ad. پهلو پهلو - همكنار .

Abridge, v. كوتاه . كم كردن - اختصار كردن - مختصر كردن

Abridgment, s. قطع - مجمل - مختصر - اختصار .

Abroad, ad. بدر - بيرون - خارج . To come abroad,
بدر آمدن . To go abroad, بيرون رفتن - سفر كردن -
سياحت كردن .

Abrogate, v. برطرف نمودن - ردّ كردن - موقوف كردن .

Abrogation, s. ابطال - نسخ - محو - موقوفي .

Abruptly, ad. يكايك ' - ناگاه - بانفصام - (without
ceremony) بي تكلّف .

Abscess, s. حباب .

Abscond, v. فرار شدن - مخفي شدن - ,پنهان شدن .

Absence, s. دوري - غيبت - غير حاضري .

Absent, a. غافل - غير حاضر - To be absent (in mind)
بفكر غرق شدن . An absentee غايب .

Absolute, a. (despotic) كامران - مطلق . (complete) تمام -
كامل . Absolute power, حكم, مطلق - قدرت, مطلق .

Absolutely, ad. (despotically) قهرا"- با حكم . (perfectly)
كاملا" .

Absolve, v. عفو كردن - گناه بخشيدن - معاف كردن .

Absorb, v. نوشيدن - بلع كردن - خزيدن - جذب كردن .

Absorption, s. نغب - بلع - أوبار- جذب .

Abstain, v. (*to be temperate*) پرهیز کردن - پرهیختن -
اجتناب کردن (*to shun*) - (*to cause to*
abstain) باز داشتن .

Abstemious, *a.* زاهد - پارسا - پرهیزگار .

Abstinence, *s.* إمتناع - إحتراز - إجتناب - پرهیزگاري .

Abstract, *s.* إنتخاب - لب , لباب - اجمال .

Abstract, *v.* (*take away*) - إنتخاب کردن - إختصار کردن -
برداشتن - معل گرفتن .

Abstraction, *s.* تصوّر - خور - جدائي .

Abstruse, *a.* دقیق - باریك - پوشیده - سخت - مشکل .

Absurd, *a.* غیرمناسب - نامعقول - بیهوده - بی جا - بی معني .

Absurdity, *s.* نا سازکاري - عَبَت - بی وقوفي .

Abundance, *s.* افزوني - ,زیادتي - کثرت - ,بسیاري .

Abundant, *a.* فراوان - بی 'شمار - ,بسیار .

Abuse, v. (*to vilify*) بد 'سلوکي - 'دشنام دادن - بدنام دادن -
(*to*) - بد إستعمال کردن (*To make an ill use of*) - کردن
ridicule) فریب دادن (*to deceive*) - مسخري کردن .

Abuse, *s.* (*rude reproach*) دشنام' - (*ridicule*) مسخري .

Abusive, *a.* زبان دراز - بد زبان .

Abyss, *s.* غار - ورطه - (*a bottomless pit*) جاي بي تَ .

Academy, *s.* درس خانه - مکتب - مدرسه .

Accede, v. (*to consent to*) قبول کردن - راضي شدن .
To accede to a throne, جلوس کردن - (*to approach*)
نزدیك آمدن . To accede to a treaty or alliance,
با عهد راضي شدن .

Accelerate, *v.* (*to be added*) شتابانيدن - زياد شدن - تعجيل دادن .

Accent, *s.* حركت - اعراب .

Accent, *v.* (*to accent properly*) تلفّظ كردن .

Accept, *v.* قبول كردن - پذيرفتن - اجابت كردن .

Acceptable, *a.* پسنديده - خوش - معقول - مقبول .

Acceptation, *s.* قبول - سخن , معني .

Access, *s.* قرب - نزديكي . To have access, تقرب يافتن - دخول داشتن - Easy of access, آسان دخولي - (*addition*) زياده - افزوني .

Accessary, *s.* رفيق - جريم - همگناه .

Accession, *s.* (*to a throne*) جلوس - مسند نشيني .

Accidence, *s.* صرف .

Accident, *s.* اتّفاق - سرگذشت - ماجرا - نوبت - حادثه - زخم - قضا .

Accidental, *a.* ناگهاني - عارضي .

Acclamation, *s.* شاباشي - آوازِ بلند .

Acclivity, *s.* فرازِ كوه .

Accommodate, *v.* (*to adapt*) موافِق كردن - مطابِق كردن - (*to entertain*) مهماني كردن , - (*to reconcile*) ميل كردن - دشمني با محبت مايل شدن .

Accommodation, *s.* (*fitness*) موافقت - مناسبت - (*reconciliation*) خشنودي - اِتّفاق - (*entertainment*) مهماني , .

Accompany, *v.* همراه شدن - صحبت كردن - رفاقت ساختن

Accomplice, *s.* رفيق - شريك .

Accomplish, *v.* انتظام آوردن - پرداختن - تمام کردن .

Accomplished, *a.* (*completed*) کامل - پرداخته - accomplished (*in mind or person*) صاحب ادب - اهل فضل وهنر .

Accomplishment, *s.* فضل - قابلیت - هنر - تمامي .

Accord, *v.* اتّفاق کردن - یکسان شدن - مطابق شدن .

Accordance, *s.* وفاق - اتّحاد - اتّفاق - مطابقت .

According, *pr.* موافق - مطابق - حسب - بموجب - به - چون - بقدر که - همچنین .

Accost, *v.* مخاطب شدن - سلام کردن .

Account, *s.* شمار - حساب - اعداد . To settle accounts, حساب انفصال کردن - محاسبت کردن - The balance of an account, باقي حساب - An auditor of accounts, امین حساب . To keep accounts, حساب کردن . To rectify an account, تصحیح حساب کردن . To place to account, بحساب در آوردن . To take an account. حساب گرفتن - An account (*narrative*) قصّه - خبر - نقل - To give an account, نقل نمودن - Account (*value*) قیمت - بها . To make account of (*to esteem*) اعتبار کردن - التفات نمودن . Of no account, ناچیز - ناکس - Account (*sake*), بهر - باعث . On account of, از بهر آن - از براي - براي - بابت . On this account, از براي این . An account book, دفتر - روز نامه . Accounts (*arithmetic*), علم اعداد - علم حساب .

Accountable, *a.* محاسبه دار - جواب ده - واجب الجواب

Accoutre, *v.* آرایش نمودن - آماده شدن .
Accrue, *v.* حاصل شدن - فایده شدن .
Accumulate, *v.* چیدن - فراهم نمودن - جمع کردن .
Accumulation, *s.* تحصیل - مجموعیت - فراهم - جمع .
Accuracy, *s.* صحت - راستي - درستي .
Accurate, *a.* پرداخته - دقیق - صحیح - درست . To be accurate, سعي تمام نمودن - To make an accurate inquiry, تفحص کردن - جست وجو نمودن .
Accursed, *a.* کریه - مردود - مکروه - ملعون .
Accusation, *s.* شنع - تهمت - نالش - شکایت .
Accusative, *a.* صیغه مفعول .
Accuse, *v.* تهمت نمودن - شکایت کردن - ملامت زدن -
Accused, *a.* متهم - مذموم .
Accuser, *s.* مدعي - تهمت زن .
Accustom, *v.* آموختن - استعمال نمودن .
Ache, *s.* آزار - رنج - درد .
Ache, *v.* درد کردن - درد خوردن .
Achieve, *v.* پرداختن - عمل کردن - سر کردن .
Acid, *a.* ناقص - قاطع - ترش .
Acidulate, *v.* مضر کردن - ترش کردن .
Acknowledge, *v.* اعتراف نمودن - قبول کردن - اقرار کردن -
Acknowledgment, *s.* (*confession*) اعتراف - قبول - اقرار . (*gratitude*) شکران - وفاداري - (*concession*) اجازت - احسان
Acorn, *s.* مازود, راز - بلوط.
Acquaint, *v.* اخبار ساختن - خبر دادن - اطلاع دادن .

Acquaintance, *s.* (*knowledge*) شناسائي - معرفت - (*familiarity*) صحبت - دوستي .
Acquainted, *a.* واقف شده - آگاه - مطلع .
Acquiesce, *v.* راضي شدن - قبول كردن - قايل بودن .
Acquiescence, *s.* رضامندي - قبول - اطاعت .
Acquire, *v.* حاصل كردن - تحصيل نمودن - ورزيدن - اندوختن.
Acquisition, *s.* تحصيل - حاصل - حصول - فايده .
Acquit, *v.* (*to pardon*) معاف كردن - گناه بخشيدن - (*to set free*) آزاد كردن - خلاص كردن - (*to discharge a debt*) قرض ادا كردن. (*to do one's duty*) حق ادا كردن.
Acquittal, *s.* عفو - بي گناهي فتوي .
Acre, *s.* جرب - كري - قفيز .
Acrid, *a.* تيز - كژ - شور .
Acrimony, *s.* تيزي - درشتي - سختي - تندي .
Across, *s.* عبور - از سربسر - از اين تا آن جانب.
Act, *s.* كار - فعل - عمل - كردار - امر.
Act, *v.* عمل كردن - ساختن - نمودن . To act a play, تماشا كردن - نقل كردن .
Action, *s.* عمل - فعل - كردار - (*lawsuit*) مقدمه - جنگ .
Active, *a.* چالاك - تيز دست - چست - An active verb, فعل متعدي - فعل معروف - An active participle, اسم فاعل .
Activity, *s.* چالاكي - كارسازي - چستي .
Actor, *s.* (*agent*) كننده - سازنده. A stage player, نقال - تماشاگو .
Actual, *a.* حقيقي - في الحقيقت - يقيني - ذاتي .

Actually, *ad.* بالفعل - الحق .

Actuate, *v.* حركت دادن - اثر كردن - روان نمودن - برداشتن .

Acute, *a.* تيز - سخت - شديد - (*ingenious*) تيز فهم - عقل مند - تيز عقل .

Acuteness, *s.* تيزي - سختي - شدّت - تيز فهمي - زيركي .

Adamant, *s.* الماس - (*magnet*) آهن كش .

Adamantine, *a.* الماسي - سخت خوب .

Adapt, *v.* موافق كردن - منسوب كردن - نسبت دادن - پيوستن - توفيق كردن .

Adaptation, *s.* موافقت - نسبت - ترتيب .

Add, *v.* زياده كردن - جمل ساختن - افزودن - بهم آوردن .

Adder, *s.* افعي - حنفش .

Addict, *v.* بد كردار - مشغول شدن - To be addicted to evil, باده پرست شدن - To be addicted to wine, بودن .

Addition, *s.* افزايش - زياده - اضاف - (*in arithmetic*) جمل - ميزان .

Additional, *a.* زياده - جمل وار .

Address, *s.* (*salutation*) سلام - (*petition*) عرضي - قول - گفتار (*speech*) - هنر - عقل (*skill*) - درخواست (*courtship*) اخلاق - آداب . Address of a letter, سرنام .

Address, *v.* عرض كردن - خطاب كردن - گفتن .

Adept, *s.* استاد - كامل - هنرمند .

Adequate, *a.* مثل - مطابق - مانند - برابر - لايق - موافق .

Adhere, *v.* چسبيدن - پيوسته شدن - مواصلت شدن .

Adherence, s. دستگیر- تابع دار - رفیق .
Adherent, a. ملتصق - مقرون - پیوند -
Adhesion, s. قبول - رضا - پیوستگي .
Adieu, s. وداع - خدا حافظ - و السلام - سلام علیك - To bid adieu, الوداع گفتن -
Adjacent, s. متصل - نزدیك - قریب .
Adjective, s. صفت - (noun) اسم صفت .
Adjoin, v. متصل شدن - پیوستن .
Adjourn, v. موقوف کردن - تاخیر نمودن .
Adjudge, v. حکم کردن - فتوی دادن .
Adjunct, s. اضافت - الحاق - پیوندده چیز .
Adjuration, s. سوگند - قسم .
Adjure, v. سوگند دادن - قسم دادن .
Adjust, v. بندوبست - ترتیب کردن - نظم کردن - موافق کردن [ساختن .
Adjutant, s. نقیب - سردار لشکر .
Administer, v. فرمان فرمودن - حکم کردن - حکومت کردن . To administer justice, داد دادن - عدالت کردن . To administer an oath, سوگند دادن . To administer physic, علاج دادن - To administer as guardian, حفظ شدن - To administer as executor, وصي نمودن .
Administration, s. (government) حفاظت - حکومت ضبط - حراست . (executorship) کاروصي - (guardianship) حفظ - (distribution) توضیع .
Administrator, s. گماشته - وزیر - فرمان ده - حاکم .

Admirable, *a.* عجيب - نادر - غريب - تحفه .
Admiral, *s.* ميرالبحر - ميرِ دريا - ميرِ عشكر .
Admiration, *s.* تعجّب - حيراني - Self - admiration, خود خود بيني - پرستي .
Admire, *v.* (*wonder at*) تعجّب كردن - متعجّب شدن - (*to love*) عاشق شدن - محبت نمودن .
Admission, *s.* (*entrance*) در آمد - دخول - دخل - (*granting*) اجابت - قبول .
Admit, *v.* (*give entrance*) دخول دادن - بار دادن -(*to allow*) قبول كردن - شدن - راضي - پذيرفتن - اجابت نمودن .
Admonish, *v.* پند دادن - آگاه ساختن - نصيحت كردن .
Admonition, *s.* نصيحت - پند - تنبيه .
Adopt, *v.* پسند كردن - اختيار كردن - تحسين كردن - To adopt a son, بجاي فرزند قبول نمودن .
Adoption, *s.* پسر خواندگي - A deed of adoption, شرطِ پسر خواندگي .
Adoration, *s.* عبادت - پرستش - بندگي .
Adore, *v.* عبادت كردن - پرستيدن -
Adorer, *s.* عابد - پرستنده .
Adorn, *v.* آراستن - آرايش كردن - آراسته كردن - زيبايش دادن - پيرامتن - زينت دادن .
Adroit, *a.* چالاك - تيزدست - تيز فهم .
Adulation, *s.* خوشامد .
Adulterate, *v.* آلودن - مغشوش كردن -
Adulteration, *s.* آميزش .

Adulterer, *s.* زناکار - زاني - فاسق مرد.
Adultery, *s.* زنا - زناکاري - حرامکاري .
Advance, *v.* (*go forward*) پیش رفتن - (*to promote*) سر افرازي کردن - (*to come forward*) پیش آمدن - (*to give a lustre to*) بزرگواري دادن - (*to make improvement*) منتفع شدن - (*to be prominent*) افراختن - To advance money, زر پیش دادن - To advance before, غالب شدن - (*to accelerate*) زود ساختن. To advance in argument, ظن کردن - سبب نمودن . To advance in years, سال خوردن - سال دیدن .
Advance, *s.* ترقي - سرافرازي - پیشگي .
Advancement, *s.* پیش رفتار - زیاده - فایده .
Advantage, *s.* (*profit*) فائده - نفع - سود - نوا - (*opportunity*) فرصت - قابو - (*superiority*) فتح - غلبه .
Advantageous, *a.* مفید - فائده مند - سود مند .
Advent, *s.* آمد - مقدم .
Adventure, *s.* (*enterprise*) ماجرا - اجترا - غزا - (*trade*) تجارت - (*accident*) خطر - سرانجام .
Adventure, *v.* جسارت کردن - اقدام رفتن .
Adventurer *s.* (*a hero*) غازي - پهلوان - (*a merchant*) تاجر - (*a traveller*) مسافر - اجترا کننده .
Adverb, *s.* ظرف - اسم، تمیز - حرف .
Adversary, *s.* دشمن - مخالف - عدو - خصم - حریف .
Adverse, *a.* مخالف - ناموافق - بدبخت .
Adversity, *s.* بدبختي - بد طالع - بلا .

Advertise, *v.* اعلام نمودن - خبر دادن - اشتهار کردن .
Advertisement, *s.* خبر (*pl.* اخبار) - اشتهار نامه .
Advice, *s.* پند - نصیحت - مصلحت - خبر - اطلاع - راي .
Advise, *v.*(*to give*) اطلاع دادن - مصلحت دادن - صلاح دادن
مطلع کردن - مشورت دادن .
Adviser, *s.* پنددهنده - صلحکار - ناصح .
Advocate, *s.* شفیع - وکیل - وکیل الدعوا .
Aerial, *a.* بلند - آسماني - هوائي .
Afar, *ad.* بري - دور - بعید .
Affability, *s.* شیریني زبان - حلم - مروت - خوش صحبتي .
Affable, *a.* ملایم - متواضع - حلیم - مروتي - خوش گو .
Affair, *s.* کار - معامله - ماجرا - شغل - امر (*pl.* امور).
Affect, *v.* اثر کردن - (*to affect with grief*) رنجیده کردن .
(*to affect with joy*) شادي کردن - اختیار کردن .
Affectation, *s.* تقلید - مکر .
Affection, *s.* (*love*) عشق - محبت - الفت . (*passion*)
رنج - درد - (*quality*) حال - صفت .
Affectionate, *a.* الفتي - محبت, صاحب - شفیق .
Affidavit, *s.* سوگند - قسم .
Affiliate, *v.* [See Adopt.]
Affinity, *s.* نسبت - مناسبت - رشت داري - عقد .
Affirm, *v.* اقرار کردن - تحقیق کردن - تعریف ساختن .
Affirmation, *s.* اقرار - اثبات - قول - تعریف .
Affirmative, *a.* قراري, مثبت - تعریفي -

Affix, *v.* ملزوم كردن - قايم كردن - پيوست كردن .

Affix, *s.* متصل .

Afflict, *v.* الم ساختن - جفا نمودن - غم دادن - رنجيده كردن .

Afflicted, *a.* مستمند - مغمم - دلگير - غم ناك - رنجيده .

Affliction, *s.* مصيبت - دلگيري - غمخواري - تصديع - رنج - اندوه - پريشاني .

Affluence, *s.* غنا - آسوده حالي - تونگري - دولت .

Affluent, *a.* كثير - غني - تونگر - دولت مند .

Afford, *v.* بخشيدن - عطا كردن - خرچ كردن - دادن .

Affray, *v.* هراسيدن - هراس كردن .

Affray, *s.* هجوم .

Affright, *v.* بيم دادن - ترسانيدن - دهشت دادن .

Affront, *v.* دشنام دادن - خفيف كردن - بي ادبي كردن .

Affront, *s.* هجو - ملامت - دشنام .

Afoot, *ad.* پياده - To go a foot, پياده رفتن . To set on foot, استحكام كردن - برپا كردن .

Afloat, *ad.* or *a.* سباح .

Afore, *pr.* زودتر - پيش - بر قدم - قبل پيش .

Aforesaid, *a.* مزبور - مشار اليه - مذكور .

Afraid, *a.* مهمگين - بددل - ترسان - دهشت .

After, *ad.* بعد - پس - باز . After this, پس از اين . The day after to-morrow, پس فردا - After to-day, از اين روز To follow after, در پس آمدن - One after another, پس از پس - Before and after, پس و پيش . After all, آخر - عاقبت - After that, بعد - پس - باز - After this,

پس از این - After that, بعد از ان . After which, بعد از انکه - Never after this, هیچ من بعد .

Afternoon, *s.* بعدالظهر - دشم .

Afterwards, *ad.* بعد از آن - پس - آخر .

Again, *ad.* باز - دگر - واپس - فرا - (*another time*) دیگر بار. (*as before*) ایضا - Again and again, تکرار بتکرار - To come again, باز آمدن.

Against, *pr.* خلاف - ضد - To go against, مقابله رفتن - To come against, مخالف آمدن .

Agate, *s.* سنگ سلیمانی .

Age, *s.* عمر - سال - زمانه - سن .

Aged, *a.* سال دیده - پیری - سالخورده .

Agency, *s.* عمل - گماشتگی - نیابت - وکالت .

Agent, *s.* گماشته - وکیل - فاعل .

Aggrandize, *v.* سر افراز کردن - بزرگی کردن - افزودن .

Aggravate, *v.* زیاده کردن - ثقیل نمودن .

Aggravation *s.* مجموع - جمله - الساق .

Aggregate, *v.* جمع کردن - جمله کردن .

Aggression, *s.* حمله - زبردستی - پیش دستی .

Aggressor, *s.* فساد - مبنی - حمله‌گر .

Aghast, *ad.* دهشت زده - هیبت زده .

Agile, *a.* چالاک - جلد باز - چست .

Agility, *s.* چالاکی - شهامت - جلدی - شتابی.

Agitate, *v.* حرکت کردن - حیران کردن - مشورت کردن .

Agitation, *s.* حرکت - جنبش - حیرانی - جولان - تدبیر - فکر .

Ago, *ad.* گذشته - پیش تر - Long ago, قبل - طول زمان .
Agonize, *v.* رنجیدن - درد کردن .
Agony, *s.* عذاب - رنج - درد - The agony of death, وقت جان سپردن .
Agree, *v.* موافق شدن - قبول کردن - راضي شدن - اتّفاق کردن - اقرار کردن .
Agreeable, *a.* پسندیده - دل پسند - موافق - لایق .
Agreeably, *ad.* به موجب - مطابق - بامناسب - لایقانه .
Agreed, *a.* مقرّر - راضي - هم آواز - موافق .
Agreement, *s.* اتّفاق - موافقت - شرط - عهد - اقرارنامه .
Agriculture, *s.* کشت کاري - زراعت - فلاحت .
Agriculturist, *s.* کشت کار - مزارعي .
Aground, *ad.* بر زمین - منع شده .
Ague, *s.* تب لرزه .
Ah, *int.* آه - دریغا - واه - ایا .
Ahead, *ad.* پیش - قبل - پیش رونده .
Aid, *s.* مدد - دست گیري - یاوري - یاري .
Aid, *v.* مدد دادن - دست گیري کردن - یاري کردن .
Aid-de-camp, *s.* مصاحب بخشي .
Ail, *v.* رنجیده شدن - غمگین شدن - ستم کشیدن - ملول شدن .
Ailment, *s.* بیماري - مرض - آزار - درد - رنج - مرض .
Aim, *v.* عزم کردن - قصد کردن - اراده کردن .
Aim, *s.* (*design*) عزم - قصد - اراده - (*mark*) نشان - هدف .
Air, *s.* هوا - باد - صبا - An air in music, لوا - نغمت .

Air, *v.* (*expose to the air*) به هوا نهادن . To take the air, سیر گرفتن - تفرّج گرفتن - To take airs, لاف زدن .
Airing, *s.* سیر - هواخوری .
Airy, *a.* هوادار - هوائی - بلند - مُنبك .
Akin, *a.* قریب - موافق .
Alabaster, *s.* مرمرِ مفید - یشم .
Alacrity, *s.* خوشی - چالاکی - شوق .
Alarm, *v.* (*rouse*) تنبیه کردن - (*to frighten*) تخفیف کردن -
Alarm, *s.* خوف - غوغا - باك - آشفتگی .
Alarming, *a.* دهشت ناك - هولِ ناك - ترس ناك .
Alas, *int.* آه - دریغا - افسوس - واه - وای .
Albeit, *ad.* گرچه - اگرچه .
Alchemist, *s.* کیمیاگر - اهلِ کیمیا .
Alchemy, *s.* علمِ کیمیا - الکیمیا .
Alcohol, *s.* تیز شراب .
Alcove, *s.* طاق - گنبد - کمر .
Alderman, *s.* حاکم - عامل .
Aleppo, *s. p.* حلب .
Alert, *a.* چالاك - تیزدست - شوخ - بیدار .
Alexander, *s. p.* سکندر - اسکندر - Alexander of Macedon, سکندرِ رومی - سکندرِ یونانی .
Algebra, *s.* الجبر .
Alias, *ad.* عرف - والا - ورنه .
Alien, *s.* بیگانه - غریب - اجنبی .

Alienate, *v.* خوالہ کردن ۔ دادن - بخشیدن .

Alienation, *s.* دیوانگي - کراهت - نفرت - تفور ۔ حوالہ .

Alight, *v.* فرود آمدن - پاین آمدن - نازل شدن .

Alike, *a.* مثل - یکسان - برابر .

Aliment, *s.* غذا - طعام - خوراک .

Alimental, *a.* ماکولي - اهل, طعام .

Alive, *a.* شاد ۔ خرم ۔ چالاک - زنده .

All, *a.* تمام - همه - کلّ - جمله - All at once, یکبارگي - All along, دایماً - همیشه - At all times, هر زمان .

Allay, *v.* نرم ساختن - کم کردن - آرام دادن - تخفیف کردن .

Allegation, *s.* تقریر - دعوه - بهانه - اقرار .

Allege, *v.* تعریف دادن - تقریر نمودن - اقرار کردن .

Allegiance, *s.* حقیقت ۔ اطاعت - وفاداري - فرمان برداري .

Allegory, *s.* تمثیل - مثال .

Alleviate, *v.* کم کردن - تخفیف کردن .

Alleviation, *s.* تسلیه - تخفیف .

Alliance, *s.* خویشي ۔ اتّفاق - عهد و پیمان .

Alligator, *s.* تمساح - لهنگ .

Allot, *v.* حصّه کردن - از نصیب دادن - تقسیم کردن .

Allotment, *s.* قسمت - حصّه .

Allow, *v.* (*to permit*) قبول کردن - اجازت دادن - (*to abate*) تخفیف کردن - (*to give*) بخشیدن .

Allowable, *a.* واجبي - لایق, اجازت .

Allowance, *s.* بخشایش ۔ خوراکي - راطب - بهره ۔ حصّه - دستور .

Alloy, *s.* کاهش - خلط - آمیزش .
Allude, *v.* نسبت کردن - تشبیه ساختن - اشاره کردن .
Allure, *v.* آزمودن - فریب دادن - برغلانیدن .
Allurement, *s.* ازمایش - ترغیب - فریب .
Allusion, *s.* عبادت - کنایت - رمز - اشاره .
Ally, *s.* ناصر - دوست - رفیق .
Ally, *v.* جمع نمودن - متّصل کردن .
Almanac, *s.* روز نامه - تقویم .
Almighty, *s.* خدای تعالی - حق تعالی - الله تعالی .
Almond, *s.* لوز - بادام .
Almoner, *s.* صدقه کننده - زکات دهنده .
Almost, *ad.* نزدیکتر - عنقریب - قریب .
Alms, *s.* صدقه - تصدّق - زکات - خیرات .
Alms-house, *s.* غریب خانه .
Aloes, *s.* صبر - عود .
Aloft, *ad.* عالی - بلند - بالا .
Alone, *a.* or *ad.* یکانه - فرد - مجرّد - مفرد - تنها .
Along, *ad.* (*along with*) باهم - مع - همراه . (*at full length*) بالطول - بدرازی .- To go along, رفتار کردن .
Aloof, *ad.* علحده - بعید - دور .
Aloud, *ad.* به بلند آواز .
Alphabet, *s.* حروف, تهجّی - الف بی .
Already, *ad.* همین وقت - پیش از آن - پیش از این وقت .

Also, *ad.* نیز - هم - ایضا" .
Altar, *s.* قربان گاه - قبله گاه - مذبح .
Alter, *v.* بدل کردن - تبدیل کردن - تغیّر کردن .
Alteration, *s.* تبدّل - تغیّر .
Altercation, *s.* تکرار - حجّت - نزاع - بحث - مناقشه .
Alternate, *a.* نوبتانه - بانوبت .
Alternative, *s.* اختیار - انتخاب .
Although, *con.* اگرچه - هرچندکه - ورچه .
Altitude, *s.* بلندي - ارتفاع - علویت .
Altogether, *ad.* بالکلّ - بآلتمام - بالجمله - البتّه .
Alum, *s.* شاب - زاك .
Always, *ad.* همیشه - هروقت - هردم - دایم - مدام - همواره - علي الدوام .
Am, *v.* (*I am*) ام - شوم .
Amanuensis, *s.* نسخ کننده - کاتب - مددنویس .
Amass, *v.* فراهم نمودن - جمع کردن - چیدن .
Amaze, *v.* متعجّب کردن - حیران کردن - متحیّر کردن - آشفتن - شوریدن .
Amazement, *s.* تعجّب - آشفتگي - عجب - حیراني .
Amazingly, *ad.* باعجب - غریبانه .
Ambassador, *s.* ایلچي - وکیل پادشاه - قاصد - پیغمبر .
Amber, *s.* کاهربا - کهربا .
Ambiguity, *s.* شك - دو معني - اشتباه - پیچ - رمز .

Ambiguous, *a.* ابهام - مشتبه - مغلق - پیچیده .
Ambition, *s.* هوس - طمع - حرص - هوا .
Ambitious, *a.* هوسي - حریص - متکبر .
Ambuscade, Ambush, } *s.* کمند - کمین گاه - کمین .
Amen, *ad.* آمین .
Amenable, *a.* ضامن - جواب ده - زیر عمل .
Amend, *v.* صحیح کردن - راست کردن - درست کردن .
Amendment, *s.* اصلاح - تصحیح - درستي .
Amends, *s.* عوض - پاداش - مکافات - جزا .
Amerce, *v.* جریمانه کردن .
Amiable, *a.* [صاحب, حسن . - نیك نهاد - محبوب - هر دل عزیز - نازنین
Amicable, *a.* مهربان - دوست دار - خیرخواه - نیك خواه .
Amicably, *ad.* مهربانانه - به دوستي - به خیرخواهي .
Amidst, *pr.* اندر - فیمابین - میانه - میان - درمیان .
Amiss, *a.* or *ad.* ناخوش - ناصواب - غلط - قصور - تقصیر .
Amity, *s.* مودت - اخلاص - مهرباني - دوستي .
Ammunition, *s.* آلات,رزم - رخت, نبرد - اسباب, جنگ .
Amnesty, *s.* نسیان - معاف نامه .
Among, *pr.* في - درون - مابین - درمیان .
Amorous, *a.* شهوت پرست - عشق باز - عاشق مزاج .
Amount, *v.* زیاده بودن - تعدید شدن .
Amount, *s.* جمع حساب - حاصل - جمله - جمع .
Amphibious, *a.* شبهت - مبهم - دو عنصري .
Ample, *a.* فسیح - واسع - بسیار .

Amplify, *v.* فسیح نمودن - بسیار کردن - طول طویل کردن.
Amputate, *v.* بریدن - قطع ساختن - جدا کردن.
Amputation, *s.* جزم - خبل - انقطاع.
Amulet, *s.* قبلہ - عزیمت - چشم.
Amuse, *v.* (*to divert*) تماشا نمودن - خوش کردن - (*to engage*) کار دادن - عمل ساختن - (*to mislead*) فریب کردن - فریفتن. To amuse one's self, تفرّج نمودن.
Amusement, *s.* حظ - لهو - بازي - تماشا.
Analogous, *a.* مُطابق - مُوافق - مُشابہ.
Analogy, *s.* موافقت - قرینہ - نسبت - مُشابهت.
Analysis, *s.* تقسیم - تفصیل - تفرّق.
Analyze, *v.* تفصیل کردن - تفرّق کردن.
Anarchy, *s.* خلط - اختلاط - تشویش.
Anathema, *s.* بهلة - لعنت.
Anatomy, *s.* علمِ تشریح.
Ancestor, *s.* جدّ (*pl.* اجداد) - بزرگ - پیشینہ.
Anchor, *s.* لنگر - مکّان - To cast anchor, لنگر انداختن - To be at anchor, بالنگر بودن - To weigh anchor, لنگر برداشتن.
Ancient, *a.* سابق - کهنہ - دیرینہ - پیشین - قدیم.
Ancients, *s.* پیش رفتگان - قدما - متقدمین.
And, *con.* و - ف - هم - فهو - And so forth, وغیره.
Anecdote, *s.* نکتہ - نقل - قصّہ - داستان.

Anew, *ad.* از سر, نو - نیز - باز .

Angel, *s.* فرشته - مَلَك - سروش - The angel Gabriel, جبریل - The angel of death, ملك الموت .

Anger, *s.* غصه - خفگي - خشم - کین - غضب - قهر .

Angle, *s.* گوشه - کنج - زاویت .

Angle, *v.* ماهي گرفتن .

Angrily, *ad.* خشمانه - به غصه - با کین .

Angry, *a.* پر از غصه - خفا - خشم ناك - تیز مزاج - غضبناك . To be angry, قهر گرفتن - غضب نمودن - خشم گرفتن .

Anguish, *s.* عذاب - ایذا - اذیت - آزار - الم .

Animadversion, *s.* سرزنش - تادیب - تنبیه - فهم

Animadvert, *v.* تادیب نمودن - تنبیه دادن - حرف گیري کردن .

Animal, *s.* جانور - حیوان - جاندار - The young of any animal, جانه - A four-footed animal, چارپایه, حیوان - Animal spirits, روح, حیوالي .

Animate, *a.* (*give life*) زنده کردن - حیات دادن - جان دادن - (*encourage*) انگیختن - دلیري دادن .

Animate, *v.* جاندار - زنده - ذي - حیات .

Animation, *s.* زندگي - جانداري - چالاکي - زنده دلي - دلیري -

Animosity, *s.* کینه - خصومت - عداوت - بدخواهي .

Ankle, *s.* کعب - شتالنگ .

Annalist, *s.* (See Historian.)

Annals, *s.* تواریخ - اخبار .

Annex, *v.* پیوند کردن - وصل کردن - اضافت کردن .

Annihilate, *v.* فنا کردن - معدوم کردن - نابود کردن .
Annihilation, *s.* نیستي - هلاك - عدم .
Anniversary, *s.* ساليان - هرسال - روز سال .
Annotation, *s.* شرح - تفسير - تعبير - بيان .
Annotator, *s.* محشي - شارح - مفسّر .
Announce, *v.* اشتهار كردن - خبر دادن - اطلاع كردن .
Annoy, *v.* خلل رسانيدن - زحمت دادن - ستم كردن .
Annoyance, *s.* ضرر - زحمت - تكليف - تصديع .
Annual, *a.* سالگي - سنوي - ساله - هرساله .
Annul, *v.* نسخ ساختن - برطرف نمودن - باطل كردن .
Anoint, *v.* فرسودن - اندودن .
Anomalous, *a.* خلاف قاعده - بي ترتيب .
Anonymous, *a.* مخفي الاسم - اسم نا معلوم - بي نامي .
Another, *a.* آخر - غير - ديگر - One another, يكديگر .
Answer, *s.* پاسخ - اجابت - جواب .
Answer, *v.* حاضر ضامن شدن - مطابق شدن - جواب دادن . (*to oppose*) مقابله كردن . (*to defend*) ياري نمودن - (*to be equivalent*) بدل نمودن - (*to bear proportion*) مناسبت داشتن . (*to succeed*) راست افتادن - (*to appear before a judge*) حاضر شدن .
Answerable, *a.* موافق - ممكن الجواب - ضامن - ذمه دار .
Ant, *v.* مور - نمل - A white-ant, ديوق - A small ant, مورچه - An ant-hill, اشيانه مور .
Antagonist, *s.* عدو - خصم - حريف - مخالف - دشمن .

Antecedent, *a.* پیشین - مقدّم - قدم - سابق - The antecedent مقدّم - ماقبل - Antecedent and consequent مقدّم و تالي .

Antechamber, *s.* پیشطاق - پیشگاه - پایگاه .

Antedate, *v.* پیش تاریخ نهادن .

Antelope, *s.* آهو .

Anterior, *a.* پیشین - متقدّم .

Anthem, *s.* تسبیح - مزمور .

Antichristian, *a.* خلاف دین . [اول آمدن .

Anticipate, *v.* پیش دستي کردن - مبقت کردن - چشم داشتن -

Anticipation, *s.* پیش دستي - پیش بندي - مبقت .

Antidote, *s.* تریاق - پادزهر - دافع الزهر .

Antimony, *s.* سرمه - کحال .

Antipathy, *s.* نفرت - کراهیت .

Antiquarian, *s.* متقدّم خواه - متقدّم آموخته .

Antiquate, *v.* کهنه کردن - قدیم ساختن • دیرینه نمودن .

Antique, *a.* قدیم - پیشین - کهنه - دیرینه .

Antiquity, *s.* قدیمي - زمانه پیشین .

Antithesis, *s.* اختلاف - مقابله .

Antler, *s.* شاخ غزال - قرن آهو .

Anvil, *s.* سندان - سوهه . [الم .

Anxiety, *s.* اندیشه - تشویش - تردد - اضطرابي - درد - رنج -

Anxious, *a.* اندیشناک - متردد - فکرمند - متفکر - To be anxious, پریشان خاطر شدن.

Any, *a.* کسي - هیچ - Anyhow, هیچ وجہ - بهرحال - Any person, شخصي - Anywhere, درهم جا - Any time, هیچ وقت.

Aorist, *s.* مضارع - معهود - غیر.

Apace, *ad.* جلدي - به شتابي - تیزکار - زود.

Apart, *ad.* علحده - جدا - تنها - بخلوت.

Apartment, *s.* حجره - خلوت خانه - خواب گاه.

Apathy, *s.* بي پروائي - کاهلي - مرده‌دلي - بي غرض.

Ape, *s.* میمون - بوزینه.

Aperient, *a.* [See Purgative].

Aperture, *s.* شگاف - فتح.

Apex, *s.* اوج - تکته - لوک.

Apiece, *ad.* به هریك.

Apocope, *s.* حذف.

Apologize, *v.* عذر کردن - معذرت کردن - بهانه کردن.

Apology, *s.* عذر - معذرت - A letter of apology, اعتذار نامه.

Apoplexy, *s.* سکته - همدت.

Apostasy, *s.* ترک دین - انکار دین - انحراف.

Apostate, *s.* منکر دین - منحرف.

Apostle, *s.* رسول - نبي - فرشته.

Apothecary, *s.* دوا فروش - عطّار - دوا سازنده.

Appall, *v.* ترسانیدن - تهویل کردن.

Apparatus, *s.* سرانجام - ساز و سامان - آلات - رخت.

Apparel, s. پوشاك - لباس - رخت - قبا .

Apparent, a. ظاهر ۔ هویدا - آشکار - پدید - واضح - فاش -

Apparently, ad. ظاهراً - آشکاره .

Apparition, s. خیال - وهمی صورت، - نمایش .

Appeal, s. 'مرافعت - شکایت ۔ دعوت - دعا .

Appeal, v. مرافع کردن' - دعوت ساختن - دعوت کردن شکایت .

Appear, v. ظاهر شدن-پدید آمدن ۔ معلوم شدن-To appear
above, بلند نمودن - To appear for (befriend)
یاری کردن - To appear against, مقابل شدن - To make
appear, دلالت نمودن - It appears, معلوم است -
ظاهر است .

Appearance, s. ظهور - نمایش - صورت - شکل-(similitude)
(concourse) - احتمال (probability) - تمثیل - سیما
اجتماع - To appearance, بشکل - ظاهراً .

Appease, v. تسکین نمودن - ملایم نمودن .

Appellant, s. داد خواه - دعوت کننده .

Appellation, s. لقب - نام - اسم .

Append, v. آویختن .

Appendage, s. 'ملحق - ضمیمت .

Appendix, s. ضمیمت - ملحقت - ذیل .

Appertain, v. متعلق شدن - تعلق داشتن - تابع شدن .

Appetite, s. اشتها - آرزو - جوع - رغبت - شهوت - حرص .
An inordinate appetite, حرص بصرام - آرزوی بد .

Applaud, v. آفرین خواندن - تعریف کردن - ستودن - مدح
To applaud with - تحسین کردن - حمد نمودن - کردن

the hands, مرحبا کردن . To applaud by shouting, در خروش آمدن .

Applause, *s.* آفرین - تعریف - شاباشي - ستایش - وصف .

Apple, *s.* سیب .

Applicable, *a.* لایق - مناسب - مطابق - شایسته .

Application, *s.* شغل - مشقّت - تن دهي - عرض - درخواست -

Apply, *v.* (*add*) خودرا نهادن - (*to study*) خودرا مشغول شدن - عرضي یا درخواست کردن (*to petition*) - مکیّد شدن

To apply medicines, علاج دادن

Appoint, *v.* مقرّر کردن - To appoint to an office, نصب کردن - (*to equip*) حاضر کردن - آرامتن - To be appointed to an office, نامزد شدن .

Appointment, *s.* (*office*) جاه - منصب - (*decree*) قضا - (*stipulation*) شرط - وعده - (*command*) امر - فرمان - (*equipment*) رخت - آلات - (*assignation*) مهلت - تعیین - (*allowance*) بهره .

Apposite, *a.* موافق - مناسب - لایق .

Appraise, *v.* قیمت نمودن - نرخ نهادن .

Appraisement, *s.* تخمین - قیمت .

Appraiser, *s.* تخمین سازنده - قیمت نماینده .

Appreciate, *v.* [See Value].

Apprehend, *v.* (*to seize*) گرفتار کردن - قبض کردن - (*conceive*) دریافتن - فهمیدن - (*to dread*) باک داشتن - ترسیدن - (*to suspect*) شبهه نمودن .

Apprehension, *s.* (*conception*) فهم - عقل (*terror*) هول - ترمان - اندیشه مند - (*seizure*) قبض - (*suspicion*) گمان - وهم .

Apprehensive, *a.* تیزطبع - وهمگین - ترسناك .

Apprentice, *s.* شاگرد - تلمیذ - مرید .

Apprize, *v.* اگاهي - اعلام نمودن - اطّلاع دادن - خبر دادن

Approach, *s.* زلفت - نزدیکي - آمدني .

Approach, *v.* پیش آمدن - نزدیك آمدن ، To cause to approach, نزدیك آوردن - قریب شدن .

Approbation, *s.* قبول - تحسین - رضا - منظوري - پسند .

Appropriate, *a.* موافق - مناسب - مخصوص - خاصّ .

Appropriate, *v.* مقرر کردن - مخصوص کردن .

Approval, *s.* رضا - پسند .

Approve, *v.* راضي شدن - منظور کردن - پسند کردن - قبول داشتن - (*to experience*) وقوف داشتن - (*to prove, show*) نمودن - امتحان ساختن .

Approximate, *v.* قریب شدن - قریب رفتن - نزدیك آمدن .

Apricot, *s.* شیفته زنگ - زردآلو .

Apron, *s.* لشیر - فوطه - ازار - میزر .

Apt, *a.* لایق - تیز دست - تیز فهم - مناسب - معقول - واجب - سزاوار .

Aptitude, *s.* موافقت - استعداد - لیاقت - قابلیت .

Aquafortis, *s.* تیزآب .

Aquatic, *a.* مائي - دریاي - آبي .

Aqueduct, *s.* لهر - آب گذر - ناو .
Aquiline, *a.* نسري .
Arabia, *s. p.* عربستان - عرب - Arabia Felix, Arabia Petrea, حجاز - يمن The Arabic Language, عربي - زبان, تازي - Arabic books, كتب, عربي .
Arbiter, *s.* فيصل - حاكم - ميالچي .
Arbitrary, *a.* بي قاعده - ظالم - مختار, كل .
Arbitrate, *v.* حجت كردن - راي دادن - حكم نمودن .
Arbitration, *s.* داوري - فيصل - فتوا - حكم .
Arbour, *s.* درختستان - نشستگاه در ماية درختها .
Arch, *s.* گنبد - طاق - مهراب .
Arch, *a.* ظريف - لطيف - (*in comp.*) سردار .
Archangel, *s.* سروش - مَلَك - مقرب - فرشته - بزرگوار .
Archbishop, *s.* متروپولت .
Arched, *a.* مهراب دار .
Archer, *s.* كمانكش - كمان دار - تيرانداز .
Archery, *s.* كمان كشي - تيراندازي .
Architect, *s.* نجار - بناگر - معمار .
Architecture, *s.* بني - معماري - علم, عمارت .
Archives, *s.* صورت - تواريخ - دفتر .
Arctic, *a.* طرف, شمال - شمالي .
Ardent, *a.* (*hot*) گرم - (*fierce*) تيز - تند - شديد - دليري] . محبانه - دوستانه (*affectionate*) - سخت - دل سوز .
Ardour, *s.* (*heat*) گرمي - حرارت - تاب - (*zeal*) حميت -

Arduous, *a.* دشوار • مشكل - سخت .
Are—We are, ايم - مائم - شوئم - هستيم - You are, ايد - هستيد - مي شويد - شما ايد - They are, اند - هستند - مي شوند .
Area, *s.* ميدان - حيز - حيط .
Argue, *v.* بحث كردن - حجت كردن - دليل كردن .
Argument, *s.* (*reason*) بحث - جحت - دليل - برهان - (*subject*) مدعي - مضمون - (*an abstract*) مجمل .
Argumentation, *s.* نزاع - منازعت - اختلاف .
Argumentative, *a.* حجت مند - كامل - حجتي - تكراري .
Arid, *a.* خشك - سوخته .
Aridity, *s.* خشكي .
Aries, *s.* حمل - برج .
Aright, *ad.* درست - راست - بالصواب .
Arise, *v.* (*as the sun*) طلوع كردن - پديد آمدن - To arise (*from a seat, &c.*) استادن - قايم شدن - (*proceed from*) در آمدن - صدور كردن .
Aristocracy, *s.* حكومت امیران - جمهور .
Arithmetic, *s.* علم حساب - علم محاسبت - علم اعداد - علم رقم . [شمارگیر] .
Arithmetician, *s.* حساب دان - سياق دان - محاسب -
Ark, *s.* كشتي لوح - تابوت . صندوق .
Arm, *s.* بازو - ساعد - بال .
Arm, *v.* (*one's self*) سلاح پوشيدن - سازيدن • To arm (*others*) ساز جنگ دادن - بدن كردن -

Armistice, *s.* [See Truce].
Armlet, *s.* بازو بند .
Armour, *s.* جوشن - سلاح‌پوشي - آوژند .
Armpit, *s.* بغل - پینه .
Arms, *s.* سلاح - آلت - ساز - (*war*) - جهاد - پیکار - جنگ - [رزم .
Army *s.* لشکر - فوج - عسکر - To encamp an army, خیمه زدن - To levy or embody an army, لشکر کشیدن - The leader of an army, سرهنگ سردار - The advanced guard, پیش لشکر - The wing of an army, ایادِ لشکر - The two wings, ایادان - The right wing, میمنت - The left wing, میسرت - The rear, پس عسکر .
Aromatic, *a.* خوش بو دار - معطر - صقبائي .
Around, *ad.* گرداگرد - هرطرف - پیرامن - دور . .
Arouse, *v.* بیدار کردن - انگیختن - تنبیه نمودن .
Arrack, *s.* مي اراك - شراب - باده .
Arraign, *v.* شکایت کردن - ملامت کردن .
Arrange, *v.* ترتیب دادن - انتظام کردن - نظم کردن - آراستن .
Arrangement, *s.* ترتیب - انتظام - نظام - تدبیر .
Array, *s.* پوشاك - لباس - صف - صف جنگ - جامه .
Array, *v.* (*dress*) آرایش کردن - پیراستن - (*to put in order*) صف آراي نمودن .
Arrears, *s.* حساب باقي - باقیت - مانده . [گرفتگي .
Arrest, *v.* گرفتار کردن - قبض کردن - حبس کردن - *s.* حبس -
Arrival, *s.* آمدني - رسیدگي - وصول - پیوست .
Arrive, *v.* آمدن - داخل شدن - واقع شدن - در رسیدن .

Arrogance, *s.* خودبيني - تكبّر - گستاخي - مغروري .

Arrogant, *a.* خودبين - متكبّر - گستاخ - مغرور .

Arrogate, *v.* تخصيص ساختن - دعوي نمودن - ادعا كردن .

Arrow, *s.* تير - نشابت - پرتاب - سهم - خدنك - كره - To shoot an arrow, تيرانداختن - پرتاب كردن - A barbed arrow, تير, خاردار .

Arsenal, *s.* زره خانه - طوپخانه - سلاح خانه .

Arsenic, *s.* مرگ, موش - سمّ الفار . [پيشه .

Art, *s.* (*skill*) هنر - فنّ - حكمت - (*cunning*) حيله - حرفه -

Artery, *s.* شريان - رگ - راقز .

Artful, *a.* هنرمند - حيله باز - عيّار - صنعي .

Artfully, *ad.* به فريب - باصنعت - بافن .

Article, *s.* تعريف, حرف, تنكير - حرف - بابت - شرط - رقم - چيز - An article of religion, قانون, مذهب - Articles of faith, قواعد, دين - Articles of peace, شروط, صلح - An article (*in grammar*) المعرفت .

Articulate, *v.* تلفّظ كردن - حرف زدن - قسمت نمودن -

Articulation, *s.* تلفّظ - پيوند - گويا - مفصل .

Artifice, *s.* حيله - فريب - بهانه - فنّ - حكمت .

Artificer, *s.* كاري گر - دست كار - صانع .

Artificial, *a.* عملي - هنري - نقلي - صنعي .

Artillery, *s.* طوپ - توپخانه -

Artisan, *s.* كاري گر - دست كار .

Artist, *s.* هنرمند شخص . [بيگناه .

Artless, *a.* ساده - بي فريب - بي وقوف - بي ناشناس - بي ادب -

As, *con.* (*like*) چون - چنان - چو - همچو - چنانکه - چنانچه - چون (*because*) - چه وقت - کي - چون (*when*) - که - في الاول As before, - حتي - گويا (*thus*) - چونکه - زيراکه Just as if, چونان - As long as, as far as, تا - As you would say, گويا - As above, ايضا - As often as, کلما . [بالا رفتن .

Ascend, *v.* بر آمدن - بر شدن - گذشتن - طلوع کردن -

Ascendency, *s.* غلبه - حکومت .

Ascent, *s.* بالاروي - بلندي - معراج - Ascent and descent, شيب و فراز .

Ascertain, *v.* تحقيق کردن - مقرر کردن - ظاهر ساختن .

Ascetic, *s.* زاهد - عابد .

Ascribe, *v.* نسبت دادن - منسوب کردن - مخصوص کردن -

Ashamed, *a.* شرمنده - شرمسار - خجل - To be ashamed, شرمنده شدن :

Ashes, *s.* خاکستر - خاک - غبار - To reduce to ashes, خاکستر کردن .

Ashore, *ad.* بر کناره - بر خشکي - در لب دريا - بر ساحل - Getting ashore, کنارگرفتن .

Aside, *ad.* يك طرف - علحده - بتنها - بخلوت - To lay aside, در کنار نهادن - To call aside, برطرف خواندن - To speak to aside, درکنار گفتن - To throw aside, ترک کردن - To set aside, قطع رسيد نمودن .

Ask, *v.* طلبیدن - تلاش کردن - پرسش کردن - پرسیدن - خواستن - سوال نمودن .

Asleep, *ad.* غنوده - خوابناک - خفته .

Aslope, *ad.* مایل - حطوط .

Asp, *s.* صاغرمار - افعي .

Aspect, *s.* لقا - منظر - پیکر - شکل - صورت - چهره - روي - طلعت - دیدار .

Asperity, *s.* خشونت - سختي - درشتي .

Asperse, *v.* افشاندن - افترا ساختن - طنز کردن .

Aspersion, *s.* افشان - طنز - اسناد - افترا .

Aspirate, *v.* با دم سرشار گفتن - بنفس، تمام کلام کردن .

Aspiration, *s.* نیت - نفس - عرض - قصد - هوس .

Aspire, *v.* طلب کردن - کوشش کردن - آرزو داشتن .

Ass, *s.* خر - حمار - درازگوش - (*a blockhead*) احمق - ابله - A she-ass, خرماده - حمارت - A wild ass, گور - An ass's colt, خرگره - An ass-mill, خراس .

Assail, *v.* [See Assault].

Assailant, *s.* حمله آور - هجوم کننده .

Assassin, *s.* خوني - شقي - قتال - قاتل .

Assassinate, *v.* خون کردن - کشتن - قتل کردن .

Assault, *s.* حمله - هجوم .

Assault, *v.* حمله کردن - هجوم آوردن - To assault on the highway, راه زني کردن - To assault in the night time, شبگیر کردن .

Assay, *v.* امتحان کردن - عیار کردن .

Assay, *s.* عیار - تجربه - امتحان - آزمایش .

Assayer, *s.* صاحب عیار - عیارگیر .

Assemblage, *s.* فراهم - جمع - مجلس .

Assemble, *v.* (*bring together*) فراهم کردن - جمع کردن - (*to meet together*) جمع شدن - (*to call together*) دعوت کردن - خواندن .

Assembly, *s.* انجمن - گروه - جماعت - محفل - مجلس .

Assent, *v.* قول دادن - اتّفاق نمودن - قبول کردن - راضي شدن .

Assent, *s.* موافقت - اتّفاق - قبول - رضا .

Assert, *v.* تحقیق کردن - دعوه کردن - إقرار کردن .

Assertion, *s.* تحقیق - تعریف - تقریر - دعوه - قول - إقرار .

Assess, *v.* عوارض کردن - خراج نهادن .

Assessment, *s.* خزینه - گذارش - خرج - خراج - A collector of assessment, تحصیل دار - Assessments, عوارض - تکالیف .

Assessor, *s.* همنشین - اهل عدالت .

Asseveration, *s.* قسم - سوگند - مدعي - قوي - إقرار .

Assiduity, *s.* مداومت - ملازمت - تقیّد - مشقّت - محنت .

Assiduous, *a.* مدام - قایم - ملازم - مشغل - محنتي .

Assign, *v.* سپارش دادن - مخصوص کردن - مقرر کردن .

Assignation, *s.* مهلت وصال .

Assignee, *s.* وکیل - ذمه‌دار - نایب .

Assimilation, *s.* تمثیل - مشابهت - موافقت .

Assist, v. ‏یاری کردن - دست گیری کردن - مدد دادن -‏
‏معاونت کردن .‏

Assistance, s. ‏دستیاری - معاونت - عون - یاری - مدد -‏

Assistant, s. ‏معاون - دست گیر - مدگار .‏

Assize, s. ‏بها کردن - نرخ نمودن .v - عدالت .‏

Associate, v. ‏شریك شدن - رفیق شدن - رفاقت کردن .‏

Associate, s. ‏همراه - دمساز - همدم - رفیق - شریك .‏

Association, s. ‏عهد و پیمان - اتفاق - شراكت - رفاقت .‏

Assort, v. [See Arrange.]

Assortment, s. ‏ترتیب .‏

Assuage, v. ‏تسكین کردن - آرام دادن - تخفیف کردن .‏

Assume, v. ‏فخر کردن - دعوه کردن - اختیار کردن (to‏
claim) ‏دعوي نمودن -(to presume) پنداشتن - ظن داشتن .‏

Assumption, s. ‏قیاس - اختیار - اخذ .‏

Assurance, s. (certainty) ‏تحقیق - یقین - (trust) اعتبار -‏
‏اعتقاد - دلیری - تقویت - توکّل - (impudence) گستاخي -‏
‏بي شرمي - (conviction) الزام - (intrepidity) بي پروایي -‏
(hopeful) ‏گواهي- (promise) عهد و پیمان -(testimony)‏
‏امیدوار - (insurance) امان .‏

Assure, v. ‏محفوظ کردن - پیمان دادن - اقرار کردن .‏

Assuredly, ad. ‏تحقیق - یقین - البته .‏

Asterisk, s. ‏إشارت - نشاني - نشان .‏

Astern, ad. ‏پس کشتي - پس جهاز .‏

Asthma, s. ‏تنگ نفس - دما ..‏

Astonish, *v.* حيران كردن - متعجّب كردن - تعجّب شدن - آشفتن - عجب دادن - سرگردان كردن .

Astonishment, *s.* تعجّب - حيرت - تحيّر - آشفتگي - دهشت .

Astray, *ad.* گم راه - بي راه - سر گشته - سر گردان .

Astringent, *a.* قابض - قبض .

Astrolabe, *s.* اسطرلاب - استرلاب .

Astrologer, *s.* منجّم - نجومي - ستاره شناس .

Astrology, *s.* علمِ نجوم - معرفتِ فلك .

Astronomer, *s.* منجّم - ستاره شناس - اهلِ هيئت .

Astronomy, *s.* هيائت - علمِ هئت .

Asunder, *ad.* جدا - تنها - برطرف - علحده .

Asylum, *s.* پناه - پناه گاه - مخلص - ملجا .

At, *pr.* نزد - سوي - در - به - علي - At length, عاقبت - باري . At least, باري . At that time, آنگاه - At all times, هميشه - همان - Not at all, هرگز نه - هيچ نه - At present, اكنون - حالا - At once, يكبارگي .

Atheism, *s.* ناخداي - الحاد .

Atheist, *s.* الحاد ناك - زندقت وار .

Athirst, *a.* تشنه - عطشان .

Athletic, *a.* پهلوان - زور مند - دلير - شجاع .

Atlas, *s.* (*a collection of maps*) جماعِ خارتي - (*mount*) الدرّن .

Atmosphere, *s.* هوا - باد - [See Air.]

Atom, *s.* ذرّه - شمّه .

Atone, *v.* تکفیر کردن - کفاره کردن - عور نمودن .

Atonement, *s.* تکفیر - کفّاره - عور .

Atrocious, *a.* شریر - بسیار شریر - ظالم - بي رحم .

Atrocity, *s.* شرارت - فساد .

Attach, *v.* (*join together*) باهم پیوستن - (*arrest*) قبض کردن - (*to be attached*) دوست کردن - خاطر گرفتن .

Attachment, *s.* محبّت - رغبت - گرفتاري - عشق .

Attack, *v.* حمله بردن - هجوم آوردن - خروشیدن .

Attack, *s.* حمله - هجوم .

Attain, *v.* حاصل کردن - اندوختن - یافتن - مالك شدن -

Attainable, *a.* کسب, ممکن - یافتني .

Attainment, *s.* کسب - تحصیل - شیوه - کمال علم .

Attempt, *s.* کوشش - سعي - قصد - عزم .

Attempt, *v.* کوشش کردن - قصد کردن - سعي کردن .

Attend, *v.* (*be present*) حاضر شدن - (*to give attention*) متوجه شدن - (*to be busied about*) مشغول شدن - (*to serve*) بندگي کردن - همراهي کردن (*to listen*) استماع نمودن - (*to be dependent on*) تابع شدن (*to remain*) ماندن - (*to follow*) پس رفتن .

Attendance, *s.* حاضر باشي - ملازمت - خدمت .

Attendant, *s.* حاضر باش - ملازم - خدمت گار - نوکر .

Attention, *s.* توجّه - بصیرت - امعان - فکر - آگاهي .

Attentive, *a.* متوجه - مشغول - متفکر - قایم .

Attest, *v.* اقرار کردن - شهادت دادن - گواهي دادن - دعوت کردن .
Attestation, *s.* اقرار - شهادت - گواهي .
Attire, *s.* آرايش - لباس - پوشاك .
Attire, *v.* پوشيدن - پيراستن - آراستن .
Attitude, *s.* وضعت - طور - وضع .
Attorney, *s.* مباشر - وكيلِ عدالت .
Attract, *v.* (*draw to something*) كشيدن - جذب كردن - (*to allure*) دل بُردن - فريفته كردن .
Attraction, *s.* كشاكشي - دلفريبي - كشش - جذب .
Attractive, *a.* دلفريب - دلبر - دلبند - جاذب .
Attribute, *s.* خاصيت - صفت - وصف .
Attribute, *v.* صفت نمودن - حمل نمودن - نسبت دادن .
Attrition, *s.* ندامت - انكسار .
Auburn, *s.* اسمر - رود .
Auction, *s.* مزاد - هراج - To bid at an auction, مزاد كردن -
Audacious, *a,* بي باك - بي ادب - گستاخ .
Audacity, *s.* جسارت - دليري - بي ادبي - گستاخي .
Audible, *a.* بلند - قابلِ استماع - گوش‌زن .
Audience, *s.* اهلِ مجلس - دربار - (*sense of hearing*) سامعت - استماع - سمع .
Auditor, *s.* محاسب - امينِ حساب - سامع .
Aught, *s.* شي - چيز .
Augment, *v.* اضافت نمودن - زياده كردن - افزودن .

Augmentation, *s.* افزوني - ازدياد - زيادتي - افزايش .
Augur, *v.* قياس كردن - فال دادن - شگون دادن .
August, *a.* اخترگو - فالگو - عالي قدر - عالي شان .
Aunt, *s.* خواهرِ مادر - خواهرِ پدر - عم .
Auricular, *a.* سامع - گوش زن - به گوش گفته .
Auspicious, *a.* خجسته - بختيار - مبارك - ميمون - نيك اختر .
Austere, *a.* ترش - زشت - درشت - سخت .
Austerity, *s.* تندي - رياضت - درشتي - سختي .
Authentic, *a.* اصلي - معتبر - تحقيق - صحيح .
Authenticity, *s.* راستي - درستي - حقيقت - صحت .
Author, *s.* منشي - مولف - مصنف .
Authoritative, *a.* صاحبِ قدرت - با حكومت .
Authority, *s.* وقار - اختيار - قدرت - حكومت .
Authorize, *v.* اختيار دادن - مختار كردن - قدرت دادن .
Automaton, *s.* آلاتِ خود روان .
Autumn, *s.* خرمان - برگ ريزان - خريف - خزان .
Auxiliary, *a.* دستيار - معاون - مددگار .
Avail, *v.* سود داشتن - نفع نمودن - نوا كردن .
Available, *a.* قادر - يافتني - فايده‌مند .
Avarice, *s.* آز - بخيلي - طمع - حرص .
Avaricious, *a.* بخيل - حارص - طامع .
Avaunt, *int.* دورباش - دورشو .
Avenge, *v.* عتاب كردن - كين گذاردن - انتقام گرفتن .
Avenue, *s.* روشِ - راه درميان، درختها .
Aver, *v.* تعريف ساختن - قرار نمودن - اقرار كردن .

Averse, *a.* مخالف - معرض - دلگیر - بي اختیار - ضدّ .
Aversion, *s.* نفرت - کراهت - ناسازي .
Avert, *v.* دفع کردن - گردالیدن .
Aviary, *s.* مرغزار - قفس - طیور, قفس .
Avidity, *s.* طمع - رغبت - شوق - حِرص .
Avocation, *s.* شغل - پیشه - کار - مصلحت .
Avoid, *v.* پرهیز کردن - اجتناب کردن - احتراز نمودن - اعتراض نمودن .
Avow, *v.* اقرار کردن - قبول کردن - تحقیق گفتن .
Avowal, *s.* اقرار - قبول - تحقیق - تعریف, لایق -
Await, *v.* منتظر بودن - قایم شدن - ماندن - توقف نمودن .
Awake, *v.* بیدار کردن - بیدار شدن - انگیختن .
Award, *v.* فتوي دادن - شرع کردن - حجت گفتن - حکم دادن .
Aware, *a.* آگاه - واقفِ - مشغول - خبردار .
Away, *ad.* دور - غیر حاضر - *int.* Away! begone! دور شو - To go away, رفتن - To away with, رفع کردن. To be away, غایب شدن .
Awe, *s.* هیبت - خوف - دهشت - هراس - باک .
Awful, *a.* هیبت ناك - هول ناكِ - مَخوف - ترسناكِ .
Awhile, *ad.* مدت' چند - زمان یك .
Awkward, *a.* (*foolish*) بي وقوف - نا قابل - (*inelegant*) - نا لطیف - (*unhandy*) غافل- ناساز - (*perverse*) فاسد -
Awl, *s.* درفش - تیغ - کلا .
Awning, *s.* سایبان - عجارت .

Awry, *a.* کج - درهم - ناراست - معوج - ناهموار .
Axe, *s.* تبر - تیشه .
Axiom, *s.* قاعده - (*evident proposition*) مطلب ظاهر .
Axis, *s.* قطب - مهور .
Ay, *ad.* آري - بلي - یقین - البته .
Aye, *ad.* همیشه - مدام .
Azure, *a.* آسماني - نیل گون - لاجوردي - کبودي .

B.

Babble, *v.* مکثیر کردن - مسگالیدن .
Babbler, *s.* بیهوده گو - پس گوي .
Babe, *s.* شیر خوره - پسرك - صبي, کوچك .
Baboon, *s.* میمون .
Baby, *s.* [See Infant.]
Bachelor, *s.* مجرد - نا کتخدا - ارمل .
Back, *s.* پشت - ظهر - قف - Crook-backed, کوز پشت -
Back, *ad.* (*again*) باز - فرا - دگر - (*behind*) واپس - To bring back, باز آوردن - To give back, واپس داشتن - To come back, باز آمدن - To drive back - باز راندن - *v.* (*ride a horse*) سوار شدن - (*to assist*) پشت دادن .
Backbite, *v.* چغل خوري کردن - غیبت گفتن .
Backbiter, *s.* چغل خور - غماز - غیبت کننده .
Backslider, *s.* مردود - مرتد - منکر .

Backward, *a.* (*behind*) پس - (*averse to*) روگردان . (*negligent*) غافل - (*past*) گذشته .

Backwards, *ad.* باز - فراز - سرنگون - درپس .

Bacon, *s.* گوشت، خوك نمك زده - گوشت، خنزير .

Bad, *a.* بد - خراب - شرير - فاسد - A bad heart, بد دل - Whether good or bad, اگر صالح و اگر طالح - (*sick*) خسته - ضعيف - بيمار .

Badge, *s.* علامت - نشان - شعار .

Badger, *s.* (*animal*) شغور - فتك - (*a corn-merchant*) غله فروش .

Badly, *ad.* (*wickedly*) به بدطرح - بي طرح - فنا - (*sickly*) دلبستانه - (*difficulty*) كرهاً .

Badness, *s.* بدي - خرابي - بدذاتي - ناخوشي - فساد - قباحت - خباثت - نقصان .

Baffle, *v.* محروم كردن - تعويت كردن - آشفتن - To be baffled, آشفته حال شدن .

Bag, *s.* كيسه - جيب - جوالق - خريطه - جوال .

Baggage, *s.* اسباب - سامان - رخت - Military baggage, رخت، جنگ - Travelling baggage, اسباب، سفر .

Bagpipe, *s.* نيشه

Bail, *s.* ضامني - ضامن - متكفل - To give bail, كفالت دادن - Bail for appearance, حاضر ضامني - To take bail, كفالت گرفتن .

Bailable, *a.* ضامني، لايق، كفالت - لايق، كفالت - واجب الضمن .

Bailiff, *s.* محضر - سرهنگ - چاوش - (*a kind of agent*) مردار, ده . (*chief of a village*) - خرج بردار - وکیل

Bait, *s.* (*meat or food*) غذا - طعام - اکل - (*allurement*) چینه - دانه - طعمه .

Bait, *v.* (*to ensnare*) چینه ساختن .

Bake, *v.* (*bread*) نان پختن - عجن کردن - سرشتن .

Baker, *s.* نان پز - نانبا - A baker's rolling pin, چوب, نان - A baker's peel, نان چین .

Balance, *s.* (*scales*) میزان - ترازو - The scale of a balance, ساق, میزان - (*equilibrium*) معادلت - A balance of accounts, حساب, باقي - A balance of debt, &c. تلاوت, باقي - The tongue of the balance, لسان, میزان .

Balance, *v.* (*weigh*) سنجیدن - سختن - وزن کردن - (*to hesitate*) شبهت نمودن - To balance accounts, تمثیل, حساب کردن .

Balcony, *s.* کاخ - بالا خانه - طاق - شاه نشین .

Bald, *a.* اصلع - دغ, سر - کل - To make bald, کل کردن - To be bald, دغ سر شدن - (*inelegant*) بي نزاکت .

Baldness, *s.* قرعت - اسفار - صلع .

Bale, *s.* بسته - لنگ - بار - رزمت - A bale of linen, طوي - A bale of silk, کژ .

Bale, *v.* (*bundle up*) بسته کردن - لنگ کردن - (*to throw out water from a ship*) آب از اندرون, جهاز بیرون کردن .

Baleful, *a.* شریر - بد اندیش - غمناک - ملول - بد بخت .

Balk, *v.* نا امید کردن - محروم کردن .
Ball, *s.* گلوله - گوي - The eyeball, مردمك چشم - (*dance*) رقص - (*a play-ball*) قلاعت - A canon ball, تیر طوپ.
Ballad, *s.* غنا .
Ballast, *s.* صبره - نیلام .
Baloon, *s.* برج کاغذي یا ابریشمي .
Balmy, *a.* خوش بو - معطر - نرم - خوش - مشموم.
Balsam, *s.* بلسان.
Bamboo, *s.* ني هندي - خیزران .
Band, *s.* (*tie*) بند - عقد - (*a company of people*) گروه - طایفه - (*union*) وحدت - اتّفاق .
Bandage, *s.* بند - بستگي .
Banditti, *s.* طایفهٔ دزدان - رهزن .
Bane, *s.* زهر - سم - نقصان - تباه - خراب .
Baneful, *a.* زهردار - نقصان .
Bang, *v.* ضرب کردن - کوفتن - زدن .
Banish, *v.* خارج کردن - بدر کردن - راندن .
Banishment, *s.* بلد اخراج - طرد - جلا .
Bank, *s.* (*of a river*) کناره - ساحل - لب - (*a place where money is laid up to be called for occasionally*) صرّاف خانه - دکان صرّاف .
Banker, *s.* صرّاف - نقّاد - زرشناس .
Bankrupt, *s.* مفلس - متلف - تفلیس - نادار .
Bankruptcy, *s.* شکسته حال - پریشاني - ناداري .

Banner, *s.* نشان - عَلَم - رايت - لوا - درفش .
Banquet, *s.* ضيافت - مهماني - محفل - مجلس - بزم .
Banter, *v.* مزه كردن - استهزا نمودن - افسوس دادن .
Bantling, *s.* عشاق - بچه - پسرك .
Bar, *v.* (*a door*) تقفّل كردن - (*to obstruct*) سد كردن .
Bar, *s.* (*of a door*) قفل - (*an obstacle*) منع - مانع - زجر - (*a lever*) دهوق .
Barb, *s.* (*horse*) اسپ مغربي - (*of an arrow*) خارِ تير .
Barbarian, *s.* جاهل - جنگلي - عجمي - غريب .
Barbarity, *s.* بي رحمي - درشتي .
Barbarous, *a.* (*a language*) عجمي - (*ignorant, rude*) جاهل - جهالت - ادب ترك - (*cruel*) بي رحم - ظالم - (*foreign*) غريب - اجنب .
Barbed, *a.* جوشن دار - خاردار - ريشدار .
Barber, *s.* حجّام - موي ستر - سرتراش - دلاك .
Bard, *s.* [See Poet.]
Bare, *a.* (*simple*) ساده - (*poor*) مفلس - فقير - مسكين - (*naked*) برهنه - مجرّد - (*only*) همان - (*lean*) لاغر .
Barefaced, *a.* بي حيا - گستاخ - شوخ چشم - آشكار .
Barely, *ad.* (*only*) فقط - مجرد - همان - (*poorly*) فقيرانه - برهنانه .
Bargain, *s.* شرط - عهد و پيمان - خريد فروخت - قرار .
Bargain, *v.* عهد كردن - شرط ساختن - بازار كردن .
Barge, *s.* كِشتي - زورق - سفينه .

Bark, *s.* (*of a tree*) پوست • قِشر - جِلد - (*boat*) سفینه .

Bark, *v.* (*peel*) پوست کندن - To bark (*as a dog*) لاندن - حف حف کردن - لغو ساختن .

Barley, *s.* جو - شعیر • A barley-corn, دانهٔ جو - شعیرت .

Barm, *s.* خمیر .

Barn, *s.* خرمن - البار - مخزن - خزینه .

Barrack, *s.* سپاه‌خانه - خانهٔ سپاهي .

Barrel, *s.* برمیل - دُن - جرّه .

Barren, *a.* شوره - بي ثمر - کم ذهن - بي بر - A barren woman, زن، عقیمه - A barren season, سال، قحط - Barren ground, زمین، شوره • (*stupid*) احمق .

Barrenness, *s.* شوریت - کم ذهني - بي حاصلي - قحط .

Barricade, *s.* سدّ - چپر - بُنیان - مِقبص .

Barrier, *s.* سرحدّ - حدّبندي - حدود .

Barrister, *s.* وکیل، عدالت .

Barter, *s.* تجارت - بازار - مبادله .

Barter, *v.* تجارت کردن - مبادله کردن .

Base, *a.* ذلیل - دون - کمینه - ناکس • خوار .. Base coin, قلب - Base minded, فرومایه . Base-born, حرامزاده .

Base, *s.* (*bottom*) بنیاد - پایه .

Baseness, *s.* حقارت - نا مردي - کمینگي - بدذالي - دوني.

Bashful, *a.* شرمسار - شرم‌گین - خجِل - شرمنده -

Basis, *s.* بُنیاد - پاي - اساس - بُن - رُکن.

Bask, *v.* (*in the sun*) ضحا کردن - اِضحاد ساختن.

Basket, *s.* كوفه - سبد - سله - زنبيل .

Bass, *s.* (*in music*) ابّم - نرم .

Bastard, *s.* دغول - روسپي زاده - حرامزاده .

Baste, *v.* (*to beat*) ضرب كردن - كوفتن - (*stitch*) دوختن .

Bastion, *s.* برج (*pl.* بروج) - متين - بارو . - [لختي]

Bat, *s.* (*animal*) شب پره - خفّاش - وطواط - (*a club*) چوب -

Batch, *s.* حصّه .

Bate, *v.* كم شدن - كم كردن .

Bath, *s.* غسل خانه - حمّام - تابخانه - گرمابه - The keeper of a bath, حمّامي .

Bathe, *v.* شستن - غسل كردن .

Battalion, *s.* لشكر - عسكر - جمع - پلتن .

Batter, *v.* سفق كردن - بر زمين نهادن - برخاك كوفتن .

Battery, *s.* توپخانه - مورچه - دمدمه .

Battle, *s.* جنگ - جهاد - كارزار - نبرد - رزم - A field of battle, ميدان جنگ - To give battle, مقابله كردن - A sea battle, قتال البحر - To excite to battle, غولانيدن .

Battlement, *s.* بارو - بدن - كانگ - كنگره - برج .

Bawl, *v.* نعره زدن - بانگ زدن - آوازيدن .

Bay, *s.* (*of the sea*) خليج - Bay, (*horse*) كميت - ادبس - (*mare*) جأوأ - To bay, *v.* نبح كردن - احاطه كردن .

Bayonet, *s.* سنگين .

Bazaar, *s.* بازار .

Be, *v.* بودن - شدن - هستن - باشیدن - (*to cause to be*) هستي دادن - (*not to be*) نابود شدن - Let it be, شود - باد - باش - Let it be as it may, هرچه بادا باد.
Beach, *s.* لب دريا - دريا كناره.
Beacon, *s.* نشان - علامت - منارت.
Bead, *s.* مهره - مورش - داله - A string of beads, تسبيح.
Beak, *s.* (*of a bird*) منقار - تك مرغ - نوك.
Beam, *s.* (*beam of a house*) شاه تير خانه - (*ray*) پرتو - شعله - Sun-beams, شعاع آفتاب.
Beam, *v.* پرتو انداختن - درخشيدن.
Bear, *s.* خرس - دبّ - The Greater Bear, دبّ اكبر - The Lesser Bear, دبّ اصغر.
Bear, *v.* (*suffer*) برداشت كردن - تحمّل كردن - (*carry*) بردن - كشيدن - To bear arms, سلاح داشتن - To bear a child, حمل گذاشتن - زادن - To bear company, همراهي كردن - رفيق شدن - To bear in mind, ياد داشتن - ذكر ساختن - To bear up against, مقاومت كردن - To bear witness, شهادت كردن - To bear a loss, نقصان نمودن. To bear fruit, حمل داشتن. To bear down, ظلم نمودن - To bear with, رخصت نمودن.
Beard, *s.* ريش - خطّ.
Bearer, *s.* حمّال - باركش - باربردار - The bearer of a letter, نامه آور - قاصد.
Beast, *s.* حيوان (*pl.* حيوانات) - جانور - چارپايه - چرنده - متوره - A wild beast, وحش (*pl.* وحوش) سبع.

Beastly, *a.* حيواني - وحشيّ - مكروه - غليظ .

Beat, *v.* (*strike*) كوفتن - زدن - ضرب كردن - (*conquer*) غالب شدن - ظفر يافتن - To beat (*as the pulse*) رگ حركت نمودن - To beat or dash against, بهم زدن - To beat the breast, سينه زدن - To beat down خراب ساختن - To beat down in price, قيمت كوم كردن - To beat up, هجوم آوردن .

Beating, *s.* ضرب كنان - زد و كوب .

Beau, *s.* مرد نازنين . [دلربا .

Beautiful, *a.* جمال - پاك - نيك - حسين - خوب صورت -

Beautifully, *ad.* در حسن حال - با جمال .

Beautify, *v.* آراسته كردن - زيب دادن .

Beauty, *s.* نكوئي - رونق - حسيت - خوبي - (*lovely woman*) دل آرام - دلدار - دلخواه - نازنين .

Beaver, *s.* سگ آب - سگابي .

Because, *con.* زانكه - از براي آنكه - چونكه - زيراكه .

Beckon, *v.* رمز زدن - اشاره كردن .

Become, *v.* (*fit*) لايق شدن - مطابق شدن - (*to be*) شدن - گشتن - هستن - بودن .

Becoming, *a.* روا - خوش نما - لايق - مناسب .

Bed, *s.* خواب گاه - بستر - (*a bed of flowers*) چمن - The bed of a river, رود خانه - A travelling bed, تخت روان - To go to bed, بخواب رفتن - To be in bed, بر بستر راحت شدن - A bed-chamber, خلوت خانه - A bedfellow, همبستر - Bed-time, ساعت خواب - Bed-sheet, چادر .

Bedaub, *v.* پلید نمودن - آلوده کردن .
Bedding, *s.* فرش .
Bedeck, *v.* آراسته کردن .
Bedew, *v.* ژولیدن - نم‌ناک کردن .
Bedridden, *a.* صاحب بستر .
Bedstead, *s.* چارپایی - پلنگ .
Bee, *s.* مگس انگبین - زنبور عسل - زنبور - A bee-hive, کندو خانه - Bees-wax, شمع موم عسل - A bee's sting, نیش - ناوک زنبور - The king (*or queen*) bee, جعل .
Beef, *s.* لحم، بقر - گوشت گاو .
Beer, *s.* بوزه - جعت .
Beet, *s.* (*root*) خرمج - پازو - سلق .
Beetle, *s.* (*insect*) جعل - زنبور سیاه - (*a mallet*) کوزینه - مدق -
A pavior's beetle, میطدت - A fuller's beetle, توبك
A bleacher's beetle, تخته جامه .
Befall, *v.* ظهور نمودن - گذشتن - واقع شدن .
Befit, *v.* واجب بودن - شایستن - لایق شدن - مناسب شدن -
Before, *pr.* پیشتر - قبل - درپیش - سابق - Before and after, پیش و پس - Before entering, قبل الدخول - Before arrival, قبل وصول - To come before, پیش آمدن - To bring before, پیش آوردن - To go before, پیش رفتن . As before, کالاول .
Beforehand, *ad.* پیشتر - اولا .
Befriend, *v.* مدد کردن - یاری کردن - دستگیری کردن .

Beg, *v.* (*entreat*) خواستن - التماس کردن - To beg alms, در بدر رفتن - سایل شدن - دریوزه کردن .

Beget, *v.* مولّد کردن - پیدا کردن - (*to produce*) بر آوردن - ظهور کردن - To beget esteem, خاطر گرفتن .

Beggar, *s.* فقیر - مایل - مسکین - گدا - قلندر - درویش . A beggar's wallet, توبره - *v.* فقر کردن - مفلس ساختن .

Beggary, *s.* فقیري - مفلسي - گدائي - تنگ دستي .

Begin, *v.* شروع کردن - ابتدا کردن - آغاز کردن .

Beginner, *s.* شروع کننده - نو آموز .

Beginning, *s.* شروع - ابتدا - آغاز - دیباچه - مباشرت - From beginning to end, سراسر - از آغاز تا انجام .

Begone, *int.* دور شو - دور باش - برو .

Beguile, *v.* فریب دادن - برغلانیدن - غدر ساختن .

Behalf, *s.* واسطه - خاطر - بهر . On thy behalf, درحق تو .

Behave, *v.* سلوک کردن - عمل نمودن - To behave respectfully, ادب بجا آوردن - To behave carelessly, غافل شدن .

Behaviour, *s.* سلوک - طریق - طور - عمل - وضع - ادب

Behead, *v.* کشتن - گردن زدن .

Behind, *pr.* درپس - درعقب - واپس - To remain behind, درعقب ماندن - To go behind (*or retire*) واپس رفتن - To come behind, عقب آمدن - Behind the curtain, پس پرده - Behind and before, پس و پیش - (*out of sight*) نابینا - غایب - (*inferior*) کمتر - فروتر .

Behold, *v.* نگریدن - نگریستن - نگاه کردن - نظر کردن - دیدن .
Behold, *int.* اینک - نظرکن - به بین .
Being, *s.* (*existence*) بودی - وجود - هستي - (*condition*) حال - شان - (*creature*) مخلوقت - آفرین - (*existing*) باشنده - شونده - (*since*) چون .
Belabour, *v.* کوفتن - زدن .
Belch, *v.* فراخیدن - آروغیدن .
Belie, *v.* (*counterfeit*) تقلید کردن - (*to calumniate*) بهتان ساختن - افترا کردن .
Belief, *s.* دین - ایمان - اعتقاد - اعتبار - باور .
Believe, *v.* پنداشتن - اندیشیدن - اعتقاد داشتن - باور کردن .
Believer, *s.* دیندار - ایماندار - معتقد .
Bell, *s.* ناقوس - جرس - (*pl.* نواقیس) To bear away the bell, گوی بردن - ظفر گرفتن .
Belle, *s.* نازنین عورت - Belles-lettres, علم و هنر .
Belligerent, *s.* جنگ آور - جنگ .
Bellow, *v.* خوار ساختن - جوار کردن .
Bellows, *s.* منفاخ - دم، دمه .
Belly, *s.* بطن - شکم - The belly-ache, دردِ شکم - پیچش - Big bellied, حامل - بار بردار - A belly-full, سیری - Burst in the belly, شکم شکسته .
Belong, *v.* نسبت داشتن - تعلق داشتن - متعلق شدن .
Beloved, *a.* عزیز - معشوق - محبوب .
Below, *ad.* زیر - فرو - فرود - تحت - (*inferior*) اسفل - ادنا - کمینه - Above and below بالا و فرود - زیر و زبر .

Belt, *s.* کمربند - زُنّار .
Bemoan, *v.* نالیدن - افسوس کردن .
Bench, *s.* (*tribunal*) عدالت - دیوان - مجلس - (*a table*) درگاه - نشیمن (*a seat*) - پِشخُون .
Bend, *v.* خم شدن - کج کردن - پیچیدن - (*to subdue*) فتح کردن - غالب شدن - To bend or string a bow, کمانرا زه کردن - قوس کشیدن - To bend the knee, زانو زدن .
Beneath, *pr.* or *ad.* زیر - فرو - شیب .
Benediction, *s.* دعا - برکت - نیایش - مبارک .
Benefaction, *s.* کرامت - احسان - بخشش - کرم - نعمت
Benefactor, *s.* کریم - نیکو کار - منعم - ولي نعمت .
Beneficence, *s.* نیکو کاري - فضیلت - نعمت - کرم - بذل .
Beneficent, *a.* نکوکار - کریم - صاحب کرم .
Beneficial, *a.* سودمند - مفید - فائده‌مند - نافع .
Benefit, *s.* فائده - نعمت - احسان - سود - نفع .
Benefit, *v.* (*to do good*) نیکو کردن - انعام دادن - بخشیدن - منفعت ساختن - (*to gain advantage*) سود داشتن .
Benevolence, *s.* خیر خواهي - شفقت - لطف - مروّت .
Benevolent, *a.* خیر خواه - مهربان - شفیق .
Benight, *v.* شب شدن - تاریك شدن .
Benign, *a.* مهربان - کریم - حلیم - خوش طبع .
Benignity, *s.* مهرباني - کرم - حلم - رفق .
Bent, *a.* کج - رجوع - مایل - مشغول .

Benumb, *v.* افسردن - بي هوش كردن .

Bequeath, *v.* هبه كردن - وصيت كردن .

Bequest, *s.* هبه - وصيت (*pl.* وصايا) .

Bereave, *v.* دفع و رفع كردن - برداشتن - محروم كردن - To bereave of life, از جان كشتن - To bereave of hope, نا اميد كردن - To bereave of dignity, معزول نمودن - To bereave of a husband, موئم كردن .

Berry, *s.* دانه - حبه .

Beseech, *v.* درخواست كردن - منت كردن - التماس كردن - عرض كردن .

Beseem, *v.* شايستن - روا بودن - لايق شدن - مناسب شدن .

Beset, *v.* احاط كردن - شامل نمودن .

Beside, *pr.* (*near*) نزديك - قريب - (*except*) جز - سوا - الا .

Besides, *ad.* (*over and above*) مگر - علاوه .

Besiege, *v.* محاصره كردن - احاط نمودن - گرد كردن .

Besmear, *v.* آلوده كردن .

Besom, *s.* جاروب - خاك روب .

Bespatter, *v.* (*with mud*) گل افشاندن - (*to defame*) بهتان ساختن .

Bespeak, *v.* (*address*) گفتن - (*to order*) فرمايش كردن - (*to shew*) اظهار كردن - (*to forebode*) فال گفتن .

Besprinkle, *v.* افشاندن - پاشيدن - پراگنده كردن .

Best, *a.* خوب ترين - احسن - بهترين - اشرف - To do the best, جد و جهد كردن - Best of all, اعلا - بي نظير .

Bestir, *v.* اقدام و شغل دادن.

Bestow, *v.* بخشیدن - بخشش کردن - عطا کردن - دادن. (*to expend*) صرف کردن - (*to place*) نهادن - To bestow in marriage, عقد نکاح کردن - To bestow attention, بذل همت کردن.

Bet, *s.* شرط - گرو - رهن - قول.

Bet, *v.* شرط کردن - قول ساختن.

Betake, *v.* مشغول شدن - متوجه شدن - نزدیك رفتن.

Bethink, *v.* اندیشه کردن - یاد کردن - فکر کردن.

Betide, *v.* گذشتن - واقعه شدن.

Betimes, *ad.* سحر - بامداد - بزودي - بر محل - بر وقت.

Betray, *v.* پرده داري کردن - بي وفائي کردن - دغابازي کردن.

Betroth, *v.* دست پیمان کردن - منسوب کردن - نسبت کردن.

Better, *a.* بهتر - خوشتر - افضل - To (*make*) better, بهتر کردن - (*promote*) ترقي کردن - (*to surpass*) غالب شدن.

Between, *pr.* در - درون - میان - درمیان

Beverage, *s.* شراب - شرب - شربت (*pl.* اشربه).

Bewail, *v.* گریه کردن - ناله و زاري کردن - افسوس کردن.

Beware, *v.* پرهیختن - پرهیز کردن - خبردار شدن.

Bewilder, *v.* پریشان نمودن - گمراه کردن.

Bewitch, *v.* افسون کردن - جادو کردن.

Beyond, *pr.* or *ad.* دور - عبور - زیاده - پیشتر - بدان طرف.

Bias, *s.* عطف - مایل - رجوع.

Bias, *v.* عطف نمودن - تافتن - میل کردن.

Bible, *s.* توراة - كتاب, مقدّس .

Bibulous, *a.* آب كش - جاذب .

Bid, *v.* امر كردن - فرمودن - حكم دادن - (*to invite*) تواضع كردن - دعوت كردن - To bid for, مساومت كردن - To bid adieu, الدواع گفتن - To bid good day, خيرباد گفتن - سلام دادن .

Bidder, *s.* سوام كننده - خريدار .

Biennial, *a.* هر دوساله - دوساله .

Bier, *s.* جنازه - تابوت .

Big, *a.* كلان - بزرگ - جسيم - كبير - (*with child*) حامله .

Bigness, *s.* جسامت - قدر - بزرگي - بلندي .

Bigot, *s.* متعصّب - وسواسي .

Bigotry, *s.* تعصّب - عبادت, باطل - وسوسه .

Bile, *s.* صفرا - زهره - (*a sore*) دنبل - ريش .

Bilious, *a.* صفراي - زردآبي .

Bill, *s.* (*of a bird*) منقار - (*note of hand*) دستاويز - (*an account*) حساب - (*bond*) تمسك . Bill of exchange, سفته - برات - هندي . Bill of parcels, سياهه . Bill of sale, قباله - بيعنامه .

Billet, *s.* رقعه - خطّ - نامه - A billet of wood, تيرهٔ درخت .

Billow, *s.* موج (*pl.* امواج) - The dashing of the billows, تلاطم, امواج .

Bin, *s.* انبار خانه - A wine-bin خمخانه .

Bind, *v.* بستن - بندوبست كردن - منقبض كردن - To bind

over, حاضر ضامن دادن - To bind a book, مجلّد کردن - To bind round, مصرور ساختن - To bind an apprentice, شاگرد کردن .

Binder, s. بند کننده - A binder of books, جلد گر .

Binding, s. بند - جلد بندي .

Biographer, s. ناقل - راوي - تاريخ .

Biography, s. نقل - تذكره - روايت .

Biped, s. دو پایه - دو پا - اهل، دو پا .

Bird, s. پرنده - مرغ - طاير - A singing bird, گويا - Abounding in birds, مطاره - A flock of birds, چغاله - A dealer in birds, طیوري - A bird's bill, منقار - A bird-cage, قفس - A bird's talon, چنگال - A bird-catcher, صيّاد الطّيور - A bird's nest, آشيانه .

Birth, s. پیدایش - تولّد - اصل - خاندان - Birthday, روزِ ولادت - سال گره - (*lineage*) اصل - نسل - Of noble birth, پاکنژاد . Birth-place, وطن، اصلي - مولّد . Birth-right, حق، ولادت - میراث .

Biscuit, s. کاک - قرص - كعك .

Bisect, v. تنصيف كردن - دو پاره کردن .

Bishop, s. مجتهد - امام .

Bit, s. ذره - ریزه - پاره - (*mouthful*) لقمه - نواله - In bits, پاره پاره - The bit of a bridle, لگام - چماخ .

Bitch, s. ماده سگ - كلبت .

Bite, *v.* گذیدن - خائیدن - شکم ساختن - (*to cheat*) فریفتن - To bite, (*as frost*) بارد شدن - (*to reproach*) طعن زدن - (*to be pungent to the taste*) تیز بودن .
Bite, *s.* گذندگي - فریب - حیلہ .
Bitter, *a.* تلخ - سخت - (*severe*) ظالم - بي رحم - (*calamitous*) صاحب, مصیبت .
Bitterness, *s.* تلخي - (*severity*) سختي - شدت - (*calamity*) آفت - بلا - (*reproach*) سرزنش .
Bitumen, *s.* نفط - قفر .
Black, *a.* سیاہ - تاریك - غم‌گین - مکروہ - شریر - A black man, حبشي - Black and white, اسود و ابیض .
Blacken, *v.* سیاہ کردن - اسود نمودن .
Blackguard, *s.* مردام - بد معاش .
Blackish, *a.* سیاہ چردہ - کلَف .
Blackness, *s.* سیاهي - سواد
Blacksmith, *s.* آهن گر - بقّار - A blacksmith's hammer, خایسك - سُهم .
Bladder, *s.* مثانہ - آبدان .
Blade, *s.* (*of grass or corn*) بن - برگ - ورق - A sword-blade, تیغ - شمشیر .
Blamable, *a.* تقصیر وار - ملزم - گناہ‌گار .
Blame, *v.* الزام دادن - ملامت دادن - سرزنش کردن .
Blame, *s.* الزام - ملامت - عیب - گناہ - خطا .
Blameless, *a.* بي قصور - بي گناہ - پاك - معصوم .

Blanch, *v.* بياض كردن - زرد كردن - سفيد كردن .
Bland, *a.* شيرين - ملايم - نرم .
Blandishment, *s.* دل نوازي - نوازش - ناز .
Blank, *a.* (*white*) سفيد - (*unwritten*) ساده - نامكتوب - (*vacant*) خالي - تهي - (*verse*) نظم غير مقفى .
Blanket, *s.* شادگونه - عبا - گليم .
Blaspheme, *v.* كفر گفتن .
Blasphemy, *s.* كفر - كفر گوئي .
Blast, *s.* (*of wind*) درر - آواز - The blast of a trumpet, نغمهء نفير] .
Blast, *v.* پژمرده كردن - غارت كردن - برباد كردن .
Blaze, *s.* (*flame*) شعله - سوزار - (*publication*) اشتهار .
Blaze, *v.* اشتهار كردن - شعله كردن .
Bleach, *v.* صاف كردن - سفيد كردن .
Bleak, *a.* سرما - برد - سرد .
Bleat, *v.* ثواج كردن - لبالب زدن .
Bleating, *s.* لدس - ثواج .
Bleed, *v.* (*shed blood*) خون افشاندن - خون ريختن - (*to let blood*) فصد كردن - رگ زدن - (*to lose blood*) مردن (*to die*) - خون ريزان نمودن .
Blemish, *s.* جرم - عيب - داغ - خطا . *v.* رسواي ساختن .
Blend, *v.* دشنام دادن - داغدار كردن - آميز كردن -
Bless, *v.* بختيار - مبارك كردن - بركت دادن - دعا دادن - شكر گفتن - تحسين كردن - كردن
Blessing, *s.* آفرين - بركت - دعاي خير .
Blight, *s.* برد - سرما - صر - *v.* پژمردن - برباد كردن .

Blind, *a.* نابينا - كور - ضرير - Blind of an eye, يك چشم.

Blind, *v.* نابينا كردن - كور ساختن - To be or become blind, كور شدن - (*to deceive*) غبن كردن.

Blindfold, *a.* چشم پوشيده.

Blindness, *s.* نابينائي - كوري - جهالت.

Blink, *v.* چشم زدن - اغماض ساختن.

Bliss, *s.* سعادت - مباركي - فرصت - عشرت.

Blissful, *a.* مسعود - مبارك.

Blister, *s.* آبله - نفط.

Blister, *v.* آبله كردن - خدنگ كردن.

Blithe, *a.* خوش و خرم - خوش دل - شاد.

Block, *s.* (*of wood*) كنده درخت - (*stupid*) احمق.

Block, *v.* بند كردن - محاصره كردن - گرداگرد ساختن.

Blockade, *s.* محاصره - حصر - احاطه.

Blockhead, *s.* بي وقوف - احمق - ابله - نادان.

Blood, *s.* خون - دم - (*lineage*) نسب - نژاد - (*life*) حيات - (*kindred*) خويشان - (*offspring*) نسل - (*temperament of mind*) مزاج - To let blood, رگ زدن - To shed blood, قتل كردن - خون كردن.

Bloodshed, *s.* خون ريزي - قتل.

Bloody, *a.* خون آلوده - خون خوار.

Bloom, *s.* شكوفه - نو جواني - عنفوان. *v.* شگوفتن.

Blooming, *a.* شگوفه كننده - نو جوان.

Blossom, *s.* [See Bloom.]

Blot, *s.* (*stain*) داغ - عيب - (*disgrace*) ناموس - رسواي - (*obliteration*) محو - رقم كش . *v.* محو ساختن .

Blow, *s.* ضرب - صدمه - زد - مشت .

Blow, *v.* (*as wind*) وزيدن - دميدن - To blow, (*with the mouth*) دميدن - پف دادن - (*to breathe*) دم زدن - (*to fill with wind*) پر باد كردن - To blow the nose, خميدن - To blow up or swell, بر آماهيدن - (*sound an instrument*) نواختن • To blow upon, با دم گرم كردن - (*treat with contempt*) حقارت ساختن - To blow (*as flowers*) شگوفتن .

Blue, *a.* نيلي - نيل‌گون - آسماني رنگ - كبود - لاجورد .

Blunder, *s.* غلط - خطا - سهو - قصور - تقصير .

Blunder, *v.* غلط كردن - قصور كردن - سقط كردن .

Blunt, *a.* كُند - بي آب - نا لطيف - ساده - نادان - ناشناس .

Bluntly, *ad.* كليلانه - با ترك ادب .

Bluntness, *s.* كُندي - ناداني - احمقي .

Blush, *v.* خجل شدن - شرميدن - شرم داشتن - ننگ داشتن .

Blush, *s.* خجلت - شرم - حجاب .

Bluster, *v.* لاف زدن - نهات كردن .

Boar, *s.* خوك نر - خنزير (*pl.* خنازير) .

Board, *s.* (*plank*) تخته - لوح - مجلس - (*a court*) عدالت - (*food*) خوراك - On board, بر جهاز - To board a ship, درجهاز محول كردن .

Boast, *s.* لاف زني - گذاف - *v.* لاف زدن - فخر كردن .

Boat, *s.* كِشتي - سفينه - زورق - A ferry boat, كِشتي گذاره .

Boatman, *s.* خلاصي - ملاّح .

Bode, *v.* فال نمودن - دلالت كردن - شگون دادن .

Bodily, *a.* اصلي - ذاتي - بدني - جسماني .

Bodkin, *s.* دِرَفش .

Body, *s.* بدن - جسم - شخص - تن - اندام - A dead body, لاشه - جنازه - A collective body, جمع - Any body, كسي - فرد - Somebody, فلان - يكي - Nobody, هيچ كس - There is no body, كسي نيست - Every body, هركس - هريكي .

Boil, *v.* گرم شدن - پختن - جوشيدن - جوش كردن - To cause to boil, جوشانيدن .

Boil, *s.* دُمَّل - (*pl.* دماميل) .

Boiler, *s.* هركاره - ديگ - جوش كننده .

Boisterous, *a.* سخت - شديد - تيز - تند .

Bold, *a.* بي حيا - گستاخ - شير مرد - دلير - بهادر .

Boldly, *ad.* مردانه - دليرانه .

Boldness, *s.* گستاخي - جرأت - دليري - بهادري .

Bolt, *s.* (*of a door*) نرماده - دربند - (*an arrow*) تير - A thunderbolt, صاعقه .

Bolt, *v.* (*a door*) سدّ باب كردن - (*to fetter*) قيد و بند كردن - (*to sift*) بيختن .

Bombardment, *s.* خمپاره اندازي

Bombast, *s.* لاف زني - مبالغه .

Bond, *s.* (*ligament*) زنجير بند - (*union*) رشته - علاقه . (*for debt, &c.*) تمسك - دستاويز .

Bondage, *s.* اسيري - بندگي - غلامي - قبض .

Bondman, *s.* غلام - عبد - بنده .

Bondsman, *s.* ضامن - كفيل .

Bone, *s.* أستخوان - عظم (*pl.* عظام) - The jaw-bone, لهزمت - Joint-bones (*of the heel*), كعب - (*Of the hands and feet*), كعس - The bones of the arm, انقا - The shank-bone, شتالنگ - The hip-bone, ورّ - The neck-bones, نضّي - The collar-bone, ترقوت - The knee-bone, سرِ زانو - A bone-setter, شكسته بند .

Bonnet, *s.* كلاه - تاج .

Bonny, *a.* [See Handsome.]

Bony, *a.* استخوان دار - پرِ استخوان .

Booby, *s.* [See Blockhead.]

Book, *s.* كتاب (*pl.* كتب) - نامه - دفتر (*pl.* دفاتر) - جلد (*pl.* جلود) - An account-book, دفتر - A day-book, روزنامه - A cash-book, آورجه - The title of a book, كتابت - A book-case, رف . A book-binder, جلدگر - مجلّد - Book-keeping, حساب نويسي - A book-seller, كتب فروش .

Boon, *s.* بخشش - انعام - دعا .

Boor, *s.* دهقاني - روستائي .

Boot, *s.* موزه - خف - (*advantage*) فايده - سود .

Booty, *s.* غارت - غنیمت - تاراج - یغما .
Borax, *s.* تنکال - بورق - تنکار .
Border, *s.* کناره - دامن - حدّ - سرحدّ .
Bore, *s.* سوراخ - *v.* سوراخ کردن - سفتن - سفلیدن .
Born, *a.* پیدا شده - زاده - To be born, زادن - متولّد شدن .
Borrow, *v.* عاریت گرفتن - قرض کردن - وام گرفتن .
Bosom, *s.* سینه - دل - بر - بغل - آغوش - صدر .
Botanic, *a.* نباتي - چمن پیولد .
Botany, *s.* علم نباتات - علم چمن . [طرف .
Both, *a.* هردو - همدیگر - Both sides, هردو جانب - هردو
Bottle, *s.* شیشه - قرابه - صراحي .
Bottom, *s.* ته - پاین - بنیاد - بن - The bottom of the sea &c., غیابت - The bottom of a ship, انبار - (*profundity*) عمق - (*dregs*) درد - At the bottom, بپاین - From top to bottom, از بالا تا پاین - از سر تا پا -
Bottomless, *a.* بي ته - بي بن .
Bough, *s.* شاخ - فرع (*pl.* فروع).
Bound, *v.* جستن - حدّ کردن - تحدید کردن .
Bound, *s.* جست - حدّ - سرحدّ - Beyond bounds, ازحدّ بیرون - Boundless, *a.* بي حد - بي پایان - بي نهایت .
Boundary, *s.* حدّ - سرحدّ .
Bounteous, *a.* سخي - کریم .
Bountiful, *a.* فیّاض - کریم - سخي - منعم .
Bounty, *s.* فیض - بخشش - سخاوت - عطا - کرم .

Bow, *s.* تکریم - کورنش - سلام .

Bow, *s.* قوس - کمان - The rain bow, کمان فلك - To bend a bow, کمان کشیدن - A bow-case, کماندان - A bow-string, زه - چله - A bowman, تیرانداز - کمان دار .

Bow, *v.* خمیدن - خم شدن - سلام خواندن - To make a bow, سر نهادن - سلام دادن .

Bowels, *s.* جگربند - روده - رحم .

Bower, *s.* گلگشت - درختستان - کنج .

Bowl, *s.* قدح - کاسه - پیمانه - ساغر - جام - پیاله .

Box, *s.* بغشش - صندوقچه - صندوق - A sugar-box, شکرستان - A snuff-box, مسعوط - A drug-box, قفدان .

Box, *s.* طپانچه - *v.* طپانچه زدن . [غلام .

Boy, *s.* پسر - کودك - طفل - صبي - A servant boy - خادم -

Boyhood, *s.* پسري - طفولیت :

Brace, *s.* بند - بستگي - *v.* بستن - قابض کردن .

Bracelet, *s.* دست بند - بازو بند .

Bracket, *s.* نشان - استاده .

Brackish, *a.* شور - نمکین .

Brag, *v.* افتخار نمودن - تکبّر کردن - لاف زدن .

Braid, *v.* (*weave together*) بافتن .

Brain, *s.* دماغ - مغز .

Brains, *s.* عقل - فهم .

Bramble, *s.* درخت خار - خار .

Bran, *s.* سبوس .

Branch, *s.* شاخ - فرع - Having two branches, دو شاخه -

A branch of a river, جدول - A branch of a family, نسب - اولاد .

Brand, *s.* داغ - حرف - سوختن - A fire-brand, آتش پاره .

Brand, *v.* داغ نهادن - داغ زدن .

Brandish, *v.* تیغ افشاني نمودن - تابانیدن

Brasier, *s.* مِس گر .

Brass, *s.* بِرِنج - رِوي .

Brave, *a.* بهادر - دلیر - جان باز - فاضل .

Bravely, *ad.* بهادرانه - دلاورانه - شریفانه .

Bravery, *s.* بهادري - دلیري - جوان مردي .

Bravo, *int.* شاباش - آفرین .

Brawl, *s.* غوغا - فتنه . *v.* غوغا کردن - فتنه انگیختن -

Brawler, *s.* غوغا کننده .

Bray, *v.* نهق کردن - عریدن ,

Brazen, *a.* برنجي - روین - (*impudent*) گستاخ - بي حیا .

Breach, *s.* شگاف - شکستگي - مفارقت - نفاق .

Bread, *s.* نان - خوراك - روزي - Leavened bread, نان خمیر - Fine bread, میده - Dry bread, نان خشك .

Breadth, *s.* پهنائي - عرض - فسح - وسعت - According to the breadth, عرضاً .

Break, *v.* شکستن - گسیختن - شگافتن - (*to tame*) مطیع کردن - دست آموختن - To break in pieces, پاره پاره شکستن - (*to ruin*) برباد شدن - To break the law, خلاف شرع کردن - To break an agreement,

عهد فسخ کردن - To break in, هجوم کردن - To break up an assembly, مجلس موقوف داشتن .

Break, *s.* شگاف - حرکت - The break of day, صبح .

Breaker, *s.* شکننده - (*a breaker of horses*) ملاخور .

Breakfast, *s.* ناشتا - خورش, صبح - چاشت .

Breast, *s.* سینه - دل - بر - صدر - A woman's breast, پستان - The breast of a garment, جیب .

Breastplate, *s.* چپراس - جبه .

Breath, *s.* دم - نفس (*pl.* انفاس) - جان - The last breath, نفس, آخر - To draw breath, دم زدن .

Breathe, *v.* دم کشیدن - نفس زدن .

Breathless, *a.* بی دم - بی جان - دم بسته .

Breeches, *s.* پای جامه - ازار .

Breed, *v.* پیدا کردن - نسل افزودن - پروردن - تربیت کردن .

Breed, *s.* ذات - نسل - قسم - اولاد .

Breeding, *s.* تربیت - تعلیم - پرورش .

Breeze, *s.* نسیم - باد, صبا - باد .

Brethren, *s.* برادران - [See Brother.]

Brevity, *s.* اختصار - کوتاهی - قصیری .

Bribe, *s.* رشوت - پاره - ارش .

Bribe, *v.* رشوت دادن - پراگنده ساختن - To take a bribe, رشوت گرفتن .

Bribery, *s.* رشوت - اتاوت .

Brick, *s.* خشت پخته - A brick-maker, خشتگر -

A brick-layer, بناگر - راز - A brick-kiln, شاخوره - Brick-dust, خشت کوفته .
Bridal, *a.* عروسي - [See Marriage.]
Bride, *s.* عروس - عروسه .
Bridegroom, *s.* نوشه - عروس - داماد .
Bridge, *s.* پل - جسر - کمر . [فخ .
Bridle, *s.* لگام - عنان - The bit of a bridle, دهنه لگام -
Brief, *a.* مختصر - کوتاه - خورد .
Brier, *s.* ظمیان - خار .
Brigade, *s.* کشون .
Brigand, *s.* ره زن .
Bright, *a.* روشن - صاف - تیز فهم - آبدار - تابان .
Brighten, *v.* روشن کردن - جلا کردن - (*to make gay*) لطیف ساختن - (*to make witty*) زیرک ساختن - (*to make illustrious*) نامدار ساختن .
Brightness, *s.* روشني - آبداري - تابداري .
Brilliancy, *s.* تابداري - روشني .
Brilliant, *a.* روشن - تابدار .
Brim, *s.* کناره - لب - To fill to the brim, لبالب کردن - (*to become full*) پرگشتن .
Brimful, *a.* لبالب .
Brimstone, *s.* گوگرد .
Bring, *v.* آوردن - To bring about, گردانیدن - To bring forth children, زادن - زائیدن - (*to produce*) پیدا نمودن -

To bring proof, ثابت کردن - To bring in (*reduce*), باز آوردن - To bring in (*afford gain*), سود آوردن - To bring forward (*promote*), ترقي ساختن - To bring off (*disengage*), رها کردن - To bring on, بکار آوردن - To bring over, نصیحت کردن - To bring out, بر آوردن - To bring up (*educate*), پروردن - To bring down (*lessen*), کاستن .

Brink, *s.* کناره - لب .

Brisk, *s.* چالاك - تیز - خوش - شاد

Briskness, *s.* چالاکي - زیرکي .

Bristle, *s.* موي خنزیر .

Britain, *s.* ملك انگریزي .

British, *a.* انگریزي .

Briton, *s.* شخص انگریز .

Brittle, *a.* نازك - تنك - ضعیف .

Broach, *v.* (*to utter*) اظهار کردن - (*to pierce*) سفتن .

Broad, *a.* عریض - پهنا - ضاف - واسع .

Broadsword, *s.* تیغ - شمشیر .

Brocade, *s.* کیم خواب - زر بفت .

Broil, *s.* قضیه - حجت - تکرار - غوغا .

Broken, *a.* شکسته - کسیر - Broken-hearted, دلشکسته .

Broker, *s.* دلال - سمسار .

Brokerage, *s.* دلالي - رسوم .

Brooch, *s.* زیور - گردن بند .

Brood, *s.* بچه - نسل - *v.* فکر کردن - اندیشه کردن .

Brook, *s.* نهر - جوي *v.* برداشت كردن - صبر نمودن .
Broom, *s.* ارغوان - بهار - A broom, جاروب - خاك روب .
Broth, *s.* شربا - شورواه .
Brother, *s.* برادر - اخ - The father's brother, عمّ - The mother's brother, خالي - A brother's son, برادر زاده - An adopted brother, برادر خوانده - A brother-in-law, خوس - A foster brother, همشير .
Brow, *s.* ابرو - پيشاني .
Brown, *a.* گندمي رنگ - (*dark*) تاريك .
Bruise, *s.* آسيب - صدمه - *v.* صدمه دادن - زدن - كوفتن .
Brunt, *s.* صدمه - ضرب .
Brush, *s.* (*of clothes*) ليف - *v.* باليف پاك كردن .
Brutal, *a.* حيواني - وحشي - درشت - بي رحم - سنگ دل .
Brutality, *s.* حيوانيت - درشتي - بي رحمي .
Brute, *s.* حيوان - جانور - بي رحم شخص - بهيمه .
Brutish, *a.* حيوان آسا - بي مروت .
Bubble, *s.* (*water*) آب سوار - حبابه - Bubbles on wine, فراش - (*trifle*) خيال خام - هرزه - (*a fraud*) فريب .
Buck, *s.* (*male deer*) آهوي نر .
Bucket, *s.* دلو - آبريز .
Buckle, *s.* تقه - كسرت - كمربند .
Buckler, *s.* سپر - ترس .
Bud, *s.* شگوفه - غنچه . *v.* شگوفتن - غنچه كردن .
Budget, *s.* چوال - جوال .
Buff, *s.* قسم زرد رنگ - جلد جاموس .

Buffalo, *s.* گاومیش - جاموس - هرمیس .
Buffet, *v.* مشت زدن .
Buffoon, *s.* مسخره - پاروله - بذله باز .
Buffoonery, *s.* استهزا - بذله - بیهوده گذاف .
Bug, *s.* ماس - سرخك .
Bugle, Buglehorn, } *s.* قرنائي - بوق .
Build, *v.* تعمیر کردن - بنا کردن - عمارت کردن - (*to depend on*) اعتماد نمودن .
Builder, *s.* بناگر - معمار .
Building, *s.* عمارت - بنا (*pl.* ابنیت) - A stone building, کارگیر بنا - A public building, رباط - مبرّت .
Bulk, *s.* قدر - اندازه - عظمت - کلاني .
Bulky, *a.* جسیم - تناور .
Bull, *s.* نرگاو - بقر - A wild bull, ذبّ - The constellation of the bull, برج ثور .
Bull-dog, *s.* سگ عظیم .
Bullet, *s.* گوله - کره .
Bullion, *s.* سیم و زر - سومپازه .
Bullock, *s.* تاول - بد مرار .
Bully, *s.* شیخي باز - لاف زن .
Bulwark, *s.* برج - حصار - بار - قلعه .
Bumper, *s.* پیاله لبالب - جام لبریز .
Bunch, *s.* خوشه - دمسته - A bunch of flowers, گلدمسته -

A bunch of grapes, سيرغ - جفت - A camel's bunch, كوهان .

Bundle, *s.* بسته - بقچه - A bundle of papers, دسته كاغذ - A bundle of wood, حزمت - A bundle of grass, پوشتاره . *v.* بستن - دسته كردن .

Bungler, *s.* نا آزموده كار - خام دست - نادان, مردم .

Buoy, *s.* لنگرنما - لنگر نشان, .

Buoyant, *s.* مباح - ضارب .

Burden, *s.* بار - حمل - (*tax*) خراج - Weighing burdens, بار سنج - A bearer of burdens, بار بردار - A beast of burden, بارگير - حمولت .

Burden, *v.* زير بار كردن - ظلم كردن - پايمال كردن .

Burdensome, *a.* سخت - گران - سنگين .

Burglary, *s.* نقب زني .

Burial, *s.* دفن - تدفين - جنازه - A burial place, گورستان - قبرستان .

Burlesque, *a.* لاغ - [See Ridicule.]

Burn, *v.* سوختن - افروختن - گرم كردن - گرم شدن - To burn with rage, غصه شدن - خشم گرفتن - To burn with love, عاشق شدن - سوختن - To burn with thirst, حرارت داشتن .

Burner, *s.* سوز كننده - افروزنده .

Burning, *s.* سوز - سوزش - سوختگي .

Burnish, *v.* جلا دادن - صيقل كردن - افروختن .

Burrow, *v.* سوراخ كندن . *s.* سوراخ خرگوش - قصبه - شهر .

Burst, *v.* ترقیدن - چاک شدن .
Burthen, *s.* بار - [See Burden.]
Bury, *v.* دفن کردن - مدفون کردن - زیرِخاک نهادن .
Bush, *s.* (*of thorns*) خار - A rose-bush, گلبن .
Busily, *ad.* بچالاکي .
Business, *s.* کار - کاروبار - پیشه - معامله - Important business, مهم - To do business, معاملت کردن - Public business, معاملت سرکار - To settle business, کاررا رفع کردن - What business is it? چه کار است - On necessary business, بجهت کار ضرور .
Bust, *s.* نیم صورت.
Bustle, *s.* دار و گیر - دار - گیر و دار - غوغا .
Busy, *a.* مشغول - مقیّد - حمرات .
But, *con.* لیکن - اما - بلکه - (*except*) مگر - سوا - بغیر - الّا .
Butcher, *s.* قصّاب - قصائي - ذابح . *v.* قتل کردن - ذبح کردن - حلال کردن - خون ریختن .
Butler, *s.* خانسامان - میر سامان .
Butt, *s.* نشان - هدف - سخره - *v.* نشان کردن - هدف کردن .
Butter, *s.* مسکه - زبده - روغن خالص - Clarified-butter, روغن زرد - Butter-milk, دوغ .
Butterfly, *s.* پروانه - واسه .
Buttock, *s.* سورین - کون .
Button, *s.* گره - تکمه - A button-hole, جوشك .
Buxom, *a.* خوش طبع - خرّم - شاد - خوش دل .

Buy, *v.* خريدن - خريد كردن .
Buyer, *s.* خريدار - بيع .
Buzz, *v.* (*as flies*) عشرت كردن - (*as a crowd*) غلغل ساختن.
Buzzing, *s.* آوازه - غلغل .
By, *pr.* از - ز - به - (*near*) نزديك - نزد - By chance, اتفاقاً - By what, از چه - By that which, از آنچه كه - By force, جبراً - By all means, البته - By the by, سرعةً - By much, غالباً - To be by or present, موجود بودن - To set by (*set aside*), برطرف نهادن - To sit by (*or near*), همنشين شدن - A by-stander, استاده - A by-word, مثل - A by-path, راهٔ تنها - By degrees, آهسته آهسته - رفته رفته.

C.

Cabal, *s.* سازش - مصلحت, مخفي .
Cabbage, *s.* كرنب - كلم .
Cabin, *s.* (*of a ship*) دبومه - (*a cottage*) خرگاه .
Cabinet, *s.* (*a private apartment*) خلوت خانه - (*box, &c.*) درج - حقه - A cabinet-council, ديوان, خاص .
Cable, *s.* لهاس - جمل - قطاج .
Cadence, *s.* ترازوي كلام - ميزان - (*tone*) لحان - آواز .
Cadet, *s.* (*younger brother*) برادرِ كوچك - (*a volunteer*) پيش آهنگ .
Cage, *s.* قفص - پنجره .

Cajole, *v.* برغلانیدن - خوشامد کردن - نواختن .

Cake, *s.* نان‌خطائي - شیرمال .

Calamitous, *a.* بدبخت - پریشان - کم‌بخت .

Calamity, *s.* آفت - مصیبت - بدبختي .

Calcine, *v.* خاکستر کردن - کشته کردن .

Calculate, *v.* حساب کردن - شمار کردن - اندازه کردن .

Calculation, *s.* حساب - شمار - اندازه - تعداد .

Calendar, *s.* تقویم (*pl.* تقاویم).

Calender, *v.* مهره کردن - مطرا کردن . *s.* قلندر.

Calf, *s.* گوساله - عجل (*pl.* عجال .)

Call, *v.* خواندن - طلبیدن - ملاقات کردن - طلب کردن - (*name*) نام دادن - نامیدن - To call out, بانگ زدن - (*to invite*) دعوت کردن - To call together, جمع کردن - (*to proclaim*) اشتهار کردن - (*to visit*) تشریف آوردن - To call to memory, یاد کردن - To call to witness, شاهد نمودن - *s.* طلب - دعوت - حکم .

Calling, *s.* پیشه - حرفه - کسب - طلب - نام زدگي .

Callous, *a.* سخت - سنگ دل - بي درد - بي جان .

Callow, *a.* بي بال و پر .

Calm, *a.* (*placid*) آموده - ساکن - ملایم - (*undisturbed*) نامضطرب - (*not stormy*) ناامواج - بي هوا - (*tranquility*) آموده‌گي - آرام .

Calm, *v.* ساکن کردن - تسکین دادن - آرام دادن - To be calm, فراغ شدن - آموده شدن .

Calmly, *ad.* ملایمانه - باسکون .

Calmness, *s.* آمودگي - راحت - تحمل - Calmness of mind, اطمينان، خاطر .

Calumniate, *v.* بهتان ساختن - بدنام دادن - تهمت نهادن .

Calumny, *s.* تهمت - بهتان - غيبت .

Camel, *s.* شتر - جمل - A she-camel, شترِ ماده - ناقت - A camel-driver, ساربان - شتربان .

Camelion, *s.* بوقلمون .

Camp, *s.* اردو - لشكرگاه . To pitch a camp, خيمه زدن .

Campaign, *s.* ميدان - سفرِ جنگ .

Camphor, *s.* كافور .

Can, *v.* قابل شدن - توانستن - *s.* پياله .

Canal, *s.* نهر - آبگير - آبگذر .

Cancel, *v.* نيست كردن - محو كردن - تراشيدن .

Cancer, *s.* (*disease*) سرطان - هزارچشمه - (*a crab*) خرچنگ .

Candid, *a.* سفيد - صاف - صاف دل - صادق .

Candidate, *s.* اميدوار - طالب - همخواه .

Candidly, *ad.* مخلصانه - باصاف دل

Candle, *s.* شمع - پيه - قنديل - The wick of a candle, فتيله - To snuff a candle, گل تراشيدن .

Candle-stick, *s.* شمعدان .

Candour, *s.* صاف‌دلي - صداقت - وفا - اخلاص .

Candy, *v.* باشكر تربيت ساختن - قندي كردن .

Cane, *s.* قناة - ني - The sugar-cane, ني شكر .

Canine, *a.* سگ آسا .

Canister, *s.* صندوقچه - زنبيل .

Canker, s. (*worm*) چهارپا - صد پایه - ژنگ - تباه .
Cannibal, s. آدم خور - مردم اوبار .
Cannon, s. طوپ - مدفع - A cannon ball, گوله .
Cannot, v. It cannot be, نمیتواند شد - ممکن نیست .
Canon, s. قانون (*pl.* قوانین) - آئین - طریق .
Canopy, s. سایبان - شامیانه - چتر .
Canton, s. ضلع - پرگنه - (*tribe*) قوم .
Cantonment, s. قشون - لشکرگاه .
Canvas, s. (*cloth*) کنو پارچه - (*enquiry*) - پرسش - تفتیش - تشحص - (*solicitation*) طلب - خواهش - v. تحقیق کردن - خواستن - کردن .
Cap, s. کلاه - تاج - سرپوش .
Capable, a قابل - لایق - قادر .
Capacious, a. کشاده - فراخ - سعي .
Capacity, s. گنجایش - قابلیت - عقل - خاطر .
Cape, s. راس - لوکدار زمین - گریبان - کوه بیني .
Capital, a. اصلي - مطلق - صدر - واجب القتل .
Capital, s. (*stock*) سرمایه - مایه - اصل - (*chief city*) پاي تخت - دار السلطنت
Capitulation, s. قولقرار - عهد و پیمان .
Caprice, s. وهم - خام خیالي - تلون مزاجي - بي قراري .
Capricious, a. تلون مزاج - بي قرار - خود اندیش .
Capricorn, s. برج جدي .
Captain, s. سردار - سر گروه - The captain of a ship, ناخدا - A captain general, امیرالامرا - سپه سالار .

Captious, *a.* حجتي - لكراري - مترکش .
Captivate, *v.* (*to fascinate*) فريفته كردن - (*to take prisoner*) اسير نمودن - گرفتار ساختن .
Captive, *s.* اسير - قيدي - محبوس .
Captivity, *s.* اسيري - گرفتاري - قيد - بند .
Captor, *s.* اسير سازنده - گيرنده .
Capture, *a.* گير - تسخير - غارت . [See Take.]
Car, *s.* عرابه .
Caravan, *s.* قافله (*pl.* قوافل) - كاروان .
Caravansary, *s.* سراي - كاروان سراي .
Caraway, *s.* اجمود - زيره رومي .
Carcase, *s.* لاشه - مرده - مردار - جنازه .
Card, *s.* رقعه - ورق - فرد - A pack of cards, گنجيفه .
Card, *v.* حلج كردن - To card cotton, پنبه زدن .
Cardinal, *a.* اصلي - مطاق - اول - عظيم . Cardinal points, اطراف جهان .
Care, *s.* (*attention*) فكر - انديشه - حواله - حفاظت - (*caution*) احتياط - هوشياري - (*anxiety*) پروا - غم - (*regard*) محبت - اعتبار . *v.* فكر كردن - انديشه كردن - محافظت كردن .
Career, *s.* دور - روان - ميدانه - چالاكي .
Careful, *a.* خبردار - هوشيار - انديش ناك .
Carefully, *ad.* از هوشياري - بابصيرت .
Carefulness, *s.* خبرداري - فكرمندي - هوشياري .
Careless, *a.* غافل - بي خبر - بي فكر - بي انديشه .

Carelessness, *s.* بي پرواي - بي خبري - غافلي .
Caress, *v.* ناز کردن - نوازش کردن - نواختن .
Cargo, *s.* بار جهاز - بار کشتي - حمل کشتي .
Carmine, *s.* سرخ رنگ - قرمز .
Carnage, *s.* قتل - مقاتله - خونريزي .
Carnal, *a.* جسماني - نفساني - شهوتي .
Carnivorous, *a.* گوشت خور - درنده .
Carp, *v.* عيب گيري کردن - نکته چيني کردن .
Carpenter, *s.* نجّار - درودگر .
Carpet, *s.* فرش - شطرنجي - قالي - بساط .
Carriage, *s.* عرابه - بار برداري - (*conduct*) وضع - طريق .
Carrier, *s.* حمال - بارکش - بارگير .
Carrion, *s.* مردار - لاشه - گوشت .
Carrot, *s.* زردک - شَوَندر .
Carry, *v.* (*bear*) بردن - حمل کردن - (*to behave*) حمل کردن -
(*to transport*) نقل کردن - (*to conquer*) غالب شدن .
Cart, *s.* عرابه - گردون .
Carter, *s.* عرابه ران .
Carve, *v.* تراشيدن - نقش ساختن - نگار کردن .
Carver, *s.* نقّاش - مصوّر .
Cascade, *s.* آبشار - خورآب .
Case, *s.* غلاف - ميان - دان - (*box*) صندوقچه - جزدان -
(*condition*) حال - حالت . In case, اگر - In no case, هيچ .
Casement, *s.* قفس - روزن .

Cash, *s.* نقد - زر - سكّه . Cash-book, آورجه .
Cashier, *s.* كيسه‌دار - خزانچي . *v.* معزول كردن - برطرف كردن .
Cask, *s.* برميل - دان .
Casket, *s.* صندوقچه - درج - حُقّه .
Cast, *v.* انداختن - افكندن - To cast up, حساب كردن - To cast in one's mind, فكر كردن - To cast down (*deject*), سر فرو ساختن . To cast away, هجر كردن - To cast in a mould, افراغ قالب كردن - To cast the eyes towards, نظر كردن - (*to condemn*) حكم كردن .
Cast, *s.* اندازي - كج بيني - (*air*) چهره - (*glance*) رمز - (*squint*) لوچ - (*mould*) قالب - نموذ .
Caste, *s.* ذات - قوم (*pl.* اقوام) .
Castigation, *s.* سزا - عقوبت - قهر .
Castle, *s.* قلعه (*pl.* قلاع) - حصار - To besiege a castle, بقلعه چسپيدن - To take a castle, قلعه مفتوح ساختن .
Castor-oil, *v.* روغن, بيدانجير .
Castrate, *v.* خصي كردن - ساده كردن .
Casual, *a.* اتفاقي - عارضي - بي قصد و اختيار .
Casualty, *s.* عارضه - اتفاق - آفت - سرگذشت .
Cat, *s.* گربه - هر .
Catalogue, *s.* فهرست - تفصيل - فرد, - To make a catalogue, [فهرست كردن.
Cataract, *s.* آب شار - سيل - سيلاب . A cataract in the eye, ظفره چشم .
Catarrh, *s.* نزله - زكام - سردي .

Catastrophe, *s.* عاقبت - بدانجام - آفت - بلا .

Catch, *v.* گرفتن - بدست آوردن - To catch cold, سردي گرفتن - To catch fire, آتش گرفتن . *s.* گرفت - تلبيس - فايده .

Catechism, *s.* سوال و جواب .

Category, *s.* [See Class, rank.]

Caterpillar, *s.* صدپايه - يسروع .

Cathartic, *a.* مسهول - A cathārtic medicine, جُلّاب .

Cathedral, *s.* منسوب اسقف - جامع .

Cattle, *s.* حيوان (*pl.* حيوانات) - ستور .

Cauliflower, *s.* القنبيط .

Causal, *a.* فاعلي - موجب .

Cause, *s.* سبب (*pl.* اسباب)- باعث - جهت - وجه - واسطه - مستوجب - (*a law suit*) مقدمه - The cause of causes, اصل اصول - The cause and effect, اصل و فرع The particular cause, سبب خاص - The evident cause, سبب ظاهر - The material cause, علت ماديت - The efficient cause, موجب فاعليت . (*pretext*) بهانه - *v.* كردن - عمل نمودن - To be the cause, سبب شدن - To give cause, تقريب دادن .

Causeless, *a.* بي سبب - ناحق - بلا موجب .

Causeway, *s.* سنگ راه - شاه راه .

Caustic, *s.* تيزآب - مقرّح .

Cauterize, *v.* داغ دادن - گل دادن - اباغ ساختن .

Caution, s. (*prudence*) خبرداري - احتياط - (*security*) ضامن - (*warning*) پند - v. پند دادن .
Cautious, a. خبردار - هوشيار - آگاه - دور انديش .
Cavalcade, s. سواري - حشمت .
Cavalier, s. سوار - ميرزاده - فارس .
Cavalry, s. ترك سواران .
Cave, Cavern, s. غار • كوه - A companion in the cave, [يار غار] .
Cavil, v. حرف گيري كردن - نكته چيني كردن - عيب گيري كردن
Cavity, s. جوف - قلت - غار .
Caw, v. نعب زدن .
Cease, v. (*to put a stop to*) موقوف كردن - باز داشتن - (*to rest*) آرام كردن - To be extinct, منعدم شدن . - (*leave off*) دست برداشتن - ترك كردن .
Ceaseless, a. دايم - مدام - پايدار .
Cedar, s. سرو .
Cede, v. حواله كردن - تسليم كردن .
Ceiling, s. سقف - بام .
Celebrate, v. تعريف كردن - مشهور كردن - مدح كردن .
Celebrated, a. نامور - مشهور - نيك نام .
Celebration, s. ذكر عظيم - شهرت - تعريف - ايفا - ادا .
Celebrity, s. ناموري - شهرت .
Celerity, s. جلدي - شتابي - چالاكي .
Celestial, a. آسماني - بهشتي - جنتي - سماوي .
Celibacy, s. مجردي - ناكتخداي - بكاري .
Cell, s. حجره - گوشه .

Cellar, *s.* ته خانه - شراب خانه - گرم خانه .
Cement, *s.* مهرهٔ دیوار-سریش . *v.* پیوستن - بانواشه اندودن .
Censor, *s.* محتسب - اهل خبرت .
Censorious, *a.* عیب جو - حرف گیر - زباندراز .
Censurable, *a.* الزام, لایق - ذمیم .
Censure, *s.* الزام - ملامت - غیبت . *v.* ملامت کردن .
Census, *s.* شمار مردمان .
Cent, *s.* صد - Per cent, في صد .
Centipede, *s.* صدپا - چهل پا .
Central, *a.* درمیاني - متوسط .
Centre, *s.* درمیان - مرکز - The centre of the earth, قعر زمین - حضیض - The centre of a circle, مرکز دایره .
Centuple, *s.* صد چند - صدتا .
Century, *s.* صد سال - صدي .
Ceremonial, *s.* رسم - شوکت .
Ceremonious, *a.* تکلّفي - تکلّف مزاج .
Ceremony, *s.* تکلّف - آداب - رسم - نوازش .
Certain, *a.* مقرر - بي شک - یقین - فلان - بعضي .
Certainly, *ad.* البتّه - بي شک - تحقیقاً .
Certainty, *s.* تحقیق - تقرّر - مقرّر چیز .
Certificate, *s.* دستاویز - راضي نامه - شهادت - گواهي .
Certify, *v.* مطاع کردن - مقرر کردن - آگاه کردن - ثابت کردن .
Cerulean, *s.* رنگ آسماني - کبودي .
Cessation, *s.* توقّف - مهلت - فراغت .

Cession, *s.* تفويض - اسليم .
Chafe, *v.* رنجيدن - گرم كردن - مالش كردن .
Chaff, *s.* حثارت - اهنج - مبوس .
Chagrin, *s.* اندوه - غم - آرزدگي - رنج - خفگي .
Chain, *s.* زنجير - سلسله . *v.* زنجير كردن - مسلسل ساختن .
Chair, *s.* تخت - چوكي - كرسي .
Chairman, *s.* مير مجلس . [See President.]
Chaise, *s.* ارابه - عرابه .
Chalk, *s.* تباشير - گل سفيد .
Challenge, *v.* منازعت - بجنگ دعوت كردن - دعوه كردن . [كردن .
Challenge, *s.* طلب - دعوة - جنگ جوئي .
Chamber, *s.* خوابگاه - حجره - خانه .
Chamberlain, *s.* ناظر - حاجب .
Chameleon, *s.* حربا - بوقلمن .
Champaign, *s.* صحرا - ميدان .
Champion, *s.* جنگ آور - بهادر - پهلوان .
Chance, *s.* (*fortune*) نصيب - قسمت - (*accident*) اتفاق - قضا - (*possibility*) امكان - By chance, ناگاه - اتفاقا .
Chancellor, *s.* صدرالصدور - سردار قاضي .
Chancery, *s.* صدر عدالت .
Chandelier, *s.* چراغ پره .
Chandler, *s.* شماع - شمع ساز .
Change, *s.* تغير - بدل - تبديل .
Change, *v.* تغير نمودن - تبديل كردن - بدل كردن .

Changeable, *a.* بي قرار - تلون طبع - متلون .
Channel, *s.* تنگ دريا - رودبار .
Chant, *v.* سرائدن - سرود کردن .
Chaos, *s.* هرج مرج - عالم هيولاي .
Chapel, *s.* معبد - عبادت خانه .
Chaplain, *s.* [See Priest.]
Chaplet, *s.* استفان - تسبيح .
Chapter, *s.* باب (*pl.* ابواب) - فصل (*pl.* فصول) .
Character, *s.* (*mark*) حرف - علامت - (*quality*) صفت - خاصيت - (*reputation*) شهرت - نيک نامي - (*description*) کتابت - صورت .
Characteristic, *a.* اتصاف دهنده - وصف کننده .
Characterize, *v.* رقم ساختن - تصوير کردن - خاصيت بيان کردن
Charcoal, *s.* زغال چوبي - فحم چوبي .
Charge, *s.* (*custody*) سپرد - حواله - (*mandate*) حکم - فرمان - (*accusation*) الزام - تهمت - (*expense*) خرج - (*an attack*) هجوم - حمله .
Charge, *v.* فرمان دادن - حکم کردن - سپردن - سپرد کردن - حمله بردن - خرج کردن - تهمت نهادن .
Charger, *s.* اسپ جنگ - تشت - قاب .
Chariot, *s.* گردون - عرابه .
Charioteer, *s.* عرابه ران .
Charitable, *a.* خير خواه - سخي - مخير .
Charity, *s.* محبت - تصدق - خير خواهي - خيرات .

Charm, *v.* نوازش کردن - فریفته کردن - جادو کردن .

Charm, *s.* نواز - طلسم - تعویز - جادو .

Charmer, *s.* دلبر - جادوگر .

Charming, *a.* دلربا - دلچسپ .

Chart, *s.* نقشه لب دریا .

Charter, *s.* اقرار نامه - عهد نامه - سند .

Chase, *v.* تراشیدن - شکار کردن - شکاریدن .

Chase, *s.* تعقب - پي روي - صید - شکار .

Chasm, *s.* شگاف - رخنه - درز .

Chaste, *a.* پارسا - پاکیزه - پاک‌دامن .

Chastise, *v.* عقاب کردن - تنبیه کردن - سزا کردن .

Chastisement, *s.* سیاست - عقاب - تنبیه - سزا .

Chastity, *s.* عصمت - پارسائي - پاکیزگي - پاک داماني .

Chat, *s.* گپ - قیل و قال - گفتگو .

Chatter, *v.* سگالیدن - گپ کردن - گفتگو کردن .

Cheap, *a.* بي قدر - کم قیمت - ارزان .

Cheapness, *s.* کم قیمتي - ارزاني .

Cheat, *s.* مکّار - دغاباز - فریب - دغا - مکر .

Cheat, *v.* فریفتن - دغابازي کردن - فریب کردن .

Check, *s.* طعن - منع - مزاحمت - ضبط - Checkmate (*at chess*), شاه مات .

Check, *v.* عتاب کردن - منع ساختن - ضبط کردن .

Cheek, *s.* رُخ - عارض - رخسار .

Cheer, *v.* شاد کردن - تسلّي دادن - خوش کردن .

Cheer, *s.* شادي - خوش نعره - نعمت - عيش .
Cheerful, *a.* خوش مزاج - خرّم - شاد .
Cheerfully, *ad.* شادمانه - به سر و چشم - باخوشي .
Cheerfulness, *s.* خوش مزاجي - خرّمي - خوشي - شادماني .
Cheerless, *a.* ناخوش .
Cheese, *s.* پنير - جبن - Cream-cheese, لورِ پنيري .
Cheesecake, ريز - رقاق .
Chemist, *s.* كيمياگر - كيميا اهلِ .
Chemistry, *s.* كيميا - كيميا علمِ - كيمياگيري .
Cherish, *v.* (*to nurse*) پرورش كردن - پروردن - (*to protect*) حمايت كردن - (*to caress*) محبت نمودن .
Cherisher, *s.* پرور - حمايت دهنده .
Cherry, *s.* آلوبالو - شاه دانه .
Cherub, *s.* كرّوبين .
Chess, *s.* شطرنج - A chess-board, بساطِ شطرنج . Chess-man, مهره - The king, شاه - The queen, وزير - فرزين - The bishop, فيل - The knight, فرس - The rook, رخ - A pawn, پياده - A chess-player, شطرنج باز .
Chest, *s.* (*box*) صندوق - (*breast*) سينه .
Chestnut, *s.* شاه بلوط - قُسطُل .
Chew, *v.* خاييدن - فكر كردن .
Chicken, *s.* بچه (*pl.* بچگان) - چوزه (*pl.* چوزگان) .
Chide, *v.* زجر كردن - سرزنش كردن - ستيز كردن .
Chief, *a.* اوّل - مقدم - صدر - شريف .

Chief, *s.* سردار - رئيس - شريف .
Chiefly, *ad.* اولاً - خصوصاً - حقاً - غالباً .
Child, *s.* بچه - (*pl.* بچگان) طفل (*pl.* اطفال) - پسر -
A new-born child, آبستن .-To be with child, حامله شدن .
Child-birth, *s.* وضع حمل .
Childhood, *s.* طفوليت - بچگي - كودگي .
Childish, *a.* طفل مزاج - نادان - جهلت .
Childishness, *s.* طفل مزاج - ناداني - جهل .
Childless, *a.* لا ولد - بي فرزند - بي طفل .
Chill, *a.* سرد - برد - سرما .
Chilliness, *s.* سردي - سرما .
Chime, *s.* آهنگ - وفاق - (*suitableness*) لايقت .
Chime, *v.* آهنگ كردن - هم وزن شدن .
Chimera, *s.* وهم - خام خيال .
Chimerical, *a.* وهمي - خيالي - باطل .
Chimney, *s.* دودكش - دود دان .
Chin, *s.* زنخدان .
China, *s. p.* چين - صين - China-root, چوب, چيني .
Chink, *s.* درز - شگاف - چاك . *v.* طنين ساختن .
Chintz, *s.* چهينت - چنتز .
Chip, *s.* رند - چوب پاره - تراشه .
Chiromancy, *s.* رمل - كف - علم .
Chirp, *v.* زقزقه كردن - ريز كردن .
Chisel, *s.* مبرا - مبضع .
Chit, *s.* بچه - طفل .

Chit-chat, *s.* [See Prattle.]
Choice, *s.* اختیار - انتخاب - پسند - گذین .
Choice, *a.* خاص - نفیس - نغز - پسندیده .
Choke, *v.* دم بستن - دم بند کردن - بند کردن .
Choler, *s.* (*bile*) صفرا - (*anger*) غضب - خشگي .
Cholera, *s.* وبا .
Choleric, *a.* غضور - تند - تند مزاج .
Choose, *v.* پسند کردن - پسندیدن - اختیار کردن .
Chop, *s.* پاره . *v.* پاره پاره کردن - پاره ساختن - قطع ساختن - بریدن .
Chord, *s.* تار - روده - حبل .
Chorus, *s.* مطرب, جماعت - مغني - جمع .
Chosen, *a.* پسندیده - مقبول - گذیده .
Christ, *s.* مسیح - عیسي .
Christian, *s.* نصراني - عیسوي .
Christmas, *s.* عیسي, مولود .
Chronic, *a.* مزمن .
Chronicle, *s.* تواریخ - اخبار - وقایع - حکایت .
Chronology, *s.* تواریخ, علم - تاریخ, دانش .
Chrysolite, *s.* زبرجد - یاقوت .
Chrystal, *s.* بلور .
Chuckle, *v.* قهقهه زدن .
Church, *s.* کلیسا - کلیسه - جامع .
Church-yard, *s.* قبرستان - مزارستان - گورستان .
Churl, *s.* دهقاني - بخیل - روستا زاده .

Churn, *v.* زبد کردن - مسکه بر آوردن . *s.* شیرزا - شرشر .
Cinders, *s.* رماد - خاکستر .
Cinnamon, *s.* قرفه - ارمال - دارچینی .
Cipher, *s.* (*in arithmetic*) صفر - رقم - رمزنویسی .
Cipher, *v.* حساب کردن .
Circle, *s.* دایره - حلقه - جماعت - مجلس - The centre of a circle, مرکز دایره .
Circuit, *s.* گردش - دور - پیرامن .
Circular, *a.* حلقه‌دار - گرداگرد . *s.* مدوّر .
Circulate, *v.* گردیدن - گردش کردن - گردانیدن .
Circulation, *s.* گردش - دوران - Of the blood, سوران .
Circumcise, *v.* سنت کردن .
Circumcision, *s.* ختانت - سنّت .
Circumference, *s.* گرد - محیط دایره .
Circumjacent, *a.* متّصل - اطراف - قریب - نزدیك .
Circumlocution, *s.* عبارت - افادهٔ کلام .
Circumscribe, *v.* حدّ کردن - تحدید کردن .
Circumspect, *a.* خبردار - هوشیار - احتیاط .
Circumspection, *s.* خبرداری - هوشیاری .
Circumstance, *s.* حالت - کیفیت - سرگذشت .
Circumstantial, *a.* مفصل - عارضی - اتفاقی .
Circumvent, *v.* فریب کردن - فریفتن .
Circumvention, *s.* فریب - مکر - دغا .
Circumvolution, *s.* گردش - دوران .

Circus, *s.* عرصه - مضمار - ميدانه .
Cistern, *s.* آبگير - بركه - حوض .
Citadel, *s.* شهر پناه - قلعه .
Cite, *v.* دعوت كردن - اعلام كردن - طلب كردن .
Citizen, *s.* ساكن شهر - اهل شهر - شهري .
Citron, *s.* ليمون - ترنج .
City, *s.* مدينه - آباد - (*pl.* بلاد) بلد - شهر . The walls of a city, شهربند . To besiege a city, شهرچسپيدن .
Civet, *s.* زباد - مسك - غاليه ,
Civil, *a.* ملكي - ديواني - خالق - صاحب ادب - صاحب سلوك] .
Civil-court, عدالت ديواني . Civil-law, ادبانه - بالطف . Civil-war, خانه جنگي .
Civilian, *s.* اهل قلم - عامل پيشه .
Civility, *s.* آداب - سلوك - (*pl.* اخلاق) خلق .
Civilize, *v.* شائسته كردن - تعليم كردن - تربيت كردن .
Claim, *s.* درخواست - استحقاق - دعوي .
Claim, *v.* پرسيدن - درخواست كردن - دعوه كردن .
Claimant, *s.* داد خواه - دعوه دار - مدعي .
Clamber, *v.* [See Climb.]
Clamminess, *s.* التصاق - چسپيدگي .
Clamour, *s.* شور - آواز - فرياد - غوغا .
Clamour, *v.* فرياد و فغان كردن - شور كردن - غوغا كردن .
Clan, *s.* قبيله - خاندان - قوم .
Clandestine, *a.* مخفي - پنهان - نهفته - پوشيده .
Clandestinely, *ad.* مخفي - نهفته - نهاني .

Clang, *s.* صفير - ترو عه - نقيض .
Clap, *v.* باهم زدن - To clap the hands, مرحبا كردن .
دست افشاندن .
Clarify, *v.* صاف كردن - روشن نمودن .
Clarion, *s.* سورنا - بوق - بوري .
Clash, *s.* (*dashing*) ضرب - تصادم - (*opposition*)
ضدّ - مخالفت .
Clash, *v.* (*dash against*) بهم زدن - چسپيدن - (*to oppose*)
مخالفت كردن - تعرض نمودن .
Clasp, *v.* بغل‌گيري كردن - درآغوش گرفتن - To clasp
the hands, دست بدست زدن . *s.* بغل گيري - چپراس .
Class, *s.* درجه - قسم - نوع - طبقه . *v.* ترتيب كردن -
در طبقت نهادن .
Classic, *s.* معتبر - مصنّف'.
Classification, *s.* انتظام - تجنيس .
Clatter, *s.* تصادم - هنگامه - غوغا . *v.* تصادم كردن - غوغا ساختن
Clause, *s.* فقره - جمله - شرط - قطعه .
Claw, *s.* ناخن - چنگل - پنجه . *v.* خراشيدن - پنجه زدن .
Clay, *s.* گل - طين - خلاب .
Clean, *a.* صاف - پاك - پاكيزه - ساده .
Clean, Cleanse, } *v.* صاف كردن - پاك كردن .
Clear, *a.* (*transparent*) شفاف - (*unmixed*) صاف - ساده -
آزاد - (*bright*) روشن - (*evident*) آشكار - ظاهر - ظاهر .

Clear, *v.* صاف کردن - ظاهر کردن - (*to absolve*) معاف کردن - دور کردن - مبره کردن . Clear-sighted, دور اندیش - دوربین .

Clearly, *ad.* صاف - ظاهرانه - هویدا .

Clearness, *s.* صفائي - روشناي - رونق .

Cleave, *v.* (*split*) شگافتن - چاک کردن - To cleave in two, دونیم کردن - (*to adhere*) پیوسته بودن - ملازمت کردن .

Cleaver, *s.* ساطور - گوشت کوب .

Cleft, *s.* شگاف - درز - چاک - رخنه .

Clemency, *s.* رحم - شفقت - کرم - نرم دلي .

Clement, *a.* حلیم - غفور - رحیم - شفیق .

Clergy, *s.* خادمان دین .

Clergyman, *s.* خادم دین .

Clerk, *s.* نویسنده - محرّر - کاتب - متصدّي .

Clever, *a.* چالاک - تیزفهم - هوشیار - دست آموز .

Clew, *s.* کلاو - دسته - کلوله .

Client, *s.* موکل - منیب - اماني .

Cliff, *s.* صخرت - کوه - ردات .

Climate, *s.* آبوهوا - اقلیم - سرزمین - کشور .

Climb, *v.* بالا رفتن - سوار شدن .

Cling, *v.* مواصلت شدن - چسپیدن .

Clip, *v.* تراشیدن - بریدن - قطع کردن .

Cloak, *s.* لباده - بالاپوش - دراعت .

Cloak, *v.* پوشیدن - مخفي داشتن - پنهان کردن .

Clock, *s.* ساعت - تشته - A clock-maker, ساعت گر .
Clod, *s.* كلوخ - (*stupid fellow*) احمق .
Clog, *s.* منع - مانع - زجر . *v.* منع كردن .
Cloister, *s.* حجره - گوشه - تكيه - مهراب دار راه .
Close, *v.* (*shut*) بند كردن - (*to unite*) پيوند كردن - (*to conclude*) تمام كردن - ختم كردن . *s.* آخر - تمامي - انجام .
Close, *a.* بند - محصور - مختصر - پيوسته - تنگ - (*narrow*) - (*near*) قريب - نزديك - (*private*) مخفي .
Closeness, *s.* (*narrowness*) تنگي - (*nearness*) قرب - نزديكي - (*thickness*) گنجائي - (*compactness*) سنگيني .
Closet, *s.* خلوت خانه - گوشه - كاشانه .
Cloth, *s.* پارچه - دستر خوان . Wollen cloth, باناات .
Clothe, *v.* پوشيده كردن - پوشيدن .
Clothes, *s.* پوشاك - لباس - پارچه .
Cloud, *s.* ابر - ميغ - سحاب .
Cloudiness, *s.* ميغ داري - تاريكي .
Cloudy, *a.* ابر نما - ميغ دار - ابرِ سياه .
Clove, *s.* قرنفل - قرفه .
Cloven, *a.* شگافته - رخنه دار .
Clown, *s.* دهقاني - بي تميز آدمي - روستا .
Clownish, *a.* ناتراشيده - بي تميز - گستاخ .
Club, *s.* (*stick*) چوب - (*assembly*) مجلس - جماعت .
Cluck, *v.* نقنقه كردن .
Clumsy, *a.* بي سليقه - بد وضع - بي مناسب .
Cluster, *s.* خوشه - غنچه - دسته . *v.* جمع كردن - فراهم آوردن .

Clutch, *s.* قبضه - گرفت .
Coach, *s.* عرابه - ارابه .
Coachman, *s.* عرابه‌ران .
Coadjutor, *s.* شریك - رفیق .
Coagulate, *v.* افسردن - بسته شدن - مُنجمد کردن .
Coal, *s.* (*charcoal*) زغال - اخگر - A live coal, حمم - الکشت
Coalesce, *v.* آمیختن - پیوسته کردن - پیوستن .
Coalescence, *s.* اتفاق - آمیزش - پیوستگي .
Coalition, *s.* دوستي - قرابت .
Coarse, *s.* غلیظ - ناشائسته - ناتراشیده - گنده .
Coast, *s.* ساحل - کنار - لب دریا .
Coat, *s.* کژاغند - جامه - قبا .
Coax, *v.* ملاطفت ساختن - دم‌بازي کردن - برغلانیدن .
Cobbler, *s.* کفش دوز .
Cobweb, *s.* پردهٔ عنکبوت .
Cochineal, *s.* کرم دانه - قرمز .
Cock, *s.* خروس - مرغ - The crowing of a cock, بانگ خروس - The cock of a cistern, سربند - Cock's comb, تاج خروس .
Cocoanut, *s.* نارجیل .
Code, *s.* کتاب قوانین - مجموع آئنها .
Coequal, *a.* هم قدر - هم‌سر .
Coerce, *v.* زیر کردن - ضبط کردن .
Coeternal, *s.* هم آباد - هم دایم .
Coeval, *a.* هم وقت - هم عمر - هم عهد .

Coexistent, *a.* هم ذات - اجتماع .
Coffee, *s.* قهوه - بن' - Coffee-pot, قهوه دان .
Coffer, *s.* صندوق - درج'.
Coffin, *s.* تابوت - كفن - ستودان .
Cogency, *s.* زور - قوت - استمرار - ضرورت .
Cogent, *a.* قوي - ضرور - استوار - زورآور .
Cogitation, *s.* فكر - انديشه - غور .
Cognizance, *s.* بازخواست - تحقيق - فرياد رسي .
Cohabit, *v.* هم خانه شدن - هم بستر شدن .
Cohabitation, *s.* هم صحبت .
Coheir, *s.* هم ميراث - هم وارث .
Cohere, *v.* چسپيده شدن - پيوسته شدن - لايق شدن .
Coherence, *s.* چسپيدگي - پيوستگي - الحاق .
Coherent, *a.* چسپيده - منجمد - موافق - واجب .
Cohesion, *s.* [See Coherence.]
Cohesive, *a.* چسپيده .
Coil, *s.* شور و غوغا - حلقه . *v.* حلقه ساختن - پيچيدن .
Coin, *s.* سكه - ضرب - نقد . *v.* سكه زدن .
Coinage, *s.* سكه زني - سكه .
Coincide, *v.* موافق شدن - مطابق شدن - برابر شدن .
Coincidence, *s.* موافقت .
Cold, *a.* سرد - خنك - سست - بي پروا - Heat and cold, سرما و گرما - To catch cold, سردي يافتن - To tremble with cold, لرزيدن .

Coldly, *ad.* به بي پروائي - به غفلت - بي گرما .
Coldness, *s.* بي التلفاتي - سردي .
Colic, *s.* درد شکم - کولنج .
Collapse, *s.* ناتواني - کمزوري .
Collar, *s.* گريبان - طوق - گلوبند - The collar-bone, ترقوة .
Collate, *v.* روبرو ساختن - برابر کردن - مقابله کردن .
Collateral, *a.* برابر - جانبي - هم حد - پهلو به پهلو .
Colleague, *s.* همنشين - هم منصب - رفيق - شريك .
Collect, *v.* اندوختن - فراهم نمودن - جمع کردن - معلوم کردن - تحصيل کردن .
Collection, *s.* جملگي - تحصيل - جمع - اجتماع .
Collector, *s.* جمع کننده - A collector of revenue, تحصيلدار .
College, *s.* انجمن - جماعت علما - (*pl.* مدارس) - مدرسه .
Collegian, *s.* اهل مدرسه - طالب علم .
Collision, *s.* تصادم - مصادمت - بهمزدگي .
Colloquial, *a.* محاوره - روزمره .
Collusion, *s.* فريب - سازش - بندش .
Collyrium, *s.* داروي چشم - سرمه .
Colonize, *v.* معمور ساختن - آباد کردن .
Colonnade, *s.* نظام عماد - سلك ستون .
Colony, *s.* نو آبادي ملك .
Colour, *s.* رنگ - A white colour, ابيض - سفيد - A black colour, اسود - سياه - A red colour, احمر - سرخ - A

yellow colour, زرد - A green colour, سبز - A brown colour, قهوه رنگي - گندم گون - A blue colour, كبودي - نيل فام - A purple colour, ارغواني - A rose colour, گلرنگي - Of various colours, گوناگون - Mixing colours, رنگ آميز - Of all colours, بوقلمون - (*concealment*) بهانه - پوشش - *v.* نگاشتن - رنگ دادن - رنگين كردن - صورت دادن - شرمسار شدن .

Coloured, *a.* سياه - ملون - رنگين .

Colours, *s.* (*standard*) رايت - عَلَم - نشان .

Colt, *s.* كرّه - فريس' .

Column, *s.* ستون - رُكن' (*pl.* اركان) - پيل پايه .

Comb, *s.* شانه - A cock's comb, تاج - A honey-comb, شهد خانه. *v.* صفا كردن - شانه زدن .

Combat, *s.* جدال و جنگ - مبارزت - ستيز - ناورد .

Combatant, *s.* جنگ آور - پهلوان - غازي .

Combination, *s.* بندش - سازش - اتفاق - پيوستگي - موافقت .

Combine, *v.* پيوستن - پيوسته كردن - موافق شدن .

Combustible, *a.* آتش گير - سوزنده .

Combustion, *s.* سوزش - افروختگي .

Come, *v.* آمدن - گذشتن - رسيدن - To come and go, آمدن و رفتن - To come into the mind, درخاطر آمدن - ياد آمدن - To come about (*to happen*), سر زدن - (*to change*) تغير نمودن - To come again, باز آمدن - To come at or come by (*acquire*), حاصل كردن - To come in (*enter*), در آمدن - (*to comply*) راضي بودن - To come into (*to assist*), معاونت كردن. To come near, نزديك آمدن. To come off (*deviate*), بي راه شدن - (*to escape*) نجات يافتن - To come off from, (*leave*), پرهيز كردن - To come on (*make progress*), پيش آمدن - (*to thrive*), مبارك شدن - To come over (*pass*), گذاردن - To come over (*deceive*), فريفتن - To come out (*or forth*), بيرون آمدن - To come out (*become public*), ظاهر شدن - To come to (*consent*), بلي گفتن - To come to pass, روي دادن - فراز رسيدن - To come up (*grow out of the ground*), رستن' - (*to ascend from below*) بر آمدن - To come up to (*equal use or reach to*) برابر گشتن - To come up with (*overtake*), نايل شدن - To come upon (*attack*), هجوم آوردن - Any place to which one comes, آمدنگاه - Come hither, بيا بيا - Come (*be quick*), زود بكن - بشتاب - The time to come, وقت, آينده - زمان, مستقبل - To come or arrive, تشريف آوردن.

Comedy, *s.* نقل - تقليد - تماشا.

Comeliness, *s.* خوب صورتي - خوش نمائي - حسن - جمال.

Comely, *a.* خوب صورت - خوش نما - حسين - جميل.

Comet, *s.* دمدار ستاره' - جوزهر.

Comfort, *s.* تسلّي - تسكين - خاطرجمع - خوش - راحت.

Comfort, *v.* دل خوش دادن - تسلّي كردن - دلاسا كردن.

Comfortable, *a.* موافق - آسوده حال - تسکین بخش .
Comforter, *s.* تسلّي دهنده - خاطر نواز .
Comfortless, *a.* دلشکسته - نامراد - بي خوشي - بي چاره .
Comical, *a.* شادي انگيز (*exciting mirth*) - ظريف - مسخره .
Coming, *s.* آمد - آمدني - رسيد .
Command, *s.* حکم - فرمان - ارشاد - حکومت .
Command, *v.* حکم کردن - فرمودن - حکومت کردن .
Commander, *s.* فرمان فرما - سردار - سالار - حاکم .
Commandment, *s.* [See Command.]
Commemorable, *a.* قابل ياد - مشهور - يادگار .
Commemorate, *v.* ياد گرفتن - تذکير کردن - يادگاري کردن .
Commemoration, *s.* ذکر - يادداشت .
Commence, *v.* آغاز کردن - شروع کردن .
Commencement, *s.* ابتدا - آغاز - شروع .
Commend, *v.* سفارش کردن - تعريف کردن - ستودن - تسليم کردن - سپرد کردن .
Commendable, *a.* موصوف - پسنديده - لايق تعريف .
Commendation, *s.* آفرين - ستايش - سفارش - مدح - تعريف .
Commensurable, *a.* برابر - هم انداز .
Comment, *s.* تاويل - حاشيه - شرح - تفسير . *v.* تاويل کردن - تفسير کردن .
Commentator, *s.* معني نما - شارح - تفسير نويس .
Commerce, *s.* (*trade*) داد و ستاد - سوداگري - تجارت - (*intercourse*) صحبت - آمد و رفت .
Commercial, *a.* تجارت منسوب - بازاري .

Commiserate, *v.* شفقت نمودن - رحم کردن .

Commiseration, *s.* رحم - شفقت - مرحمت .

Commission, *s.* مسند - آمیني - فرمان - فرمایش - مختار کردن - مسند دادن. *v.* ارتکاب - دستوري - رسوم معل آمدن - قدرت دادن .

Commissioner, *s.* امین - موکّل .

Commit, *v.* (*entrust*) حواله کردن - سپرد کردن - فرستادن - کردن - (*to perpetrate*) ارتکاب کردن - To commit to prison, قید کردن - To commit a crime, گناه کردن .

Committee, *s.* مجلس .

Commodious, *a.* معقول - موافق - مناسب - فایده‌مند .

Commodity, *s.* (*ware*) جنس - مال - اسباب - (*advantage*) فایده - سود - (*conveniency*) شایستگي .

Commodore, *s.* سردار جهاز .

Common, *a.* (*public*) عام - (*current*) رایج - (*mean*) کمینه - Common gender, جنس مشترک - Common noun, اسم نکره .

Common, *s.* میدان - صحرا .

Commonly, *ad.* اکثر - بارها - بیشتر - عموماً .

Commonplace, *a.* رایج - book, صفینه .

Commons, *s.* عوام - مجلس - خانه .

Commonwealth, *s.* جمهور حکومت - انتظام عام .

Commotion, *s.* هنگامه - فساد - حرکت .

Commune, *v.* گفتگو کردن - هم سخن کردن .

Communicate, *v.* ظاهر کردن - دادن - خبر دادن - گفتن - بیان کردن .

Communication, *s.* تعلّق - علاقت - اطلاع - اظهار - جواب سوال - محاورت .

Communicative, *a.* فیّاض - ملایم - آشنا مزاج .

Communion, *s.* أنس - صحبت .

Community, *s.* جماعت - رعایا - صحبت - خاص وعام .

Commute, *v.* تبدیل کردن .

Compact, *s.* اتفاق - قول قرار - عهد - شرط .

Compact, *a.* مختصر - سنگین .

Companion, *s.* همراه - همکن - همدم - شریك - رفیق .

Company, *s.* محفل-انجمن • رفاقت - صحبت - طایفه - مجلس .

Comparable, *a* ممکن التشبیه - برابر - مقابل .

Comparatively, *ad.* مقابل - رو به رو - بانسبت .

Compare, *v.* مثل نمودن - تشبیه دادن - مقابله کردن .

Comparison, *s.* نسبت - مثال - تشبیه - مقابله .

Compartment, *s.* خانه - درج - حجره .

Compass, *s.* (*circle*) دور - احاطه - (*space*) مقدار - (*extent*) افرازي - (*ability*) قوت - عقل - A pair of compasses, پرگار - The mariner's compass, قطب نما - Within compass (*moderately*), با انصاف .

Compass, *v.* (*encircle*) گرد کردن - احاطه کردن - (*to attain*) حاصل کردن - (*to besiege*) محاصره کردن .

Compassion, *s.* رحم - شفقت - درد مندي - ترس .

Compassionate, *a.* رحم دل - مهربان - مشفق . *v.* رحم كردن - شفيق شدن - ترحم ساختن .
Compatible, *a.* لايق - مناسب - معقول .
Compel, *v.* زور نمودن - بزور كنانيدن - ضربي كردن .
Compendious, *a.* مختصر - مجمل - موجز .
Compendium, *s.* اختصار - اجمال - مجموعت .
Compensate, *v.* جزا دادن - تلاف كردن - عوض دادن .
Compensation, *s.* جزا - تلافي - عوض (*pl.* اعواض) - مقابله - بدل .
Compete, *s.* هم مطلب شدن .
Competence, *s.* (*of fortune, &c.*) فراغت - (*a sufficiency*) قابليت - (*power, capacity*) قدرت - قوت .
Competent, *a.* قابل - لايق - كافي - مناسب .
Competition, *s.* مقابله - مقاومت - بدابدي - منازعت .
Competitor, *s.* حريف - مقابل - هم مطلب .
Compilation, *s.* تاليف - مجموع - كتاب .
Compile, *v.* تاليف كردن - انتخاب كردن - تصنيف كردن .
Compiler, *s.* مولّف - نويس - جمع كننده .
Complacence, *s.* خوش - دل جمعي - رضامندي .
Complacent, *a.* خوش طبع - لطيف - متواضع .
Complain, *v.* نالش نمودن - فرياد كردن - شكايت كردن .
Complainant, *s.* فريادي - مدّعي - دادخواه .
Complaint, *s.* نالش - فرياد - شكايت - بيماري - رنج .
Complaisance, *s.* مروت - خلق - اهليت .
Complaisant, *a.* خالق - ملايم - مروت, صاحب .

Complete, *a. (without defect)* تمام - كامل - درست -

(finished) ليار-پرداخت . *v.* تمام كردن - كامل كردن.

Completion, *s.* تمامي - انجام - آخرت .

Complex, *a.* پيچ در پيچ - پيچيد - مركب'.

Complexion, *s.* چهره ,رنگ - مزاج - طبيعت .

Compliance, *s.* رضامندي - قبول - موافقت .

Compliant, *a.* ملايم - حليم - بندۀ فرمان .

Complicate, *v.* پيچيدن - درج كردن .

Complicated, *a.* پيچ در پيچ - پيچيد - دشوار .

Compliment, *v.* سلام دادن - مباركبادي كردن -
خوشامدي كردن .

Compliment, *v.* مدارا -'سلام - بندگي - تكلّف -*(تكلفات .pl)*

Comply, *s.* راضي شدن - رضامند شدن - قبول كردن .

Compose, *v. (arrange)* ترتيب ساختن - تركيب دادن-
To compose a book, تصنيف كردن - درست كردن -
(calm, quiet) تسكين كردن .

Composed, *a. (arranged)* ترتيب كرده شده - *(placid)*
ملايم - ساكن - *(formed)* مركب ساخته'.

Composer, *s.* مصنف ,كتاب - نقل بند - تسكين بخش .

Composition, *s. (arrangement)* ترتيب - Literary
composition, تصنيف - *(union)* تاليف - يكانگي-
(mixing) تركيب - آميزش - دفاع .

Composure, *s. (of mind)* آسايش ,خاطر - اطمينان, آسودگي.

Compound, *s.* مركب' - سرشته - آميزش .

Compound, *v.* آميختن - تركيب كردن - آميزش كردن .

Comprehend, *v.* (*conceive*) دریافت کردن - معلوم کردن - فهمیدن - (*to comprise*) اشتمال کردن - شامل کردن .

Comprehension, *s.* دریافت - فهم - جمع .

Compress, *v.* افشردن - شکنجه کردن - تنگ ساختن .

Compression, *s.* افشردگي - همس .

Comprise, *v.* اشتمال کردن - شامل کردن - مندرج کردن .

Compromise, *s.* مصالحه - شرط . *v.* هم شرط شدن .

Compulsion, *s.* زور - زبردستي - ظلم - جبر - ضرورت .

Compunction, *s.* حسرت - تاسف - افسوس .

Computation, *s.* اندازه - حساب - شمار .

Compute, *v.* شمردن - شمار کردن - حساب کردن .

Comrade, *s.* [See Companion.]

Concave, *a.* مجوف - مقعر - جوفا .

Conceal, *v.* پوشیدن - مخفي کردن - نهفتن - پنهان کردن .

Concealment, *s.* پوشیدگي - روپوشي - نهاني .

Concede, *v.* راضي شدن - قبول کردن - دادن .

Conceit, *s.* (*conception*) ادراک - فکر - اندیشه - (*fancy*) خیال - وهم - (*favourable opinion*) پندارِ لطیف - (*trifles*) بیهوده - گذاف .

Conceited, *a.* خود پسند - خود بین - مغرور .

Conceivable, *a.* ممکن الفهم .

Conceive, *v.* (*comprehend*) دریافتن - دریافت کردن - دریافت - To conceive in the womb, حامله شدن . بار نمودن . [حمل .

Concentrate, *v.* هم مرکز آوردن .

Conception, *s.* (*intellect*) خیال - دریافت - (*pregnancy*)

Concern, *s.* معامله - كاروبار - (*care*) فكر - انديشه - (*affliction*) دلگيري . *v.* (*to affect*) اثر كردن - دلگير كردن - (*belong to*) علاقه داشتن - متعلّق شدن .

Concerned, *a.* دلگير - شريك - متعلّق .

Concerning, *pr.* منصوب - متعلّق - بابت - حق .

Concert, *s.* (*compact*) اتفاق - (*symphony*) هم آهنگي - سازكاري . *v.* بندوبست كردن - مقرّر كردن - نظم كردن .

Concession, *s.* قبول - انعام - اجازت - فرضي .

Conciliate, *v.* (*gain*) پيدا كردن - حاصل كردن - To conciliate affection, دل گرفتن - محبت اندوختن .

Concise, *a.* مختصر - مجمل - كوتاه .

Conciseness, *s.* اختصار - كوتاهي .

Conclude, *v.* تمام كردن - آخر كردن - قياس كردن - معلوم كردن - فيصل] *adv.* القصّه - الغرض .

Conclusion, *s.* (*end*) تمام - انجام - (*result*) نتيجه - (*decision*)

Conclusive, *a.* قاطع - مقرّر - شافي .

Concomitant, *a.* پيوسته - لازم - لايق .

Concord, *s.* موافقت - اتفاق - (*harmony of sounds*) هم آهنگ - دمسازي .

Concourse, *s.* مجمع - هجوم - مجلس .

Concrete, *a.* منجمد - بسته - مركّب .

Concubine, *s.* مدخوله - حرم .

Concupiscence, *s.* شهوت - مستي - نفس .

Concur, *v.* متفق شدن - قبول شدن - يك دل شدن .

Concurrence, *s.* اتفاق - يكدلي - قبول - وحدت .
Concurrent, *a.* متفق - موافق - يكدل .
Condemn, *v.* (*sentence*) فتوي دادن - حكم كردن - To condemn to death, حكم قتل فرمودن - (*to blame*) الزام كردن .
Codemnation, *s.* فتوي - سزا - حكم - قضا .
Condense, *v.* منجمد كردن - كثيف گفتن .
Condescend, *v.* فروتني كردن - تواضع كردن - قبول كردن .
Condescension, *s.* فروتني - تواضع - قبول .
Condign, *a.* لايق - واجب - مناسب - سزاوار . Condign punishment, سزا - عذاب - جزا -
Condition, *s.* (*state*) حال - كيفيت - حالت - (*stipulation*) شرط - عهد - (*rank*) مرتبه - درجه - شان - (*attribute*) وصف - صفت - (*temperament*) اعتدال - مزاج .
Conditional, *a.* شرطي - باشرط - (*uncertain*) نامعلوم .
Condole, *v.* تعزيت كردن - ماتم پرسي كردن .
Condolence, *s.* تعزيت - اشفاق - ماتم پرسي .
Conduce, *v.* نافع شدن - مدد كردن - قوت دادن .
Conducive, *a.* معاون - نافع - ممكن .
Conduct, *s.* سلوك - طريقه - راه‌نمائي - تدبير .
Conduct, *v.* راه‌نمائي كردن - سلوك كردن .
Conduit, *s.* نهر - آب ريز - آبگذر .
Cone, *s.* مخروطت - گاودم .
Confection, *s.* مربي - شيريني - حلوا - معجون .
Confectioner, *s.* حلوائي - مربه ساز .

Confederacy, *s.* عهد و پیمان - اتفاق - بندش .
Confederate, *a.* متفق - شریك - رفیق .
Confederate, *v.* معهده کردن - سازش کردن - بندش کردن .
Confer, *v.* دادن - انعام دادن - بخشیدن ٠ جواب سوال کردن .
Conference, *s.* محاورت - مشورت - جواب سوال .
Confess, *v.* تعریف کردن - مقرر بودن - قبول کردن - اقرار کردن .
Confessedly, *ad.* لاجرم - بي شك ٠ بي گمان - یقیناً .
Confession, *s.* تحقیق - قبول - اعتراف - اقرار .
Confide, *v.* توکل کردن - اعتبار کردن - اعتماد کردن .
Confidence, *s.* دلیري - اعتقاد - اعتبار - اعتماد .
Confident. *a.* (*trusting to*) متوکل - (*impudent*) گستاخ - (*rash*) بي تدبیر .
Confine, *v.* (*imprison*) محبوس کردن - قید کردن - در زندان کردن - (*to restrain*) قصر نمودن .
Confine, *s.* حدود - احاطه - حدّ - سرحدّ .
Confined, *a.* کوتاه - تنگ (*narrow*) - محبوس - قیدي .
Confinement, *s.* بند - گرفتاري - قید .
Confirm, *v.* تصدیق کردن - یقین کردن - ثابت کردن - قرار کردن - قایم کردن .
Confirmation, *s.* إستحکام - اقرار - اثبات .
Confiscate, *v.* قبض کردن - قرق کردن - ضبط کردن .
Confiscation, *s.* قرق - ضبط .
Conflagration, *s.* آتش عظیم - آتش زدگي .
Conflict, *s.* (*battle*) جنگ - پیکار - نبرد - (*a duel*)

وقیعت الاثنین - (*a pang*) رنج - درد -(*violent collision*) آمیب - صدمت .

Confluence, *s.* مجمع - کثرت .

Conform, *v.* (*to comply with*) قبول کردن - راضي شدن - (*make conformable*) موافق کردن - برابر کردن - ملایم ساختن .

Conformably, *ad.* مطابقانه - به موجب - حسب .

Conformity, *s.* مطابقت - موافقت - مناسبت .

Confound, *v.* حیران کردن - برهم زدن - درهم کردن - (*to disturb*) اضطراب کردن - (*to be confounded* or *distracted*) پریشان شدن - خاطر شدن .

Confront, *v.* مقابل کردن - روبرو کردن - ایستادن .

Confuse, *v.* حیران کردن - پریشان کردن - خلط ساختن .

Confused, *a.* درهم برهم - حیران - خلل پذیر - (*disordered pace*) همذاني - Confused countenance, سیاه روي .

Confusion, *s.* (*irregular mixture*) خلل - تشویش - هنگامه (*tumult*) - سرگرداني (*astonishment*) - پریشاني غوغا - شوب .

Confute, *v.* لاجواب کردن - قایل کردن - مغلوب کردن - رد کردن .

Congeal, *v.* منجمد شدن - افسردن - (*to freeze*) یخ بستن .

Congenial, *a.* هم جنس - هم طبع - یك دل - یك رنگ - هم زاد - مناسب .

Congratulate, *v.* تهنیت کردن - مبارکباد گفتن .

Congratulation, *s.* مبارکبادي - تهنیت - To receive

congratulations, تهاني پذيرفتن - (*congratulatory letters*) تهنيت نامه .

Congregation, *s.* جماعت - جميّعت - مجلس - انجمن .
Congruous, *a.* موافق - مناسب - هم وار .
Conic, Conical, *a.* گاودمي - مخروطي .
Conjecture, *s.* قياس - گمان - اندازه - وهم .
Conjecture, *v.* قياس كردن - اندازه كردن - وهم كردن .
Conjoin, *v.* پيوستن - وصل كردن - جمع كردن .
Conjugate, *v.* پيوستن - To conjugate a verb, تصريف كردن .
Conjugation, *s.* همپيوستگي - (*of a verb*) تصريف .
Conjunction, *s.* پيوند - وصل - (*part of speech*) عطف .
A copulative conjunction, عطف بيان - An explicative conjunction, عطف تفسير - A conjunction of the planets, قران .
Conjunctive, *a.* وصلي - شرطيه - مزارعي .
Conjuncture, *s.* (*occasion*) اتّفاق - نوبت - وقت - (*connection*) عقد - مناسبت .
Conjure, *v.* قسم دادن - التماس كردن - طلب كردن - (*practise enchantment*) جادو كردن - فسان كردن .
Conjurer, *s.* جادوگر - افسونگر .
Connect, *v.* پيوستن - وصل كردن - پيوند كردن .
Connected, *a.* پيوسته - متّصل - متعلّق .
Connection, *s.* علاقه - نسبت - پيوند - رشته .
Connivance, *s.* چشم پوشي - غمض - تغافل .

Connive, v. چشم پوشي كردن - اغماض كردن .

Connubial, a. زوجي - نكاحي .

Conquer, v. فتح كردن - غلبه كردن - غالب شدن -
دست يافتن - كشادن .

Conqueror, s. ظفرياب - غازي مرد - غالب - فتحمند .

Conquest, s. تسخير - پيروزي - ظفر - فتح .

Conscience, s. وهم - ايمان - دل - ضمير .

Conscientious, a. (just) ديانتدار - خداترسي -(scru-
pulous) ايماندار - وهمناك .

Conscious, a. واقف - آگاه - خبردار - To be conscious,
مطلع شدن - واقف بودن .

Consciousness, s. وقوف - آگاهي - خبر - اطلاع .

Consecrate, v. نياز كردن - فدا كردن - مخصوص كردن .

Consecration, s. نياز - تقديس - وقف .

Consent, s. قبول - رضامندي - اتفاق - خوشي .

Consent, v. راضي شدن - قبول كردن - پذيرفتن - موافق شدن .

Consequence, s. (effect of a cause) نتيجه - ماحصل -
نمره - (consequence) نتايج - (end) انجام - آخرت -
(concatenation) مسلسل - (tendency) نيت - غرض -
(importance) لازمت - مهمي .

Consequent, a. منتج - مستعقب - موخر .

Consequently, ad. به نتيجه - لهذا - لاجرم .

Conserve, s. مربه - گلشكر .

Conserve, v. نگاه داشتن - حراست كردن - رعايت نمودن .

Consider, *v.* تامّل کردن - پندا شتن - فکر کردن - اندیشه کردن.
Considerable, *a.* صاحب اعتبار - بسیار - عظیم.
Considerate, *a.* عقلمند - دور اندیش - هوشیار.
Consideration, *s.* (*mature thought*) عقل - تدبیر - اندیشه - (*compensation*) عوض - (*motive*) سبب - باعث.
Consign, *v.* (*give in charge*) تفویض کردن - حواله کردن - (*to appropriate*) تخصیص نمودن.
Consignment, *s.* تفویض - تسلیم - سپرد - (*the writing*) هبه نامه.
Consist, *v.* مطابق شدن - مرکّب شدن - داشتن.
Consistency, *s.* (*suitableness*) شایستگی - مطابقت - مناسبت - (*existence*) وجود - ذات - (*density*) بستگی.
Consistent, *a.* (*suitable*) ناخلاف - مطابق - مناسب - (*not fluid*) سخت - بسته.
Consolation, *s.* دلاسا - خاطر جمعی - تسکین - تسلّی.
Consolatory, *a.* آرام بخش - تسکین بخش.
Console, *v.* خاطر جمع کردن - تسکین دادن - تسلّی دادن.
Consonant, *s.* حرف صحیح.
Consonant, *a.* شایسته - مطابق - موافق.
Consort, *s.* همباز - همراه - زوجه. *v.* رفیق شدن - صحبت کردن.
Conspicuous, *a.* معروف - روشن - مشهور - ظاهر - To be conspicuous, ظاهر شدن - پدید آمدن.
Conspiracy, *s.* اتفاق - سازش - بندش.
Conspirator, *s.* اتفاق کننده - رفیق - مقید.
Conspire, *v.* رای یک بودن - متفق شدن - سازش کردن -

Constable, *s.* ناظر .
Constancy, *s.* استمرار - استواري - پايداري - وفاداري .
Constant, *a.* استوار - مستقيم - ثابت قدم - وفادار .
Constantly, *ad.* هردم - برقرار - هميشه - دايماً .
Constellation, *s.* برج - كوكب - ستاره .
Consternation, *s.* حيرت - سرگرداني - آشفتگي .
Constipation, *s.* بستگي - قبض - انقباض .
Constituent, *s.* موكّل - وجود - اصل . *a.* اصلي - ذاتي - خلقي .
Constitute, *v.* پيدا كردن - مقرّر كردن - نصب ساختن .
Constitution, *s.* (*natural qualities*) طبيعت - (*law*) امر - قانون - (*establishment*) دستور - نصب - (*system of government*) تدبير .
Constitutional, *a.* ذاتي - اصلي - جايز .
Constrain, *v.* (*compel*) زبردستي كردن - فرمودن - (*to restrain*) باز داشتن - بند كردن - (*to press*) افشاردن .
Constraint, *s.* (*compulsion*) زبردستي - زور - جبر - (*confinement*) حبس - قيد .
Construct, *v.* (*build*) بنانهادن - تعمير كردن - (*to form, arrange*) ساختن - تصنيف كردن .
Construction, *s.*(*building*) بنا - تعمير - تصنيف - (*meaning*) معني - مضمون - (*arrangement*) آرايش - ترتيب - (*explanation*) مفاوضت - شرح - بيان - (*judgment*) فراست - هوش .
Construe, *v.* ربط كردن - اضافت كردن - ترجمه كردن - (*to* شرح نمودن - بيان كردن (*to explain*) - پنداشتن (*suppose*) .

Consul, *s.* حاکم - وکیل - نایب .
Consult, *v.* پند خواستن - مشورت کردن - مصلحت کردن .
Consultation, *s.* مجلس - مشورت - مصلحت .
Consume, *v.* تلف کردن - برباد کردن - خرج کردن .
Consummate, *v.* بسر بردن - ادا کردن - انجامیدن - تمام کردن .
Consummation, *s.* سرانجام - آخر - اتمام - تمامی .
Consumption, *s.* خرج - تلف - (*disease*) نفس الدّم .
Contact, *s.* لمس - اِلحاق - اِتّصال .
Contagion, *s.* اصابت - سرایت - وبا .
Contagious, *a.* معدّي - متعدي .
Contain, *v.* گنجیدن - داشتن - احاط کردن .
Contaminate, *v.* غلیظ کردن - ناپاک کردن - آلوده کردن .
Contamination, *s.* ناپاکي - آلودگي .
Contemn, *v.* ناکس داشتن - تذلیل کردن - حقیر شمردن .
Contemplate, *v.* تصوّر کردن - تامّل کردن - غور کردن .
Contemplation, *s.* اندیشه - تصور - تامل - غور .
Contemplative, *a.* تصوّف - متفکّر - فکّرمند - متامّل .
Contempt, *s.* مذلّت - خفت - حقارت - مذمّت .
Contemptible, *a.* فرومایه - ناچیز - خوار - خفیف - حقیر .
Contemptuous, *a.* متکبّر - مغرور - گستاخ - بي ادب .
Contend, *v.* همچشمي کردن - متیز کردن - مناقشه کردن - منازعت ساختن - بحث کردن - برابري کردن .
Content, *a.* آسوده - شاد - خوش - راضي .
Content, *s.* خوشنودي - رضا - The contents of a book,

مضمون, کتاب - A table of contents, فهرست - The contents of a letter, مضمون, خط.
Contention, *s.* مناقشه - قضیه - مباحثه - همچشمي.
Contentment, *s.* رضامندي - خوشنودي.
Contest, *s.* برابري - [See Contention.]
Contest, *v.* [See Contend.]
Contiguity, *s.* قرب - نزديكي - وصل - پيوستگي.
Contiguous, *a.* پيوسته - متصل - قريب - نزديك.
Continence, *s.* پرهيزگاري - پاك دامني - پارسائي.
Continent, *s.* پرهيزگار - پاك دامن - پارسا - متورّع.
Continent, *a.* خوشكي - بر.
Contingency, *s.* عارضه - اتّفاق - واقعه.
Contingent, *a.* عارضي - اتفاقي - حادثه.
Continual, *a.* دم به دم - مدام - دايم - هميشه - پايدار.
Continually, *ad.* هميشه - علي الدوام - دايماً.
Continuance, } *s.* پايداري - مداومت - استمراري - Continuation, } هميشگي. ماندن].
Continue, *v.* برپا كردن - به حال ماندن - مداومت كردن -
Continuity, *s.* [See Connection.]
Contortion, *s.* پيچ - شكنج - پيچ و تاب.
Contraband, *a.* ممنوع - حريم - منهي.
Contract, *s.* قول - عهد و پيمان - بندوبست - A contract of marriage, عقد, نكاح - A written contract, اكرارنامه.
Contract, *v.* (*to draw together*) كشيده كردن - اختصار

کم کردن - مختصر کردن - (*to shrink up*) - کردن - (*to betroth*) عقدِ نکاح بستن - To enter into a contract, عهد و پیمان کردن .

Contraction, *s.* فراهم - قطع - اختصار .

Contractor, *s.* عهد و پیمان کننده - مستاجر .

Contradict, *v.* برخلاف گفتن - رَدّ کلام کردن - ضد کردن .

Contradiction, *s.* رَدِّ کلام - خلاف - ضد .

Contradictory, *a.* نادرست - ناموافقت - نامطابق - مخالف .

Contradistinction, *s.* اختلاف - مخالف .

Contrariety, *s.* ضدّ - اختلاف - مخالف .

Contrary, *a.* بر عکس - مقابل - خلاف - مخالف .

Contrast, *s.* اختلاف - مقابل . *v.* مقابل کردن .

Contravene, *v.* باز داشتن - محروم کردن .

Contribute, *v.* مدد کردن - خراج دادن - دادن .

Contribution, *s.* مدد - انعام - بخشش - خراج .

Contrite, *a.* متاسف - دل شکسته - پشیمان .

Contrition, *s.* تاسف - توبه - ندامت .

Contrivance, *s.* پیدایش - ایجاد - حکمت - تدبیر .

Contrive, *v.* اندیشیدن - فکر کردن - حکمت کردن - تدبیر بستن .

Control, *v.* مقابله کردن - محکوم کردن .

Control, *s.* مقابله - (*check*) ضبط - منع - (*authority*) جاه - قدرت . A book of control, مقابله نامه .

Controller, *s.* (*of accounts*) مقابله کننده - مستوفي - امين - (*a ruler*) حاکم - عامل .

Controversy, *s.* نزاع - منازعت - ردبدل - مباحثه - حجت .
Controvert, *v.* ردبدل کردن - مناظره کردن - مباحثه کردن .
Convalescence, *s.* آرام - شفا - افاقت .
Convalescent, *a.* نقیه - آرام پزیر - افاقت بخش .
Convene, *v.* (*bring together*) مجلس کردن - جمع کردن - (*to come together*) جمع شدن - فراهم آوردن - (*to call together*) دعوت کردن .
Convenience, *s.* (*fitness*) سزاواري - مناسبت - لايقت - (*ease*) آسايش - آسودگي .
Convenient, *a.* مازواري - مناسب - معقول - لايق .
Convention, *s.* عهد و پيمان - جمعيت - مجلس .
Conversant, *a.* آزموده کار - آگاه - واقف .
Conversation, *s.* مصاحبت - جواب سوال - گفتگو .
Converse, *v.* گفتگو کردن - صحبت ساختن . *a.* خلاف .
Conversion, *s.* صرف - گردش - تبديل - تقليب .
Convert, *s.* نومريد - معتقد . *v.* (*to change*) بدل کردن - گردانيدن - تغير کردن - To-convert (*to a new religion*) توبه کردن - به اسلام حلج کردن - (*to appropriate to any use*) تخصيص کردن - خاص ساختن .
Convertible, *a.* ممکن تبديل - تقليب پزير .
Convex, *a.* گنبد دار - قبه دار .
Convey, *v.* رسانيدن - نقل کردن - تسليم کردن - بردن .
Conveyance, *s.* (*carrying*) انتقال - (*assigning*) تسليم - سپارش - (*passage*) رهگذار - گذارش .

Convict, *s.* قيدي . *v.* (*of guilt*) گناه ثابت کردن . الزام کردن - (*to confute*) رد, کلام کردن .
Conviction, *s.* الزام - اثبات - حجت .
Convince, *v.* قايل کردن - الزام کردن - باور دادن .
Convivial, *a.* خوش و خرم . هم خراب - همبزم .
Convocation, *s.* مجلس - جمیعت - خواندگي .
Convoke, *v.* طلب کردن - دعوت کردن .
Convulse, *v.* پیچش نمودن - تشنج داشتن .
Convulsion, *s.* تشنّج .
Cook, *v.* پختن - طبخ کردن .
Cook, *s.* باورچي - طباخ - Cook-room, باورچي خانه - مطبخ .
Cool, *a.* سرد - خنك (*unaffectionate*) بي محبت - بي پروا .
Cool, *v.* سرد کردن - آسوده کردن .
Coolly, *ad.* آهسته - به تدبير - بي غصه .
Coolness, *s.* سردي - خنكي .
Cooper, *s.* برمیل گر - دنّ کار .
Co-operate, *v.* باهم کار کردن - متفق شدن .
Co-operation, *s.* اتفاق - باهم ساز کاري .
Co-operator, *s.* شريك - رفيق - همکن .
Copartnership, *s.* شراکت .
Cope, *v.* برابري کردن - هم چشمي کردن - ستيز کردن .
Coping, *s.* (*of a wall*) تاج, ديوار - کنگره .
Copious, *a.* وافر - بسيار - فراوان - بليغ - فراخ .
Copper, *s.* مس - نحاس - صاد .

Copulate, *v.* پیوستن - مجامعت کردن - مباشرت کردن .

Copulative, *a.* وصلي - (*conjunction*) حرف، عطف .

Copy, *s.* (*not an original*) نقل - نسخه - نموذ - (*exemplar*) اصل - دستخط - (*rough draft*) مسوده .

Copy, *v.* نقل کردن - تمثیل نمود - متابعت کردن .

Coquetry, *s.* ناز - کرشمه - شوخي .

Coral, *s.* مرجان - بسد .

Cord, *s.* ریسمان - رسن - حبل . *v.* باحبل بستن .

Cordial, *a.* (*invigorating*) قوت بخش - دل کشا - (*hearty*) صافي دل - با دل و جان .

Cordially, *s.* محبت - با دل و جان - قلبا .

Coriander, *s.* کشنیز - کشنش - کشنج .

Cork, *s.* (*tree*) اغار - درخت، منطر - The cork of a bottle, اغار، مداد - صمام .

Corkscrew, *s.* پیچ کش .

Corn, *s.* غله - دانه - حبوب - A corn field, مزرعت - کشتزار - A corn-mill, اسیاي غله - An ear of corn, خوشه .

Corner, *s.* گوشه - کنج - Sitting in a corner, گوشه نشین .

Cornice, *s.* قرنس - کنکره - شرفت .

Coronation, *s.* جلوس .

Coronet, *s.* تاج، قسم - خدمت .

Corporal, *s.* بدني - جسماني - جوهري .

Corporate, *a.* متفق - مضموم - ملحق .

Corporeal, *a.* تندار - جسماني .
Corps, *s.* گروه - رساله - غول .
Corpse, *s.* مرده' - لاشه - جنازه - ميّت .
Corpulence, *s.* تناوري - فربهي .
Corpulent, *a.* تناور - جسيم - فربه .
Correct, *a.* درست - صحيح . *v.* (*to amend*) صحيح كردن - (*to punish*) تنبيه كردن - سزا كردن .
Correction, *s.* (*amendation*) صحيح - اصلاح - صحت - (*punishment*) تنبيه - سزا .
Correctly, *ad.* با اصلاح - از صحت .
Correctness, *s.* صحّت - تحقيق - درستي .
Correlative, *a.* نسبت دار - نسبت - هم .
Correspond, *v.* (*suit*) موافق شدن - متابل شدن' - To correspond by letter, مراسله كردن .
Correspondence, *s.* موافقت' - مطابقت - خط خطوط - مراسله .
Correspondent, *s.* آشنا - خط كننده - جواب .
Correspondent, *a.* موافق - مطابق - لايق .
Corroborate, *v.* استحكام كردن - مضبوط كردن - تقويت كردن .
Corrode, *v.* خوردن - اكل كردن - دنديدن .
Corrosive, *a.* متاكّل - اكل .
Corrupt, *a.* فاسد - خراب - رشوت خور - زبون .
Corrupt, *v.* خراب كردن - رشوت دادن - گنده كردن .
Corruptible, *a.* فناء پذير - فاني .
Corruption, *s.* گنديدگي - فساد - تباه - رشوت خوري .

Cosmetic, *a.* پاک ساز - گلگونه - حسن کنا .
Cost, *s.* (*price*) قیمت - بها - خرج - (*charge*) نقصان - زیان .
Costive, *a.* منقبض - بند .
Costly, *a.* قیمتی - بیش قیمت - گران بها .
Cotemporary, *s.* هم اثر - همزاد - هم عهد - هموقت .
Cottage, *s.* خرگاه - کاخ - زاویه .
Cotton, *s.* قطن - پنبه - (*tree*) زغبل .
Couch, *s.* پلنگ - شفت . *v.* مبترک شدن - متصل کردن .
Cough, *s.* سرفه - سعال - قحب .
Cough, *v.* خنیدن - سعال کردن - سرفیدن .
Council, *s.* مجلس - دیوان - صدر - محفل - A general council, دیوان عام - A privy council, دیوان خاص .
Counsel, *s.* نصیحت - مصلحت - پند - وکیل - فکر .
Counsel, *v.* نصیحت کردن - مصلحت دادن - مشورت دادن .
Counsellor, *s.* وزیر - مشیر - اهل دیوان - وکیل .
Count, *v.* شمردن - حساب کردن - شمار کردن .
Countenance, *s.* چهره - رو - وضع - توجه - شفاقت .
Counter, *ad.* برخلاف - مخالف . *s.* قاب - تخته - میز .
Counteract, *v.* برخلاف کردن - مزاحمت کردن .
Counterbalance, *s.* هم وزن کردن - میزان کردن .
Counterfeit, *v.* نقل کردن - تغابت کردن - تمثل کردن - بهانه کردن .
Countermand, *v.* حکم را رد کردن - خلاف کردن - فرمان .
Counterpane, *s.* پلنگ پوش .
Counterpart, *s.* نقل .

Countersign, v. ‌دست خط كردن .

Countess, s. بيگم - خانم .

Countinghouse, s. دفترخانة .

Countless, a. بي حساب - بي شمار .

Country, s. بلد - وطن - 'ملك .

Countryman, s. روستائي - هم وطن - دهقان .

County, s. ضلع - (pl. اضلاع) .

Couple, s. زوج - 'جفت - دو .

Couplet, s. بيت (pl. ابيات) .

Courage, s. همّت - بهادري - جوان مردي - دليري .

Courageous, a. بهادر - جوان مرد - دلير .

Courier, s. رسول - نامه بر - هركاره - پيك - قاصد .

Course, s. (race) ميدان (race-ground) - تاز - دور (race) - البتّه - Of course, راه - طريق (way) - سير - رفتار (progress) عادت - خوي (custom) - وضع - طريق (method) - بي شك .

Courser, s. مسند - بادپا .

Court, s. درگاه - عدالت - دربار - دولت خانه .

Court, v. درخواست كردن - عشقبازي كردن - نوازش كردن .

Courteous, a. نيك نهاد - خوش اخلاق - مودب .

Courteously, ad. در حسن حال - ادبائه - بالطف .

Courtesan, s. فاحشه - روسپي - كسبي .

Courtesy, s. اهليت - مروت - اخلاق - ادب .

Courtier, s. ديوالي - حضوري - درباري .

Courtship, s. عشقبازي - ناز و نياز .

Cousin, *s.* (*uncle's son*) عمّ زاد - عمّ زادي - (*aunt's son*) خالہ زادہ - خالہ زادي - (*relation*) خويش - خويشاوند .

Covenant, *s.* عهد - شرط - اقرار - قول - عهد نامہ .

Cover, *v.* پوشيدن - سرپوش داشتن - پوشيده كردن - (*to shelter*) پناه دادن - (*make pretence*) بهانہ كردن .

Cover, *s.* (*of a dish*) سر پوش - (*of a letter*) لفافہ - (*pretext*) بهانہ - عذر - (*defence*) حمايت - پناه .

Covering, *s.* پوشش - لباس - گلاف - پوشاك .

Coverlet, *s.* بالاپوش - كژاغند .

Covert, *s.* پناه گاه . *a.* خفيہ - پنهان .

Covet, *v.* طمع كردن - حرص كردن - رغبت ساختن .

Covetous, *a.* طامع - حارص - آرزومند - حريص .

Covetousness, *s.* طمع - حرص - ناكسي .

Cow, *s.* گاو - گاوماده - A cow-herd, گاو بان - A cow-house, گاو خانہ .

Coward, *s.* بزدل - نامرد - شتردل - بي دل .

Coxcomb, *s.* تاج، حروس - (*a vain, showy fellow, a fop*) لاف زن - خود بين .

Coy, *a.* محجوب - شرمسار - مظلوم .

Crab, *s.* سرطان - خرچنگ .

Crabbed, *a.* درشت - ترش رو - مشكل - سخت .

Crack, *s.* درز - شگاف - رخنہ - لاف زن .

Crack, *v.* شگاف كردن - تركيدن .

Cracker, *s.* آتش بازي - فشك .

Crackle, *v.* (*as fire*) حراست کردن - زفر ساختن .
Cradle, *s.* گهوار - مهد .
Craft, *s.* (*trade, art*) پیشه - حرفه - کسب - (*fraud*) حیله - فریب - دغا .
Craftsman, *s.* کاریگر - اهل پیشه :
Crafty, *a.* حیله باز - دغاباز - مکار .
Cram, *v.* انباشتن - پر کردن .
Cramp, *s.* تشنّج - ایچش . *v.* قید کردن - قصر ساختن .
Crane, *s.* کلنگ - لك لك - گاژ - (*a machine for raising great weights*) نعامت - منجنق
Crash, *s.* نقض - فد فد . *v.* تراك نمودن - شکستن .
Crave, *v.* منّت کردن - درخواست کردن - طلب کردن - خواستن .
Crawl, *v.* دب کردن - خزیدن .
Crazy, *a.* شکسته - ضعیف - هواس باخته - دیوانه .
Creak, *v.* صریف کردن - صرّنمودن .
Cream, *s.* سرشیر - زبد .
Crease, *s.* شکن - مطوي - پیچ .
Create, *v.* پیدا کردن - آفریدن - وجود کردن - نصب نمودن .
Creation, *s.* پیدایش - آفرینش - خلقت - مخلوقات - دنیا .
Creator, *s.* خالق - آفریننده .
Creature, *s.* مخلوق - جانور - حیوان - پرورده - بنده .
Credence, *s.* باور - اعتبار - اعتقاد - Letters of credence, شهادت نامه .
Credentials, *s.* سند - سپارش نامه .

Credibility, *s.* اعتقاد - معقوليت .

Credible, *a.* معتبر - پذير - باور .

Credit, *s.* (*honour, reputation*) حرمت - نيك نامي - (*testimony*) گواهي - شهادت - (*authority*) مهابت - (*belief*) قدرت - باور - اعتماد - (*trust in money matters*) وام - دين - Dealing on credit, مداينت - To sell upon credit, بدين فروختن - To buy upon credit, وام گرفتن - To ask credit, استدانت كردن - (*promise*) عهد - پيمان .

Credit, *v.* اعتبار كردن - اعتقاد كردن - باور كردن - قرض دادن - وام دادن .

Creditable, *a.* معتبر - نام ور - كريم .

Creditor, *s.* قرض خواه - وام خواه - وام منان .

Credulity, *s.* زود اعتقادي - ساده دلي .

Credulous, *a.* زود اعتقاد - سريع الاعتقاد - ساده دل .

Creed, *s.* كلمه - شهادت .

Creek, *s.* كول - كنج دريا .

Creep, *a.* دب كردن - خزيدن - دج كردن .

Creeping, *s.* خزان - هميم - Creeping things, حشرات .

Crescent, *s.* هلال - ماه نو .

Cress, *s.* وئده - رشاد . [سرقوچ .

Crest, *s.* طرّة - عرف - (*a bird's crest*) تاج - (*a plume*)

Crested, *a.* تاج دار - اعرف .

Crestfallen, *a.* دل شكسته - نا اميد - دل تنگ .

Crevice, *s.* درز - شكاف - سوراخ - چاك .

Crew, *s.* ملاحان - اهل، جهاز - گروه - طايفه .
Cricket, *s.* (*insect*) شبگير - (*game of*) گوي بازي .
Crier, *s.* موذّن - بانگ زن - دلّال - منادي .
Crime, *s.* تقصير - گناه - جُرم - قباحت - خطا - To commit a crime, گناه كردن - To accuse of a crime, بهتان گفتن - شكايت كردن .
Criminal, *a.* معيوب - خراب - گناه‌گار - مجرم - تقصيروار .
Criminal court, *s.* عدالت، فوجداري .
Criminally, *ad.* از روي تقصير - گناه‌گاري .
Criminate, *v.* مساوي كردن - شكايت ساختن .
Crimson, *s.* عباسي - ارغواني - مرخ - قرمزي .
Cripple, *v.* اعرج ساختن - لنگ نمودن .
Crisis, *s.* ساعت - عين وقت - كمال - بحران .
Criterion, *s.* اثر - نشان، تحقيق - علامت .
Critic, *s.* حرف گير - نكته چين - نكته دان .
Critical, *a.* نكته سنجي پيوند - پركار - صحيح .
Criticise, *v.* (*judge accurately*) نكته شناسي كردن - (*to censure*) ملام كردن - حرف گيري كردن - (*to comment upon*) بيان ساختن - شرح نوشتن .
Criticism, *s.* عيب‌گوي - حرف گيري - نكته چيني .
Croak, *v.* (*as a raven*) نعب زدن - (*as a frog*) نقيق‌كردن .
Crockery, *s.* مفاليه - سفال .
Crocodile, *s.* سوسمار - نهنگ .
Crook, *s.* عصاي چوبان - Crook-backed, كوزه پشت .

Crooked, *a.* کج - خم .
Crookedness, *s.* کج - خمي - پيچش .
Crop, *s.* فصل - خرمن - محصول - پيدايش .
Crop, *v.* تراشيدن - چيدن - چريدن .
Cross, *v.* (*to pass over*) گذر کردن - عبور کردن - (*to cancel*) محو کردن - (*to lay or draw across*) متاسط نمودن - (*to counteract*) مخالف کردن - (*to obstruct*) رد کردن - ناهموار - (*to be inconsistent*) ناموافق شدن بودن - To cross examine, مقابله کردن .
Cross, *s.* صليب - آزار - تصديع .
Cross, *ad.* بجانب - از جانب - عبور . *a.* مخالف .
Crow, *s.* زاغ - غراب - کلاغ .
Crow, *v.* بانگ دادن - صداح کردن -(*to boast*) لاف زدن .
Crowd, *s.* جماعت - گروه - طايفه .
Crowd, *v.* جمع کردن - اعتراک کردن .
Crown, *s.* تاج شاهي - حکومت .
Crown, *v.* تاج نهادن - (*to dignify*) تشريف کردن - (*to adorn*) آراستن - (*to complete*) تمام کردن -(*to reward*) جزا دادن .
Crowned, *a.* تاجدار - تايج .
Crucify, *v.* تصليب کردن - صليب دادن - بردار کردن .
Crude, *a.* خام - ناپخته - بي ترتيب - بي اندام .
Cruel, *a.* بي درد - بي رحم - سنگ دل - ظالم .
Cruelty, *s.* بي دردي - بي رحمي - سنگ دلي - ظلم .
Cruise, *v.* جهاز راندن - سفر دريا کردن .

Crumb, *s.* ریزه - پارچه - نثار .
Crumble, *v.* پاره پاره کردن - ریزه ریزه کردن .
Crush, *v.* سرفرو زدن - مغلوب کردن - پایمال کردن - کوفتن .
Crust, *s.* قشر - Crust of bread, پوست نان .
Cry, *v.* (*aloud*) بانگ زدن - غوغا کردن - (*to weep*) گریستن - (*to proclaim*) اشتهار کردن - (*to entreat earnestly*) عرض کردن .
Cry, *s.* فریاد - نعره - فغان - شکایت .
Crystal, *s.* بلور - مهاة .
Crystallize, *v.* [See Congeal.]
Cub, *s.* بچه - قطرب - معاویة .
Cube, *s.* کعب - شش پهلو .
Cubit, *s.* دست - گز - بازو - ساعد .
Cuckoo, *s.* کبوك .
Cucumber, *s.* خیار - بادرنگ - بادرنجوی .
Cud, *s.* جره - نشخوار - ژاژ .
Cudgel, *s.* چوب - چوب دستی . *v.* چوب زدن .
Cuirass, *s.* جوشن - بکتر .
Culinary, *a.* منسوب مطبخ .
Cull, *v.* انتخاب کردن - چیدن - اختیار کردن .
Culpable, *a.* ملزم - تقصیروار .
Culprit, *s.* گناه‌گار - تقصیروار .
Cultivate, *v.* (*the earth*) زراعت کردن - کشت کاری کردن - (*to improve a country*) آباد کردن - آراسته کردن - (*to meliorate anything*) بهتر کردن - ترقی کردن - تربیت کردن .

Cultivation, } s. ترقي - آراستگي - تربيت - زراعت .
Culture, }
Cultivator, s. دهقان - زراعت كننده - حارث - كشت كار .
Cumbersome, a. دق دار - رنج آور .
Cunning, a. (*crafty*) دغا باز - فريبداده - حيله باز - مكّار - (*intelligent*) هنرمند - هوشيار .
Cunning, s. روبا بازي - فطرت - حكمت .
Cup, s. پياله - جام - ساغر - قدح (*pl.* اقداح). A cup-bearer, شرابدار - ساقي .
Cupboard, s. اقشش - انبار خانه .
Cupola, s. گنبد - قبه .
Cur, s. [See Dog.]
Curable, a. قابل شفا - علاج پذير - چاره پذير .
Curate, s. امام - خادم .
Curb, s. مزاحمت كردن - الجام كردن .v - مزاحمت - حكمت .
Curd, s. مايه شير - دوغ .
Curdle, v. حالومت كردن - شيررا منجمد كردن .
Cure, s. آرام - صحت - شفا - چاره - علاج .
Cure, v. آرام كردن - چاره دادن - شفا دادن -
Curiosity, s. تعف - شوق - تجسس - راز جوئي .
Curious, a. نازك - نادر - عجيب - رازجو .
Curl, s. زلف پيچيدن .v - جعد - كاكل - زلف .
Currency, s. رايج - سكه - رواج .
Current, a. آب روان - آب جاري .s - بازاري - رايج .
Curry, v. خوش آمد كردن - نوازش فرمودن - دبغ كردن .

Curse, *v.* بد دعا دادن - لعنت دادن - ملعون کردن .
Curse, *s.* بد دعا - لعنت - نفرین .
Cursory, *a.* با سرعت - شتابان - اجمال .
Curtail, *v.* مختصر کردن - کوتاه کردن - دم بریدن :
Curtain, *s.* پرده - حجاب - Behind the curtain, پس پرده - To draw the curtain, حجاب کردن .
Curve, *s.* خم - پیچ . *v.* کج کردن - پیچیدن .
Cushion, *s.* مسند - تکیه - بالش - بالین .
Custard, *s.* فالوده . Custard-apple, شریفه .
Custody, *s.* (*care*) حفاظت - امانت - نگهبانی - (*confinement*) قید - بند . [محصول] .
Custom, *s.* دستور - رسم - روش - خوی (*tax*) خراج - A custom-house, چبوتره - چوکی - A collector of the customs, تحصیلدار - باج دار .
Customary, *a.* موافق دستور .
Cut, *v.* تراشیدن - قطع کردن - بریدن - (*to reap*) درودن - To cut in pieces, پاره پاره کردن - (*to overpower*) مغلوب کردن - (*to separate*) جدا کردن - (*to extirpate*) بر انگیختن - (*to kill*) کشتن - (*to intercept*) گرفتن - منقطع کردن - (*to withhold*) باز داشتن - (*to preclude*) سد کردن - (*to abbreviate*) کوتاه کردن - To cut out, صورت کردن - (*to contrive*) پیدا کردن - (*to adapt*) مناسب نمودن - (*to debar*) محروم کردن - (*to excel*) فاضل بودن - To cut across, قط کردن - (*to carve*) نقش ساختن - (*to circumcise*) سنت کردن - (*to castrate*

ساده کردن-(*to prune*) اوباریدن-To cut in two, دونیم-کردن-(*to make a pen*) قلم تراشیدن.

Cut, *s.* زخم.- قطع - پاره - صورت - تصویر - Cut-purse, کیسه بر. Cut-throat, قاتل - راه‌زن.

Cutlass, *s.* شمشیر - تیغ.

Cutler, *s.* کارد گر - سیاف.

Cutter, *s.* برنده - (*boat*) قسم, جهاز.

Cycle, *s.* دور - قرن.

Cylinder, *s.* اسطوانه.

Cypress, *s.* سرو - ناز - شنو.

Czar, *s.* قیصر - رس' پادشاهٔ.

D.

Dabble, *v.* (*to play in water*) در آب بازي کردن-(*to smear*) آلوده کردن - (*to tamper with*) اقدام کردن.

Dagger, *s.* خنجر - دشنه.

Daily, *a.* هرروزه - روزینه. *ad.* هرروز - روز به روز - Increasing daily, روز افزون - Daily pay, روزینه - یومي.

Dainty, *a.* (*delicate*) نفیس - نازک - لطیف - (*fastidious*) مستغني - (*squeamish*) ذو نفرت.

Dainty, *s.* تحفه - نعمت - نفایس.

Dally, *v.* (*fondle*) بوس و کنار کردن-(*to delay*) تاخیر کردن-دیري کردن - (*to trifle*) هرزه ساختن - (*to amuse or deceive*) فریفتن.

Dam, *s.* مادر - والده - خور آب . *v.* بستن - سدّ کردن
Damage, *v.* نقصان کردن - زیان کردن - ضرر کشیدن -
Damage, *s.* (*detriment*) زیان - آسیب - نقصان - (*retribution, fine*) جریمه - تاوان - مصادره .
Damascus, *s.* دمشق - شام - دبیق .
Damask, *s.* مشجر - دبیقي - کمخاب .
Dame, *s.* بیگم - خانم - خاتون .
Damn, *v.* ملعون کردن - لعنت کردن .
Damnable, *a.* مکروه - زبون - لعنتي .
Damnation, *s.* لعنت - بد عاقبت .
Damp, *a.* تر - لم - نمناك - آبدار .
Damp, *v.* ترکردن - دلگیر کردن - افسرده کردن .
Damsel, *s.* [See Maid.]
Dance, *s.* رقص - سماع - *v.* رقص کردن - رقصیدن .
Dancer, *s.* رقاص - رقصنده -
Danger, *s.* خطر - خوف - بیم - To be in danger, دربیم مخطر بودن - شدن .
Dangerous, *a.* خطرناك - هولناك -- A dangerous affair, امر خطیر - A dangerous place, مهلکت - A dangerous road, راه پرخطر - A dangerous pit, چاه جانگاه .
Dare, *v.* (*have courage*) همت کردن - جرات کردن - دعا نمودن - مبارزت خواندن (*to defy*) - دلیري نمودن .
Daring, *a.* دلیر - مردانه - بي باك .
Dark, *a.* (*not light*) تاریك - تیره - مظلم - (*blind*) کور - نابینا - (*opaque*) الهخ - ناشفیف - (*not perspicuous*)

- نادان - ناشناس (*ignorant*) - نا ظاهر - نا آشکاره - شب دیجور - شب, تاریك - A dark night, جاهل - Dark coloured, تیره گون - Having a dark mind, صاحب, تیره ضمیر - A dark corner, گوشهٔ تاریك - Growing dark, غسقان - تظلم - To be in the dark, در تاریکي شدن - (*to be ignorant of any thing*) بي خبر شدن - ناشناس بودن - To keep in the dark, در پنهالي ساختن -

Dark, *v.* (*make dark*) ظلم کردن - تاریکي نمودن - (*to grow dark*) تاریك گشتن - ظلمت اندوختن - To darken, مردار ساختن - آلودن (*to sully*) - متردد کردن .

Darkness, *s.* تاریکي - تیرگي - ظلمت .

Darling, *s.* دل آرام - معشوق - محبوب .

Darn, *v.* رفو کردن .

Dart, *s.* لیزه - تیر - پیکان . *v.* تیر انداختن - پرتاب کردن .

Dash, *v.* بهم زدن - چسپیدن - To dash, (*as the waves*) تلاطم, امواج کردن - (*bespatter*) پاشیدن - (*to mix*) آمیختن - (*obliterate writing*) محو ساختن - (*to abash*) خجل ساختن - To dash away (*hasty motion*) تیزکار کردن - (*to write rapidly*) زود نوشتن - To dash one's hopes, نا امید کردن - To dash or rush through the water, در آب عجل رفتن .

Dastard, *s.* [See Coward.]

Date, *s.* (*account of time*) تاریخ (*pl.* تواریخ) - (*epoch*)

- سرانجام - عاقبت (*end*) - بقا - استمرار (*duration*) - ارج (*the fruit of the palm tree*) خرما .

Dative, *s.* حالت, مفعولي .

Daub, *v.* (*besmear*) آلوده كردن - اندودن - (*to paint coarsely*) بي هنر نگريدن - (*to flatter grossly*) چاپلوسي كردن - To play the hypocrite, رياكار شدن - To daub with gold, زر اندودن .

Daughter, *s.* دختر - بنت (*pl.* بنات .)

Daughter-in-law, *s.* زن, فرزند .

Daunt, *v.* ترسانيدن - بيم دادن - دهشت دادن .

Dauntless, *a.* بي باك - دلير .

Dawn, *s.* صبح - فجر - بامداد - پگاه - سحر - (*the beginning of any thing*) ابتدا - شروع - At dawn, علي الصباح .

Day, *s.* روز - يوم (*pl.* ايام) - زمانه - زندگي - Night and day, شب و روز - ليل و نهار - From day to day, روز بروز - One day, on a certain day, روزي - The Day of judgment, روزِ قيامت - Day-book, روز نامه .

Day-break, صبح, صادق . Day-by-day, روز به روز . Day-light, روزِ روشن . Day-time, وقت, روز .

Dazzle, *v.* خيره كردن - چهر ساختن - سدر زدن .

Dead, *a.* مرده - مرحوم - بي جان - (*motionless*) بي حركت - (*vacant*) معطول - (*languid*) كاهل - سست - (*gloomy*) تيره - (*useless*) بي فايده - نا كاره - (*frigid*) سرد - (*spiritless*) بي دل - (*withered, as a vegetable*) پژمرده - (*un-*

inhabited) بي آباداني - The dead, مردگان - In the dead of winter, درميان, زمستان - In the dead of night, درنيم شب .

Deadly, *a.* قاتل - مهلك . [كر گشتن .

Deaf, *a.* صم - بكم - كر - To be or become deaf,

Deafness, *s.* كري - گران گوشي - صمم .

Deal, *s.* (*quantity*) قدر - چندي - (*a fir-tree*) چوب, صنوبر .

A great deal, بسيار - كثر .

Deal, *v* (*to distribute*) تقسيم كردن - حصة كردن - (*to traffic*) تجارت كردن - (*to scatter*) پاشيدن - (*to treat well*) سلوك كردن - To treat or contend with, ستيزه كردن - To deal in, عمل كردن - معامله كردن - To deal cards, قمار كاغذي حصه كردن .

Dealer, *s.* (*trader*) سوداگر - بازرگان - (*shop-keeper*) دكان دار - (*one that has to do with any thing*) عامل - A double-dealer, اهل, دروغ .

Dealing, *s.* كاروبار - تجارت - علاقه - معامله - Plain dealing, حقيقت - Double-dealing, ريا - غدر .

Dear, *a.* (*precious*) عزيز - گران - قيمت - پيش قيمت - (*beloved*) محبوب - دلپسند - (*scarce*) كم ياب - (*painful*) ناپسند .

Dearly, *ad.* باگران بها - عاشقانه .

Death, *s.* موت - مرگ - اجل - قضا - وفات - At the point of death, اجل گرفته - The agonies of death, نزع, روح - To cause death, قتل كردن - قضا ساختن - To condemn to death, حكم, قتل فرمودن .

Debar, *v.* محروم كردن - باز داشتن - خارج كردن .
Debase, *v.* حقير كردن - ذليل كردن - بي آبرو كردن .
Debate, *s.* قضيه - مناظره - مباحثه - بحث .
Debate, *v.* مشورت كردن - نزاع كردن - قضيه كردن - بحث كردن
Debauch, *s.* شهوت - مستي - بد پرهيزي .
Debauch, *v.* شهوت پرست شدن - خراب كردن .
Debauchee, *s.* فاسق - رند - اوباش .
Debauchery, *s.* زناكاري - فسق - اوباشي .
Debilitate, *v.* ضعيف كردن - ناتوان كردن - كمزور كردن .
Debility, *s.* ضعيف - ناتواني - كمزوري .
Debt, *s.* قرض - وام - دين - To get into debt, وام گرفتن - To pay a debt, قرض ادا كردن - To demand a debt, وام خواستن - To give a discharge for debt, قبض نوشتن - اخذ دادن - Involved in debt, مديون - مقرض .
Debtor, *s.* قرضدار - وام دار - دين دار .
Decamp, *v.* روانه شدن - رحلت كردن - كوچ كردن -
Decay, *s.* تباه - فرسودگي - زوال .
Decay, *v.* كاستن - فرسودن - زوال شدن .
Decease, *s.* انتقال - وفات - رحلت - فوت - موت .
Deceased, *a.* متوفا - مرحوم - مرده .
Deceit, *s.* بهانه - حيله - دغا - مكر - فريب .
Deceitful, *a.* دغاباز - مكّار - فريب باز .
Deceive, *v.* گمراه كردن - فريفتن - دغا دادن - فريب دادن .
Decency, *s.* ادب - امتياز - شايستگي .

Decennial, *a.* ده ساله .
Decent, *a.* مناسب - معقول - لايق - شايسته .
Deception, *s.* نظر بند-دغا بازي - فريب - خيال - وهم .
Decide, *v.* حكم دادن - فتوي دادن - فيصل كردن - To decide a lawsuit, قطع، نزاع كردن - To decide or fix an event, وقوع تحديد كردن .
Decidedly, *ad.* يقيناً - البته - صريح .
Decimal, *a.* عشري - عشرالي . *s.* عشار .
Decipher, *v.* رمز آشكاره كردن - تعبير كردن .
Decision, *s.* حجت - قضا - حكم - فتوي - انفصال .
Decisive, *a.* يقين - شافي - قاطع .
Deck, *s.* (*of a ship*) تخته .
Deck, *v.* آراستن - زيب دادن - آراسته كردن .
Declaim, *v.* تقرير كردن - فصيح كلام كردن .
Declamation, *s.* تقرير - سخن گوئي - فصيح كلام .
Declaration, *s.* اشتهار - گواهي - اقرار - بيان .
Declare, *v.* ظاهر كردن - آشكاره كردن - اشتهار كردن - بيان كردن - اقرار كردن .
Declension, } *s.* زوال - خرابي - صرف - (*of nouns*) تصريف - گردان .
Declination, }
Decline, *v.* صرف كردن - زوال شدن - مايل كردن - پرهيز كردن - انكار كردن - تصريف كردن .
Declivity, *s.* پستي - شيو - نشيب .
Decoction, *s.* جوشيده .
Decompose, *v.* باز آميختن .

Decorate, *v.* زینت دادن - آرایش دادن - آراسته کردن - طراز کردن - آراستن .
Decoration, *s.* زیب - زینت - آرایش - آراستگي .
Decorous, *a.* مناسب - لایق - شایسته .
Decoy, *v.* چینه نهادن - فریب دادن .
Decrease, *v.* قصور کردن - کاستن - کم کردن - کم شدن .
Decrease, *s.* کاست - قصور - کاهش .
Decree, *s.* حکم - فتوي - انفصال - The divine decrees, تقدیرات - A judicial decree, حکم، شرع .
Decree, *v.* فرمودن - فتوي دادن - حکم دادن .
Decrepit, *a.* کم زور - ضعیف .
Decry, *v.* بد نام دادن - ملامت کردن - عیب نهادن .
Dedicate, *v.* نیاز کردن - مخصوص کردن - To dedicate a book, مدح کردن - To dedicate temples, تکریسات کردن
Dedication, *s.* نیاز - تقدیس - (*of a book*) مدح .
Deduce, *v.* نتیجه نمودن - حاصل کردن - بر آوردن .
Deduct, *v.* وضیعت کردن - وضع کردن .
Deduction, *s.* مشتقات - وضیعت .
Deed, *s.* حقیقت - مهم - عمل - فعل - کار - (*written evidence of a legal act*) سند - دست آویز - (*deed of sale*) قباله . Deed of gift, هبه نامه .
Deem, *v.* پنداشتن - قیاس کردن - دریافت کردن .
Deep, *a.* دریاي شور - حیله باز - خیره - عمیق .
Deeply, *ad.* باجان آزاري - عمیقاً - نهایت - To be deeply in love, بسیار عاشق شدن - To be deeply in

debt, بسيار قرض دار بودن - To be deeply coloured, قهوه رنگ داشتن .

Deer, *s.* آهو - غزال .

Deface, *v.* محو نمودن - نسخ كردن - خراب كردن .

Defamation, *s.* رسواي - بهتان - بد گوئي - بد نام .

Defame, *v.* عيب گفتن - بدنام كردن - رسوا كردن .

Default, *s.* قصور - خطا - گناه - كوتاهي - عيب .

Defeat, *v.* شكست دادن - هزيمت كردن - برباد كردن - محروم كردن - *s.* شكست - هزيمت .

Defect, *s.* عيب (*pl.* عيوب) - قصور - غلط .

Defection, *s.* ارتداد - برگشتگي - نافرماني .

Defence, *s.* محافظت - حمايت - پناه - عذر - منع .

Defenceless, *a.* بي حمايت - بي پناه - لاچار .

Defend, *v.* حمايت كردن - دستگيري كردن (*to uphold*) معذرت - منع و دفع كردن (*to prohibit*) - اقرار كردن كردن - (*to fortify*) استحكام كردن .

Defendant, *s.* مدعي عليه - اسامي .

Defender, *s.* حامي - نگهبان - مدافع - The defender of the faith, دين پناه - دين پرور .

Defer, *v.* ديري كردن - توقف نمودن .

Deference, *s.* امتياز - حرمت - ادب - ملاحظه .

Defiance, *s.* جنگ دعوت - طلب - مذمت .

Deficiency, *s.* كمي - قلت - زوال - قصور - نقصان .

Deficient, *a.* كم - قاصر - نا تمام - عاجز .

Defile, *s.* تنگ راه - کوچه . *v.* آلودن - ناپاک کردن
Defilement, *s.* ناپاکي - خرابي - آلايش - آلودگي .
Define, *v.* وصف کردن - تعريف بيان کردن - حد بستن .
Definite, *a.* معين - محدود - مقرّر .
Definition, *s.* بيان - وصف - تعريف .
Definitive, *a.* معهود - محدود - قاطع .
Deform, *v.* قبيح کردن - زبون کردن - بد شکل کردن .
Deformed, *a.* زبون - زشت - بد شکل .
Deformity, *s.* زشتي - بد شکل .
Defraud, *v.* فريفتن - دغا دادن - فريب دادن .
Defray, *v.* بذل کردن - خرج کردن - خرج ادا کردن .
Defy, *v.* (*to battle*) مبارز خواندن - (*to affront*) مذمت کردن .
Degeneracy, *s.* ناکسي - ابتذال - از نسب افتادگي .
Degenerate, *v.* ناکس گشتن - کم قدر شدن - تخم بد شدن - دون شدن . *a.* خراب - ناکس - کم قدر - ذليل .
Degradation, *s.* بي حرمتي - ذلّت - معزولي .
Degrade, *v.* کم قدر کردن - بي حرمت کردن - معزول کردن .
Degraded, *a.* معزول - بي قدر - بي آبرو .
Degree, *s.* نسل - نصب - قدر - مرتبه - جاه - درجه - اندازه - اندام - By degrees, درجه به درجه .
Deign, *v.* قبول کردن - واجب پنداشتن - متوجه شدن .
Deity, *s.* الاهيت - اللّه - خدا .
Deject, *v.* آزرده کردن - غمگين کردن - رنج دادن - دلگير کردن .
Dejected, *a.* غمگين - دل تنگ - دلگير .

Dejection, *s.* دلگيري - رنج - افسردگي .
Delay, *v.* دير كردن - تاخير كردن - توقّف كردن .
Delay, *s.* دير - توقّف - تاخير - درنگي .
Delegate, *s.* نايب - وكيل - پيش كار .
Delegate, *v.* روانه كردن - گماشتن - حواله كردن - وكيل فرستادن .
Deliberate, *v.* انديشه كردن - تامّل كردن - فكر كردن .
Deliberate, *a.* بيدار - صاحب تدبير - دور انديش - هوشيار - مست - كاهل .
Deliberately, *ad.* با احتياط - از تامل - باغرض - آهسته .
Deliberation, *s.* تامّل - انديشه - تفكر - غور - آهستگي - تدبير .
Delicacy, *s.* (*in eating, &c.*) ذوق - نعمت - (*neatness*) نفاست - پاكي - (*tenderness*) ملايمت - لطف - (*beauty*) نازك بدن - جمال - (*gentle treatment*) شفقت .
Delicate, *a* نفيس - لذت دار - (*soft*) نازك - كم‌زور - پاكيزه .
Delicately, *ad.* ملايمانه - ملايمت - باملايمت .
Delicious, *a.* لذيذ - خوش گوار - دل چسپ - نفيس .
Delight, *s.* شادي - خوشي - خرمي - خوشنودي - لطف .
Delight, *v.* خوش كردن - مسرور كردن - عيش و عشرت نمودن
Delighted, *a.* شاد - خوش - خرّم - خوشنود .
Delightful, *a.* دلپسند - دل چسپ - فرح - عشرت - مسرور .
Delineate, *v.* نقشه كردن - تصوير كشيدن - بيان كردن .
Delineation, *s.* نقش - علامت - رقم .
Delinquency, *s.* جرم - تقصير - خطا - گناه .

Delirious, *a.* مدهوش - مجنون - بيهوش .
Deliver, *v.* (*give in charge*) حواله کردن - سپرد کردن - داخل کردن - (*to give*) دادن - (*to set at liberty*) آزاد کردن - (*to relate*) تقریر کردن - گفتن - بیان کردن - To deliver a woman with child, وضع حمل گردانیدن - To deliver from hand to hand, از دست بدست رسانیدن .
Deliverance, *s.* تفویض - آزادگي - رهائي - مخلصي .
Deliverer, *s.* نقل کننده - رهائي بخش - آزادکار .
Delivery, *s.* گفتار - تقریر - آزادگي - رهائي - خلاصي - وضع حمل - تسلیم .
Delude, *v.* فریفتن - گمراه کردن - فریب دادن .
Deluge, *s.* سیلاب - طوفان . *v.* سیلاب کردن - غرق کردن .
Delusion, *s.* غدر - حیله - رنگ - فریب .
Delusive, *a.* رنگ نما - فریب باز .
Demagogue, *s.* پیشرو عوام - متفني .
Demand, *s.* خواهش - طلب - دعوي .
Demand, *v.* خواستن - طلب کردن - دعوي کردن .
Demeanour, *s.* روي - چهره - وجه - روش - وضع .
Demerit, *s.* حقارت - خطا - نا کسي - بد رفتار .
Demise, *s.* انتقال - وفات - رحلت .
Democracy, *s.* حکومت جمهور .
Demolish, *v.* پایمال کردن - خراب کردن - ویران کردن .
Demolition, *s.* خرابي - ویراني - پایمالي .
Demon, *s.* ابلیس - شیطان - دیو - جن .

Demonstrate, *v.* دليل كردن - ثابت كردن - نمودن .
Demonstration, *s.* دلالت - دليل - اثبات .
Demonstrative, *a.* اسم اشاره - مدليل - برهاني .
Demur, *v.* دير كردن - شك بردن - پس و پيش كردن .
Demure, *a.* محجوب - صاحب ادب - شرمسار .
Den, *s.* كمينگاه - غار .
Denial, *s.* ردّ كلام - نفي - انكار .
Denominate, *v.* ناميدن - نام گفتن - نام دادن .
Denomination, *s.* لقب - اسم - نام .
Denote, *v.* علامت نمودن - دلالت ساختن - نشان دادن .
Denounce, *v.* خبر دادن - اظهار كردن - بدنام كردن .
Dense, *a.* سنگين - منجمد - كثيف .
Dental, *a.* دنداني .
Dentifrice, *s.* سنون - مطهرت .
Deny, *v.* نفي كردن - منكر شدن - انكار كردن .
Depart, *v.* رحلت كردن - روانه كردن - كوچ كردن - رفتن .
Department, *s.* حصّه كار - معاملت - عهده - خدمت .
Departure, *s.* كوچ وفات - رحلت - روانگي .
Depend, *v.* (*have a relation to*) نسبت داشتن - متعلق شدن - علاقه داشتن . (*To hang from*) آويختن - To depend upon, اعتماد نمودن .
Dependant, *s.* معلق - فرمان بردار - متعلّق .
Dependence, *s.* اعتماد - تابع داري - متعلق - علاقه .
Dependent, *a.* فرمان بردار - دامن گير - تابع دار .

Depict, *v.* بیان کردن - تقریر کردن - تصویر کشیدن .
Deplorable, *a.* مستمند - کم بخت - بلا آور - دردمند .
Deplore, *v.* گریستن - زاري کردن - افسوس کردن .
Deponent, *s.* شاهد - گواه .
Depopulate, *v.* تاخت و تاراج کردن - ویران کردن .
Depopulation, *s.* پايمالي - ویراني .
Deportment, *s.* رفتار - طریق .
Depose, *v.* (*from a throne*) از مسند وضع کردن - (*to give testimony*) شهادت کردن - (*to dethrone*) تغیر کردن - (*from an office*) از جاه معزول ساختن - موقوف کردن
To depose upon oath, سوگند خوردن - شهادت نمودن .
Deposit, *s.* امانت - وضیعت - (*a pledge*) گرو .
Deposit, *v.* امانت گذاشتن - سپرد کردن .
Depositary, *s.* امین - خزانچي .
Deposition, *s.* شهادت - گواهي .
Depository, *s.* امانت گاه - وضیعتگاه .
Deprave, *v.* فساد نمودن - تباه کردن - خراب کردن .
Depravity, *s.* خباثت - خرابي - تباه - فساد .
Deprecate, *v.* عذر خواستن - استغفار کردن .
Depreciate, *v.* حقارت کردن - سبك کردن - قیمت کاستن .
Depredation, *s.* غارت - تاخت و تاراج .
Depress, *v.* فروتن کردن - دل تنگ کردن - زیر کردن .
Depression, *s.* حقارت - دل تنگي - ذلت .
Deprive, *v.* معزول کردن - محروم کردن - برداشتن - گرفتن .
Depth, *s.* عمق - درمیان .

Deputation, *s.* نيابت - وكالت .
Depute, *v.* فرستادن - وكيل كردن - روانه كردن - گماشتن
Deputy, *s.* گماشته - وكيل - نايب .
Dereliction, *s.* هجر - ترك .
Deride, *v.* مسخره كردن - سخره كردن - استهزا كردن .
Derision, *s.* سخره - تمسخر - استهزا .
Derivation, *s.* بنياد - استخراج - اشتقاق .
Derivative, *a.* فرعي - A derivative noun, اسم مشتق .
Derive, *v.* يافتن - برآوردن - To derive advantage, حاصل كردن - سود يافتن - To derive descent, نسب كردن .
Derogate, *v.* ابطال كردن - حقير كردن - بي قدركردن .
Derogation, *s.* رسوائي - بي قدري - حقارت .
Derogatory, *a.* كمتر ساز - بهتان كنا .
Descend, *v.* از اصل آمدن - فرود آمدن - نازل شدن .
Descendant, *s.* نسل (*pl.* انسال) - اولاد .
Descent, *s.* (*declivity*) نزول - (*origin*) اصل - (*lineage*) نسب - نسل - A sloping descent, زمين نشيب - (*invasion*) هجوم - حمله - Ascent and descent, نشيب وفراز - (*of kindred*) اصول و فروع .
Describe, *v.* تفصيل كردن - تقرير كردن - بيان كردن - تصوير ساختن - نقل كردن - تعريف كردن - نوشتن .
Description, *s.* صورت - توصيف - تعريف - نقل - بيان .
Descry, *v.* خبر كردن - معلوم كردن - نظر كردن - ديدن .
Desert, *s.* خالي - ويران *a.* . ويرانه - باديه - دشت - بيابان .
Desert, *v.* گريختن - گذاشتن - ترك كردن .

Deserve, *v.* مستحق شدن - لايق شدن - سزاوار شدن .
Design, *s.* مقصد - آهنگ - کلام - عزم - مطلب - اراده - نقش کشيدن - حيله کردن - اراده کردن *v.* - رسم - نقش .
Designation, *s.* رسم - علامت - نشان .
Designing, *a.* مکار - فريبي - رنگ آميز .
Desirable, *a.* دل چسپ - دل پسند - مرغوب .
Desire, *s.* نفس - هوس - هوا - مراد - آرزو - خواهش - رغبت - شوق .
Desire, *v.* درخواست کردن - آرزو مند شدن - خواهش کردن - پرسيدن - فرمودن .
Desist, *v.* پرهيز کردن - دست بردار شدن - باز داشتن .
Desk, *s.* پيشتخته - راف .
Desolate, *a.* دلگير - بي چراغ - خالي - ويران .
Desolate, *v.* تاخت و تاراج کردن - ويران کردن .
Desolation, *s.* افسودگي - دلگيري - خرابي - ويراني .
Despair, *s.* مايوسي - نا اميدي .
Despair, *v.* مايوس شدن - نا اميد شدن .
Despatch, *v.* (*send*) روانه کردن - فرستادن - (*to kill*) قتل کردن - (*to expedite*) شتاب کردن - (*to accomplish*) پرداختن . *s.* خريطه - خط - قاصد - شتابي - روانگي .
Desperate, *a.* (*hopeless*) مايوس - نا اميد - (*irretrievable*) بي تدبير - گم راه (*rash*) - بي چاره .
Despicable, *a.* حقير - خوار - ذليل - کمينه .
Despise, *v.* تذليل کردن - حقارت کردن - استحقار نمودن .
Despite, *s.* کينه - مخالفت - ضد - فساد - عداوت .

Despond, v. دل تنگي شدن - مايوس شدن - نا اميد شدن .

Despondency, s. دل تنگي - مايوس - نا اميدي .

Despot, s. ظالم - پادشاهِ 'مستقلّ .

Despotic, a. كل مختار - 'مستقلّ .

Despotism, s. تسلط - استقلال .

Dessert, s. (last course) نقل - (fruit) ميوه .

Destination, s. نامزدي - مراد - نيّت - مقصود .

Destine, v. معيّن كردن - مقدّر كردن - مقرّر كردن .

Destiny, s. تقدير - قضا - قسمت - طالع - نصيب .

Destitute, a. خالي - درمانده - بي نوا - عاجز - لاچار .

Destroy, v. هلاك كردن - معدوم كردن - نيست كردن - پايمال كردن - شكستن - برباد كردن .

Destruction, s. 'مطلّ - پاي مالي - ويراني - هلاكت .

Destructive, a. مفسد - مضرّ - 'مهلك .

Detach, v. روانه كردن - فرستادن - جدا كردن .

Detachment, s. فوج - رشته .

Detail, s. تفصيل - 'مفصل - بيان . v. تفصيل كردن .

Detain, v. توقيف كردن - واپس داشتن - باز داشتن .

Detect, v. فاش كردن - ظاهر كردن - دريافت كردن .

Detection, s. اظهار - ظهورِ فريب - خطاگيري .

Detention, s. توقيف - باز داشت - قيد .

Deter, v. چشم نمائي كردن - تخويف كردن .

Deteriorate, v. خراب كردن .

Determinate, a. محدود - تحقيق - مقرر - 'معيّن .

Determination, *s.* (*intention*) قصد - (*resolution*) استقلال - (*decision*) حکم - (*limitation*) تحدید .

Determine, *v.* قصد کردن - (*to fix*) مقرر کردن - (*fix limits*) حد کردن - (*to conclude finally*) ختم کردن - (*to decide*) حکم نمودن - (*to define*) تعریف ساختن - (*to adjust*) نظم کردن - (*to resolve*) عزیمت کردن - (*to influence a choice*) اختیار کردن .

Detest, *v.* نفرت داشتن - کراهیت کردن - مکروه دانستن .

Detestable, *a.* نا مرضي - کریه - مکروه .

Detestation, *s.* استکراه - کراهیت - نفرت .

Dethrone, *v.* از پادشاهي - از تاج و تخت دفع کردن معزول کردن .

Detract, *v.* غیبت کردن - عیب گوي کردن - کم کردن .

Detraction, *s.* غیبت - عیب گوي - خفیف .

Detriment, *s.* خسارت - خلل - زیان - نقصان .

Detrimental, *a.* مخل - مضر - نقصان کننده .

Devastation, *s.* خرابي - ویراني - پایمالي .

Develope, *v.* کشادن - واضح کردن - ظاهر کردن .

Deviate, *v.* گناه کردن - گمراه شدن .

Deviation, *s.* خطا - گمراهي - بي راهي .

Device, *s.* پیدایش - فطرت - حکمت - تدبیر .

Devil, *s.* ابلیس (*pl.* ابالیس) - شیطان (*pl.* شیاطین) .

Devise, *v.* ایجاد کردن - تدبیر کردن - (*to bequeathe*) وصیّت کردن - هبه کردن .

Devoid, *a.* بي - به غیر - تهي - خالي .

Devolve, *v.* گذشتن - رسیدن - دست به دست رفتن .
Devote, *v.* قربان - نیاز کردن - فدا کردن - تقدّس کردن
مخصوص کردن - کردن .
Devoted, *a.* دلبسته - معیّن - مقرّر .
Devotee, *s.* ریاضتي - زاهد - عابد .
Devotion, *s.* نماز - تقوي - عبادت - بندگي .
Devour, *v.* اکل ساختن - خوردن .
Devout, *a.* پارسا - نمازگذار - متعابد - عابد .
Dew, *s.* ژاله - تري - شب نم .
Dewlap, *s.* غبغب - بزّه .
Dexterity, *s.* دست کاري - تیز دستي - چالاکي .
Dexterous, *a.* دست کار - تیز دست - چالاك .
Diabetes, *s.* ملس البول .
Diadem, *s.* کلاهٔ شاهي - تاج .
Diagonal, *a.* از گوشه تابگوشه - گوشه دار .
Dial, *s.* بسیط - آفتاب ساعتي .
Dialect, *s.* لسان - زبان .
Dialogue, *s.* گفتگو - سوال جواب .
Diameter, *s.* خط درمیان دایره - قطر .
Diamond, *s.* مامور - الماس .
Diarrhœa, *s.* جریان، شکم - اسهال - شکم جاري .
Diary, *s.* آورجه - روز نامه .
Dice, *s.* (*game at*) قمار بازي - (*a die*) کعبت - To play
at dice, قمار باختن - A player at dice, قمار باز .
Dictate, *v.* عبارت گفتن - مشتق نمودن - فرمودن - امر کردن .

Dictate, *s.* حکم - ارشاد - فرمان .
Diction, *s.* عبارت - انشا - محاوره - روزمره .
Dictionary, *s.* لغت - فرهنگ .
Didactic, *a.* نصیحت آمیز - معلّم .
Die, *v.* مردن - فوت کردن - وفات یافتن - To die a martyr, شهید شدن -(*to faint away*) بیهوش شدن -(*to perish*) زایل شدن - (*to wither*) افسردن - (*to varnish*) رنگین کردن - (*to tinge*) نایب شدن .
Diet, *s.* خوراک - طعام - مجلس . *v.* خوراک دادن .
Differ, *v.* جدا شدن - فرق شدن - خلاف شدن - اختلاف نا موافق بودن - ناساز شدن - شدن .
Difference, *s.* فرق - تفاوت - اختلاف - نا موافقت .
Different, *a.* جدا - علحده - مخالف - مختلف - Different sorts, اقسام - انواع .
Difficult, *a.* مشکل - دشوار - سخت - درشت .
Difficulty, *s.* دشواري - سختي - (*distress*) پریشاني - زحمت - (*opposition*) مانع .
Diffidence, *s.* شك - وهم - بي همتي - حجاب .
Diffident, *a.* شك - وهمي - بي همت .
Diffuse, *v.* منتشر کردن - گستردن - پاشیدن .
Dig, *v.* کندن - کافتن - کاویدن - To dig up, برکندن .
Digest, *v.* (*in the stomach*) - هضم کردن - (*to reduce to order*) ترتیب کردن - آراسته کردن - *s.* آئینها مجموع .
Digestion, *s.* هضم - گوار .

Dignify, *v.* بلند کردن - مرتبه دادن - عزّت دادن - سرفراز کردن.

Dignity, *s.* افتخار - جلال - عزّت - منصب - قدر - مرتبه.

Dilapidate, *v.* تباه کردن - ویران کردن.

Dilemma, *s.* رطم - - خلط.

Diligence, *s.* سعي - ملازمت - توجه - محنت - کوشش.

Diligent, *a.* مقیّد - ملازم - سرگرم - تن ده - متوجه.

Dilute, *v.* حلّ کردن - ضعیف کردن - رتیق کردن.

Dim, *a.* بي نور - تاریك - تیره - کند - Dim-sighted, روزکور.

Dimension, *s.* عرض و طول - مقدار - پیمایش - اندازه.

Diminish, *v.* کاستن - فرمودن - کم شدن - کم کردن.

Diminution, *s.* کمي - کوتاهي - تخفیف.

Diminutive, *a.* کوتاه - خرد - A diminutive noun, اسم تصغیر.

Dine, *v.* چاشت کردن - طعام خوردن.

Dinner, *s.* عصر - طعام - چاشت.

Dint, *s.* قوّت - زور - نشانه - - ضرب.

Dip, *v.* غرق شدن - مشغول شدن - غوطه دادن.

Diphthong, *s.* آواز آمیخته - دوحرف جلت - لفیف مقرون.

Diploma, *s.* دست آویز - سند.

Dire, *a.* هیبت ناك - هول ناك - خوف ناك.

Direct, *a.* بي شبهت - صاف - مستوي. *v.* (*instruct*) ترتیب کردن - (*to point out the way*) رهنماي کردن - (*to aim in a straight line*) نشانه کردن - (*to prescribe*) فرمودن - (*to adjust*) نظم کردن - To direct a letter, سرنامه نوشتن. [طریق - (*aim*) مراد.

Direction, *s.* دلالت - ارشاد - (*command*) فرمان - (*path*)

Director, s. (*guide*) کارکن - راهنما - (*instructor*) مودّب - وزیر اعظم .
Directly, a. في الفور - بي دومعني .
Dirt, s. چرک - آلايش - کدورت .
Dirty, a. نامزا - نجس - غليظ .
Disability, s. لاچاري - بي قدرتي - ناتواناي .
Disable, v. ضعيف کردن - بي طاقت کردن - ناتوان کردن .
Disadvantage, s. خلل - نقصان - زيان .
Disadvantageous, a. غير فايده - لاحاصل - بي فايده .
Disaffected, a. سرکش - ناراض - بدخواه .
Disagree, v. مخالف شدن - نا موافق شدن.
Disgreeable, a. مخالف - بدمزه - ناگوار - ناپسند - ناخوش .
Disagreement, s. ناخوشي - اختلاف - ناموافقت.
Disallow, v. ردّ کردن - انکار کردن - نا قبول کردن .
Disappear, v. نا پديد بودن - غايب شدن .
Disappoint, v. نا مراد کردن - محروم کردن - نا اميد کردن .
Disappointment, s. مايوسي - نا اميدي .
Disapprobation, s. نا قبولي - نا پسندگي .
Disapprove, v. نا پسند کردن - نا منظور کردن .
Disaster, s. بدبختي - مصيبت - آفت .
Disastrous, a. حادثه ديده - کم بخت .
Disavow, v. منکر کردن - انکار کردن .
Disavowal, s. نفي - انکار . [ساختن .
Disband, v. پراگنده - لشکر برطرف کردن - معزول کردن
Disbelieve, v. انکار کردن - کافر شدن - بي اعتقاد شدن .

Disburse, *v.* صرف كردن - خرچ كردن .
Disbursement, *s.* مخارج - صرف - خرچ .
Discard, *v.* معزول كردن - برطرف كردن .
Discern, *v.* امتياز كردن - معلوم كردن - ديدن .
Discernment, *s.* فهم - دريافت - تميز - امتياز .
Discharge, *v.* (*dismiss*) برطرف كردن - معزول كردن - (*to perform*) بجا آوردن - خالي كردن - To discharge a debt, ادا كردن - To discharge one's duty, عمل كردن -
Discharge, *s.* معافي نامه - خط فارغ - ادا - رخصت - برطرفي .
Disciple, *s.* تلميذ - شاگرد - مريد .
Discipline, *s.* (*education*) تعليم - تربيت - (*regulation*) قاعده - نظام - (*chastisement*) - تعزير - سزا - *v.* تعليم كردن - سياست كردن .
Disclose, *v.* اظهار كردن - فاش كردن - كشادن .
Discolour, *v.* داغ دار كردن - بد رنگ كردن .
Discomfit, *v.* مغلوب كردن - شكست دادن .
Discompose, *v.* رنجيده كردن - برهم كردن - حيران كردن .
Disconcert, *v.* تدبير مضطرب كردن - حيران دادن .
Disconsolate, *a.* بيدل - دلگير - غمگين - افسرده .
Discontent, *a.* ناخوشي - نا راض - بي قناعت .
Discontentment, *s.* نا راضي - نا خوشنودي .
Discontinue, *v.* توقف كردن - فارغ شدن - موقوف كردن .
Discord, *s.* فتنه - فساد - اختلاف - ناموافقت .
Discordant, *a.* بي آهنگ - مخالف - ناموافق .

Discount, *v.* نقصان دادن - وضیعت کردن. *s.* وضیعت - تفریز - نقصان.

Discountenance, *v.* منع کردن. [کردن.

Discourage, *v.* تخویف - وضع کردن - دل شکستن - ترسانیدن

Discourse, *s.* خطاب - وعظ - قیل و قال - گفتگو.

Discover, *v.* یافتن - فاش کردن - آشکاره کردن - ظاهر کردن.

Discovery, *s.* یاب - کشف - اسرار - اظهار.

Discredit, *s.* رسوای - بدنامي - بي‌اعتباري. *v.* بي اعتبار کردن - بي‌حرمت کردن.

Discreet, *a.* صاحب امتیاز - فهمیده - هوشیار.

Discretion, *s.* تمیز - عقل - امتیاز - هوشیاري.

Discriminate, *v.* فرق کردن - تمیز کردن - امتیاز کردن.

Discrimination, *s.* فهم - تفرق - تمیز - امتیاز.

Discuss, *v.* تفتیش ساختن - تجویز کردن - مباحثه کردن.

Discussion, *s.* تفحّص - تفتیش - تجویز.

Disdain, *v.* کراهیت کردن - حقارت کردن. *s.* کراهیت - حقارت.

Disease, *s.* رنج - درد - بیماري - آزار - (امراض *pl.*) مرض.

Disengage, *v.* (*separate*) جدا کردن - (*to liberate*) رها کردن - آزاد کردن - بي‌کارکردن - (*to extricate*) مشکل‌کشادن.

Disengaged, *a.* فرق کردن - آزاده - بي‌کار.

Disesteem, *v.* بي‌عزّت کردن - حقارت کردن.

Disfigure, *v.* بد نما کردن - بد صورت کردن.

Disgrace, *v.* ملامت کردن - خفیف کردن - بي‌عزّت کردن.

s. بي‌عزّتي - ذلّت - فضیحت - رسواي.

Disgraceful, *a.* قبیح - ناشایسته - عیب دار .
Disguise, *v.* پنهان کردن - صورت بدل کردن .
Disgust, *s.* نفرت - کراهیت - خشگي . *v.* نفرت کردن -
کراهیت کردن .
Dish, *s.* رکابي - قاب - طبق . [شکستن .
Dishearten, *v.* همت - شکسته دل کردن - تنگ دل کردن
Dishonest, *a.* فریب باز - بي ایمان - بد دیانت .
Dishonesty, *s.* غدر - بد دیانت - نارامتي - خیانت .
Dishonour, *v.* بي حرمت کردن - بي آبرو کردن .
Dishonour, *s.* عیب - رسوائي - بي حرمتي .
Dishonourable, *a.* بي اعتبار - ذلیل - معیوب .
Disinherit, *v.* از میراث محروم کردن .
Disinterested, *a.* خالص - بي طمع - بي غرض .
Disjoin, *v.* علحده کردن - جدا کردن .
Disjunction, *s.* افتراق - انفصال - جدائي .
Disk, *s.* قرص - گرده . [کردن.
Dislike, *s.* نا پسندگي - نفرت - کراهیت . *v.* نا پسند
Dislocate, *v.* فسخ کردن .
Disloyal, *a.* بي ایمان - بیوفا - نمك حرام .
Dismal, *a.* (*horrible*) هیبت ناك - هول ناك - (*mourn-
ful*) تاریك - غمگین .
Dismantle, *v.* مجرّد کردن - برهنه کردن .
Dismay, *s.* هراس - خوف - هول - دهشت .
Dismiss, *v.* (*to give liberty*) اجازت دادن - رخصت کردن -
(*to discard*) برطرف کردن - To dismiss from an office,

روانه کردن (*to send away*) - خارج کردن - معزول کردن .

Dismission, *s.* رخصت - برطرف - معزولي .

Dismount, *v.* نازل شدن - فرود آمدن .

Disobedience, *s.* نا فرمان برداري - سرکشي - گردن‌کشي .

Disobedient, *a.* نا فرمان بردار - سرکش .

Disobey, *v.* سرکشي کردن - بي اطاعت شدن .

Disoblige, *v.* ناخوش کردن - رنجيده کردن - بيزار کردن .

Disorder, *s.* (*irregularity*) بي ترتيبي - بي انتظامي - (*tumult*) هنگامه - تشويش - (*indisposition*) بيماري - (*perturbation*) اضطراب.

Disorder, *v.* (*confuse*) پريشان کردن - برهم زدن - (*to distress*) رنج دادن - (*to make sick*) بيمار کردن .

Disorderly, *a.* بي ضبط - درهم برهم - پريشان .

Disown, *v.* انکار کردن - منکر شدن .

Disparage, *v.* بي قدر کردن - خفيف کردن .

Disparity, *s.* نا همواري - ناموافقت - تفاوت - فرق .

Dispatch, *v.* [See Despatch.]

Dispel, *v.* دور کردن - دفع کردن - رفع کردن .

Dispensary, *s.* دواخانه - شربت خانه .

Dispensation, *s.* تقسيم - تفريق - معافي . [کردن .

Dispense, *v.* تقسيم کردن - دادن - معاف کردن - رخصت .

Disperse, *v.* پريشان کردن - پراگنده کردن - شکست دادن .

Dispirit, *v.* آزرده کردن - دل‌تنگ کردن - همت شکستن .

Displace, *v.* بيجا نهادن - تغيّر کردن .

Display, *v.* (*to exhibit*) نمودن - ظاهر کردن - آشکاره کردن -

(*to spread wide*) گستردن - کشادن. *s.* نمود - اظهار.
Displease, *v.* رنجیده کردن - بیزار کردن - ناخوش کردن.
Displeasure, *s.* خفگي - بیزاري - نا خوشي.
Disposal, *s.* (*power*) اختیار - (*arrangement*) ترتیب - تفصیل - (*government*) حراست - تدبیر.
Dispose, *v.* (*to arrange*) ترتیب کردن - داشتن - میل مقرر (*settle*) - دادن - بخشیدن - To dispose of, کردن - (*to sell*) فروختن - To dispose of by legacy, وقف کردن - To dispose of into the hands of another, وضع کردن - To dispose the mind to anything, مراد دادن - To dispose to sleep, خوابانیدن.
Disposition, *s.* انتظام - ترتیب - مزاج - خوي.
Dispossess, *v.* بي دخل کردن - خارج کردن.
Disproportion, *s.* بي اندازگي - نا موافقت - تفاوت.
Disprove, *v.* باطل کردن - ردّ کلام کردن.
Dispute, *s.* بحث - مباحثه - حجت - قضیه - تکرار.
Dispute, *v.* بحث کردن - تکرار کردن - قضیه کردن.
Disquiet, *v.* مضطرب کردن - حیران کردن - *s.* عدم، آرام - بي آرامي.
Disregard, *v.* تغافل کردن - غفلت کردن.
Disregard, *s.* بي التفاتي - بي خبري - غفلت.
Disreputable, *a.* رسوا - ناشائسته - معیوب.
Disrepute, *s.* رسوائي - بدنامي - بي عزتي.
Disrespect, *s.* بي التفاتي - بي ادبي - استحقار.
Disrespectful, *a.* بي ادب - بي لحاظ - بي مروّت.

Dissatisfaction, *s.* بيزاري - ناخوشي - ناراضي .
Dissatisfy, *v.* ناخوش كردن - ناراض كردن .
Dissect, *v.* تفتيش كردن - تشريح كردن - قطع كردن .
Dissemble, *v.* تغافل ساختن - ريا كردن .
Dissension, *s.* خصومت - منازعت - قضيه .
Dissent, *v.* مخالف راي شدن - نا موافق شدن .
Dissertation, *s.* مقال - تقرير - بيان .
Dissimilar, *a.* متفاوت - نا موافق .
Dissimilarity, *s.* تفاوت - اختلاف - نا موافقت .
Dissimulation, *s.* نماز - تزوير - مدارا - ريا - مكر .
Dissipate, *v.* برباد كردن - صرف كردن .
Dissipation, *s.* تفرق - مستي - آوارگي - اوباشي .
Dissolute, *a.* رند - بد وضع - آواره - اوباش .
Dissolution, *s.* درخاست - فسخ - موت - خرابي - گداز .
Dissolve, *v.* گداختن - گداز شدن - (*an assembly*) موقوف كردن - برخاست كردن - To dissolve a marriage, نكاح فسخ كردن - To dissolve an agreement, نقض پيمان كردن - To dissolve in pleasure, با ذوق گداز كردن
To dissolve or separate two things, تفريق كردن .
Dissuade, *v.* مانع شدن - منع كردن - بازداشتن .
Dissyllable, *s.* لفظ دو هجه .
Distance, *s.* تفاوت - فاصل - عرصه - دوري - Distance (*of time*) مدت - (*respect*) احترام - ادب .
Distant, *a.* متفاوت - بعيد - دور .
Distaste, *s.* استكراه - كراهيت - نفرت .

Distemper, *s.* بيماري - مرض - آزار .
Distich, *s.* بيت (*pl.* ابيات) .
Distil, *v.* (*drop*) چكيدن - To distil spirits, آبكاري كردن .
Distillation, *s.* چكيدگي - آبكاري - عرق كشي .
Distiller, *s.* آبكار .
Distinct, *a.* جدا - متفرق - (*clear*) هويدا - ظاهر - صاف .
Distinction, *s.* فرق - تفاوت - امتياز - عزت - شان .
Distinctly, *ad.* با امتياز - مفصلا - مشروحا .
Distinguish, *v.* امتياز كردن - تميز كردن - فرق كردن - (*to make conspicuous*) نامور گردن - پديد ساختن .
Distinguished, *a.* معروف - ممتاز - نامور - نادر .
Distort, *v.* پيچ دادن - پيچيدن - خم كردن .
Distortion, *s.* پيچ - خلاف .
Distract, *v.* آشفته كردن - پريشان كردن - شوريده كردن .
Distracted, *a.* آشفته - پريشان - حيران - ديوانه .
Distress, *v.* تكليف دادن - ايذا كردن - تصديع دادن - پريشان كردن . *s.* تكليف - ايذا - تصديع - پريشاني .
Distressed, *a.* پريشان - مجبور - مفلس .
Distribute, *v.* تقسيم كردن - قسمت كردن - تفصيل ساختن .
Distribution, *s.* تقسيم - قسمت - تفريق .
District, *s.* ضلع - پرگنه - محل - سركار .
Distrust, *s.* گمان - شك - شبهت - بي اعتقاد . *v.* شكداشتن - گمان داشتن .
Disturb, *v.* آشفتن - مضطرب كردن - پريشان كردن - حركت دادن .
Disturbance, *s.* پريشاني - حركت - هنگامه - فساد .

Disunion, *s.* جدائي - نااتفاقي .

Disunite, *v.* جدا كردن - علحده كردن - نمودن مفارقت .

Disuse, *s.* بي استعمالي - بي رواج - بي دستوري .

Ditch, *s.* خندق (*pl.* خنادق) - مغاكت - مغاك .

Ditto, *ad.* or *s.* ايضاً - مذكور .

Diurnal, *a.* روزينه - يومي - روز پيوند .

Dive, *v.* غوط خوردن - غرق كردن .

Diver, *s.* غوط زن - غوط خور - غوّاص .

Diverse, *a.* متفرّق - مختلف - رنگ برنگ - گوناگون .

Diversify, *v.* رنگارنگ كردن - تبدّل كردن .

Diversion, *s.* تماشا - تفرّج - سير - انحراف .

Diversity, *s.* فرق - تفاوت - اختلاف .

Divert, *v.* گرديدن - منحرف كردن - (*to amuse*) خوش كردن .

Divide, *v.* (*to distribute*) حصّه كردن - تقسيم كردن - (*to halve*) دو نيم كردن - (*to separate*) جدا كردن - قطع كردن .

Dividend, *s.* مقسّم - حصّه - قسمت .

Divine, *a.* الهي - ربّاني - رحماني . *s.* خادم دين - مرشد .

Divine, *v.* فال گشتن - پيش گوئي كردن - دريافت كردن .

Divinity, *s.* خدائي - الهيت - علم الهي - فقه .

Division, *s.* تقسيم - انقسام - اختلاف - عداوت - (*share*) قسمت - حصّه - (*partition*) پرده - (*class*) تفريق - (*section*) فصل - باب .

Divorce, *s.* طلاق - اطلاق *v.* طلاق دادن - اطلاق كردن .

Divulge, *v.* آشکاره کردن - ظاهر کردن - فاش کردن - بر ملا کردن .

Do, *v.* کردن - بجا آوردن - (*to influence*) عمل کردن - (*to finish*) تمام کردن - (*to manage*) معامله کردن - ساختن - علاقه کردن .

Docile, *a.* ملمت طبع - تربیت پذیر .

Docility, *s.* تربیت پذیري - فرمان برداري .

Dock, *s.* مسار .

Doctor, *s.* (*a learned man*) معلّم - مولوي - (*physician*) حکیم - طبیب - A doctor of law, فقیه .

Doctrine, *s.* علم - تعلیم - مذهب - فن .

Document, *s.* اثبات - دلیل - کاغذ نوشته - سند .

Dodge, *v.* تردد کردن - *s.* حیله - فن .

Doe, *s.* آهوماده - غزال ماده .

Doer, *s.* کننده - فاعل - عامل - (*in composition*) گار - گر .

Dog, *s.* سگ - کلب - A hunting dog, - سگ شکاري .

Dogma, *s.* قاعده - قانون .

Dogmatical, *a.* مستقله - بر وجه حاکم - خودنما .

Doings, *s.* اعمال - معاملات - حرکات - افعال .

Doleful, *a.* غمگین - ملول - اندوه‌گین - دلگیر - غم‌ناک .

Doll, *s.* تامور .

Domain, *s.* ملك - مملکت - سلطنت .

Dome, *s.* گنبذ - قبه .

Domestic, *a.* (*familiar*) خانگي - (*not foreign*) ناغریب - (*private*) خاص - تنها .

Domestic, *s.* خانگي - خانه زاد - نوکر .
Domineer, *v.* زور نمودن - بزور و ظلم حکومت کردن .
Dominion, *s.* ديار - سلطنت - پادشاهت - حکومت .
Donation, *s.* نذر - عطا - بخشش .
Donkey, *s.* [See Ass.]
Donor, *s.* دهنده - بخشنده .
Doom, *s.* تقدير - تباهي - هلاک - حکم - فتوي - قضا .
Doom, *v.* حکم کردن - فتوي دادن .
Door, *s.* باب - در - دروازه - To shut a door, در بند کردن - To knock at the door, در کوفتن - Out of doors, بيرون - بدر .
Doorkeeper, *s.* حاجب - دربان - دروان .
Dormant, *a.* مخفي - پوشيده - خفته .
Dormitory, *s.* خوابگاه .
Dose, *s.* انداز - مقدار - پيمايش, دوا .
Dot, *s.* نقطه . *v.* نقطه کردن .
Dotage, *s.* فريفتگي - پيري آشفتگي .
Double, *a.* دوچند - دوتا - Double-dealer, مکار - رياکار .
Double, *v.* مضاعف کردن - دوتا کردن - Double-dealing, دورنگي - رياکاري - فريب - Double-minded, مکار - حيله باز .
Doubt, *s.* اشتباه - گمان - شبهه - شک .
Doubt, *v.* پس و پيش کردن - انديشه کردن - شک داشتن .
Doubtful, *a.* خطرناک - مشکل - وهمي - مشکوک .
Doubtless, *ad.* يقين - البته - لاجرم - بي شک .
Dove, *s.* کبوتر خانه .Dove-cot, فاخته - قمري - کبوتر - حمامه -

Dowery, dowry, *s.* جهيز - دهيز - مهر - كابين.
Down, *s.* ميدان - مبزه - خط - خواب - پشم.
Down, *pr.* or *ad.* زير - فرو - فرود.
Downcast, *a.* سرنگون - شرمگين - محجوب.
Downfall, *s.* تباهي - خرابي - خواري.
Downright, *a.* ساده - صاف - راست - ظاهر - فاش -
Downward, *a.* بسوي مركز - ازبالا - مايل.
Dozen, *s.* دوازده.
Draft, *s.* برات - تنخواه.
Drag, *v.* كشدن - جذب كردن.
Dragon, *s.* اژدها - Dragon's blood, دم الاخوين.
Drain, *s.* بدر رو - آبراه - *v.* پالودن - خالي كردن.
Drake, *s.* بط نر.
Dram, *s.* مثقال - شربت.
Draper, *s.* بزاز - پارچه‌فروش.
Draught, *s.* دم شراب - نوش - كشيدگي - (*sketch*) نقش -
هندي - گروه - دمتر - مسوده.
Draw, *v.* (*pull along*) كشيدن - جذب كردن - بندكردن
(*to allure*) دلكشيدن - (*to attract*) دركشيدن - (*to gain*)
بدر آوردن (*to pull*) - عسف كردن (*to extort*) - اندوختن -
To draw out, واكشيدن - To draw in, فراهم كشيدن -
(*to shrink*) كصيص شدن - (*to inveigle*) گمراه ساختن -
(*to pull back*) بازكشيدن - To draw off, مقطر ساختن -
(*to carry off*) خلع‌كردن - To draw back, باز كشيدن.
Drawer, *s.* آبكش - هندي نويس.

Drawers, *s.* جامه - ازار .
Drawing, *s.* نقش - نقش و نگار .
Dread, *s.* دهشت - خوف - هیبت - باک - اندیشه - خطر .
Dread, *v.* ترمیدن - خطره داشتن .
Dreadful, *a.* دهشت ناک - هیبت ناک - هول ناک .
Dream, *s.* خواب - رویا - خیال خام - وهم .
Dream, *v.* خواب دیدن - وهم کردن - خیال کردن .
Dreary, *a.* مهیب - خطر ناک - ویران .
Dregs, *s.* درد - کدورت .
Drench, *v.* تر بتر کردن - جلاب دادن .
Dress, *s.* پوشاک - لباس - آرایش .
Dress, *v.* پوشیدن - آراسته کردن .
Drift, *s.* مقصد - اراده - غرض . *v.* انبار کردن .
Drill, *v.* سفتن - سوراخ کردن .
Drink, *s.* شربت - شراب - نوش .
Drink, *v.* آشامیدن - نوش کردن - نوشیدن .
Drive, *v.* راندن - دفع کردن .
Driver, *s.* عرابه ران .
Droll, *s.* مسخره - عجیب - شادی انگیز .
Dromedary, *s.* بختی .
Drone, *a.* مجهول - مست - مرده .
Droop, *v.* پژمرده شدن - ناتوان شدن .
Drop, *s.* قطره - بند - آویزه .
Drop, *v.* چکیدن - (*to die*) مردن - (*to fall*) افتادن - (*to cease*) موقوف کردن - (*to quit*) گذاشتن .

Dropsical, *a.* مستسقي .
Dropsy, *s.* استسقا .
Drought, *s.* خوشك سال - خوشكي .
Drove, *s.* (*stock*) غل - (*of elephants*) حلقه - (*of camels*) قطار - هنگامه - (*a body of people*) جماع - گروه .
Drown, *v.* غرق كردن - غوط خوردن - سيلاب كردن .
Drowsiness, *s.* خواب آسودگي - مستي .
Drowsy, *a.* خواب آلوده - كامل .
Drudgery, *s.* سخت و حقير محنت - غلامي .
Drug, *s.* دوا (*pl.* ادويه) - دارو - درمان - علاج .
Druggist, *s.* عطّار - دوا فروش .
Drum, *s.* نقاره - كوس - دف .
Drunkard, *s.* شرابي - نشا خور - كيفي .
Drunken, *a.* مست .
Drunkenness, *s.* مستي - شرابخواري - مي خوري .
Dry, *s.* خوشك - تشنه - تند . *v.* خشك كردن .
Dryness, *s.* خشك - كشيدگي - كدورت .
Dual, *s.* مثنّي - The dual number, تثنيه .
Dubious, *a.* مشكوك - مشتبه - نا مقرر .
Duck, *s.* بط - مرغابي . *v.* تغريق كردن
Ductile, *a.* ملايم - نرم .
Ductility, *s.* نرمي - ملايمت .
Due, *a.* لايق - مناسب - واجب - معقول - باقي .
Due, *s.* قرض - حقّ - استحقاق - محصول - رسوم .
Duke, *s.* امير عالاي مرتبه .

Dull, *a.* (*stupid*) احمق - (*blunt*) كُند - (*sad*) دلگير - (*drowsy*) خواب ناك - افسرده - (*sluggish*)مُسست .

Dullness, *s.* خوابناكي-كاهلي-مُستي-حماقت-كُند ذهني .

Dumb, *a.* گُنگ - بُكم - ساكت - زبان بسته .

Dunce, *s.* احمق - نادان - بي‌وقوف .

Dung, *s.* چركين - مرقين . **Dunghill**, مزبلة .

Dungeon, *s.* زندان - سياه چاه .

Dupe, *s.* مطيع-فريفته - مريد - *v.* فريفتن - غدر كردن .

Duplicate, *v.* دوتا كردن - تشديد ساختن - *s.* نقل - صورت .

Duplicity, *s.* ريا - غدر - حيله بازي - نفاق .

Durable, *a.* پايدار-ديرپا- استوار-قايم-ثابت-مستقيم .

Duration, *s.* پايداري - استواري - قيام - ثبات - بقا .

During, *pr.* درميان - اثنا .

Dusk, *s.* سياه چردگي - تاريكي - *v.* ظلم كردن .

Dusky, *a.* سياه‌چرده - تاريك - سياه فام .

Dust, *s.* گرد - خاك - غبار - *v.* از غبار پاك كردن .

Dusty, *a.* گرد آلوده - غبار آلوده - پوشيده با خاك .

Dutiful, *a.* رشيد - سعيد - نيك بخت - نمك حلال - وفادار . (*obedient*) فرمان بردار - تابع‌دار - مطيع .

Dutifully, *ad.* شايستگي - باطاعت - و عزت - باحرمت .

Duty, *s.* (*obligation*) فرض - شرط - (*office*) منصب - خدمت - (*tax*) محصول - خراج .

Dwarf, *s.* قد كوچك - آدم، قصرالقد .

Dwarfish, *a.* كوچك - صغار - خرد .

Dwell, *v.* ماندن - سكونت كردن - مقيم بودن .

Dweller, *s.* مقیم - باشنده - ساکن .
Dwelling, *s.* مقام - مکان - مسکن - جاي .
Dwindle, *v.* (*consume away*) متلف بودن - صغیر گشتن - (*to degenerate*) ناکس گشتن .
Dye, *v.* رنگ زدن - صبغ ساختن .
Dynasty, *s.* ملطنه - ملك - نسل, شاهان - نژاد, .
Dysentery, *s.* اسهالِ خون - جریانِ شکم - اسهالِ دموي .

E.

Each, *a.* هر - هریك - Each other, یك دیگر .
Eager, *a.* آرزومند - ذوحمیت - هوسناك - مشتاق .
Eagle, *s.* عقاب - هما - نسر .
Ear, *s.* گوش - سمع - أذن - The lobe of the ear, بناي گوش - To lend an ear, گوش دادن - استماع ساختن - To prick up the ear, گوش زدن - To come to the ears of (*to hear*), بمسامع رسیدن - An ear of corn, خوشه - An ear-ring, حلقهٔ گوش .
Earl, *s.* لقب درجهٔ سیوم شرافت, انگریزي - امیر عالي مرتبه .
Early, *ad.* (*quickly*) زود - جلد - شتاب - Early (*in the morning*) فجر, سحر - وقت, هنگام, در بامداد - علي الصباح - To rise early, شبگیري کردن - سحرخیزي نمودن .
Earn, *v.* پیدا کردن - حاصل نمودن - (*wages*) کسب کردن .
Earnest, *a.* سرگرم - ساعي - دل سوز .
Earnest, *s.* بیعانه - دادني - In earnest, حقیقتاً - في الحقیقت .

Earnestly, *ad.* ازشوق - باحميّت .

Earnestness, *s.* جد و جهد - جد - حميت - دلسوزي .

Earth, *s.* (*land, world*) ارض - زمين - بر - (*the element earth*) خاك .

Earthen, *a.* ترابي - خاكي - سفالي - گلي .

Earthenware, *s.* سفال - خزف .

Earthly, *a.* ارضي - جهاني - دنيوي .

Earthquake, *s.* زلزل - جنبش زمين .

Ease, *s.* آمايش - آرام - آمودگي - فراغ - (*facility*) آماني - سهولت - Ease of mind, خوش دلي .

Ease, *v.* آمايش دادن - آمان دادن - آرميدن .

Easily, *ad.* بي دشواري - باآماني .

East, *s.* مشرق - مطلع شمس .

Easterly, eastern, *a.* مشرقي - شرقي .

Eastward, *ad.* بسوي مشرق .

Easy, *ad.* آرام - نامشكل - سهل .

Eat, *v.* خوردن - اكل كردن - تناول كردن .

Eatable, *a.* لايق خورش - خوردني .

Eating, *s.* اكل - خورش .

Ebb, *s.* جزر - (*decline*) زوال - كاست .

Ebony, *s.* آبنوس - ساج .

Ebullition, *s.* جوش .

Eccentric, *a.* (*irregular*) كجرو - بي قاعده .

Eccentricity, *s.* كج روي - خبط .

Ecclesiastical, *a.* فقيه - خطيب - واعظ .

Echo, *s.* آوازباز گشت - صدا .

Echo, *v.* آواز باز گشتن - نوفیدن - صداکردن .

Eclat, *s.* رونق - شهرت - فر .

Eclipse, *s.* کشافت - An eclipse of the sun کسوف - انکساف - An eclipse of the moon, خسوف - گرفتگي ماهتاب .

Economy, *s.* خانه داري - شعاري - کفايت - (*arrangement*) ترتيب - انتظام .

Ecstasy, *s.* نهايت خوشي وجد .

Eddy, *s.* گرداب .

Edge, *s.* دم - حدّت - (*border*) کناره - لب - The edge of the sword, لب, تيغ - سرِ شمشير .

Edged, *a.* تيز - دمدار .

Edict, *s.* فرمان - امر - رقم .

Edification, *s.* تعليم - تربيت - تاديب .

Edifice, *s.* عمارت - مکان .

Edition, *s.* (*of a book*) تصنيف - تاليف .

Editor, *s.* مولّف .

Educate, *v.* تربيت نمودن - تعليم کردن .

Education, *s.* پرورش - تربيت - تعليم .

Effect, *s.* اثر - نتيجه - تاثير - Cause and effect, اصل و فرع .

Effect, *v.* پرداختن - بکار آوردن - بجا بردن .

Effects, *s.* اموال - اسباب .

Effective, effectual, *a.* کارساز - موثر - کافي - قوي .

Effectually, *ad.* قادرانه - كاملانه - تماماً .
Effeminacy, *s.* نا مردي - بزدلي - نازكي .
Effeminate, *a.* نامرد - نازك - زنانه - *v.* نرم كردن - ملايم ساختن .
Effigy, *s.* صورت - شكل - نگار .
Effort, *s.* سعي - جهد - كوشش - اهتمام .
Effusion, *s.* ريزش - اراقت .
Egg, *s.* بيض - خايه - تخم مرغ - The yolk of an egg, زرد خايه - The white of an egg, سپيده .
Egotism, *s.* خودي - منيّ .
Egotist, *s.* خود فروش - خودنما .
Egress, *s.* خروج - استخراج - برآمد .
Eight, *a.* هشت - ثمان - Eight each, in eights, هشتگان - The eighth, هشتم .
Eighteen, *a.* هشتده - Eighty, هشتاد .
Either, *a.* يا - Either the one or the other, يا يك يا ديگر - Either of you, يكي از شما .
Ejaculate, *v.* انداختن - دعا ناگاه كردن .
Ejaculation, *s.* دعاي ناگه - درود .
Eject, *v.* ازتصرف راندن - اخراج ساختن - برطرف انداختن .
Ejectment, *s.* اخراج .
Elaborate, *a.* مكمّل - مكلّف - دقيق .
Elapse, *v.* گذشتن - گذر شدن .
Elate, *v.* مغرور كردن - متكبر ساختن .
Elbow, *s.* مرفق - واران - آرنج .
Elder, *a.* اول - مهين - كلان .

Elect, *v.* پسندیدن - برگذیدن - اختیار کردن .

Elegance, *s.* زیبای - خوش نمای - نزاکت - لطافت .

Elegant, *a.* زیبا - نازک - خوشنما - لطیف .

Elegy, *s.* قصیده - مرثیه .

Element, *s* عنصر (*pl.* عناصر) - The four elements, عناصر اربع - (*principle*) سرشت .

Elementary, *a.* بنیادی - اصلی - عنصری .

Elephant, *s.* پیل - فیل .

Elevate, *v.* برداشتن - افراختن - بلند ساختن - ارتفاع کردن .

Elevated, *a.* ممتاز - سرافراز - بلند :

Eleven, *a.* یازده - Eleventh, یازدهم .

Eligible, *a.* منظور - واجب الختیار - لایق اختیار .

Elocution, *s.* زبان آوری - قوت کلام - فصاحت .

Elope, *v.* فرار کردن - گریختن .

Eloquence, *s.* خوش گوی - فصاحت - سخن پردازی - بلاغت .

Else, *a.* وگرنه - الا - جز - *ad.* دیگر .

Elsewhere, *ad.* دیگرجا .

Elucidate, *v.* بیان کردن - روشن ساختن - واضح نمودن .

Elucidation, *s.* تفصیل - بیان - اظهار .

Elude, *v.* احتراز کردن (*avoid*) - حیله باختن .

Elysium, *s.* جنت - بهشت .

Emaciate, *v.* نحیف ساختن - لاغر کردن .

Emaciation, *s.* نحافت - لاغری .

Emancipate, *v.* خلاص کردن - آزاد کردن .

Emancipation, *s.* آزادگی - رهای - تخلص .

Embark, *v.* (*to go on board*) بر کشتي سوار شدن - مشغول شدن - بکار در آمدن (*to engage*)- بجهاز در رفتن.
Embarass, *v.* آشفتن - مضطرب کردن - پریشان کردن.
Embarassed, *a.* حیران - عاجز - سرگردان.
Embassador, *s.* ایلچي - فرستاده.
Embassy, *s.* پیغام - ایلچي گیري - رسالت.
Embellish, *v.* زیب دادن - آرایش نمودن - زیبیدن - آراستن.
Embellishment, *s.* زیب - زینت - پیرایش.
Embezzle, *v.* خیانت کردن - مال تلف کردن.
Emblem, *s.* علامت - نمودار - نشان.
Emboss, *v.* نقش کردن - منبت ساختن.
Embrace, *v.* در آغوش گرفتن - بغل گیري کردن - آغوشیدن - (*comprise*) احاط نمودن - اشتمال کردن - (*to admit*) پذیرفتن. *s.* بغل گیري - آغوش.
Embroider, *v.* زردوزي کردن - چکن دوزي کردن.
Emerald, *s.* زمرد.
Emerge, *v.* ظهور کردن - صدور یافتن -
Emergency, *s.* حادثه - ضرورت - ظهور.
Emigrate, *v.* انتقال کردن - نقل کردن - جلاي وطن ساختن - ترک دیار کردن.
Emigration, *s.* جلاي وطن.
Eminence, *s.* سرفرازي - بزرگي - رفعت - منزلت.
Eminent, *a.* بزرگ - عالي - سرافراز - نامور.
Emolument, *s.* نفع - حاصل - فایده.
Emotion, *s.* اضطراب - آشفتگي - جوش.

Emperor, *s.* شاهنشاه - قیصر - سلطان (*pl.* سلاطین).
Empire, *s.* پادشاهي - سلطنت - مملکت .
Employ, *v.* مشغول کردن - خدمت دادن - استعمال کردن .
Empower, *v.* اختیار دادن - مختار کردن - قدرت دادن .
Employment, *s.* کاروبار - شغل - عمل - منصب - عهده .
Empress, *s.* ملکه - سلطانه .
Empty, *a.* تهي - خالي - باطل - بي بار .
Emulate, *v.* حسد بردن - هم سري کردن .
Enable, *v.* قدرت دادن - توانا کردن - قابل ساختن .
Enact, *v.* حکم نمودن - فتوي دادن .
Enamel, *s.* میناکاري کردن . [مفتون کردن.
Enamour, *v.* عاشق کردن - شوریده ساختن - فریفته کردن -
Encamp, *v.* خیمه زدن - مقام کردن .
Encampment, *s.* خیمه گاه - لشکر گاه .
Enchant, *v.* جادوي کردن - سحر ساختن - افسون کردن - دلفریب کردن .
Enchanter, *s.* جادوگر - سحرباز - افسون گر .
Enchantment, *s.* جادوگري - افسون - سحر .
Encircle, *v.* گرد ساختن - دایره کردن - پیرامن گشتن .
Enclose, *v.* احاطه بستن - محاصره کردن .
Encounter, *v.* وقعت کردن - محاربه ساختن - مقابل شدن - دوچار شدن . *s.* جدل - جنگ - ملاقات .
Encourage, *v.* دلیر کردن - خاطرجمع کردن - انگیختن .
Encouragement, *s.* تقویت - دلاساي - حمایت .
Encroach, *v.* دخل کردن - دست دراز کردن - تطاول کردن .

End, *s.* انتها - سرانجام - آخر - اختتام - خاتم - (*intention*) نتیجه - قصد - مراد - (*death*) مرگ - اجل .
End, *v.* ختم نمودن - تمام کردن - انجامیدن - انجام ساختن - اخیر ساختن .
Endanger, *v.* در خطر انداختن - مخاطره کردن .
Endear, *v.* عزیز کردن - دلنواختن .
Endearment, *s.* محبت - دلخواهي - دلنوازي .
Endeavour, *v.* سعي کردن - کوشش ساختن - جد و جهد نمودن - *s.* جهد - کوشش - سعي .
Endless, *a.* بي انتها - بي حد و شمار - مدام .
Endorse, *v.* بر پشت نوشتن - رقم کردن .
Endow, *v.* (*with a portion*) جهيز دادن - وقف کردن - (*with a mental excellence*) عقل و فر بخشیدن - عطا کردن .
Endowment, *s.* (*portion*) جهيز - وقف (*pl.* اوقاف) - (*quality*) وصف (*pl.* اوصاف).
Endurance, *s.* برداشت - تاب - تحمّل - صبر - (*continuance*) قيام - دوام .
Endure, *v.* صبر داشتن - جفا خوردن - تحمّل نمودن - برداشت کردن .
Enemy, *s.* دشمن - عدو - خصم - A mortal enemy, خصم جان .
Energetic, *a.* موثر - قوي - مستحکم .
Energy, *s.* قدرت - قوت .
Enervate, *v.* ناتوان کردن - کم‌زور کردن - ضعيف ساختن .
Enforce, *v.* اضطرار نمودن - زود دادن - اقتدار کردن .
Engage, *v.* (*fight*) جنگ کردن - محاربه داشتن -

(*to engage the attention*) مشغول ساختن - (*employ*) عهد و پیمان بستن - شرط کردن (*promise*) - معین کردن .

Engagement, *s.* شرط - شغل - جنگ و جدال .

Engaging, *a.* دل فریب - دل نواز - دل کش .

Engender, *v.* (*beget*) تولید کردن - تناسل ساختن - (*bring forth*) پیدا کردن - (*to be generated*) مولود شدن .

English, *a.* انگریز - *s.* انگریزي .

Engrave, *v.* قلمکاري ساختن - کنده کردن - نقش کردن .

Engraver, *s.* کنده گر - قلمکاري .

Engross, *v.* (*attention*) مشغول ساختن - (*commodities*) جمیع اجناس اندوختن .

Enhance, *v.* افزودن - ترقي دادن - قیمت زیاده کردن .

Enigma, *s.* معما - رمز - چیستان .

Enjoin, *v.* فرمودن - حکم دادن .

Enjoy, *v.* کامراني داشتن - عیش و عشرت کردن - (*the possession of*) متصرف بودن - (*health*) تندرستي شدن .

Enjoyment, *s.* کامراني - خوشي - عیش وعشرت .

Enlarge, *v.* کشاده کردن - واسع ساختن - دراز کردن - تطویل ساختن - (*to exaggerate*) مبالغت کردن .

Enlargement, *s.* مبالغه - کشادگي - زیادتي - ترقي .

Enlighten, *v.* منور کردن - روشن کردن - (*to instruct*) تعلیم کردن - تربیت کردن .

Enliven, *v.* تیز فهم کردن - خوش و خرم کردن - زنده کردن .

Enmity, *s.* مخالفت - دشمني - خصومت - عداوت .

Ennoble, *v.* سرفراز کردن - تشریف نمودن - تکریم ساختن

Enormity, *s.* زیادتي - شدت - گناه کبیر - شرارت .

Enormous, *a.* شدید - بي نهایت - عظیم .

Enough, *ad.* or *s.* کافي - کفایت - بس .

Enrage, *v.* غضب ناك کردن - تغیظ ساختن - خصم کردن .

Enrich, *v.* مال بخشیدن - تونگر ساختن - غني گردانیدن .

Enrol, *v.* نام کسي در دفتر کردن - اسم نویسي کردن .

Ensign, *s.* نشان - رایت - (اعلام *pl.*) عَلَم .

Enslave, *v.* غلام کردن - تذلیل کردن - تابع کردن .

Entangle, *v.* در پیچیدن - پریشان کردن - برهم زدن - اضطراب کردن - آواره ساختن .

Enter, *v.* دخل کردن - داخل شدن - در آمدن .

Enterprise, *s.* مهمّ - کار عظیم .

Entertain, *v.* قبول کردن - مهماني دادن - مهمانداري نمودن - خوش خاطر ساختن .

Entertainment, *s.* تماشا - خوشي - ضیافت - میزباني - مهماني .

Entice, *v.* برغلانیدن - ترغیب دادن - دل آویختن - دل فریفتن .

Enticement, *s.* إغوا - دل رُباي - دل فریبي - ترغیب .

Entire, *a.* کلّ - تمام - کامل .

Entirely, *ad.* سربسر - تماماً - سراسر - بالکل .

Entitle, *v.* مستحقّ کردن - نامیدن - نام دادن - دعا نمودن .

Entrails, *s.* جگربند - روده

Entrance, *s.* مدخل - درآمد - فراز - دخول .

Entreat, *v.* التماس کردن - عرض کردن - نیاز کردن -

درخواست کردن - التجا نمودن .

Entry, *s.* مدخل - باب - در - (*in a book*) نوشته .

Enumerate, *v.* شمردن - تعداد کردن - شمار کردن .

Envelop, *v.* پوشیدن - ملفوف کردن - لفافه کردن .

Envelope, *s.* غلاف - پوشش - مامونیه - The envelope or cover of a letter, لفافه .

Envious, *a.* حسود - حاسد - بدخواه .

Enviously, *ad.* باحسد - حسودانه .

Environs, *s.* اطراف - قرب نواحي - حوالي .

Envoy, *s.* ايلچي - وكيل .

Envy, *s.* حسد - غيرت - *v.* حسد بردن - رشک کردن .

Epidemic, *s.* عام - وبا .

Epigram, *s.* نكته - مربع - لطيفه - ظريفه .

Epistle, *s.* نامه - مكتوب - خط - رقعه.

Epithet, *s.* وصف - صفت - لقب - نام .

Epoch, *s.* تاريخ (*pl.* تواريخ) - سنه .

Equal, *a.* or *s.* برابر - مانند - يكسان - متساوي .

Equality, *s.* برابري - مساوات - تمثيل .

Equestrian, *s.* سوار - راكب - فارس .

Equi-distant, *a.* همفاصله - هموار .

Equilibrium, *s.* هموزني - اعتدالي - موازنت .

Equip, *v.* آراده کردن - آراسته کردن - ساز و سامان دادن - (*furnish with an army*) مسلح کردن.

Equipage, *s.* سواري - حشم - سرانجام .

Equitable, *a.* عادلي - راست - منصف .
Equity, *s.* انصاف - معادلت - عدل - حق - راستي .
Equivocal, *a.* دو معني دار - مشكوك - مبهم .
Era, *s.* تاريخ - سنه .
Eradicate, *v.* از بيخ بر كندن - نزع كردن - نيست كردن .
Erase, *v.* محو كردن - تراشيدن .
Ere, *ad.* پيش از آن - Ere long, زود - علي الفور .
Erect, *v.* استاده كردن - برداشتن - افراشتن - تعمير كردن .
[بودن .
Erect, *a.* ايستاده - قايم - مستقيم .
Err, *v.* سهو كردن - غلط نمودن - گناه نمودن - خطا كردن - گمراه
Errand, *s.* پيام - خبر - پيغام .
Errata, *s.* غلط نامه .
Erroneous, *a.* نا راست - غلط دار - خلاف قاعده .
Error, *s.* خطا - تقصير - قصور - سهو - غلط .
Eruption, *s.* دميدگي - شكستگي .
Escape, *v.* گريختن - رهاي يافتن - نجات شدن - رستن -
s. گريز - نجات - فرار - رهاي .
Especially, *ad.* اولاً - خصوصاً - علي الخصوص .
Espouse, *v.* (*wed*) عروسي كردن - نكاح كردن - عقد نكاح
بستن - (*maintain*) پشتي كردن - حمايت دادن .
Essay, *s.* اجترا - قصد - (*of metals*) عيار - (*treatise*) رساله .
Essence, *s.* ماهيت - نفس - وجود - جوهر - اصل -
(*of a composition*) خلاصه - (*perfume*) عطر .
Essential, *a.* اصلي - ذاتي - ضرور .

Establish, v. برقرار کردن - نصب ساختن - پایدار کردن -
کردن - ساختن - قایم کردن . [سالیانه]

Establishment, s. بنیاد - دستور - بندوبست - پایداری -

Estate, s. مال - حال - (املاك .pl) ملك - میراث .

Esteem, v. قدر دانستن - عزیز داشتن - تکریم ساختن -
to think) - اعتبار - قدر .s - گمان نمودن - پنداشتن)
عزت - تکریم .

Estimate, v. تشخیص کردن - اندازه کردن - شمردن -
برآورد ساختن .

Estimation, s. پندار - بها - حساب - اندازه - برآورد .

Eternal, a. همیشه - 'مدام - جاودان - ازلی و ابدی .

Eternity, s. مداومت - بقا - ابد - همیشکی - دایمیت .

Ethics, s. پندنامه - علم اخلاق .

Etymology, s. وجه تمیز - اشتقاق - اصل .

Eunuch, s. مباده کرده - خواجه‌سرا .

Europe, sp. فرنگستان .

European, s. اهل فرنگستان - فرنگی .

Evacuate, v. تهی ساختن - خالی کردن - از شهر بدر رفتن .

Evaporate, v. لتوح شدن - بخار شدن .

Evaporation, s. لتح = بخار .

Evasion, s. پس و پیش - حیله - حیله سازی - بهانه .

Evasive, a. حیله باز .

Even, a. گرچه - نیز - هنوز .ad - برابر - مستوی - هموار .

Evening, s. عشا - شام .

Event, s. (incident) عارض - اتفاق - واقع - سرگذشت -

سرانجام - نتيجه - عاقبت (*consequence*) - ماجرا
Ever, *ad.* هر دم - هرگز - هر وقت - هر زمان - هميشه
Everlasting, *a.* جاودان - ازلي - ابدي - دايم .
Every, *a.* هر - Every one, هريك .
Evidence, *s.* شاهد - دليل اثبات - مشاهدت - گواهي - [گواه .
Evidence, *v.* اظهار كردن - شهادت كردن - گواهي دادن .
Evident, *a.* صريح - عيان - هويدا - آشكاره - ظاهر .
Evidently, *ad.* ظاهرانه - صريحا .
Evil, *a.* or *s.* بدي - شرارت - فساد - Evil-minded, بدخواه - [بدانديش .
Evince, *v.* (*See Prove.*)
Evolve, *v.* كشادن :
Ewe, *s.* ميش ماده .
Ewer, *s.* ابريق - آبگير - آفتابه - آبدان .
Exact, *a.* راست - ملتظم - صحيح - درست - مقيد .
Exact, *v.* تقاضا كردن - الزام ساختن - طلب كردن .
Exactly, *ad.* راستانه - كاملاً - با دقت - بدرستي .
Exactness, *s.* صحت - درستي - برابري .
Exaggerate, *v.* تفريط نمودن - طول كلام ساختن - مبالغه كردن .
Exaggeration, *s.* اطرا - مبالغت - طول كلام .
Exalt, *v.* سر افراز كردن - برداشتن - افراختن -
افراشتن - تعظيم كردن .
Exaltation, *s.* سرفرازي - ارتفاع - بلندي .
Examination, *s.* تجويز - تفتيش - تجربه - امتحان .
Examine, *v.* تلاش كردن - تفحص نمودن - تفتيش كردن .

Examiner, s. ‫امتحان‬ ‫کنبده‬ - ‫متفحّص‬ - ‫مفتش‬ .

Example, s. ‫نمودار‬ - ‫مثل‬ - ‫کارنامه‬ - ‫نمونه‬ .

Exasperate, v. ‫تحریض‬ ‫ساختن‬ - ‫جفا‬ ‫کردن‬ - ‫رنجیده‬ ‫کردن‬ .

Excavate, v. ‫خالي‬ ‫کردن‬ - ‫تجویف‬ ‫ساختن‬ - ‫کاویدن‬ .

Exceed, v. (*go beyond bounds*) ‫تجاوز‬ ‫ساختن‬ - ‫ازحد‬ ‫گذشتن‬
(*to be larger*) ‫زیاده‬ ‫شدن‬ - ‫افزودن‬ - ‫بزرگتر‬ ‫شدن‬ .

Exceeding, a. ‫کثرا‬ - ‫افزون‬ - ‫نهایت‬ - ‫بسیار‬ .

Excel, v. ‫غالب‬ ‫شدن‬ - ‫فضیلت‬ ‫داشتن‬ - ‫فضل‬ ‫نمودن‬ -

Excellence, s. ‫خوبي‬ - ‫لطف‬ - ‫بزرگواري‬ - ‫فضیلت‬ .

Excellent, a. ‫خوب‬ - ‫قوق‬ - ‫بزرگوار‬ - ‫شریف‬ - ‫فاضل‬ .

Except, pr. ‫مگر‬ - ‫بغیر‬ - ‫جز‬ - ‫سواي‬ .

Exception, s. ‫تعاشي‬ - ‫استثنا‬ .

Excess, s. ‫فرط‬ - ‫زیادتي‬ - ‫کثرت‬ - ‫افزوني‬ - ‫فضول‬ .

Excessive, a. ‫بي‬ ‫قیاس‬ - ‫زاید‬ - ‫تجاوز‬ - ‫از‬ ‫حد‬ ‫بیرون‬ .

Exchange, v. ‫تغییر‬ ‫کردن‬ - ‫تبدیل‬ ‫ساختن‬ - ‫بدل‬ ‫دادن‬ .

Exchange, s. ‫عوض‬ - ‫بدل‬ - ‫تبدیل‬ - A bill of exchange,
‫حوالہ‬ ‫براتت‬ - ‫هوندي‬

Exchequer, s. ‫خزینہ‬ - ‫خالصہ‬ .

Excise, s. ‫محصول‬ . v. ‫محصول‬ ‫نهادن‬ .

Excite, v. ‫تحریق‬ ‫ساختن‬ - ‫ترغیب‬ ‫دادن‬ - ‫انگیختن‬ .

Exclaim, v. ‫فریاد‬ ‫کردن‬ - ‫غریو‬ ‫نمودن‬ - ‫شور‬ ‫کردن‬ - ‫بانگ‬ ‫زدن‬ .

Exclamation, s. ‫فریاد‬ - ‫غریو‬ - ‫واویلا‬ .

Exclude, s. ‫خارج‬ ‫کردن‬ - ‫تردد‬ ‫ساختن‬ - ‫محروم‬ ‫کردن‬ .

Exclusion, s. ‫بیروني‬ - ‫محرومي‬ - ‫اخراج‬ .

Exclusive, *a.* بدون - ناشامل - علاوه . [کردن .
Excommunicate, *v.* احرام ساختن - از مصاحبت بیرون
Excommunication, *s.* اخراج - احرام - بي وطني .
Excrement, *s.* چرك - غليظ .
Exculpate, *v.* از خطا آزاد کردن - بي گناه کردن .
Excursion, *s.* (*digression*) فصول - (*for pleasure*) سیر - گشت - A hostile excursion, تاخت - غارت .
Excusable, *a.* قابل عفو - واجب العذر - معذور .
Excuse, *v.* معذور کردن - معاف کردن - *s.* عذر - بهانه .
Execrable, *a.* مکروه - کریه - ملعون .
Execrate, *v.* لعنت گشتن - نفرین کردن - استکراه ساختن
Execute, *v.* (*to perform*) ادا نمودن - بسر بردن - بجا آوردن - (*to kill*) کشتن - قتل کردن - بکار آوردن .
Execution, *s.* عمل - کارگذاري - ادا .
Executioner, *s.* جلاّد - قاتل .
Executor, *s.* عامل - کارکن - وصي .
Exemplar, *s.* نمونه - عبرت - مثل .
Exemplary, *a.* عبرت نما - نیك - نصیحت .
Exempt, *v.* مسلّم نمودن - آزاد کردن - بیزار نمودن - خلاص کردن - *a.* آزاد - معاف .
Exemption, *s.* آزادي - رهاي - معافي .
Exercise, *s.* استعمال - اشتغال - ریاضت - مشق - (*military*) قواعد - (*exertion*) عمل - محنت - (*recreation*) تفرج .
Exercise, *v.* سیر کردن - استعمال کردن - صنعت نمودن .

Exert, *v.* سعي نمودن - كوشيدن - جد و جهد كردن .
Exertion, *s.* محنت - كوشش - جهد - سعي .
Exhaust, *v.* خالي كردن - بي طاقت كردن - انفاد ساختن - صرف كردن .
Exhibit, *v.* آشكارا كردن - اظهار كردن - نمودن .
Exhibition, *s.* تماشا - نمايش - اظهار .
Exhilarate, *v.* خوش خاطر - مسرور ساختن - شادمان كردن [ساختن .
Exhilaration, *s.* بهجت - خوشي - شادي .
Exhort, *v.* وعظ كردن - نصيحت دادن - پند دادن .
Exigency, *s.* ضرورت - احتياج - اقتضا - لازمي .
Exile, *v.* شهر بدري - جلاوطن .*s*- طرد ساختن - از شهر بدر كردن.
Exist, *v.* موجود شدن - هستن - بودن - شدن .
Existence, *s.* بودي - وجود - هستي .
Exit, *s.* رخصت - رحلت - روانگي .
Exonerate, *v.* از بار خلاص - حمل رفع ساختن - آزاد نمودن [كردن.
Exorbitant, *a.* بي قياس - نهايت - بي اندازه - بي حد .
Expand, *v.* گستردن - كشادن - شگفتن - بسط كردن .
Expansion, *s.* بسط - كشادگي .
Expect, *v.* منتظر شدن - توقع ساختن - انتظار كردن - چشم داشتن - أميد داشتن .
Expectation, *s.* چشم - أميد - توقف - انتظار .
Expedient, *a.* سزاوار - مناسب - واجب - لازم - لايق .
Expedite, *s.* تعجيل كردن *v.* - چاره - تدبير - علاج - آسان كردن (*facilitate*) - شتابيدن .

Expedition, *s.* (*haste*) تعجيل - شتابي - زودي - (*journey*) عزيمت - سفر - (*against infidels*) جهاد .

Expel, *v.* بدر کردن - اخراج ساختن - راندن .

Expend, *v.* صرف نمودن - خرج کردن - بذل کردن .

Expense, *s.* خرج (*pl.* اخراج) - مصرف (*pl.* مصارف).

Expensive, *a.* گران بها - قيمتي - مصروف .

Experience, *s.* تجربت (*pl.* تجارب) - خبرت - آزمايش - وقوف - امتحان

Experience, *v.* خبرت داشتن - تجربه کردن - آزمودن .

Experiment, *s.* تجربت - آزمايش - امتحان .

Expert, *a.* چالاك - چست - خبير - واقف - پخته - کار آموز .

Expiate, *v.* ديت کردن - تکفير کردن - کفاره دادن .

Expiration, *s.* انقضا - انتها - آخريت - (*respiration*) دم زني - تنشي - (*death*) موت - اجل .

Expire, *v.* (*die*) جان دادن - جان تسليم نمودن - (*breathe out*) دم زدن - (*to conclude*) منقضي شدن - آخر شدن .

Explain, *v.* تفسير کردن - بيان کردن - آشکاره کردن - کشف نمودن - (*annotate*) شرح کردن .

Explanation, *s.* تعبير - تصريح - بيان .

Explicit, *a.* صاف - صريح - عيان - واضح - ظاهر .

Exploit, *s.* جرات - کارعظم - مهم .

Explore, *v.* تفتيش - جست و جو نمودن - تجسس ساختن [کردن .

Explosion, *s.* تصادم - رمي باآواز - آواز .

Export, *v.* از دريا برداشتن - نقل ساختن .

Exportation, *s.* روانه کردن, اجناس, - ارسال - رفتني - تجارت بملك, ديگر .

Expose, *v.* عرض نمودن - اظهار کردن - فاش کردن - آشکاره کردن .

Exposition, *s.* شرح - تفصيل - بيان .

Exposure, *s.* اظهار - افشا - پرده دري - موضع .

Express, *v.* حرف زدن - تلفظ کردن - تعبير کردن - (*to denote*) نشان کردن - گفتن - (*to squeeze*) افشردن .

Expressed, *a.* ظاهر - هويدا - مبين - بي شك .

Expression, *s.* کلام - تلفظ - اظهار - بيان .

Expressive, *a.* پرمطلب - مليح .

Expulsion, *s.* نفي - راندگي - دفع - اخراج .

Expunge, *v.* قلم زدن - حق کردن - باطل ساختن .

Exquisite, *a.* بسيار خوب - لطيف - نادر - فاضل - بهي .

Extant, *a.* موجود - باقي .

Extempore, *a.* ناگهاني - في الفور .

Extend, *v.* دراز کردن - کشيدن - طويل کردن - مدّ ساختن .

Extension, *s.* وسعت - فراخي - درازي - کشادگي .

Extensive, *a.* کشاده - وسيع - طويل .

Exterior, External, *a* . بيرون - ظاهر - خارج .

Exterminate, *v.* قطع کردن - برباد دادن - استعال کردن - نيست و نابود کردن .

Extinct, *a.* معدم - موقوف - منطفي - منقطع .

Extinguish, *v*, اطفا کردن - نشاندن - خاموش کردن - کُشتن - نابود کردن .

Extirpate, *v.* از بيخ بر آوردن - بر انگيختن - بر كندن .

Extol, *v.* تعريف - وصف نمودن - مدح كردن - ستودن - حمد كردن - ساختن .

Extort, *v.* از زبردستي گرفتن - ستم كردن - بزور گرفتن .

Extortion, *s.* ظلم - دست درازي - زبردستي .

Extract, *v.* استخراج كردن - بيرون كردن - بركشيدن - منتخب - تلخص - اجمال *s.* . انتخاب كردن (*select*)

Extraordinary, *a.* غريب - عجيب - فوق العادت .

Extravagance, *s.* فضول خرج - بي دستوري - بي اندازي - بي ترتيبي - اصراف .

Extravagant, *a.* مبذر - مسرف - بي ترتيب .

Extreme, *a.* (*last*) آخر - اقصي - (*greatest*) اعظم - بلندترين - اعلي (*highest*) - نهايت - اكبر .

Extremely, *ad.* بغايت - نهايت .

Extremity, *s.* احتياج - انتها - نهايت - غايت - آخرت .

Extricate, *v.* آزاد كردن - رها كردن - مخلص ساختن .

Extrinsic, *a.* خارجي - عارفي - صوري - ظاهري .

Exuberance, *s.* افزوني - كثرت - فضولي .

Exult, *v.* ابتهاج نمودن - خوش شدن - شاد دل بودن .

Exultation, *s.* شادي - خوشي .

Eye, *s.* چشم - عين (*pl.* اعيان) - ديده (*pl.* ديدگان) - (*watch*) نظر - نگاه - The socket of the eye, چشم خانه - In the twinkling of an eye, في طرفت العين - To wink with the eye چشم زدن - رمز كردن The eye-ball مردم چشم - The eye-brow, ابرو - An eyelash, پلك - مژه (*pl.* مژگان) - An eye-lid, پرده چشم - Eye-witness, شاهد - گواه .

F.

Fable, *s.* قصّه - حکایت - داستان - افسانه .
Fabricate, *v.* (*to construct*) بنا کردن - بصنعت ساختن - (*to devise falsely*) - حیله بستن - رنگ آمیختن .
Fabulous, *a.* افسانه وار - مزور - ساخته .
Face, *s.* روي - چهره - پیکر - دیدار - صورت - رُخ . *v.* مقابله کردن - روبرو شدن - Facing, روبرو - مقابل .
Facetious, *a.* لطیفه گو - خوش طبع - ظریف .
Facilitate, *v.* آسان کردن - ساختن تعجیل .
Facility, *s.* آساني - سهولت - یسر - ملایمت .
Fact, *s.* کار - کردار - حقیقت - معني - قصه - In fact, حقیقتاً - في الواقع - في الحقیقت .
Faction, *s.* سازش - بندش - اتحاد - (*machination*) حیله بازي - (*tumult*) فساد - فتنه .
Factor, *s.* گماشته - کارکن - پیش کار .
Factory, *s.* تجارت خانه - کارخانه .
Faculty, *s.* (*ability*) استعداد - توانائي - طاقت - (*capacity*) قابلیت - قوت - حلم .
Fade, *v.* پژمردن - افسردن - (*lose colour*) بي رنگ شدن .
Fail, *v.* (*become deficient*) کم آمدن - زایل گشتن - (*to become extinct*) برباد - ناقص بودن - مقصور شدن

شدن - معدوم شدن - (*to withdraw assistance*) دست از حمایت باز داشتن-(*to neglect an opportunity*) وقت فرصت از دست دادن - غافل شدن - (*to be disappointed*) ناامید شدن - محروم شدن .

Failure, *s.* (*deficiency*) قصور-کمي - نقص - (*omission*) فوت-غفلت - (*want of success*) عدم کامیابي .

Failing, *s.* عیب - خطا - تقصیر - قصور.

Faint, *a.* (*feeble*) ضعیف - بي قوت - زبون -ناتوان - مانده - (*not loud*) نا بلند - (*not bright*) نا روشن - بي تابان - (*dejected*) زایل - دلتنگ - دل آزرده .

Faint, *v.* (*become feeble*) ضعیف شدن - زبون گشتن - غمناك شدن - (*swoon*) بي هوش شدن - غش آمدن .

Fainting, *s.* بي هوشي - غش .

Fair, *a.* (*handsome*) حسین -خوش نما - خوب صورت - (*clear*) صاف - روشن - (*just*) عادل - راست - (*commodious*) موافق - مناسب - (*mild*) ملایم - (*prosperous*) صاحب اقبال - مبارك - (*civil*) صاحب ادب - بختیار.

Fair, *s.* بازار - جمع کثیر بیع و سرا .

Fairness, *s.* خوبصورتي - راستي - موافقت .

Faith, *s.* (*in religion*) دین - ایمان - (*trust*) توکل - ایمان - اعتقاد - اعتماد - (*fidelity*) وفاداري - ایمان داري - (*promise*) پیمان - عهد .

Faithful, *a.* دین دار - صادق - معتمد - معتقد - ایمان دار .

Faithless, *a.* بي وفا - بد نهاد - نمك حرام - خیانتي .

Falcon, *s.* باز - شاهین .

Fall, *v.* افتادن - ساقط شدن - (*grow lean*) لاغر شدن - (*to revolt*) بغارت کردن - طغیان کردن - (*to perish*) زایل بودن-(*to apostatize*)ارتداد کردن - To fall back, باز رفتن - To fall down, از پا در افتادن - To fall in, ترک‌کردن - جدا بودن - باز داشتن,To fall off-اتفاق نمودن To fall on (*to attack*), هجوم آوردن-(*to begin to do anything*) آغاز کردن-To fall out (*to happen*), واقع شدن-در آویختن -ستیزه ساختن (*to quarrel*) -اتفاق افتادن To fall under, مطیع گشتن - معروض شدن - To fall short, قاصر بودن - کم و کاست شدن .

Fall, *s.* افتادگی - سقوط - نقص - کاست - زوال-هلاک .

Fallacious, *a.* مزور - خداع - مکر آمیز - حیله‌باز .

Fallacy, *s.* مکر - مغالط .

Fallible, *a.* ممکن غین - نسیان پذیر .

False, *a.* دروغ - کاذب - باطل - فریبي - غدیر .

Falsehood, *s.* دروغ - کذب - تزویر - نفاق .

Fame, *s.* نیك نامي - شهرت - ناموس - ذکر جمیل .

Familiar, *a.* (*domestic*) خانگي - (*intimate*) متالف - آشنا - (*affable*) ملایم - (*well-known*) مشهور - To be familiar, آشنا شدن - مصاحب بودن .

Familiarity, *s.* مصاحبت - انس - آشامي - الفت .

Family, *s.* آل و عیال - خاندان - نسل - قبیله - خانداني .

Famine, *s.* قحط - معیشت - قلت اسباب .

Famous, *a.* نامدار - نامور - مشهور - معروف .

Fan, *s.* بادزن - مروحت - باد کش .
Fancy, *s.* خيال - وهم - قياس - تصور - ظن - خودکام - خواهش - ميل - *v.* خيال نمودن - ظن داشتن - تصور کردن . پنداشتن - مودت کردن .
Fantastical, *a.* متخيل - خام خيال - وهمي .
Far, *a.* or *ad.* دور - بعيد - بري - To be far off, دور شدن - بعيد شدن - Very far off, دورا دور.
Farce, *s.* [See Comedy.]
Fare, *s.* (*food*) خوراک - خورش - (*hire*) کرايه - نول - *v.* طعام کردن - خوردن - در حالتي ماندن - گذران کردن .
Farewell, *s.* والسلام - سلام عليکم - الوداع - خدا حافظ . To bid farewell, الوداع گفتن - توديع نمودن .
Farm, *s.* اجاره - مزرع - کشت .
Farmer, *s.* زميندار - اجاره‌دار - دهقان - مزارع .
Farrier, *s.* نال‌بند - بيطار .
Farther, *a.* دورتر - پيشتر .
Fascinate, *v.* چشم بستن - فريفته کردن - شيفته کردن -
Fascination, *s.* افسون - سحر - جادو .
Fashion, *s.* وجه - صورت - شکل - طور - صورت کردن .
Fast, *v.* روزه داشتن - فاقه کردن - *s.* روزه - صوم .
Fast, *a.* برقرار - پايدار - استوار - قايم - چست و چالاک .
Fasten, *v.* مضبوط کردن - استحکام نمودن - بند کردن .
Fastidious, *a.* مستغني - نا خوش مزاج .
Fat, *a.* فربه - چرب - گوشتدار .
Fat, *s.* چربي - شحم - پيه - Fatted, پرواري .

Fatal, *a.* هلاهل - قاتل - مهلك - مقدر .
Fate, *s.* قضا - قدر - تقرير - طالع - نصيب .
Father, *s.* پدر - ابو - والد - A father-in-law, پدر زن - خسر .
Fatherless, *s.* بي پدر - يتيم .
Fathom, *s.* بوع (*pl.* ابواع) - اندازه طول .
Fathom, *v.* (*measure*) بابوع پيمودن - (*to take the depth*) عمق پيمودن - (*to comprehend*) غالب شدن - يافتن .
Fathomless, *a.* بي تهي - بي بون - غير .
Fatigue, *v.* مانده كردن - ماندن - عاجز .
Fatigue, *s.* ماندگي - تعب - منشتي - محنت .
Fault, *s.* عيب - خطا - گناه - تقصير - غلط - جرم .
Faulty, *a.* عيب دار - جريم - ذميم - تقصير وار .
Favour, *s.* عنايت - مهرباني - توجه - لطف - (*benefit*) احسان - نعمت - (*vindication*) عذر - مكر - (*lenity*) نرمي .
Favour, *v.* مهرباني كردن - حمايت دادن - مدد نمودن - ملاطفت كردن - ياري كردن .
Favourable, *a.* مهربان - مناسب - مرادي - مساعد .
Favourite, *s.* مصاحب - عزيز - دلخواه - مرغوب .
Fawn, *s.* آهوبره - غزال - *v.* خوشامد كردن - چاپلوس كردن .
Fear, *s.* بيم - باك - خوف - ترس - دهشت - هراس .
Fear, *v.* هراسيدن - ترسيدن - دهشت كردن .
Fearful, *a.* دهشت ناك - پر بيم - مخوف .
Fearless, *a.* بي باك - بي پروا - دلير - بي خوف .
Feast, *s.* مهماني - ضيافت - بزم - جشن .
Feat, *s.* كار - عمل - مهم .

Feather, *s.* پر - عجوز .

Feature, *s.* چهره - روي - شکل - رخ - سيما .

Fee, *s.* عوض - مزد - اجر - پاداش - رسوم .

Feeble, *a.* زبون - ناتوان - ضعيف - عاجز - کمزور .

Feed, *v.* (*supply with food*) پروردن - خورانيدن - طعام دادن - (*to pasture*) چريدن .

Feel, *v.* (*touch*) لمس کردن - ممامست نمودن - (*to perceive*) معلوم کردن - دريافتن - (*to suffer*) درد داشتن - رنجيده شدن - (*to be affected*) موثر شدن .

Feeling, *s.* لامس - ممامست - دلسوزي - دريافت - فهم .

Feet, *s.* پايان - اقدام .

Feign, *v.* صورت مختلف ساختن - بهانه نمودن - ريا کردن - اظهار بر عکس چيزي کردن .

Felicity, *s.* سعادت - فرحت - برکت .

Fellow, *s.* همچشم - همنشين - رفيق - مصاحب .

Fellow, *s.* (*one of the same kind*) يکي ازهم جنس - (*one of a pair*) يکي دو جفتي - (*in contempt*) مردك - مرد زمانه وکمينه - (*a member of a corporate body*). عظيم مدرسه مجلس اهل -متفق جميع ديگر- In composition it is expressed by هم, as: f. servant, هم خدمتگار - f. student, هم درس- f. traveller, همراه- f. creature, هم مخلوق- f. sufferer, هم درد - هم آزاد.

Fellowship, *s.* شراکت - رفاقت - محبت .

Felon, *s.* مجرم - گناه‌گار .

Felonious, *s.* زبون - شرير - فاسد - جريم :

Felony, *s.* شرارت - فساد - گناه عظیم - گناه گاري .
Female, *a.* ماده - زنانه - *s.* عورت - زن - نسا .
Feminine, *a.* نازك - نازلين - Gender, مونث .
Fence, *s.* احاط - ديوار خار كه گرد مزرعي كنند - خاربندي - از خار بندي محفوظ - احاط كردن *v.* - پاسباني - حفاظت - سلاح بازي كردن - حمايت كردن - كردن .
Ferment, *v.* دستور كردن - سرگرم كردن - جوشيدن .
Fermentation, *s.* جوش - آشور - خمير .
Ferocious, *a.* درشت - سنگدل - خون خوار - درنده - وحشي .
Ferocity, *s.* سنگدلي - خونخواري - صولت - وحشت .
Ferry, *s.* گذرگاه - معبر - عبورگاه - Ferry-boat, كشتي گذاره .
Fertile, *a.* زرخيز - ميوه دار - تر و تازه - بركت دار .
Fertility, *s.* مايه موفور - بركت - زرخيزي - تر و تازگي .
Fervour, *s.* شوق - حرارت - حميت - دلسوزي - سر گرمي .
Festival, *s.* ضيافت - جشن - مسرور - عيد .
Festival, *a.* مسرور - شاد - خوش .
Festivity, *s.* طرب - نشاط - عيش - شادي - خوشي .
Fetch, *v.* حاصل كردن - بر آوردن - برداشتن - بردن .
Fetid, *a.* بدبو - متعفن - گنده .
Fetter, *s.* زنجيرپاي - قيد - پاي بند - *v.* مقيد كردن - زنجير بر پا انداختن .
Fever, *s.* حرارت - تاب - حماي - تپ - Contagious fever, وبا - Hectic fever, تپ دق - Intermittent fever, تپ نوبت - (*catch a fever*) محموم شدن - تپ گرفتن .
Few, *a.* چند - جزوي - قليل - اندك .

Fib, *s.* [See Lie, Falsehood.]

Fibre, *s.* ريشه - ليف .

Fibrous, *a.* ريشه دار .

Fickle, *a.* بي قرار - ناپايدار - تلون مزاج - نا استوار .

Fiction, *s.* نقل ساخته - ايجاد - اختراع - افسانه .

Fictitious, *a.* ساخته - تقليدي - نا راست - تغلبي .

Fiddle, *s.* ساز - رباب .

Fiddler, *s.* سازباز .

Fidelity, *s.* وفاداري - ديانت داري - اعتقاد .

Field, *s.* (*battle*) ميدان - (*sown field*) مزرع - كشت .

Fiend, *s.* شيطان - ديو .

Fierce, *a.* درشت - تند - تيز مزاج - شديد .

Fierceness, *s.* تندي - تيزي - صولت - درشت .

Fiery, *a.* آتشين - تيز - تند - آتش مزاج .

Fifteen, *a.* پانزده - خمسه عشر .

Fifth, *a.* پنجم - خامس .

Fifty, *a.* پنجاه - خمسون .

Fig, *s.* انجير - تين .

Fight, *v.* جنگ كردن - مبارزت كردن - محاربه كردن - پيكار كردن - جنگيدن - عربده كردن . *s.* جنگ - نبرد - رزم - كارزار - پيكار - محاربه .

Figurative, *a.* (*typical*) حكمت آميز - عبرت نمون - (*not literal*) مجازي - رنگين .

Figure, *s.* شكل - صورت - تصوير - هيكل - (*in arithmetic*) رقم - عدد - *v.* صورت نمودن - نقش و نگار كردن .

File, *s.* سوهان - آهنساي - (*for papers*) كاغذ رشته - (*catalogue*) دفتر - (*of soldiers*) قطار .
Filial, *a.* فرزندي - پسري - بنوي .
Fill, *v.* پر كردن - انباشتن - آغندن .
Fillet, *s.* بند - سربند - كلاه .
Film, *s.* پرده - فوف .
Filter, *v.* پالودن - *s.* پالونه .
Filth, *s.* چرك - نجاست - آلايش - خلاظات - قدورت .
Filthy, *a.* مخليط - آلوده - ناپاك - ملوث .
Fin, *s.* پرماهي - جناح الحوت .
Final, *a.* آخر - واپسين - قاطع .
Finally, *ad.* حاصل الكلام - اخيرالامر - القصه - آخرا .
Finance, *s.* مالگذاري - ماحصل - آمدني .
Find, *v.* يافتن - ميسر كردن - (*to perceive*) ادراك كردن - نظر كردن - نگريستن - ديدن - To find out, پيدا ساختن - دريافت كردن - ايجاد كردن - (*an opportunity*) فرصت يافتن - دست يافتن - To find fault with, ملامت زدن - (*to acquire*) اندوختن - حاصل كردن .
Fine, *a.* (*not coarse*) باريك - نازك - (*pure*) صاف - پاك - خاص - (*elegant*) خوب - جميل - نازنين - لطيف - (*splendid*) رونقدار - جلوه نما - (*thin*) شفيف - (*subtile*) دقيق - رقيق - (*in manners*) حسين الاخلاق - (*keen*) تيز .
Fine, *s.* جريمانه - تاوان - گنهگاري - مصادرت .
Fine, *v.* گنهگاري گرفتن - جريمانه دهانيدن - مصادرت كردن - (*refine*) صاف كردن - پاك كردن .

Finger, *s.* انگشت - The fore-finger, انگشت شهادت - انگشت وسطي - The middle-finger, انگشت میانه - مبابه - The ring-finger, بنصر - The little-finger, انگشت خنصر - کهترین .

Finish, *v.* اختتام نمودن - انجامیدن - تمام کردن - پرداختن .

Finite, *a.* محدود - متحدد .

Fir, *s.* صنوبر .

Fire, *s.* آتش - نار - آذر - تاب - غضب - تیزي - A fire-grate, آتش دان - A fire temple, آتش‌کده - A worshipper of fire, آتش پرست - Fireworks, آتش بازي - A firebrand, آتشگاو - سوخته .

Fire, *v.* (*set on fire*) آتش زدن - سوزان کردن - آتش افروختن - افروزانیدن - (*take fire*) آتش گرفتن - سوختن - To fire a musket, بندوق سر دادن .

Firewood, *s.* هیزم - هیمه .

Firm, *a.* محکم - مضبوط - قوي - استوار - پایدار - برقرار .

First, *a.* اوّل - نخستین .

Fish, *s.* ماهي - سمك - حوت - *v.* ماهي گرفتن .

Fisherman, *s.* ماهي گیر .

Fishery, *s.* ماهي گاه - ماهي گیري .

Fissure, *s.* درة - ترق - شکاف - چاك .

Fist, *s.* مشت - *v.* (*to strike with*) مشت زدن - Close-fisted, تنگ دست .

Fistula, *s.* ناسور .

Fit, *s.* نوبت - هجوم - ضعف - غش - نشا .

Fit, *a.* لایق - واجب - مناسب - درست - شایسته .

Fit, *v.* لایق شدن - سزاوار کردن - موافق ساختن - (*to be adapted*) مناسب شدن - موافق بودن - تیار کردن .

Five, *a.* پنج - خمس .

Fix, *v.* نشاندن - مقرر کردن - قایم کردن - نصب ساختن - ثابت کردن - محکم کردن .

Flag, *s.* عَلَم - رَایت - لوا - نشان .

Flagrant, *a.* ظاهر - معروف - شریر - شدید .

Flame, *s.* شعله - گرمي - تیزي - عشق - غضب - *v.* شعله نمودن .

Flank, *s.* جانب - طرف - سو - پهلو - کنار - بغل - The right flank, میمنت - The left flank, میسرت .

Flap, *s.* آویزه - (*of a garment*) دامن .

Flash, *s.* درخشندگي - درخش - برق - حالت عارضي و فاني - *v.* درخشیدن - برق زدن .

Flat, *a.* (*level*) هموار - یکسان - برابر - (*insipid*) بي مزه - (*unanimated*) بي جان - (*not elevated*) نابلند .

Flatter, *v.* خوشامد کردن - چاپلوسي کردن - تملق کردن .

Flattery, *s.* خوشامدي - چاپلوسي - چرب زباني - تملق .

Flavour, *s.* خوش بوي - ذوق - لذّت - مزه .

Flaw, *s.* درز - شگاف - رخنه - (*defect*) عیب - زوال - قصور .

Flax, *s.* کتان .

Flea, *s.* کیك - پره .

Flee, *v.* گریختن - پست دادن - فرار شدن - گریز کردن - (*in terror*) رمیدن .

Fleece, *s.* صوف - پشم - *v.* (*shear sheep*) پشم بریدن - (*plunder, strip*) یغما نمودن - سلب ساختن - برهنه کردن .
Fleeing, *a.* گریزان - فراري .
Fleet, *s.* جهاز, جمیعت - *a.* تیزرو - جلد رفتار - چالاك .
Fleeting, *a.* فاني - عارضي - بي بقا - چندزور .
Flesh, *s.* گوشت - لحم - (*carnal desire*) نفس .
Fleshy, *a.* گوشت دار - ملحم - (*body*) بدن - جسم .
Flexibility, *s.* نرمي - ملايمت - امکان معوج .
Flexible, *a.* نرم - ملايم - دمدار .
Flight, *s.* گریز - فرار - مهاجرت - هزیمت - (*through the air*) پرواز - طیران - (*of birds*) غول - چغاله .
Fling, *v.* انداختن - افگندن - تیز راندن .
Flint, *s.* خارا - سنك - چقمق - آتش زن, سنگ .
Flirt, *v.* عشوه زدن - نازیدن - کرشمه نمودن - *s.* عشوه, زن .
Float, *v.* (*swim*) بالاي آب رفتن - (*overflow*) سیلاب کردن .
Flock, *s.* گله - رمه - طبقه - *v.* جمع شدن - فراهم کردن -
Flog, *v.* تازیانه زدن - چابك زدن .
Flood, *s.* سیلاب - طوفان - *v.* سیلاب کردن - غرق نمودن .
Floor, *s.* صحن - ساحت - (*board*) تخته - (*ground*) زمین - (*story*) طبقه - منزل .
Florid, *a.* سرخ - گل فام - رنگین .
Flour, *s.* آرد - دقیق .
Flourish, *v.* تروتازه شدن - سیراب شدن - (*to be prosperous*) معتبر شدن - مبارك بودن - (*to boast*) لاف زدن -

(*to adorn*) زينت ساختن - آراستن - (*brandish as a sword*) افشاني كردن .

Flow, *v.* (*as water, &c.*) روان شدن - جاري شدن - (*proceed*) صدور كردن - صادر شدن - (*abound*) وافر شدن - كثير شدن -

Flow, *s.* مدّ - زيادتي - زبان آوري

Flower, *s.* گل - ورد - شگوفه - The flower of the pomegranate, گلنار - (*youth*) عنفوان - ريعان - شباب - A bunch of flowers, گلدسته - A flower-garden, گلستان - گلزار - (*the best part of any thing*) بهار .

Fluctuate, *v.* شك بردن - بي قرار شدن .

Fluency, *s.* فصاحت - زبان آوري - سخن آوري -

Fluent, *a.* زبان دراز - چوب زبان - فصيح .

Fluid, *s.* آب - *a.* آبي - سيّال .

Flush, *v.* رنگ نمودن - سرخ رو شدن - (*with success*) دل شاد كردن - خاطر گير كردن .

Flute, *s.* ني - ناي - To play the flute, ناي زدن .

Flutter, *v.* بال زدن - پر افشاندن - پريشان خاطر شدن .

Fly, *v.* پريدن - پرواز كردن - طيران كردن - (*run away*) گريختن - To fly at, هجوم كردن - حمله كردن - To fly off, طغيان كردن - عصيان كردن - (*avoid*) اجتناب كردن .

Fly, *s.* مگس .

Foam, *s.* كف - *v.* كف زدن - (*to be enraged*) غصه شدن - برهم زدن - بجوش آمدن .

Focus, *s.* مدار - مركز .

Fodder, *s.* علف - *v.* با علف پروردن .

Foe, *s.* دشمن - عدو - خصم - حريف .

Fog, *s.* نژم - بخار منجمد آبي .

Foil, *s.* (*defeat*) هزيمت - شكست - (*frustration*) حرمان - محروم ساختن *v.* - سيف كند - (*for fencing*) نوميدي - رد كردن - شكست دادن .

Fold, *s.* (*for sheep*) كمرا - صيرت - (*a flock*) گله - (*plait*) چند and تا (*in compos.*) - شكن - نورد - چين - ته - ته كردن (*to double*) - اغنام بكمرا بستن (*sheep*) *v.* طي كردن - نور ديدن .

Foliage, *s.* اوراق - برگ بهار .

Folk, *s.* مردم - اشخاص .

Follow, *v.* (*go after*) تعاقب كردن - در پي رفتن - (*imitate*) موافقت كردن - (*attend upon*) متابعت كردن - (*obey*) اطاعت كردن - (*as a consequence*) نتيجه بودن - پيروي كردن - (*be busied about*) مشغول شدن .

Follower, *s.* پي رو - تابعدار - شاگرد - پس رو - متعقب .

Folly, *s.* حماقت - بي وقوفي - ناداني - بيعقلي .

Foment, *v.* تكميد كردن - (*excite*) تعريض كردن - انگيختن - (*encourage*) حمايت دادن .

Fomentation, *s.* كماد .

Fond, *a.* مايل - عاشق - شايق - بي وقوف .

Fondle, *v.* ناز نمودن - نواختن - در آغوش گرفتن .

Fondness, *s.* شوق - نوازش - محبت .

Food, *s.* خوراك - خوردني - طعام - غذا - قوت - اكل .

Fool, *s.* احمق - ابله - بي وقوف - (*buffoon*) مسخره .

Foolish, *a.* بي عقل - بيهوده - نادان - هرزه .

Foot, *s.* پاي - پا - پي - The foot of the throne, پاي تخت - The foot of a mountain, دامن كوه .

Footing, *s.* پايداري - پايه - بنياد - دخل - حال - وضع .

Footman, *s.* پياده - خدمتگار - نوكر - پيك .

Footstep, *s.* قدم - نشان پاي - نقش پا .

Footstool, *s.* نشيمن - پايه .

Fop, *s.* خودبين - خود فروش و كم عقل مرد .

For, *pr.* (*on account of*) براي - بجهت - ازبراي - بهر - (*in exchange*) بدل - عوض - (*for what*) از براي - (*since*) زيراكه - چون - For nothing, مفت - رايگان - For ever, دايما - ابدالدهر .

Forage, *s.* علف - گاه .

Forbear, *v.* صبر داشتن - باز داشتن - دست بردار شدن - پرهيز كردن . تحمل .

Forbearance, *s.* پرهيزي - احتراز - توقف - صبر - بردباري -

Forbid, *v.* منع كردن - باز داشتن - امتناع كردن .

Force, *s.* (*violence*) زبردستي - جبر - تعدي - ظلم - (*strength*) توانائي - قوت - طاقت - مجال - (*army*) فوج - لشكر - By force, جبرا - بي اختيار .

Force, *v.* زور كردن - زبردستي كردن - جبر نمودن - راندن - (*extort*) بزور گرفتن - (*storm*) حمله بردن .

Forcible, *a.* قوي - توانا - زورآور - مضبوط - غالب .

Ford, *s.* پاياب - معبر - *v.* پاياب رفتن - عبور كردن -

Forebode, *v.* پيش گفتن - فال گفتن .

Forecast, *v.* تدبیرکردن - دور اندیشي کردن - پیش بندي کردن.
Forefather, *s.* جد (*pl.* اجداد) - بزرگ - پیشینه.
Forefinger, *s.* انگشت شهادت - مسابه.
Forego, *v.* ترک نمودن - گذاشتن - دست بردار شدن.
Forehead, *s.* جبین - ناصیه - پیشاني - سیما.
Foreign, *a.* اجنب - غریب - بیگانه.
Foreigner, *s.* بیگانه شخص - اجنبي.
Foreman, *s.* پیشوا - میر مجلس.
Foremost, *a.* پیشترین - اولا.
Forenoon, *s.* پیش ازدو پاس روز - وقت ضحي - پیشین.
Forepart, *s.* پیش - مقدمت.
Forerunner, *s* پیش رو - فرالك - پیش نما.
Foresee, *v.* پیش دیدن - دور اندیشي کردن.
Foresight, *s.* بصیرت - عاقبت اندیشي - بینش.
Forest, *s.* جنگل - بیابان - بیشه - درخستان.
Forester, *s.* جنگل ساکن.
Foretell, *v.* پیش گفتن - عاقبت گفتن.
Forethought, *s.* دور اندیشي - آگاهي - پیش بندي.
Forever, *ad.* همیشه - دایم - مدام.
Forewarn, *v.* خبردار کردن - آگاه کردن.
Forfeit, *v.* تاوان کردن - جریمه یافتن - *s.* تاوان - کفارت.
Forge, *s.* تنور آهنگر - کارخانه - *v.* بر سندان کوفتن - ساختن - تقلید کردن.
Forgery, *s.* جعل - تغلب - تقلید - زور.
Forget, *v.* فراموش کردن - ضلال کردن - سهو کردن.

Forgetful, *a.* فرامشگار - غافل - ناسي .
Forgetfulness, *s.* فراموشي - نسيان - ذهول .
Forgive, *v.* آمرزيدن - بخشودن - معذور داشتن - عفو كردن -
Forgiveness, *s.* بخشش - عذر - عفو - آمرزش .
Fork, *s.* چنگال - گز .
Forlorn, *a.* متروك - پريشان - بي كس - تنها .
Form, *s.* دستور - روش - طور - صورت - تصوير - نقش - شكل .
Form, *v.* ساختن - كردن - سرشتن - (*to shape*) صورت نمودن -
(*to arrange*) انتظام دادن - ترتيب كردن - شكل دادن -
(*to contrive*) فكر كردن - انديشه كردن .
Formal, *a.* رسمي - موافق, قانون - مطابق, دستور .
Formality, *s.* تكلّف - استغنا .
Formation, *s.* سرشت - خلقت - ساخت - تركيب .
Former, *a.* سابق - پيشين - اولين .
Formerly, *ad.* من قبل - سابقاً - در ايام گذشته - پيشتر .
Formidable, *a.* هيبت ناك - مهيب - هولناك .
Formula, *s.* قانون نامه - دستورالعمل .
Fornication, *s.* حرامكاري - زنا كاري .
Forsake, *v.* باز ايستادن - هجران نمودن - گذاشتن - ترك كردن .
Forswear, *v.* قسم, دروغ خوردن .
Fort, *s.* حصن - دژ - حصار - قلع .
Forth, *ad.* پيش - خارج - بدر - بيرون .
Forthwith, *ad.* بلا توقف - فوراً - في الحال .
Fortification, *s.* حصار - علم قلع بندي - تحصين .
Fortify, *v.* (*make strong*) مستحكم كردن - مضبوط كردن -

(*confirm*) برقرار کردن - تقویت ساختن - (*with ramparts*) محکم نمودن (*to defend*) - سر کردن - حصار ساختن.
Fortitude, *s.* تحمل رنج - دلیري - جرائت - جسارت.
Fortnight, *s.* پانزده روز - دو هفته.
Fortress, *s.* [See Fort.]
Fortunate, *a.* کامران - میمون - نیك بخت - بختیار.
Fortune, *s.* اقبال - طالع - نصیب - بخت - قسمت - (*wealth*) دولت - Fortune-teller, *s.* فال گو - منجم - رمال.
Forty, *a.* چهل.
Forward, *a.* تیار - درپیش - پیش - (*presumptuous*) شوخ - گستاخ - (*premature*) خام - پخته - *v.* تعجیل کردن - روانه کردن - ارسال کردن (*despatch*) - شتابانیدن.
Foster, *v.* پرورش ساختن - پروردن (*to nourish*) - فرستادن - Foster-brother, برادر رضاعي - Foster-child, پسر رضاعي.
Foul, *a.* فاسد - مکروه - قبیح - ناپاك - غلیظ - ملوث - نجس. Foul-play, رنگ آمیزي - حیله بازي.
Found, *v.* برپا کردن - بنا کردن - اساس نهادن - بنیاد کردن.
Foundation, *s.* ابتدا - اساس - اصل - پایه - بنا - بنیاد.
Founder, *v.* زیر آب فرو رفتن - غرق شدن - *s.* معار - بنا.
Foundery, *s.* کالیدخانه.
Fountain, *s.* فواره - عین - چشمه.
Four, *a.* اربع - چهار - Four times, چهار بار.
Fourteen, *a.* اربع عشر - چهارده.
Fourth, *a.* رابع - چهارم.
Fowl, *s.* ماکي - مرغ خانگي - طیر - پرنده - مرغ.

Fowler, *s.* صياد .
Fox, *s.* روباه - دمنه - ثعلب .
Fraction, *s.* كسر - حصه .
Fracture, *s.* شكستگي - رخنه - مكسر .
Fragile, *a.* نازك - فاني .
Fragment, *s.* پاره - ريزه - پرزه .
Fragrance, *s.* خوش بوي - عطر - نفحت .
Fragrant, *a.* خوش بو - معطّر .
Frail, *a.* عاجز - زبون - نازك - ناپايدار .
Frailty, *s.* كم زوري - ضعف - ناپايداري - فنا .
Frame, *v.* يافتن - پيوستن - انتظام نمودن .
Frame, *s.* قوام - ترتيب - (*of mind*) حال خاطر - (*case*) دان - (*border*) حاشيه - (*mould*) كالبد .
Frank, *a.* ساده دل - كشاده دل - مخلص - آزاد .
Frantic, *a.* ديوانه - آشفته - مجنون .
Fraternal, *a.* برادري - اخوي - برادرانه .
Fraternity, *s.* برادري - اخوت .
Fraud, *s.* حيله - غدر - فريب - مكر - دغا .
Free, *a.* آزاد - رستگار - مختار - بي گناه - مجاز - صادق .
Free, *v.* آزاد كردن - رها كردن - نجات كردن - استخلاص كردن .
Freebooter, *s.* راه زن - غارت گر .
Freedom, *s.* آزادي - خلاص - نجات - اختيار .
Freely, *ad.* با آزادي - بي پروا - مفت .
Freeze, *v.* منجمد كردن - افسردن .
Freight, *s.* بار جهاز - حمل كشتي - نول - كرايه .

Frenzy, *s.* جنون - ديوانگي - شيداي .

Frequent, *a.* چند بار - بار بار - كثير . *v.* آمد و رفت كردن .

Frequently, *ad.* بسيار بار - بارها - اكثر اوقات .

Fresh, *a.* (*cool*) خنك - مرد - برد - (*not salt*) بي نمك - (*green*) تر و تازه - نو (*new*) - نور سپيده - (*vigorous*) تندرست - مضبوط - (*florid*) گل رخسار - (*unfaded*) نا افسرده - (*sweet*) شيرين - (*fasting*) روزه‌دار .

Fret, *v.* (*make angry*) اضطراب كردن - (*to be angry*) قهر گرفتن - (*to rub against*) سودن - (*to eat away*) اكل كردن . *s.* آشفتگي - پريشاني .

Friar, *s.* [See Monk.]

Friction, *s.* مالش - سوزش .

Friday, *s.* جمعه - آدينه - يوم الجمعة .

Friend, *s.* دوست - يار - حبيب (*pl.* احباب) - رفيق - غمگسار - مهربان .

Friendship, *s.* دوستي - ياري - مهرباني .

Frigate, *s.* قايق .

Fright, *s.* دهشت - ترس - بيم - هول - هراس - باك - خوف .

Frighten, *v.* ترسانيدن - خوف رسانيدن .

Frightful, *a.* هولناك - مخوف - ترسناك - خطرناك .

Frigid, *a.* (*without warmth*) سرد - (*unaffectionate*) بي محبت - (*without fancy*) بي قوت خيال .

Fringe, *v.* ريشه دادن - طراز كردن .

Frisk, *v.* جستن - رقصيدن - جهيدن .

Frivolous, *a.* سبك - صغير - هرزه - بيهوده - بطلان .
Frog, *s.* غوك - وطواط .
Frolic, *s.* شوخي - تماشا - بذله - خنده .
From, *pr.* از - عن - من .
Front, *s.* پيشاني - چهره - The front or fore part, پيش - قبل - In the front, در پيش - مقابل - In front & rear, پس و پيش - Front to front, روبرو - برابر - *v.* روبرو نمودن - مقابل شدن .
Frontier, *s.* سرزمين - سرحد .
Frontispiece, *s.* پيشانه - پيشگاه - ديباچه .
Frost, *s.* بستگي يخ .
Froth, *s.* كف .
Froward, *s.* تيز مزاج - خودراي - گستاخ .
Frown, *v.* چين كردن - سخت روي داشتن - *s.* چين - شكن .
Frozen, *pp.* افسرده - مجمد .
Frugal, *a.* كفايتي - معتدل .
Fruit, *s.* ميوه - ثمر - بر - بار - فاكه - نفع - فايده .
Frustrate, *v.* محروم كردن - حرمان ساختن .
Fry, *v.* بريان كردن - برشتن .
Fuel, *s.* هيزم - هيمه - چوب سوختني .
Fugitive, *a.* عارضي - چند روزه - بي قرار - *s.* گريزنده .
Fulfil, *v.* (*accomplish*) تمام كردن - بجا آوردن - ادا كردن . (*to fill full*) پر كردن - لبالب ساختن .
Full, *a.* پر - آموده - (*expressing much*) پر معني -

(*containing much*) بسیار دار - (*not faint*) مترح -
(*the whole*) کلّ - تمام .

Fuller, *s.* قصّار - مقصّر .

Fully, *ad.* بالتمام - جمله .

Fume, *s.* [See Smoke.]

Function, *s.* (*office*) خدمت - جاه - (*performance*)
عمل - (*power*) قوت - قدرت .

Fund, *s.* (*stock*) مایه - سرمایه - اصل .

Fundamentally, *a.* اساس دار - اصلي .

Funeral, *s.* جنازه - میت - دفن .

Fur, *s.* پوستین . *v.* با سمور مبطن ساختن [غضبناک .

Furious, *a.* (*mad*) دیوانه - (*fierce*) تند - (*engaged*)

Furlough, *s.* رخصت - اجازت .

Furnace, *s.* آتش دان - تنور .

Furnish, *v.* (*provide*) دادن - رسانیدن - (*assist*)
مدد دادن - یاري کردن - (*to prepare*) تیار کردن -
(*adorn*) آراستن - پیراستن .

Furniture, *s.* اسباب - سامان - رخت .

Further, *a.* [See Farther.]

Fury, *s.* دیوانگي - جنون - قهر - خشم - غضب .

Futile, *a.* بیهوده - بي معني .

Future, *a.* آینده - مستقبل .

G.

Gabriel, *s.* جبرايل .
Gaiety, *s.* شادي - خوشي - خرّمي .
Gain, *s.* نفع - فايده - سود - حاصل - پيدايش .
Gain, *v.* يافتن - حاصل كردن - To gain over (*to a party*), گرويده كردن - To gain over (*to an opinion*), افحام ساختن - To gain the heart, خاطر گرفتن - To gain a suit at law, محاكمه كردن - To gain force, قوت يافتن - To gain credit, اعتقاد اندوختن - To gain one's ends or desires, بمراد رسيدن - مراد حاصل كردن .
Gale, *s.* باد - هوا - A gentle gale, باد صبا .
Gall, *s.* صفرا - زهره . *v.* سودن - آزردن .
Gallant, *a.* (*showy*) ظريف - (*magnificent*) بزرگوار - (*polite*) صاحب ادب - (*courageous*) مردانه - دلير .
Gallant, *s.* (*splendid man*) اهل ظرافت - (*a whoremaster*) زناكار - (*a paramour*) آشنا - يار .
Gallery, *s.* رواق - ايوان - دهليز .
Gallop, *v.* تاختن - دويدن - شتافتن .
Gallows, *s.* دار - صليب .
Game, *s.* (*sport*) بازي - لعب - (*animals hunted*) صيد .
Game, *v.* باختن - بازي كردن - صيد كردن - شكار كردن .
Gamester, *s.* قمار باز .
Gang, *s.* گروه - طايفه - زمره - حلقه .
Gangrene, *s.* خوران - خوره - اكله .
Gaol, *s.* زندان - قيدخانه - محبس .

Gap, *s.* چاك - شگاف .

Gape, *v.* از حيرت نظر كردن - چاك نمودن - ترکيدن .

Garden, *s.* باغ - چمن - روضت .

Gardener, *s.* باغبان - بوستاني .

Garland, *s.* تاج, گل .

Garlic, *s.* سير - ثوم .

Garment, *s.* جامه - پوشاك - لباس - An upper garment, لبادة - To put on a garment, پوشيدن .

Garrison, *s.* قلعه - حصار - *v.* لشكر در قلعه تعيين كردن .

Garter, *s.* زانو بند .

Gasp, *s.* دم كشي - نفس - *v.* دم كشيدن .

Gate, *s.* در - دروازه - باب .

Gather, *v.* (*accumulate*) جمع كردن - فراهم آوردن - (*to pluck*) چيدن - (*to come together*) جمع شدن - (*to bring together*) فراهم كردن - (*to gain*) اندوختن - (*to grow thick*) غليظ گشتن .

Gaudy, *a.* شاهانه - تابدار - ظريف .

Gauge, *s.* پيمان - اندازه . *v.* پيمودن دان .

Gay, *a.* شاد - خوش - ظريف .

Gaze, *v.* نگريستن - نظر كردن .

Gem, *s.* جوهر - گوهر . *v.* مرصع كردن .

Gender, *s.* جنس - نوع - قسم - (*masculine*) مذكر - (*feminine*) مونث - (*neuter*) غير ذيرو .

Geneological, *a.* نسب, منسوب .

Geneology, *s.* اصل - نسب - نسل .
General, *a.* عام - مجمل - *s.* سردار - سپه سالار .
Generally, *ad.* اکثر - عموما - چندبار .
Generate, *v.* پیدا کردن - تولید کردن .
Generation, *s.* (*begetting*) پیدایش - (*race*) اصل - نسب - (*progeny*) نسل - (*an age*) عصر - دورِ زمان .
Generosity, *s.* جوانمردي - کرم - بذل - سخاوت .
Generous, *a.* کریم - کشاده دل - عطابخش .
Genitive, *a.* اضافت - A noun in the genitive case, مضاف الیه - A noun governing a genitive case, مضاف.
Genius, *s.* خوي - خصلت - سیرت - مزاج - (*mental faculties*) قوتِ مدرك - A genius, ذهین - پري - جن - دیو .
Gentle, *a.* (*mild*) حلم - نرم - ملیم - (*well-born*) پاك - نژاد - (*soothing*) دلپذیر .
Gentleman, *s.* مرد آدمي - میرزا - بیگزاده .
Gently, *ad.* (*tenderly*) یاملایمت - (*smoothly*) آهسته .
Genuine, *a.* اصیل - خالص - صالح - صاف .
Genus, *s.* جنس - نوع .
Geographer, *s.* صاحبِ تخطیطِ بلاد .
Geography, *s.* تخطیطِ بلاد - رسمِ ارض .
Geometry, *s.* علم هندسه - علمِ زمین .
Gesture, *s.* حرکت - وضع .
Get, *v.* (*acquire*) یافتن - اندوختن - حاصل کردن - (*to beget*) تولید کردن - To get off (*escape*), رهائي یافتن - To get over (*overcome*), غالب شدن - To get (or

cross) over, عبور كردن - To get up (*from a seat*),

برخاستن -To get acquainted, معرفت كردن - To get

before, پيش رفتن - To get by heart, ياد گرفتن .

Ghost, *s.* خيال - صورت, وهمي - The Holy Ghost,

روح القدس .

Giant, *s.* ديو - عفريت . [شوخي] .

Giddiness, *s.* غفلت -عدم, قراري - سرگرد -دوران, سر-

Giddy, *a.* مُبكسر - بي پروا - بي قرار-سرسام - سر گردان .

Gift, *s.* قوت - انعام - نذر - عطا - دهش - بخشش .

Gigantic, *a.* ديوي - قوي هيكل .

Gild, *v.* طلاكاري كردن - بزر اندودن .

Gin, *s.* جوژه - دام .

Ginger, *s.* زنجبيل . [بستن] .

Gird, *v.* (*surround*) - احاط كردن - گرد كردن (*to bind*)

Girdle, *s.* ميان بند - كمربند .

Girl, *s.* بنت - دختر - دوشيزه .

Give, *v.* دادن - بخشيدن - عطا كردن - To give up

(*abandon*), ترك نمودن -گذاشتن-To give up or over

(*resign*), تسليم ساختن - To give up, think no more

of, بخشيدن - .قطع, نظر دادن To give away, - To

give out (*publish*), اشتهار كردن - To give out

(*pretend*), بهانه كردن -To give out, give over, give

up (*desist*), باز ايستادن -دست كشيدن - To give out

(*distribute*), حصّه دادن - To give (*melt as ice, &c.*)

گداختن - To give way, راه دادن - To give into (*adopt*), راضي شدن .

Giver, *s.* دهنده - بخشنده .

Glad, *a.* شاد - خوش - شادمان - مسرور - *v.* دلشاد كردن .

Gladiator, *s.* شمشيرزن - سياف .

Gladly, *ad.* از خوشي - باخوش دلي .

Gladness, *s.* شادي - خوشي - عشرت - فرحت .

Glance, *s.* نگاه - رمق - نظر .

Glance, *v.* (*shine*) درخشيدن - To glance, (*with the eye*), نظرت زدن - لمح كردن - (*to strike obliquely*) نارامست زدن .

Glare, *v.* روشن شدن - تابان شدن - *s.* تاب - روشني .

Glaring, *a.* تابان - روشن كنان - ظالم .

Glass, *s.* شيشه - آبگينه - A looking glass, آئنه - An hour-glass, شيشهء ساعت .

Glaze, *v.* (*windows, &c.*) بازجاج آزامتن - (*paper, cloth, &c.*) مهره دار كردن .

Gleam, *s.* شماع - پرتو - شعله . *v.* درخشيدن .

Glean, *v.* چيدن - خوشه چيدن .

Glitter, *v.* درخشيدن - تافتن - *s.* تاب - لمعان .

Globe, *s.* كره - گوي - The terrestrial globe, كره - ارضي - The celestial globe, كره فلكي .

Gloom, *s.* تاريكي - كم نوري .

Gloomy, *a.* تاريك - تيره - تيره ضمير .

Glorify, *v.* ذکر کردن - تعظیم نمودن - حمد کردن .
Glorious, *a.* مجید - مفخّر - جلیل .
Glory, *s.* (*praise*) حمد-ستایش - (*honour*) جلالت - افتخار .
Glossary, *s.* فرهنگ - کتاب, لغت .
Glossy, *a.* مهره‌دار - صاف - جلوه‌دار .
Glove, *s.* موزهٔ دست - دستانه .
Glow, *v.* (*to be hot*) گرم شدن - (*to be bright*) روشن شدن .
Glow-worm, *s.* شبتاب .
Glue, *s.* سریش - *v.* با سریش چسپانیدن .
Glut, *v.* اوباشتن - سیر کردن .
Glutton, *s.* ماکول - شکم پرست - بسیار خور .
Gluttonous, *a.* حریص - طمع‌کار - بسیارخور .
Gnat, *s.* پشّه .
Gnaw, *v.* دلدیدن - خائیدن .
Go, *v.* رفتن - روانه شدن - To go before, پیش رفتن - To go behind, پس رفتن - To go back, باز رفتن - To go backward, باز پس رفتن - To go round, گردیدن - احاطه کردن - To go about, گردیدن - To go aside, گمراه شدن - To go between, درمیان رفتن - To go or pass by, مرور نمودن - To go by, قانون داشتن - To go down, فرو رفتن - To go in and out, آزاد شدن - To go off, تسلیم, روح کردن - (*to desert*) گذاشتن - To go on, حمله کردن - (*to proceed*) پیش رفتن - To go out, عزم, سفر رفتن - To go out (*of doors*), بیرون

رفتن - (*to be extinguished*) نشالده بودن - To go through, بجا آوردن - (*to suffer*) تحمّل کردن .

Goad, *v.* مهمزه زدن - انگیختن . *s.* نوك - نیش .

Goal, *s.* مقبض - نشان - منزل . [ماء ثواج].

Goat, *s.* بز' - Goat's hair, اصواف - Bleating of a goat,

Goblet, *a.* [See Cup.]

God, *s.* خدا - ایزد - الله - ربّ - حقّ - God the Most High, الله تعالي - Blessed God! بارك الله - Good God! سبحان الله - God be merciful, صلّي الله - Oh God! يا ربّ-الهي-A worshipper of God, خدا پرست - Praised be God, thanks to God, الحمد الله - God preserve you, خدا شمارا نگاه دارد - By God! با لله - God forbid, خدا نکند - خدانخواسته - For God's sake, از براي خدا .

Godhead, *s.* [See Deity.]

Godlike, *a.* [See Divine.]

Going, *ppr.* روان - وارد .

Gold, *s.* زر - طلا - ذهب .

Golden, *a.* زرین - طلائي .

Goldsmith, *s.* زرگر - طلاکار.

Gone, *pp.* رفته - گذشته - ماضي .

Gonorrhœa, *a.* سوزك - آتشك .

Good, *a.* خوب - خوش - نیکو - نیك - حسن - Good morning, صباح الخیر - Good evening, مسا الخیر -

Good natured, نیك طبع - خوش مزاج - Good news, خوش خبر - بشارت - To make good, بجا آوردن - پرداختن - (*to prove by argument*) ثابت کردن - (*to supply deficiency*) نقصان پر کردن - To be good, خوش شدن - To do good, احسان نمودن - *ad.* خوش - خیر - خوب .

Goodness, *s.* نیکوئي - خیر - خوبي .

Goods, *s.* مال (*pl.* اموال) - جنس (*pl.* اجناس) - اسباب.

Goose, *s.* بط .

Gore, *s.* خون - دمّ . *v.* (*with horns*) شاخ زدن .

Gorgeous, *a.* شاهانه - بزرگوار .

Gossip, *s.* بیهوده گو - هرزه‌گو - *v.* گفگتو کردن .

Gourd, *s.* کدو - قرع .

Gout, *s.* (*taste*) لذت - (*disease*) نقرس . [حراست کردن.

Govern, *v.* فرمودن - حکومت کردن - سیاست نمودن .

Government, *s.* حکومت - حکم راني - عمل - فرمانذهي .

Governor, *s.* حاکم (*pl.* احکام) - عامل .

Gown, *s.* (*woman's*) پیشواز - (*man's*) جامه - نیمه .

Grace, *s.* (*favour*) عنایت - مهرباني - (*benefit*) احسان - نعمت - (*virtue*) فضیلت - (*pardon*) عفو - (*a privilege*) دستور - برات - (*beauty*) جمال - لطافت - خوشي - To say grace, شکر گفتن - The grace of God, تائید - توفیق .

Grace, *v.* آرایش دادن - ظرافت دادن - لطافت نمودن .

Graceful, *a.* زیبا - ظریف - لطیف .

Graceless, *a.* شریر - کم بخت .

Gracious, *a.* شیرین - لطیف - ملاطفت - کریم .

Gradation, *s.* تدریج - درجه .
Gradually, *ad.* درجه بدرجه - قدم بقدم .
Grain, *s.* *(corn)* غله - دانه - To sow grain, کاشتن - کاریدن -
To gather in or lay up grain, غله در انبار - ذخیر کردن
نهادن - An ear full of grain, خوشهٔ مدحس - Grain
by grain, جوبجو .
Grammar, *s.* النحو - علم صرف - صرف - A grammar,
کتاب علم صرف و نحو .
Grammarian, *s.* نحوي - صرفي .
Grammatically, *ad.* بطور صرف و نحو .
Granary, *s.* انبار خانه - ذخیره خانه - خرمن گاه .
Grand, *a.* عظیم - کریم - بزرگ - کبیر .
Grandchild, *s.* *(by a son)* پسرزاده - *(by a daughter)* نبیره .
Grandee, *s.* شریف - عمده - امیر - خان - Grandees,
اعیان، مملکت - ارکان، مملکت - ارباب، دولت .
Grandeur, *s.* عظمت - بزرگي - دولت واقبال - حشمت .
Grandfather, *s.* جدّ - *(paternal)* جدّ صحیح - *(mater-*
nal) جدّ فاسد - پدر مادر .
Grandmother, *s.* جده .
Grandson, *s.* نواده - نبیره .
Grant, *v.* *(admit)* قبول کردن - موافق شدن - *(to bestow)*
بخشیدن - دادن - To grant permission, اجازت
[فرمان ; رخصت کردن - فرمودن .
Grant, *s.* بخشش - احسان - اجابت - قبول - سند -
Grape, *s.* انگور - عنب - A bunch of grapes, خوشهٔ انگور .

Dried grapes, raisins, مويز - A grape-stone, دانه انگور.
Grapple, *v.* (*seize*) گرفتن - (*to seize with a hook*) با خطّاف گرفتن - (*to contend*) اختلاف نمودن .
Grasp, *v.* گرفتن - بدست گرفتن - *s.* قبض - پنجه - تصرف .
Grass, *s.* گیا - گاه - نبات .
Grasshopper, *s.* ملخ - جراد .
Grate, *s.* آتش تاب - آتش دان - *v.* سودن - صرّ نمودن - قفس کردن - اضطراب کردن
Grateful, *a.* وفادار - شُکران - (*agreeable*) پسندیده - دلخوش - (*delightful*) خوش مزه .
Gratification, *s.* خوشي - فرحت - عيش - عشرت - انعام .
Gratify, *v.* خاطر نواز کردن - کامران ساختن - دل آویختن .
Gratis, *s.* مُفت - رایگان - بلاعوض .
Gratitude, *s.* شُکر - وفاداري - شُکر گذاري .
Gratuitous, *a.* مُفت - رایگان - بي دليل .
Gratuity, *s.* بخشش - انعام - اجر .
Grave, *s.* گور - قبر - تُربت .
Grave, *a.* (*solemn*) هيبتوار - شکوهمند - (*deep in sound*) ابم - نرم - (*not showy*) ناتابدار - نا روشن .
Gravel, *s.* سنگ ريزه - خرسنك - ريگ - حصا .
Gravity, *s.* سنجيدگي - شکوه - هيبت - (*weight*) سنگيني - گراني .
Gravy, *s.* گوشت, اشك - اشك, اهم . [سفيد موي .
Gray, *a.* سنجابي - خاکستري - Gray hair, موي پخته -

Graze, *v.* چریدن - رعي كردن .

Grease, *s.* چرب - پیه - روغن - *v.* با روغن اندودن.

Great, *a.* (*illustrious, distinguished*) عظیم - بزرگوار - مشهور - عالي - (*powerful*) قادر - توانا - (*large of size*) كلان - بزرگ - (*principal*) مطلق - اصلي - (*intimate*) آشنا - همدم - (*violent*) شدید - Great in number, بسیار - A great deal, بسیار - Of great value, گران بها - To become great, بزرگ شدن - To make great, تعظیم كردن - How great? چند - چندیني - So great, چندان - چندین .

Greatness, *s.* بزرگي - دولت و اقبال - جاه - مرتبه .

Greece, *s. p.* یونان - روم - Grecian, یوناني - رومي .

Greediness, *s.* آز - حرص - طمع - رغب.

Greedy, *a.* آزمند - حریص - طمعكار - راغب .

Green, *s.* (*in colour*) سبز - علف رنگ - Very green, سر سبز - (*fresh*) تازه - تروتازه - (*not dry*) ناخشك - (*pale, sickly*) زرد - پژمرده - (*young, unripe*) جواني - نارسیده - (*inexperienced*) ناكار آزموده - A light green, اشهب اخضر - A dark green, غینا - To make green, سبز كردن - To become green, سبز گشتن .

Greenness, *s.* سبزي - خضرت - خامي - نا آزموده كاري.

Greet, *v.* سلام دادن - خطاب كردن .

Greyhound, *s.* سگ تازي .

Grief, *s.* غم - الم - اندوه - كدورت - رنج - درد - آزار - To cause grief, غمگین كردن - غم دادن .

Grievance, *s.* ظلم - آزار - جور - جفا - ستم - جبر .

Grieve, *v.* (*vex*) آزردن - رنج دادن - آزار دادن - (*to mourn*) افسوس کردن - غم خوردن .

Grievous, *a.* آزارساز - دردناک - غمناک - دلگیر .

Grimace, *s.* رو کشي - لهع .

Grind, *v.* سائدن - مالیدن - آسیدن - سحق کردن - جور کردن .

Grindstone, *s.* سنگ آسیا .

Groan, *v.* آه زدن - نالیدن - زاریدن - فغان زدن .

Grocer, *s.* بقال - شکر فروش - عطار .

Groom, *s.* سائس - نفر .

Groove, *s.* جوف - ناو - شکاف .

Gross, *a.* جسیم - عظیم - کلان - غلیظ - درشت - ناپاک - بي تراکت - بي ادب - احمق .

Ground, *s.* زمین - ارض - تراب - خاک - The surface of the ground, روي زمین - A race ground, میدان - (*origin*) بنیاد - (*cause*) باعث - سبب - *v.* بر زمین نشاندن .

Groundless, *a.* بي سبب - ناحق - بلا دلیل .

Group, *s.* مجموع - جمع - اژدحام - *v.* جمع آوردن - جماعت نمودن .

Grove, *s.* درختستان - باغ .

Grow, *v.* (*vegetate*) رستن - روئیدن - (*increase*) ازدیاد کردن - To grow tall, بالیدن - To cause to grow, رویانیدن - To grow by degrees, قدم بقدم رسیدن - (*accrue*) بدفع آمدن - To grow together, چسپیدن .

Growth, *s.* ترقي - ازدیاد - رویندگي .

Grub, *s.* حیت - خرك . *v.* کندن .

Grudge, *v.* حسد بردن - لندش کردن - دریغ داشتن -
s. کین - عداوت - زباندرازي - افسوس .

Gruel, *s.* شوربا - آش .

Grumble, *v.* لندیدن - دمدمه کردن - غوغا کردن .

Guarantee, *s.* ضامن - حمیل - کفیل . *v.* ضامن دادن .

Guard, *s.* نگهبان - پاسبان - حارس - هوشیاري .

Guard, *v.* حراست کردن - پاسباني کردن - نگاه داشتن .

Guardian, *a.* امین - حافظ - نگاه بان - حامي .

Guess, *s.* قیاس - خیال - وهم - گمان - *v.* قیاس کردن -
خیال کردن .

Guest, *s.* مهمان - مسافر - غریب .

Guidance, *s.* رهنماي - ره بري - پیشوائي .

Guide, *s.* راهنما - راهبر - *v.* راهنماي کردن - دلالت کردن .

Guile, *s.* حیله - حیله بازي - فریب - مکر .

Guilt, *s.* گناه - خطا - جرم - تقصیر .

Guilty, *a.* گناه گار - تقصیر وار - مجرم .

Gulf, *s.* خلیج - (*abyss*) جاي بي ته - (*whirlpool*) گرداب .

Gum, *s.* (*of the mouth*) بن دندان - (*vegetable substance*) صمغ

Gun, *s.* مدفع - توپ - بندوق - To fire a gun, توپ سردادن .

Gunner, *s.* گول انداز - توپ انداز .

Gunpowder, *s.* باروت - داروي بندوق .

Gunshot, *s.* ضرب توپ .

Gust, *s.* (*of wind*) نفحت - درر .
Gut, *s.* روده - معي .
Gutter, *s.* آبريز - آبغاله .
Guttural, *a.* (*pronounced in the throat*) در حلقوم تلفظ ماختن - (*belonging to the throat*) حلقوم منسوب - A guttural letter, حرفِ حلقي .
Gymnasium, *s.* كُشتي گاه .
Gymnastic, *s.* (*exercise*) كُشتي-(*athletic man*) پهلوان .

H.

Habit, *s.* عادت - خو - دستور - (*dress*) لباس .
Habitable, *a.* قابل استقامت .
Habitation, *s.* مكان - مكونت - مسكن - حويلي .
Habitual, *a.* دستور - رسمي - رواج - عادتي - معمول .
Habituate, *v.* استعمال كردن .
Haggard, *a.* بد صورت - لاغر - زشت .
Hail, *s.* ژاله - برد-(*a term of salutation*) سلام - مبارك'.
Hail, *v.* سلام دادن - سلام كردن صاحب سلامت .
Hair, *s.* مو - موي - هلب .
Hairy, *a.* مويدار - موئينه .
Hale, *a.* تندرست - خوش .
Half, *a.* نصف - نيم - The other half, نيمِ ديگر .
Hall, *s.* ايوان - (*of audience*) ديوان خانه - (*a court of justice*) عدالت .

Halloo, *v.* بانگ بر زدن - خروشیدن .

Hallow, *v.* تقدیس کردن - مقدس کردن .

Halt, *v.* (*on a march*) مقام کردن - (*to stop*) قایم بودن - (*to limp*) لنگیدن - *s.* مقام - اقامت .

Halter, *s.* سرافراز - رسن - *v.* باحبل بستن .

Halve, *v.* دونیم کردن - نصف کردن .

Ham, *s.* ران .

Hammer, *s.* چاکوچ - چدبه - *v.* کوفتن - ضرب کردن .

Hamper, *s.* زنبیل - کوفه - *v.* اضطراب کردن - آشفتن .

Hand, *s.* دست - ید - The right hand, دست راست - The left hand, دست چپ - The palm of the hand, کف دست - To give the hand, دست دادن - To take the hand, دست گرفتن - To clap the hands, تصدیق کردن - To write a fine hand, خوش خط نوشتن - Hand in hand, دست بدست - Hand to hand, کارزار - Before-hand, اولاً - Under-hand, حیله باز - At hand, قریب - نزد .

Handful, *s.* پر مشت - دسته .

Handicraft, *s.* دست کاری - دست قابلیت - تیزدستی .

Handkerchief, *s.* رومال - دستمال .

Handle, *s.* دسته - قبضه - (*pretence*) بهانه .

Handle, *v.* دست نهادن - (*to deal with*) معامله کردن - بیان کردن .

Handmaid, *s.* کنیز - جاریه .

Handmill, *s.* دست آسیا .

Handsome, *a.* خوب صورت - خوش نما - حسین - جمیل .
Handsomely, *ad.* به خوبي - کریمانه - به جوان مردي .
Handwriting, *s.* دست خط .
Handy, *a.* دست کار - تیزدست - دست قابل - تیار .
Hang, *v.* (*up*) آویختن - (*to kill by suspending by the neck*) بردار کشیدن - (*to be suspended*) آویخته شدن - (*to be strangled*) مصلوب بودن - (*to drag or linger*) تاخیر شدن - (*to be in a dependent state*) تابع بودن - (*to impend*) مشرف بودن - (*to display*) اظهار کردن - To cause to hang up, آویزانیدن - (*to be in suspense*) درگمان بودن .
Hangings, *s.* دیوار گیري - پرده .
Hangman, *s.* جلاد - بردارگر .
Hanker, *v.* میل داشتن - رغبت کردن .
Hap, *s.* اتفاق - سرگذشت - حادثه - قسمت - بخت .
Hapless, *a.* کم بخت - بي نصیب .
Haply, *ad.* شاید - اتفاقاً - مگر .
Happen, *v.* واقع شدن - وارد شدن - صادر شدن .
Happily, *ad.* به خیر و خوبي - بالخیر - با دولت و اقبال .
Happiness, *s.* خوشي - سعادت - آسوده حالي - کامراني.
Happy, *a.* خوش - شاد - خیر - سعادت مند - کامران - مبارک.
Harangue, *s.* کلام - تقریر - خطاب - سخن - *v.* کلام کردن .
Harass, *v.* تکلیف دادن - تصدیع کردن - ایذا دادن .
Harbinger, *s.* پیش ران - مقدم - پیشرو .

Harbour, *s.* (*for shipping*) بندر -(*asylum*) پناه - ملجا - *v.* پناه گرفتن - پناه دادن .
Hard, *a.* (*firm, solid*) سخت -(*difficult*) دشوار - مشکل - (*oppressive*) شدید - ظالم - (*distressful*) زحمت دار - (*unfeeling*) بي رحم - (*stingy*) تنگ چشم - Hard by, قریب - نزدیك - بمشقت - بمحنت - جلد - شتاب - بزور - بشدت - Hard to get, نایاب .
Harden, *v.* سخت کردن - برقرار کردن .
Hardhearted, *a.* سنگ دل - بي رحم - بي درد .
Hardiness, *s.* دلیري - مضبوطي - گستاخي - تندرستي .
Hardly, *ad.* بمشکل - بدشواري - بدرشتي .
Hardness, *s.* مضبوطي - سنگیني - سختي - دشواري .
Hardship, *s.* سخت محنت - تصدیع - رنج - مصیبت .
Hardware, *s.* اسباب آهن .
Hardy, *a.* مضبوط - شاه زور - قوي - دلیر - مردانه .
Hare, *s.* خرگوش - دراز گوش .
Hare-brained, *a.* هواس باخته .
Harem, *s.* حرم سرا - زنانه .
Hark! *int.* شنو - *v.* استماع کردن - سرگوشي کردن .
Harlot, *s.* کسبي - فاحشه - زانیه - روسپي .
Harm, *s.* نقصان - زیان - ضرر - زبوني - ظلم - تقصیر .
Harm, *v.* نقصان کردن - زیان کردن .
Harmless, *a.* بي نقصان - بي گناه .
Harmonious, *a.* هم آهنگ - خوش آواز .
Harmony, *s.* هم آهنگي - هم سازي - اتحاد - موافقت .

Harness, *s.* ساز - سامان - سرانجام - *v.* ساز نهادن .
Harp, *s.* بربط - چنگ - To play upon a harp, نواختن .
Harper, *s.* بربط نواز - بربط سراي .
Harsh, *a.*(*to the taste*) تلخ-ترش - (*to the ear*) نا خوش - (*in disposition*) درشت - ترش مزاج .
Harshness, *s.* سختي - تلخي - درشتي - شدت .
Hart, *s.* بازو - آهو .
Harvest, *s.* فصل - خرمن - محصول .
Haste, *s.* شتابي - چالاكي - زودي - جلدي .
Hasten, *v.* شتابي كردن - شتافتن - تعجيل كردن .
Hastily, *ad.* از جلدي - شتابان - بي تدبير .
Hasty, *a.* جلد - شتاب - زود - تند خو .
Hat, *s.* كلاه - تارپوش - سرانداز .
Hatchet, *s.* تبر - تيشه .
Hate, *v.* نفرت كردن - كينه داشتن - كراهيت كردن - دشمني كردن . *s.* كينه - كراهيت - دشمني .
Hateful, *a.* مكروه - كريه - نامعقول .
Hatred, *s.* نفرت - كراهيت - دشمني .
Haughtiness, *s.* غرور - مغروري - تكبر .
Haughty, *a.* مغرور - متكبر .
Haunt, *v.* آمد و رفت كردن - *s.* جاي آمد و رفت .
Have, *v.* داشتن - يافتن - دخل كردن - در تصرف آوردن.
Havoc, *s.* خرابي - تباهي - ويراني .
Hawk, *s.* باز - جرا - شكره .
Hay, *s.* علف - گياه خشك .

Hazard, *s.* (*accident*) سرگذشت - اندیشه - (*danger*) خطر - (*a game at dice*) قمار بازي - *v.* درخطر انداختن .
He, *pron.* او - وي - آن .
Head, *s.* سر - راس - A head, سردار - سرور - (*intellect*) عقل - (*source*) اصل .
Head, *v.* سردار شدن - سالار شدن - حکومت کردن .
Headache, *s.* درد سر - صداع .
Headland, *s.* سر زمین - سر جبل - راس .
Headlong, *a.* سرنگون - بي اندیشه - ناگاه .
Headstrong, *a.* سرکش - سر زور - خودبین .
Heal, *v.* شفا دادن - آرام کردن - رفع کردن .
Health, *s.* تندرستي - صحت - آرام - عافیت .
Healthy, *a.* تندرست - صحیح و سلیم .
Heap, *s.* انبار - توده . *v.* انبار کردن - جمع کردن .
Hear, *v.* شنودن - شنیدن - گوش دادن .
Hearer, *s.* سامع - شنونده .
Hearing, *s.* استماع - مستمع - The sense of hearing, قوت سامعت .
Hearken, *v.* [See Hear.]
Hearsay, *s.* افواه - شهرت - گفت وگو .
Heart, *s.* دل - قلب - خاطر - درون - مغز - ضمیر - Ravishing the heart, دلربا - Rejoicing the heart, دلفروز - That which the heart desires, دلخواه - Pure of heart, صافي دل - Heart-break, دل شکستگي - With heart and soul, با دل و جان -

Soothing the heart, دلاسا - (*courage*) دلیري - Belonging to the heart, قلبي - By heart, خاطرنشان - ازبر - Hard-hearted, دل آزار - Heart-ache, دردِ دل - Heart-burn, دلسوخته - Heart-felt, دل گیر .

Hearth, *s.* آتشدان - آتشلك .

Heartily, *ad.* به دل و جان - به شوق - صادقانه .

Heartless, *a.* بي دل - نامرد - بي رحم - سنگدل .

Hearty, *a.* تندرست - قوي - سرگرم - صادق - صاف دل .

Heat, *s.* گرمي - تاب - حرارت - آتش مزاج .

Heat, *v.* گرم کردن - بجوش آوردن .

Heathen, *s.* بت پرست - ملحد - کافر .

Heathenism, *s.* بت پرستي - کفر - جهليت .

Heave, *v.* [See Raise.] - .

Heaven, *s.* آسمان - فلك - بهشت - جنت .

Heavenly, *a.* آسماني - فلكي - بهشتي .

Heavily, *ad.* باگراني - باسنگيني .

Heaviness, *s.* رنج - غم - گراني - حماقت - آهستگي .

Heavy, *a.* سنگين - ثقيل - (*sad*) غم ناك - غمگين - (*lazy*) مست - كاهل - (*dull in understanding*) دشوار - احمق - (*drowsy*) سر گران - (*oppressive*) ظالم - (*not sprightly*) ناشوخ .

Hebrew, *s.* عبراني - عبري - يهودي .

Hedge, *s.* خاربند - احاط .

Hedgehog, *s.* خار پشت .

Heed, *v.* [See Attend.]

Heel, *s.* پاشنه - عقب - کعب .

Height, *s.* بلندي - بالاي - فرازي - کمال - تمام .

Heighten, *v.* بلند کردن - زیاده کردن - برداشتن .

Heinous, *a.* شریر - شدید - زبون - سخت .

Heir, *s.* وارث - حقدار .

Heir-apparent, *s.* ولي عهد .

Hell, *s.* دوزخ - سقر - جهنم - Hellish, دوزخي .

Helm, *s.* خلاش - خل - *v.* خله گرفتن .

Helmet, *s.* خود - مغفر .

Help, *s.* مدد - امداد - مدد گاري - دست گيري - دست - استعانت .

Help, *v.* مدد کردن - امدادکردن - ياري کردن - دست دادن .

Helpful, *a.* مددگار - معاون - مفيد .

Helpless, *a.* بي چاره - لاچار - بي مقدور .

Hemisphere, *s.* نصف الارض .

Hemistich, *s.* مصرع .

Hemp, *s.* کنو - کنب .

Hen, *s.* مرغي - ماکيان .

Hence, *ad.* (*from this place*) از اينجا - (*for this reason*) ازاين سبب - (*away!*) دور شو - برو .

Henceforth, *ad.* ازين وقت - بعد ازين - آئنده .

Heptagon, *s.* هفت گوشه - هفت پهلو .

Her, *pron.* اورا - به او .

Herald, *s.* مبادي - پيشرو .

Herb, *s.* گیاه - سبزه - نبات .
Herbage, *s.* سبزه .
Herd, *s.* گلّه - گروه - رمه - *v.* گروه کردن - حلقه کردن .
Herdsman, *s.* گلّهبان .
Here, *ad.* اینجا - Here and there, اینجا - آنجا .
Hereafter, *ad.* بعد ازین - آینده .
Hereby, *ad.* ازین میان - از این .
Hereditary, *a.* موروثي - ملکي .
Herein, *ad.* درین .
Heresy, *s.* بدعت - إلحاد - رافضت .
Heretic, *s.* ملحد - رافضي .
Herewith, *ad.* با این - بدین .
Heretofore, *ad.* پیشتر - قدیم، در ایام .
Heritage, *s.* میراث - وراثت - ورثه .
Hermaphrodite, *s.* خنثي - مخنث .
Hermit, *s.* گوشه نشین - صحرا نشین - زاهد .
Hermitage, *s.* گوشه - حجره - خلوت خانه .
Hero, *s.* بهادر - غازي مرد - دلاور - پهلوان .
Heroism, *s.* بهادري - شجاعت - جراءت - دلیري .
Heron, *s.* بوتیمار - ماهيخوار .
Hesitate, *v.* پس و پیش کردن - وسواس کردن - شك کردن .
Hesitation, *s.* پس و پیش - وسواس - تردد - گمان .
Heterodox, *a.* خلاف، دین - بدعتي - خارجي .
Heterogeneous, *a.* نا موافق - غیر جنس - مخالف .

Hew, *v.* رندیدن - بریدن - تراشیدن .
Hexagon, *s.* شش پهلو - شش گوشه .
Hidden, *a.* مخفي - نهفته - پوشیده .
Hide, *v.* رو پوش شدن - پنهان کردن - پوشیدن - پوشیده کردن .
Hide, *s.* پوست - جلد .
Hideous, *a.* خوف ناک - مکروه - بد صورت - زشت رو .
High, *a.* بلند - فراز - بالا - عالي - High-minded, پاک نژاد - شریف - High-born, گران - متکبر - مغرور .
Highland, *s.* کوهستان - جبلي .
Highly, *ad.* متکبرانه - زیاده - به شدت - نهایت .
Highness, *s.* (*elevation*) بلندي - (*royal title*) حضرت - جناب عالي .
Highway, *s.* طریق عام - شاه راه .
Highwayman, *s.* راهبان - رهزن .
Hilarity, *s.* خوش حالي - خوش دلي .
Hill, *s.* جبل - کوه - پشته .
Hilly, *a.* کوهسار .
Him, *pron.* اورا - به وي - Himself, او خود .
Hind, *s.* آهوماده - غزال - دهقان . *a.* عقب .
Hinder, *v.* منع کردن - مزاحمت کردن - *a.* آخر - پسین .
Hinderance, *s.* مزاحمت - ممانعت - تعرض - مانع .
Hinge, *s.* ارماده - قبضه . *v.* جارور نهادن .
Hint, *s.* اشاره - رمز - *v.* اشاره کردن - رمز کردن .
Hire, *s.* کرایه - مزدوري - اجوره - *v.* (*take on hire*)

بکرایه گرفتن - (*to rent*) اجاره کردن - (*let in farm*)
اجاره دادن - (*bribe*) رشوت دادن.

Hireling, *s.* اجوره دار - مزدور.

Historian, *s.* راوی - مورخ - تواریخ نویس.

History, *s.* تواریخ - داستان - قصه - روایت - حدیث.

Hit, *v.* ضرب کردن - زدن - *s.* ضرب - کوب.

Hither, *ad.* بدین طرف - اینسو.

Hitherto, *ad.* هنوز - تاحال.

Hive, *s.* جمع زنبور عسل.

Hoard, *s.* مایه - جمع - گنج - *v.* جمع کردن - گنج کردن.

Hoarse, *a.* گلو گرفته - آواز گرفته.

Hoary, *a.* سفید مو - پخته مو.

Hog, *s.* خوک - خنزیر.

Hoist, *v.* برداشتن - بلند کردن - افراختن - بالا کشیدن.

Hold, *v.* گرفتن - داشتن - گنجیدن - To hold back, خودرا باز داشتن - منع کردن - باز داشتن - To hold in, To hold forth (*show*), نمودن - (*to harangue*) سخن راندن - To hold off, دفع کردن - To hold on (*continue*), مداومت نمودن - (*to proceed*) پیش رفتن - To hold out, دست دراز کردن - (*to offer*) عرض نمودن - (*to last*) ماندن - To hold together, درهم گرفته شدن - (*to be joined*) پیوسته شدن - To hold up, برداشتن.

Hold, *s.* (*grasp*) گرفت - (*support*) قوت گیر - اعتماد - (*prison*) زندان - (*custody*) گرفتاری - (*power*) قدرت - The hold of a ship, بطن جهاز.

Hole, *s.* ثقب - سوراخ .
Holiday, *s.* عيد - روزِ جشن .
Holiness, *s.* پارساي - تقديس - تقوى .
Hollow, *a.* ميان تهي - خالي - مجوّف - ريا كار - بي وفا .
Holy, *a.* پاك - پارسا - مقدّس - Holy-writ, كتاب مقدّس .
Homage, *s.* فرمان برداري - اطاعت - بيعت .
Home, *s.* مكان - وطن - مالك - خانه - بيت - سرا .
Homely, *a.* ساده - ناتراشيده - نزاكت - بي .
Home-made, *a.* خانه ساز - خانگي .
Homicide, *s.* مردم كُش - خوني - قتّال .
Homogeneous, *a.* هم جنس - يكسان - موافق .
Honest, *a* راست باز - ديانت دار - صالح - صادق .
Honestly, *ad.* به راستي - صالحانه - صادقاً .
Honesty, *s.* راستي - ديانت - صدق .
Honey, *s.* شهد - عسل - انگبين . Honeycomb, شهد خانه .
Honor, *s.* (*reverence*) آبرو - حرمت - عزت - (*chastity*) عصمت - پاكي (*magnanimity*) دليري - مردانگي - (*reputation*) ناموري - شهرت .
Honorable, *a.* صاحبِ عزت - محترم - آبرودار - صادق .
Honorary, *a.* عزت بخش - فاخره .
Hood, *s.* كلاه - سرپوش .
Hoof, *s.* سمّ - نعل .
Hook, *s.* قلاب - خطاف - *v.* با قلابه گرفتن - در دام گرفتن .
Hoop, *s.* حلقه - (*of a barrel*) چنبر - آهنج .

Hop, *v.* رقص کردن - *s.* تك - رقص .

Hope, *s.* امید - توقّع - *v.* امیدوار شدن - امید داشتن - توقّع .

Hopeful, *a.* امیدوار - متوقع .

Hopeless *a.* نا امید - مایوس - لاچار .

Horde, *s.* اُردو - طایفه - گروه .

Horizon, *s.* اُفق - کنارهٔ آسمان .

Horizontally, *ad.* درطریق مُساوي .

Horn, *s.* شاخ - قرن (*pl.* اقرون .)

Horned, *a.* شاخدار - صاحب القرن .

Hornet, *s.* زنبور - خرگیز .

Horny, *a.* شاخي - از قرن ساخته .

Horoscope, *s.* اختر - طالع - برج، بخت .

Horrible, Horrid, } *a.* هول ناك - هیبت ناك - وحشت انگیز - مکروه .

Horror, *s.* هیبت - هول - وحشت - نفرت .

Horse, *s.* اسپ - فرس - مرکب - Horseback, سوار - راکب . Horse-breaker, چابك سوار - Horse-dealer, اسپ فروش - Horse-doctor, بیطار - Horseman, سوار - شاه سوار - Horse-race, اسپ دوري - Horse-shoe, نعل - نعل، اسپ .

Horticulture, *s.* باغ باني .

Hose, *s.* موزه - جورب .

Hosier, *s.* موزه فروش - جورب گر .

Hospitable, *a.* مهمان پرور - سیاح دوست .

Hospital, *s.* بیمار خانه - دارالشفا .

Hospitality, *s.* مهمان داري - ميزباني - ضيافت .
Host, *s.* مهماندار - ميزبان - صاحب خانه - لشكر .
Hostage, *s.* يرغمال - كئيل .
Hostess, *s.* كدبانو - مهمان‌دارزن .
Hostile, *a.* مخالف - دشمني .
Hostility, *s.* مخالفت - دشمني - عداوت .
Hot, *a.* گرم - تابدار - تيز - آتشين - مست .
Hound, *s.* سگ شكار - صيود .
Hour, *s.* ساعت - مطوت - Hour-glass. شيشه ساعت.
Hourly, *a.* هرساعت .
House, *s.* مكان - خانه - بيت - خاندان - نصل - مجلس.
Household, *s.* خاندان - اهل بيت .
Housekeeping, *s.* خانه داري - نفقه .
Housewife, *s.* كد بانو - زن خانه دار
Housewifery, *s.* خانه داري .
Housing, *s.* زين پوش - جل.
How, *ad.* چگونه - چون - How long? تا كي - How often? چندبار - How many? چند - How great? چند - چقدر .
However, *ad.* وليكن - مگر .
Hue, *s.* رنگ - گون - Hue-and-cry (*legal pursuit*), [داد و فرياد .
Huge, *a.* كلان - عظيم - بزرگ - بيندازه .
Hull, *s.* جرم جهاز .
Hum, *v.* دندنه كردن - رمشن .
Human, *a.* انساني - بشري - Human nature, آدميت .

Humankind, *s.* بشر - A human being, آدم زاد .
Humane, *a.* دردمند - رحم دل - حليم - نرم.
Humanity, *s.* آدميت - انسانيت - نرم دلي - دردمندي .
Humble, *a.* غريب - مسكين - فروتن - خاكسار .
Humble, *v.* تحقير كردن - فروتن داشتن - حليم كردن .
Humbly, *ad.* حقيرانه - به فروتني - به عاجزي .
Humid, *a.* نم - تر - آبي - نمناك .
Humidity, *s.* نمي - تري - رطوبت - طراوت .
Humiliation, *s.* فروتني - وضاعت - تواضع .
Humility, *s.* انكساري - خاكساري - غريبي :
Humorous, *a.* خوش طبع - لطيفه گو .
Humour, *s.* (*moisture*) تري - آب - (*temper*) مزاج - خو -
(*jocularity*) بذله - لطيفه - (*caprice*) خود سر .
Humour, *v.* مرضي داشتن - خاطر داشتن - نواختن .
Hump, *s.* كوهه - كوزه - Hump-backed, كوزه پشت -
Hundred, *a.* صد - A hundred fold, صدتا .
Hunger, *s.* گرسنگي - اشتها .
Hungry, *a.* گرسنه - جوعان .
Hunt, *v.* شكار كردن - صيد كردن - *s.* شكار - صيد .
Hunter, Huntsman, } *s.* شكاري - صيادي .
Hurra, *int.* آفرين صد آفرين - شاباش .
Hurricane, *s.* طوفان - گردباد .
Hurry, *s.* شتابي - جلدي - تكاپو - *v.* جلدي كردن - شتابيدن ;
Hurt, *s.* زخم - زيان - ضرب ,

Hurt, *v.* ایذا کردن - رنجیدن - نقصان کردن - آزردن .
Hurtful, *a.* زبون - زیان کار - مضرر .
Husband, *s.* زوج - خاوند - شوهر - خصم .
Husbandman, *s.* دهقان - مزارعي - کشت کار .
Husbandry, *s.* زراعت - کشت کاري .
Hush, *int.* خاموش - *v.* ساکت بودن - خاموش کردن .
Husk, *s.* قشر - پوست .
Hut, *s.* زاویه - خرگاه - خانهٔ کوچك .
Hyacinth, *s.* (*flower*) سنبل هندي - (*gem*) قسم جوهر .
Hydraulics, *s.* علم آب شناسي .
Hydrometer, *s.* آب پیمانه .
Hydrophobia, *s.* قسم مرض - نفرین آب .
Hymn, *s.* آلهي سرود - *v.* تسبیحات خواندن .
Hypocrisy, *s.* مکر - ریاکاري - ریا .
Hypocrite, *s.* مکر آمیز - مکار - ریاکار .
Hypothesis, *s.* اندازه - قیاس .

I.

I, *pron.* من (*pl.* ما - مایان) - I myself, من خود .
Ice, *s.* یخ - جمد - An ice-house, یخدان .
Idea, *s.* تصور - وهم - خیال .
Ideal, *a.* متصور - وهي - خیالي .
Identity, *s.* هماني - یکساني .
Idiom, *s.* اصطلاح - روزمره - محاوره .

Idiot, *s.* ابله - احمق - بيوقوف .
Idle, *a.* (*lazy*) مست - كاهل - (*unemployed*) بيكار -
(*trifling*) هرزه . *v.* بي كار شدن .
Idleness, *s.* مستي - كاهلي - بي كاري .
Idol, *s.* بت - صنم - نگار .
Idolater, *s.* بت پرست - ملحد .
Idolatry, *s.* بت پرستي - عبادت صنم .
Idolize, *v.* پرستيدن - عزيز داشتن - محبوب داشتن .
If, *con.* اگر - گر - And if, ور - وگر - But if, اما - If not, اگرنه .
Ignoble, *a.* بد اصل - كمينه - ناجنس - فرومايه .
Ignominious, *a.* رسوا - بد نام - قبيح - معيوب .
Ignominy, *s.* رسوائي - بدنامي - فضيحت .
Ignorance, *s.* نادانى - جهالت - بي وقوفي .
Ignorant, *a.* نادان - جاهل - بي وقوف .
Ignorantly, *ad.* ندانسته - جاهلانه .
Ill, *a.* (*bad*) بد - خراب - زبون - (*indisposed*) بيمار - ناساز .
Illegal, *a.* خلاف شرع - حرام - نا درست .
Illegible, *a.* ناخواندني - بدخط .
Illegitimacy, *s.* حرام زادگي - بد اصلي .
Illegitimate, *a.* حرام زاده - بد اصل - ولد الزنا .
Illiberal, *a.* تنگ دست - بد اصل - حيله باز .
Illiterate, *a.* نا خوانده - جاهل - نادان .
Ill-favoured, *a.* زشت رو - بد صورت .
Ill-nature, *s.* بد خوي - بد باطني - بد نهادي .
Ill-natured, *a.* بد مزاج - بد باطن - بد نهاد .

Illness, *s.* بيماري - مرض - آزار - خرابي.
Ill-treatment, *s.* بد سلوك - بد معامله.
Illude, *v.* فريب دادن.
Illuminate, *v.* افروختن - روشن كردن - منور كردن.
Illumination, *s.* تاب - تجلّي - روشني - فروغ.
Illusion, *s.* فريب - خيال - تصوّر.
Illustrate, *v.* تفسير كردن - واضح كردن - بيان كردن.
Illustration, *s.* تفسير - بيان - تعبير - شرح.
Illustrative, *a.* مُبيّن - مُشرّح.
Illustrious, *a.* نامور - مُمتاز - بزرگوار.
Image, *s.* نگار - شكل - بُت - صنم - *v.* شكل كردن.
Imaginable, *a.* قابل قياس و گمان - متصوّر.
Imaginary, *a.* خيالي - گماني - وهمي.
Imagination, *s.* خيال - قياس - وهم - تصور - گمان.
Imagine, *v.* خيال كردن - قياس كردن - گمان كردن.
Imbecility, *s.* ناتواني - ضعف - كم ذهني - كم عقلي.
Imbibe, *v.* جذب كردن - نوشيدن - شرب كردن.
Imitable, *a.* قابل تقليد - تتبع پذير.
Imitate, *v.* (*copy*) نقل كردن - پي روي كردن - (*to counterfeit*) صورت معامله كردن - (*to imitate another's hand*) تقليد كردن.
Imitation, *s.* پيروي - تتبع - تقليد - نقل.
Imitator, *s.* ناقل - پس رو - متابع.
Immaterial, *a.* بي وجود - غير مادّي - نا مُضايقه - بي قدر.

Immature, *a.* (*not ripe*) خام - نا پخته - نا رسیده - (*unseasonable*) بي وقت - (*not perfect*) نا کامل .

Immeasurable, *a.* بي اندازه - بي حد - بي انتها .

Immediate, *a.* قريب - بالفعل - في الفور .

Immediately, *ad.* فورا - در حال - يکايك - في الفور .

Immemorial, *a.* قديم - سابق - بلاياد .

Immense, *a.* بي نهايت - بي قياس - بي پايان .

Immensely, *ad.* نهايت - بي کثرت - بيرون حد .

Immerge, } Immerse, } *v.* غرق کردن - غوطه دادن .

Immersion, *s.* غرق - غوط .

Immethodical, *a.* بي انتظام - بي أسلوب - بي طور .

Imminent, *a.* نزديك - قريب - مشرف .

Immoderate, *a.* بي اندازه - بي حد - نهايت .

Immodest, *a.* بي حيا - بي شرم .

Immodesty, *s.* بي حيائي .

Immolate, *v.* قرباني کردن - ذبح کردن - فدا کردن .

Immoral, *a.* بد کردار - بد وضع - زبون .

Immorality, *s.* بدکاري - بدي - زبوني .

Immortal, *a.* بي مرگ - لا زوال - باقي - قيوم .

Immortalize, *v.* نامور کردن - نامدار کردن - باقي داشتن .

Immovable, *a.* قايم - مستقيم - نا روان .

Impair, *v.* کم کردن - نقصان کردن - کاستن .

Impart, *v.* واقف کردن - آگاه کردن - دادن .

Impartial, *a.* عادل - منصف - بي غرض - صادق .

Impartiality, *s.* عدل - انصاف - بي طريق .
Impassable, *a.* بي گذار - بند - بي طريق .
Impatience, *s.* بي صبري - بي استقلالي - تيز مزاجي .
Impatient, *a.* بي صبر - بي استقلال - تيز مزاج .
Impeach, *v.* برآمد كردن - نالش كردن .
Impeachment, *s.* برآمد - نالش - دعوي .
Impede, *v.* مزاحمت كردن - منع كردن - تعرض كردن .
Impediment, *s.* مزاحمت - منع - ممانعت .
Impel, *v.* رالدن - سوق كردن - جهاليدن .
Impending, *a.* قريب - نزديك - مشرف .
Impenetrable, *a.* نا دخول پذير - بي گذاره .
Imperative, *a.* فرماني - حكومتي - *s.* امر .
Imperceptible, *a.* نا معلوم - نا آشكار - غير نمود .
Imperfect, *a.* ناتمام - نا كامل - ناقص .
Imperfection, *s.* عيب - قصور - كمي - ناقص .
Imperial, *a.* پادشاهي - شاهانشاهي - سلطاني .
Imperious, *a.* متكبر - مغرور .
Imperishable, *a.* لا زوال - نا مردني - باقي .
Impersonal, *a.* فعل بيفاعلي - امرغيب .
Impertinence, *s.* بي ادبي - گستاخي - بيهودگي .
Impertinent, *a.* ادب - گستاخ - بي هرزه - بيهوده .
Impetuosity, *s.* تيزي - تندي - گرمي - شدت - غلبه .
Impetuous, *a.* تيز - تند - گرم - شديد - غالب .
Impetus, *s.* تيز روي - زور - قوت .
Impiety, *s.* بي ديني - الحاد - كفر .

Impious, *a.* زنديق - كافر - ملحد - بي دين .
Implacable, *a.* سخت دل - سنگ دل - بي رحم .
Implant, *v.* نصب كردن - نشاندن .
Implement, *s.* سرانجام - آلت .
Implicate, *v.* پيچ كردن - گرفتار كردن .
Implicit, *a.* مفهوم - كامل - تمام .
Implicitly, *ad.* بلا عذر - تماماً - كاملاً .
Implore, *v.* منت كردن - التجا كردن - دعا كردن .
Imply, *v.* دلالت كردن - معني داشتن .
Impolite, *a.* نامناسب - نامعقول .
Import, *v.* (*bring into any country*) نقل - در آوردن
كردن - (*to infer*) معني داشتن .
Importance, *s.* مضايقه - قدر - گراني - ضرورت .
Important, *a.* عظيم - مهم - گران .
Importunate, *a.* منت كار - مقيد - متقاضي .
Importune, *v.* تصديع كردن - تقاضا نمودن .
Importunity, *s.* تكاپو - نازش - منت - تقاضا .
Impose, *v.* نهادن - Impose upon, عذر كردن - فريفتن .
Imposition, *s.* فرمان - فريب - حكم - تكليف - نهاد - وضع .
Impossibility, *s.* ناممكني - غير امكان .
Impossible, *a.* محال - ممتنع - غير ممكن .
Impostor, *s.* حيله باز - مكار .
Impotence, *s.* عدم قوت - ناتواني .
Impotent, *a.* ضعيف - بي مقدور - ناتوان .

Impracticable, *a.* نا ساختني. [سخره گرفتن.

Impress, *v.* نشان كردن - اثر كردن - خاطر نشين كردن -

Impression, *s.* نقش - اثر - تاثير - خيال.

Impressive, *a.* خاطر نشين - موثر - اثر گر.

Imprison, *v.* قيد كردن - محبوس كردن - بند كردن.

Imprisonment, *s.* قيد - حبس - بند.

Improbability, *s.* عدم احتمال - نا معقولي.

Improbable, *a.* بعيد از عقل - غير معقول - خلاف قياس.

Improper, *a.* نا مناسب - نا شائسته - نا سزا.

Improve, *v.* (*make better*) بهتر كردن - خوبتر كردن -
ترقي كردن - (*to edify*) تعليم نمودن.

Improvement, *s.* بهتري - ترقي - درستي - اصلاح.

Imprudent, *a.* بي تميز - بي تدبير - غافل - بي خبر.

Impudence, *s.* گستاخي - بي حيائي - بي شرمي - بي ادبي.

Impudent, *a.* گستاخ - بي حيا - بي شرم - بي ادب.

Impulse, *s.* قوت دفعت.

Impunity, *s.* بي سزائي - عدم عقوبت.

Impure, *a.* نا پاك - آلوده - پليد - نجس.

Impurity, *s.* نا پاكي - آلودگي - نجاست.

Impute, *v.* احتمال كردن - حمل كردن - تهمت كردن.

In, *pr.* در - اندر - درون - درميان - In fact, في الحقيقت.

Inability, *s.* ناتواني - ناقابليت - تنگ دستي.

Inaccessible, *a.* نا ياب - ممتنع.

Inaccuracy, *s.* غلطي - نا صحت - نا درستي.

Inaccurate, *a*. غير صحيح - غلط.
Inactive, *a*. كاهل - مجهول - بي شغل - مست.
Inanimate, *a*. مرده - افسرده - بي جان.
Inapplicable, *a*. نا مناسب - غير مطابق - نا موافق.
Inasmuch, *ad*. زيراكه.
Inattention, *s*. بي پروائي - بي خبري - غافلي.
Inattentive, *a*. بي پروا - بي خبر - غافل.
Inaudible, *a*. نا ممكن استماع.
Inauspicious, *a*. بد بخت - نا مبارك - بي طالع.
Incalculable, *a*. بي شمار - بي اندازه.
Incantation, *s*. سحر - جادو - افسون.
Incapable, *a*. بي عقل - بي قدرت - ناقابل.
Incapacity, *s*. عدم عقل - ناقابليت.
Incautious, *a*. بي خبردار - بي تدبير.
Incendiary, *s*. فتنه انگيز - آتش انگيز.
Incense, *s*. عود - بخور - *v*. خفا كردن - خشم ناك كردن.
Incessant, *a*. متوالي - دايم.
Incident, *s*. حادثه - واقعه - اتفاق - ماجرا - سرگذشت.
Incidental, *a*. اتفاقي - ناگهاني.
Incite, *v*. انگيختن - تيز كردن.
Inclination, *s*. ميل - رغبت - خواهش - آرزو - شوق.
Incline, *v*. مايل شدن - ميل كردن - اراده كردن.
Include, *v*. شامل كردن - محيط كردن - داخل كردن.
Included, Inclusive, *a*. مندرج - مشتمل - داخل - شامل.
Income, *s*. آمدني - مداخل - حاصل - پيدايش.

Incomparable, *a*. بي مثال - بي نظير .
Incompetent, *a*. نا مناسب - نا قابل - نا لايق .
Incomplete, *a*. نا قصاً - نا كامل - نا تمام .
Incomprehensible, Inconceivable, *a*. } غير متصوّر - غير مفهوم - بي قياس .
Incongruity, *s*. مخالفت - نا موافقت .
Inconsiderable, *a*. نا چيز - بي اعتبار .
Inconsiderate, *a*. بيهوده - بي پروا - بي انديشه .
Inconsistency, *s*. مخالفت - نا موافقت - نا سازكاري .
Inconsistent, *a*. مخالف - نا مناسب - نا موافق .
Inconstant, *a*. بي وفا - بي قرار - نا پايدار .
Inconvenience, *s*. تصديع - تكليف - نا موافقت .
Inconvenient, *a*. زحمت دار - نا مناسب - نا موافق .
Incorporate, *v*. آميز كردن - مخلوط كردن - جمع كردن .
Incorrect, *a*. غلط - نا درست - نا صحيح .
Incorrigible, *a*. شرير - شديد - لاعلاج - نا اصلاح پذير .
Incorruptible, *a*. صالح - نا قابل تباه - غير فاني .
Increase, *v*. زيادتي - ترقي *s*. - زياده كردن - افزودن .
Incredibility, *s*. عدم اعتبار - نا معقولي .
Incredible, *a*. بي اعتبار - غير معتبر .
Inculcate, *v*. تاكيد كردن - نصيحت كردن .
Incur, *v*. لايق شدن - يافتن -
Incurable, *a*. بي چاره - بي دوا - لاعلاج .
Incursion, *s*. حمله - تاخت و تاراج .
Indebted, *a*. احسان مند - قرض دار .

Indecent, *a.* فاحش - نا شايسته - بي ادب .
Indecisive, *a.* ناتمام - بي استحكم - بي استقلال .
Indeclinable, *a.* بي تصريف .
Indeed, *ad.* في الواقع - البتّه - في الحقيقت .
Indefatigable, *a.* محنتي - نا مانده .
Indefensible, *a.* بي عذر - ممتنع مقاومت .
Indefinite, *a.* غير معين - نا مقّرر .
Indemnity, *s.* تاوان - عوض نقصان .
Independence, *s.* بي نيازي - مختاري - استقلال .
Independent, *a.* بي نسبت - آزاد - خود مختار - مستقل -
Indescribable, *a.* غير قابل بيان - لا بيان .
Indestructible, *a.* قايم - نا ممكن الفنا - لا زوال .
Index, *s.* نما - دليل - (*to a book*) فهرست - سر دفتر .
Indian, *a.* هندي - هند - زبان هند .
Indicate, *v.* نمودن - اشاره كردن - دلالت كردن .
Indication, *s.* اظهار - اشاره - دليل - دلالت .
Indifference, *s.* بي محبت - بي غرضي - بي پرواي .
Indifferent, *a.* غافل - بي غرض - بي پروا .
Indigence, *s.* فقيري - تنگ دستي - مفلسي .
Indigent, *a.* فقير - غريب - بي نوا - مفلس .
Indignant, *a.* خشمناك - غضبناك .
Indignation, *s.* قهر - خشم - غضب .
Indigo, *s.* نيل.
Indirect, *a.* نا ظاهر - نا صاف - نا درست - نا راست .

Indiscriminately, *ad.* عموماً - به بي تفريقي .
Indispensable, *a.* دركار - ضرور - واجب - لازم .
Indispose, *v.* نا لايق كردن - مزاج ناخوش كردن .
Indisputable, *a.* بي شك - يقيني ممتنع بحث .
Individual, *a.* مفرد - *s.* شخص - كس - فرد - آدمي .
Indolence, *s.* مجهولي - كاهلي - مستي .
Indolent, *a.* مجهول - كاهل - مست .
Induce, *v.* تحريك كردن - انگيختن - ترغيب دادن .
Inducement, *s.* سبب - مطلب - تحريص - ترغيب .
Indulge, *v.* بخشيدن - خاطر نواز كردن - مهرباني كردن .
Indulgence, *s.* عنايت - نوازش - مهرباني .
Indulgent, *a.* خاطر خواه - شفيق - مهربان .
Industrious, *a.* سرگرم - جاهد - محنتي .
Industry, *s.* كوشش - مشقت - سعي - محنت .
Ineffective, Ineffectual, Inefficacious, } *a.* نا كافي - باطل - بي تاثير - بي اثر - نا كارساز - لاحاصل - غير موثر .
Inelegant, *a.* نا معقول - نا زيبا - بي لطف .
Inequality, *s.* تفاوت - فرق - نا هموارى .
Inevitable, *a.* خواه مخواه - مقرر - ممتنع - اجتناب .
Inexcusable, *a.* لاممكن العفو - لاجواب - نا عذر پذير .
Inexhaustible, *a.* بي نهايت - غير صرف .
Inexperience, *s.* نا تجربه كاري - نا آزموده كاري .
Inexpert, *a.* نا واقف - نا دست كار .
Inexplicable, *a.* بلا تعبير - لا بيان - نا قابل بيان .

Inexpressible, *a.* ممتنع الاظهار - بي بيان - نا گفتني.
Infamous, *a.* فضيح - معيوب - رسوا - بدنام.
Infamy, *s.* فضيحت - رسوائي - بدنامي.
Infancy, *s.* كودكي - بچگي - طفوليت.
Infant, *s.* كودك - طفل - بچه.
Infantry, *s.* رجال - پياده.
Infer, *v.* نتيجه داشتن - دلالت كردن - وهم كردن.
Inferior, *a.* فروتر - كهتر - ادني.
Infernal, *a.* شيطاني - جهنمي - دوزخي.
Infidel, *s.* مشرك - بي دين - كافر.
Infidelity, *s.* حرامكاري - خيانت - شرك - بي ديني - كفر.
Infinite, *a.* بي پايان - بي حد - بي انتها - بي نهايت.
Infinitive, *s.* اسم مصدر - مصدر.
Infirm, *a.* سست - ضعيف - كم زور - نا توان.
Infirmary, *s.* بيمار خانه.
Infirmity, *s.* ضعف - كم زوري - نا تواني.
Inflame, *v.* غضب ناك كردن - گرم كردن - افروختن - سوزان كردن.
Inflammation, *s.* جوش جون - سوزش.
Inflammatory, *a.* گرم - محرق - سوزنده.
Inflection, *s.* پيچش - ميل - تصريف.
Inflict, *v.* تعذيب كردن - عقوبت كردن - سزا دادن - سياست نمودن.
Infliction, *s.* سزاي - عقوبت سازي.
Influence, *s.* حكم - زور - تاثير - اثر *v.* تاثير كردن - اثر كردن.

Inform, *v.* آگاه کردن - اطلاع کردن - خبر دادن.
Information, *s.* آگاهي - اطلاع - خبر.
Informer, *s.* غمّاز - نمّام (*accuser*) - خبر دهنده.
Infringe, *v.* شکستن - فسخ کردن.
Infuse, *v.* خیسیدن - ریختن.
Ingenious, *a.* هنرمند - تیز فهم - زیرك - زکي.
Ingenuity, *s.* هنر - حکمت - فراست - زیرکي.
Ingenuous, *a.* خالص - صادق - صاف دل - راست.
Inglorious, *a.* خفیف - حقیر - بي عزت - بي نام.
Ingratitude, *s.* بي وفائي - نا نمکي - نمك حرامي.
Ingredient, *s.* مصالح - جز.
Ingress, Ingression, *s.* گذاره - در آمد - مداخلت - دخول.
Inhabit, *v.* ساکن بودن - استقامت کردن - مسکونت کردن.
Inhabitant, *s.* مقیم - باشنده - ساکن.
Inhale, *v.* با هوا کشیدن.
Inherit, *v.* وارث شدن - ارث گرفتن - میراث گرفتن.
Inheritance, *s.* وارثه - وارثت - میراث - ارث.
Inhuman, *a.* بي مروت - بي ترس - بي درد.
Inhumanity, *s.* بي رحمي - سنگ دلي - بي دردي.
Inimical, *a.* مضرّ - دشمن - مخالف.
Initial, *a.* ابتداي - مقدّم.
Injudicious, *a.* بي تامّل - بي شعور - بي بصیرت.
Injunction, *s.* تاکید - امر - فرمان - حکم.

Injure, *v.* ظلم كردن - زيان كردن - نقصان كردن.
Injurious, *a.* ظالم - رنج ساز - مضر.
Injury, *s.* خلل - ايذا - ظلم - زيان - نقصان.
Injustice, *s.* ظلم - بي انصافي.
Ink, *s.* مركب - روشنائي - سياهي.
Inkstand, *s.* قلم دان - دوات.
Inmate, *s.* هم مكان - هم خانه.
Inn, *s.* مسافرخانه - منزل گاه - سراي.
Innate, *a.* جبلي - اصلي - خلقي - طبعي - ذاتي.
Inner, *a.* درون - اندروني.
Innkeeper, *s.* صاحب سراي.
Innocence, *s.* صفائي - بي جرمي - پاكي - بي گناهي.
Innocent, *a.* صاف - پاك - بي جرم - بي گناه.
Innumerable, *a.* بي حد - بي حساب - بي شمار.
Inquest, *s.* تلاش - بازخواست - پرسش.
Inquire, *v.* جستن - پرسيدن - استفسار كردن - پرسش كردن.
Inquiry, *s.* استفسار - پرسش.
Inroad, *s.* حمله - تاراج - تاخت.
Insane, *a.* سوداي - مجنون - ديوانه.
Insanity, *s.* سودا - جنون - ديوانگي.
Insatiable, *a.* حريص - طمعكار.
Inscribe, *v.* نگاشتن - نوشتن.
Inscription, *s.* مرقوم - رقم - كتابت.
Insect, *s.* حشرت - كرم.

Insensibility, s. اِئ معبت - اِی وتوذی - اِی هوشی.

Insensible, a. اِی عقل - بی ولوف - بی هوش.

Inseparable, a. ملازم - نا ممکن, جدائی.

Insert, v. درج کردن - درمیان نهادن - داخل کردن:

Insertion, s. اندراج - داخل - ادخال.

Inside, s. باطن - اَندر - الدرون - درون.

Insignificant, a. بی قدر - نا چیز - بیهوده - بی معنی.

Insincere, a. ریا کار- نا خالص - نا صادق.

Insincerity, s. ریاکاری - نا صادقی.

Insinuate, v. نوازش نمودن - اشاره کردن.

Insipid, a. بی مزه.

Insist, v. اقامت نمودن - بر ایستادن - قیام کردن.

Insolence, s. شوخی - تکبّر - گستاخی.

Insolent, a. متکبر - شوخ - گستاخ.

Insolvent, a. شکسته حال - نا دار.

Insomuch, ad. تاحدی که - چنانچه.

Inspect, v. نظر کردن - تحقیق کردن - نگاه کردن.

Inspection, s. مباشرت - تحقیق - ملاظ - نگاه - نظر.

Inspector, s. سرکار - نگهبان - ناظر.

Inspiration, s. الهام - القا - دم کشی.

Inspire, v. ملهم کردن - الهام کردن - دم کشیدن.

Instability, s. فنا - بی قراری - بی ثباتی - نا پایداری.

Instalment, s. خلعت دهی - مسند نشینی - قسط.

Instance, s. دلیل - در خواست - ماجرا - نمونه - مثل.

Instant, *s.* دم - لحظ - درحال .
Instantaneous, *a.* زود - تیزکار - بی میانه .
Instantly, *ad.* فی‌الفور - فی‌الحال .
Instead, *ad.* عوض - بدل - بجای - مکافات .
Instigate, *v.* انگیختن - تحریض کردن - تحریك کردن - اغوا کردن .
Instigation, *s.* تحریك - ترغیب - تحریض - اغوا .
Instigator, *s.* محرك - انگیزنده .
Instinct, *s.* عقل حیوانی - عقل ذاتی - مزاج .
Institute, *v.* مقرر کردن - برپا کردن - تعلیم ساختن .
Institution, *s.* تعیون - نصب - تربیت - عادت - قانون .
Instruct, *v.* تربیت کردن - تعلیم کردن .
Instruction, *s.* تربیت - تعلیم - آموزش - *pl.* فرمان - احکام - امور - ارشاد .
Instructor, *s.* معلم - مودب - استاد .
Instrument, *s.* آلت - ساز - سند - قباله .
Insufficient, *a.* غیرکافی - کم - ناقابل - نا لایق .
Insult, *s.* ملامت - دشنام - طعز .
Insult, *v.* ملامت کردن - دشنام دادن - افسوس زدن .
Insurgent, *s.* فسادی - بغی - عاصی - فتنه انگیز .
Insurrection, *s.* هنگامه - فساد - فتنه .
Integrity, *s.* صفا - صلاح - استقامت .
Intellect, *s.* عقل - هوش - فهم - فراست .
Intelligence, *s.* عقل - فهم - هوشیاری - خبر - اطلاع .
Intemperance, *s.* بد پرهیزی - مستی - بی اعتدالی .

Intend, *v.* مقصد داشتن - مطلب کردن - اراده کردن .
Intense, *a.* نهایت - شدید - سخت .
Intent, *a.* مطلع - مشغول .
Intention, *s.* غرض - مقصد - قصد - عزم - مراد - اراده .
Intentionally, *ad.* بقصد - باغرض - دیده و دانسته .
Inter, *v.* زیر خاك نهادن - دفن کردن .
Intercede, *v.* میانگي کردن - وساطت کردن - شفاعت کردن .
Intercept, *v.* در اثناي راه گرفتن - مزاحمت کردن .
Intercession, *s.* وساطت - شفاعت .
Interchange, *s.* تبدیل - معاوضه - مبادله .
Intercourse, *s.* سروکار - صحبت - علاقه - آمد و رفت .
Interest, *s.* حصه داري - سود - نفع - فایده - غرض .
Interest, *v.* اثر کردن - علاقه داشتن - غرض داشتن .
Interfere, *v.* مخالف بودن - مانع و معارض کردن .
Interior, *a.* باطني - دروني .
Interjection, *s.* حرف ندا .
Intermediate, *a.* متسط - درمیان .
Internal, *a.* باطني - دروني .
Interpret, *v.* شرح دادن - ترجمه کردن .
Interpreter, *s.* تعبیر گو - معرجم .
Interregnum, *s.* حلول مملکت - پادشاه گردي .
Interrogation, *s.* سوال - پرسش - استفهام - استفسار .
Interrogative, *a.* حرف استفهام - استفهامي .
Interrupt, *v.* تعرض کردن - سخن قطع کردن - حرکت کردن .
Interruption, *s.* مزاحمت - حرکت .

Intersect, *v.* قطع ميان كردن .

Interval, *s.* درميان - مابين - اثنا .

Intervene, *v.* درميان آمدن - متوسط شدن .

Intervention, *s.* درميان آمدگي - ميانگي - توسط .

Interview, *s.* ديدار - مواصلت - ملاقات .

Intestine, *s.* زوده - *a.* دروني .

Intimacy, *s.* مصاحبت - هم دلي - هم دمي .

Intimate, *a.* مصاحب - هم راز - هم دل - هم دم .

Into, *pr.* درميان - اندر - در .

Intolerable, *a.* غير متحمل .

Intolerant, *a.* غير متحمل - مخالف .

Intoxicate, *v.* مدهوش كردن - مست كردن .

Intoxication, *s.* مي خوري - نشا - مدهوشي - مستي .

Intransitive, *a.* فعل لازمي .

Intrench, *v.* خندق كندن .

Intrepid, *a.* جانباز - مردانه - دلاور - دلير .

Intricate, *a.* مشكل - پيچدار - پيچيده .

Intrigue, *s.* اتفاق - بندش - كارسازي - سازش .

Intrigue, *v.* كار سازي كردن - سازش كردن .

Introduce, *v.* (*to a place*) داخل كردن - (*to a person*) ملاقات كردن .

Introduction, *s.* ادخال - تمهد - (*to a book*) ديباچه .

Intrude, *v.* بي اجازت دخل كردن .

Intrust, *v.* امانت داشتن - تفويض كردن - سپرد كردن .

Inundation, *s.* طغياني - طوفان - سيلاب .

Invade, *v.* هجوم آوردن - حمله کردن.
Invasion, *s.* حمله - هجوم - تاخت.
Invent, *v.* پیدا کردن - اختراع کردن - ایجاد کردن.
Invention, *s.* ساختن - احداث - اختراع - ایجاد.
Inventor, *s.* محدث - مخترع - موجد - پیدا کننده.
Inverse, *a.* سرنگون - خلاف - معکوس - واژگون.
Invert, *v.* گردانیدن - قلب کردن - واژ کردن.
Invest, *v.* تقلید کردن - بخشیدن - دادن.
Investigate, *v.* تحقیق کردن - تلاش کردن - تفتیش کردن.
Investigation, *s.* جست وجو - تحقیق - تجویز - تفتیش.
Investiture, *s.* (*in office*) تقلید - (*with robes of honour*) خلعت دهی.
Inveterate, *a.* سخت - شدید.
Invigorate, *v.* مضبوط کردن - زور آور کردن - قوت دادن.
Invincible, *a.* ممتنع مغضول - غیر مغلوب.
Invisible, *a.* ناپدید - ناپدیدی - غایب.
Invitation, *s.* خواندگی - طلب - استدعا - دعوت.
Invite, *v.* خواندن - طلب کردن - دعوت کردن.
Invocation, *s.* مناجات - دعوت - دعا.
Involve, *v.* لفافه کردن - درپیچیدن.
Invoice, *s.* فهرست، ارسال - فهرست، اجناس.
Invoke, *v.* دعا کردن.
Inward, *a.* درخاطر - در - اندر - باطنی - درونی.

Ire, *s.* غضب - خشم - غصّه .

Iron, *s.* آهن - حدید - *a.* آهنین - آهن آمیا .

Ironical, *a.* طنز آمیز - نکوه گو .

Irrational, *a.* غیر ناطق - بی عقل - یاوه .

Irregular, *a.* بی ترتیب - خلاف قاعده - بی آئین .

Irregularity, *s.* عدم قاعده - بی دستوری .

Irreligious, *a.* بی دین - ملحد - کافر .

Irremediable, *a.* بی علاج - لا دوا - بی چاره .

Irresistible, *a.* ممتنع مقاومت - زورآور - مضبوط .

Irresolute, *a.* بی قرار - بی همّت - نا پایدار .

Irritate, *v.* خفا کردن - آرزدن - رنجیده کردن .

Irritation, *s.* آزار - غصه - خفگی .

Irruption, *s.* حمله - هجوم - تاخت .

Island, *s.* جزیره (*pl.* جزایر).

Issue, *s.* (*egress*) خروج - (*termination*) انجام - آخرت - (*event*) نتیجه - (*progeny*) اولاد - نسل .

Issue, *v.* خروج کردن - پیدا شدن - جاری شدن .

Isthmus, *s.* گردن زمین - عنق ارض .

It, *pron.* آن (*pl.* آنها - آنان).

Itch, *s.* خارش - آرزو .

Item, *s.* ایضا - دفع - بلحق .

Ivory, *s.* دندان پیل - عاج .

J.

Jackal, *s.* دمنه - شغال .
Jail, *s.* زندان - قید خانه .
Jailer, *s.* داروغهٔ قید خانه .
Jar, *s.* خم - ظرف - آوند - سبو .
Jasmine, *s.* سمن - گل یاسمن .
Jasper. *s.* زبرجد - سنگ یشم .
Jaundice, *s.* مرض زهره - یرقان .
Javelin, *s.* حربه - نیزه .
Jaw, *s.* فك - چانه .
Jealous, *a.* غیرت مند - بد گمان - بد ظن .
Jealousy, *s.* شك - رشك - غیرت .
Jelly, *s.* منجمد - مربّه .
Jeopardy, *s.* جان بازي - خطره .
Jerk, *v.* افكندن - انداختن .
Jest, *s.* لطیفه - هزل - بذله - استهزا .
Jester, *s.* بذله باز - استهزا كننده .
Jet, *s.* سیاه تاب - سنگ مومیائی - فواره .
Jew, *s.* جهود - یهودي .
Jewel, *s.* گوهر - جوهر .
Jeweller, *s.* زیور فروش - جوهري .
Jockey, *s.* اسپ فروش - چابك سوار .
Jocose, *a.* لطیفه گو - ظریف - خوش طبع .

Join, *v.* وصل کردن - پیوستن - جفت کردن - پیوند کردن .
Joined, *pp.* موصول - پیوسته شده .
Joint, *s.* پیوند - بند - *a.* مشترک - موصول .
Joke, *s.* لطیفه - هزل - بذله .
Jollity, *s.* خوشي - شادي - عیش و عشرت .
Jolly, *a.* تر و تازه - دلشاد - خوش و خرّم .
Jot, *s.* ذره - نکته .
Journal, *s.* روزینه - روزنامچه .
Journey, *s.* سیر - مسافرت - سفر .
Jovial, *a.* مسرور - شادمان - خوش .
Joy, *s.* فرحت - خرّمي - شادي - خوشي .
Jōyful, *a.* خرّم - شادمان - خوش دل .
Joyless, *a.* دلگیر - بي خوش .
Judge, *s.* امین - حاکم - منصف - قاضي .
Judge, *v.* (*do justice*) عدالت کردن - انصاف کردن - (*decide law-suits*) فیصل کردن - قضا کردن - (*from an opinion*) قیاس کردن - دریافت کردن .
Judgment, *s.* (*opinion*) راي - ظن - (*the sentence of a judge*) قضا - حکم - فتوی - (*understanding*) عقل - قیاس - ذهن - The day of judgment, روزِ قیامت .
Judicature, *s.* حکومت - قضا .
Judicial, *a.* قاضیانه - شرعي .
Judicious, *a.* عاقل - دانا - هوشیار - عقل مند .
Jug, *s.* کامه - کوزه .
Juggler, *s.* شعبده باز - حقه باز - بازي گر .

Juice, *s.* عرق - شیره - رطوبت .
Jump, *s.* جست - *v.* جستن - موافق شدن .
Junction, *s.* پیوستگی - وصل - اتصال .
Juncture, *s.* پیوند - مفصل - (*time*) وقت - دم - حالت.
Jungle, *s.* بیابان - جنگل - بیشه .
Junior, *a.* کهتر - خوردتر .
Jupiter, *s.* مشتری - فرزد .
Jurisdiction, *s.* حکومت - قلم رو - عمل داری .
Jurisprudence, *s.* علم فقه - علم شرع .
Jury, *s.* پنچایت-پنچ .
Just, *a.* عادل - صادق - راست - درست - روا - حق .
Just, *ad.* درست - صرف - کاملاً.
Justice, *s.* عدل - داد - انصاف .
Justifiable, *a.* حقیقی - واجبی - راست - انصاف نما .
Justification, *s.* پوزش - عذر - بهانه - خلاص .
Justify, *v.* پوزش کردن - خلاص کردن - عذر آوردن .
Justly, *ad.* عدلانه - منصفانه - براستی .
Juvenile, *a.* جوان - نو خیز - خرد سال .

K.

Kalendar, *s.* تقویم.
Keen, *a.* (*sharp edged*) آبدار - (*eager*) تیز - (*severe*) شدید - تند .
Keenness, *s.* آبداری-تیزی - تیز مزاجی - شدت - تندی .

Keep, *v.* داشتن - (*to take care of*) نگه باني كردن - پرورش كردن - حفاظت كردن - To keep back, (*withhold*) باز داشتن - (*to restrain*) ضبط كردن - To keep off, واماندن - (*to hinder*) منع كردن - To keep up (*maintain without abatement*), بي نقص برداشتن - To keep under (*oppress*), ظلم نمودن - To keep on (*advance*), پيش رفتن - To keep or dwell (*in any place*), ساكن شدن - To keep out (*prevent entrance*), تعرض, فراز كردن - To keep company, صحبت نمودن - To keep in mind, استظهار كردن - To keep house (*maintain a family*), خانمان پروردن - To keep the house (*to be at home*), درخانه بودن - To keep a promise, عهد وفا كردن.

Keeper, *s.* نگه بان - محافظ - حافظ.

Keeping, *s.* نگه باني - حفاظت - حواله.

Keepsake, *s.* يادگاري - خاطر نشان.

Kennel, *s.* (*for dogs*) سگخانه - (*a pack of dogs*) كالب - (*a gutter*) آبريز.

Kernel, *s.* مغز - آسته.

Kettle, *s.* آفتابه - ديگ.

Kettle-drum, *s.* نقّاره - كوس.

Key, *s.* كليد - مفتاح.

Kick, *v.* لگد زدن - پا زدن - سپردن - *s.* لگد.

Kid, *s.* بزغاله - برّه - *v.* غاله حمل كردن.

Kidnap, *v.* بچگان التماع کردن .

Kidney, *s.* گُرده - کُلیة .

Kill, *v.* کُشتن - قتل کردن - هلاك کردن .

Kiln, *s.* تنور - فرون .

Kind, *a.* مهربان - کریم - شفیق - خیر خواه .

Kind, *s.* جنس - نوع - قسم - ذات - اصل - طور - طرح - Human kind, آدمي زاد - Of all kinds, از هر قسم - Of the same kind, ازیك گونه - Another kind, انواع دیگر - Of different kinds, گوناگون - Of two kinds, ازدوگونه .

Kindle, *v.* افروختن - حفا کردن .

Kindness, *s.* مهرباني - نیکوکاري - لطف - احسان - نوازش .

Kindred, *s.* خویشان - اقربا - *a.* هم نسل - هم ذات - هم جنس - قریب .

King, *s.* شاه - پادشاه - مُلك - سلطان - قیصر .

Kingdom, *s.* پادشاهت - مملکت - سلطنت - دولت .

Kinsman, *s.* رشته دار - خویش - قریبي .

Kiss, *s.* بوسه - *v.* بوسیدن - بوسه دادن .

Kitchen, *s.* باورچي خانه - مطبخ .

Kite, *s.* زغن - حلیواج .

Kitten, *s.* بچهٔ گربه .

Knapsack, *s.* بقچه .

Knave, *s.* دغاباز - حیله - مکّار - بد ذات .

Knavery, *s.* دغا بازي - حیله سازي - فریب .

Knavish, *a.* غدار - شرير - دغاباز .
Knead, *v.* خمير ساختن - ماليدن .
Knee, *s.* زانو - ركبت - Knee-pan, سر زانو .
Kneel, *v.* زانو زدن - دو زانو نشستن .
Knife, *s.* كارد - سكين - A large butcher's knife, ساطور - A pen-knife, قلم تراش .
Knight, *s.* امير - ميرزا - بهادر .
Knit, *v.* بافتن - گره كردن .
Knob, *s.* دره - گره - گلميخ .
Knock, *s.* ضرب - كوب - زد - *v.* زدن - كوفتن - To knock down, بزمين زدن - To knock under, مطيع گشتن .
Knot, *s.* گره - عقد - بند - پيچ .
Knotty, *a.* پيچدار - مغلق - مشكل .
Know, *v.* دانستن - واقف شدن - معلوم كردن .
Knowing, *a.* واقف - هوشيار - شناس .
Knowingly, *ad.* به عقل - ديده و دانسته .
Knowledge, *s.* علم - دانش - شناسائي - واقفيت .
Known, *a.* معلوم - مشهور .
Knuckle, *s.* بند انگشت - بند كشاد .
Koran, *s.* القران .

L.

Label, *s.* سر نامه - كاغذ - رقم - *v.* تعنين كردن .
Labial, *a.* شفهي - شفي .

Laboratory, *s.* كارخانهٔ كيمياگر .
Laborious, *a.* مشكل - سخت - دشوار - محنتي .
Labour, *s.* (*hard work*) محنت - مشقّت - سعي - درد - (*pain*) - عمل - كار (*work, action*) - مزدوري - سعي كردن - محنت كردن *v.* - وضع حمل (*childbirth*) - رنج .
Labourer, *s.* (*for hire*) مزدور - (*workman*) كارگر .
Labyrinth, *s.* پيچي - پيچ و تاب - پيچ دار راه .
Lac, *s.* لك - صد هزار .
Lace, *s.* طراز - نقش - *v.* باطراز پيراستن .
Lack, *v.* محتاج شدن - كم شدن - *s.* كمي - احتياج .
Lad, *s.* پسر .
Ladder, *s.* زينه - نردبان .
Lade, *v.* بار كردن - حمل كردن .
Lady, *s.* بيبي - بانو - خاتون - بيگم .
Lag, *v.* درپس ماندن - آخر شدن .
Lake, *s.* درياچه - آبدان - آبگير - تالاب .
Lamb, *s.* بچهء ميش - برّه .
Lame, *a.* لنگ - اعرج - *v.* لنگ كردن .
Lament, *v.* افسوس كردن - ناله و زاري كردن - ناليدن .
Lamentable, *a.* غم خوار - ناله ساز .
Lamentation, *s.* ناله - زاري - گريه - افسوس - فغان .
Lamp, *s.* چراغ - فتيله سوز - قنديل - Lamp-black, دوده .
Lance, *s.* نيزه - پيكان .
Lancet, *s.* نشتر - قلم جراح .
Land, *s.* زمين - سر زمين - خشكي - *v.* ازمركب پاين آمدن .

Landholder, *s.* زمیندار .
Landlord, *s.* زمیندار - خانه صاحب - میزبان - سراي صاحب .
Landmark, *s.* مرحد نشان .
Landscape, *s.* بلاد تخطیط - ملك تصویر .
Lane, *s.* کوچه - تنگ راه .
Language, *s.* زبان - لسان - سخن - گفتار .
Languid, *a.* مست - مجهول - کاهل - بیدل .
Languish, *v.* مست شدن - ضعیف شدن .
Lantern, *s.* فانوس - قندیل - بادبان .
Lap, *s.* دامن - آغوش - *v.* لفافه کردن - پیچیدن .
Lapidary, *s.* جوهر فروش - سنگ تراش .
Lapse, *s.* (*error*) خطا - (*flow*) میل - (*fall*) افتادگي .
Lard, *s.* خنزیر شحم .
Large, *a.* (*big*) کلان - (*wide*) فراخ - (*abundant*) فراوان.
Largess, *s.* بخشش - انعام - عطا .
Lascivious, *a.* مست - شهوتي .
Lash, *s.* چابك - تازیانه - *v.* تازیانه دادن - طعن کردن - هجو کردن .
Lass, *s.* دوشیزه .
Last, *a.* آخر - گذشته - پسین . *s.* کفش قالب . *v.* پایدار -
قرار یافتن - قایم شدن - ماندن .
Lasting, *a.* پایدار - قایم - دایم .
Lastly, *ad.* آخر الامر - عاقبت .
Late, *a.* دیر - درنگ - بي وقت - The late, مرحوم .
Lately, *ad.* پیش از این اندك .
Latent, *a.* پوشیده - مخفي - پنهان .

Latitude, *s.* كشادگي - عرض - پهناهي .
Latter, *a.* پسين - آخري .
Laudable, *a.* لايق تعريف - لايق تحسين - ستودني .
Laudanum, *s.* عرق افيون .
Laugh, *v.* خنديدن - خنده كردن - *s.* خنده - قهقهه .
Laughter, *s.* خنده - خنديدگي .
Launch, *v.* جهاز بدريا راندن .
Lavish, *v.* اصراف كردن - برباد كردن - *a.* خرچ فضول - مصرف .
Law, *s.* شرع - آئين - قاعده - قانون - رسم .
Lawful, *a.* شرعي - جايز - حلال - مباح - روا - درست .
Lawless, *a.* بي شرع - بي قاعده - بي لگام - بي .
Lawn, *s.* ميدان - مرغزار .
Lawsuit, *s.* مقدمه - دعوي - نالش - فرياد .
Lawyer, *s.* وكيل عدالت - اهل فقه .
Laxity, *s.* رخوت - مستي .
Lay, *v.* داشتن - گرفتن - دادن - افتادن - ساكن كردن - بستن - تسكين دادن - To lay aside, گذاشتن - To lay down, ترك كردن - To lay hold of, گرفتار كردن - To lay out, خرج كردن - صرف كردن - To lay up, جمع كردن - To lay eggs, بيضه نهادن - To lay a wager, شرط كردن - To lay about, بهر جانب كوفتن - To lay by, پس انداز شدن - To lay on (*taxes*, &c.), خراج مقرر كردن - To lay open, اظهار كردن - To lay over, اندودن - To lay under, ضبط كردن .
Lay, *s.* سرود - غزل .

Layer, s. (*stratum*) ته - طبق - (*row*) نظام .
Layman, s. دنيادار .
Laziness, s. سستي - كاهلي - مجهولي .
Lazy, a. سست - كاهل - مجهول .
Lead, s. سرب - White lead, سپيد آب .
Lead, v. بردن - كشيدن - (*to guide*) راه نماي كردن - (*to induce*) انگيختن - (*to entice*) نازيدن - To lead about or round, گردانيدن - To lead along, براه كشيدن - To lead against, علي كشيدن - To lead astray, گمراه ساختن - To lead the way, پيش رفتن - To lead a life, زندگاني كشيدن .
Leader, s. پيشوا - سردار - سر گروه - سالار .
Leaf, s. برگ - ورق - فرد .
League, s. شرط - عهد - بندش - (*three miles*) فرسنگ .
Leak, s. رخنه - شگاف - v. از فرج چكيدن .
Leaky, a. رخنه دار - سراحي .
Lean, v. تكيه كردن - مايل شدن - اعتماد كردن .
Lean, a. لاچار - حقير - لاغر .
Leap, s. جست - خيز - v. جستن - جست كردن .
Leap-year, s. سال كبيسه .
Learn, v. آموختن - تحصيل علم كردن - To learn by heart, حفظ كردن - ياد گرفتن .
Learned, a. آموخته - عالم - فاضل - كامل .
Learning, s. علم - عرفان - فضيلت - دانش .
Lease, s. اجاره نامه - v. اجاره كردن - بكرايه دادن .

Least, *a.* کمترین - کهترین - *ad.* بدرجۀ کهترین - At least, باري .
Leather, *s.* چرم - جلد - پوست - Leather-dresser, چرمساز - دباغ] .
Leave, *s.* رخصت - اجازت - رضا - پروانگي .
Leave, *v.* گذاشتن - ترك كردن - هبه كردن - To leave off, وا ماندن - To leave out, در كردن غافل شدن - To leave one behind, درپي گذاشتن .
Leaven, *s.* خمير - مايه - *v.* تخمير كردن .
Lecture, *s.* درس - سبق - بيان - *v.* درس دادن .
Lecturer, *s.* مدرس - درس دهنده - خوانيده .
Ledge, *s.* تخته .
Lees, *s. pl.* دُرد .
Left, *a.* (*not right*) چپ - نا راست .
Leg, *s.* پا - ساق .
Legacy, *s.* هبه - وصيت - بهرة وصيله .
Legal, *a.* شرعي - مشروع - جايز - عدالتي .
Legate, *s.* وكيل - ايلچي .
Legation, *s.* وكالت - ايلچي گري .
Legend, *s.* داستان - افسانه - رقم - حكايت .
Legible, *a.* خواندني - خوانش ممكن .
Legion, *s.* گروه - دسته .
Legislate, *v.* آئين بندي كردن - قانون داشتن - تشريع كردن]
Legislative, *a.* آئين نما - قانون ساز .
Legislator, *s.* شارع - واضع القانون .
Legislature, *s.* مركار - گروه قانون ساز .

Legitimate, *a.* جايز - زاده - حلال - اصل - *v.* استحلال كردن.
Leisure, *s.* فرصت - فراغت.
Lemon, *s.* ليمون - ترنج - Lemonade, آب ليمون.
Lend, *v.* (*money*) قرض دادن - وام دادن - عاريت دادن - (*goods*) اجارت ساختن. To lend an ear, گوش دادن.
Lender, *s.* قرض خواه - وام دهنده.
Length, *s.* درازي - طول - مسافت - At length, لاجرم.
Lengthen, *v.* دراز كردن - طويل كردن - دراز گشتن.
Lenient, *a.* ملايم - ملئين - حليم - ممكن.
Lenity, *s.* نرمي - ملايمت - رحم - آهستگي.
Leo, *s.* اسد برج.
Leopard, *s.* پلنگ - يوز.
Leprosy, *s.* جذام - برص.
Less, *a.* كمتر - كوچكتر - خوردتر - More or less, كم و بيش.
Lessen, *v.* كم كردن - خفيف كردن - كاستن.
Lesson, *s.* سبق - درس - (*admonition*) نصيحت - پند.
Lest, *con.* مبادا - شايد - خدا خواستن.
Let, *v.* دادن - اجازت دادن - كرايه دادن - To let alone, گذاشتن - To let down, فروشتن - To let blood, فصد كردن - To let go, ترك كردن - To let in, دخول دادن - بار دادن - To let out, آزاد كردن - كرايه دادن - To let loose, كشاده كردن.
Letter, *s.* حرف - خط - مكتوب - A letter-carrier, قاصد - To write letters, خط خطوط نوشتن.
Letters, *s.* علم - علميت - فضيلت.

Levee, *s.* دربار - مجلس .

Level, *a.* برابر - هم وار - يك سان - *v.* برابر كردن - *s.* (*a plain*) اندازه - يك ساني (*proportion*) - ميزان (*rate*) - ميدان .

Levy, *v.* تحصيل كردن - فوج بندي كردن - جمع كردن - To levy war, جنگ كردن - *s.* (*of men*) جميعت لشكر - (*of money*) خراج .

Lewd, *a.* مست - شهوتي - نفس پرست .

Lewdness, *s.* شهوت - زناكاري - هوس .

Lexicon, *s.* لغت - فرهنگ .

Liable, *a.* معرض - نا معاف - نا مستحكم .

Liar, *s.* كاذب - دروغ گو - كذّاب .

Libel, *s.* هجو - بدنام - Libellous, بدگوئي - عيب جو .

Liberal, *a.* سخي - فياض - دل كشا - مرد آدمي .

Liberality, *s.* سخاوت - كرم - بزل .

Liberate, *v.* گذاشتن - آزاد كردن - خلاص كردن .

Liberty, *s.* آزادگي - رهائي - اجازت - اختيار .

Libra, *s.* برج ميزان .

Library, *s.* كتب خانه - جميعت كتب .

License, *s.* اجازت - فرمان - پروانه - *v.* اجازت دادن .

Licentious, *a.* بي قيد - حرام كار - بدكار .

Lick, *v.* ليسيدن - (*to beat*) ضرب كردن - زدن - *s.* ليسدگي .

Lid, *s.* سر پوش - پردهٔ چشم .

Lie, *s.* دروغ - كذب - خلاف - To tell a lie, دروغ گفتن - كذب كردن - *v.* (*recline*) آرام كردن - (*to remain firm*) ثابت ماندن - (*to reside*) ساكن شدن - (*to be situated*)

نهاده شدن - To lie hid, پنهان شدن - To lie or consist in, ساخته شدن - To lie or cost, قیمت داشتن - To lie by, آرامیدن - To lie down, آرام کردن - To lie in, وضع حمل کردن - To lie under, فرمان بردار بودن - To lie upon, حق شدن - To lie with, نکاح کردن .

Lieu, *s.* عوض - بدل .

Lieutenant, *s.* مقام' قایم - نایب - جمع دار .

Life, *s.* زندگي - جان - حیات - عمر - روح .

Lifeless, *a.* بي جان - بي دم - مرده - مرده دل - مرده'.

Life-time, *s.* تمام عمر - زندگاني, وقت .

Lift, *v.* برداشتن - بر آوردن - افراشتن - بلند کردن - افراز کردن .

Light, *s.* روشني - نور - شمع - چراغ - علم - تعلیم .

Light, *a.* روشن - (*not heavy*) سبك' - خفیف - (*not difficult*) آسان - سهل - (*active*) چالاك - (*not painful*) بي رنج - *v.* (*set on fire*) روشن کردن - (*from a horse or carriage*) نازل شدن - فرود آمدن -

Lighten, *v.* درخشیدن - روشن کردن - سبکبار کردن - دلشاد کردن [چالاکي .

Lightness, *s.* (*want of weight*) سبکي - خفت - (*agility*)

Lightning, *s.* برق - تاب - درخش .

Like, *a.* موافق - مانند - برابر - مثل - یکسان .

Like, *ad.* ما - آما - سار - وار - چون - همچون - چنان .

Like, *v.* خواستن - پسندیدن - میل داشتن .

Liklihood, *s.* احتمال - معقولت - صورت - گمان .

Likely, *a.* محتمل' - معقول - غالب :

Liken, *v.* مقابله کردن - تمثیل کردن - تشبیه داشتن .
Likeness, *s.* موافقت - برابری - مشابهت - مثال - تمثیل .
Likewise, *ad.* نیز - علاوه - هم .
Liking, *s.* شوق - میل - رغبت - تحسین .
Lily, *s.* سمن - مومن .
Limb, *s.* عضو (*pl.* اعضا) - شاخ - (*edge*) کناره - لب .
Lime, *s.* آهك - (*lemon*) لیمو کاغذي .
Limit, *s.* حدّ - سرحدّ - انتها - سرزمین .
Limit, *v.* حدّ بستن - محدود کردن - بند کردن .
Limitation, *s.* تحدید - حدّ - قید .
Limited, *a.* محدود - محدّد .
Limpid, *a.* پاك - صاف - شفاف - زلال - ناب .
Line, *s.* خط (*pl.* خطوط) - سطر - (*verse*) مصراع -
 بیت-(*military trenches*)-خندق-(*lineage*)-نسل-سلسله .
Lineage, *s.* نسب - اصل - نسل - سلسله .
Linen, *s.* کتان - کرباس - *a.* کرباسی - کتنی .
Linger, *v.* دیر کردن - تردد کردن - درد کشیدن - طویل بزمان .
Lingual, *a.* لسانی .
Linguist, *s.* زبان دان - اهل لغت - اهل زبان .
Lining, *s.* استر - بطن .
Link, *s.* قلابه - حلقه - مشعل - *v.* سلسله کردن .
Linseed, *s.* تخم کتان .
Lint, *s.* نرم کتان .
Lion, *s.* شیر - ببر .

Lioness, *s.* شیرماده - ماده شیر .
Lip, *s.* لب - شفت - کناره .
Liquid, *a.* آبي - آبدار - مذاب - گداخته - *s.* آب - عرق .
Liquidate, *v.* ادا کردن .
Liquor, *s.* عرق - شراب - دارو .
List, *v.* خواهش کردن - در دفتر نوشتن .
List, *s.* فهرست - فرد - (*enclosed ground*) میدان - کنار .
Listen, *v.* شنودن - گوش دادن - متوجه شدن .
Literal, *a.* حرفي - لغوي - لفظ به لفظ .
Literary, *a.* علمي .
Literati, *s.* علما - فضلا - صاحبان علمت .
Literature, *s.* علم - علمیت - فضیلت .
Litter, *s.* (*carriage*) پالکي - میانه - هودة - (*a brood of young*) نتیجه - (*things thrown about*) خس و خاشاک .
Little, *a.* اندك - ذره - صغیر - خرد - نا چیز - کم .
Little, *ad.* اندك - آهسته آهسته - *s.* اندکي - یکچند - لحظي .
Live, *v.* (*to be alive*) زیستن - زنده شدن - بود و باش کردن - منوزان - *a.* زنده - مکان داشتن .
Livelihood, *s.* روزي - روزگار - رزق - معیشت - معاش .
Lively, *a.* زنده دل - خوش طبع - شاد .
Liver, *s.* جگر - زندگاني کشنده .
Livery, *s.* پوشاك .
Living, *a.* زنده - جاندار - حي - *s.* روزگار - معیشت - رزق .
Lizard, *s.* چلپاسه - خناز .
Load, *s.* بار - حمل - *v.* بار کردن - حمل کردن - گران کردن .

Loadstone, *s.* آهن کش - سنگ، مقناطیس .
Loaf, *s.* نان - کماج .
Loan, *s.* (*of money*) قرض - وام - (*of goods*) عاریت .
Loath, *a.* نا قبول - کشیده .
Loathe, *v.* نفرت داشتن - کراهیت کردن .
Loathsome, *a.* مکروه - کریه .
Local, *a.* خاص - جای - محلی - مکانی .
Locality, *s.* مکان - جای - گاه .
Lock, *s.* قفل - (*lock of hair*) زلف - *v.* با قفل بند کردن .
Locket, *s.* قسم زیور .
Locomotion, *s.* حرکت - سیر - نقل .
Locust, *s.* ملخ - جراد .
Lodge, *s.* خانه - *v.* بود و باش دادن - نهادن - ماندن .
Lofty, *s.* بلند - عالی - بالا - (*haughty*) مغرور .
Logic, *s.* منطق - علم منطق - A logician, صاحب منطق .
Loin, *s.* کمر - میان .
Loiter, *v.* دیری کردن - درنگی کردن - پس افتادن .
Lone, Lonely, *a.* تنها - مجرد .
Long, *a.* دراز - طول - طویل - A long way off, دور - بعید - A long time, مدید، مدت - دیری - Long ago, به مدت - دیر - As long as, تا .
Long, *v.* خواستن - مشتاق شدن - آرزو داشتن .
Longing, *s.* خواهش - رغبت - شوق .
Longitude, *s.* طول - درازی .

Look, *v.* دیدن - نگریدن - نگریستن - نظر کردن - (*to seem*) صورت پذیر شدن - معلوم شدن - To look about one, بیدار شدن - اشتغال داشتن - خبرگیری کردن, To look after, تلاش کردن (*search for*) - انتظار کردن - To look for, To look into, تفتیش کردن - منتظر شدن' - To look out, دریافت کردن - جستن' - To look to, خبرداری کردن - To look on, اعتبار کردن - نگه بالی کردن - *s.* نظر - نگاه - نما - صورت - ظاهر حال . Look! اینک .

Looking-glass, *s.* آئنه - آبگینه .

Loom, *s.* منسج - معاک .

Loop, *s.* حلقه - جوشك - A loop-hole, شکاف - بهانه .

Loose, *a.* (*untied*) کشاده - بی قید - (*not fixed*) ناپایدار - (*not close*) نا افشرده - (*indeterminate.*) غیر معین - (*not chaste*) ناپاك - (*unconnected*) بی پیوستگی - (*not enslaved*) آزاد - رها - (*not attentive*) نا مشغول .

Loose, *v.* آزاد کردن - کشادن - خلاص کردن .

Lop, *v.* قطع کردن - خطاب کردن .

Lord, *s.* مالك - صاحب - خاوند - ولی - خداوند - خدا .

Lordly, *a.* متکبر' - مغرور .

Lordship, *s.* مالکیت - سرداری - خداوند نعمت .

Lose, *v.* باختن - گم کردن - ضایع کردن - مغلوب شدن - زیان کردن - نقصان کردن - برباد دادن.

Loser, *s.* گم کننده - مغلوب .

Loss, *s.* نقصان - زیان - خسارت - زوال - شکست

Lost, *a.* غايب - ضايع - گم شده .

Lot, *s.* بهره - حصّه - قسمت - نصيب - (*dice*) قرعه - To cast or draw lots, معارضت نمودن - قرعه دادن .

Lottery, *s.* قرعه بازي - شرطي .

Loud, *a.* بلند آواز - بلند .

Love, *v.* عشق داشتن - محبت داشتن - دوستي داشتن - عاشق شدن .*s.* عشق - محبت - دوستي - عشق بازي - شهوت .

Lovely, *a.* دلبر - دل ربا - عشق انگيز - نازنين .

Lover, *s.* عاشق (*pl.* عشاق) - محبّ - حبيب - يار .

Lovingly, *ad.* عاشقانه - با محبت .

Low, *a.* (*not high*) زير - پست - نشيب - (*mean*) ادني - كمينه - دون - حقير - (*deep*) عميق - (*not loud*) نا بلند آواز .*v.* آروغيدن - بانگ گاو زدن .

Lower, *a.* كم تر - فروتر - پستر .

Lower, *v.* فرود آوردن - زير كردن - نمودن تاريكي .

Lowliness, *s.* فروتني - تواضع - كميني .

Lowly, *a.* فروتن - بي غرور - حليم - غريب .

Lowness, *s.* پستين - كمينگي - ذلّت - دلگيري .

Low-spirited, *a.* دل شكسته - دل تنگ - دلگير .

Loyal, *a.* نمك حلال - وفادار - مستقيم .

Loyalty, *s.* نمك حلالي - وفاداري - اطاعت .

Lucid, *a.* روشن - درخشان - صاف - شفاف .

Luck, *s.* بخت - نصيب - قسمت - طالع .

Lucky, *a.* خوش نصيب - بخت آور - اقبال مند - نيك بخت

Lucrative, *a.* سودمند - مفيد - فايده‌مند .
Lucre, *s.* سود - نفع - فايده .
Ludicrous, *a.* لغوي - خنده انگيز - مسخري .
Luggage, *s.* چيز بست - اسباب .
Lukewarm, *s.* بي غيرت - فاتر - نيم گرم .
Lull, *v.* خوابانيدن - تسكين دادن - آرام دادن .
Luminary, *s.* چراغ - ستاره - نور - روشني .
Luminous, *a.* منور - نوراني - روشن .
Lump, *s.* (*mass*) فصلت - گنده - پاره
Lunacy, *s.* مجنونيت - سودا - ديوانگي .
Lunar, *a.* ماهي - قمري .
Lunatic, *a.* مجنون - سودائي - ديوانه .
Lungs, *s.* ريه - ريات - شش .
Lure, *v.* فريب دادن - اغوا كردن - كشاكش نمودن .
Lurk, *v.* پوشيده شدن - پنهان شدن - Lurking-place, كمين گاه .
Luscious, *a.* لذيذ - مزه دار - شيرين .
Lust, *s.* هوا و هوس - نفس - شهوت - مستي .
Lust, *v.* هوس داشتن - مست شدن - شهوت داشتن .
Lustre, *s.* ناموري - شهرت - رونق - آبداري - روشني
Lusty, *a.* تندرست - قوي - زورآور .
Lute, *s.* تنبور - بربط .
Luxuriance, *s.* كثرت - افراط - زيادتي .
Luxurious, *a.* نفس پرست - شوقين - عياش .

Luxury, s. نفس پرستي - عيش و عشرت .

Lynx, s. يوز - پلنگ .

Lyre, s. چنگ - بربط .

Lyrist, s. بربط نواز .

M.

Mace, s. گوپال - گُرز .

Macerate, v. خيسيدن - رياضت نمودن - لاغر كردن .

Machination, s. فطرت - بندش - سازش .

Machine, s. دولاب - آلت .

Machinery, s. دولابي - آلتي .

Mad, a. سوداي - مجنون - ديوانه .

Madam, s. بيگم - بيبي - صاحب .

Mad-house, s. بيت المجنون - ديوانه خانه .

Madman, s. مجنون شخص - ديوانه آدمي .

Madness, s. سودا - جنون - ديوانگي .

Magazine, s. سلاح خانه - گنجينه - خزينه - مخزن .

Magi, s. مغان - آتش پرست .

Magic, s. افسون - جادوگري .

Magician, s. افسون گر - جادوگر .

Magisterial, a. مغرور - متكبر - حاكمي .

Magistrate, s. عملدار - فوجدار - عامل - حاكم .

Magnanimity, s. جوان مردي - شجاعت - همّت :

Magnanimous, a. شجاع - جوان مرد - عالي همّت .

Magnet, *s.* آهن‌کش - آهن ربا - مقناطیس .
Magnificence, *s.* شکوه - جاه و جلال - بزرگواري - رونق - حشمت .
Magnificent, *a.* عظیم - اهل، حشمت - صاحب، جلال - بزرگ - رونق دار .
Magnify, *v.* ثنا خواني کردن - کلان کردن - افزودن .
Magnitude, *s.* قدر - اندازه - کلاني .
Mahomedan, *s.* مسلمان .
Maid, Maiden, *s.* دختر - بکر - دوشیزه .
Maid-servant, *s.* پرستار - کنیز .
Mail, *s.* (*armour*) خفتان - جوشن - (*letter-bag*) خریط .
Maim, *v.* سقط کردن - زخمي کردن .
Main, *a.* شدید - قوي - مقدّم - اوّل .
Main, *s.* (*chief part*) مجموع - (*ocean*) بحر - (*strength*) [زور
Mainly, *ad.* اولاً - غالباً - اکثر .
Maintain, *v.* پرورش کردن - تعریف دادن - اقرار کردن .
Maintenance, *s.* خوراک - روزي - پرورش .
Majestic, *a.* ذوالجلال - شاهانه - عالي - خسروي - شاهي .
Majesty, *s.* جلال - بزرگي - شکوه - (*king's address*) جناب عالي - جهان پناه - حضرت .
Major, *s.* فوجدار - مقدّم - *a.* عالي - اکثر .
Majority, *s.* کثرت - اکثریت - بلوغ .
Make, *v.* ساختن - کردن - To make away with, قتل کردن - To make account, حساب کردن - (*to believe*) اعتبار داشتن - تکریم کردن - To make good, ثابت کردن -

دليل دادن - To make light of, بيهوده پنداشتن - خفيف داشتن - To make love, عشق نمودن - To make known, مشهور كردن - ظاهر كردن - To make much of, عزيز داشتن - محبت داشتن - (to understand) دريافت كردن - فهميدن - To make over, ساختن - حواله كردن - سپردن - To make out, دريافت كردن - ظاهركردن - آشكاره كردن - To make sure of, يقين داشتن - مقرر داشتن - To make up, (complete) تمام كردن - (compound) تركيب كردن - (to put together) جمع كردن - To make towards, به طرف رفتن.

Make, *s.* تركيب - ساخت - صورت - شكل.

Maker, *s.* خالق - كارساز - كارگر - (compos.) ساز - گر - كار.

Maladministration, *s.* بد عملي - بدحكومت.

Malady, *s.* آزار - بيماري - مرض.

Male, *a.* نر - ذكر.

Malediction, *s.* لعنت - بد دعا.

Malefactor, *s.* مجرم - گناه‌گار - بد كار.

Malevolence, *s.* عداوت - كينه - بد انديشي - بد خواهي.

Malevolent, *a.* كينه‌ور - بد انديشي - بد خواه.

Malice, *s.* عداوت - بغض - كينه.

Malicious, *a.* [See Malevolent.]

Malign, } *a.* كينه‌ور - عداوت - بد انديش - بد خواه - بد بخت.
Malignant, }

Malignity, *s.* [See Malice.]

Mallet, *s.* چنبه - چاكوج - ميخ چوب.

Malt, *s.* جو .
Maltreat, *v.* بد سلوك كردن .
Man, *s.* آدمي - مرد - انسان - آدمزاد - شخص - (*servant*) نوكر - Every man, هركس - No man, هيچكس .
Man-of-war, *s.* جهاز جنگ .
Manage, *v.* كردن - كارگذاري كردن - تدبير كردن - معامله كردن .
Manageable, *a.* خوش لگام - بكار شايسته - سزاور .
Management, *s.* كار گذاري - عمل - تدبير - فعل .
Manager, *s.* كار گذار - پيش كار - عامل - وكيل - كار فرمان .
Mandate, *s.* فرمان - حكم .
Mane, *s.* (*of a horse*) يال - (*of a lion*) عثرت .
Manful, *a.* مردانه - دلير - دلاور .
Manger, *s.* معلف .
Mango, *s.* انبه .
Manhood, *s.* جواني - شباب - مردي - رجوليت - مردانگي - جوان مردي .
Manifest, *a.* ظاهر - واضح - آشكاره - هويدا - *v.* ظاهر كردن - نمودن - بيان ساختن - روشن كردن .
Manifestation, *s.* اظهار - كشف - تصريح .
Manifestly, *ad.* ظاهرا - بي شك .
Manifesto, *s.* اظهار نامه - صورت حال - اشتهار .
Manifold, *a.* گوناگون - اقسام .
Mankind, *s.* انسان - بشر - بني آدم .
Manliness, *s.* مردانگي - جوان مردي - دليري .
Manly, *a.* مردانه - مردم آسا - دلير .
Manner, *s.* طرح - طور - طريق - وضع - وجه - خوي - روي .

Mannerly, *a.* مودب - خليق - خوش اخلاق .
Manœuvre, *s.* فطرت - حكمت - تدبير .
Mansion, *s.* دار - حويلي - خانه - مكان .
Mantle, *s.* كف بر آوردن *v.* . بالا پوش - لباده .
Manual, *a.* دستي - *s.* كتاب خورد .
Manufactory, *s.* دست كاري - كاري گري - كار خانه .
Manufacture, *v.* از دست ساختن - دست كاري كردن -
s. صنعت - كردار - كار - عمل .
Manufacturer, *s.* پيش كار - كاري گر - دست كار .
Manure, *s.* مركين - *v.* مركين دادن .
Manuscript, *s.* قلمي كتاب - دست خط .
Many, *a.* بسيار - كثير - بسا - How many ? چند - So many, اين قدر - چندين - Many times, بارها - Many-coloured, بوقلمون - گوناگون - رنگارنگ .
Map, *s.* تخطيط بلاد - نقشه زمين .
Marble, *s.* سنگ مرمر .
March, *s.* كوچ كردن - رفتن *v.* - سفر - رفتار .
Mare, *s.* فرس - اسپ ماده .
Margin, *s.* لب - كناره - حاشيه .
Marine, *a.* سپاهي جهاز *s.* - بحري - دريائي .
Mariner, *s.* اهل جهاز - خلاصي - ملاح .
Maritime, *a.* دريائي - بحري .
Mark, *s.* هدف - نشانه - دلالت - رقم - علامت - داغ - نشان .
Mark, *v.* غور كردن - نظر كردن - داغ دادن - نشان كردن .
Market, *s.* بازار كردن *v.* - بازار - چوك .

Marksman, *s.* شست انداز-نشانه انداز .
Marriage, *s.* عقد,نکاح-شادي-نکاح .
Married, *a.* نکاح کرده شده-منکوح .
Marrow, *s.* مغز,استخوان .
Marry, *v.* عروس بودن-شادي کردن-نکاح کردن .
Mars, *s.* جلد فلك-مریخ .
Marshal, *s.* نسقچي-سپاه سالار .
Martial, *a.* سپاهیانه-لشکري-جنگي .
Martyr, *s.* شهید-*v.* قتل کردن-شهید کردن .
Martyrdom, *s.* شهادت .
Marvel, *v.* حیران شدن-متعجب شدن-تعجب کردن .
Marvellous, *a.* غریب-عجوبه-عجیب .
Masculine, *a.* دلیر-مردانه-نر-مذکر .
Mask, *s.* برقع-حیله-صورت. *v.* برقع نهادن-پوشیده کردن
Mason, *s.* سنگ تراش-معمار-راز . [جماعت.
Mass, *s.* (*large quantity*) جمع-انبار-(*assemblage*)
Massacre, *s.* هلاك-مقاتلت-خون ریزي. *v.* قتل کردن.
Massive, *a.* عظیم-ثقیل-کلان .
Mast, *s.* تیر,جهاز-تیر .
Master, *s.* مالك-صاحب-خاوند-ولي-(*teacher*)
استاد-معلم-A master of any art, آموزگار-(*of a ship*) ناخدا. *v.* آموختن-زیردست کردن-مغلوب کردن .
Masterly, *ad.* استادانه-واقف-کامل .
Mastiff, *s.* درواس

Mat, *s.* بوريا - حصير . *v.* پوشيدن باحصير .
Match, *s.* (*equal*) همقدم - (*game*) بازي - (*pair*) جفت - نكاح - (*anything resembling*) برابر - همسر - (*of a gun*) سوخته - (*a match of brimstone, &c.*) كبريت - (*an athletic exercise*) كشتي - مقابلت .
Match, *v.* برابر شدن - برابر كردن - موافق شدن - (*confront*) مقابل كردن - (*to join in marriage*) نكاح كردن .
Matchless, *a.* بي مثال - بي نظير - لاثاني .
Mate, *s.* (*companion*) رفيق - (*husband or wife*) زوج - زوجه - A ship-mate, هم جهاز - A chess-mate, شاه مات.
Material, *a.* جسمي - مجسم - مادّي - ضرور .
Materials, *s.* اسباب - سامان - سرانجام - لوازمه .
Materially, *ad.* جسمانا - لازمانه - نهايت .
Maternal, *a.* مادري - مصبتانه .
Mathematician, *s.* مهندس - رياضي دان .
Mathematics, *s.* علم رياضي - هندسه .
Matrix, *s.* قالب - رحم - بچه دان .
Matricide, *s.* مادركشي - قتل مادر .
Matrimonial, *a.* نكاحي - زوجي .
Matrimony, *s.* نكاح - شادي .
Matron, *s.* بيبي - خاتون - پير زن .
Matter, *s.* مادّه - جسم - جوهر - كار - معامله - مضايقه.
Mature, *a.* پخته - رسيده - كامل . *v.* رسيدن - باليدن .
Maturity, *s.* پختگي - رسيدگي - كمال .

Maxim, *s.* مسئله - مقوله - قاعده - قانون - آئین .
May, *v.* توانستن - *s.* (*month*) خورداد - ربیع الاول .
Mayor, *s.* حاکم شهر .
Maze, *s.* حیرانی - سرگردانی - *v.* حیران کردن .
Meadow, *s.* مرغزار - چمن - چراگاه .
Meagre, *a.* لاغر - حقیر - ناقص .
Meal, *s.* (*ground corn*) آرد - (*repast*) خوراک - خورش .
Mean, *a.* (*despicable*) کمین - فرومایه - (*middling*) میانه - (*niggardly*) بخیل - *s.* اوسط - میان - اعتدال .
Mean, *v.* مقصود داشتن - اراده داشتن - معنی داشتن .
Meaning, *s.* معنی - عزم - اراده - مقصد .
Meanness, *s.* حقارت - کمینگی - پستی - ذلت - خفت .
Means, *s.* وسیله - وسالت - معرفت - (*revenue*) مال - مایه - آمد - محاصل - By all means, بهر وجه - By no means, هرگز نه - اصلاً .
Meant, *pp.* معلوم کرده - مقصود - معهود .
Meantime, **Meanwhile**, } *ad.* در آن میان - در اثناء وقت .
Measure, *v.* پیمودن - اندازه کردن - پیمایش کردن .
Measure, *s.* پیمایش - اندازه - پیمانه - (*poetic measure*) وزن - میزان - Measures, وسیله - ترکیب - تدبیر .
Meat, *s.* (*flesh*) گوشت - (*food*) غذا - طعام .
Mechanic, *s.* کاریگر - دستکار - اهل پیشه یا حرفه .
Mechanics, **Mechanism**, } *s.* علم منجنیق - علم ادات .

Medal, *s.* سکه - نعمه .
Meddle, *v.* مداخلت کردن - دخل کردن - معامله کردن .
Medial, *a.* میاني - درمیاني - متوسط .
Mediate, *v.* وساطت کردن - شفاعت کردن - توسط کردن .
Mediation, *s.* وساطت - شفاعت .
Mediator, *s.* شفیع - میانچي .
Medical, *a.* طبیبي - علاج منسوب - چاره پیوند .
Medicinal, *a.* داروئي - طبّي .
Medicine, *s.* دوا - دارو - علاج - طب - شفا .
Mediocrity, *s.* اوسط - اعتدال - میانگي .
Meditate, *v.* اندیشه کردن - فکر کردن - غور کردن - تدبیر کردن - تامّل کردن .
Meditation, *s.* فکر - غور - اندیشه - تامّل .
Medium, *s.* وسط - اعتدال - درمیان .
Meek, *a.* ملایم - نرم - حلیم - سلیم - غریب .
Meekness, *s.* ملایمت - نرمي - حلم - غریبي .
Meet, *v.* (*to encounter*) ملاقات کردن - مقابل شدن - To meet together, جمع شدن - فراهم شدن - To meet with, حاصل کردن - (*to join*) وصال یافتن .
Meeting, *s.* جماعت - ملاقات - مجلس - محفل .
Melancholy, *s.* مالیخولیا - ملالت - *a.* سودا - دلگیر .
Melodious, *a.* آهنگ - خوش الحان - خوش نوا .
Melody, *s.* آهنگ - الحان - نغمه - خوش نوائي .
Melon, *s.* خربوزه - تربوز - A water-melon, هندوانه .

Melt, *v.* گداختن - گداز شدن - گداز کردن.
Member, *s.* (*limb*) عضو - (*a clause*) فصل - (*a part*) شریك - حصه - (*one of an assembly*) صاحب, مجلس.
Membrane, *s.* پرده - حجاب.
Memoir, *s.* تذکره - سر گذشت - تواریخ.
Memorable, *a.* مشهور - لائق, یاد - قابل, یاد - واجب الذکر.
Memorandum, *s.* یادداشت - یادگاری.
Memorial, *s.* یادگار - عرض داشت - عرضی - درخواست.
Memory, *s.* یاد - حفظ - حافظ - ذکر.
Menace, *s.* تهدید - تخویف - *v.* تهدید کردن - تخویف کردن.
Mend, *v.* مرمت کردن - بهتر کردن - بهتر شدن - رفو کردن
Mendicant, *s.* فقیر - گدا - درویش.
Menial, *a.* حقیر - (*servant*) نوکر.
Mensuration, *s.* پیمایش - مساحت - جریب کشی.
Mental, *a.* دلی - قلبی - منسوب بخاطر - ضمیری - عقلی.
Mention, *v.* ذکر کردن - یاد کردن - ذکر - تذکره - مذکور.
Mercantile, *s.* تجارتی - بازاری.
Mercenary, *a.* زر آشنا - خود غرض - مزدور.
Merchandise, *s.* مال - جنس - سوداگری - تجارت.
Merchant, *s.* سوداگر - تاجر (*pl.* تجار) - بازرگان.
Merchantman, *s.* جهاز سوداگری.
Merciful, *a.* رحیم - رحمان - رحم دل - نرم دل - شفیق.
Merciless, *a.* بی رحم - بی شفقت - بی درد - سنگدل.
Mercury, *s.* سیماب - زیبق - The planet Mercury, عطارد.

Mercy, *s.* رحم - رحمت - مرحمت - شفقت .
Mere, *a.* صرف - فقط - محض - خالي .
Merely, *ad.* فقط - صرف .
Meridian, *s.* نصف النّهار - ظهر - (*line*) خط نصف النّهار .
Merit, *s.* قدر - سزاواري - لياقت - وصف - خوبي . *v.* مستحق شدن - لايق شدن - سزاوار شدن - واجب شدن .
Meritorious, *a.* واجب الاجر - مستحق عنايت - سزاوار .
Merrily, *a.* به خوشي - شادمانه - شادان .
Merriment, *s.* خوشي - شادي - گرمي - طرب .
Merry, *a.* خوش - شادمان - شاد - مسرور .
Message, *s.* پيام - پيغام - خبر .
Messenger, *s.* قاصد - پيغامبر - پيك - رسول .
Metal, *s.* معدني - مهل .
Metamorphose, *v.* صورت كردن - تبديل شكل كردن - تبديل .
Metaphor, *s.* استعاره - مجاز - كنايت .
Metaphorical, *a.* مجازي - رنگين - مستعار .
Metaphysics, *s.* علم كلام - الهيت .
Mete, *v.* پيمايش كردن .
Meteor, *s.* شهاب .
Methinks, *v.* مرا معلوم مي نمايد - قياس مي كنم
Method, *s.* ترتيب - وضع - طور - طريق - سليقه .
Methodical, *a.* مرتب - منتظم - اهل طريق .
Metre, *s.* قافيه - ميزان - نظم - وزن - بحر .
Metropolis, *s.* دار السلطنت - خلافت - حكومت .

Microscope, *s.* شیشه کلان بین .
Mid, *a.* میان - درمیان - Mid-day, نیم‌روز - ظهر - Mid-night, نیم‌شب - وسط لیل .
Middle, *s.* نیم - میان - Middle-finger, انگشت وسطي .
Midst, *s.* درمیان .
Midwifery, *s.* دایه گري - علم تولید .
Mien, *s.* وضع - قیافه - چهره .
Might, *s.* قوّت - قدرت - مقدور - زور - طاقت .
Mightily, *ad.* به زور - با قوّت - با شدّت - نهایت .
Mighty, *a.* قوي - زور آور - مضبوط - قادر .
Migrate, *v.* نقل وطن کردن - تبدیل مکان کردن .
Mild, *a.* ملایم - حلیم - ملیم - موم‌دل .
Military, *a.* جنگي - لشکري - سپاهي - *s.* لشکر - فوج .
Milk, *s.* شیر - *v.* دوشدن . Milk-maid, زن شیردوش .
Milk-man, شیرفروش - Milk-pail, دول .
Milky, *a.* شیردار - Milky way, کهکشان .
Mill, *s.* آسیا - آس - Millstone, سنگ آسیا .
Miller, *s.* آسیا بان - طحّان .
Million, *s.* ده صد هزار - ده لك .
Mimic, *s.* نقّال - مقلّد - تقلیدي - *v.* نقل کردن .
Mince, *v.* قیمه کردن - پاره پاره کردن .
Mind, *s.* دل - خاطر - ضمیر - ذهن - فهم - خواهش - اراده - قصد - غرض . *v.* غور کردن - آگاهي نمودن .
Mindful, *a.* یادآور - خبردار - هوشیار .

Mine, *s.* معدن - كان - نقب . *v.* معدن در كندن .
Miner, *s.* نقب زن - معدن كاونده .
Mineral, *s.* جماد - معدني .
Mineralogy, *s.* علم معدن .
Mingle, *v.* آميختن - آميز شدن - مخلوط كردن - مخلوط شدن .
Miniature, *s.* تصوير صغير .
Minister, *s.* (*an agent*) نايب - گماشته - وكيل - كاركن - (*of state*) وزير - مدبر - The prime minister, وزير اعظم - صدر نشين - (*priest*) خادم دين - The Ministers of State, اركان مملكت - اعيان دولت - *v.* خدمت كردن .
Ministry, *s.* خدمت - وزارت - پيشه خادم دين .
Minor, *a.* كمتر - صغير - نا بالغ - نا رسيده - خورد مبال .
Minority, *s.* كمتري - قلت - خورد مبالي - نابالغي - نا رسيدگي .
Minstrel, *s.* مطرب - بربط سراي .
Mint, *s.* (*a place where money is coined*) دارالضرب - (*plant*) پودينه . *v.* سكه زدن .
Minute, *s.* لمحه - لحظ - ذره - دقيقه - يادگار - شرح .
a. ذره - دقيق - باريك - رقيق .
Minute, *v.* نوشتن - يادداشت كردن - ياد آور كردن .
Minutely, *ad.* با دقت - تفصيلا - هردم - هرلحظه .
Miracle, *s.* معجزه - كرامت - عجب .
Miraculous, *a.* عجيب - عجوبه - كرامتي .
Mirror, *s.* آينه - آبگينه .
Mirth, *s.* خوشي - شادي - خرّمي .
Misapply, *v.* بي وجهي كردن - بيجا خرج كردن - ضايع كردن .

Misapprehend, *v.* خلاف معني - نا فهميدن - نادر يافتن - دريافت كردن .

Misapprehension, *s.* خلاف فهميدگي .

Misbehave, *v.* بي ادب كار ساختن - بد سلوكي كردن .

Misbehaviour, *s.* بي ادبي - بد سلوك .

Miscarriage, *s.* اسقاط حمل (*abortion*) - بد انجامي .

Miscarry, *v.* اسقاط حمل داشتن - نا مراد شدن .

Miscellaneous, *a.* بعضي جمع - مخلوط - متفرق .

Mischief, *s.* بدي - خرابي - ضرر - آزار - زيان - نقصان .

Mischievous, *a.* بد - شرير - زيانكار - مضرر .

Misconception, *s.* فكر - خطا - غلطي .

Misconduct, *s.* بد كرداري - بد فعل - بد عملي .

Misconstrue, *v.* مخالف بيان كردن .

Misdeed, Misdemeanour, } *s.* قصور - جريمه - گناه - بد فعلي .

Miser, *s.* خسيس - ناكس - ليم - بخيل .

Miserable, *a.* بريشان حال - شكسته حال - خوار - ذليل - ناقص - مسكين - تباه .

Misery, *s.* مسكنت - پريشاني - شكسته حال - خواري .

Misfortune, *s.* مصيبت - بد بختي - آفت - كم بختي .

Misgive, *v.* بدفال گرفتن - انديشناك كردن .

Misguide, *v.* بيراه زدن - گمراه كردن .

Mishap, *s.* حادثه - بد اتفاق - بد بختي .

Misinform, *v.* خبر ناراست دادن - غلط خبر دادن .

Mislead, *v.* گم راه كردن .

Mismanage, v. بي تدبيري كردن - بي معني كار كردن .

Misname, v. نام ناراست دادن .

Misrepresent, v. خلاف بيان كردن - 'منقلب كردن .

Misrule, s. بد حكومت - هنگامه .

Miss, s. دوشيزه - صاحب زادي - بيبي جان .

Miss, v. (the mark) خطا كردن ((to fail of obtaining)

نا يافتن - (to omit) قصور كردن - (to be lost) گم شدن .

Mission, s. ارسال - رسالت - پيغامبري - فرستادگي .

Missionary, s. خادم دين - فرشته .

Mist, s. بخار - دود .

Mistake, s. غلطي - خطا - قصور - .v خطا كردن - قصرر كردن.

Mistress, s. صاحب - ملكه - كدبانو - معشوقه .

Mistrust, s. شك - بد گمان - وهم - .v بد گمان بردن .

Misunderstand, v. فهميدن خلاف - نا فهمي كردن .

Misunderstanding, s. نا فهمي - غلط - مخالفت - منازعت.

Mitigate, v. كم كردن - 'ملايم كردن - تخفيف كردن .

Mitigation, s. تخفيف - تسكين .

Mix, v. آميختن - مخلوط كردن - مخلوط شدن - آميزش كردن.

Mixture, s. آميزش - امتزاج - 'مركب - تشويش - مزاج .

Moan, s. آه - نالـ -v. نالـ كردن - افسوس كردن - زاريدن .

Moat, s. خندق .

Mob, s. هجوم - انبوه - مجمع - هنگامه - غوغا .

Mock, v. مسخري كردن - استهزا كردن .

Mockery, s. تسخر - استهزا .

Mode, s. صورت - طور - طريق - وضع - رواج - پرده .

Model, *s.* قالب - نقل - نمونه - نقشه .
Model, *v.* نقشه کردن - شکل کردن - ساختن .
Moderate, *v.* تخفیف کردن - کم کردن - ضبط کردن - ساکن کردن . *a.* موافق - میانه - معتدل .
Moderation, *s.* تحمّل - صبر - قناعت - اعتدال .
Moderator, *s.* مدبّر - میر مجلس . [متاخرین] .
Modern, *a.* حالي - جدید - متاخّر - Moderns, ابناي زمان -
Modest, *a.* نا گستاخ - نا مغرور - شرم گین - شرم ناك - شرم سار .
Modesty, *s.* پاكي - عصمت - غیرت - حجاب - حیا - شرم .
Modification, *s.* تشکیل - ترکیب .
Modify, *v.* تبدیل کردن - شکل بستن - صورت دادن .
Moist, *a.* رطب - میراب - تر - نم .
Moisten, *v.* مرطوب کردن - تر کردن - نمناك کردن .
Moisture, *s.* عرق - رطوبت - تري - نم .
Mole, *s.* (*on the skin*) خال - (*animal*) کور موش .
Molest, *v.* آزردن - رنجیدن - تکلیف دادن .
Molestation, *s.* آزار - تصدیع - رنج - ایذا - تکلیف .
Mollify, *v.* نرم کردن - تسکین دادن - ملایم کردن .
Moment, *s.* دقیقه - ساعت - لحظه - لمحه - دم .
Momentary, *a.* یکدمي - فاني - نا پایدار .
Momentous, *a.* ضرور - مهمّ - سنگین - گران .
Monarch, *s.* قیصر - سلطان - ملك - شاه - پادشاه .
Monastry, *s.* خانقاه - صومعه .
Monday, *s.* یوم الاثنین - دوشنبه .

Money, *s.* زر - نقد - (*a sum of money*) مبلغ - مایه - Money-changer, صرّاف - نقّاد - A money-bag, کیسه.
Moneyless, *a.* بي زر - بي نقد - تهي دست - مفلس.
Monger, *s.* فروش - Fishmonger, ماهي فروش.
Monitor, *s.* ناصح - واعظ - خليفه.
Monk, *s.* زاهد - گوشه نشين - درويش.
Monkey, *s.* بوزينه - ميمون.
Monopolize, *v.* اجاره گرفتن - بندار بودن.
Monopoly, *s.* اجاره - خاص خريد.
Monsoon, *s.* موسم.
Monster, *s.* ديو - عفريت.
Monstrous, *a.* عجيب - عظيم - هول ناك - شرير - شديد.
Month, *s.* ماه - شهر - From month to month, ماه بماه.
Monthly, *a.* ماهي - ماه به ماه.
Monument, *s.* نشان - يادگار - علامت - تربت - قبر.
Mood, *s.* حال - حالت - خاطر - خو - وضع.
Moon, *s.* ماه - ماه تاب - قمر - New moon, ماهٔ نو - هلال - Fullmoon, بدر - Moon's change, تحويل ماه.
Moonlight, Moonshine, *s.* ماه تاب - نور ماه.
Moor, *s.* زنگي - حبشي - مغربي - بي آباد زمين - ويرانه.
Moral, *s.* نصيحت - پند - حاصل - غرض - *a.* اخلاقي - اخلاق نما - آداب آموز - پندانه - خوش اخلاق.
Moralist, *s.* آديب - اتاليق - ناصح - واعظ.
Morality, *s.* اخلاق - سلوک - آداب - حق.

Moralize, *v.* اخلاق فهمالیدن - فکرِ حسن کردن .
Morally, *ad.* بہ راستي - درحق .
Morals, *s. pl.* اخلاق - نیك سلوکي - آداب - وضع .
Morbid, *a.* بیمار - مریض - خسته .
More, *a.* زیاده - افزون - بیش - More and more, زیاده - More or less, کم بیش - More than enough, افراط - More than, زیاده از - More behind, پستر - More before, پیشتر .
Moreover, *ad.* علاوه - سواي این - جزآن .
Morning, *s.* فجر - صبح - سحر - Early in the morning, سحرگاه - To-morrow morning, فردا بوقت صبح - Good morning, صباح الخیر - Morning-star, زهره -
Morose, *a.* درشت - ترش رو .
Moroseness, *s.* درشتي - ترش روي - تند مزاج .
Morrow, *s.* فردا .
Morsel, *s.* لقمه - نواله - پاره .
Mortal, *a.* فاني - موتي - فوتي - انساني - بشري - مهلك - قاتل *s.* انسان - آدم زاد - بشر - شخص .
Mortality, *s.* فنا - اجل - موت - انسانیت - بشریت - آدمیت .
Mortar, *s.* هاون - (*for building*) نواشه - ریخته .
Mortgage, *v.* گرویدن - گرو دادن . *s.* گرو - رهن .
Mortification, *s.* (*gangrene*) خورا - (*vexation*) آزار - رنج - (*self-denial*) پرهیزي .
Mortify, *v.* ضبط کردن - آزار دادن - سرفرو زدن .
Mosque, *s.* مسجد - عبادتگاه - نمازگاه .

Moss, *s.* أشنه - Water-moss, طحلب .
Most, *ad. a.* اكثر - بيشتر - زياده‌تر - نهايت .
Mostly, *ad.* اكثر - بيشتر - غالباً .
Mote, *s.* ذره - A mote in the eye, رايد العين .
Moth, *s.* پروانه - حشرت .
Mother, *s.* مادر - والده - امّ - A step-mother, خوشدامن.
Mother-in-law, خوش دامن . *v.* ريم اندوختن .
Motherly, *a.* مادرآسا - مادرانه .
Motion, *s.* حركت - جنبش - تقرير - قضيه - اظهار .
Motionless, *a.* بي حركت - ساكن .
Motive, *s.* سبب - مراد - غرض - مطلب - موجب - باعث .
Motto, *s.* سجع - كتابت - علامت - نقش - نشان .
Mould, *s.* (*soil*) گل - (*model*) قالب - نقشه - تراش -
To cast in a mould, قالب كردن افراغ .
Mound, *s.* پشته - بند . *v.* پشته بندي كردن .
Mount, *v.* بالا رفتن - سوار شدن - آرايش كردن - نسب كردن .
Mountain, *s.* كوه - جبل (*pl.* جبال).
Mountainous, *a.* كوهسار - كوهستان .
Mourn, *v.* غم خوردن - افسوس كردن - ناله و زاري كردن .
Mourner, *s.* غمخور - ماتم كننده .
Mournful, *a.* غمگين - غمناك - غم خيز .
Mourning, *s.* غم - ناله زن - زاري ساز .
Mouse, *s.* موش - فار .
Mouth, *s.* دهان - دهن .
Mouthful, *s.* نواله - لقمه .

Movable, *a.* متحرك - ممكن الحركت .

Move, *v.* حركت دادن - جنبيدن - (*propose*) مقدم کردن - (*provoke*) دل نواختن - (*to excite*) انگيختن - To move in a circle, گرديدن - To go from one place to another, جابجا رفتن - To move to mutiny or sedition, فتنه انگيختن - To move (*oneself*) رفتن - پيش رفتن - To move (*any thing*) پيش راندن .

Movement, *s.* حركت - روارَوي - جنبش .

Moving, *a.* دل سوز - دل كش - جگر سوز - متحرك.

Mow, *v.* درو كردن - درويدن .

Much, *a.* بسيار - نهايت - كثير - How much, چقدر - Very much, غايت - So much, چنين قدر - As much as, همقدر - همسر - So much so, ازبسکه - To make much, of, نواختن .

Mud, *s.* گل - طين - وحل . *v.* در گل دفن كردن .

Muddy, *a.* آلوده - مكدر - تيره - *v.* آلودن .

Mug, *s.* آب‌خوره - كوزه .

Mulberry, *s.* توت - شهتوت .

Mulct, *s.* جريمانه - گنهگاري - تاوان - *v.* جريمانه گرفتن .

Mule, *s.* أستر - بغل .

Multifarious, Multiform, } *a.* رنگ به رنگ - گوناگون - كثير الشكل .

Multiplication, *s.* افزايش - توفير - تكاثر .

Multiplier, *s.* افزاينده - توفيرگر .

Multiply, *v.* افزائيدن - زياده كردن .

Multitude, *s.* كثرت - جماعت - انبوه - هجوم .
Munificence, *s.* سخاوت - همّت - بزل - داد و دهش .
Munificent, *a.* سخي - کشاده دل .
Murder, *s.* خون - قتل - خون ريزي .
Murder, *v.* خون ريختن - قتل كردن - كُشتن .
Murderer, *s.* خون ريز - قاتل - مردم كُش .
Murderous, *a.* خون خوار - خونين - جلّاد .
Murmur, *s.* نالش - شكايت - *v.* گله كردن - شكايت كردن .
Muscular, *a.* گوشت دار - جسيم - زور آور .
Muse, *v.* غور كردن - انديشه كردن - *s.* انديشه .
Museum, *s.* عجايب خانه - نادرات خانه .
Music, *s.* نغمه - الحان - سرود .
Musical, *a.* خوش آهنگ - پرسوز - شيرين سرودي .
Musician, *s.* مُطرب - مُغنّي - مُسنّدان - سازنده .
Musk, *s.* مُشك - A bag of musk, نافهٔ مشك .
Musket, *s.* بندوق - تُفنگ .
Muslin, *s.* ململ - تن زيب - شب نم .
Mussulman, *s.* مُسلمان - مُسلم .
Must, *v.* بايد - ضرور است - لازم است .
Mustache, *s.* بروت - خط .
Mustard, *s.* خردل - اسپنج .
Muster, *v.* موجودات گرفتن - جمع كردن - بهم آوردن .
Mute, *a.* خاموش - بي زبان - گنگ - Mute, a letter, ساكن .
Mutilate, *v.* لنگ نمودن - عضو قطع كردن - نقصان كردن .

Mutinous, *a.* بغي - سرکش - مفسد .
Mutiny, *s.* بغاوت - انصراف - فساد - هنگامه .
Mutter, *v.* لندیدن - آواز نا آشکاره ساختن .
Mutton, *s.* گوشت گوسفند .
Mutual, *a.* دوطرفي - طرفین - جانبین .
Mutually, *ad.* از دو طرفي .
Muzzle, *v.* دهان بند کردن - *s.* دهان .
My, *pron.* من - م - ام - م .
Myriad, *s.* ده هزار - هزارها .
Myrobalan, *s.* آمله - هلیله .
Myrrh, *s.* مر - مر صافي .
Myself, *pro.* من خود - نفسي .
Mysterious, *a.* مخفي - پوشیده - بعید الفهم - راز دار .
Mystery, *s.* راز - رمز - سر - غیب - حکمت - کسب .
Mythology, *s.* نقل جن .

N.

Nail, *s.* (*of the finger or toe*) - ناخن - (*spike of iron*) میخ - مسمار - *v.* میخ زدن . [صرف .
Naked, *a.* برهنه - (*not hidden*) ظاهر - آشکاره - (*simple*) [نام دادن .
Nakedness, *s.* برهنگي - ظاهري .
Name, *s.* نام - اسم - (*title*) لقب - خطاب - *v.* نامیدن -
Namely, *ad.* یعني - خصوصاً .
Namesake, *s.* هم نام - هم اسم .

Napkin, *s.* رومال - دستمال .

Narration, *s.* نقل - قصّه - حکایت - احوال .

Narative, *s.* نقل‌گو - حکایت‌گو .

Narrator, *s.* ناقل - راوي .

Narrow, *a.* تنگ - کم عرض - (*covetous*) تنگ دست -
بخیل - غریب. *v.* تنگ کردن . تنگ‌دل -

Narrowly, *ad.* با تنگي - با سختي - با مشکلي - با غور -

Narrowness, *s.* تنگي - مفلسي - تنگ دستي - بخل -

Nasal, *a.* غنّه - از بیني گفته .

Nasty, *a.* غلیظ - کسیف - مکروه - ناصاف .

Natal, *s.* ولادلي - مولودي .

Nation, *s.* قوم - ملّت - گروه - فرقه - خلق - ابار .

National, *a.* قومي - عمومي - مطلق - وطن دوست .

Native, *a.* اصلي - ذاتي - جبلّي - متوطّن .

Nativity, *s.* تولد - ولادت - وطن .

Natural, *a.* (*according to nature*) طبعي - ذاتي - جوهري -
خلقي - (*easy*) لطیف - ظریف - نازک - (*illegitimate*) حرام .

Naturally, *ad.* به ذاتي - به طبعیت - بالاصل .

Nature, *s.* طبعیت - ذات - سرشته - جوهر - خصلت -
خاصیت - خو - مزاج - جنس - وضع .

Naught, *s.* هیچ .

Naughty, *a.* بد - خراب - شریر .

Nautical, *a.* جهازي - ملاحي . نسبت دار از جهاز راني -

Naval, *a.* جهازي - بحري .

Navel, *s.* ناف .

Navigable, *a.* قابل، ابحار - لايق، اقلاع .

Navigate, *v.* اقلاع كردن - ملاّحي كردن .

Navigation, *s.* علم، جهاز راني - ناخدائي - ملاّحي .

Navigator, *s.* جهاز ران - ناخدا - ملاّح .

Navy, *s.* بحر جنگي - جمعيت، جهازها .

Nay, *ad.* هيچ - نه .

Neap-tide, *s.* جزر .

Near, *a.* نزديك - قريب - مقرون - (*parsimonious*) تنگ دست - (*related as kindred*) قريب - خويش .

Nearly, *ad.* كم بيش - تقريبانه - انقريب .

Nearness, *s.* تنگ دستي - قرب - نزديكي .

Neat, *a.* پاك - پاكيزه - نفيس - خوش نما .

Neatness, *s.* پاكيزگي - نزاكت - نظامت .

Necessarily, *ad.* لابدّ - لاجرم - لازمانه - ضرورتا .

Necessary, *a.* ملتزم - مقتضي - واجب - لازم - ضرور .

Necessary, *s.* پاي خانه - جاي ضرور .

Necessitous, *a.* مسكين - تنگ دست - محتاج .

Necessity, *s.* اقتضاي - مفلسي - احتياج - حاجت - ضرورت - تقدير - قضا - لازمت .

Neck, *s.* گردن، زمين - گلو - گردن .

Necklace, *s.* طوق - گردن بند .

Necromancer, *s.* جادوگر .

Necromancy, *s.* جادوگري .

Nectar, *s.* آب, کوثر .
Need, *s.* حاجت - احتیاج - درکار - ضرورت - لازمت . ضرورت نمودن - درکار شدن - احتیاج داشتن *v.* - اقتضای .
Needful, *a.* ضرور - لازم - واجب - مقتضی .
Needle, *s.* سوزن - خیاط - Needle-work, نقش - طراز.
Needless, *a.* بی ضرور - بی احتیاج - بی فایده - بی .
Needy, *a.* محتاج - مفلس - حاجتمند .
Negative, *a.* منفی - نفی - نهی .
Neglect, *v.* غافل شدن - خطا کردن - *s.* خطا .
Negligence, *s.* غفلت - اهمال - بی خبر .
Negligent, *a.* غافل - مهمل - کاهل - سست - بی خبر .
Negotiate, *v.* معامله کردن - کار و بار کردن - مصلحت کردن .
Negotiation, *s.* معامله - کاروبار - جواب سوال .
Negotiator, *s.* میانچی - میاندار - معامله کار .
Negro, *s.* حبشی - زنگی - سیاه .
Neigh, *v.* صهال کردن - زلودن . *s.* صهیل .
Neighbour, *s.* هم سایه (*pl.* همسایگان) - همدیوار - *v.* نزدیک بودن - قریب بودن .
Neighbourhood, *s.* نواحی - همسایگی .
Neither, *con.* نه - *pron.* نه این نه آن - Neither one nor the other, نه یک نه دیگر .
Nephew, *s.* برادر زاده - (*sister's son*) خواهر زاده .
Nerve, *s.* قوت - همت . *v.* قوت گرفتن .
Nervous, *a.* ناتوان - بی قوت - کم زور - سست - ضعیف .
Nest, *s.* آشیانه - نشیمن .

Net, *s.* دام - شبکة . *v.* بزیر دام گرفتن
Nether, *a.* زیرین - اسفل .
Nethermost, *a.* زیر ترین .
Neuter, *a.* مساوي - غیر ذي روح .
Never, *ad.* هرگز نه .
Nevertheless, *ad.* با وجود این .
New, *a.* نو - تازه - جدید .
Newly, *ad.* از نو - مجددا .
Newness, *s.* تازگي .
News, *s.* خبر (*pl.* اخبار) - واقعات - Good news, مژده .
Newspaper, *s.* اخبار - کاغذ خبر .
Next, *a.* (*adjoining*) متصل - (*immediately following*) عنقریب - (*then, after which*) بعد از این - آینده .
Nice, *a.* نازک - لذیذ - ثمین - لایق - صحیح .
Nicely, *ad.* به درستي - به صحت .
Nicety, *s.* صحت - دقت - باریکي .
Niche, *s.* طاق - طاقچه .
Nick, *s.* دندانه - وقت - وقت معین .
Nickname, *s.* لقب - نام عرفي .
Niece, *s.* دختر برادر - دختر خواهر .
Niggard, *s.* بخیل .
Niggardly, *a.* تنگ دست - خسیس .
Nigh, *ad.* نزدیک - قریب - نزد .
Night, *s.* شب - لیل - Last night, دیشب - To-night, امشب - Good night, شب بخیر .

Nightingale, *s.* بلبل - عندليب .
Nightly, *a.* شبينه - هر شب - بوقت شب .
Nightmare, *s.* ضاغوط - كابوس .
Nimble, *a.* چالاك - جلد - تيز .
Nine, *a.* نُه - Ninefold, نُه گون - نُه چند .
Nineteen, *a.* نوزده .
Ninety, *a.* نود .
Ninth, *a.* نهم .
Nippers, *s.* اهنيچ - موچينه .
Nipple, *s.* سر پستان .
Nitre, *s.* ابقر - شوره .
No, *ad.* نَه - نه - لي - Of no account, ناچيز - ناكاره .
Nobility, *s.* اميري - شرافت - نجابت - بزرگواري - جوان مردي .
Noble, *a.* شريف - عمده - بزرگوار - اصيل - عالي نسب .
Nobleman, *s.* امير - خان - شريف - ركن دولت .
Nobly, *ad.* شريفانه - اميرانه .
Nobody, *s.* هيچ كس - هيچ شخص نه .
Nocturnal, *a.* شبينه - ليلي .
Nod, *v.* سر دوان كردن - رمز كردن . *s.* سر دوان .
Noise, *s.* آواز - صدا - بانگ - شور - غوغا .
Noisy, *a.* پر آواز - هنگامه ساز .
Nominal, *a.* فرضي - خيالي - زباني - نامي .
Nominate, *v.* مقرر كردن - نشاندن - نامزد كردن .
Nomination, *s.* تسميه - تقرر - جعل .
Nominative, *a.* فاعل - حالت فاعليت .

None, *a.* هيچ نه .

Non-existence, *s.* بي وجودي - عدم - نيستي - نابودي .

Nonplus, *v.* لاچار كردن - لاجواب كردن - حيران كردن .

Nonsense, *s.* لغويت - هرزه - ياوه - بيهوده گوئي .

Nook, *s.* گوشه .

Noon, *s.* نصف النّهار - نيم روز .

Noose, *s.* كمند - دام - بند . *v.* در كمند گرفتن .

Nor, *con.* نه - نه آن نه اين .

North, *s.* شمال - The North pole, قطب شمالي . North-east, شمال مشرقي . Northern, *a.* شمالي . North-star, ستاره قطب شمالي - Northward, *ad.*, به سوي شمال . North-west, شمال مغربي .

Nose, *s.* بيني - انف .

Nosegay, *s.* گل دسته .

Nostril, *s.* پرده بيني - ناي بيني .

Not, *ad.* نه - نا - لا - It is not, نيست - Not at all, لالا .

Notable, *a.* لايق تعريف - قابل ياد - مشهور .

Notation, *s.* رقم - اشاره نويسي - نشان نويسي .

Note, *v.* درج كردن - نوشتن - غور كردن - ملاحظه كردن .

Note, *s.* نشان - علامت - (*a short letter*) رقعه - (*a bill*) تمسك - دست آويز - (*in music*) مقام - پرده - A marginal note, حاشيه - شرح - (*attention*) خبر - آگاهي - (*reputation*) وقار - نام - (*a memorandum*) ياد داشت .

Noted, *a.* مقيّد - نامور - معروف - مشهور .

Nothing, *s.* نا چیز - هیچ نه .
Notice, *s.* (*observation*) نگاه - غور - (*intelligence*) خبر - خبر کردن - نظر کردن - ملاحظه کردن - نگاه کردن *v.* اطلاع .
Notify, *v.* خبر دادن - اطلاع کردن - اظهار کردن .
Notion, *s.* خیال - وهم - گمان - ظن .
Notorious, *a.* مشهور - معروف - ظاهر .
Notwithstanding, *con.* با وجود - هر چند - حالانکه .
Nought, *s.* هیچ نه - نا چیز .
Noun, *s.* اسم (*pl.* اسما) - A noun substantive, اسم ذات - An adjective or attributive noun, اسم صفت - A generic noun, اسم جنس - A noun of time, اسم زمان - A noun of place, اسم مکان - A noun of instrument, اسم آلة - A diminutive noun, اسم مصغر - A noun of excess, اسم مبالغه - A radical noun, اسم مصدر - A derivative noun, اسم مشتق - A noun of unity, اسم مرة .
Nourish, *v.* پرورش کردن - پروردن - کلان کردن .
Nourisher, *s.* پرور - پرورنده .
Nourishment, *s.* پرورش - غذا - خوراک .
Novel, *a.* نو - *s.* قصه - افسانه .
Novelist, *s.* قصه خوان - قصه نویس .
Novelty, *s.* نو رسیدگی - نو رسی - تجدد .
Novice, *s.* نو آموز - مبتدی - شاگرد .
Now, *ad.* اکنون - حالا - Now & then, گاه گاه .

Now-a-days, *ad.* دراين زمان .
Nowhere, *ad.* در هيچ جا نه - هيچگاه نه :
Nowise, *ad.* "اصلاً" مطلقاً" - اصلاً .
Noxious, *a.* مفسد - مضرّ - موذي - زيان كار .
Nuisance, *s.* مضر - وبال - آزار .
Null, *a.* منسوخ - لا حاصل - ردّي - باطل .
Nullify, *v.* منسوخ كردن - ردّ كردن - باطل كردن .
Number, *s.* شمار - عدد - رقم - (*in poetry*) قافيه - سجع - وزن - The singular number, واحد - The plural number; جمع - The dual number, تثنيه .
Number, *v.* شمار كردن - حساب كردن - شمردن .
Numberless, *a.* بي حساب - بي شمار .
Numeral, *a.* عددي - حسابي .
Numeration, *s.* علم حساب - تعداد - شمار .
Numerator, *s.* عدد صحيح - اصلي عدد :
Numerous, *a.* كثير - وافر - بسيار .
Nuptial, *a.* شاديانه - عروسي - نكاحي .
Nuptials, *s. pl.* شادي - نكاح .
Nurse, *s.* دايه - بيمار دار - *v.* شير خورانيدن - دايه گري - كردن - پروردن - بيمار داري كردن .
Nursery, *s.* بچه خانه - دايه خانه .
Nurture, *s.* (*food*) غذا - پرورش - (*education*) تربيت .
Nut, *s.* جوز - گردگان .
Nutcracker, *s.* فندق قران .

Nutmeg, *s.* جوزِ بوّا .
Nutriment, *s.* غذا - پرورش - خوراک .
Nutrition, *s.* پرورش .
Nutritive, *a.* مقوی - پرورلده .

O.

Oak, *s.* شاه بلوط - بلوط .
Oar, *s.* هلیسه - خاده .
Oath, *s.* موگند-قسم - To take an oath, سوگند خوردن .
Obduracy, *s.* عدم پشیمانی - سختی - سنگ دلی .
Obdurate, *a.* سنگ‌دل - سخت دل - سرکش .
Obedience, *s.* طاعت-اطاعت - حکم بردار - فرمان - اتباع.
Obedient, *a.* فرمان بردار - مطیع - تابعدار .
Obeisance, *s.* سلام - تسلیم .
Obelisk, *s.* مینار - میل .
Obey, *v.* فرمان برداری کردن-تابع داری کردن-مطیع شدن.
Object, *s.* منظر - مقصود - غرض - مراد .
Object, *v.* اعتراض کردن - عذر کردن - ردّ کلام کردن .
Objection, *s.* اعتراض - تعرّض - تکرار - حجت .
Obligation, *s.* فرض - عهد - (*favour*) احسان - منّت .
Oblige, *v.* (*bind*) بند کردن - عقد کردن - (*to confer favours*) منّت داشتن - احسان کردن - منّت کردن - خاطر داری کردن - (*compel*) مجبور کردن .
Obliged, *a.* بسته - مقید - مجبور - ممنون - احسان مند.

Obliging, *a.* لوازش لما - لطيف - ملايم .
Oblique, *a.* نارامست - خم - كج .
Obliterate, *v.* عفو لمودن - محو كردن .
Oblivion, *s.* لسيان - فراموشي .
Oblong, *a.* كشت - مطر .
Obloquy, *s.* زبان درازي - طبز - طعن .
Obnoxious, *a.* مزاور - لايق - قابل - متحمل .
Obscene, *a.* زشت - ناپاك - فاحش .
Obscenity, *s.* گستاخي - ناپاكي - فحش .
Obscure, *a.* تاريك - (*abstruse*) مشكل - مغلق - (*mean*) بي نام - نا معلوم (*not known*) - كمين - ادني .
Obscure, *v.* مغلق كردن - مشكل كردن - تاريك كردن .
Obscurity, *s.* تاريك - ظلمت - (*darkness of meaning*) اغلاق - دشوار فهمي - (*privacy*) خلوت - پنهاني .
Obsequious, *a.* مطيع - تابعدار - فرمان بردار .
Observance, *s.* رسم - خدمت - اطاعت - اكرام - ادب .
Observation, *s.* ملاحظ - گفتار - نگاه باني - بينش .
Observatory, *s.* مرصد لجومي .
Observe, *v.* نگريستن - ملا كردن - نگاه كردن - ديدن - گفتن - باور كردن - رعايت كردن .
Observer, *s.* بيننده - وفادار - ناظر .
Obsolete, *a.* غير مستعمل - بي رواج - منسوخ ,
Obstacle, *s.* مزاحمت - مايل - سدّ - منع .
Obstinacy, *s.* خود بيني - خود كامي - سركشي - تمرّد .
Obstinate, *a.* گردن كش - سركش - متمرّد .

Obstruct, *v.* تعرض کردن - مزاحمت کردن - بند کردن .

Obstruction, *s.* تعرض - ممانعت - مزاحمت - سد .

Obtain, *v.* جاري شدن - میسر کردن - حاصل کردن - یافتن .

Obtainable, *a.* حاصل شدني - دست یاب - یافتني - میسر .

Obtuse, *a.* مجهول - کند ذهن - بي مهر - کند .

Obviate, *v.* رد کردن - رفع کردن - دفع شدن .

Obvious, *a.* مقابل (*opposite*) - هویدا - آشکاره - ظاهر .

Occasion, *s.* (*cause*) باعث - واسطه - (*need*) درکار - احتیاج - (*convenience*) فرصت - واقعه - حالت .

Occasion, *v.* برپا کردن - کنانیدن - پیدا شدن - سبب شدن .

Occcasionally, *ad.* با فرصت - گاهي گاهي .

Occult, *a.* نهفته - مخفي - پوشیده .

Occupation, *s.* (*employment*) کار - شغل - عمل - (*trade*) پیشه .

Occupy, *v.* تصرف - عمل کردن - دخل کردن - گرفتن - مشغول کردن - کردن .

Occur, *v.* یاد آمدن - ظاهر شدن - واقع شدن - شدن .

Occurrence, *s.* اتفاق - واقعه - حادثه - سرگذشت .

Ocean, *s.* دریا - بحر محیط .

Octagon, *s.* مثمن - هشت پهلو .

Ocular, *a.* مشاهده - به چشم دیده - چشمي .

Oculist, *s.* کحال .

Odd, *a.* (*not even*) طاق - فرد - (*strange*) عجیب - غریب - (*fantastical*) خودسر - هوادار .

Odds, *s. pl.* فرق - تفریق - (*advantage*) غلبه - استعلا - (*strife*) جدال - ستیزه.

Ode, *s.* غزل - قصیده.

Odious, *a.* ناپسند - کریه - مکروه - کینه انگیز.

Odoriferous, *a.* خوش بو - خوش بودار - معطر.

Odour, *s.* بو - خوش بو.

Of, *pr.* از - Of, as the proper sign of the genitive case in Persian, is expressed by *zer* - called اضافت.

Off, *ad.* دور - Very far off, دورادور - Not far off, نا دور - غیر بعید. *interj.* دور باش.

Offence, *s.* گناه - تقصیر - جرم - (*injury*) نقصان - زیان - آزار - (*displeasure*) بیزاری - رنجش - خستگی.

Offend, *v.* بیزار کردن - آزار دادن - خفا کردن - تقصیر کردن - گناه کردن - قصور کردن.

Offender, *s.* گناه‌گار - تقصیروار - مجرم - عاصی.

Offensive, *a.* زبون - زشت - کریه - نا پسند - مضر.

Offer, *v.* دادن - نظر کردن - (*to make a proposal*) عرض کردن - اقرار کردن - (*as a sacrifice*) فدا کردن - قربان کردن - (*to present itself*) ظاهر کردن - ظهور شدن.

Offer, *s.* عرض - گذارش - (*attempt*) قصد - (*a price bid*) قیمت.

Offering, *s.* نظر - لیاز - قربان - فدا.

Office, *s.* خدمت - عمل - عهده - گاه - An office, دفترخانه.

Officer, *s.* منصب دار - سپاه سالار - سردار.

Official, *a.* حاکمانه - سرکاری - خدمتی.

Officiate, *v.* عوضي كردن - نيابت كردن - خدمت گذاشتن .
Officious, *a.* فضول - خدمت - نيكوكار .
Offspring, *s.* اولاد - فرزند - نسل .
Oft, Often, *ad.* بارها - باربار - اكثر - چند دفع .
Oh, *ex.* آه - واي - واويلا .
Oil, *s.* روغن - Oil-man, روغن فروش .
Oily, *a.* روغني - روغن آلود .
Ointment, *s.* مرهم - موم روغن .
Old, *a.* قديم - كهن - سال خورده - سال ديده - پير .
Olive, *s.* (*oil*) زيت - (*tree*) زيتون .
Omen, *s.* فال - شگون .
Ominous, *a.* بدفال - بدشگون .
Omission, *s.* سهو - غفلت - قصور - خطا .
Omit, *v.* سهو كردن - ترك كردن - خطا نمودن .
Omnipotence, *s.* قدرت مطلق - قادري .
Omnipotent, *a.* قادر مطلق - جبّار .
Omnipresence, *s.* هرسو حاضري - در همه جاي .
Omnipresent, *a.* هر سو حاضر - در هر جا .
Omniscience, *s.* علم غيب - علم شناسي .
Omniscient, *a.* عالم الغيب - حكيم - همه شناس .
On, *pr.* بر - در - نزديك - با - به . *ad.* پيشتر .
Once, *ad.* يك بار - يك دفع - يك مرتبه - باري - يك
وقت - روزي - At once, يك بارگي - دفع تن .
One, *a.* يك - واحد - يك شخص - كسي - One another,
يك ديگر . One-eyed, يك چشم . One's-self, خود .

Onion, s. پیاز - بصل .

Only, ad. یك - یگانه - یكتا a. خالی - فقط - فرد .

Onset, s. هجوم - حمله .

Onward, ad. مقدّم - به تدریج - پیشتر .

Opaque, a. نا شفاف - کثیف .

Open, a. روشن - آشکاره - ظاهر - واز - کشاده .

Open v. (unclosed) کشف - ظاهر کردن (disclose) - کشادن
شروع کردن - قطع کردن (cut) - نمودن - کردن .

Opening, s. ابتدا - شروع - راه - درار - شگاف .

Openly, ad, در ظاهر - آشکاره - ظاهراً .

Openness, s. ظاهری - سادگي - صفائي - کشادگي .

Operate, v. عمل کردن - تاثیر کردن - اثر کردن .

Operation, s. (effect) کارگذاري - عمل (work) - تاثیر - اثر
جراحي - کار جرّاح (in surgery) - حرکت (movement) .

Operator, s. جرّاح - کارگذار - کارگر - فاعل .

Opinion, s. خیال - قیاس - ظنّ - فکر - راي .

Opinionative, a. خود راي پسند - خود راي بین .

Opium, s. تریاق - افیون .

Opponent, s. حریف - مدعي - مخالف .

Opportune, a. موافق - مناسب - عین وقت - بر وقت .

Opportunity, s. محلّ - قابو - وقت - فرصت .

Oppose, v. مزاحمت - مقاومت کردن - مخالفت کردن
مقابله کردن - کردن .

Opposite, a. ضدّ - مخالف - برعکس - رو به رو - مقابل .

Opposition, *s.* تعرض - مخالفت - مقاومت - مقابلت .

Oppress, *v.* زبردستي كردن - جفا كردن - ظلم كردن .

Oppression, *s.* جور - تعدي - جبر - زبردستي - ظلم .

Oppressor, *s.* مردم آزار - جفاكار - ستم گر - ظالم .

Optative, *a.* خواه - آرزو مند - خواهش نما .

Optics, *s. pl.* علم مناظره - علم بصر .

Option, *s.* مرضي - اختيار .

Opulence, *s.* مال داري - توانگري - دولت .

Opulent, *a.* مال دار - توانگر - دولت مند .

Or, *con.* يا .

Oracle, *s.* خطاب الهي - سخن خداي .

Oral, *a.* گفته - نانوشته - زباني .

Orange, *s.* نرنج - نارنج .

Oration, *s.* خطابة - تقرير - گفتار - سخن .

Orator, *s.* سخن سرا - سخن زان - سخن گو .

Oratory, *s.* خوش تقريري - زبان آورزي - سخن راني .

Orb, *s.* گردون - دايره - چرخ .

Orbit, *s.* چشم خانه - گردش - دايره - دور .

Orchard, *s.* باغيچه - باغ [نايم كردن] .

Ordain, *v.* فرمان كردن - معين كردن - مقرر كردن .

Order, *s.* (*rule*) - انتظام - تدبير - ترتيب (*method*)
(*class*) - فرمان - حكم (*mandate*) - قانون - قايده
تدبير - انتظام كردن - ترتيب كردن *v.* - مرتبة - درجة
مقرر كردن - فرمودن - حكم كردن - كردن .

Orderly, *a.* ساكن - با قاعده - آرامنه - بترتيب .

Ordinance, *s.* شرع - قانون - قاعده - آئن - حکم

Ordinary, *a.* (*usual*) زمیی - عملی - رایج - (*vulgar*) عام - (*mean*) پست - حقیر - (*not handsome*) نا زیبا

Ordnance, *s.* توپ - توپخانه

Ore, *s.* فلز خام - معدنی خام

Organ, *s.* آلت - عضو - (*musical instrument*) ارغنون

Organize, *v.* ترکیب کردن - پیراستن - آراسته کردن

Oriental, *a.* مشرقی - شرقی

Orifice, *s.* (*opening*) سوراخ - (*mouth*) دهن

Origin, *s.* اصل - بنیاد - بیخ - مصدر - نسل - نسب

Original, *a.* اصلی - ذاتی - جبلی - اوّل

Originally, *ad.* ابتدا - اصلاً - اولاً

Originate, *v.* پیدا کردن - موجود کردن - شروع شدن

Ornament, *s.* زیب - آرایش - زیبایش - زیور - زینت

Ornament, *v.* آراسته کردن - زیب و زینت دادن - آراستن

Ornamental, *a.* زیباور - زینت بخش

Orphan, *s.* یتیم - بی پدر و مادر

Orthodox, *a.* مومن - دیندار - اهل ایمان

Orthography, *s.* خط - رسم - املا

Ostentation, *s.* خود نمائی - تفخر - لافزنی

Ostentatious, *a.* خودنما - فاخر - لافزن

Ostrich, *s.* شترمرغ - سنگ خور

Other, *a.* غیر - دیگر - دگر - The one and the other, یک و دیگر - One after the other, پی در پی - Each other, یکدیگر.

Otherwise, *ad.* (*if not*) وگر نه - ور نه - (*in another manner*) دیگر گون - (*by other causes*) به سبب دیگر .
Otter, *s.* ماهي گیر - سگ آبي .
Ought, *s.* چیز - شي - *a.* لایق - *v.* باید .
Ounce, *s.* مثقال - درم .
Our, *pron.* ما - مایان - Our-selves, ما خود - Ours, از آن ما .
Out, *ad.* (*not within*) بیرون - خارج - بدر - بري .
Outcast, *a.* آواره - خارج - رانده .
Outlaw, *s.* خارج شرع - واجب القتل - *v.* خارج کردن .
Outlet, *s.* بر آمد - مخرج .
Outline, *s.* نقش - خط .
Outlive, *v.* زیاده زیستن - دیرتر زیستن .
Outnumber, *v.* بشمار افزون شدن .
Outrage, *s.* ظلم - ستم - جفا - جور - زبر دستي - *v.* ظلم کردن .
Outrun, *v.* زودتر دویدن .
Outside, *s.* بیروني - ظاهري - بیرون .
Outward, *a.* بیروني - ظاهر صورت .
Outwardly, *ad.* ظاهراً - صورتاً - از بیرون .
Oval, *a.* بیضاوي - بادامي .
Oven, *s.* تنور - فرن .
Over, *pr.* بر - بالا - به - (*across*) عبور - *ad.* (*too much*) زیاده - افزون - بیشي - Over against, روبرو - Over and over, بارها - Over again, باز - دیگر بار .
Overbalance, *v.* در وزن زیاده شدن .
Overbearing, *a.* زبر دست - ترك مزاج .

Overboard, *ad.* از کشتي بيرون افتاده - بيرون, جهاز .
Overcast, *v.* تاريك شدن - سياه گشتن .
Overcharge, *v.* زياده بار دادن - زياده قيمت کردن .
Overcome, *v.* غالب شدن - فتح کردن - مغلوب کردن .
Overflow, *v.* لبريز شدن - سيلاب کردن .
Overjoy, *v.* باغ باغ کردن - بسيار خوش کردن .
Overload, *v.* بزيادتي بار نهادن .
Overlook, *v.* تفتيش کردن - از بالا نظر کردن - ديدن - غفلت کردن - درگذر کردن - چشم پوش کردن .
Overmuch, *a.* از حدّ بيرون - افزون - نهايت .
Overplus, *s.* بقيت - باقي - زيادتي .
Overpower, *v.* غالب بودن - ظفر گرفتن - مغلوب کردن .
Overrule, *v.* رد کردن - حکومت کردن - ضبط و ربط کردن .
Overrun, *v.* ويران کردن - تاراج کردن - تاخت کردن .
Oversee, *v.* نظر کردن - تقيد کردن - نگهبالي کردن .
Overseer, *s.* نگاه‌بان - کارگذار - داروغه - پيشکار .
Overset, *v.* نگون کردن - واژگون کردن .
Oversight, *s.* غفلت - خطا - نگهبالي - غلطي .
Oversleep, *v.* زياده خوابيدن .
Overstock, *v.* پر و بالا نمودن - بي حدّ افزون کردن .
Overtake, *v.* در پي رفتن و گرفتن - برابر آمدن .
Overthrow, *v.* مغلوب کردن - شکست دادن - پايمال کردن - *s.* (*defeat*) شکست - (*destruction*) خرابي - پايمالي .
Overture, *s.* اظهار مطلب - سوال - عرض .

Overturn, *v.* سرنگون کردن - زیر زبر کردن.
Overwhelm, *s.* غلبه کردن - غرق کردن
Owe, *v.* وام گرفتن - قرض داشتن - قرض دار شدن.
Owl, *s.* بوم - چغد.
Own, *a.* خود - خویش - خویشتن - *v.* (*possess*) مالك شدن - تصرف داشتن (*acknowledge*) قبول کردن - اقرار کردن - (*claim*) دعوه کردن.
Owner, *s.* مالك - صاحب - خاوند - حقدار - وارث.
Ox, *s.* گاونر - بقر. Ox-stall, بقرخانه - اخور بقر.
Oyster, *s.* صدف - دز - بادلان.

P.

Pace, *s.* قدم - گام - رفتار - *v.* رفتن آهسته آهسته.
Pacific, *a.* صلح تمار - سلیم - حلیم.
Pacification, *s.* مصالح - تسکین - تسلّي.
Pacify, *v.* (*tranquilize*) تسکین دادن - تسلّي دادن - (*make peace*) صلح و صلاح کردن
Pack, *s.* (*bale*) بسته - (*load*) بار - A pack of cards, گنجیفه - A pack of hounds, کلیبه - *v.* بستن - To pack off, دفع کردن - گریختن - لنگ کردن
Packet, *s.* (*mail*) خریطه - (*a small parcel*) بسته - دسته.
Pack-thread, *s.* ریسمان.

Pad, *s.* (*saddle*) خوگیر - (*easy going horse*) اسپ نرم رفتار - (*road*) راه - *v.* آهسته آهسته رفتن - راه زدن.
Paddle, *s.* آب روي - *v.* آب بازي کردن.
Padlock, *s.* قفل - *v.* باقفل بستن.
Pagan, *s.* بت پرست - مشرك - کافر.
Paganism, *s.* بت پرستي - شرك - کفر.
Page, *s.* (*boy*) خواص - غلام -(*of a book*) صحیفه-صفحه.
Pageant, *s.* تماشا - منظر - *v.* تماشا نمودن.
Pageantry, *s.* نمایش - حشمت.
Pagoda, *s.* بت - بت خانه.
Paid, *ppr.* ادا کرده شده - قضا شده.
Pail, *s.* شیر دان - دول.
Pain, *s.* درد - رنج - آزار - غم - *v.* درد کردن - آزردن.
Painful, *a.* پر درد - دردمند - (*difficult*) دشوار - (*industrious*) محنتي.
Paint, *s.* رنگ - (*for the face*) سفیده -*v.* رنگ کردن - تصویر کشیدن - نقش کشیدن.
Painter, *s.* رنگ ساز - نقاش - مصوّر - تصویر کش.
Painting, *s.* رنگ سازي - علم نقاشي - تصویر کشي.
Pair, *s.* جفت - زوج - *v.* جفت کردن - جفت شدن.
Palace, *s.* دولت خانه - بارگاه - درگاه - قصر.
Palanquin, *s.* پالکي - تخت روان.
Palatable, *a.* مزه دار - لذیذ - خوش ذایقه.
Palate, *s.* مذاق - کام.

Pale, *a.* زرد - بي رنگ *s.* ميخ - وتد .
Paleness, *s.* زردي - پژمردگي .
Palliate, *v.* از عذر تخفيف كردن - (*to mitigate pain*) تسكين كردن - تخفيف كردن .
Palm, *s.* (*of the hand*) كف, دست - (*victory*) ظفر - (*tree*) خرما, درخت - *v.* فريفتن - حيله بازي كردن .
Palmistry, *s.* دست شناسي .
Palpable, *a.* قابل اللمس - ظاهر - صريح - ظاهر .
Palpitate, *v.* طپيدن - برجستن .
Palpitation, *s.* تپش - دل جستن, - خفقان .
Palsy, *s.* فالج - شل - لقوه .
Paltry, *a.* حقير - دلي - پست .
Pamper, *v.* با ناز و نعمت پروردن - سير كردن .
Pamphlet, *s.* رساله .
Pan, *s.* تابه - كاس .
Pane, *s.* آلنه - مربع زجاج .
Pang, *s.* رنج - الم - آزار - نزع .
Panic, *s.* هيبت - هول - هراس - ترس .
Pant, *v.* تپيدن - تيز دم زدن .
Panther, *s.* پلنگ - يوز .
Pap, *s.* سر پستان - پستان - فالوده .
Papa, *s.* پاپا - بابا - پدر .
Paper, *s.* كاغذ - قرطاس - A leaf of paper, ورق - A piece of paper, فرد - A quire of paper, دسته .
Par, *s.* برابري - مساوات - At par, برابر - عدل, درحال .

Parable, *s.* مثل - تمثیل - متشابه'.

Parade, *s.* نمایش - حشمت - (*a place for military exercise*) قواعدگاه - صف گاه. *v.* صف آراستن.

Paradise, *s.* فردوس - جنت - بهشت - عدن.

Paradox, *s.* ظاهری خلاف, تعریف - ابتداع.

Paragraph, *s.* فقره - قطعه - فصل.

Parallel, *a.* برابر - موافقت - A parallel line, خط استوا.

Paralogism, *s.* بی حقیقت - مبنب, نا راست - برهان,

Paralysis, *s.* فالج - شل - لقوه.

Paramount, *a.* صدر نشین - برتر - اولی تر.

Paramour, *s.* یار - آشنا - عاشق - معشوقه.

Paraphrase, *s.* تفصیل به ترجمه - تفسیر. *v.* شرح کردن.

Parasite, *s.* خوش آمد - مفت خور.

Parasol, *s.* سایبان - سراپرده.

Parboil, *v.* نیم جوش کردن.

Parcel, *s.* (*bundle*). بسته - بقچه - پلنده' - (*a part*) پاره - حصه - (*a number*) عدد. *v.* حصه کردن.

Parch, *v.* بریان کردن - خوشیدن.

Parchment, *s.* رق - ترشه.

Pardon, *s.* معافی - عفو - آمرزش - بخشش. *v.* معاف کردن - عفو کردن - بخشیدن - درگذر کردن.

Pardonable, *a.* قابل العفو - لایق معاف - معذور.

Parent, *s.* پدر یا مادر - والد یا والده.

Parentage, *s.* اصل - نسل - نسب - خاندان.

Parental, *a.* والدانہ - مادري - پدري - فرزلدي .
Parenthesis, *s.* جملہ معترضہ .
Parity, *s.* برابري - مساوات - مشابهت .
Park, *s.* شکارگاہ - صیدگاہ .
Parley, *s.* جواب سوال - گفتہ گو - *v.* جواب سوال کردن .
Parliament, *s.* قومي مجلس - خاص، ديوان و عام، ديوان.
Parrot, *s.* طوطي - نوا .
Parsimonious, *a.* تنگ دست - بخيل .
Parsimony, *s.* تنگ دستي - بخل .
Parsley, *s.* کرفس - اجمود .
Parson, *s.* خادم دين .
Part, *s.* پاره - قطع - جز - بهره - (*lot*) حصہ (*side, party*) طرف - جانب - (*business, duty*) عمل - خدمت -
Parts, قابليت - عقل - (*regions*) اطراف - *v.* حصہ کردن - تقسيم کردن - (*to be separated*) جدا کردن - جدا شدن -
To part with, ترك کردن - دادن - (*to take farewell*) وداع کردن - رخصت گرفتن .
Partake, *v.* حصہ گرفتن - شريك شدن .
Partaker, *s.* حصہ دار - شريك .
Partial, *a.* طرف دار - جانب دار - خاص - غير عميم -
Partiality, *s.* طرف داري - جانب داري - بي انصافي .
Partially, *ad.* به طرف داري - نا تمامانہ .
Participate, *v.* حصہ دار شدن - شريك شدن .
Participation, *s.* حصہ داري - شراكت - بهره داري .

Participle, s. (*active*) اسم فاعل - (*passive*) اسم مفعول .
Particle, s. ذره - ریزه - شم - (*part of speech*) حرف .
Particular, a. (*not general*) خاص - مخصوص - نا مطلق - - (*single*) مفرد - منفصل - (*odd*) عجیب - هوادار - (*uncommon*) تحفه - s. خصوص - یکي - فرد .
Particularly, *ad.* مفصلاً - تفصیلاً - خصوصاً - بغایت .
Partisan, s. طرف دار - دامن گیر - رفیق - سر گروه .
Partition, s. (*division*) تقسیم - تفریق - (*separation*) جداي - (*of wall, &c.*) پرده - حجاب .
Partly, *ad.* جزوي - نزدیك - Partly one, partly another, یکچندیك - یکچند دیگر .
Partner, s. شریك - مشارك - حصه دار - بزه دار .
Partnership, s. شراکت - شرکت - مشارکت .
Partridge, s. دراج - کبك - تیهو .
Party, s. مجلس - گروه - جماعت - (*side*) طرف - جانب .
Pass, v. (*to go forward,*) گذشتن - گذر کردن - (*to be at an end*) آخر شدن - قطع کردن - To pass by, over, ترك کردن - (*to depart this life*) فوت شدن - مردن - (*to cross over*) عبور کردن - گذر کردن - (*to be current*) رایج شدن - (*to allow, approve*) پسندیدن - قبول کردن - To pass upon, فریفتن - Come to pass, واقع شدن - To let pass, اجازت دادن .
Pass, s. (*passport*) پروانه - (*passage*) تنگ راه - (*of a mountain*) دره .
Passable, *a.* قابل گذر - قابل عبور - قابل تحمل .

Passage, *s.* (*road*) گذر - گذاره - (*journey*) راه - سیر - منزل - زمانه - گذارش - مکان .

Passenger, *s.* مسافر - راه‌گیر - سوار - رونده .

Passion, *s.* خشم - غضب - شوق - عشق - شهوت - جوش - هوا و هوس - نفس - آرزو .

Passionate, *a.* آتش‌مزاج - تند خو - زود رنج - گرم .

Passive, *a.* متحمل - بردبار - (*verb*) مفعول - مجهول .

Passport, *s.* روانه - پروانه راه داري - گذرنامه .

Past, *a.* گذشته - ماضي - پلا - فوق .

Pastime, *s.* تماشا - بازي - تفرّج .

Pastor, *s.* چوپان - راعي - گله‌بان .

Pasture, *s.* علف زار - چراگاه - *v.* چریدن - چرانیدن .

Patch, *s.* پاره - پیولد - رقعه - *v.* پیوستن - پینه زدن .

Patent, *s.* سند - فرمان - پروانه - *a.* (*public*) کشاده .

Paternal, *a.* پدرانه - آباي .

Path, *s.* راه - ره - سبیل - طریق - جاده . [جان‌گداز - درد انگیز .

Pathetic, *a.* دل سوز - دل دوز - دوز یا سوز جگر -

Pathless, *a.* بي‌راه - بي‌گذاره - بي طریق .

Patience, *s.* صبر - صبوري - تحمل - شکیب - برداشت .

Patient, *a.* صابر - صبور - متحمل - شکیبا - بردبار .

Patient, *s.* مریض - بیمار - علیل .

Patriarch, *s.* پیشینه - بطریق .

Patrimonial, *a.* موروث - میراثي - آباي .

Patrimony, *s.* میراث - ملك .

Patriot, *s.* وطن‌دوست - صاحب حب الوطن .

Patriotism, *s.* حب الوطن - وطن دوستي .
Patron, *s.* ولي نعمت - حامي - دست گير - مربي .
Patronage, *s.* پشتي - حمايت - دست گيري .
Patronize, *v.* مربي شدن - حمايت دادن - دست گيري كردن
Pattern, *s.* پيشوا - نمودار - نمونه .
Pause, *s.* (*stop*) وقفه - توقف - (*suspense*) شبه - فراغت كردن - توقف كردن . *v.* تردد - شك (*hesitate*) تامل كردن - تردد كردن - فكر كردن .
Pave, *v.* فرش بندي كردن .
Pavement, *s.* بلاط - فرش .
Pavillion, *s.* سايبان - شاميانه - خيمه .
Paw, *s.* چنگال - چنگ - پنجه .
Pawn, *v.* رهن كردن - گرو داشتن - *s.* گرو - رهن .
Pay, *s.* طلب - وظيفه - (*wages*) روزينه - مزدوري - Monthly pay, ماهانه - Yearly pay, ساليانه .
Pay, *v.* ادا كردن - گذار كردن - To pay debt, قرض ادا كردن - (*to atone for*) جريمانه دادن - To pay wages, وظيفه دادن - To pay or beat, ضرب كردن .
Payable, *a.* واجب الادا - ممكن وفا .
Paymaster, *s.* بخشي - خزانچي .
Payment, *s.* ادا - گذارش - وفا - ضرب .
Pea, *s.* دانه - كشنه - مشو .
Peace, *s.* صلح - صلح - آشتي - (*rest*) آرام - آمايش - Articles of peace, صلحنامه - Peace be with you, السلام عليكم - To make peace, صلح كردن .

Peaceable, *a.* صلح انديش - مليم - ملايم .
Peaceful, *a.* آسوده - ساكن - بي فساد .
Peacock, *s.* طاؤس - To strut like a peacock, چميدن - خراميدن - A pea-hen, طاوس ماده .
Peak, *s.* سر کوه - نوک - قلّه .
Pearl, *s.* دُر - لولو - گوهر - مروارید .
Peasant, *s.* دهقاني - روستاي .
Pebble, *s.* سنگ ریز - حصا .
Peculiar, *a.* خاص - مخصوص - عجیب .
Peculiarity, *s.* خاصیت - خصوصیت .
Pecuniary, *a.* نقدي - زر منسوب .
Pedagogue, *s.* استاد - آخون - ملا .
Pedestal, *s.* پاي ستون .
Pedigree, *s.* نسب - اصل - سلسله - پشت به پشت .
Pedlar, *s.* دست فروش - خرده فروش .
Peel, *s.* پوست - *v.* پوست برداشتن - تراشیدن .
Peep, *s.* نظر - لمح - *v.* لمح زدن - نگریستن .
Peer, *s.* همسر - هم‌قدر - امیر - شریف .
Peerage, *s.* امارت - شرافت - آمرا - شرفا .
Peevish, *a.* زود رنج - تیز مزاج .
Peg, *s.* میخ - وتد - *v.* بمیخ بند کردن .
Pellucid, *a.* شفاف - صاف .
Pen, *s.* قلم - خامه - کلك - The nib of a pen, لوك قلم - To make a pen, قلم تراش کردن - *v.* نوشتن - رقم کردن .
Penal, *a.* سزاي - سیاست - Penal laws, حدود شرعیت .

Penalty, *s.* سزا - تاوان - جريمانه .
Penance, *s.* توبه - تعذيب - عذاب .
Pencil, *s.* قلم - منقشت *v.* نقش كردن .
Penetrable, *a.* قابل تاثير وگذار - ممكن نفاذ .
Penetrate, *v.* دخل كردن - سفتن -(*to reach the meaning*) دريافت كردن - (*to affect*) دل گرفتن .
Penetration, *s.* دخل - نفاذ - تيز فهمي - زيركي - فراست .
Peninsula, *s.* جزيره .
Penitence, *s.* توبه - ندامت - پشيماني - افسوس .
Penitent, *a.* توبه كار - نادم - پشيمان - مستغفر .
Penknife, *s.* قلمتراش - چاقو .
Penniless, *a.* بي زر - مفلس .
Pension, *s.* وظيفه - علوفه - وجه گذران *v.* وظيفه دادن .
Pensioner, *s.* وظيفه دار - جاگير دار .
Pensive, *a.* فكر مند - انديشناك - متفكر - دلگير .
Penury, *s.* تنگ دستي - مفلس - احتياج - مسكنت .
People, *s.* آدمي - شخص - خلق - خلايق .
People, *v.* آباد كردن - معمور كردن .
Pepper, *s.* فلفل - (*long*) فلفل دراز .
Peradventure, *ad.* شايد - اتفاقاً - مگر .
Perambulate, *v.* عبور كردن - سير كردن .
Perceive, *v.* ديدن - دريافتن - معلوم كردن - آگاه شدن .
Perceptible, *a.* ظاهر - آشكاره - نظر پذير .
Perception, *s.* بصارت - دريافت - ادراك - وقوف .
Perchance, *ad.* شايد - اتفاقاً .

Perfect, *a.* كامل - تمام - كافي - مسلم - (*pure*) بي - عيب - پاك - *v.* تمام كردن - كامل كردن .
Perfection, *s.* كماليت - تمامي - فضيلت .
Perfidious, *a.* نمك حرام - بي وفا - خائن - غدار .
Perfidy, *s.* خيانت - نمك حرامي - بي وفاي .
Perform, *v.* ادا كردن - وفا كردن - بجاآوردن - ساختن .
Performance, *s.* ايفا - ادا - عمل - (*composition*) تصنيف .
Performer, *s.* فاعل - پرداز - نواز - سازنده .
Perfume, *s.* خوش بوي - عطر - بخور - *v.* خوش بوي دادن .
Perfumer, *s.* عطر فروش - عطار .
Perhaps, *ad.* شايد - اتفاقا" - قضارا .
Peril, *s.* خطره - خوف - دهشت - بيم . *v.* خطره كردن -
Perilous, *a.* خطر ناك - خوف ناك - هول ناك .
Period, *s.* (*round of time*) دور - گردش - زمانه - وقت - (*conclusion*) آخرت - انجام - (*a full sentence*) فقره - جمله .
Periodical, *a.* دواره - فصلي - موسمي .
Perish, *v.* نابود شدن - نيست و نابود شدن - هلاك شدن يا تباه - مردن .
Perishable, *a.* فاني - زايل - نا پايدار - بي بقا .
Perjure, *v.* سوگند دروغ خوردن .
Perjury, *s.* سوگند دروغ .
Permanence, *s.* پايداري - قيام - بقا - استواري .
Permanent, *a.* پايدار - قايم - مستحكم - جاودان .
Permanently, *ad.* دايما" - بي دوام .

Permission, *s.* اجازت - رها - پروانگي - اذن .

Permit, *v.* اجازت دادن - پروانگي دادن - روا داشتن -
قبول كردن .

Permutation, *s.* تبديل - تبدّل - عوض .

Pernicious, *a.* مضر - زبون - مفسد - مهالك .

Perpendicular, *a.* مستقيم - عمود - (*line*) خط مستقيم .

Perpetrate, *v.* حركت كردن - ارتكاب كردن - گناه كردن -

Perpetual, *a.* دايم - قايم - مدام - جاويدان - استمراري .

Perpetually, *ad.* هميشه - علي الدوام - ابدا .

Perpetuate, *v.* دايم داشتن - مداومت دادن - استمراري كردن .

Perpetuity, *s.* هميشگي - مداومت - دوام - دايمي -
استمرار - پايداري .

Perplex, *v.* حيران كردن - پريشان كردن - آشفتن - آزردن .

Perplexed, *a.* حيران - پريشان - آشفته - پيچ پيچ -
دشوار - مشكل - درهم برهم .

Perplexity, *s.* اضطراب - پريشاني - حيراني - پيچ و تاب .

Persecute, *v.* تكليف يا آزار دادن - تصديع دادن .

Persecution, *s.* تصديع - تكليف - ايذا - ستم - ظلم .

Persecutor, *s.* جفاكار - ستمگر - موذي - ظالم .

Perseverance, *s.* استمرار - ثابت قدمي - قايم مزاجي .

Persevere, } *v.* استقلال كردن - مستقل شدن - ثابت
Persist, } قدم شدن - استمرار كردن .

Persian, *s.* پارس - فارس - Persian, عجمي - پارسي -
(*language*) زبان فارمي .

Person, *s.* شخص - آدم - انسان - كس - خود - صورت -

شکل - اندام - (*1st. person*) متکلم - (*2nd. person*) مخاطب - (*3rd. person*) غایب .

Personal, *a.* شخصي - خود متعلق - خاص - ذاتي .

Personality, *s.* خاصیت - شخصیت .

Personally, *ad.* بشخص - اصلتاً - خود .

Perspective, *a.* علم بصر - علم مناظرة - (*glass*) دوربین .

Perspicuous, *a.* صاف - ظاهر - واضح - روشن .

Perspiration, *s.* عرق - خوي - بخار .

Perspire, *v.* خوي کردن - عرق کردن .

Persuade, *v.* ترغیب دادن - دل نشین کردن - مایل کردن .

Persuasion, *s.* ترغیب - نصیحت - پند .

Persuasive, *a.* دل نشین - دل نواز - موءثر .

Pertinence, *s.* لیاقت - مناسبت - شایستگي .

Pertinent, *a.* درست - سزاوار - مناسب - شایسته .

Perturbation, *s.* اضطراب - بي قراري - تشویش - پریشاني .

Perusal, *s.* ملاحظه - مطالعه .

Peruse, *v.* ملاحظه کردن - مطالعه کردن .

Perverse, *a.* گمراه - ضدي - کجرو .

Perversion, *s.* انقلاب - بر خلاف سازي - برگشتگي .

Pervert, *v.* بر گشته کردن - برخلاف کردن .

Pest, pestilence, *s.* سرایت - بلا - وبا .

Pestle, *s.* دسته .

Petition, *s.* دعا - مطلب - درخواست - عرضي - عرض .

Petition, *v.* درخواست کردن - التماس کردن - عرض کردن .

Petitioner, *s.* ملتمس - داد خواه - سائل .
Petticoat, *s.* ماية - فرجي .
Petty, *a.* خرد - كوچك - فرومايه - خورد .
Pewter, *s.* قلعي - رصاص .
Phantom, *s.* صورت وهمي - خيال - نمايش .
Phenomenon, *s.* نادرة - نادر الظهور - عجب .
Phial, *s.* شيشه - كاسه.
Philanthropist, *s.* انسان دوست - خير خواه.
Philanthropy, *s.* خير خواهي - نيك نهادي .
Philologer, *s.* اهل صرف و نحو - مجود .
Philology, *s.* علم صرف و نحو .
Philosopher, *s.* حكيم (*pl.* حكما) - فيلسوف (*pl.* فلاسفة) - عالم (*pl.* علما) - The Philosopher's stone, كيميا .
Philosophy, *s.* علم حكمت - فلسفه - دانش .
Phlegm, *s.* بلغم - كف .
Phrase, *s.* عبارت - اصطلاح - سخن .
Phraseology, *s.* طرز كلام - لغت - گفتار - عبارت .
Physic, *s.* طب - دوا - طبابت - دارو - علاج - جلاب.
Physical, *a.* طبيعي - ذاتي - متعلق از علاج .
Physician, *s.* حكيم (*pl.* حكما) - طبيب (*pl.* اطبا).
Ppysics, *s.* علم موجودات - حكمت .
Physiognomy, *s.* علم قيافه - علم وجه - قيافه شناسي.
Physiology, *s.* علم موجودات .
Pick, *v.* انتخاب كردن - اختيار كردن - (*cleanse*) صاف

کردن - برداشتن - To pick up, چیدن - To pick a quarrel, قضیه انگیختن .
Pickle, *s.* اچار - *v.* اچار ساختن .
Picture, *s.* تصویر - نقش - نگار .
Piebald, *a.* ابلق .
Piece, *s.* (*bit*) پاره - پارچه - ریزه - (*composition*) تصنیف - اناشه - (*musket*) بندوق - (*paper*) رقعه - A-piece, هریك - One to each, به هرکس یك .
Pierce, *v.* اوژ کردن - سوراخ کردن - سفتن .
Piercing, *a.* نافذ - تیز - سخت .
Piety, *s.* تقوی - تقاوت - دیانت .
Pig, *s.* بچهء خوك - خنزیر .
Pigeon, *s.* کبوتر - حمامه - A pigeon-house, کبوترخانه .
Pike, *s.* نیزه - رمح .
Pile, *s.* انبار - توده - عمارت - *v.* جمع یا انبار کردن .
Pilfer, *v.* دردیدن .
Pilgrim, *s.* زیارتی - سیاح - حاجی .
Pilgrimage, *s.* زیارت - سیاحت - حج .
Pill, *s.* حب - حبه .
Pillage, *s.* تاراج و تاخت - تاخت - غارت - غنیمت - *v.* تاراج کردن .
Pillar, *s.* ستون - رکن - عمود .
Pillow, *s.* تکیه - بالش - بالین .
Pilot, *s.* جهاز نماینده - آب شناس - *v.* جهاز گذار کردن .
Pin, *s.* سوزن - میخ - میل - وتد .

Pine, *v.* افسرده شدن - ضعیف گردیدن - *s.* (*tree*) صنوبر.

Pinion, *s.* بال - بازو - *v.* بستن.

Pink, *s.* (*flower*) گل قرنفل - (*colour*) عنابی - سرخ.

Pious, *a.* صالح - زاهد - دیندار - خدا پرست.

Pipe *s.* (*tube*) ناوک - زیش - A water-pipe, آبریز - The wind-pipe, نای گلو - A tobacco-pipe, امامه - (*flute*) نی - نای - *v.* نای زدن - لوله.

Piracy, *s.* دزدی بر روی دریا.

Pirate, *s.* دزد بر دریا - *v.* بر دریا دزدی کردن.

Pistol, *s.* تفنگچه - بندوقچه.

Pit, *s.* غار - مغاک - چاه.

Pitch, *s.* (*resin*) زفت - (*height*) ارتفاع - افرازی - (*stature*) بلندی - (*measure, degree*) حد - نهایت.

Pitch, *v.* نهادن - قایم کردن - برپا کردن.

Pitcher, *s.* سبو - بط - کوزه.

Piteous, *a.* درد انگیز - دل گیر - دردمند - دلفگار.

Pitiable, pitiful, *a.* درد انگیز - رحم پذیر - کمینه - حقیر - دردمند - رحیم - شفیق.

Pity, *s.* رحم - درد - شفقت - ترس - غم - *v.* رحم کردن - شفقت کردن.

Place, *s.* جا - مکان - مقام - مرتبه - منصب - عوض - گاه - گه - ستان - زار - In the first place, نخستین - In every place, در هر جا - From another place, از دیگر جا - *v.* نهادن - نصب کردن.

Placid, *a.* سلیم - ملایم - حلیم - ساکن.

Plague, *s.* طاعون - وبا - سرايت - *v.* وبادت ساختن .
Plain, *a.* (*level*) برابر - هموار - (*clear, evident*) آشكاره - ظاهر - (*void of ornament*) ساده - بي زينت - (*artless*) ساده‌دل - (*open, honestly*) كشاده مشرب .
Plain, *s.* ميدان - صحرا - هموار, زمين . *v.* برابر كردن .
Plaintiff, *s.* فريادي - مدعي - داد خواه .
Plan, *s.* (*scheme*) حكمت - تدبير - بندش - (*form*) صورت - نقشه - نمونه .
Plan, *v.* تدبير كردن - نقش كشيدن - تجويز كردن .
Plane, *s.* رنده - (*tree*) قسم درخت - *v.* رنده كردن .
Planet, *s.* سيّاره - نجم (*pl.* نجوم) .
Plank, *s.* تخته - لوح . [غرس .
Plant, *v.* كاشتن - كشتن - آباد كردن - *s.* نبات - نهال -
Plantain, *s.* موز - طلح .
Plantation, *s.* باغستان - نشاندگي - درخستان - نو آبادي .
Plaster, *s.* (*dressing for a wound*) مرهم - (*for walls*) گچ - باختبه - لواشه .
Plate, *s.* ركابي - طبقچه - Silver plate ظروف سيمي .
Plated, *a.* پوشيده - ملمع .
Platform, *s.* سقف - نشه - چبوتره .
Plausible, *a.* ظاهر نما - راستي نما - چرب زبان .
Play, *s.* بازي - لعب - بازيچه - تماشا - نقل بازي - قمار بازي .
Play, *v.* باختن - بازي كردن - قمار بازي كردن - نقل كردن - تماشا كردن - عمل كردن .
Playfellow, *s.* همباز .

Plea, *s.* عذر - حجّت - دلیل - دعوه .
Plead, *v.* حجّت کردن - دلیل آوردن - عذر کردن - جواب سوال کردن - Pleader, وکیل الدّعوا .
Pleasant, *a.* خوش - لطیف - دلاویز - خوش نما - شاد .
Pleasantly, *ad.* باخوشي - لطیفانه - شادمانه .
Pleasantry, *s.* خوش طبعي - لطف - ظرافت - بذله .
Please, *v.* خوش کردن - شاد کردن - خوشنود کردن - خاطر نوازي کردن - راضي کردن .
Pleased, *a.* خوشنود - شادمان - راضي .
Pleasing, *a.* خوش نما - دلاویز - خاطر نواز .
Pleasure, *s.* خوشي - شادي - عشرت - عیش و مرضي - مقصود .
Pledge, *s.* گرو - رهن - *v.* اقرار کردن - کفالت دادن .
Pleiades, *s.* پروین - ثرّیا .
Plenipotentiary, *s.* وکیل مطلق - *a.* مباشرت‌دار .
Plenteous, } *a.* بسیار - فراوان - کثیر - زیاده - وافر - افزون .
Plentiful, }
Plentifully, *ad.* با افراط - کثیراً .
Plenty, *s.* کثرت - فراواني - بسیاري - زیادتي .
Pliant, *a.* ملایم - نرم .
Plight, *s.* حال - حالت - وضع . *v.* گرو دادن - عهد کردن .
Plot, *s.* (*conspiracy*) بندش - سازش - اتّفاق - (*stratagem*) فریب - حیله - (*plan*) قصد - غرض .
Plough, *s.* قلبه - کشاورز - *v.* قلبه راني کردن .
Ploughman, *s.* قلبه ران .

Ploughshare, s. آهن، قلبه - گاو آهن .
Pluck, a. بزور گرفتن - (*to gather*) چیدن - To pluck up, کشیدن .
Plum, s. آلوچه - آلو .
Plumage, s. پر - پر و بال - زلف .
Plume, s. مرقوج - طره - v. با مرقوج آراستن .
Plump, a. جسیم - فربه - v. فربه کردن - راست افتادن .
Plunder, s. غنیمت - غارت - یغما - v. غارت کردن - تاراج کردن - Plunderer, غنیم - تاراج کننده - دزد .
Plunge, s. غوط - v. (*anything into water*) زیر آب - انداختن - (*to plunge oneself into water*) غوط خوردن - (*to plunge headlong into any business*) تودر کردن - (*to plunge oneself into danger*) خودرا در خطر انداختن - (*to plunge anyone into difficulties*) کسي را در اضطراب انداختن .
Plural, a. جمع .
Plurality, s. جمعیت - کثرت - تعدد .
Ply, v. مصنت کردن - مشغول داشتن - تصدیع دادن .
Pocket, s. جیب - کیسه - خریطه . v. در جیب نهادن .
Poem, s. شعر - قصیده - غزل - مثنوي .
Poesy, s. شعر - سجع - شعر نویسي - علم شعر .
Poet, s. شاعر (*pl.* شعرا) - ناظم - Poetess, شاعرة .
Poetry, s. شعر - نظم - سجع - عروض .
Point, s. نوک - سر - نقط - (*dot*) نقط - (*nicety*) دقیقه - (*aim*) نشان - بابت - To the point, بعین .

Point, *v.* (*sharpen*) تیز کردن - To point out, نمودن - نشست کردن (*aim*) - صحیح کردن .
Pointed, *a.* نوکدار - نقطه آمیز - ظریف - شایسته .
Poison, *a.* زهر - سم - *v.* زهر آلودن - سم دادن .
Poisonous, *a.* زهر دار - زهري .
Polar, *a.* قطبي - قطب منسوب .
Pole, *s.* قطب - (*stick*) چوب - A tent-pole, عماد .
Police, *s.* ملت, بندوبست - شهر, ضبط و ربط .
Policy, *s.* حکومت, علم - عمل, حکمت - تدبیر - منصوبه - فطرت :
Polish, *s.* جلا - صفائي - ظرافت - نزاکت .
Polish, *v.* جلا دادن - صیقل کردن - زدودن - ملاطفت کردن .
Polite, *a.* خلیق - اطوار یا اخلاق خوش - ظریف - لطیف .
Politeness, *s.* اخلاق - مروت - ظرافت - نزاکت - ادب .
Politely, *ad.* با ادب - با مروت - ظریفانه .
Politic, *a.* مدبر - سیاست - علم, ملکت, امور .
Political, *a.* (*relating to a country*) ملکي - (*versed in the administration of public affairs*) مدبر - (*cunning*) زیرك - هنرمند .
Politician, *s.* صاحب تدبیر - مدبر .
Politics, *s. pl.* مملکت, امور - سیاست, تدبیر .
Pollute, *v.* ناپاك کردن - آلودن - خراب کردن یا آلوده .
Pollution, *s.* آلایش - آلودگي - ناپاکي .
Polygamy, *s.* کثیر الازواج - نکاح (*pl.* انکحت) .
Pomegranate, *s.* انار - نار - رمان . [پیشکوهه] .
Pommel, *s.* (*of a sword*) قبضه - (*of a saddle*) کوده -

Pomp, *s.* حشمت - شان و شوكت - جاه و جلال .
Pompous, *a.* عالي‌شان - بزرگوار .
Pond, *s.* تالاب - حوض - بركه - آبگير - غدير .
Ponderous, *a.* گران - سنگين - ثقيل .
Pony, *s.* يابو - اسپچه .
Poor, *a.* غريب - مفلس - مسكين - فقير - كمين - دون
Poorly, *ad.* فقيرانه - بي آرام - بيمار .
Poppy, *s.* خشخاش - Poppy-seed, دانا پوست .
Populace, *s.* عام - عوام النّاس .
Popular, *a.* عزيز هر دل - (*vulgar*) عام .
Population, *s.* آبادي - معموري - مردم شماري .
Populous, *a.* آباد - معمور .
Porcelain, *s.* چيني - صيني .
Porcupine, *s.* خارپشت .
Pore, *s.* سوراخ - (*of the body*) مسام .
Pork, *s.* گوشت, خنزير .
Porous, *a.* مسام دار - منفذدار .
Port, *s.* بندر - (*a gate*) دروازه - (*air*) رفتار - روش .
Portable, *a* دستي - بارگير, لايق .
Porter, *s.* دربان - حاجب - بار بردار - باركش .
Portico, *s.* پيش گاه - دهليز - پيش طاق - جلو خانه .
Portion, *s.* حصه - بهره - نصيب - قسمت - جهيز .
Portmanteau, *s.* جامه دان - خورجين .
Portrait, *s.* شبيه - تصوير - صورت - To take portraits, تصوير كردن .

Position, *s.* اصل -مقدمه - حالت - نهاد - وضع .
Positive, *a.* (*certain*) مقرر - یقینی - (*dogmatical*) خود راي - (*direct*) قاطع - (*not negative*) غیر نفي .
Positively, *ad.* بالتقریر محکم - البته - یقینا .
Possess, *v.* (*have, hold*) داشتن - تصرّف کردن - یافتن - (*seize*) مالك یا صاحب شدن - عمل کردن - قبض کردن .
Possession, *s.* مال - ملکیت - عمل - قبضه - تصرّف .
Possessor, *s.* قابض - صاحب - مالك - متصرّف .
Possibility, *s.* احتمال - مقدور - امکان .
Possible, *a.* قابل - شدني - ممکن .
Possibly, *ad.* بالامکان - باشد - شاید .
Post, *s.* (*courier*) قاصد - (*situation*) مقام - (*station*) وضع - (*employment*) خدمت - (*pillar*) ستون .
Posterior, *a.* پس - بعد - متاخر - موخر .
Posterity, *s.* خلف - نسل - اولاد - آل .
Postman, *s.* پیك - قاصد .
Postpone, *v.* موقوف داشتن - توقّف کردن - تاخیر کردن .
Postscript, *s.* ذیل الخط - وضع - تتمهٔ خط .
Posture, *s.* صورت - حالت - حال - طرح - وضع
Pot, *s.* آوند - دیگ - ظرف .
Potent, *a.* قادر - توانا - قوي - زور آور .
Potentate, *s.* سلطان - شاهان‌شاه - فرمان روا .
Potential, *a.* ممکن - قدرتي - اختیاري .
Potion, *s.* نوش - جرع - شربت - شرب .

Potter, *s.* مغال گر - کلال .
Poultry, *s.* مرغي - مرغان .
Pounce, *s.* چنگ - چنگال . *v.* بچنگل گرفتن .
Pound, *v.* کوفتن - کوبیدن . *s.* نیم امار .
Pour, *v.* ریختن - ریزیدن .
Poverty, *s.* مفلسي - مسکنت - تنگ دستي - فقیري .
Powder, *s.* مفوف - تراب . *v.* مفوف کردن - پاشیدن .
Power, *s.* زور - قوت - قدرت - توانائي - طاقت - سلطان - شاه - حکومت - قابو - مختیاري - اختیار .
Powerful, *a.* زورآور - توانا - قوي - قادر - زبردست .
Practicable, *a.* کردني - ممکن .
Practical, *a.* عملي - استعمالي .
Practice, *s.* (*experience, use*) عمل - استعمال - (*habit*) خو - عادت - (*custom*) دستور - رسم .
Practise, *v.* کردن - عمل کردن - استعمال کردن - کار ساختن .
Praise, *s.* تعریف - سپاس - ثنا - مدح - حمد - وصف - صفت . *v.* تعریف کردن - تحسین کردن - ستایش کردن .
Praiseworthy, *a.* لایق تعریف - واجب المدح .
Prattle, *v.* بیهوده گفت وگوي کردن - هرزه گفتن .
Pray, *v.* نماز کردن - دعا کردن - (*to entreat*) التماس کردن - عرض کردن - درخواست کردن - منت کردن .
Prayer, *s.* نماز - دعا - نیاز - التماس .
Preach, *v.* وعظ کردن - نصیحت گفتن - پند دادن .
Preacher, *s.* واعظ - وعظگو - خطیب .

Precarious, *a.* بي قيام - بي قرار - نا مقرّر .
Precaution, *s.* پيش بيني - دور انديشي - عاقبت انديشي .
Precede, *v.* مقدّم شدن - پيشي گرفتن - پيش رفتن .
Precedence, *s.* مسبقت - تقدّم - پيشي .
Precedent, *s.* مثل - نمونه - دستور العمل - پيش نهاد .
Precedent, Preceding, } *a.* اوّل - سابق - قبل - مقدّم - پيشين - پيش رو .
Precept, *s.* فرمان - نصيحت - پند - امر - حكم .
Preceptor, *s.* مودّب - معلّم - استاد .
Precious, *a.* قيمتي - نفيس - عزيز - گران مايه .
Precipice, *s.* مسقط - ورط .
Precipitate, *a.* جلد - زود - بي تدبير - *v.* انداختن - سرفرو زدن .
Precise, *a.* (*exact*) صحيح - درست - (*definite*) معيّن - مقرّر - (*formal*) صاحب تكلفات .
Precision, *s.* يقين - تحقيق - دقّت - صحت - درستي .
Preclude, *v.* مردود داشتن - محروم كردن - باز داشتن .
Preconception, *s.* پيش قياسي - تصوّر - پيش بيني .
Predecessor, *s.* سابق - مقدّم - پيشينه (*pl.* پيشينگان) .
Predestination, *s.* قضا و قدر - سرنوشت - تقدير .
Predetermination, *s.* عزيمت پيشينه - مراد متقدّم .
Predicament, *s.* شان - نوبت - حالت - حال .
Predicate, *s.* مفعول - صفت - وصف - The subject and the predicate, مقدّم و تالي .

Predict, *v.* پیش گفتن - خبر غیب دادن .
Prediction, *s.* وعد - فال - پیش گوئي - خبر غیب.
Predominance, *s.* مبقت - استعلا - غلبه .
Predominant, *a.* اعلي - فایق - مستولي - غالب .
Predominate, *v.* فایق - اغلب شدن - غالب شدن .
Pre-eminence, *s.* پیشي - افضلیّت - فوقیت - مبقت
Pre-eminent, *a.* فایق - پیش دست - ممتاز - افضل .
Pre-exist, *v.* پیش هستن - وجود مقدّم داشتن .
Preface, *s.* پیش کردن *v.* - سر آغاز - مقدمه - دیباچه .
Prefer, *v.* (*give a preference*) ترجیح کردن - پسند کردن -
سرافراز کردن (*to advance*) - بهتر دانستن - تقدیم کردن .
Preferable, *a.* پیشتر - احسن - بهتر .
Preference, *s.* رغب - پیشي - تقدّم .
Preferment, *s.* سر بلندي - ترقّي - سر افرازي .
Prefix, *v.* ادات الجزا - حرف مشروط *s.* - در پیش نصب کردن .
Pregnancy, *s.* بار داري - آبستنگي - حمل .
Pregnant, *a.* بار دار - آبستن - حامله .
Prejudge, *v.* بي خبر و تفتیش کردن .
Prejudice, *s.* (*for or against*) تعصّب - (*in favour of*)
طرف داري - (*against*) بدگماني - (*detriment*) نقصان -
زیان . *v.* زیان کردن - شبه شدن .
Prejudicial, *a.* مضرّ - زیان کار - مفسد .
Preliminary, *a.* پیش رو - مقدّمه .

Premature, *a.* پیش از زمان - بي وقت .
Premeditate, *v.* در پیش فکر کردن - پیش بندي کردن .
Premier, *s.* وزیر اعظم .
Premise, *v.* مقدم ساختن - پیشین کشادن .
Premises, *s.* مکان - املاك - تقدمات - مقدمات .
Premium, *s.* عوض - پاداش - بخشش - انعام .
Preparation, *s.* آمادگي - تدبیر - تیاري .
Prepare, *v.* موجود کردن - آراسته کردن - تیار کردن - آمادن .
Preponderate, *v.* ترجیح داشتن - غالب شدن .
Preposition, *s.* حرف جر .
Prepossess, *v.* راغب کردن - مایل کردن .
Preposterous, *a.* سرنگون - زیربالا - بي معني - بیهوده .
Prerogative, *s.* اختیار - اقتدار - حق .
Presage, *s.* حکمت - دلالت - شگون - فال .
Presbyter, *s.* صاحب القدس - شیخ .
Prescribe, *v.* معین - مقرر کردن - فرمودن - حکم کردن .
Prescription, *s.* رسم حکیم - نسخه - دستور - قاعده - رسم .
Presence, *a.* (*state of being present*) حاضر - حاضري - (*air, demeanour*) چهره - نظر - وجه - حضور - Presence of mind, دلیري .
Present, *a.* (*not absent*) حاضر - (*not past*) حال - (*at hand, ready*) تیار - حاضر - At present حالا - بالفعل . *s.* بخشش - عنایت - عطا - نذر .

Present, *v.* بخشیدن - عطا کردن - نذر کردن - نمودن .
Presently, *ad.* في الفور - فوراً - حالاً .
Preservation, *s.* حفاظت - محافظت - حمایت .
Preserve, *v* نگاه داشتن - حفاظت کردن - حمایت دادن
s. معجون - مربا .
Preside, *v.* صدر نشین شدن - سردار شدن - پیشرو شدن .
Presidency, *s.* صدر - صدر نشینی - سرداری - دار السلطنت .
President, *s.* صدر نشین - سردار - میر مجلس .
Press, *v.* (*compress*) شکنجه کردن - (*squeeze*) افشردن - (*distress*) آزار دادن - (*drive*) راندن - (*crowd*) اعتراك کردن - To press upon, تنگ کردن - To press on, تیز رفتن - *s.* شکنجه - رخت خانه - جامه دان .
Pressure, *s.* افشرش - همس - (*oppression*) تعدي - (*impression*) اثر - نشان .
Presume, *v.* (*suppose*) خیال کردن - گمان کردن - (*to have presumption*) گستاخي داشتن - همت بستن .
Presumption, *s.* قیاس - گمان - گستاخي - مغروري .
Presumptuous, *a.* گستاخ - مغرور - متکبر .
Pretence, *s.* بهانه - حیله - مکر - عذر .
Pretend, *v.* بهانه کردن - دعوه داشتن - طلب کردن .
Pretension, *s.* دعوه - دعوت - مدعي - طلب .
Preterite, *a.* گذشته - ماضي .
Preternatural, *a.* خلاف ذات - بلا طبیعت .
Preterperfect, *a.* قریب ماضي .

Preterpluperfect, *a.* ماضي بعيد .
Pretext, *s.* بهانه - مکر - ساخت - عذر .
Pretty, *a.* خوبصورت - لطیف - نازك - جمیل .
Pretty, *ad.* (*somewhat*) بر وجه - بطور .
Prevail, *v.* (*to be in force*) جاري شدن - رواج یافتن - To prevail over, غالب شدن - To prevail upon, انگیختن.
Prevailing, *a.* (*current*) رایج - جاري - (*common*) عمومي - (*victorious*) غالب .
Prevalence, *s.* غلبه - افزوني - رواج - اثر .
Prevalent, *a.* [See Prevailing.]
Prevent, *v.* باز داشتن - منع کردن - ممانعت کردن .
Prevention, *s.* ممانعت - مزاحمت - منع .
Preventive, *a.* مانع - مزاحم - باز دار .
Previous, *a.* پیشتر - پیشینه - قبل - متقدّم .
Previously, *ad.* از پیش - قبلاً .
Prey, *s.* شکار - صید - (*plunder*) غنیمت - یغما - A beast of prey, سبع - حیوان درنده *v.* خوردن - یغما گرفتن.
Price, *s.* قیمت - بها - نرخ - ارز .
Prick, *v.* (*pierce*) خلیدن - گزیدن - (*to pain*) درد کردن - (*make acid*) ترش کردن - (*grow acid*) ترش شدن .
Prickle, *s.* خار - شوك . Prickly, *a.* خار دار - شوکدار.
Pride, *s.* غرور - تکبّر - خود بیني - کبریا .
Priest, *s.* امام - مرشد - خطیب - خادم دین .
Primary, *a.* اوّل - اصلي - نخست .

Prime, *s.* بهار - (*of life*) شباب - *a.* اول - خاصه - بیش - تهٔ . Prime cost, قیمت اصل .

Primitive, *a.* قدیم - پیشین - سابق - متقدم - اصلي - ذاتي .

Prince, *s.* شاه زاده - ملك زاده - (*sovereign*) سلطان - پادشاه .

Princess, *s.* شاه زادي - ملکته - خانم .

Principal, *a.* اوّل - اصلي - صدر - *s.* (*chief*) سردار - رئیس - (*sum*) سرمایه .

Principally, *ad.* خصوصاً - اولاً - غالباً - زیاده .

Principle, *s.* (*original cause*) اصل - مصدر - (*element*) عنصر - (*motive*) سبب - باعث - جهت - (*tenet*) دین - آئن - قانون .

Print, *v.* نشان کردن - نقش کردن . *s.* نقش - اثر .

Prior, *a.* اوّل - مقدّم - پیش .

Priority, *s.* اولیت - پیشي - تقدیم - تقدم - قدامت - فضیلت .

Prison, *s.* قیدخانه - زندان - بندي خانه - حبس .

Prisoner, *s.* قیدي - اسیر - محبوس .

Privacy, *s.* خلوت - پرده نشیني - پوشیدگي - پنهاني - تنهائي .

Private, *a.* (*alone*) تنها - (*secret*) مخفي - پوشیده - (*particular*) خاص . Private apartment, خلوتگاه .

Privately, *ad.* نهفته - درپنهاني - تنها - بخلوت .

Privation, *s.* عدم - اعدام .

Privilege, *s.* حقوق - حق - برات - *v.* معاف کردن - برات دادن .

Privy, *a.* خبردار - واقف - A privy counsellor, صاحب دیوان - *s.* جاي ضرور .

Prize, *s.* انعام - حاصل - عوض - (*booty*) غنیمت - *v.* تعظیم کردن - عزیز داشتن .
Probability, *s* احتمال - معقولیت .
Probable, *a.* محتمل - معقول - Probably, خصوصاً .
Probation, *s.* دلیل - اثبات - امتحان - آزمایش - تجربه .
Probity, *s.* دیانت - راستی - صلاح - صلاحیت .
Problem, *s.* مسله - سوال - مشکل .
Proceed, *v.* رفتن - گذشتن - پیدا شدن - ترقی کردن - عمل کردن - در آمدن - داد خواه شدن .
Proceeding, *s.* (*transaction*) عمل - مصلحت - (*progress*) مقدمه - استدراج - *ppr.* روان - گزارش .
Proceeds, *s.* حصول - یافت - پیدایش .
Process, *s.* رفتار - روش - ترکیب - کارسازی - معامله - گردش .
Procession, *s.* سواری - انبعاث .
Proclaim, *v.* منادی دادن - اشتهار کردن - شهرت دادن .
Proclamation, *s.* اشتهار - منادی - شهرت .
Procrastinate, *v.* دیر کردن - تاخیر نمودن .
Procrastination, *s.* تاخیر - امروز فردا - درنگی .
Procurable, *a.* میسّر - دستیاب .
Procure, *v.* یافتن - حاصل کردن - بهم رسانیدن - میسر کردن .
Procurer, *s.* حاصل کننده - دلال . Procuress, دلاله .
Prodigal, *a.* فضول - مسرف - مبذّر خرج .
Prodigality, *s.* اسراف - فضول .
Prodigious, *a.* عجیب - خرچی - ذو الجلال .

Prodigy, *s.* علامت هيبتوار - عجب العجايب .
Produce, *v.* ظاهر كردن - زادن - حاضر كردن - پيدا كردن .
Produce, *s.* فايده - پيدايش - نفع - حاصل - محصول .
Production, *s.* حاصل - پيدايش - (*composition*) تصنيف .
Productive, *a.* مولّد - بهر آور .
Profane, *a.* ناپاك - بي ادب - بي حرمت .
Profane, *v.* پليد كردن - آلوده كردن - ناپاك كردن .
Profess, *v.* تعريف كردن - اقرار كردن - اظهار كردن .
Professedly, *ad.* ظاهراً .
Profession, *s.* كسب - حرفه - اعتراف - اظهار - اقرار - پيشه .
Professional, *a.* پيشه منسوب - عملي .
Professor, *s.* استاد - مدرس - معلّم .
Proficiency, *s.* فضيلت - مهارت - تحصيل - ترقّي .
Proficient, *a.* عامل - صاحب ترقي - واقف كار .
Profit, *s.* حاصل - منافع - نفع - فايده - سود - *v.* سود يافتن
تعليم گرفتن - خوبتر ساختن - ترقي بخشيدن .
Profitable, *a.* نافعي - مفيد - فايده‌مند - سودمند .
Profitably, *ad.* منيدانه - با فايده .
Profligacy, *s.* شرارت - فساد - فسق - بدكاري .
Profligate, *a.* خراب - خوار - فاسق - بدكار .
Profound, *a.* عميق - (*most learned*) اعلم .
Profundity, *s.* كثرت العلم - فضيلت - عمق .
Profuse, *a.* مبذر - فياض - فضول خرچ - مسرف .
Profusion, *s.* فراواني - كثرت - فضول خرچي - اسراف .

Progeny, *s.* اولاد - نسل - آل - نسب .
Progress, } *s.* رفتار - پیش رواني - (*circuit*) دور -
Progression, } (*advancement in knowledge*) ترقي - تعليم
Progressive, *a.* پیش روان .
Prohibit, *v.* منع كردن - نهي كردن - نَهي كردن - باز داشتن .
Prohibition, *s.* منع - ممانعت - امتناع .
Project, *s.* ایجاد - تدبیر - تجویز - حکمت .
Project, *v.* ایجاد کردن - تدبیر کردن - پیش انداختن .
Projection, *s.* پیش اندازي - نقش - رسم - نشان .
Projector, *s.* مخترع - موجد - مبدع .
Prolific, *a.* مولد - بچه کش - نفوض .
Prolong, *v.* دراز کردن - طویل کردن - افزودن .
Prominence, *s.* افراز - گوشه .
Prominent, *a.* ظاهر - افراز - متقدم .
Promiscuous, *a.* مخلوط - درهم برهم - آمیخته .
Promise, *v.* اقرار کردن - قبول کردن - وعده کردن -
عهد و پیمان بستن . *s.* اقرار - قول - وعده - عهد - پیمان .
Promising, *a.* اقرارساز - پاك باز - خوش مزاج - نیك بخت .
Promissory, *a.* عهد کنان - اقرار ساز - پاکیزه خوي .
Promontory, *s.* نوك زمین - بیني کوه .
Promote, *v.* افزودن - سرفراز کردن - ترقي کردن -
تقویت دادن - دستگیري کردن .
Promoter, *s.* سرفرازکننده - ترقي کننده .
Promotion, *s.* ترقي - سرفرازي - تقویت - دستگیري .
Prompt, *a.* تیز دست - چالاك - چست - (*ready*) تیار ,

Prompt, *v.* ترغيب دادن - ياد دادن - نمودن .
Promptitude, *s.* جلدي - چستي - چالاكي - تيزدستي .
Promulgate, *v.* اظهار كردن - شهرت دادن- اشتهار كردن .
Prone, *a.* راغب - مايل - زير رو .
Pronominal, *a.* ضمير منصوب - ضميري .
Pronoun, *s.* (*personal*) اسم، ضمير - (*demonstrative*) - اسم، موصول - اسم، مبهم (*relative*) - اسم، اشارت (*interrogative*) اسم، استفهام - (*indefinite*) اسم، تنكير .
Pronounce, *v.* تلفّظ كردن - To pronounce sentence, فتوي دادن - قضا كردن .
Pronunciation, *s.* تلفّظ .
Proof, *s.* حجت - دلالت - دليل - اثبات .. (*evidence*) - تجربه - امتحان (*trial, test*) - شهادت - گواهي
Prop, *s.* تكيه كردن *v.* عمود - تكيه - پشتيبان - پشت .
Propagate, *v.* زياده ساختن - جاري كردن - پيدا كردن .
Propel, *v.* پيش راندن .
Propensity, *s.* رغبت - شوق - ميل .
Proper, *a.* (*fit*) مناسب - موافق - شايسته - واجب - لايق - درست (*accurate*) - مخصوص - خاص (*peculiar*)- روا - اصلي (*real*) - ذاتي (*natural*) - راست .
Properly, *ad.* بمناسب - في الحقيقت - لايقانه .
Property, *s.* (*peculiar quality*) صفت - خاصيت - املاك - ملكيت - (*possession*) مال - (*goods*) - كيفيت .
Prophecy, *s.* سخن، غيب پيشين گوي - غيب گوي .

Prophesy, *v.* خبرِغيب دادن - نبوّت كردن .
Prophet, *s.* نبي (*pl.* انبيا) - پيغمبر - رسول .
Propitiate, *v.* مهربان ساختن .
Propitious, *a.* مهربان - خيرخواه - متوجه .
Proportion, *s.* اندازه - مقدار - مناسبت - هم‌واري - برابرحصه .
Proportion, *v.* هم‌اندازه كردن - مناسب كردن .
Proportionate, *a.* هم‌انداز - مناسب - موافق - هم‌وار .
Proposal, *s.* سوال - عرض - درخواست - مقصود - تجويز .
Propose, *v.* عرض كردن - التماس كردن - سوال كردن .
Proposition, *s.* [See Proposal.]
Proprietary, *a.* مالكانه - مخصوص - خاص .
Proporietor, *s.* مالك - خاوند - صاحب .
Propriety, *s.* لياقت - شايستگي - مناسبت - درستي .
Prorogue, *v.* موقوف كردن - ناغه كردن .
Prose, *s.* نثر - كلام منثور .
Prosecute, *v.* (*pursue*) پي روي كردن - (*continue endeavours after any thing*) استمرار كردن - نالش كردن - To prosecute a design, نيّت استمرار كردن
To prosecute at law, داد خواستن .
Prosecution, *s.* پي روي - تلاش - تكاپو - نالش - دعوي .
Prosecutor, *s.* مدعي - دادخواه .
Prosody, *s.* علم عروض - شعر .
Prospect, *s.* (*sight*) نظر - ديد - منظر - (*expectation*) اميد - چشم‌داشت - (*distant view*) نظر بعيد .

Prosper, v. بختيار شدن - بختيار كردن - فرخنده كردن -
. كامياب شدن - بهرهمند شدن - اقبالمند شدن

Prosperity, s. بختياري - بهرمندي - كاميابي - نيك بختي .

Prosperous, a. بختيار - بختاور - كامياب - بهرهمند .

Prostitute, s. رومسپي - فاحشه .

Prostrate, v. مسجده كردن - سر بر زمين نهادن .

Protect, v. حمايت كردن - پناه دادن - حفاظت كردن -
. نگهباني كردن

Protection, s. حمايت - پناه - محافظت .

Protector, s. حامي - حافظ - نگاهبان - دستگير .

Protest, v. اقرار كردن - قول كردن - انكار كردن .

Protest, s. اقرار - قول - انكار .

Protract, v. دراز كردن - طول كشيدن - افزودن .

Protuberance, s. ورم - آماس - افراز .

Proud, a. مغرور - متكبر - خودبين - گردنكش .

Prove, v. (by testimony or argument) ثابت كردن -
- دلالت كردن - گواهي دادن - (to try) امتحان كردن -
آزمودن - (to happen) واقع شدن - (to become) شدن -
. (to find by experience) از وقوف يافتن

Proverb, s. مثل (pl. امثال) - مثل .

Proverbial, a. مثلانه - لايق مثل .

Provide, v. (get ready) تيار كردن - مهيا كردن -
To provide - تدارك كردن - (stipulate) شرط كردن
. بصيرت نمودن against,

Provided, *a.* درصورت - به دين شرط - آماده .
Providence, *s.* رزاقي - پروردگاري - خدائي - (*foresight*) دوراندیشي - عاقبت انديشي .
Provident, *a.* عاقبت انديش - دور انديش - عاقل .
Province, *s.* کشور - ولايت - (*duty*) خدمت - عهده - کار .
Provision, *s.* خوراك - غذا - (*providing beforehand*) تياري - آمادني - (*stipulation*) عهد و پيمان .
Provocation, *s.* غضب انگيزي - طعنه - اضطراب .
Provoke, *v.* خشمناك کردن - ملامت زدن - (*excite*) انگيختن - (*to promote*) بکار آوردن .
Prowess, *s.* جرات - شجاعت - بهادري - دليري .
Proximity, *s.* نزديکي - تقريب - قرب .
Proxy, *s.* (*agent for another*) عوضي - بدلي - (*agency*) عوض - بدل .
Prudence, *s.* بصيرت - تدبير - امتياز - هوشياري .
Prudent, *a.* صاحب بصيرت - هوشيار - دور انديش .
Prune, *v.* تراشيدن - پيراستن . *s.* آلو .
Pry, *v.* جاسوسي کردن - تجسس کردن - نظر کردن .
Psalm, *s.* زبور - الاهي .
Puberty, *s.* بلوغ - بلوغت - رسيدگي .
Public, *a.* (*common*) عام - عموم - مطلق - (*generally known*) مشهور - معروف - ظاهر - آشکاره .
Public, *s.* خلقت - خلايق - ملت - خاص و عام .
Publication, *s.* اظهار - اشتهار - تصنيف .

Publicly, *ad.* "ظاهرا - آشکاره .
Publish, *v.* اشتهار دادن - اشتهار دادن - مشهور کردن - ظاهر کردن .
Publisher, *s.* اشتهار دهنده - بیان ساز - (*of a book*) تصنیف کننده - مصنّف .
Puerile, *a.* کودکي - طفولیت .
Puff, *v.* پف دادن - تیز دم زدن - مغرور کردن . *s.* پف .
Pull, *v.* کشیدن - To pull down, شکستن - (*gather*) چیدن - To pull off skin آهنگیدن - To pull up, برکندن - To pull back, بازکشیدن .
Pulley, *s.* چرخ - قامت .
Pulpit, *s.* منبر - محفل .
Pulsation, *s.* جنبش - حرکت .
Pulse, *s.* نبض - (*pea, bean*) بقل - آرد .
Pump, *s.* طولمبه - مغرفت .
Pun, *s.* لطیفه - مزه - بذله - *v.* یافه زدن - بذله کردن .
Punch, *s.* (*buffoon*) کوتاه قد - مردم - مسخره - (*liquor*) قسم شراب - (*piecer*) - ماهه - *v.* سوراخ کردن .
Punctual, *a.* صادق - وعده وفا - راست بوقت .
Punctuality, *s.* راستي - دقت .
Punctually, *ad.* با راستي - با دقت .
Pungency, *s.* تیزي - تندي - حدت .
Pungent, *a.* تیز - تند - چلد .
Punish, *v.* سزا دادن - سیاست نمودن - عقوبت کردن .
Punishment, *s.* سزا - سیاست - تعزیز - عقوبت - عذاب .

Pupil, *s.* (*apple of the eye*) مردم چشم - (*a scholar*) مرید - تلمیذ - شاکرد .

Puppet, *s.* تامور - لعبت .

Puppy, *s.* پودک - سگچه .

Purblind, *a.* شبکور - کوتاه نظر .

Purchase, *s.* خرید - خریداري - *v.* خریدن - خرید کردن .

Purchaser, *s.* مشتري - خریدار .

Pure, *a.* (*clear*) صاف - مصفا - پاك - (*unmixed*) خالص . (*innocent*) پاکیزه - پاك دامن - (*holy*) صاف دل .

Purely, *ad.* (*simply*) خالي - محض - (*innocently*) " خالصا - بي گناه - (*without mixture*) صافانه .

Purgative, *a.* صفا بخش - جلابي .

Purge, *s.* جلاب - مسهل - *v.* پاك كردن - شکم راني کردن .

Purification, *s.* صفا سازي - تقدس .

Purify, *v.* (*to make pure*) پاك کردن - صاف کردن - طهارت کردن - (*to become pure*) صاف شدن .

Purity, *s.* پرهیزگاري - پاکي - پاکیزگي - صفا - صفائي - صفاي دل - اخلاص - شستگي .

Purloin, *v.* دزدیدن - خیانت کردن .

Purple, *a.* قرمزي - ارجواني - ارغواني .

Purport, *s.* نتیجه - مضمون - مقصد - معني .

Purport, *v.* معني داشتن - مقصد کردن .

Purpose, *s.* مراد - مقصود - نیت - قصد - اراده - On purpose, " قصدا - دیده دانسته - To what purpose, از براي چه - *v.* اراده داشتن - غرض کردن .

Purposely, *ad.* قصداً - دیده و دانسته .
Purse, *s.* کیسه - خریط - صرّه - *v.* در کیسه نهادن.
Pursuance, *s.* استمرار - In pursuance of, موافق - براي .
Pursue, *v.* در پي رفتن - پي روي کردن - تعقّب کردن - داد خواستن - استمرار کردن .
Pursuit, *s.* پي روي - تعقّب - کوشش - سعي .
Purvey, *v.* تدارکِ خوردني کردن .
Push, *v.* راندن - دفع کردن - *s.* دفع راندگي - حمله .
Put, *v.* (*lay*) نهادن - داشتن - نشاندن - طرح کردن - To put aside, برطرف کردن - To put by, بيراه کردن - To put down, حيران کردن - (*to confute*) ردکلام کردن - (*degrade*) معزول کردن - To put forth, دراز کردن (*to sprout*) شگفتن - (*to exert*) کوشش کردن - (*to propose in mind*) عرض کردن - ياد دادن - To put off, برطرف نهادن - برداشتن - To put on, در بر کردن - لباس پوشيدن - To put over, مقدم کردن - افزودن - To put out, (چراغ) کشتن - اطفا کردن - (*publish*) اشتهار کردن - (*disconcert*) آشفتن - To put in, در کردن - (*to interpose*) درميان آمدن - To put to death, قتل کردن - به قتل رسانيدن - To put together, جمع کردن - بهم کردن - To put up with, برداشت کردن - To put for, طالب شدن - آرزو کردن - To put upon, فريب دادن .
Putrefaction, *s.* بوسيدگي - عفونت .
Putrefy, *v.* گنديدن - بوسيدن - گنديده کردن .

Putrid, *a.* گنده - بوسیده .
Puzzle, *v.* حیران کردن - پریشان کردن - تنگ کردن - *s.* مشکل - حیراني - تعجّب .
Pyramid, *s.* منار - هرم .

Q.

Quack, *s.* لیم حکیم - لاف زن - *v.* لاف زني کردن .
Quackery, *s.* لاف زني - خود فروشي .
Quadrangle, *s.* چهار گوشه - مربّع , شکل .
Quadrant, *s.* ربع - ربع دایره - بسیط .
Quadrilateral, *a.* چهار جانبدار - مربّع - چهار پهلو .
Quadruped, *s.* چهارپایه - بهیمه - ستور .
Quadruple, *a.* چهارتا - چهارچند .
Quaint, *a.* نازك - نفیس - باریك - عجیب .
Quaintly, *ad.* به نزاکت - با دقت .
Quake, *v.* لرزیدن - تپیدن - *s.* لرزه - تپش - جنبش .
Qualification, *s.* لیاقت - استعداد - هنر - صنعت - وصف .
Qualified, *a.* لایق - قابل - سزاوار - موافق .
Qualify, *v.* لایق کردن - قابل کردن - سزاوار کردن - (*to modify*) درست کردن - (*to moderate*) معتدل کردن .
Quality, *s.* (*property, accident*) وصوف - صنعت - کیفیت - خاصیت - سیرت - (*disposition*) طبع - مزاج - (*rank*) مرتبه - پایه - درجه - جاه .

Quantity, *s.* مقدار - قدر - اندازه - وزن - حصه .
Quarrel, *s.* قضيه - مناقشه - ستيزه - نزاع .
Quarrel, *v.* قضيه كردن - ستيزه كردن - مناقشه كردن .
Quarrelsome, *a.* ستيز جو - قضيه جو - جنگ جو .
Quarry, *s.* سنگستان .
Quarter, *s.* (*fourth part*) ربع - (*region of the world*) طرف - جانب - ولايت - (*of a city*) محله - To give quarter, امان دادن . *v.* چهارحصه كردن - مقام كردن .
Quarterly, *a.* هرسه ماه - ربع .
Quarters, *s.* مقام - مكان .
Queen, *s.* سلطانه - ملكه - بيگم - (*at chess*) فرزين .
Queer, *a.* (*whimsical*) متخيّل - (*strange*) عجب - نادر .
Quell, *s.* شكست دادن - تسكين دادن - مسخّر كردن .
Quench, *v.* (*fire*) آتش نشاندن - (*thirst*) تشنگي دفع كردن .
Query, *s.* سوال - پرسش - استفهام .
Quest, *s.* تلاش - جست وجو - تفتيش .
Question, *s.* (*interrogatory*) سوال - پرسش - استفهام - (*doubt*) شك - گمان - (*dispute*) قضيه .
Question, *v.* سوال كردن - پرسيدن - (*to doubt*) شبهه داشتن .
Questionable, *a.* مشتبه - مشكوك .
Quick, *a.* (*speedy*) جلد - شتاب - زود - تيز - چالاك - چست - (*not dead*) زنده - حي .
Quicken, *v.* زنده كردن - جلد كردن - شتاب شدن .

Quicklime, *s.* آهک زنده - آهک .
Quickly, *ad.* بشتابي - بزودي .
Quickness, *s.* شتاب - زودي - تيزي - چالاکي .
Quick-sighted, *a.* تيز نظر - تيز نگاه - دوربين .
Quick-silver, *s.* سيماب - زيبق .
Quiescent, *a.* [See Quiet.]
Quiet, *a.* (*at rest*) ساکن - آسوده - (*mild*) غريب - ملايم - (*silent*) خاموش - *v.* آراميدن - آسودن .
Quiet, Quiescence, *s.* آرام - آسودگي - خاموشي - غريبي .
Quill, *s.* قلم خار - شاهپر .
Quilt, *s.* بالاپوش - لحاف - *v.* سوزني کردن .
Quince, *s.* سفرجل - بهي .
Quire, *s.* دستهٔ کاغذ - طايفه .
Quit, *v.* (*leave*) گذاشتن - ترک کردن - هجر کردن - (*to discharge or pay*) ادا کردن - (*to set free*) آزاد کردن - خلاص کردن .
Quite, *ad.* بالکل - تماما" - سربسر - هرجانب .
Quiver, *s.* ترکش - جعبه - *v.* تيردادن - لرزيدن - تپيدن .
Quotation, *s.* اقتباس - تنميت .
Quote, *v.* اقتباس کردن - درج کردن - تنميت کردن .
Quoted, *a.* مقتبس - تنميت کرده شده .
Quotient, *s.* حاصل - مبلغ .

R.

Rabbit, *s.* خرگوش - ارنب .
Rabble, *s.* رباق طباق - عوام الناس - هنگامه .

Race, s. (*contest in running*) دور - تاز - (*lineage*) خاندان - نسب - نسل .
Racer, s. تيزرو - تيز قدم - كيامس.
Rack, s. شكنجه-عذاب-سياست - v. در شكنجه كشيدن .
Radiance, s. پرتو - شعاع - روشني - لمعان - تجلي .
Radiant, a. پرتو انداز - منور - درخشان - مشعلا .
Radical, a. اصلي - ذاتي - طبعي .
Radish, s. ترب .
Radius, s. نيم‌دايره - نصف القطر - فراش .
Raffle, v. قمار باختن - s. قمار بازي .
Raft, s. رماث - عمد .
Rafter, s. تير - فرشت خانه .
Rag, s. پارچه - پينه .
Rage, s. غضب - قهر - غضب - خشم - v. قهر گرفتن - خشمناك گشتن - Raging, قهر آلوده - غضبناك .
Ragged, a. مرّقع .
Rail, s. باره - حلقش .
Rail, v. چڤيدن - To rail at, دشنام دادن - تشنيع كردن .
Raillery, s. مزاح - استهزا - ظرافت - هزل .
Raiment, s. پوشاك - لباس - جامه .
Rain, s. باران - بارش - v. باريدن - مطر كردن .
Rainbow, s. قوس قزح - كمان فلكي .
Rainy, a. بارشي - باراني .
Raise, v. (*lift*) برداشتن - ايستاده كردن - برپا كردن -

(*to prefer*) سرفراز کردن - افزودن - ترقي کردن - (*to excite*) پرورش کردن - انگیختن .

Raisin, *s.* انگور خشك - مویز - کشمش .

Rake, *s.* خاك کش - بیل - *v.* خاك کشیدن - زناکاري کردن.

Rally, *v.* استهزا کردن - بذله باختن - (*dispersed troops*) فوج شکسته باز جمع کردن .

Ram, *s.* میش نر - قوچ - (*the celestial sign*) برج حمل - A battering ram, منجنیق .

Ramble, *v.* سیر کردن - جابجا گردیدن - وا رفتن .

Rambler, *s.* هرزه‌گرد - آواره - سیرباز .

Rampart, *s.* دیوار قلعه - شهر پناه .

Random, *s.* (*chance*) اتفاق - (*accidental*) اتفاقي - At random, از اتفاق - اتفاقاً - (*inconsiderately*) غافلانه .

Range, *v.* آراسته کردن - ترتیب دادن - صف بصف کردن - *s.* نظام - ملك - صف .

Rank, *s.* (*row*) قطار - صف - (*degree*) درجه - مرتبه - (*precedency*) دست - تقدم . *v.* صف صف کردن .

Rankle, *v.* تقرح کردن - آزاري داشتن .

Ransom, *s.* فدا - خونبها - خلاص - *v.* فدا کردن .

Rapacious, *a.* غارتگر - ژیان - ربایند‌ه .

Rape, *s.* زبردستي - جبر - To commit a rape, بکارت گرفتن .

Rapid, *a.* جلد - زود - تیزرو - تیز - تند .

Rapidity, *s.* جلدي - زودي - تیزي - تندي - شتابي .

Rapine, *s.* غارت - نهب .

Rapture, *s.* وجد - بي‌خودي - حال - کمال هوشي .

Rare, *a.* نادر - کمیاب - عجیب - نازک - رقیق .
Rarity, *s.* نادري - کمیابي - رقت - لطافت - نادره - تحفه .
Rascal, *s.* حرامزاده - شریر - فاسق .
Rash, *a.* گستاخ - بي تدبیر - بي احتیاط .
Rashly, *ad.* گستاخانه - بي تدبیرانه .
Rat, *s.* موش - فار .
Rate, *s.* (*price*) قیمت - نرخ - (*tax*) محصول - خراج - (*proportion*) اندازه - *v.* قیمت مقرر کردن - تنبیه کردن .
Rather, *ad.* پیشتر - پیش - قبل .
Ratification, *s.* تقرر - استقرار - اقرار - تقویت .
Ratify, *v.* مقرر کردن - معین کردن - برقرار کردن .
Rational, *a.* ناطق - صاحب عقل - معقول - شایسته .
Rattle, *s.* بیمعنی - غوغا - دمدمه - بیهوده - گفت بلند و بیهوده .
Ravage, *v.* تاراج کردن - تاخت و تاراج کردن - ویران کردن - پایمال کردن .
Raven, *s.* زاغ - غراب .
Ravenous, *a.* درنده - خوران .
Ravish, *v.* بکارت گرفتن - (*seize by violence*) بزور گرفتن - (*to delight*) خوش کردن - دل شاد کردن .
Raw, *a.* خام - نا پخته - نارسیده - ناآزموده - تازه .
Ray, *s.* پرتو - شعله - The rays of the sun, شعاع آفتاب .
Razor, *s.* استره - مردوده .
Reach, *s.* (*power*) دست رس - قدرت - (*contrivance*) حیله - فریب - (*extent*) مد - (*intellectual capacity*) ادراک - هوش - *v.* دست رس کردن - لایق شدن - رسیدن - یافتن - دست دراز کردن - مد کردن .

Reaction, *s.* دفع - باز گشت .
Read, *v.* خواندن - مطلع کردن - درس گرفتن .
Reader, *s.* خواننده - قاري - مدرس .
Readiness, *s.* تياري - آمادگي - جلدي - چالاکي - آرزو .
Reading, *s.* خواندگي - قرائت - خواندگي درس - چالاک .
Re-admit, *v.* باز دخل کردن .
Ready, *a.* (*at hand*) تيار - آماده - (*prompt*) تيز - زيرک - (*acute of understanding*) تيزفهم - (*willing*) آرزومند - Ready money, نقد - Ready to receive, مستعد قبول - A ready answer, حاضرجواب - To be ready, حاضر شدن - تيار شدن .
Real, *a.* حقيقي - اصلي - يقيني - صحيح - راست .
Reality, *s.* حقيقت - راستي - يقين - معني .
Realize, *v.* حاصل کردن - موجود کردن - حقيقي کردن .
Really, *ad.* "حقيقتا - يقينا" - البتہ - في الحقيقت .
Realm, *s.* ملك - مملکت - پادشاهت - دولت .
Reap, *v.* درو کردن - يافتن - حاصل کردن - درويدن .
Reaper, *s.* دروگر - حصاد .
Rear, *s.* پس عسکر . *v.* برداشتن - ايستاده کردن - افراز کردن -(*to build*) بنا کردن - تعمير دادن - (*educate*) پروردن - تعليم کردن .
Reason, *s.* عقل - فهم - ادراك - (*cause, motive*) سبب - باعث - موجب - واسط - جهت -(*argument*) دليل - حجت - (*moderation*) اعتدال - انصاف . *v.* بحث کردن - مباحثه کردن - مناظره کردن .

Reasonable, *a.* معقول - مناسب - شايسته - واجب .
Reasoning, *s.* تقرير - مناظره - مباحثه .
Rebel, *s.* منحرف - عاصي - بغي - سركش . *v.* سركشي
بغاوت كردن - گردن كشي كردن - كردن .
Rebellion, *s.* فتنه - انحراف - سركشي - بغاوت .
Rebellious, *a.* معاند - سركش - باغي .
Rebound, *v.* عكس كردن - باز گشتن . [سرزنش .
Rebuke, *v.* سرزنش كردن - ملامت كردن . *s.* ملامت -
Recall, *v.* باز خواندن - ((*from office*) برخاست كردن .
Recapitulate, *v.* مقرر كردن - مختصر نموده باز بيان كردن .
s. نتيجه سخن - تكرار كلام .
Recede, *v.* اجتناب كردن - باز آمدن - باز رفتن .
Receipt, *s.* (*discharge*) قبض الوصول - داخله - رسيد -
Receipt and disbursement, جمع خرچ - (*place of receiving*) قبض گاه - (*receiving*) گرفتگي .
Receivable, *a.* درآمدني - قابل وصول .
Receive, *v.* (*take*) تبض كردن - ستدن - گرفتن - (*accept*) وصول كردن - حاصل كردن - يافتن (*get*) - قبول كردن - (*to entertain as a guest*) مهمانداري كردن .
Receiver, *s.* خزانچي - ستننده - گيرنده .
Recent, *a.* ناقديم - تازه - جديد - نو .
Recently, *ad.* جديداً - ازنو .
Receptacle, *s.* مكان - خانه .
Reception, *s.* اخذ - گرفتگي - Favourable reception, قبول - اجابت - رضا - (*entertainment*) مهمانداري .

Recess, *s.* خلوت - پوشيدگي - خلوت گاه - كنار .
Recipe, *s.* نسخه - رسم حكيم .
Reciprocal, *a.* دو طرفي - جانبين - طرفين - يك ديگر .
Recital, *s.* بيان - تقرير - نقل - ذكر - گفتار .
Recite, *v.* بيان كردن - تقرير كردن - نقل كردن - انشا كردن .
Reckon, *v.* شمردن - شمار كردن - فهميدن - دانستن .
Reckoner, *s.* محاسب - شمار گير .
Reckoning, *s.* حساب - شمار .
Reclaim, *v.* درست كردن - باز طلب كردن .
Recline, *v.* تكيه كردن - خفتن - خوابيدن .
Recluse, *s.* گوشه نشين - خلوت نشين .
Recognizance, *s.* شناخت - معرفت - اقرارنامه .
Recognize, *v.* شناختن - ياد كردن - معلوم كردن .
Recoil, *v.* بازجستن - باز دويدن .
Recollect, *v.* ياد كردن - ذكر كردن - هوش گرفتن .
Recollection, *s.* ياد - ياد آوري - تذكر - ذكر .
Recommence, *v.* از سر نو شروع كردن - باز شروع كردن .
Recommend, *v.* تعريف كردن - وصف كردن - سفارش كردن .
Recommendation, *s.* سفارش - تقريب - تعريف - وصف .
Recompense, *s.* عوض - بدل - ثمره - پاداش - مكافات .
Reconcile, *v.* صلح كردن - آشتي كردن - موافق كردن .
Reconciliation, *s.* صلح - مصالحه - آشتي .
Record, *s.* دفتر - تواريخ - *v.* داخل كردن در دفتر - درج كردن - مندرج كردن .
Recorder, *s.* دفتر نويس - سررشته دار - قانون گو .

Recourse, *s.* رجوع - مراجعت - التجا .

Recover, *v.* وجد کردن - باز پیدا کردن - باز یافتن - آرام شدن - شفا یافتن - شفا دادن .

Recovery, *s.* (*of any thing lost*) باز یافت - وجد - (*from sickness*) شفا - صحت - آرام .

Recreation, *s.* تفرج - تفریح - سیر .

Recruit, *v.* باز درست کردن - ازدیاد کردن - تقویت دادن - *s.* (*for the army*) سپاهي نو - (*supply*) ازدیاد .

Rectify, *v.* درست کردن - اصلاح دادن .

Rectitude, *s.* درستي - راستي - صلاح - صواب .

Recur, *v.* رجوع کردن - مراجعت کردن - To recur to the mind, درخاطر باز آمدن .

Red, *a.* سرخ - احمر .

Redden, *v.* سرخ کردن - سرخ شدن - سرخ روي شدن .

Redeem, *v.* آزاد کردن - رها کردن - فدا کردن .

Redeemer, *s.* مستخلص - فدا بخش - حامي .

Redemption, *s.* استخلاص - آزادگي - فدا - رهائي .

Redness, *s.* سرخي - حمرت .

Redress, *v.* اصلاح کردن - تصحیح کردن - چاره دادن .

Reduce, *v.* (*bring back*) باز آوردن - (*diminish*) کم کردن - تخفیف کردن - (*subdue*) مغلوب کردن - (*degrade*) معزول کردن - To reduce to nothing, نابود کردن - To reduce to poverty, مسکین کردن .

Reduction, *s.* باز آوري - تخفیف - ثقیل - معزولي .

Redundance, *s.* زیادت - فضولیت - افزوني .

Redundant, *a.* زياده - افزون - زايد - فضول .
Re-echo, *v.* باز آواز دادن - رد صدا كردن .
Reed, *s.* ني - ناي - نيزه - مير - تير .
Reel, *s.* چرخ - گلہ - *v.* كردن تسليك - لاندن .
Re-enforce, *v.* تقويت دادن - تائد كردن - زياده كردن .
Re-enter, *v.* باز داخل شدن - باز داخل كردن .
Re-establish, *v.* باز مقرر كردن .
Refer, *v.* (*for information*) رجوع كردن - رو بكار كردن - (*to have relation*) نسبت داشتن - علاقه داشتن .
Reference, *s.* (*to another for anything*) رجوع - تفويض - سپارش - (*relation*) علاقه - نسبت .
Refine, *v.* صاف كردن - خالص كردن - ظريف كردن - نكته گيري كردن - نازك كردن
Refinement, *s.* (*purity*) صفائي - (*elegance*) ظرافت - (*subtlety*) دقت - باريك - نكته .
Reflect, *v.* (*throw back*) باز انداختن - (*as a mirror*) عكس انداز نمودن - (*consider attentively*) تامل كردن - غور كردن - فكر كردن - (*to reproach*) ملامت كردن .
Reflection, *s.* (*of light*) عكس نور - (*meditation*) تامل - غور - فكر - (*censure*) ملامت .
Reflector, *s.* عكس انداز - انديشنده .
Reform, *v.* درست كردن - اصلاح كردن - بهتر كردن .
Reformation, *s.* اصلاح - تصحيح - تاديب .
Reformer, *s.* مصلح - بهتر ساز .
Refractory, *a.* سركش - گردن كش .

Refrain, *v.* اجتناب کردن - احتراز کردن - پرهیز کردن - باز آمدن

Refresh, *v.* سرد کردن - آسایش دادن - تازه دم کردن .

Refreshment, *s.* خوراک - طعام - آرام - تر و تازگي - آسایش .

Refuge, *s.* ملاذ - ملجا - جاي پناه - امن - پناه .

Refugee, *s.* امان خواه - پناه گیر .

Refulgence, *s.* تاب - روشنائي - جلوه - تجلي .

Refusal, *s.* ردّ - نا قبولي - نا پذیري - انکار .

Refuse, *v.* نا قبول کردن - نا پسند کردن - انکار کردن - رد کردن . *s.* آخور - فضله .

Refutation, *s.* ردّ کلام - بطلان - ردّ .

Refute, *v.* منسوخ کردن - باطل کردن - رد کردن .

Regain, *v.* وجد کردن - باز حاصل کردن - باز یافتن .

Regard, *v.* (*observe*) متوجه شدن - نگاه کردن - نظر کردن - عزیز داشتن (*esteem*) - باور کردن - ملاحظه کردن . نسبت داشتن (*to have a relation to*) - الطفات کردن

Regard, *s.* نسبت - اعتبار - دوستي - توجه - نگاه .

Regardless, *a.* غافل - بي خبر - بي پروا .

Regency, *s.* تدبیر قایم مقام - حکومت - جا نشین .

Regenerate, *v.* باز وجود کردن - باز پیدا کردن .

Regent, *s.* قایم مقام پادشاه - جا نشین سلطان .

Regimen, *s.* پرهیز - تیمار - تدبیر غذا .

Regiment, *s.* رساله - دسته - سالاري .

Region, *s.* مرز بوم - دیار - اقلیم - ولایت - ملك .

Register, *s.* در دفتر ثبت کردن - تواریخ - اوارجه - دفتر .

Regret, *v.* افسوس کردن - تاسف کردن - *s.* افسوس - غم - حسرت .

Regular, *a.* قاعده, موافق - رسمي - منتظم - قانوني - درست - برابر .

Regulation, *s.* آرایش - انتظام - ترتیب - آئین - قانون .

Reign, *s.* پادشاهي - سلطنت - عمل - *v.* فرمانِ رواي کردن - سلطنت کردن - پادشاهي کردن .

Rein, *s.* لگام - عنان - زمام - *v.* تلجیم کردن - تعیین کردن .

Reinstate, *v.* بحال کردن .

Reiterate, *v.* برابر گفتن - تکرار کردن .

Reject, *v.* ردّ کردن - برطرف کردن - دور کردن - ناقبول کردن .

Rejection, *s.* ردّ - ناقبولیت - انکار .

Rejoice, *v.* خوش کردن - شادمان شدن - خوشنود شدن .

Rejoicing, *s.* شادي - شادماني - سرور - عیش و عشرت .

Rejoin, *v.* (*join again*) باز جمع کردن - (*meet again*) بار دیگر ملاقات کردن - (*reply*) ردّ جواب کردن .

Relapse, *v.* باز افتادن - باز بیمار شدن .

Relate, *v.* بیان کردن - تقریر کردن - نقل کردن - گفتن - (*to have reference*) علاقه داشتن - نسبت داشتن .

Relation, *s.* بیان - تقریر - نقل - قصه - حکایت - علاقه - قریب - خویش - رشته - نسبت .

Relationship, *s.* قرابت - خویشي .

Relative, *s.* خویش - قریب - *a.* رشتدار - منسوب - نسبتي - (*pronoun*) اسم مبهم - اسم, موصول .

Relax, *v.* نرم یا مست شدن - کشاده کردن -To relax from labour, فراغت یافتن - To relax the mind, تفرج دلاما کردن - کردن .

Relaxation, *s.* فراغت - کاهلي - سستي - کشادگي

Release, *v.* (*from confinement*) رهائي - آزاد کردن از حق, منت خلاص کردن (*free from obligation*)- دادن

Relent, *v.* ملايم شدن - شفقت داشتن - نرم دل شدن .

Reliance, *s.* تکيه - اعتبار - اعتماد - اعتقاد .

Relief, *s.* (*assistance*) مدد - پشتي - (*comfort*) آرام - (*remedy*) علاج . - تسلي

Relieve, *v.* (*assist*) دست گرفتن - پشتي کردن - مدد دادن - (*comfort*) آرام دادن - تسکين کردن .

Religion, *s.* ملت - ايمان - مذهب - دين .

Religious, *a.* متدين - صالح - ايماندار - ديندار .

Relinquish, *v.* گذاشتن - ترک کردن .

Relish, *s.* شوق - ذايقه - ذوق - لذت - مزه .

Relish, *v.* پسند کردن - خوش ذايقه يا لذيذ کردن - مزه دادن .

Reluctance, *s.* دريغ - مخالفت - نا خوشي - بي دلي .

Reluctant, *a.* نا راضي - کشيده خاطر - نا خوش - بي دل

Rely, *v.* توکل کردن - باور کردن - اعتماد داشتن - تکيه کردن .

Remain, *v.* (*continue, dwell*) اقامت کردن - ماندن - (*to endure*) پايدار شدن - باقي شدن - شدن .

Remainder, *s.* فضل - بقيه - باقي .

Remains, *s.* جنازه - لاش - (*dead body*) - فضالت - بقيه .

Remark, s. نگاه - آگاهي - (annotation) قول - مقوله -
v. نظر كردن - آگاهي ساختن .

Remarkable, a. واجب‌الملاحظ -- غريب - - عجيب -
مشهور - ممتاز .

Remediable, a. علج پذير - اصلاح پذير - چاره پذير .

Remediless, a. لاعلاج - بي‌چاره - لاچاره .

Remedy, s. علج - چاره - دوا - اصلاح - تدبير .

Remember, v. يادگرفتن - ياد داشتن - درخاطر آمدن .

Remembrance, s. ياد - يادآوري .

Remind, v. تذكير كردن - ياد دادن - ياد دهانيدن .

Remiss, a. سست - غافل - مجهول .

Remission, s. عفو - معافي - آمرزش - تخفيف - رعايت .

Remit, v. (pardon) عفو كردن - معاف كردن - بخشيدن -
To remit فرستادن - باز - كاستن - تخفيف كردن
money, ارسال كردن .

Remittance, s. معافي - ارسال - فرستادگي .

Remnant, s. باقي - بقيه - تتمه - فضل .

Remonstrance, s. غرضي - عرض احوال باشكايت .

Remonstrate, v. تكرار كردن - عرض شكايت آميز كردن .

Remorse, s. افسوس - پشيماني - ندامت .

Remote, a. دور - بعيد - دور دراز .

Removal, s. انتقال - نقل مكان - (from a place) رحلت -
(from office) معزولي .

Remove, v. نقل مكان كردن - دور كردن - دفع كردن -
معزول كردن - رحلت كردن .

Remunerate, *v.* جزا دادن - اجر دادن - عوض دادن .
Remuneration, *s.* جزا - اجر - عوض .
Rend, *v.* دریدن - چاك كردن .
Render, *v.* بخشیدن - دادن (*to give*) - واپس دادن - (*to translate*) ترجمه كردن - (*to give up*) حواله كردن - (*to make*) نمودن - ساختن - كردن .
Rendezvous, *s.* جمعیتگاه - مجمع .
Renew, *v.* تكرار كردن - تازه كردن - سر نو كردن .
Renewal, *s.* تحویل - تكریر - تجدید .
Renounce, *v.* ترك كردن - انكار كردن .
Renown, *s.* نامداري - عزت - شهرت - ناموري - نام .
Renowned, *a.* مشهور - نیكنام - نامور .
Rent, *s.* (*fissure*) چاك - شكاف - (*hire*) اجاره - كرایه - (*income*) محصول - آمدني .
Renunciation, *s.* انكار - قطع علاقه - (*of the world*) ترك .
Repair, *v.* آراستن - درست كردن - مرمت كردن - To repair (*to any place*) رجوع شدن - رفتن .
Repair, Reparation, *s.* درستي - مرمت - (*amends*) تاوان - بدله - عوض .
Repartee, *s.* لطیفه - ظریفه - حاضر جوابي .
Repast, *s.* خوردني - طعام - ناشتا .
Repay, *v.* بدله دادن - عوض دادن - باز دادن .
Repeal, *v.* رد كردن - باطل كردن - منسوخ كردن .
Repeat, *v.* (*speak again*) باز گفتن - (*do again*) باز كردن - (*by heart*) نقل كردن - انشا كردن .

Repeatedly, *ad.* بسيار بار - بار بار .

Repel, *v.* رفع كردن - ردّ كردن - دفع كردن - دور كردن .

Repent, *v.* توبه كردن - پشيماني كردن - افسوس خوردن .

Repentance, *s.* ندامت - توبه - پشيماني - افسوس .

Repetition, *s.* اعادت - بيان - تكرار - تكرير .

Repine, *v.* آزار يافتن - رنجيدن - رنجيده شدن - غم خوردن .

Replace, *v.* بجا باز نهادن - باز نهادن .

Reply, *v.* ردّ, كلام - جواب .*s.* - ردّ, جواب دادن .

Report, *s.* (*rumour of news*) خبر - شهرت - آوازه - (*public character*) نام - ذكر - (*loud noise*) آواز - صدا - A report, صورت حال - كيفيت .

Reporter, *s.* خبر دار - مخبر .

Repose, *s.* آرام - آسايش - خواب - *v.* (*rest*) آرام كردن - (*sleep*) خوابيدن - (*intrust*) نهادن - تكيه كردن .

Repository, *s.* خزينه - مخزن .

Reprehend, *v.* عتاب ساختن - سرزنش كردن - ملامت كردن .

Represent, *v.* (*exhibit*) اظهار كردن - نمودن - (*by painting*) - عرض كردن - نقل كردن - (*by petition*) تقليد كردن - (*act as the representative of another*) جانشين بودن - وكيل شدن .

Representation, *s.* (*exhibition*) اظهار - (*form*) تصوير - (*a memorial*) عرض - عرضي - (*of the person of another*) وكالت داشت .

Representative, *s.* قايم مقام - نايب - وكيل .

Repress, *v.* ضبط كردن - منع كردن - باز داشتن .
Reprieve, *s.* وقفه - مهلت - *v.* وقفه دادن - مهلت دادن .
Reprimand, *s.* ملامت - سرزنش - الزام - چشم نمائي .
Reprimand, *v.* سرزنش كردن - الزام دادن .
Reproach, *v.* طعنه كردن - ملامت كردن - دشنام دادن - *s.* طعنه - ملامت - دشنام .
Reproachful, *a.* زبان دراز - ملامت آميز - طعنه زن .
Reprobate, *a.* فاسد - خوار - خسته - بد كار .
Reprobate, *v.* رد كردن - انكار كردن - نفرت داشتن .
Reproof, *s.* گوش مالي - سرزنش - ملامت .
Reprove, *v.* گوش مالي دادن - سرزنش كردن - ملامت كردن.
Reptile, *s.* كرم - حشرت .
Republic, *s.* جمهور - سلطنت خاص و عام .
Repugnance, *s.* (*aversion*) دريغ - نفرت - (*contrariety*) مخالفت - (*reluctance*) تردد .
Repugnant, *a.* مخالف - مغاير - مناقض - غير مطابق .
Repulse, *s.* دفع - شكست - رد - رفع - *v.* رد كردن - باز راندن - دفع ساختن .
Reputable, *a.* معتبر - نيكنام - عزت دار .
Reputation, *s.* حرمت - عزت - آبرو - نيك نامي .
Repute, *v.* دانستن - فهميدن - شمردن - شمار كردن .
Request, *s.* در خواست - عرض - التماس - سوال - In request, رواج - مطلوب - *v.* در خواست كردن - عرض - كردن - التماس كردن - خواستن - طلب كردن .

Require, *v.* اقتضا شدن - ضرور شدن - خواستن .
Requisite, *a.* مطلوب - لازم - ضرور - درکار .
Requital, *s.* مکافات - بدل - عوض .
Requite, *v.* بدل گرفتن - جزا دادن - عوض کردن .
Rescue, *v.* خلاص کردن-رها کردن-رهائي دادن-آزاد کردن.
Research, *s.* تلاش - تفتیش - جست و جو - *v.* تلاش کردن - جست وجو کردن - تفتیش کردن .
Resemblance, *s.* صورت - تمثیل - مشابهت .
Resemble, *v.* (*be like*) مشابهت داشتن - (*to be similar*) روبرو نمودن - مقابله ساختن .
Resent, *v.* خشم نمودن - کینه داشتن - خفا شدن .
Resentment, *s.* غضب - عداوت - بغض - کینه .
Reservation, *s.* (*retaining*) باز داري - (*concealment of something in the mind*) ریا - ریا کاري - (*condition*) شرط - (*saving*) نگهداشت .
Reserve, *v.* (*keep back*) باز داشتن - (*keep in store*) در انبار خانه نهادن - (*to retain*) مستبقي کردن .
Reserved, *pp.* کشیده - *a.* پرحجاب - شرمگین .
Reservoir, *s.* انبار - خزانه - آب دان - تالاب - حوض.
Reside, *v.* بود و باش کردن - مکونت کردن - ماندن .
Residence, *s.* اقامت - مکونت - مقام - مکان .
Resident, *a.* باشنده - مقیم - A resident, وکیل - گماشتهٔ پادشاه - پادشاه .
Residue, *s.* بقایا - بقیه - تتمه . [توکل کردن .
Resign, *v.* ترک کردن - استعفا کردن - سپردن - سپرد کردن -

Resignation, *s.* ترک - گذاشتگي - استعفا - توکل - متابعت.
Resist, *v.* مقابله کردن - مقاومت کردن - مخالفت کردن - روي نمودن - مانع شدن - مزاحمت کردن.
Resistance, *s.* مقاومت - مزاحمت - مقابلت - ممانعت.
Resolute, *a.* برقرار - استوار - ثابت قدم - دلير.
Resolution, *s.* قصد - ثابت قدم - استواري - دليري.
Resolvable, *a.* قابل تفريق - قابل تعريف.
Resolve, *v.* (*determine*) نيت داشتن - قصد کردن - عزيمت داشتن - (*dissolve*) حل کردن - (*to annalyse*) جدا کردن - تفريق کردن. - To resolve a doubt, دفع شبه کردن.
Resort, *v.* باربار رفتن - آمد و رفت کردن - *s.* مجمع - آمد و رفت.
Resound, *v.* صدا کردن - آواز دادن - اوفيدن.
Resource, *s.* (*remedy*) علاج - چاره - (*fund*) اصل - مايه.
Respect, *v.* تکريم دادن - عزت دادن - تعظيم کردن - ادب کردن - مناسبت داشتن - علاقه داشتن.
Respect, *s.* تکريم - عزت - تعظيم - ادب - مناسبت - علاقه.
Respectable, *a.* معتبر - مکرم - محترم.
Respectful, *a.* مادب - احترامدار - صاحب امتياز.
Respective, *a.* (*particular*) خاص - مخصوص - (*relative*) منسوب. Respectively, خصوصا - يك يك.
Respiration, *s.* دم زدگي - تنفس.
Respire, *v.* دم زدن - نفس کشيدن - تنفس کردن.
Respite, *s.* تاخر - فرصت - فراغت - وقف.

Resplendent, *a.* منوّر - تابدار - درخشان - روشن .
Respond, *v.* موافق شدن - مطابق شدن - جواب دادن .
Respondent, *s.* آسامي - جواب‌ده .
Responsibility, *s.* ضامني - ذمه - جواب دهي - كفالت .
Responsible, *a.* معتبر - ذمّه دار - جواب‌ده - كفيل .
Responsive, *a.* جواب ده . [قرار - مسكون .
Rest, *s.* آرام - آرايش - راحت - (*cessation of motion*)
Rest, *a.* بقيت - باقي - ماباقي .
Rest, *v.* فراغت - ساكن شدن - خوابيدن - آرام كردن
باقي‌ماندن - موقوف داشتن - تكيه داشتن - داشتن .
Restitution, *s.* ردّ - واپس - بازدهي .
Restless, *a.* ناپايدار - بي قرار - مضطرب - بي‌آرام .
Restoration, *s.* شفا - واپس - بازدهي .
Restore, *v.* درست كردن-شفادادن- واپس كردن-باز آوردن .
Restrain, *v.* تحديد كردن - ضبط كردن - بازداشتن .
Restraint, *s.* حدّ - ردّ - ضبط و ربط - قيد .
Restrict, *v.* بند كردن - محدود كردن - حدّ كردن .
Restriction, *s.* قيد - حدّ . [حاصل - ثمره .
Result, *v.* انجام - نتيجه .s - پيدا شدن - نتيجه شدن بر آمدن
Resume, *v.* باز اختيار كردن - باز تكرير كردن - باز گرفتن .
Resumption, *s.* باز پذيري - باز گيري .
Resurrection, *s.* قيامت - رستاخيز .
Retail, *v.* خورده فروش كردن - خورده فروختن .
Retain, *v.* نگاه داشتن - بازداشتن .

Retaliate, *v.* انتقام گرفتن - عوض دادن - بدله گرفتن .

Retaliation, *s.* مکافات - انتقام - عوض - بدله .

Retard, *v.* منع کردن - تاخیر کردن - باز داشتن .

Retinue, *s.* جلوه - حشمت - سواري .

Retire, *v.* انصراف نمودن - بازگشتن - باز رفتن .

Retirement, *s.* گوشه نشیني - تنهاي - خلوت .

Retract, *v.* منسوخ کردن - باطل کردن - انکار کردن .

Retreat, *v.* پناه گرفتن - گریز کردن - پشت دادن - گریختن . *s.* پناه - گریز - گوشه - خلوتگاه .

Retribution, *s.* عوض - بدله - جزا - مکافات .

Retrieve, *v.* بدست باز آوردن - اصلاح کردن - باز یافتن .

Retrograde, *a.* باز رفتن *v.* - معکوس - واپس رو - پس پا .

Retrospect, Retrospection, } *s.* باز پرمس - پس نظري - پس بیني .

Return, *v.* *(come back)* باز آمدن - *(go back)* باز رفتن - *(give back)* بازدادن - واپس دادن - *(send back)* باز رمانیدن - *(to make answer)* جواب دادن - *(to revolve)* تحویل کردن . *s.* محاصل - نفع - رجوع - باز گشت - صورت حال - باز دادني - جزا - عوض - بدله .

Reveal, *v.* هویدا کردن - آشکاره کردن - ظاهر کردن .

Revelation, *s.* وحي - إفشا - اظهار .

Revenge, *v.* بدله گرفتن - پاداش گرفتن - انتقام گرفتن . *s.* انتقام - کینه .

Revengeful, *a.* پر کینه - کینه کش - کینه ور .

Revenger, *s.* منتقم - کینه گذار - انتقام گیر .

Revenue, *s.* رسوم - محصول - باج - خراج - مال گذاري .
Revere, *v.* احترام كردن - تعظيم كردن - تكريم كردن .
Reverence, *s.* سلام - اكرام - احترام - تعظيم - تكريم .
Reverend, *a.* معظّم - مكرّم - معزز - عزيز - محترم .
Reverential, *a.* احترام كار - تعظيم نما - مادّب .
Reverse, *v.* عكس .*s* - منقلب كردن - برعكس كردن - بدبختي - خلاف - انقلاب .
Reversion, *s.* ميراث - گردش - حق وارثت .
Review, *v.* انديشه كردن - تفتيش كردن - باز نظر كردن -
To review an army, مقابله - نظر .*s* - عرض لشكر كردن .
Revise, *v.* اصلاح دادن - مقابله كردن - باز نظر كردن .
Revision, *s.* مقابله - نظر ثاني .
Revival, *s.* سرسبزي - تازگي - باز زيست .
Revive, *v.* زنده كردن - سرسبز شدن .
Revolt, *s.* روگردان شدن .*v* - برگشتگي - روگرداني .
Revolution, *s.* گردش - دور - دوران - (*change of government*) تحويل داوري - تبديل سلطنت .
Revolve, *v.* فكر كردن - گردش كردن - دور كردن - گرديدن - عوض دادن] - غور كردن - انديشه كردن .
Reward, *s.* مزد دادن .*v* - بخشش - عوض - جزا - اجر -
Rhetoric, *s.* علم معني - علم فصاحت - علم كلام .
Rheumatism, *s.* درد ريحي - وجع مفاصل .
Rhinoceros, *s.* حريش - كرگدن .
Rhubarb, *s.* ريوند - China rhubarb, ريوند چيني ;

Rhyme, *s.* نظم - رديف - منظوم - سجع - قافيه .
Rib, *s.* استخوان پهلو - پهلو . [خشکه .
Rice, *s.* (*in the husk*) شالي - (*cleaned*) برنج - (*boiled*)
Rich, *a.* عمده - ميوه دار - زردار - دولتمند - تونگر - مالدار .
Riches, *s.* زر و زيور - دولت - مال .
Rid, *v.* نابود کردن - رستن - دفع کردن - آزاد کردن .
Riddle, *s.* چيستان - لغز - معمّا .
Ride, *v.* راکب شدن - سوار شدن .
Rider, *s.* فارس - راکب - سوار .
Ridge, *s.* پشته - (*of a house*) بالاي خانه - (*of a mountain*)
تله - سر - (*of the back*) سر ظهر .
Ridicule, *s.* بذله - مسخره - بذله - استهزا . *v.* بذله باختن .
Ridiculous, *a.* بي هوده - ياوه - مسخره .
Rifle, *v.* دزديدن = خسارت و غارت کردن .
Right, *a.* (*fit, proper*) شايسته - واجب - لايق - (*true*)
عادل - صادق - برابر - راست - صحيح - درست
(*straight*) راست - (*not left*) راست .
Right, *s.* (*due claim*) حق - (*justice*) انصاف - عدل -
(*power*) اختيار - (*property*) مال - (*privelege*) برات .
int. خير - خوب .
Righteous, *a.* صادق - صالح - راست - نيك .
Righteousness, *s.* صواب - صدق - راستي - نيکي .
Rightful, *a.* مستحق - حقدار - حقيقي .
Rigid, *a.* شديد - تند - درشت - سخت .
Rigidity, *s.* شدت - درشتي - سختي .

Rigour, *s.* درشتي - سختي .
Rigorous, *a.* سخت - شديد .
Rind, *s.* پوست - قشر .
Ring, *s.* حلقه - دايره - (*for the finger*) انگشتري - *v.* زدن - نواختن]
Ringdove, *s.* حمام - فاخته .
Ringleader, *s.* سر گروه - سر حلقه - سرداز .
Ringlet, *s.* زلف - کاکل - گيسو - جعد - دايره .
Ringworm, *s.* حصف - پريون - قوبا .
Riot, *s.* هنگامه - غوغا - فتنه - *v.* فتنه انگيختن .
Rioter, *a.* فتنه انگيز - اوباش .
Rip, *v.* چاك كردن - شكافتن - دريدن .
Ripe, *a.* پخته - رسيده - بالغ - تيار .
Ripen, *v.* پخته شدن - رسيده شدن - باليدن .
Rise, *v.* برخاستن - ايستاده شدن - (*as the sun*) طلوع شدن - (*to appear in view*) ظاهر شدن - (*ascend*) زياده شدن - (*prosper*) ترقي كردن - (*have a beginning*) آغاز كردن - پيدا شدن .
Rise, *s.* آغاز - اصل - ابتدا - سر فرازي - ترقي - زيادتي - پرواز - طلوع - ازدياد .
Risk, *s.* خطر - بيم - *v.* در خطره انداختن .
Rite, *s.* رسم - قاعده - آئن - طريقه - روش .
Rival, *s.* حريف - هم خواه - هم مطلب - *v.* رقابت هم مطلب شدن - نمودن .
Rivalry, *s.* حريفي - رقابت - رشك - غيرت .

River, *s.* دريا - رود - نهر - جوي .
Rivulet, *s.* آبجو - درياچه .
Road, *s.* راه - طريق - طريقه - رَوش - سبيل .
Roam, *v.* آواريدن - پويدن .
Roar, *v.* آوازه كردن - غريدن - نعره زدن - *s.* غرش .
Roast, *v.* كباب كردن - بريان كردن - برشتن .
Rob, *v.* دزديدن - دزدي كردن - غارت كردن - راه زني كردن .
Robber, *s.* دزد - راهزن .
Robbery, *s.* دزدي - راهزني .
Robe, *s.* جامه - قبا - پيراهن - خلعت . *v.* قبا كردن .
Robust, *a.* تنومند - زور آور - شه زور - قوي .
Rock, *s.* كوه - جبل - (*protection*) پناه - *v.* جنبيدن .
Rocky, *a.* كوهسار - كوهستان .
Rocket, *s.* هوائي .
Rod, *s.* (*stick*) عصا - چوب - (*for punishment*) مقرعت .
Roe, *s.* آهو - غزال ماده .
Rogue, *s.* حرامزاده - دغاباز - غدار - حيله باز .
Roguery, *s.* حرامزادگي - دغابازي - فريب - حيله بازي .
Roll, *v.* گرديدن - دور كردن - غلطيدن - گرداتيدن - گردش
دادن - چرخ كردن - پيچيدن .
Roll, *s.* (*of paper*) درج - دسته - (*catalogue*) فهرست -
دفتر - (*of bread*) گنده .
Roller, *s.* زمنج - بستگي - بند .
Romance, *s.* افسانه - قصه - داستان - حكايت .
Romantic, *a.* عجيب - خيالي - متصوّر .

Roof, *s.* بام - مسقف - بالاخانه . [روخ
Rook, *s.* (*crow*) زاغ - (*cheat*) دغاباز - The rook at chess
Room, *s.* (*place*) مقام - جا - (*space*) گنجایش - (*place of another*) بدل - عوض - (*apartment*) خلوتخانه - In his room, بجاي او - In the room of that, درعوض آن .
Roomy, *a.* كشاده - وسيع - فراخ .
Roost, *s.* دجاج خانه - *v.* خوابيدن - آرام كردن .
Root, *s.* بيخ - اصل - مصدر - مايه - بنياد - جذر .
Root, *v.* (*up*) كندن - ازبيخ كندن - To take root, اصل گرفتن.
Rope, *s.* رسن - ريسمان - حبل .
Rosary, *s.* تسبيح . [گلاب .
Rose, *s.* گل - ورد - A rose-bud, غنچه - Rose-water,
Rosy, *a.* گلگون - گلفام - گل رنگ .
Rot, *v.* بوسيده شدن - گنديدن - بوسيدن .
Rotation, *s.* گردش - چرخ - نوبت .
Rotten, *pp.* بوسيده - گنديده .
Rough, *a.* (*not level*) ناهموار - (*of temper*) درشت - تند - (*to the taste*) ترش - (*not smoothed*) ناتراشيده - (*unpolished*) بي ادب - (*harsh to the ear*) بي آهنگ .
Roughness, *s.* ناهمواري - درشتي - سختي - بي ادبي - تيزي - تندي - ترشي - نا تراشيدگي .
Round, *a.* مدوّر - مستدير - Round about, گرداگرد - *s.* گرد - دور - دايره - گردش - گردآوري - نوبت - *ad.* دور - گرداگرد - بهرجانب .

Rouse, *v.* بیدار کردن - انگیختن . [هزیمت دادن .
Rout, *s.* شکست - هزیمت - هجوم - هنگامه - *v.* شکست دادن ،
Route, *s.* راه - طریق . [سیر کردن .
Rove, *v.* گردیدن - هرزه گري کردن - گشت کردن -
Row, *s.* صف - قطار - مسلك - سلسله - *v.* پارو زدن .
Royal, *a.* شاهي - شاهانه - پادشاهي - خسروي - خسروانه .
Rub, *v.* مالیدن - مایدن - To rub up, انگیختن - (*to polish*) صیقل کردن - جلا دادن - To rub out, محو کردن .
Rubbish, *s.* خاشاك - خرابه .
Ruby, *s.* لعل - یاقوت .
Rudder, *s.* سکان - دنبال جهاز .
Ruddy, *a.* سرخ - لعلفام - گلگون .
Rude, *a.* (*uncivil*) بي ادب - گستاخ - شوخ - بي مروّت - جاهل - نادان - نا شناس (*ignorant*) - ناتراشیده .
Rudeness, *s.* بي ادبي - گستاخي - شوخي - ناتراشیدگي .
Rudiment, *s.* اصل - بنیاد - قاعده - ابتدا - مصدر .
Rue, *v.* افسوس کردن - غم خوردن - *s.* سداب - Wild rue, اسپند .
Rueful, *a.* غمگین - ملول - مضطرب .
Ruffian, *s.* حرامي - جلّاد - رهزن - حرامزاده .
Ruffle, *v.* آزار دادن - برهم کردن - اضطراب کردن .
Rug, *s.* نمد - گلیم .
Rugged, *a.* ناهموار - درشت - غلیظ - تند .
Ruin, *s.* خرابي - ویراني - پایمالي - تباهي - پریشاني .

Ruin, *v.* پايمال كردن - ويران كردن - خراب كردن - تباه كردن - مفلس كردن . Ruins, ويرانه - خرابه .
Ruinous, *a.* زيان كار - مُفسد - مُضر - بي مرّمت .
Rule, *s.* آئين - روش - رسم - دستور - قاعده - قانون - *v.* حكم فرمودن - عمل كردن - حكومت كردن .
Ruler, *s.* سردار - عامل - حاكم - (*for drawing lines*) مسطر . [اخبار گفتن .
Rumour, *s.* آوازه - افواه - شهرت - خبر - *v.* شهرت دادن -
Run, *v.* تاختن - گريختن - گريز كردن - (*to dissolve*) گداختن - To run away, گريختن - (*to flow*) جاري شدن - To run after, جست و جو كردن - تاختن - To run on, پيشتر رفتن - جد و جهد كردن - To run over, لبريز شدن - To run out, تمام شدن - بسر آمدن - To run up and down تكاپو ساختن - (*to hunt down*) شكار كردن .
Runaway, *s.* فراري .
Runner, *s.* دونده - قاصد - پيك .
Rupture, *s.* (*breach of peace*) صلح شكست - عداوت - (*hernia*) بادخايه - (*breach*) شكيست .
Rural, *a.* صحراي - روستاي - ديهي .
Rush, *v.* زود رفتن - تندرو رفتن - To rush upon, تاختن - حمله كردن .
Rust, *s.* زنگ - زنگار - *v.* زنگ خوردن - زنجار گرفتن .
Rustic, *a.* دهقاني - (*rude*) ناتراشيده - بي ترتيب - (*honest*) ساده - صالح - (*plain*) بي آرايش .

Rusticity, *s.* دهقانیت - ناتراشیدگي .
Rusty, *a.* زنگ آلوده - زنگ خورده .
Ruth, *s.* رحم - ترس - شفقت .
Ryot, *s.* رعیت .

S.

Sabbath, *s.* سبت - (*Sunday*) یك شنبه .
Sable, *a.* سیاه - *s.* سنجاب .
Sabre, *s.* شمشیر - تیغ .
Sack, *s.* جوال - خریطه - *v.* تاراج کردن و تاخت .
Sack-cloth, *s.* دلق - لبد .
Sacred, *a.* مقدس - پاك - مجید - خاص .
Sacrifice, *s.* قربان - فدا - ذبح - *v.* قربان کردن - فدا کردن .
Sacrificial, *a.* قرباني - فدائي .
Sad, *a.* غمگین - ملول - دلگیر .
Sadden, *v.* غمگین کردن - ملول کردن - غم خوردن .
Saddle, *s.* زین - *v.* زین بستن . Saddle-cloth, زین پوش .
Saddle-bags, توبره - Saddler, زین گر - زین ساز .
Sadly, *ad.* غمگیني - سودا .
Safe, *a.* مامون - محفوظ - مسلّم - سالم - بي خطره - [نا زیان کار .
Safeguard, *s.* حمایت - محافظت - پناه - نگهباني .
Safely, *ad.* بي خطره - باخیر و خوبي .
Safety, *s.* سلامت - امنیت - نجات - حفاظت - عافیت .
Saffron, *s.* زعفران - کرکم .

Sagacious, *a.* تيز فهم - زيرك - ذهين .
Sagacity, *s.* تيز فهمي - زيركي - فراست - زكاوت .
Sage, *a.* دانا - عاقل - هوشيار - زيرك - *s.* دانشمند - پير - حكيم - بزرگ .
Sagittarius, *s.* برج كمان - قوس .
Sail, *s.* بادبان - قلاعت - *v.* بروي دريا رفتن - درجهاز سفر كردن .
Sailor, *s.* ملاح - جهازي - خلاصي .
Saint, *s.* ولي (*pl.* اوليا) - صوفي - مقدس .
Sake, *s.* (*cause*) واسطه - براي - سبب - (*purpose*) نيت - مقصود - For the sake of, براي .
Salary, *s.* وظيفه - ساليانه - علوفه .
Sale, *s.* فروخت - فروختگي - بيع .
Salesman, *s.* دلال - دست فروش .
Saline, *a.* نمكين - شور . [خوش خيال .
Sally, *v.* خروج كردن - هجوم كردن - *s.* خروج - هجوم -
Salt, *s.* نمك - ملح - *a.* نمكين - شور - *v.* نمك زدن .
Salt-cellar, نمكدان . Salt-maker, نمك پز . Salt-petre, شوره - Saltpit, نمكسار - خاك نمك .
Salubrious, *a.* صحت بخش - شافي - موافق - دلكش .
Salutary, *a.* صحت آور - فايده مند - مفيد .
Salutation, } *s.* سلام - صاحب سلامت - دعا - درود -
Salute, } سلامي .
Salute, *v.* سلام كردن - خير دعا گفتن - دعا دادن .
Salvation, *s.* نجات - رهاي - مخلصي - سعادت .

Salve, *s.* مرهم - علاج .
Same, *a.* همين - يكسان - برابر - (*in comp.*) هم - يك .
Sameness, *s.* يكساني - برابري - مطابقت .
Sample, *s.* نمونه - نمودار .
Sanctify, *v.* مقدس كردن - پاك كردن .
Sanction, *s.* اجازت - حكم - استقرار - *v.* منظور كردن .
Sanctity, *s.* پاكي - طهارت - قدس - تقديس .
Sanctuary, *s.* مقدس - درگاه - پناه‌گاه .
Sand, *s.* ريگ - رمل .
Sandal, *s.* سبدل - (*slipper*) نعلين .
Sandy, *a.* (*consisting of sand*) رملي - ريگي - (*full of sand*) [پر ريگ .
Sanguinary, *a.* خون‌خوار - خون‌ريز .
Sanguine, *a.* خون رنگ - اميدوار - دل گرم .
Sap, *s.* عرق - رطوبت - *v.* نقب‌زدن .
Sapient, *a.* دانا - عاقل - واقف .
Sarcasm, *s.* طعن - طنز - سرزنش .
Sarcastic, *a.* طعن آميز - طعنه زن - تلخ - ملامت آميز .
Sarsaparilla, *s.* عشبه .
Satan, *s.* شيطان - ابليس .
Satchel, *s.* جزدان - كيسه .
Satellite, *s.* ستارهٔ خرد - ماه .
Satiate, *v.* سير كردن - آسوده كردن .
Satiety, *s.* آسودگي - سيري .
Satin, *s.* اطلس - اكسون .

Satire, *s.* هجو - طنز . [رضامندي .
Satisfaction, *s.* خاطر جمعي - خاطر داري - خوشنودي -
Satisfactory, *a.* خاطرخواه - دلپسند .
Satisfy, *v.* (*give content*) خاطرجمع كردن - راضي كردن -
(*to pay, fulfil*) ادا كردن - وفا كردن - (*to recompense*)
بدله دادن - عوض دادن - (*to convince*) الزام دادن .
Saturate, *v.* پر كردن - سير كردن .
Saturday, *s.* شنبه - يوم السبت .
Saturn, *s.* زحل - كيوان .
Satyr, *s.* غول - جنگلي آدمي - اوباش - فاسق .
Sauce, *s.* چاشني - مزه .
Savage, *a.* جنگلي - وحشي - بياباني - سنگ دل -
بي رحم - درشت - شديد .
Save, *v.* (*preserve from evil*) محفوظ داشتن - نگاه داشتن -
(*not to spend*) كفايت كردن - (*to excuse*) معاف كردن -
معزور داشتن - (*protect*) پناه دادن - (*set free*) خلاص كردن
Saving, *a.* كفايتي - *ad.* سوا - *s.* باقي - كفايت .
Saviour, *s.* المسيح .
Savour, *s.* لذت - مزه - بو - *v.* لذت داشتن .
Savoury, *a.* لذيذ - مزه دار - خوش گوار .
Saw, *s.* اره - منشار - *v.* اره كشيدن - Sawyer, اره كش.
Say, *v.* گفتن - قبول كردن - سخن گفتن - حكايت كردن .
Saying, *s.* سخن - گفتار - قول - كلام .
Scabbard, *s.* غلاف - ميان - نيام .

Scale, *s.* پلّه - ماق - Scales, ترازو - میزان . *v.* پول گرفتن - خراشت گرفتن .

Scan, *s.* (*verse*) تقطیع کردن - وزن کردن - (*examine nicely*) امتحان کردن .

Scandal, *s.* بدنامی - رسوای - عیب - (*reproach*) ملامت - طعن .

Scandalize, *v.* تهمت نهادن - بدنام کردن - عیب گفتن.

Scandalous, *a.* معیوب - رسوا - عیبدار - زبون .

Scanty, *a.* کوتاه - کم - قلیل - تنگ .

Scar, *s.* زخم داغ, جراحت - نشان, .

Scarce, *a.* کم - قلیل - کم‌یاب - نادر .

Scarcely, *ad.* مشکل - باسختي .

Scarcity, *s.* کمي - قلّت - تنگي - کم‌یابي .

Scare, *v.* ترسانیدن - هول کردن .

Scarlet, *a.* قرمزي - سرخ - لعل .

Scatter, *v.* پراگنده کردن - پاشیدن - افشاندن - گستردن.

Scavenger, *s.* خاک روب - راه روب .

Scene, *s.* منظر - تماشا - مدنظر . [شمیدن .

Scent, *s.* شامّه - مشام - بو - شمّ - *v.* بو دادن - بوئیدن -

Scented, *a.* خوش‌بو - معطر .

Sceptre, *s.* قبض سلطنت - تاج .

Schedule, *s.* دفتر - فرد - فهرست .

Scheme, *s.* (*project, plan*) نقشه - تدبیر - حکمت - (*purpose*) مقصود - مطلب .

Schism, *s.* بدعت - رفض - اعتزال - خلل .
Scholar, *s.* شاگرد - طالب, علم - تلميذ - عالم - فاضل - حكيم - Scholarship, شاگردي - معرفت .
School, *s.* مكتب - دبستان - مدرسه - تعليم‌خانه .
School-fellow, *s.* هم‌مكتب - هم‌درس - خواجه تاش .
School-master, *s.* استاد - ملّا - آخون .
Science, *s.* علم (*pl.* علوم) - فن (*pl.* فنون) - هنر - حكمت .
Scientific, *a.* علمي - يقيني - (*man*) عالم - اهل دانش .
Scimitar, *s.* شمشير .
Scissors, *s.* مقراض - مقاص .
Scoff, *v.* طعن كردن - استهزا كردن - *s.* طعنه - طنز .
Scoffer, *s.* طعنه زن - طنزگو .
Scold, *v.* دشنام دادن - ملامت كردن - *s.* زبان دراز, عورت .
Scorch, *v.* سوختن - مهش كردن .
Score, *s.* (*line drawn*) خطّ - سطر - (*on account*) حساب - (*reason*) سبب - موجب - A score, بيست .
Scorn, *s.* اهانت - مذمّت - حقارت - استهزا .
Scornful, *a.* اهانت نما - مذمّت نما .
Scorpion, *s.* كژدم - عقرب .
Scoundrel, *s.* حرامزاده - بدذات - فاسق - دني :
Scour, *v.* صيقال كردن - صاف كردن - بزودي رفتن .
Scourge, *s.* سر تازيانه - قمچي - چابك - *v.* تازيانه زدن .
Scout, *s.* جاسوس - خبرگير - متجسس .
Scrap, *s.* پاره - تراش - فرد - (*of paper*) پرزه .

Scrape, *v.* خراشیدن - جمع کردن - *s.* تنگي - مشکل .
Scratch, *s.* خارش - خدش - *v.* خاریدن - خراشیدن .
Scream, *s.* غریو - فریاد - *v.* غریو زدن - غریدن .
Screen, *s.* پرده - حجاب - قنائت - *v.* پرده کردن - پوشیدن .
Screw, *s.* پیچ - *v.* (*turn by a screw*) ازپیچ کردن - (*to fasten by a screw*) از پیچ بند کردن .
Scribble, *v.* بي نزاکت نوشتن - *s.* خط ناحسن - خط ناخوش .
Scribe, *s.* نویسنده - کاتب .
Scrip, *s.* کیسه - انبان - (*a small writing*) رقعه .
Scripture, *s.* کتب نویس - The Holy Scripture, کلام الله - توراة - انجیل .
Scruple, *s.* شبهه - *v.* وهم - شك - شبهه داشتن - شك کردن - وهم داشتن .
Scrupulous, *a.* وسواسي - وهمي - دقیق .
Scrutinize, *v.* تفتیش کردن - تفحص کردن - جستن .
Scrutiny, *s.* تفتیش - تجسس - امتحان .
Sculptor, *s.* سنگ تراش - نقاش - بت ساز .
Sculpture, *s.* سنگ تراشي - نقاشي - *v.* تراشیدن .
Sea, *s.* بحر - دریاي شور . Seaman, ملاح - خلاصي .
Seaport, بندر (*pl.* بنادر). Sea-shore, لب دریا - ساحل .
Seal, *s.* مهر - خاتم - *v.* مهر کردن .
Seam, *s.* دوخت - درز - *v.* دوخت کردن - دوختن .
Search, *v.* تلاش کردن - جست و جو کردن - تفتیش کردن - *s.* تلاش - جو و جست - تفتیش - تجسس .

Season, *s.* موافق وقت - وقت - زمانه - ايام - فصل - موسم.
Season, *v.* (*food*) مزه‌دار كردن - مصالح دادن - (*accustom one to any thing*) آموختن - . (*to become accustomed to any thing*) پيش نهاد گرفتن .
Seasonable, *a.* لايق - مناسب - برمحل - بروقت .
Seat, *s.* كرسي - نشستگاه - مكان - مقام - جاي - *v.* قايم كردن - نشاندن .
Secession, *s.* اعتزال - خلوت .
Seclude, *v.* جدا كردن - بيرون كردن - خارج كردن .
Seclusion, *s.* تنهائي - عزلت - خلوت .
Second, *a.* دومين - ثاني - *s.* مددگار - يار - *v.* ياري كردن - مدد كردن Secondhand, استعمالي - نا اصلي .
Secondary, *a.* ثنيان - ثني *s.* جا نشين .
Secrecy, *s.* رازداري - خلوت - پرده‌پوشي - پنهاني - تنهائي .
Secret, *a.* پنهان - پوشيده - مخفي - *s.* راز - سرّ .
Secretary, *s.* منشي - كاتب - محرم راز .
Secrete, *v.* پنهان كردن - پوشيده كردن - مخفي كردن .
Secretly, *ad.* پنهاني - نهاني - مخفي .
Sect, *s.* فرقه - ذات - جماعت - مذهب .
Section, *s.* فصل - قطعه - قطع - جز - حصه .
Secular, *a.* دنيوي - دنيادار - هر صد سال .
Secure, *a.* مسلّم - محفوظ - بي خطره - (*careless*) بي خبر - بي پروا - *v.* محفوظ داشتن - مسلّم كردن - مقرر كردن - برقرار كردن - قيد كردن .

Security, *s.* امن - ملامت - پناه - ضامني - كفالت - ضامن - بي خبري - بي پروا .

Sedate, *a.* ساكن - قرار مزاج - آهسته .

Sedentary, *a.* ساكن - بي حركت .

Sediment, *s.* دُرد - جرعت .

Sedition, *s.* فتنه - فساد - آشوب - هنگامه .

Seditious, *a.* فتنه انگيز - مفسد - بغي .

Seduce, *v.* برغلانيدن - اغوا كردن - بي راه كردن - فريفتن .

Seducer, *s.* مغوي - برغلانده - گمراه كننده .

Seduction, *s.* اغوا - گمراه سازي - فريب .

See, *v.* ديدن - نظر كردن - نگاه كردن - ملاحظ كردن - بصر كردن - فهميدن - دريافت كردن - *int.* ببين - اينك .

Seed, *s.* تخم - دانه - كشت . Seed-time, زرع - كاشتن موسم .

Seeing, *s.* نظر - بينائي - بصر - Seeing that, زيراكه - چونكه .

Seek, *v.* جستن - تلاش كردن - جست وجو كردن - تفتيش كردن .

Seem, *v.* معلوم شدن - ظاهر شدن - نمودار شدن .

Seemingly, *ad.* ظاهراً - صورتاً .

Seemly, *a.* شايسته - سزاور - مناسب - خوش .

Seer, *s.* بيننده - اهل نظر - غيبدان .

Segment, *s.* فصل - قطع - حصّه .

Seize, *v.* گرفتن - قبض كردن - گرفت كردن .

Seizure, *s.* گرفت - گرفتگي - قبض - اخذ .

Seldom, *ad.* كم - كمتر - كم وقت - گاه گاه .

Select, *v.* گزيدن - انتخاب كردن - *a.* گذيده - منتخب .

Selection, *s.* انتخاب - اختیار .

Self, *a.* خود - نفس - Myself, من خود . Self-conceit, خودپسندي - خودبیني . Self- defence, حفاظت جان - حمایت نفس . Selfsame, *a.* همان خود - همین .

Selfish, *a.* خود غرض - غرض مند - خود مطلب .

Sell, *v.* فروختن - بیع کردن - (*by auction*) بمزاد فروختن .

Seller, *s.* فروشنده - مشتري - بایع .

Semblance, *s.* مشابهت - ظهور - نمایش .

Semi, *a.* (*in composition*) نیم - نصف - Semicircle, نیم‌دایره .

Senate, *s.* دیوان . [دیوان - مجلس] Senator, اهل مجلس - اهل دیوان - مجلس امیري .

Send, *v.* فرستادن - ارسال کردن - روانه کردن - رسانیدن - To send for, دعوت ساختن .

Senior, *a.* کبیر - قدیم - سال دیده - شیخ .

Seniority, *s.* پیري - کلاني - سالي .

Senna, *s.* سنا .

Sensation, *s.* حس ظاهري یا باطني .

Sense, *s.* حس (*pl.* حواس) - ادراک - فهم - عقل - معني .

Senseless, *a.* بي هوش - بي جان - بي وقوف - نادان - بي معني - بي هوده .

Sensibility, *s.* تنک حواسي - نازکي - نرم‌دلي .

Sensible, *a.* حسي - عقلمند - قابل - دانا - واقف - هوشیار .

Sensitive, *a.* حواس دار .

Sensual, *a.* نفساني - شهوتي - نفس تابع .

Sensualist, *s.* نفس پرور - شهوت پرست .
Sensuality, *s.* هوا و هوس - مستي - شهوت - نفسانيت .
Sentence, *s.* (*of judge*) حكم - قضا - فتوى - (*maxim*) مقال - مثل - (*paragraph or period*) جمله - فقره - *v.* حكم دادن - فتوى دادن .
Sentiment, *s.* فكر - قياس - تدبير - راي .
Sentimental, *a.* شفقت انگيز - ملايم - نرم .
Sentinel, *s.* نگاهبان - پاسبان .
Separable, *a.* جدائي پذير - قابل فراق .
Separate, *v.* تفريق كردن - فرق كردن - جدا كردن - *a.* متفرق - علحده - جدا .
Separately, *ad.* پاره پاره - عليحده - جدا جدا .
Separation, *s.* فراق - تفريق - مفارقت - جدائي .
Sepulchre, *s.* گورستان - تربت - قبر - گور .
Sequel, *s.* (*end*) آخر - عاقبت - (*conclusion*) نتيجه - (*continuation*) مداومت .
Seraglio, *s.* خلوتخانه - زنانه - حرم سراي .
Seraph, *s.* اسرافيل - اسرافين .
Serene, *a.* (*clear, bright*) صاف - روشن - (*calm*) بي حركت - ساكن .
Serenity, *s.* آسودگي - سكون - كشادگي - صفائي .
Sergeant, *s.* وكيل - دفعدار - حوالدار .
Series, *s.* نظام - صف - سلك - سلسله - سررشته .
Serious, *a.* (*grave*) مهيب - شكوه‌مند - (*important*) سنجيده - مهم - سنگين .
Seriously, *ad.* حقيقة - با تحمل .

Sermon, s. وعظ - نصیحت - خطبه .

Serpent, s. مار - افعی ..

Serpentine, a. پیچ مار - پیچدار .

Servant, s. نوکر - چاکر - ملازم - بنده - خادم .

Serve, v. (to attend as a servant) نوکري کردن -
خدمت کردن (to stand instead of any thing) -
عوض شدن - بدل شدن (to be sufficient) کافي شدن -
(to assist) مدد کردن - پشتي دادن - (to confer a
favour) احسان کردن - منافعت کردن .

Service, s. (menial service) خدمت - نوکري - (worship)
بندگي - عبادت - (actual duty, place) منصوب -
عهد - (advantage) نفع - (business) کار - عمل -
طعام - نعمت (order of dishes on a table) .

Serviceable, a. فایده مند - مفید - کارآموز - تیز دست .

Servile, a. نوکر آسا - مطیع - فرومایه .

Servility, s. غلامي - بندگي - اطاعت ..

Servitude, s. نوکري - بندگي - غلامي .

Session, s. نشست - جلوس (pl. اجلاس) - مجلسي - دربار .

Set, v. (put) نهادن - نشاندن - نصب کردن - (to plant)
آجستن (to appoint) مقرر کردن - تعین کردن (to
regulate) آرامش کردن - مرصع کردن - آمیز کردن - To
set about, شروع کردن - To set against, مقابل کردن -
To set aside, بوطرف کردن - روبرو کردن - ناقبول کردن -
(to reject) رد ماختن (to abrogate) موقوف کردن -
To set by, اعتبار کردن-To set down, یادداشت نوشتن-

To set forth, آشكاره كردن - (*to display*) نمودن - (*to arrange*) صف صف كردن - To set forward, تقدم كردن - To set in, شروع كردن - To set off, آراستن - To set on, انگيختن - (*to attack*) هجوم كردن - (*to employ*) كار دادن - To set out, تقسيم كردن - (*to mark by boundaries*) رسم, مرحد كردن - (*to publish*) آشكاره ساختن - (*to have a beginning*) ابتدا داشتن - To set to, جدوجهد نمودن - To set up, برداشتن - (*to place in view*) بنظر برداشتن .

Set, *s.* جفت - سلسله - طايفه . *a.* مرصع - برقرار - نهاده .

Settle, *v.* (*determine*) مقرر كردن - معين كردن - (*establish*) تقديم شدن - ترتيب كردن - مقام كردن - To settle accounts, حساب رفع كردن .

Settled, *a.* مقرر - معين - مرتب - مصفا .

Settlement, *s.* جاي نشست - مكونت - بندوبست .

Seven, *a.* هفت - سبع .

Seventeen, *a.* هفده - سبعة عشر .

Seventh, *a.* هفتم - سابع .

Seventy, *a.* هفتاد - سبعون .

Sever, *v.* جدا كردن - تفريق كردن - بريدن . [متفرق .

Several, *a.* چند - جندان - بعضي - (*many*) كثير - (*different*)

Severally, *ad.* جدا جدا - يك يك .

Severe, *a.* سخت - درشت - تيز - تند - شديد - دل آزار .

Severity, *s.* سختي - درشتي - شدت - بي رحمي .

Sew, *v.* دوختن - دوزيدن - خياط كردن .

Sex, *s.* ذات - جنس - (*male*) مذكّر - (*female*) مونث .
Shabby, *a.* خوار - پست - حقير - *s.* (*fellow*) فرومايه.
Shackle, *v.* در زنجير بستن - مقيّد كردن - Shackles, زنجير .
Shade, *s.* سايه - (*darkness*) تاريكي - (*coolness*) سردي - (*shelter*) حمايت . *v.* سايه دادن - پوشيدن - كم ساختن .
Shadow, *s.* ظلّ - پناه - سايه . *v.* پنهان كردن - سايه‌دادن.
Shady, *a.* سايه دار - سايه گستر - سايبان .
Shaft, *s.* تير - مناره - ستون .
Shake, *v.* جنبانيدن - جنبش دادن - لرزيدن .
Shaking, *s.* لرزش - جنبش .
Shallow, *a.* (*not deep*) ناعميق - پاياب - كم تك - (*not deep intellectually*) بي هوده - بي وقوف - *s.* آبجو .
Sham, *s.* بهانه - سازش - *v.* بهانه كردن - *a.* رنگ آميز .
Shame, *s.* شرم - حيا - خجالت - شرمندگي - *v.* شرمنده كردن - (*to disgrace*) رسواي كردن .
Shameful, *a.* شرم سار - شرم آور - خجل .
Shameless, *a.* بي شرم - بي حيا - گستاخ .
Shank, *s.* ساق - دسته .
Shape, *s.* شكل - صورت - تراش - *v.* شكل بستن - [تراشيدن .
Shapeless, *a.* بي شكل - بي اندام - بد شكل .
Share, *s.* حصه - بهره - قسمت - *v.* حصه كردن - تقسيم كردن - شريك شدن .
Sharer, *s.* حصّه دار - قاسم - شريك .
Sharp, *a.* (*not blunt*) تيز - آبدار - نوك دار - (*acute of*

understanding) تیز فهم - زیرك - (*acid*) ترش - (*severe*) تند - درشت -(*fierce*) تیز مزاج - (*lean*) لاغر - (*painful*) جان آزار .

Sharpen, *v.* تیز کردن - نوك دار کردن .

Sharpness, *s.* تیزي - آبداري - تیز فهمي - زیرکي - سختي - ترشي .

Shatter, *v.* دریدن - کم زور کردن - پاره پاره کردن .

Shave, *v.* ستردن - تراشیدن .

Shawl, *s.* شال .

She, *pron.* او - وي .

Shear, *v.* مقراض کردن - بُریدن - قطع کردن .

Shears, *s. pl.* مقراض .

Sheath, *s.* غلاف - میان - نیام .

Sheathe, *v.* در غلاف نهادن .

Shed, *v.* ریزش کردن - ریختن . *s.* خرگاه - خانهءني .

Sheep, *s.* میش - گوسپند - گوسفند .

Sheer, *a.* صاف - صرف - خالي .

Sheet, *s.* (*for a bed*) چادر - فرد - A sheet of paper, [ورق، کاغذ .

Shelf, *s.* تخته - طاق - تختي .

Shell, *s.* صدف - پوست - *v.* پوست وا کردن . [پناه دادن -

Shelter, *s.* سایه - پناه - حمایت - *v.* سایه دادن .

Shepherd, *s.* چوپان - شبان - گلّه بان - راعي .

Sheriff, *s.* فوجدار - حاکم .

Shield, *s.* سپر - پناه - *v.* پناه دادن - حمایت دادن .

Shift, *s.* (*artifice*) حیله - بهانه - (*remedy*) چاره - (*a*
تبدیل (*change*

Shift, *v.* (*change*) بدل کردن-To shift about, حیله سازی
. کردن - (*change place*) جابجا رفتن - نقل کردن

Shine, *v.* تافتن - درخشیدن - روشن شدن - آبدار شدن .

Shining, *a.* درخشان - روشن - تابان .

Ship, *s.* جهاز- کشتی - مرکب-Ship-wreck, جهاز, شکستگی.
To go on board ship, بر جهاز سوار شدن .

Shirt, *s.* قمیص - پیراهن - زیرجامه . [پاره]

Shiver, *v.* لرزیدن - تپیدن - پاره پاره زدن - *s.* لرزش -

Shivering, *s.* لرزه - لرزش - ریزان .

Shoal, *s.* ازدحام - جمع کثیر . *v.* در جمع کثیر رفتن .

Shock, *s.* (*blow*) صدمه - ضرب - (*conflict*) هجوم -
(*offence*) آزار - *v.* صدمه کردن - برهم کردن - آزار دادن .

Shocking, *a.* نفرت انگیز - مکروه - معیوب . [بندکردن]

Shoe, *s.* پاپوش - کفش - نعل - To shoe a horse, نعل

Shoemaker, *s.* کفش دوز - کفشگر .

Shoot, *v.* انداختن - قتل کردن - (*jut out*) تقدم کردن .

Shop, *s.* دوکان - کارخانه . Shop-keeper, دوکاندار .

Shore, *s.* کناره - لب - ساحل . [نالایق - نامرزا]

Short, *a.* کوتاه - کم - قصیر - تنگ - (*not adequate*)

Shorten, *v.* کوتاه کردن - کم کردن - مختصر کردن - تراشیدن .

Shortly, *ad.* (*soon*) جلد - به زودی - (*in short*) القصه .

Short-sighted, *a.* کوتاه نظر - کوتاه بین .

Shot, s. اندازي - گلوله .
Should, v. لازم است - باید .
Shoulder, s. دوش - کتف - v. بدوش نهادن .
Shout, s. نعره - آواز - v. نعره زدن - خروش کردن .
Shovel, s. بیل - بیلچه .
Show, s. نمایش - صورت - وجه - تماشا - نظاره - سیر -
v. نمودن - نمایدن - (make known) ظاهر کردن - بیان کردن -
(explain) تعریف کردن - کشادن - (demonstrate)
دلیل دادن - (tell, teach) گفتن - اعلام دادن - (to
appear) نمایش کردن .
Shower, s. باران - بارش - مطر - v. باریدن - مطر کردن.
Showy, a. رواق دار - نمایش - آبدار - نازك .
Shred, s. تراشه - پارچه - پاره - v. تراشیدن پاره .
Shrewd, a. هوشیار - عیار - (malicious) شریر - بدکار .
Shriek, v. شور کردن - خریدن - s. شور - خریو .
Shrill, a. تیز آواز - بلند آواز .
Shrine, s. درگاه - زیارت گاه - مزار .
Shrink, v. کوتاه شدن - درهم کشیدن .
Shroud, s. کفن - لفافه - v. کفن کردن - پناه دادن .
Shrub, s. گلبن - نهال - شجرت .
Shudder, v. لرزیدن - رمیدن . s. لرزه - بیم .
Shuffle, v. زیر زبر کردن - بهم زدن - شوریدن - تردد نمودن
Shun, v. اجتناب کردن - پرهیز کردن - حذر کردن .
Shut, v. بند کردن - مسدود کردن - محبوس کردن -
قید کردن - To shut out, محروم کردن - بدر کردن . .

Shutter, *s.* تخته - بند كننده - دريچه - باب .
Shuttle, *s.* مكوك .
Shy, *a.* كشيده - نا كشاده - نامايل - به دوستي - شكي .
Sick, *a.* بيمار - مريض - بي آرام - مانده - بيزار .
Sicken, *v.* بيمار شدن - مريض شدن - نفرت كردن - كراهيت دادن .
Sickle, *s.* داس - داسه - منجل .
Sickly, *a.* ضعيف - ناساز - مست - عليل .
Sickness, *s.* بيماري - مرض - بيمار - آزار .
Side, *s.* طرف - جانب - پهلو - كناره - صفحه - Both sides, طرفين - *v.* تشريك گشتن .
Sideways, *ad.* بر پهلو - بر يك طرف .
Siege, *s.* گردآوري - احاطه - محاصره - قلعه‌بندي .
Sieve, *s.* غربال .
Sift, *v.* بيختن - امتحان كردن - آزمايش كردن .
Sigh, *s.* آه - حسرت - *v.* آه زدن . [منظر .
Sight, *s.* نظر - نگاه - ديدار - بينائي - بصيرت - تماشا -
Sightly, *a.* خوش نما - منظر - خوب صورت .
Sign, *s.* نشان - علامت - اشاره - دلالت - *v.* نشان كردن - دست خط كردن - صحيح كردن .
Signal, *s.* اشارت - نشاني - *a.* نامدار - مشهور .
Signalize, *v.* نامور كردن - مشهور كردن .
Signature, *s.* دستخط .
Signet, *s.* مهر - مهر شاهي - خاتم .
Significant, *a.* (*having a meaning*) معنوي - معني - (*important*) مهم - گران - لازم .

Signification, *s.* معني - فحواي كلام - نتيجه .
Signify, *v.* (*have a meaning*) معني داشتن - دلالت كردن - (*make known*) نمودن - اشاره كردن - معلوم كردن - خبر دادن .
Silence, *s.* خاموشي - سكوت - فراموشي - *v.* خاموش كردن .
Silent, *a.* خاموش - ساكت .
Silently, *ad.* خاموشانه - با خاموشي .
Silk, *s.* ريشم - ابريشم - حرير - Silken, ريشمي - حريري .
Silk-worm, *s.* كرم ابريشم - پيله .
Silly, *a.* نادان - بي وقوف - ابله .
Silvan, *a.* جنگلي - دهقاني .
Silver, *s.* سيم - نقره . Silversmith, سيمگر .
Similar, *a.* يكسان - مانند - برابر .
Similarity, *s.* يكساني - مانندگي - برابري .
Simile, *s.* مثل - تمثيل - تشبيه .
Similitude, *s.* مشابهت - برابري - تمثيل .
Simple, *a.* (*not compound*) بي آميزش - غير مركب - (*single*) مفرد - (*plain*) احمق - (*artless*) ساده - ابله - بي وقوف - (*easy*) آسان - سهل .
Simpleton, *s.* ضعيف العقل - احمق - ساده دل .
Simplicity, *s.* سادگي - ساده دلي - راستي - بي وقوفي - بي هودگي . [بي آزمودگي .
Simply, *ad.* بي ريا - بي كارسازي - صرف - فقط -
Simultaneous, *a.* هم كار - هم ساز - هم ذات - هم عهد .
Sin, *s.* گناه - خطا - جرم - عيب - تقصير - *v.* گناه كردن - خطا كردن - قصور كردن .

Since, *ad.* زيراكه - چون - از آن وقت - از آن - بعد - Long since, پيشتر - قبل .

Sincere, *a.* صادق - خالص - راست - صاف - پاك .

Sincerity, *s.* صداقت - اخلاص - راستي - صافي - وفا .

Sinew, *s.* پي - عصب .

Sinful, *a.* گناهكار - عاصي - ناپاك - معيوب .

Sing, *v.* سرائدن - سرود كردن - نوا كردن - نغمه كردن .

Singer, *s.* مغنّي - مطرب - سراينده .

Singing, *s.* سرود گوئي - تغنّي .

Single, *a.* يك - تنها - واحد - مجرد - بي زوج - خاص .

Singly, *ad.* يك يك - يگان - فرداً فرداً - فقط - صرف .

Singular, *a.* مفرد - واحد - يگانه - عجيب - نادر .

Singularity, *s.* يگانگي - وحدت - خود سري .

Sink, *v.* غرق شدن - غرق كردن - فرو رفتن - (*degarde*) ازجامعزول شدن - (*decrease*) كم شدن - (*suppress*) پنهان شدن .

Sinless, *a.* بي گناه - معصوم .

Sinner, *s.* گناه‌گار - بدكار - عاصي - مجرم - فاجر - فاسق .

Sip, *v.* مكيدن - دم بدم خوردن - *s.* تمصّص - چاشني .

Sir, *s.* صاحب - خداوند .

Sire, *s.* پدر - حضرت .

Sister, *s.* خواهر - همشيره .

Sit, *v.* نشستن - جلوس كردن - مجلس كردن .

Sitting, *s.* نشست - اجلاس - جلوس - (*in comp.*) نشين .

Situated, *a.* موضوع - وضع كردن شده - نهاده - نشانده .
Situation, *s.* جا - مقام - مكان - موضع - وضع - حال - درجه .
Six, *a.* شش - ست .
Sixteen, *a.* شانزده - Sixteenth, شانزدهم .
Sixtieth, *a.* شصتم .
Sixty, *a.* شصت . [باسريش اندودن - پيمودن].
Size, *s.* اندازه - مقدار - قدر - (*paste*) سريش - *v.*
Skeleton, *s.* بي گوشت - تن، كالبد، تشريح ساخته .
Sketch, *s.* نقش - مسوّده - *v.* نقش كشيدن - مسوّده كردن .
Skilful, *a.* هنرمند - واقف - كارشناس - آزموده كار - زيرك - قابل .
Skill, *s.* هنر - هنرمندي - واقف كاري - قابليت .
Skilled, *a.* واقف - قابل - تجربه كار - كار آزموده .
Skin, *s.* چرم - پوست - قشر - جلد - *v.* پوست كندن .
Skip, *v.* جستن - (*pass over*) گذاشتن .
Skirmish, *s.* جنگ - مقاتله - *v.* جنگ كردن .
Skirt, *s.* دامن - كنار .
Skull, *s.* كاسهٔ سر .
Sky, *s.* آسمان - فلك - Sky-coloured, آسماني .
Slab, *s.* تخته - لوح .
Slack, *a.* كشاده - 'مست - مجهول - كاهل - غافل .
Slacken, *v.* 'مست كردن - كشادن - غافل شدن - كاهل گشتن .
Slander, *s.* تهمت - بد گوئي - *v.* تهمت نهادن - بد نام دادن .
Slanderer, بد گو - عيب گو - تهمت باز .

Slant, Slanting, *a.* کج - کجرو - ناعمود .
Slap, *s.* طپانچه - ضرب - سیلي - *v.* طپانچه دادن .
Slaughter, *s.* قتل - مقاتل' - خون ریزي - *v.* - کشتن - قتل کردن .
Slave, *s.* بنده - غلام - مملوک - حلقه بگوش - عبد .
Slavery, *s.* بندگي - غلامي .
Slay, *v.* قتل کردن - هلاک کردن - کشتن' .
Sleek, *a.* مهره دار' - صاف - *v.* مهره کردن'.
Sleep, *s.* خواب - خفتگي - *v.* خفتن - خواب کردن - آرام کردن .
Sleepiness, *s.* خوابانگي - خواب آلودگي .
Sleeping, *ppr.* خوابان - خسپان .
Sleepy, *a.* خواب ناک - خواب آلوده - خواب . [بي آستین .
Sleeve, *s.* آستین - Sleeved, آستین دار - Sleeveless,
Sleight, *s.* حکمت - فنّ - حیله - Sleight of hand, صنعت - دست بردي .
Slender, *a.* نازک - تنگ - باریک - دقیق .
Slice, *s.* قطع' - تراشه - ورق - *v.* بریدن - تراشیدن .
Slide, *v.* لغزیدن - خزیدن - (*pass away*) گذشتن .
Slight, *a.* بي اعتبار - کمزور - نازک - ضعیف - *s.* خفت - غفلت - مذمت - *v.* حقارت کردن - سبک گرفتن .
Slightness, *s.* سبکي' - نازکي - ناتواني - (*want of attention*) عدم اشتغال .
Slim, *a.* نازک - حقیر - باریک .

Sliness, *s.* حیله - فنّ - روباه بازي .
Sling, *s.* فلاخن - مقلاع - *v.* از مقلاع انداختن .
Slinger, *s.* کلوخ انداز - فلاخن‌زن .
Slip, *v.* (*slide*) لغزیدن - (*to omit or neglect*) سهو کردن - غافل شدن - (*pass unexpectedly*) ناگهانه گذشتن - To slip away (*slink*) روپوش شدن - (*convey secretly*) پنهان رسانیدن - (*let loose*) آزاد کردن - To slip away (*as time, &c.*) گذشتن - To slip in, پنهاني دخول کردن -
Slip, *s.* لغزش - (*mistake*) خطا A slip of the foot, زلقت, قدم - A slip of the pen, سهوِ قلم - A slip of the tongue, سهو الانسان من الامان -(*long narrow piece*) قطع, طول و تنگ .
Slipper, *s.* پاپوش - کفش - Slippery, لغزنده .
Slit, *v.* چاك کردن - شکافتن - *s.* چاك - شکاف .
Sloop, *s.* جهاز, خرد - غراب . [نشیب .
Slope, *v.* نشیب داشتن - مایل کردن - *s.* سرازیري -
Sloth, *s.* سستي - کاهلي - Slothful, *a.* سست - کاهل .
Sloven, *s.* غلیظ آدمي - مرد, بي نزاکت .
Slow, *a.* آهسته - سست - کاهل - درنگ - دیر .
Slowly, *ad.* آهسته آهسته - کاهلانه .
Slowness, *s.* آهستگي - سستي - دیري .
Sluggard, *s.* سست آدمي - آرام طلب - سست - کاهل .
Sluggish, *a.* سست - کاهل . [سبك کردن .
Slumber, *v.* نیم خواب - غنودگي - *v.* غنودن - خواب

Slur, *s.* رسوائي - داغ - عيب - بدنامي - *v.* داغ كردن .
Sly, *a.* عيار - شرير - مكار - دغاباز .
Smack, *s.* مزه - لذّت - *v.* لذّت داشتن - بوسيدن .
Small, *a.* خرد - كوچك - كوتاه - نا چيز - كم .
Small-pox, *s.* چيچك - پرجستگي .
Smart, *a.* تيز - تيزكار - (*acute of mind*) تيز فهم - چالاك - ظريف - لطيف - *s.* درد - رنج .
Smear, *v.* آلودن - اندودن - ماليدن .
Smell, *s.* مشام - شامه - (*odour*) بو - *v.* بو داشتن - بو گرفتن - شميدن - بو دادن .
Smile, *s.* تبسم - نيم‌خنده - *v.* تبسّم كردن .
Smite, *v.* ضرب كردن - كشتن - قتل كردن - بهم زدن .
Smith, *s.* (*black-smith*) آهنگر - (*gold-smith*) زرگر - (*silver-smith*) سيمگر .
Smoke, *s.* دود - دخان - بخار - *v.* دود كردن - دود كشيدن .
Smoky, *a.* پر دود - دود آلود .
Smooth, *a.* (*polished*) مهره دار - (*not rough*) برابر - هموار - يكسان - (*not hairy*) بي بال - ناموي‌دار - (*mild*) خاطرنواز - ملايم - (*not harsh to the ear*) شيرين - خوش خوان . *v.* زدودن - صيقل كردن - (*make level*) برابر كردن - (*soften*) نرم كردن - ملايم كردن .
Smoothness, *s.* صيقل - مهره داري - همواري - برابري .
Smother, *v.* دم بند كردن - منع كردن .
Snail *s.* حلزون - كرم .
Snake, *s.* مار - حيه .

Snare, *s.* دام - کمند - *v.* بدام گرفتن - بکمند گرفتن .
Snarl, *v.* غریدن - غوش کردن .
Snatch, *v.* بزودی کشیدن - بزور گرفتن - *s.* قبض - گرفتگی .
Sneer, *v.* استهزا کردن - طنز زدن - *s.* طعنه - استهزا .
Sneeze, *v.* عطسیدن - عطلیدن - *s.* عطس .
Snore, *v.* خرخر کردن - دم بزدن .
Snow, *s.* برف - ثلج - *v.* برف ریختن .
Snowy, *a.* برف دار - برف ریز .
Snuff, *s.* معز روشن - دماغ روشن *v.* To take snuff, مغز روشن کردن - To snuff a candle, گل شمع کردن - To snuff at, سبك گرفتن .
Snuffers, *s.* گل تراش - گلگیر - مقراض شمع .
Snuffle, *v.* از بینی گفتن .
Snug, *a.* پوشیده - معقول - نهفته - *v.* نهفتن .
So, *ad.* (*in like manner*) همچون - همچو - (*in this manner*) همچنین - So that, تاکه - So so, معتدلانه .
Soak, *v.* تر کردن - خیسانیدن - خزیدن .
Soap, *s.* صابون - ضجع .
Soar, *v.* بلند پرواز شدن - (*rise*) مطلع کردن .
Sob, *v.* فواق کردن - *s.* لاوع - زاري .
Sober, *a.* (*temperate*) پرهیزگار - هوشیار - (*not intoxicated*) نامست - *v.* بهوش باز آوردن - بهوش آمدن .
Sobriety, *s.* پرهیزگاري - هوشیاري - نامستي .
Sociable, Social, } *a.* آشنا مزاج - الفتي - همنشین - مصاحب .

Society, *s.* صحبت - مشارکت - رفاقت - مجلس - طایفه .
Sofa, *s.* تخت پوش - صفه .
Soft, *a.* *(not hard)* - نرم - ملایم - *(not loud)* آهسته - *(delicate)* نازک - *(meek)* سلیم .
Soften, *v.* نرم کردن - ملایم کردن - رحم دل کردن .
Softly, *ad.* آهسته - بالنرمي .
Softness, *s.* نرمي - ملایمت - نازکي .
Soil, *s.* *(earth)* زمین - *(country)* خاک - ملک - ولایت - *(manure)* آلودگي - داغ . *v.* خلیط کردن - آلودن - ناصاف کردن . [مقام .
Sojourn, *v.* خوش باشي کردن - مقام گرفتن - *s.* منزل - مقام .
Solace, *s.* دلاسائي - تسلّي - *v.* تسلّي کردن - دلاسائي دادن .
Solar, *a.* شمسي - آفتابي - مهري .
Soldier, *s.* سپاهي - لشکري - جنگي .
Soldiery, *s.* سپاه - لشکر - عسکر .
Sole, *s.* کف پا - *a.* تنها - یگانه - مفرد .
Solely, *ad.* صرف - فقط - خاص .
Solemn, *a.* *(grave)* سنجیده - هیبتوار - شکوهمند .
Solemnity, *s.* عید - عید الزینت - سنجیدگي .
Solemnize, *v.* ذکر عظیم کردن - عید داشتن .
Solicit, *v.* التماس کردن - منت کردن - درخواست کردن .
Solicitation, *s.* التماس - درخواست - استدعا - نیازمندي .
Solicitous, *a.* اندیشه مند - آرزومند - نیازمند .
Solicitude, *s.* اندیشه - فکر - آشفتگي - اضطراب .

Solid, *a.* منجمد - مضت - استوار - محكم - حقيقي - قوي .
Solidity, *s.* انجماد - سنگيني - استواري - حقيقت - منجيدگي .
Soliloquy, *s.* خود كلامي .
Solitary, *a.* تنها - مفرد - واحد - *s.* خلوت گذين - عزلت گذيده - گوشه نشين .
Solitude, *s.* تنهائي - گوشه - خلوت - بيابان - ويرانه .
Solstice, *s.* (*of summer*) راس آلسرطان - (*of winter*). راس الجدا .
Soluble, *a.* قابل گداز - آسان حلّ .
Solution, *s.* آب گداز - حلّ - حلّ مشكل - دفع شبهه .
Solve, *v.* صاف كردن - حل كردن - دفع كردن - كشادن .
Solvent, *s.* گدازنده - زردار - قابل ادا .
Some, *a.* چند - بعضي - Some one, بعضي - كسي - شخصي - Somehow, بوجهي . Something, چيزي - Somewhat, تقريبا . Sometime, وقتي - پيش ازين - Sometimes, گاه گاه - بعضي . Somewhere, به جاي .
Son, *s.* پسر - فرزند - بن - (*in comp.*) زاده - The eldest son, پسرِ كلان - A younger son, فرزندِ كوچك - A legitimate son, حلال زاده - An illegitimate son, حرام زاده - An adopted son, پسر خوانده - A son's son, نوادۀ پسريه - A daughter's son, نوادۀ دختريه . Son-in-law, *s.* داماد - (*sister's husband*) صهر .
Song, *s.* نغمه - سرود - نوا .

Songster, *s.* نغمه پرداز - مطرب .
Sonnet, *s.* غزل .
Sonorous, *a.* پر آواز - آواز دار - بلند آواز .
Soon, *ad.* جلد - بزودي - في الفور - As soon as, هرگاه که - Not soon, نا زود - دير - Sooner, *ad.* مشتابتر .
Soot, *s.* دوده - مواد .
Soothe, *v.* تسكين دادن - دلاسا كردن - آسودن .
Soothsayer, *s.* فال گو - پيشيني نما .
Sorcerer, *s.* جادوگر - سحرباز .
Sorcery, *s.* جادوگري - سحربازي .
Sordid, *a.* تنگ چشم - بخيل - فرومايه - حقير .
Sore, *s.* زخم - ريش - *a.* پر درد - خسته .
Soreness, *s.* درد - رنج - جراحت .
Sorrow, *s.* غم - افسوس - دلگيري - رنجيدگي - اندوه - *v.* غم خوردن - افسوس كردن - رنجيده شدن .
Sorrowful, *a.* غمگين - دلگير - دل تنگ - پشيمان .
Sorry, *a.* پشيمان - متاسف - حقير - دون - نابكار .
Sort, *s.* (*kind*) جنس - قسم - (*manner*) طرح - طور - طريق - (*a class*) طايفه - (*quality*) كيفيت - خاصيت .
Soul, *s.* روح (*pl.* ارواح) - جان - نفس (*pl.* نفوس).
Sound, *a.* (*healthy*) تندرست - (*right*) صحيح - درست - راست - (*free from blemish*) بي عيب .
Sound, *s.* آواز - صدا - بانگ - الحان - *v.* آواز كردن - آواز دادن - لواز كردن - (*try the depth*) اندازه كردن .

Soundly, *ad.* باخوبي - باتندرستي - (*truly*) راستانه - حقيقتاً.
Soup, *s.* آب جوش - شوربا . [آزار دادن .
Sour, *a.* ترش - Very sour, بسيار ترش - *v.* ترش كردن -
Source, *s.* برآمد - مصدر - منبع - اصل - (*fountain*) چشمه .
South, *s.* جنوب - Southern, جنوبي - Southward, بسوي جنوب .
Sovereign, *s.* پادشاه - سلطان - *a.* مطلق - بلند ترين - اعظم .
Sovereignty, *s.* پادشاهت - سلطنت - حكومت - استقلال .
Sow, *v.* كاشتن - كشتن - تخم ريزي كردن .
Sow, *s.* خوك ماده .
Sown, *pp.* كاشته - مزروع - A sown field, كشت - زرع .
Space, *s.* فاصل - وسعت - (*of time*) عرصه - مدت - وقت .
Spacious, *a.* وسيع - عريض - پهنا ور - كشاده - فراخ .
Spade, *s.* بيل - تيشه .
Span, *s.* بلست - وجب - *v.* وجب كردن - شبر كردن .
Spare, *v.* كفايت كردن - ترك كردن - دادن - (*to show mercy*) عفو كردن - معاف كردن .
Spare, *a.* (*scarce*) قليل - كم - (*not wanted*) زياده - باقي - (*lean*) حقير - لاغر .
Sparing, *s.* كم خرج - كفايتي - تنگ دست - پرهيز گار .
Spark, *s.* اخگر - آتش پاره .
Sparkle, *v.* درخشيدن - تافتن - *s.* چيز تابان - لمع .
Sparkling, *ppr.* درخشان - تابان - آبدار .
Sparrow, *s.* گنجشك - عصفور .

Speak, *v.* گفتن - کلام کردن - حرف زدن - تلفظ کردن .
Speaker, *s.* متکلم - سخن ساز - میر مجلس - (*in comp.*) گو .
Spear, *s.* نیزه - سنان - رمح - رامح - نیزه بردار ,Spearman .
Special, *a.* خاص - مخصوص - (*excellent*) فاضل - نادر .
Specially, *ad.* مستقلاً - با استقلال .
Species, *s.* ذات - قسم - جنس - نوع - صنف .
Specific, *a.* ذاتي - نوعي - (*medicine*) دوا مجرب .
Specification, *s.* تشخيص - تفصيل - وصف .
Specify, *v.* تشخيص کردن - تفصيلوار گفتن - اوصاف گفتن .
Specimen, *s.* نمونه - نمودار - کارنامه .
Specious, *a.* ظاهرنما - خوش نما - صورت حال .
Speck, *s.* داغ - نکته - *v.* داغ کردن .
Spectacle, *s.* (*show*) تماشا - منظر - نمايش عجب .
Spectacles, *s.* چشم - چشمك - عينك .
Spectator, *s.* ناظر (*pl.* نظار) - مشاهد - بيننده .
Spectre, *s.* خيال - صورت سايه - وهمي .
Speculate, *v.* انديشه کردن - فکر کردن - امعان کردن -
تامل کردن - تصور کردن . [قصد .
Speculation, *s.* انديشه - فکر - تصور - (*plan*) مقصد -
Speculative, *a.* فکرمند - خيالي - وهمي .
Speculator, *s.* منسوبه باز - صاحب انديشه .
Speech, *s.* زبان - گفتار - سخن - کلام - تلفظ .
Speechless, *a.* بي زبان - بي سخن - لا جواب .
Speed, *s.* جلدي - شتابي - زودي - تيز روي - دور .

Speedily, *ad.* جلد - شتابان - فورا - دورادور .
Speedy, *a.* جلد - شتاب - تيز - چالاك .
Spell, *s.* جادو - افسون - *v.* تهجي كردن - املا كردن.
Spelling, *s.* هجه - تهجي - املا .
Spend, *v.* خرج كردن - صرف كردن - اصراف كردن .
Spendthrift, *s.* مبذر - مصرف - خرج فضول .
Spent, *pp.* مصروف - برباد داده - خرج كرده شده .
Sphere, *s.* كرة - گوي - *(celestial)* سپهر .
Spherical, *a.* كره آمنا .
Spice, *s.* مصالح - ابزار - *v.* مصالح دادن .
Spider, *s.* عنكبوت - A spider's-web, پردهٔ عنكبوت .
Spike, *s.* ميخ دراز - *(ear of corn)* خوشه .
Spikenard, *s.* هندي سنبل - سنبل الطّيب .
Spin, *v.* رشتن - ريستن - To spin out, تطويل كردن .
Spindle, *s.* دوك - دوكچه .
Spinner, *s.* تافعده - مغتزل . [wheel, چرخه .
Spinning, *s.* چرخ زني - غزل - دوك ريسي . Spinning-
Spire, *s.* منار - پيچ .
Spirit, *s.* (*soul*) روح - جان - (*breath*) دم - نفس -
(*magnanimity*) همت - غيرت - (*habit*) طبع - مزاج -
(*courage*) مردانگي - دليري - (*genius*) زيركي - خيال - قوت.
Spirited, *a.* تيزدل - دلير - زنده دل - غيرت اهل .
Spiritual, *a.* روحاني - نفساني - نا جسماني - باطني .
Spirituality, *s.* روحانيت - نا جسمانيت - قدس .

Spirituous, *a.* روحاني - تيز - تند - (*liquors*) شرابها .
Spit, *s.* سيخ - To spit meat, گوشت بسيخ كشيدن - *v.* تف زدن .
Spite, *s.* كينه - بدخواهي - ضد - In spite of, باوجود - *v.* كينه گرفتن .
Spiteful, *a.* كينه ور - كينه كش - كينه انديش - بد انديش - بد خواه .
Spittle, *s.* تف - آب دهن - لعب .
Spleen, *s.* طحال - سپرز - (*melancholy*) سودا - (*ill humour*) بدخواهي - قهر .
Splendid, *a.* روشن - تاب دار - رونق دار .
Splendour, *s.* رونق - جلوه - تجلي - جوهرداري - جاه وجلال .
Split, *v.* شگافتن - تركيدن - چاك زدن .
Spoil, *v.* (*injure*) خراب كردن - (*plunder*) غارت كردن - (*corrupt*) ويران كردن - بوسيده كردن .
Spoil, *s* غنيمت - غارت - تاراج .
Spokesman, *s.* متكلّم - سخن ران .
Sponge, *s.* ابر مرده - اسفنج .
Spontaneous, *a.* بخود - خود - مرادي - Spontaneously, با ارادت .
Spoon, *s.* چمچه - كمچه .
Sport, *s.* بازي - لعب - بازي - بذله - شكار - *v.* بازي كردن - لهو و لعب كردن - خوش كردن .
Sportsman, *s.* شكاري - شكارباز .
Spot, *s.* (*mark*) داغ - (*disgrace*) عيب - بدنامي - (*place*) جا - On the spot, درحال - *v.* داغدار كردن .
Spotless, *a.* بي داغ - بي عيب - بي لاجرم .

Spotted, *a.* داغدار - ابلق .
Spouse, *s.* زوج - عروس .
Spout, *s.* دهنه - ناودان - لوله - *v.* فواره زدن .
Spread, *v.* افشاندن - فرش کردن - گستردن - (*publish*) ظاهر کردن - آشکارا کردن - (*scatter*) پاشیدن - ریختن .
Sprig, *s.* شاخچه - قلم .
Sprightly, *a.* شوخ - شاد - خوش و خرم - چالاك .
Spring, *v.* (*arise*) رستن - (*as water*) چشمه بر آمدن - To spring up, ظاهر شدن - (*to leap*) جستن - To spring upon, هجوم ناگه ساختن - *s.* (*season*) بهار - (*instrument*) کمان - (*fountain*) چشمه - (*a leap*) جهید - (*elasticity*) جهیدگی - (*origin*) بنیاد - اصل . Spring-tide, مدّ کامل .
Sprinkle, *v.* افشاندن - پاشیدن - ریختن .
Sprout, *s.* نبت - فرخ - *v.* رستن - رویدن .
Spur, *s.* خار - مهمز - To spur a horse, مهمز زدن .
Spurious, *a.* ساخته - لباسي - (*illegitimate*) حرام زاده .
Spurn, *v.* پا زدن - لکد زدن - حقارت کردن .
Spy, *s.* جاسوس - متجسس - *v.* نظر کردن - جاسوس کردن .
Squander *v.* مال برباد کردن - مال پریشان کردن .
Square, *a.* چهار گوشه - مربع - *v.* مربع کردن .
Squeeze, *v.* افشردن - پالودن .
Squint, *v.* بکجي دیدن - از گوشهٔ چشم نظر کردن .
Squint-eyed, *a.* کجبین - لوچ .
Squirrel, *s.* موش پرنده - سنجاب .

Stab, *v.* خنجر زدن .
Stability, *s.* قيام - قرار - استواري - پاي‌داري .
Stable, *a.* مضبوط - قايم - برقرار - استوار - پايدار .
Stable, *s.* پاي‌گاه - اصطبل .
Staff, *s.* عصا - چوب .
Stag, *s.* آهو نر - غزال .
Stage, *s.* مقام - درجه - منزل - تماشا گاه .
Stagger, *v.* ترسان شدن - بي دل شدن - افتان و خيزان رفتن .
Stain, *s.* داغ كردن - آلودن *v.* - عيب - بدنامي - داغ .
Stair, *s.* درجه - زينه - نردبان .
Stake, *s.* شرط كردن - . گرو كردن *v.* - مسماد - ميخ .
Stalk, *v.* خراميدن - *s.* خرام، موزون - (*of a plant*) ساق - (*of corn*) نايزه .
Stall, *s.* در اصطبل نهادن *v.* - معلف - آخور .
Stallion, *s.* فحال - اسپ نر .
Stammer, *v.* خطل كردن - لكنت كردن .
Stamp, *s.* مهر - سكه - نقش - عيار - صورت - طرح - *v.* زدن - ضرب كردن - نقش كردن .
Stand, *v.* (*to be erect on the feet*) ايستادن - برپا شدن - (*to stop*) ماندن - باشيدن - So stand still, نا روان بودن - (*to remain firm*) مستقيم شدن - (*to resist*) مقاومت كردن - To stand opposite, روبرو شدن - مقابل شدن - To stand by (*or near*) نزديك ايستادن - (*assist*) مدد دادن - To stand aside, كناره گرفتن - To stand for (*be a candidate*) طالب، منصب شدن - (*to represent another*)

جانشین بودن - To stand off, (*keep at a distance*) - ناقبول کردن (*not to comply*) - دور شدن - باز ایستادن (*avoid intimacy*) مصاحبت امتناع کردن - To stand out (*hold resolution*) برقرار بودن - (*to be prominent*) افراز نمودن - To stand to (*persevere*) جد و جهد کردن - To stand up, قیام کردن - برخاستن - To stand upon (*rest upon any thing*) تکیه کردن - (*to insist on*) اقامت کردن - (*to value*) عزیز داشتن - To stand in (*cost*) قیمت داشتن - Stand off ! Stand back ! برو برو - دور باش . *s.* مقام - منزل - منزلگاه.

Standard, *s.* علم - رایت - لوا - نشان - (*of weight*) عیار.

Standard-bearer, *s.* علم بردار.

Standing, *a.* ایستاده - برقرار - قایم - *s.* ایستادگي - حال - درجه - قدامت - پایدگي.

Stanza, *s.* بیت - قطعه.

Staple, *s.* بندر - بازار - (*commodities*) اسباب رواج.

Star, *s.* ستاره - اختر - نجم - کوکب.

Starch, *s.* نشاسته - اهار - *v.* نشاسته کردن.

Stare, *v.* وانگریستن - نگاه زدن - *s.* نظر تیز.

Start, *v.* (*spring up*) برجستن - رمیدن - (*set out in any pursuit*) روانه کردن - (*to rouse*) برخیزانیدن - (*notice*) درمیان آوردن - *s.* برجستگي - ناگهان هجوم.

Startle, *v.* حیران کردن - ترسانیدن.

Starve, *v.* از گرسنگي مردن.

State, *v.* عرض کردن - صورت حال کردن - بیان کردن - *s.* (*condition*) حال - حالت - (*station*) منصب - مرتبه - (*pomp*) احتشام - شوکت - (*government*) سرکار .

Stately, *a.* عظیم عهده - شاهانه .

Statement, *s.* عرض داشت - حقیقت حال - صورت حال .

Station, *s.* (*situation*) جاي - مقام - منزل - (*employment*) منصب - منزلت - (*rank*) درجه - مرتبه . *v.* نشاندن - نصب کردن - قایم کردن .

Stationary, *a.* ثابت - نا روان - ساکن .

Stationer, *s.* کاغذ قلم وغیره - کاغذ فروش - کاغذي .

Statuary, *s.* نقاش - بت تراش - نقاشي - بت تراشي .

Statue, *s.* (*human*) صورت - انسان ازسنگي - (*of an idol*) صنم - بت .

Stature, *s.* قد - اندام - قامت - Middle stature, میانه قامت - Short of stature, کوتاه قد .

Statute, *s.* امر - قانون - آئین - قاعده .

Stay, *v.* (*continue in a place*) ماندن - باشیدن - بود و باش کردن - To stay by the way, دیر کردن - To stay behind, درپس ماندن - To stay for, انتظار کردن - To stay, (*keep from departure*) موقوف کردن - (*repress*) ضبط کردن - (*prop*) بر داشتن .

Stead, *s.* جاي - عوض - بدل .

Steadfast, Steady, *a.* ثابت قدم - قایم مزاج - پایدار - قایم .

Steal, *v.* دزدیدن - دزدي کردن - To steal upon, روبا بازي ساختن - To steal away, رو پوش شدن .

Stealth, *s.* دزدي - By stealth, بدزدي - نهفته .

Steam, *s.* بخار - *v.* بخار کردن .

Steed, *s.* اسپ, جنگ - بادپا .

Steel, *s.* فولاد - پولاد - *v.* سخت کردن . [خیسانیدن .

Steep, *a.* سراشیب - مایل - *s.* نشیب, زمین - *v.* آغشتن -

Steeple, *s.* منار - مناره - تاون .

Steer, *v.* راندن - بردن - *s.* تاول .

Stem, *s.* ساق - (*race*) نسل - نسب - *v.* (*to pass through*) درگذشتن - (*resist*) مانع شدن .

Stench, *s.* بدبو - گند - تعفن .

Step, *s.* قدم - گام - پا - (*of a ladder*) پایه - درجه - (*of promotion*) مرتبه - Step by step, قدم بقدم - آهسته آهسته

Step, *v.* قدم نهادن - رفتن - To step out, بیرون رفتن - To step in, دخول کردن - To step back, برطرف رفتن - To step after one, درپي رفتن - To step between, درمیان رفتن - To step on, تیزگام کردن - To step up, بر آمدن - Step-father, پدراندر - Step-mother, مادر اندر - Step-son, پسر اندر - Step-daughter دختر اندر.

Sterile, *a.* شور - بي بر .

Stern, *a.* ترش رو - سخت رو - درشت - *s.* جهاز, دنبال .

Steward, *s.* خانسامان - دیوان .

Stick, *s.* چوب - عصا - *v.* چسپیدن - منشوب شدن .

Stickle, *v.* حجت کردن - طرفداري کردن .

Stiff, *a.* سخت - درشت - زشت - (*proud*) سرکش .
Stiffen, *v.* سخت کردن - درشت کردن .
Stiffness, *s.* سختي - سرکشي - درشتي .
Stigma, *s.* داغ - بدنامي - عيب .
Stigmatize, *v.* داغ زدن - رسواي زدن .
Still, *a.* خاموش - ساکت - ساکن - آسوده - بي حرکت .
Still, *ad.* هنوز - تاهم - باوجود - تااين زمان - هميشه .
Still, *v.* خاموش کردن - آسوده کردن - تسکين دادن .
Stillness, *s.* خاموشي - آسودگي - سکونت .
Stimulate, *s.* انگيختن - تحريک کردن .
Sting, *s.* نيش - ابر - ناوک - *v.* نيش زدن - ناوک زدن .
Stingy, *a.* تنگدست - تنگ دل - بخيل - طمعکار .
Stink, *s.* بدبو - گند - عفونت - تعفن - *v.* گنديدن .
Stipend, *s.* وظيفه - علوفه - مشاهره - روزينه .
Stipulate, *v.* شرط کردن - عهد و پيمان کردن - قول کردن .
Stipulation, *s.* شرط - قول قرار - عهد و پيمان .
Stir, *v.* جنبيدن - حرکت کردن - جنبانيدن - جنبش دادن .
To stir up, انگيختن - *s.* هنگامه - غوغا - شورش .
Stirrup, *s.* رکاب .
Stitch, *s.* دوخت - دوزي - *v.* دوختن - خياطت ساختن .
Stock, *s.* تنه درخت - پايه - اصل - نسل - (*capital*) مايه .
Stock, *v.* پر کردن - آگندن - انباشتن .
Stocking, *s.* موزه - خف .
Stomach, *s.* معده - شکم .

Stone, *s.* سنگ - حجر . Stone in the bladder, سنگ مثانه . — *v.* سنگ سار کردن - Stone-cutter, سنگ تراش .
Stony, *a.* سنگستان - سنگ سخت - سنگین .
Stool, *s.* کرسي - تخت - A foot-stool, پایه - نشیمن .
Stoop, *v.* مایل شدن - سر فرو کردن - قبول کردن - راضي شدن .
Stop, *v.* ایستادن - بعد شدن - موقوف کردن - منع کردن - مسدود کردن - باز داشتن - *s.* منع - نشان - نقطه .
Stoppage, *s.* بندي - منع - سد - ممانعت .
Store, *s.* (*abundance*) فراواني - کثرت - (*a hoard*) خزانه - ذخیره - مایه - *v.* ذخیره کردن .
Store-house, *s.* انبار خانه - گنجینه .
Stork, *s.* لقلق - لکلک .
Storm, *s.* طوفان - تندباد - (*assault*) هجوم - حمله .
Storm, *v.* شهر از هجوم گرفتن - سرزنش کردن - غضب .
Stormy, *a.* طوفاني - غضب ناک - مواج .
Story, *s.* حکایت - داستان - قصه - (*of house*) منزل - طبقه .
Stout, *a.* مضبوط - تناور - قوي - دلاور - پهلوان .
Stoutness, *s.* تناوري - مضبوطي - قوت - دلیري .
Stove, *s.* تابخانه - آتش تاب .
Straggle, *v.* آواره شدن - پراگنده شدن - بیراه شدن .
Straight, *a.* راست - مستقیم - درست - ناکج .
Straighten, *v.* راست کردن - تنگ کردن .
Straightway, *ad.* في الفور - فوراً .
Strain, *v.* پیختن - افشردن - پالودن - جد و جهد کردن .

s. زور - (*of music*) نغمه - (*mode of speaking*) وجه - سيرت كلام - سخن .

Strait, *a.* تنگ - چست - تنگ راه *s.* - تنگي - سختي .

Straiten, *v.* تنگ كردن - تنگ ساختن - تنگدست ساختن .

Straitness, *s.* تنگي - چستي - سختي .

Strand, *s.* كناره - ساحل - لب دريا .

Strange, *a.* غريب - عجيب - بيگانه - اجنب - نادر - نو .

Stranger, *s.* اجنبي - غير آدمي - بيگانه - نا واقف - مسافر .

Strangle, *v.* آويختن - خفه كردن .

Stratagem, *s.* حيله - فريب - فطرت - فن .

Stratum, *s.* طبق - طبقه - بساط - ته .

Straw, *s.* گياه - كاه - علف .

Stray, *v.* گم راه شدن - بي راه شدن - آواريدن .

Stream, *s.* سيل - جريان *v.* - جاري شدن - روان شدن .

Street, *s.* كوچه - كو .

Strength, *s.* زور - قوت - زور آوري - توانائي - مضبوطي .

Strengthen, *v.* (*to make strong*) زور دادن - قوت دادن - قوي كردن - زور آور كردن - (*to confirm*) مقرر كردن .

Strenuous, *a.* سر گرم - شديد - تند - مضبوط .

Stress, *s.* (*importance*) گراني - سنگيني - (*violence*) زور - قهر - *v.* سنگين پنداشتن .

Stretch, *v.* كشيدن - دراز ساختن - ممدود كردن .

Strew, *v.* افشاندن - ريختن - پاشيدن .

Strict, *a.* (*severe*) سخت - درشت - شديد - (*exact*) دقيق - (*not remiss*) مشغول .

Strictly, *ad.* باد قت - بسختي - نا غافلانه .
Stride, *s.* گام، دراز - گام - شتر گام - *v.* گام زدن .
Strife, *s.* ستيزه - منازعت - مناقشه .
Strike, *v.* زدن - كوفتن - To strike a bargain, عهد و پيمان ساختن - To strike off, (*separate by a blow*) از ضرب جدا كردن - (*from an account*) از حساب قطع كردن - To strike out, تراشيدن - To strike in with, همدل شدن - To strike a bell, جرس زدن - To strike dumb, خاموش زدن - (*dash together*) برهم زدن - (*to terrify*) ترسيدن - هراسيدن .
String, *s.* رسن - ريسمان - تار - سلسله - زنجير . *v.* سفتن - نظم كردن - نواختن .
Strip, *s.* پاره - تراشه - *v.* برهنه كردن - پوست وا كردن .
Stripe, *s.* ضرب - كوب - تازيانه - (*on cloth*) خطّ .
Stripling, *s.* نيم جوان - بالغ .
Strive, *v.* قصد كردن - كوشش كردن - جهد كردن - جد و جهد كردن - (*to contest*) اختلاف كردن - (*to emulate*) حسرت كردن .
Stroke, *s.* ضرب - صدمه - خط - *v.* ماليدن - سودن .
Stroll, *v.* گرديدن - جابجا رفتن .
Strong, *a.* زورآور - قوي - مضبوط - (*mighty*) توانا - قادر - (*violent*) سخت - شديد - (*convincing*) برهان نما - دليل - (*firm*) استوار - پايدار - (*fortified*) محكم - Strong in taste, تيز - ترش - Strong in smell, گنده - بدبو .
Structure, *s.* عمارت - بنا - (*form*) شكل - صورت .

Struggle, *v.* کشتي - جد و جهد کردن - محنت کردن - آزار - درد - کوشش - سعي - *s.* - کردن .
Strut, *v.* خراميدن - *s.* خرام .
Stubborn, *a.* سر کش - گردن کش - *v.* سرکش شدن .
Stud, *s.* گل ميخ - پافته - *v.* آرامتن - مرصع کردن .
Student, *s.* طالب علم - معلم - شاگرد - مدارس - تلميذ .
Studious, *a.* علم دوست - طالب - مشغول - ساعي .
Study, *s.* مطالع - علم - تحصيل - شغل - سعي - محنت .
Study, *v.* (*literature*) مطالع کردن - علم آموختن - درس گرفتن - (*to endeavour diligently*) سعي کردن .
Stuff, *s.* (*matter*) چيز - جنس - (*furniture*) اسباب - سامان - رخت - (*cloth*) پارچه - (*medicine*) دوا .
Stuff, *v.* آگندن - پر کردن - انباشتن .
Stumble, *v.* لغزيدن - سقوط کردن - (*to err*) خطا کردن .
Stumbling-block, *s.* مزاحمت .
Stump, *a.* کنده - جذم - قطعه .
Stun, *v.* بي هوش کردن - سر گردان کردن .
Stunt, *v.* بازداشتن - منبت کردن - منع رست .
Stupefaction, *s.* بي هوشي - بي خود - مدهوشي .
Stupefy, *v.* بي هوش کردن - سر گردان کردن .
Stupendous, *a.* عجيب - عبرت آميز .
Stupid, *a.* احمق - بي وقوف - بي عقل - بي ظرافت .
Stupidity, *s.* حماقت - بي وقوفي - کم ذهني .
Style, *s.* عبارت - اصطلاح - انشا - (*title*) لقب - خطاب .

Style, *v.* لقب دادن - خطاب دادن - نام دادن .
Subdivide, *v.* تقسيم ثاني كردن .
Subdue, *v.* ضبط كردن - شكست دادن - مغلوب كردن .
Subject, *v.* متابع كردن - اطاعت كردن - تسخير كردن - مضمون] تعريض كردن .
Subject, *s.* رعيت - فرمان بردار - (*of a discourse*) معني -
Subject, *a.* مطيع - تابع - معرض - متحمل .
Subjection, *s.* فرمان برداري - تابع داري - اطاعت .
Subjoin, *v.* الحاق كردن - افزودن - زياده كردن .
Subjugate, *v.* مغلوب كردن - زير كردن .
Subjunctive, *a.* شرطي - مضاف .
Sublime, *a.* بلند - رفيع - علي - عمده - بلندي .
Sublimity, *s.* بلندي - ارتفاع - علويت - بلند پرواز .
Sublunary, *a.* دنيوي - جهاني .
Submission, *s.* اطاعت - تواضع - فرمان برداري - عاجزي .
Submissive, *a.* فرمان بردار - مطيع - تابع دار - فروتن
Submit, *v.* اطاعت كردن - سر فرو نهادن - تابع شدن - راضي بودن - تسليم كردن .
Subordinate, *a.* مطابع - زير حكم ديگر .
Subordination, *s.* متابعت - محكوميت - زير حكمي .
Subscribe, *v.* نام نوشتن - (*write one's name*) دست خط نوشتن - (*to consent*) راضي شدن - قبول كردن .
Subscription, *s.* دست خط - امضا .
Subsequent, *a.* پس رو - موخر - آخير .

Subservient, *a.* معاون - مددگار - کارگر .
Subside, *v.* فرو نشستن - ته نشین شدن .
Subsidiary, *a.* معاون - مددگار - کارگر - خراج گذار .
Subsidy, *s.* معاونت - مدد - خراج - پیش کش - نعل بندي .
Subsist, *v.* هستن - پایدار شدن - زیستن - گذران کردن .
Subsistence, *s.* هستي - وجود - گذران - معاش - روزي .
Substance, *s.* چیز - جنس - جسم - ذات - (*essential part*) جوهر - مایه - اصل - نتیجه - (*means, wealth*) مال - اموال - اسباب - دولت - (*firmness*) قوت استواري .
Substantial, *a.* اصلي - جوهري - ذاتي - موجود - (*firm*) مضبوط - استوار - (*wealthy*) مالدار - دولتمند .
Substantiate, *v.* ثابت کردن - دلالت کردن - هستي دادن .
Substantive, *s.* اسم ذات - مبتدا - موصوف - Substantive and adjective, صفت واسم, ذات واسم - مبتدا و خبر .
Substitute, *s.* عوضي - جانشین - قایم مقام - بدلي .
Substitute, *v.* عوض کردن - بدل کردن - جا نشین کردن .
Substitution, *s.* تبدیل - وکالت .
Subterfuge, *s.* بهانه - حیله - روبه بازي .
Subterraneous, *a.* زیر زمین - زیر خاك .
Subtile, *a.* (*thin*) باریك - دقیق - تنك - (*artful*) زیرك - حیله باز - نکته دان .
Subtility, *s.* باریکي - دقت - زیرکي - نکته داني - فن و فریبي .
Subtle, *a.* زیرك - حیله باز .
Subtract, *v.* وضع کردن - مشنا کردن .

Subtraction, s. وضع - مشاجت - تغريض.

Suburbs, s. دامن شهر - پيرامن شهر - حوالي شهر.

Subversion, s. خرابي - پايمالي - انقلاب - زيرزبر بازي.

Subvert, v. سرنگون كردن - ته و بالا كردن - زير زبر كردن - ويران كردن - پايمال كردن.

Succeed, v. (follow in order) پس آمدن - پيروي كردن - قايم مقام شدن (to be successor) - پي درپي شدن To succeed alternately, كام ياب شدن (to prosper) - نوبت ساختن.

Success, s. كاميابي - بهره مندي - بركت - عاقبت.

Successful, a. كام ياب - بهره مند - بختيار - مبارك.

Succession, s. خلافت - مسلسل - (inheritance) ميراث.

Successive, a. متوالي - متعاقب - پي درپي.

Successively, ad. پي درپي - درمسلسل.

Successor, s. جاي نشين - قايم مقام - پي رو.

Succinct, a. مختصر - كوتاه - خورد.

Succour, s. مدد - ياري - معاونت - v. مدد دادن.

Such, a. همچو - همچنان - چنين - In such manner that, چنانچه - چنانكه - آنچنانكه - Such a one, فلان.

Suck, v. مكيدن - مصّ كردن.

Suckle, v. شير دادن - ارضع كردن.

Sudden, a. ناگهانه - يكايك - ناگه.

Suddenly, ad. ناگاه - ناگهان - يكايك.

Sue, v. (beg, entreat) نياز كردن - استدعا كردن - To

sue at law, دعوی ساختن - داد خواستن .
Suffer, *v.* شکیبائي کردن - صبر داشتن - To suffer loss, نقصان کشیدن - To suffer pain, رنج داشتن - To suffer misfortunes, بلا خوردن - To suffer punishment, عقوبت پذیرفتن - (*to allow*) اجازت دادن .
Sufferable, *a.* تحمل پذیر - برداشتني .
Sufferance, *s.* (*patience*) صبر - تحمل - (*toleration*) رخصت - اجازت - (*pain*) درد - رنج .
Sufferer, *s.* درد خور - آزار یاب - رخصت نما .
Suffice, *v.* بس شدن - کافي شدن - کفایت کردن - وافر شدن .
Sufficiency, *s.* کفایت - اکتفا - وفور - وجه گذران .
Sufficient, *s.* بس - کافي - وافي - لایق - قابل .
Suffocate, *v.* خفیدن - نفس گرفتن - تنگ نفس ساختن .
Suffocation, *s.* دم گرفتگي - حبس النفس .
Sugar, *s.* شکر - Sugar-cane, ني شکر . Sugar-candy, قند - مصري .
Suggest, *v.* اشاره کردن - (*advise*) نصیحت دادن - پند دادن .
Suggestion, *s.* اشاره - گوش گذاري - صلاح - پند .
Suicide, *s.* خود کشي - خود کش - قتل نفس - قاتل نفس .
Suit, *s.* (*regular order*) سلسله - (*retinue*) سواري - (*petition*) عرض - عرضداشت - درخواست - (*set*) سلسله اسباب . *v.* (*agree with*) شایستن - لایق شدن - (*to fit*) مناسب کردن - مزاوار کردن .
Suitable, *a.* شایسته - موافق - مناسب - مزاوار - لایق .

Suitor, *s.* داد خواه - مستدعي - طالب عورت - عاشق .
Sulky, Sullen, *a.* تيره ضمير - سيه درون - ناخوش .
Sully, *v.* آلوده كردن - آلودن - چركين كردن - عيب گفتن .
Sulphur, *s.* گوگرد - كبريت .
Sultry, *a.* بي هوا و گرم نهايت - سوزان - تابدار .
Sum, *s.* (*of money*) مبلغ - (*total*) جمع - جمله - همگي -
A principal sum, اصل - مايه - (*substance*) حاصل - نتيجه .
Sum, *v.* جمع كردن - حساب كردن - مجمل كردن .
Summary, *a.* مجمل - مختصر - اختصار - موجز .
Summer, *s.* گرما - تابستان - صيف - Summer-house, تابخانه .
Summit, *s.* سر - قلّه - راس .
Summon, *v.* طلب كردن - خواندن - دعوت كردن .
Summons, *s.* طلب نامه - دعوت .
Sumptuous, *a.* بيش قيمت - شاهانه - فاخره .
Sun, *s.* آفتاب - مهر - شمس - خورشيد . Sunbeam,
پرتو - شعاع آفتاب - Sundial, دايرهٔ هندي . Sunflower,
گل آفتاب - Sunrise, مطلع آفتاب - طلوع شمس -
Sunset, غروب آفتاب - Sunshine, شعاع آفتاب - تاب .
Sunday, *s.* يك شنبه .
Sundry, *a.* چند - بعضي .
Sup, *v.* جرعه جرعه خوردن - (*to eat supper*) عشا خوردن .
Superabundance, *s.* زيادتي - كثرت - افزولي .
Superannuated, *a.* سالخورده - خدمت رسيده .
Superb, *a.* عظيم - عالي شان - شاهانه - قيمتي - رواق دار .

Superficial, *a.* (*external*) صورت نما - ظاهر - (*trifling*) سبك سار - بي هوده - خام .
Superficies, *s.* رو - ظاهري - بيهودگي .
Superfine, *a.* بسيار باريك - نازكترين .
Superfluous, *a.* زايد - افزود - فضول - كثير .
Superintend, *v.* سربراهي كردن - سرداري كردن - مباشر كردن .
Superintendence, *s.* نگاهباني - سرداري - سربراهي .
Superintendent, *s.* نگاهبان - ناظر - سركار .
Superior, *a.* برتر - عالي - اوليتر - غالب .
Superiority, *s.* برتري - اوليت - پيش دستي .
Superlative, *a.* افضل - (*degree*) اسم مبالغه .
Supernatural, *a.* فوق العادت - فوق الانسانيت .
Superscription, *s.* سرنامهٔ خط - بالا نويسي .
Supersede, *v.* برطرف كردن - نسخ كردن - باطل كردن .
Superstition, *s.* دين باطل - ايمان باطل - وسواس .
Superstitious, *a.* اهل ايمان باطل - خيالي - وسواسي .
Supervision, *s.* (See Superintendent.)
Supper, *s.* عشا - شام .
Supplement, *s.* ضميمت - تتمّه .
Suppliant, *s.* آرزومند - نيازمند .
Supplicate, *v.* التماس كردن - استدعا كردن - نياز كردن .
Supplication, *s.* نياز - التماس - استدعا - منت - تضرع .
Supply, *v.* دادن - بخشيدن - مدد كردن - خبرگيري كردن .
Support, *v.* (*bear up*) برداشتن - (*endure*) برداشت كردن - (*prop*) تكيه كردن - پشتي دادن - (*to defend*) حمايت دادن.

Support, *s.* تکیه - پشتي - تقویت - پرورش - قوت .
Suppose, *v.* پنداشتن - قیاس کردن - خیال کردن - بي دلیل پذیرفتن - فهمیدن - دانستن .
Supposition, *s.* قیاس - خیال - فکر - اندیشه - پندار .
Suppress, *v.* (*subdue*) مغلوب کردن - فرو کردن - (*conceal*) پوشیدن - پنهان کردن - (*abolish*) باطل ساختن .
Supremacy, *s.* اولیت - سروري - سرداري - ریاست .
Supreme, *a.* برترین - عالي - صدر - مطلق - اکبر - اعظم .
Sure, *a.* (*undoubted*) یقین - ثابت - مقرر - (*safe*) مسلم - امین - (*firm*) قایم - برقرار .
Surety, *s.* ضامني - کفالت - ضامن - کفیل .
Surface, *s.* رو - وجه - صفحه .
Surfeit, *s.* سیري - شباعت - *v.* سیر کردن - اشباع کردن .
Surgeon, *s.* جرّاح - کرّا - حجام .
Surgery, *s.* جرّاحي - علم جروح .
Surname, *s.* لقب (*pl.* القاب) - خطاب - تخلّص .
Surpass, *v.* سبقت بودن - پیش دستي یافتن - غالب شدن .
Surplus, *s.* بیشي - افزوني .
Surprise, *s.* تعجب - حیراني - آشفتگي - مفاجاءت . *v.* (*astonish*) متعجب کردن - حیران کردن - (*come unexpectedly*) بي خبر رسیدن - (*perplex*) سرگردان کردن .
Surrender, *v.* تفویض کردن - تسلیم کردن - حواله کردن - ذمه کردن - *s.* سپرد - تفویض - تسلیم - اطاعت .
Surround, *v.* گرد کردن - احاطه کردن - محاصره کردن .

Survey, *v.* پیمودن - نظر کردن - نگاه کردن - دیدن .
Survive, *v.* باقي شدن - دیر زیستن - باز ماندن .
Survivor, *s.* پس مانده - پس زنده .
Susceptible, *a.* پذیر کننده - نرم‌دل - ملایم . [دادن .
Suspect, *v.* تهمت - وهم کردن - گمان بردن - شبهه داشتن
Suspend, *v.* (*hang up*) آویختن - (*interrupt*) قطع کردن - (*delay*) موقوف کردن - باز داشتن - To suspend (*from an office*) معزول کردن .
Suspense, *s.* شبهه - پس و پیش - تردد .
Suspension, *s.* معزولي - توقف - آویزش .
Suspicion, *s.* گمان آور - وهم - گمان - شك .
Suspicious, *a.* بد گمان - وهمي .
Sustain, *v.* پرورش کردن - برداشتن - برداشت کردن .
Sustenance, *s.* روزگار - روزي - خوراك - پرورش .
Swain, *s.* جوان - (*shepherd*) چوبان .
Swallow, *s.* خطّاف - کنجشك . *v.* تناول کردن - فرو بردن .
Swamp, *s.* ورطت - اجم - گلاب .
Swan, *s.* جوینته - چوچه .
Swarm, *s.* ازدحام - دبر - جمع زنبور عسل - *v.* جمع کردن .
Sway, *v.* حکومت کردن - مایل کردن - *s.* حکومت - مختاري .
Swear, *v.* موگند دادن - سوگند خوردن - قسم خوردن .
Sweat, *s.* عرق - خوي .
Sweep, *v.* رفع کردن - جاروب زدن - رفتن - روفتن .
Sweeper, *s.* جاروب کش - روبنده .

Sweet, *a.* شیرین - لذیذ - خوش - (*mild*) نرم - ملایم - (*not salt*) نا نمکین - (*not sour*) ناترش . Sweet-heart, معشوق - دلعزیز - دلبر - Sweetmeat, *s.* حلوا - مربه .
Sweeten, *v.* شیرین کردن .
Sweetly, *ad.* باشیرینی - خوشانه .
Sweetness, *s.* شیرینی - ملایمت .
Swell, *s.* موج - لهر - ورم - *v.* آماسیدن - (*with pride*) پرغرور شدن - (*with rage*) قهر گرفتن - (*with wind*) پر باد کردن .
Swelling, *s.* آماس - ورم .
Swift, *a.* جلد - تیز - تند - تیز قدم - چالاك - زود .
Swiftness, *s.* جلدی - تیزی - تیز روی - تندی - شتابی .
Swim, *v.* شنا کردن - شناوری کردن - Swimmer, شناور .
Swine, *s.* خوك - خنزیر .
Swing, *s.* باد پیچ - جانبازی - چنچول - *v.* بچنچول جهیدن .
Swoon, *s.* غشی - بی هوشی - *v.* بی هوش شدن .
Sword, *s.* شمشیر - تیغ - سیف .
Sycophant, *s.* خوشامدی صاحب - چاپلوس .
Syllable, *s.* هجه - هجا .
Sylvan, *a.* جنگلی - دشتی - کوهستانی .
Symbol, *s.* نشان - علامت - شعار - نمونه .
Sympathize, *v.* همطبع و همحس شدن .
Sympathy, *s.* هم دردی - هم طبعی - رقت - شفقت .
Symptom, *s.* نشان - علامت - اثر .

Synonymous, *a.* لفظ هم (*word*) - يك معني - هم معني - كلمه هم معني - معني -
Synopsis, *s.* مجمل - مختصر .
Syntax, *s.* النحو - علم نحو .
Syringe, *s.* حقنه - *v.* حقنه زدن .
System, *s.* نظام - رسم - قاعده - قانون .
Systematical, *a.* رسمي - دستوري - قياسي - قانوني .

T.

Table, *s.* (*with legs*) ميز - (*any flat surface*) تخته - A table of contents, فهرست - A table of accounts, صورت دفتر - (*tray*) خوان .
Table-cloth, *s.* سفره - دستر خوان .
Tablet, *s.* لوح - تختي .
Tacit, *a.* ساكت .
Taciturnity, *s.* خاموشي - سكوت .
Tackle, *s.* جهاز - ريسمان - سرانجام - اسباب .
Tactics, *s.* فن جنگ - صف آراي - علم آرايش لشكر .
Tail, *s.* دم - دنبال .
Tailor, *s.* درزي - خياط - جامه دوز . [سرايت .
Taint, *v.* آلوده كردن - بوسيده كردن - *s.* بوسيدگي -
Take, *v.* شدن - ربودن - گرفتن - (*accept*) قبول كردن - (*comprehend*) فهميدن - دريافتن - To take away

(*deprive of*) عدم ساختن - (*to remove*) دفع کردن - خبرداري کردن - تيمار داشتن - برداشتن - To take care, مباشرت کردن (*to superintend*) - کوشش نمودن (*beware*) To take from, غيبت کردن - To take down (*humble*) سرفرو کردن - (*to swallow*) فرو بردن - (*from a higher place*) زير کردن - To take in, احاطه کردن - (*admit*) دخول کردن - (*receive*) پزيرفتن - To take oath, سوگند خوردن - To take off, بي قوت کردن - (*to remove*) دفع کردن - (*withhold*) بازداشتن - (*swallow*) فرو بردن - (*purchase*) خريدن - (*copy*) نقل کردن - To take out, برآوردن - To take part, حصه دار شدن - To take place, واقع شدن - To take up, استعادت کردن - (*arrest*) گرفتار کردن - (*lift*) برداشتن - (*occupy*) داخل شدن - To take upon, دعوي کردن - To take up with, راضي شدن - (*to lodge with*) نزل کردن - To take by the hand, دست گرفتن - To take with, خاطر نواختن - To take prisoner, اسير کردن - To take vengeance, انتقام گرفتن - Take care! خبردار - دور باش .

Tale, *s.* قصه - داستان - حکايت - حساب .

Tale-bearer, *s.* چغل خور - غماز .

Talent, *s.* عقل - قدرت - قابليت - ادراک - جوهر .

Talk, *v.* گفتن - گفتگو کردن - خطاب کردن - *s.* گفتگو .

Talkative, *a.* بسيار گو - سخن ران .

Talker, *s.* گوینده - قایل - سخن‌ران .
Tall, *a.* بلندبالا - بلند - طویل .
Tallness, *s.* بلندي - بالا - بلند اندامي .
Tallow, *s.* پیه - چرب - شحم .
Tally, *v.* موافقت داشتن - موافق شدن - *s.* قطعه موافق.
Talon, *s.* ناخن - چنگ - چنگال - پنجه .
Tamarind, *s.* طمر هندي .
Tame, *a.* پرورده - تابع - حلیم - خانگي - دست آموز - *v.* دست آموز کردن - تابع کردن .
Tamper, *v.* کارسازي کردن - فضولي شدن .
Tangible, *a.* لمس پزیر - لمس ممکن .
Tank, *s.* تالاب - حوض - آبدان - آبگیر .
Tanner, *s.* دبّاغ - پیراه .
Tap, *v.* مسبك زدن - ضرب مسبك - نقب کردن - *s.* ضرب مسبك .
Tape, *s.* قور - نوار .
Tar, *s.* قار سیّال - قطران .
Tardy, *a.* سست - کاهل - دیر - درنگ .
Target, *s.* سپر .
Tarnish, *v.* آلوده کردن - بي جلا کردن .
Tartar, *s.* (*of wine*) درد شراب - (*people*) تاتار - ترك .
Task, *s.* کاروبار - عمل - شغل - وظیفه - (*lesson*) درس.
Task, *v.* مقرر کردن - کاروبار فرمودن .
Taste, *v.* مزه گرفتن - لذت گرفتن - دریافت کردن - بادل پسندي.
Taste, *s.* ذوق - لذت - مزه - ذایق - چاشني

Taunt, *v.* طنز کردن - طعنه زدن - سرزنش زدن - *s.* طعنه -
سرزنش - ملامت گو .

Tautology, *s.* گفتن به تکرار - تکرير سخن .

Tavern, *s.* شراب خانه - خرابات - مي خانه .

Tawny, *a.* گندم رنگ - گندم گون .

Tax, *s.* خراج - باج - محصول - *v.* خراج نهادن - باج نهادن .

Taxation, *s.* خراج بندي - طلب باج .

Tea, *s.* چا - چاي - A tea-pot, چاي دان .

Teach, *v.* آموختن - تعليم کردن - تربيت کردن - فهمانيدن .

Teacher, *s.* استاد - معلّم - مدرس . [آب ديده .

Tear, *v.* دريدن - چاک کردن - خراش کردن - *s.* اشک -

Tease, *v.* تصديع دادن - آزار دادن .

Tedious, *a.* دراز - طويل - دير رو - سست - بيزار آور .

Teem, *v.* حامله شدن - زادن - پيدا کردن - معمور شدن .

Telescope, *s.* دوربين .

Tell, *v.* گفتن - بيان کردن - خبر دادن - شمار کردن .

Tell-tale, *s.* چغل خور - غماز .

Temper, *s.* (*disposition*) مزاج - طبيعت - خو - خصلت -
(*calmness*) ملايمت - صبر - (*moderation*) اعتدال -
v. معتدل کردن - موافق کردن - نرم کردن .

Temperance, *s.* اعتدال - پرهيزگاري - رياضت .

Temperate, *a.* (*moderate*) معتدل - (*abstemious*) پرهيزگار -
(*calm*) ملايم .

Temperature, *s.* اعتدال - فتورت .

Tempest, *s.* آشوب - باد سخت - طوفان.
Tempestuous, *a.* شدید - تیز و تند - طوفاني.
Temple, *s.* عبادت گاه - مسجد - معبد - (*idol*) بتخانه - (*fire*) آتشکده.
Temporal, *a.* روزگاري - فاني - دنیوي - زماني.
Temporary, *a.* نادایمي - چندروزه - عارضي.
Tempt, *v.* آزمایش - اغوا کردن - ترغیب کردن - برغلانیدن - امتحان گرفتن - کردن.
Temptation, *s.* آزمایش - وسواس - طمع - ترغیب - اغوا.
Tempter, *s.* اغوا کننده - ترغیب دهنده.
Ten, *a.* ده - (*fold*) ده‌گونه - ده‌چند.
Tenable, *a.* قابل التصرف - ثابت.
Tenacious, *a.* خودراي - طمع‌کار - تنگ دست - سخت‌گیرنده.
Tenacity, *s.* سخت‌گیري.
Tenant, *s.* اسامي - اجاره دار - کرایه دار.
Tend, *v.* متوجه شدن - مایل شدن - نگاه‌باني کردن.
Tendency, *s.* مطلب - مقصد - رجوع - رغبت - میل - گروتازه - مراد.
Tender, *a.* دردمند - شفیق - نازهین - نازك - ملایم - نرم.
Tenderness, *s.* رقت - نرم‌دلي - نزاکت - ملایمت - نرمي.
Tendon, *s.* عصب - پي.
Tenet, *s.* طریقه - آئین - مثله.
Tenour, *s.* معني - سلوك - مسلك - طریق.
Tense, *s.* (*in grammar*) زمان - صیغه.
Tent, *s.* خرگاه - خیمه.

Tenth, *a.* دهم - *s.* دهم حصه .
Tenuity, *s.* رقت - تنگي .
Tepid, *a.* شير گرم - گونگونه .
Term, *s.* (*limited space of time*) حدّ - مدّت - وقت - (*name*) لفظ - عبارت - اصطلاح - (*condition*) شرط - عهد - قول.
Termagant, *s.* عورت، زباندراز .
Terminal, *a.* حدي - تمامي - آخر .
Terminate, *v.* (*bound*) حدّ كردن - (*conclude*) تمام كردن - (*to have an end*) تمام شدن - آخر كردن .
Termination, *s.* حدّ - سرحد - آخر - انجام - تمامي - نتيجه - عاقبت .
Terrace, *s.* بام - مسقف .
Terrestrial, *a.* عرضي - زميني - دنيوي .
Terrible, *a.* هولناك - دهشت انگير - موهوب - مهيب .
Terrify, *v.* دهشت دادن - ترسانيدن - تخويف كردن .
Territory, *s.* ملك - زمين - ديار - كشور .
Terror, *s.* ترس - هول - دهشت - وهشت - خوف - هيبت .
Tertian, *s.* تب نوبت - تب غب .
Test, *s.* (*trial*) آزمايش - امتحان - عيار - *v.* آزمودن - تفتيش ساختن .
Testament, *s.* وصيت نامه - (old) توريت - (new) انجيل - To make a testament, وصيت كردن .
Testator, *s.* موصي - وصيت كننده .
Tester, *s.* (*cover or top of a bed*) سايبان، خابگاه .

Testify, *v.* شهادت کردن - گواهي دادن .
Testimonial, *s.* شهادت نامه .
Testimony, *s.* شهادت - گواهي .
Tête-à-tête, *s.* روبرو - مقابل .
Tether, *s.* پاي بند - *v.* پا بستن .
Tetrarch, *s.* بادشاه .
Text, *s.* اصل - متن - An exposition of a text, [شرح .
Texture, *s.* بافتگي - Of a thin texture, باريك - نسج .
Than, *conj.* از - ز .
Thank, *v.* شکر کردن - ستايش کردن - سپاس گذاشتن .
Thankful, *a.* شکرگذار - حق شناس .
Thanks, *s.* شکر نعمت - حق شناسي - Thanksgiving, [ذکر خدا .
That, *pron.* (*demons.*) آن - (*relat.*) که - So that, تاکه - Because that, براي آنکه - That is to say, يعني .
Thatch, *s.* کاه - *v.* با کاهبن پوشيدن - A thatched house, ماغ .
The, *art.* ال .
Theatre, *s.* تماشاگاه - نقل خانه - Theatrical, منسوب منظر .
Thee, *pron.* ترا - انت .
Theft, *s.* دوزدي - سرقه .
Their, *pron.* ايشان - شان - Them, ايشانرا .
Theme, *s.* مصدر - حقيقت - احوال .
Themselves, *pron.* ايشان خود .
Then, *ad.* (*at that time*) آن وقت - (*after that*) پس از آن . Now and then, گاه گاه .

Thence, *ad.* (*from that place*) از آن جا - (*from that time*) از آن وقت - (*from that reason*) از آن سبب .
Thenceforth, thenceforward, *ad.* ازان وقت .
Theologian, theologist, *s.* عارف - مصاحب علم الهي .
Theology, *s.* علم خدا - علم الهي .
Theory, *s.* قياس - خيال .
There, *ad.* آنجا .
Thereabout, *ad.* نزديك آن - تقريبا" .
Therefore, *ad.* از آن سبب - بنابرين .
They, *pron.* اوشان - شان - ايشان .
Thick, *a.* گنده - غليظ - عظيم .
Thicken, *v.* غليظ كردن - (*to condense*) افسردن - جمود ساختن - (*to make close*) تنگ كردن .
Thicket, *s.* جنگل - بيشه .
Thickness, *s.* گندگي - عظمت - تنگي .
Thief, *s.* دزد - An infamous thief, دزد بي‌مزد .
Thigh, *s.* ران - سرين .
Thimble, *s.* انگشتانه - انگشتوانه .
Thin, *a.* باريك - لاغر - آبدار - كم‌عدد . *v.* (*make thin*) نازك يا باريك كردن - (*make liquid*) گداختن .
Thing, *s.* چيز - شي .
Think, *v.* خيال كردن - قياس كردن - انديشيدن - پنداشتن .
Thinness, *s.* باريكي - تنگي - آبداري .
Third, *a.* سيوم - A third, سه يك .

Thirst, *s.* تشنگي - عطش - To quench thirst, تشنگي داشتن - تشنه شدن - فرو نشاندن .
Thirsty, *a.* تشنه - عطش - Blood-thirsty, خونخور .
Thirteen, *a.* سيزده - Thirteenth, سيزدهم .
Thirty, *a.* سي - Thirtieth, سيم .
This, *pron.* اين - (*in comp.*) ام .
Thistle, *s.* اشترخار - خس .
Thither, *ad.* بسوي آن - بانجا - آنسو .
Thorn, *s.* خار - خس - خرچنگ .
Thorny, *a.* خاردار - پرخس - خار آوار .
Thorough, *a.* سراسر - تمام - Thoroughfare, گذرگاه .
Thou, *pron.* تو (*pl.* شما).
Though, *conj.* اگرچه - گرچه - ورچه - As though, چنانکه .
Thought, *s.* انديشه - قياس - تامل - گمان .
Thoughtful, *a.* انديشمند - فكرمند - متامل - دور پندار .
Thoughtless, *a.* بي انديشه - بي فكر - غافل - بي فكر .
Thousand, *a.* هزار - A thousand-fold, هزار بار .
Thraldom, *s.* غلامگيري .
Thrash, *v.* كوفتن - كوبيدن - زدن - To thrash corn, مندوس كردن - A thrashing floor, خرمن گاه .
Thread, *s.* رشته - خيط - A gold thread, زرمان - A thread of silk, رشته ابريشم - A cotton thread, رشته پنبه - To spin thread, كفن ساختن - تافتن - ريستن - To thread a needle, رشته در سوراخ سوزن نهادن .

Threaten, *v.* تهدید کردن - ترسانیدن - توقم کردن .

Threatening, *ppr.* تهدید کنان - مخوف - A threatening answer, جواب تهدید آمیز - Threatening letters, مکتوب, تهدید .

Three, *a.* سه - To make three, مثلث کردن - Threefold, سه چند - Three score, شصت - A stool with three feet, سه پای .

Threshold, *s.* آستانه - آستان - درگاه .

Thrice, *ad.* سه بار - سه دفع .

Thrifty, *a.* کم خرج - کفایتی - نا مسرف .

Thrill, *v.* سفتن .

Thrive, *v.* (*as a plant*) تروتازه شدن - (*to prosper*) [ترقی یافتن .

Throat, *s.* گلو - حلق – (*the wind pipe*) نای گلو - To cut the throat, گلو بریدن - (*of animals*) ذبح کردن - A cut-throat, رهزن .

Throne, *s.* تخت - مسند (*pl.* مساند)- A royal throne, مسند, سلطان - The glorious throne, تخت عزت - The ornament of the throne, اورنك زیب - Sitting on a throne (*reigning*), تخت نشین -To abdicate a throne, ترك, خلافت کردن -To depose from a throne, تخت معزدل کردن .

Throng, *s.* طایفه – گروه - *v.* جمع کردن .

Through, *prep. ad.* (*from side to side*) از طرف به - طرف - (*by means of*) از - به - To pass through, گذشتن -To pass through a river, عبور دریا کردن.

Throughout, *pr. ad.* سرا سر - اول تا آخر - از سر تا پا.
Throw, *v.* انداختن - افگندن - To cause to throw, اندازانیدن - To throw away, برانداختن - To throw down, سرنگون کردن - زیر افگندن - To throw out, عقب گذاشتن - To throw up, گذاشتن - To throw into prison, در زندان کردن - *s.* انداختگي - A throw at dice, قمار بازي .
Thrust, *v.* (*with a sword*) تیغ گذار ساختن - To thrust oneself in, بزور دخل کردن - *s.* هجوم - ضرب - حمله .
Thumb, *s.* انگشت نر - ابهام - A thumb-ring, انگشتران.
Thump, *s.* ضرب - *v.* مشت زدن - کوفتن .
Thunder, *s.* زمزم - رعد - *v.* تندیدن - غریدن - Thunder-bolt, صاعقه - Thunderstruck, حیرت زده.
Thursday, *s.* پنجشنبه .
Thus, *ad.* چنین - همچنین - این طور - بدین وجه .
Thwart, *v.* مزاهم شدن - مخالف شدن - تعارض کردن .
Thy, *pron.* تو - (*In compos.* ت) - Thyself, توخود.
Ticket, *s.* دستك - دستاویز - علامت .
Tickle, *v.* پچنگال نواختن - بریدن - To tickle the fancy, دلاویز کردن - خاطر نواختن .
Tide, *s.* مدّ - Ebb tide, جزر - Flood tide, مدّ .
Tidings, *s.* خبر (*pl.* اخبار) - Joyful tidings, مژده .
Tie, *v.* بستن - بندیدن - (*to constrain*) قید کردن - (*to restrain*) بازداشتن - *s.* (*knot*) گره - (*bond*) سربسته .
Tiffin, *s.* چاشته دوپهر.

Tiger, *s.* پلنگ - شیر - Tigress, پلنگ ماده .
Tight, *a.* تنگ - سخت .
Tighten, *v.* تنگ کردن - مستحکم کردن - سخت کشیدن .
Tightness, *s.* استواري - تنگي - چستي .
Tile, *s.* مفال - خزف - Tiler, سفالگر .
Till, *con.* تا - تاکه - Till when? تاکي - Till now, تاهنوز .
Till, *v.* زراعت کردن - کاشتن - کشتکاري کردن .
Tillage, *s.* زراعت - کشتکاري .
Timber, *s.* چوب - هیزم - A timber-worm, چوب خوار .
Time, *s.* وقت - گاه - زمان - Present time, وقت حال -
Past time, وقت گذشته - Future time, مستقبل -
Future times, former times, ایام ملف - Seed time,
موسم کشت - Out of time, بي هنگام - At all times,
هر زمان - Lifetime, حین حیات - Appointed time, اجل -
Convenient time, فرصت - *v.* فرصت شمردن - مهل یافتن .
Timely, *a.* بر وقت .
Timid, *a.* ترسان - ترسناك - سهمگین .
Timidity, *s.* خوف - بیم .
Tin, *s.* قلعي - رصاص - *v.* قلعي کردن - Tin-man, قلعیگر.
Tincture, *s.* رنگ - گون - A chemical tincture, کیمیا .
Tinge, *v.* رنگ دادن - رنگین کردن - لون کردن .
Tinsel, *s.* زر ناقص - (*any showy thing*) رونق صورتنما .
Tint, *s.* رنگ - گون .
Tip, *v.* بر نوك نهادن - *s.* سر - نوك .
Tipple, *v.* شراب آشامیدن - نوشیدن - Tippler, باده پرست .

Tipsy, *a.* مست - شراب خورده - سرگران.
Tire, *s.* صف - سلسله - (*head dress*) آرایش سر - *v.* عاجز شدن - مانده کردن.
Tiresome, *a.* آزار رسان - مانده کنان.
Tissue, *s.* زر بفت - زر دوزي - *v.* زر بفتي كردن.
Tithe, *s.* ده يك - Legal tithes, اعشار شرعيت.
Title, *s.* خطاب - لقب - Title-page, سرنامه - (*a claim of right*) حق - دعوي - *v.* لقب دادن - To title a book, تعنيت كردن - سرنامه نوشتن.
To, *pr.* به - (*in compos.*) ب - (*often before a vowel*) بد. To him, اورا - To-day, امروز - To-night, امشب - Face to face, روبرو - To that, بان - بدآن.
Toad, *s.* غوك زهردار.
Toast, *v.* برشتن - بريان كردن - To toast the health of a friend, دوستكام ناميدن.
Tobacco, *s.* تنباكو - Tobacco-pipe, حقه - Tobacco-[nist, تنباكو فروش.
Toe, *s.* انگشت پا - The great toe, انگشت نر - The toe of a boot, منقار.
Together, *ad.* باهم - برهم - Lying together, هم بستر - Born together, همزاد - Sitting together at table, همسفره - To mix together, برهم زدن - Together with, با - مع.
Toil, *s.* محنت - كوشش - *v.* محنت كشيدن - Toils, [كمند - دام.
Toilsome, *a.* محنت طلب - آزار رسان - العاب آور.

Token, *s.* اشاره - نشان - A token of friendship, يادگار .
Tolerable, *a.* برداشتني - تحمل پذير - قابل تحمل .
Tolerate, *v.* روا داشتن - اجازت دادن - جايز داشتن .
Toleration, *s.* اجازت - تحمّل .
Toll, *s.* محصول - Toll paid for guarding the roads, راهداري - Toll for passing a river, باج عبور - Toll-gatherer, تحصيلدار - To toll a bell, جرس نواختن .
Tomb, *s.* قبر - مشودان - گور - Tombstone, تخته قبر .
To-morrow, *s.* فردا .
Tone, *s.* آواز - صدا - نوا - آهنگ - نغمه - عشاق .
Tongs, *s.* دستپناه .
Tongue, *s.* زبان - لسان - Mother-tongue, لغت - Tongue-tied, گرفته زبان - To hold the tongue, خاموش شدن - The tongue of a balance, زبان ترازو .
Too, *ad.* نيز - هم - Too much, زايد .
Tool, *s.* آلت (*pl.* آلات).
Tooth, *s.* دندان - A canine tooth, دندان سگ - A back tooth, دندان اسيا - To draw teeth, دندان بركندن - To gnaw with the teeth, دنديدن - To cast in the teeth, سرزنش گفتن - To cast one's words in his teeth, سخن كشير باز انداختن - *v.* با دندان آراستن .
Toothache, *s.* درد دندان - Tooth-brush, برش براي صاف كردن دندان - Tooth-pick, خلال .

Top, *s.* قله - بالا - سر - راس - The top or crown of the head, افسر سر - The top of a mountain, قله کوه - From top to bottom, از سر تا پا - Top-heavy, گران سر - Topmost, بلندترین - *v.* (*be eminent*) سرافراز شدن - اشرف گشتن - (*to cover on the top*) سرپوش کردن.

Topaz, *s.* زبرجد - طوپاز.

Topic, *s.* مضمون - موضوع - مدعا.

Topography, *s.* تخطیط البلاد.

Topographer, *s.* تخطیط البلاد کننده.

Topsy-turvy, *a.* زیر و زبر - سرنگون.

Torch, *s.* مشعل - Torch-bearer, مشعلچی. [بلا کردن].

Torment, *s.* عذاب - درد - رنج - *v.* جفا ساختن -

Torpedo, *s.* (*fish*) رعاد - (*machine*) آلت.

Torpid, *a.* بی حرکت - بی جنبش - بی حس.

Torrent, *s.* سیلاب - Torrent of blood, سیل خون.

Torrid, *a.* بسیار گرم - سوزان - Torrid Zone, منطقهٔ محروقه.

Tortoise, *s.* سنگ پشت.

Torture, *s.* عذاب - شکنجه - *v.* شکنجه دادن - تعذیب کردن.

Toss, *v.* انداختن - رمی کردن - To toss up the nose, زم کردن - (*to be agitated*) مضطرب کردن.

Total, *a.* کل - تمام - جمع - *s.* جمله - تمامی.

Totally, *ad.* تماماً - جملة - بالجمله - بالکل.

Touch, *v.* لمس ساختن - (*affect the heart*) دلاویز کردن - To touch a musical instrument, نواختن - To touch up, مرمت کردن - To touch at, نزل کردن - To touch upon, ذکر مبلك کردن .

Touchstone, *s.* سنگ, عیار .

Touchy, *a.* تنگ مزاج - آتش مزاج .

Tough, *a.* (*not brittle*) ناهشیم - (*stiff*) نا ذابل - (*difficult to be chewed*) پیچاك - (*viscous*) چرب .

Tour, *v.* سیر - گشت و گذار - دور .

Towards, *ad.* سو - بسوي - بجانب .

Towel, *s.* رومال - دست مال - دستارچه .

Tower, *s.* مناره - برج - The tower at chess, رخ - The tower of Babel, منار نمرود - The niched battlement of a tower, کنگره.

Town, *s.* قصبه - شهر - بلد - Town-hall, محکمت .

Townsman, *s.* شهري - ماکن, شهر . [فروش .

Toy, *s.* بازیچه - لعبت - Toys, خرد مرد - Toy-man, بازیچه

Toy, *v.* عشق بازي کردن - نازیدن .

Trace, *s.* نشان - علامت - سراغ - آثار .

Trace, *v.* رسم کردن - تاثیر کردن - تفتیش کردن .

Track, *s.* راه - نشان - طریق - سبیل .

Tract, *s.* دیار - ناحیت - (*a treatise*) رساله .

Tractable, *a.* دست آموز - حکم پذیر - فرمان بردار .

Trade, *s.* تجارت - داد و ستد - کاربار - کسب - پیشه .

Trade, *v.* تجارت کردن - سوداگري کردن - خرید فروخت کردن .

Trader, *s.* سوداگر - تاجر (*pl.* تجار) - بازرگان .

Tradition, s. نقل - خبر - روايت .

Traduce, v. بدنامي دادن - بهتان گفتن - تهمت نهادن .

Traffic, s. جنس - مال - خريد و فروخت .

Tragedy, a. آفت - مصيبت - طراگيديا .

Trail, v. دير كشيده بودن - جرّ كردن - كشيدن .

Train, v. تعليم كردن - تربيت كردن - پروردن .

Train, s. (stratagem) دغا - فريب - (the tail of a gown) دامن - (series) قطار - سلك - (followers) خدم و حشم - سواري .

Trained, pp. مرّبي - دست آموز - پرورده .

Traitor, s. حرامزاده - كافر - غدار - خاين .

Trample, v. سپردن - پايمال كردن .

Tranquil, a. با راحت - آرميده - آسوده .

Tranquillity, s. آسودگي - راحت - آرامش - آسايش - اطمينان, خاطر [پرداختن] .

Transact, v. معامله كردن - كار گذاري كردن - جاري كردن .

Transaction, s. قول - امر - كاربار - معامله .

Transcend, v. سبقت كردن - ازحد گذشتن - گذشتن .

Transcendent, a. فايق - فاضل - افضل .

Transcribe, v. نسخ كردن - نقل كردن .

Transcript, s. نسخه - نقل .

Transfer, v. ازجاي بجاي دگر بردن - نقل بردن - تسليم كردن - از كسي بكسي ديگر رسانيدن .

Transference, s. منقول - نقل .

Transformation, s. تغير شكل - تبديل, صورت .

Transgress, *v.* تعدي كردن - بغي ساختن - ازحد بيرون رفتن.
Transgression, *s.* تجوّز - تعدي - خطا - سهو .
Transgressor, *s.* متعدي - باغي - خطا كننده .
Transient, Transitory, *a.* زود روان - فاني - ناپايدار .
Transitive, *a.* (*verb*) فعل متعدي .
Translate, *v.* ترجمه كردن - نقل كردن .
Translation, *s.* ترجمه - نقل .
Translator, *s.* ترجمان - مترجم .
Transmigration, *s.* نقل مكان - تبديل مقام .
Transmit, *v.* از جابجا فرستادن - ارسال كردن - نقل كردن .
Transparent, *a.* شفاف - صاف .
Transpire, *v.* آشكاره گشتن - كشاده گرديدن .
Transplant, *v.* نقل كردن - ديگربار نشاندن - باز آجستن .
Transport, *v.* از جابجا بردن - نقل كردن - (*to delight*) دلشاد كردن - بسيار خوش كردن .
Transport, *s.* دلخوشي - دلشادي - بي هوشي .
Transportation, *s.* نقل - بار برداري - بار كشي .
Transpose, *v.* تبديل ساختن - يك بجاي ديگر نهادن - تحريف كردن .
Transverse, *a.* معترض - از گوشه بگوشه .
Trap, *s.* دام - شبيكه - *v.* در دام گرفتن .
Trappings, *s.* جلال - رخت .
Trash, *s.* خردوات - خرد مرد - درد' .
Travail, *v.* حمل كردن - آبستن - در وضع حمل *s.* درد, وضع حمل.
Travel, *v.* سفر كردن - مسافرت كردن - سياحت كردن -

To travel on foot, پیاده رفتن - To travel on horseback, سوار رفتن - To travel in company, همراه مسافري کردن .

Travel, Travelling, *s.* سفر - مسافرت - سیاحت - سیر .

Traveller, *s.* مسافر - سیاح - راهرو - ابن سبیل .

Traverse, *v.* از طرف بطرف نهادن - (*oppose*) ردّ کردن - مخالفت نمودن - (*survey*) نظر کردن - (*wander*) گشت و گذار کردن .

Tray, *s.* خوان - خوانچه .

Treacherous, *a.* خاین - غدار - بي ایمان - بي وفا .

Treacherously, *ad.* باخیانت - بلا وفا .

Treachery, *s.* خیانت - غدر - بي وفاي .

Treacle, *s.* طریاق .

Tread, *v.* پا نهادن - پا زدن - رفتن - To tread under foot, پایمال کردن .

Treason, *s.* خیانت - غدر - نمك حرامي .

Treasure, *s.* خزانه - خزینه - گنج - *v.* خزینه کردن - انبار کردن .

Treasurer, *s.* خزانه دار - خزانچي - تحویلدار .

Treasury, *s.* خزانه - خزینه .

Treat, *v.* (*negociate*) معامله کردن - (*manage*) مباشرت کردن - (*give an entertainment*) ضیافت دادن - (*to discourse on*) جواب سوال کردن - To treat well, خوب سلوك کردن - نواختن . *s.* ضیافت - بزم .

Treatise, *s.* رساله - مقاله - نسخه .

Treatment, *s.* معامله - سلوك - نوازش .

Treaty, *s.* عهد و پیمان - معامله - قول قرار - A treaty of peace, عقد صلح و صلاح .

Treble, *a.* *(threefold)* سه تا - سه چند -*(sharp of sound)* تیز صدا - *v.* سه چند کردن - سه چند گشتن .

Tree, *s.* درخت - شجر (*pl.* اشجار).

Trellis, *s.* شباکت - چیز مشبك .

Tremble, *v.* لرزیدن - تپیدن - Trembling, لرزان - لرزش .

Tremendous, *a.* هیبت ناك - هولناك - خطرناك .

Tremor, *s.* بیم - خوف - دهشت .

Trench, *s.* کنده - خندق - *v.* کنده کاویدن .

Trepidation, *s.* خوف - لرزه .

Trespass, *v.* [See Transgress.]

Trial, *s.* *(experiment)* آزمایش - امتحان - *(endeavour)* کوشش - *(temptation)* آزمایش - *(judicial examination)* تحقیق - تجویز .

Triangle, *s.* سه گوشه - مثلث - Triangular, سه گوشه دار .

Tribe, *s.* قوم - طایفه - ذات - *(family)* قبیله .

Tribulation, *s.* آزار - اضطراب .

Tribunal, *s.* دارالقضا - دیوان - بارگاه - دیوانخانه .

Tributary, *a.* خراج گذار - باج گذار .

Tribute, *s.* خراج - باج - ساو .

Trick, *s.* حیله - حیله بازي - بهانه - مکر - فریب - فن - عادت .

Trick, *v.* حیله باختن - مکر کردن .

Trickle, *v.* ریزان شدن - چکیدن - قطره قطره افتادن .

Triennial, *a.* هرسه سال - سه ساله .

Trier, *s.* آزماينده - مجرّب .
Trifle, *s.* ناچيز - هرزه - عبث - *v.* هرزه گفتن - بي مناسب كار ماختن .
Trifling, *a.* (*unimportant*) بي اعتبار - غير مهم - (*without meaning*) بيهوده - بيمعني .
Trilateral, *a.* سه جانب - سه طرف .
Trim, *v.* آراستن - پيراستن - (*shave*) تراشيدن - *s.* آرايش - زينت] .
Trimming, *s.* طراز - علم - نقش .
Trinity, *s.* تثليث .
Trip, *v.* (*stumble*) سقوط كردن - (*fail*) سهو كردن - (*throw one down*) مصارعت كردن .
Trip, *s.* سقوط - سهو - صرعت - (*short journey*) سفر نا دراز .
Triple, *a.* سه چند - سه طاق - *v.* سه چند كردن .
Triplicate, *s.* از سه يك - *a.* ستو كرده شده .
Tripod, *s.* سه پا - سه پايه .
Trite, *a.* قديم - مشهور - كهن .
Triumph, *s.* ظفر - غلبه - فتح - پيروزي - *v.* مظفر شدن - غالب شدن - (*rejoice*) شادكامي كردن .
Triumphant, *a.* مظفر - منصور - پيروز - شادكام .
Trivial, *a.* سبك - بي قدر - بي اعتبار - حقير .
Troop, *s.* گروه - طايفه - جماعت - (*troops*) فوج (*pl.* افواج) - *v.* تيزرو شدن .
Trooper, *s.* سوار - بارگير .
Trophy, *s.* غنيمت .

Tropic, *a.* (*of Cancer*) دايره راس السرطان - (*of Capricorn*) دايره راس الجداي .

Trot, *v.* تيز گام رفتن - مكسّك كردن . جفا كردن]

Trouble, *v.* آزار دادن - اضطراب كردن - تصديع دادن -

Trouble, *s.* آزار - تصديع - اضطراب - رنج - درد - ايذا - محنت . جان آزار] .

Troublesome, *a.* آزار رسان - اضطراب آور - دلآزار -

Trough, *s.* ناو - ناوژه .

Trousers, *s.* پايجامه - ازار - سروال .

Truant, *s.* آواره - هرزه گرد - *a.* آواره - كاهل .

Truce, *s.* توقف جنگ - مهلت .

Truckle, *v.* فرمان بردار شدن - سرفرو نمودن .

Trudge, *v.* فيل آسا رفتن - گران سير شدن .

True, *a.* درست - راست - صادق - يقين - حق -
Not true, نا راست - نا درست - True intelligence, خبر صحيح - خبر راست - True-hearted, وفادار .

Truly, *ad.* بدرستي - براستي - في الحقيقت - تحقيقا - يقينا .

Trumpet, *s.* نفير - قرناي - خم .

Trunk, *s.* (*of a tree*) تنه - جدع - (*of an elephant*) خرطوم - (*for clothes*) صندوق .

Trust, *s.* (*confidence*) اعتقاد - اعتبار - اعتماد - (*charge*) سپرد - ذمه - حواله - (*a deposit*) امانت - (*credit in money matters*) قرض - وام - *v.* اعتقاد بردن - باور كردن - بنسيه فروختن - امانت داشتن .

Trustee, *s.* صاحب, وضيع - امين - امانت دار .

Truth, *s.* راستي - درمتي - صدق - In truth, يقيناً .

Try, *v.* (*make an experiment*) امتحان كردن - آزمايش كردن -
  تفتيش كردن - تجويز كردن (*investigate*) - كوشش كردن .

Tube, *s.* ني - ناي - لوله .

Tuesday, *s.* سه شنبه - يوم الثلاثا .

Tuft, *s.* طرح - (*of feathers*) سرقوج .

Tug, *v.* بزوركشيدن - *s.* كش .

Tuition, *s.* تربيت - تعليم - تاديب - درس .

Tulip, *s.* لاله .

Tumble, *v.* (*fall down*) زيرافتادن - (*roll about*) غلطيدن -
  To tumble down, زير و زبر كردن - To tumble over,
  جست وجوي كردن - *s.* افتادگي - سقوط .

Tumour, *s.* ورم - آماس - دنبل . [آشوب .

Tumult, *s.* شماتت - هنگامه - غوغا - سوزش - فتنه -

Tumultuous, *a.* هنگامه گير - فتنه خيز .

Tune, *s.* سرود - آواز - نغمه - آهنگ - عشاق .

Tune, *v.* آهنگ كردن - نواختن .

Tuneful, *a.* خوش آواز - شيرين آهنگ - خوش الحان .

Tunnel, *s.* خوهن - لوله - دودكش .

Turban, *s.* دستار - عمامه - سربند .

Turbid, *a.* ناصاف - تيره - آلوده .

Turbulence, *s.* اضطراب - بي قراري - بيحضوري .

Turf, *s.* عزق - كلوخ - *v.* باعزق پوشيدن .

Turkey, *s.* فيل مرغ - حبيش .

Turkois, *s.* پیروزه - فیروزه .

Turmeric, *s.* زردچوب .

Turn, *v.* (*put into a circular motion*) گردانیدن - (*put the upside down*) سرنگون ساختن - (*change*) تبدیل ساختن - (*bend*) کج کردن - (*translate*) ترجمه کردن - (*transform*) تبدیل, صورت کردن - (*become*) گشتن - To turn away, معزول ساختن - To turn off, برطرف رفتن - (*go back*) بازگشتن - To turn back, محروم کردن - To turn over, گردانیدن - (*change sides*) تبدیل, طرف کردن - (*become sour*) ترش شدن - (*grow giddy*) سرگردان گشتن - *s.* گردش - دور - (*winding*) گرداگرد - (*a walk*) گشت - (*walk to and fro*) تفرّج - سیر - (*change*) تغیّر - (*occasion*) فرصت - (*manner, form*) طور - صورت - (*disposition of mind*) خو - مزاج - (*period*) نوبت - By turns, پي دريي .

Turner, *s.* خرادي - حقه‌گر - خراط .

Turnip, *s.* شلغم - شلجم .

Turret, *s.* کنگره - کاخ .

Turtle, Turtledove, *s.* فاخته - قمري .

Tusk, *s.* دندان, گیر - دندان, ناب .

Tutor, *s.* استاد - معلم - حافظ - *v.* تربیت کردن - تعلیم دادن .

Twain, *a.* دو .

Twang, *s.* طنطنه - *v.* رنم کردن - طنطنه زدن .

Tweezers, *s.* موچینه - انبرٌ - آهنچ .

Twelfth, *a.* دوازدهم - ثاني عشر . [مثال] .
Twelve, *a.* دوازده-اثنا عشر-Twelve-month, دوازده ماه -
Twenty, *a.* بيست - بست - عشرون .
Twice, *a.* دوبار - طرفين - مضاعف .
Twig, *s.* شاخچه - شاخ - نهال .
Twilight, *s.* شفق - فجر - نيم تاريك - نيم پرتو .
Twin, *s.* همزاد - توام - جفت .
Twine, *v.* پيچيدن - بافتن - *s.* ريسمان - پيچ .
Twinkle, *s.* لمع - ستار ستاره - (*of the eye*) طرفت العين-
v. كوكب كردن - لمع كردن .
Twist, *v.* تافتن - تاب دادن - پيچيدن - *s.* پيچيش - تاب .
Twitch, *v.* باچنگال گرفتن - دغدغه كردن - *s.* دغدغه .
Twitter, *v.* وطوط كردن - *s.* وطوط - آشفتگي .
Two, *a.* دو - اثنان - One of the two, از دو يك .
Type, *s.* نشان - علامت - نقش .
Tyrannical, *a.* ظالم - ظلمي - ستمي .
Tyrannize, *v.* ظلم كردن - ستم كردن - زبردستي كردن .
Tyranny, *s.* ظلم - ستم - زبردستي - جور - جفا - تطاول .
Tyrant, *s.* زبردست - ظالم - ستمگر .
Tyro, *s.* شاگرد - نوآموز - مريد .

U.

Ugliness, *s.* بدصورتي - زشت روي - زشتي - قباحت .
Ugly, *a.* زشت - بدصورت - بدشكل - مكروه - كريه المنظر .

Ulcer, *s.* ناصور - قرح - ریش - خستگي - دنبل .
Ultimate, *a.* آخرین - پسترین - پسین .
Ultimately, *ad.* آخر - بالاخر - عاقبت .
Umbrage, *s.* سایبان - (*resentment*) غضب - قهر .
Umbrageous, *a.* سایهدار .
Umbrella, *s.* چتر - سایبان - آفتابگیر .
Umpire, *s.* ثالث - میاندار - (*arbitrator*) منصف .
Unable, *a.* بي قوت - ناتوان - بي قدرت - ناقوي .
Unacceptable, *a.* ناپسند - ناخوش آینده .
Unaccompanied, *a.* بي صحبت - بي رفیق .
Unaccomplished, *a.* ناپرداخته - ناکامل .
Unaccountable, *a.* بي حساب - بلا قاعده - بلاذمت - نافرمان بردار . [نو رسیده .
Unaccustomed, *a.* بي ربط - بي استعمالي - (*new*) نو -
Unacquainted, *a.* نا آشنا - (*not informed*) ناواقف - بي اطلاع .
Unadvisable, *a.* بي بصیرت - غافل - بي تدبیر .
Unaffected, *a.* (*real*) ناساخته - بي ریا - (*without stiffness*) بي تکلفات, خودبین - (*not moved*) بي نرم دلي - سنگدل .
Unaided, *a.* بي یاري - بي مددگاري .
Unanimity, *s.* همدلي - اتفاق - یگانگي - موافقت .
Unanimous, *a.* همدل - یکدل - متفق .
Unanswerable, *a.* لاجواب - بي جواب .
Unappalled, *a.* بي پروا - بي باك .

Unappeasable, *a.* بسنگین - بي مرحمت .
Unapt, *a.* کند - احمق - نا تیز فهم .
Unarmed, *a.* مسلوب السلاح - بي سلاح .
Unasked, *a.* نامطلوب - بي طلب - ناپرسیده .
Unaspiring, *a.* بي تکبر - بي حرص .
Unassisted, *a.* بي دستگیري - نا منصور - بي مدد .
Unattainable, *a.* نا یاب - نا میسر .
Unattended, *a.* بي خدم وحشم - بي سواري .
Unauthorized, *a.* بي حکم .
Unavoidable, *a.* ضرور - نا گزیر - لا رد .
Unaware, *a.* (*without thought*) بي اندیشه - بي فکر - (*unexpectedly*) نا گهان - نا گاه .
Unawed, *a.* بي باك - بي پروا - بي هیبت .
Unbecoming, *a.* نا لایق - غیر موافق - نامزاوار - نا شایسته .
Unblamable, *a.* بي سهو - بي خطا - نا جرمناك .
Unblemished, *a.* بي رسوائي - بي عیب .
Unblown, *a.* نا شگفته .
Unborn, *a.* نا مولود - نا زاده .
Unbosom, *v.* راز گفتن - اسرار کشادن .
Unbounded, *a.* بي پایان - بي نهایت - بي حد .
Unbroken, *a.* بي نقض - نا شکسته - (*not tamed*) نا دست آموز - (*unsubdued*) نا مغلوب .
Unbrotherly, *a.* برادر نا شایسته - نا برادري .
Unburied, *a.* غیر دفن - نا مدفون .
Unburnt, *a.* غیر مستحق - نا سوخته .

Unbutton, *v.* گره کشادن .
Uncalled, *a.* (*not invited*) نا خوانده - (*not demanded*) نا درخواسته - نا مطلوب.
Uncertain, *a.* (*not known*) نا معلوم - (*not certainly knowing*) نا خبر دار - پر شبهه - (*unsettled*) نا مقرر - نا پایدار - (*hesitating*) متردد .
Uncertainty, *s.* (*want of information*) بي خبرداري - (*hesitation*) تردد - دو دلي - (*want of stability*) نا پايداري.
Unchangeable, *a.* بلا تغير - بي امكان تبديل .
Uncharitable, *a.* نا بخشنده - بي شفقت - بدخواه - درشت .
Unchaste, *a.* ناپاك دامن - شوخ - شهوت پرست .
Uncircumspect, *a.* غافل - بي بصيرت - بي فكر .
Uncivil, *a.* بدخلق - نالطيف - بي مروت .
Uncivilized, *a.* بي تربيت - ناتراشيده - بي ادب - وحشي.
Uncle, *s.* (*father's brother*) عم - (*mother's brother*) خال.
Unclean, *a.* ناصاف - ناپاك - پليد - چركين .
Unclose, *v.* كشادن .
Unclothe, *v.* بي پوشاك كردن - برهنه كردن .
Unclouded, *a.* بي ابر - كشاده .
Uncomely, *a.* بي نزاكت - ناخوب روي .
Uncomfortable, *a.* ناخوش - نامقبول - ناموافق .
Uncommon, *a.* نادر - كمياب - نامشهور .
Uncompact, *a.* ناپيوسته - نامتراكب .
Unconcern, *s.* (*coldness*) نانرم دلي - (*negligence*) غفلت - (*freedom from anxiety*) عدم اضطراب .

Unconnected, *a.* ناپیوسته - بی‌مشارکت - بی‌علاقه .

Uncover, *v.* کشادن - سرپوش برداشتن - ناپوشیدن .

Uncreated, *a.* ناآفریده - غیر مخلوق .

Uncultivated, *a.* (*as a country*) خیرآباد - غیرمعمور -
ویران - خراب - (*not civilized*) نامعلّم .

Undaunted, *a.* بی‌پروا - بی‌باک - دلیر - تیزدل - دلاور .

Undeceive, *a.* آگاهی راست دادن - نا فریفته کردن .

Undecided, *a.* نامقرر - غیر موقوف .

Undefiled, *a.* ناآلوده - ناملوّث - نامشیّب .

Undefined, *a.* نامشروح - نامنفصل .

Under, *prep.* (*beneath*) زیر - تحت - In the under part,
در زیر- From under him, از زیر او - Under age, نابالغ -
To be under, زیر شدن - (*lower, inferior*) کمتر - فروتر -
Over and under, زیر و بالا - An under garment,
زیرجامه - *a.* زیرین .

Undergo, *v.* تحمل کردن - صبر کردن - کشیدن .

Underground, *a.* زیر زمین - زیرخاك .

Underhand, *a.* پنهانی - مخفی - نهانی .

Underline, *v.* زیر الفاظ خط کشیدن .

Underling, *a.* (*inferior agent*) کارگزار زیرین - (*mean
fellow*) مرد، فرومایه .

Undermine, *v.* نقب کردن-زیر زمین کافتن-معدن کندیدن .

Undermost, *a.* زیرترین .

Underneath, *ad.* زیر- در زیر- تحت . [واقف شدن .

Understand, *v.* دریافتن - فهمیدن - معلوم کردن -

Understanding, *s.* ادراك - فهم - عقل - دريافت -
. خبرداري - دانش

Undertake, *v.* (*assume any business*) مباشرت كردن -
- قول دادن (*promise*) - بدست گرفتن - عزيمت كردن
. قبول كردن

Undertaking, *s.* . عزم - مباشرت - سعي - اجتراء

Undervalue, *v.* حقير پنداشتن - كم قدر كردن - حقارت كردن .

Undeserved, *a.* بي استعداد - نالايق - نامستحق - ناواجب .

Undeserving, *a.* ناواجب - نالايق - نامزا - ناشايسته .

Undesigning, *a.* [متردد] . بي غدر - بي حيله - نا مقصود .

Undetermined, *a.* (*unsettled*) نابرقرار - نامقرر - (*irresolute*)

Undigested, *v.* (*as meat*) ناگواريده - (*not arranged*)
. ناآراسته - نامرتب

Undiminished, *a.* ناكم - غير مقصور - ناكاسته .

Undiscerned, *a.* نايافته - غير منظور - ناديده .

Undiscerning, *a.* بي تامل - نا دوربين .

Undisciplined, *a.* بي بصيرت - نامعلم - بي ضبط .

Undiscovered, *a.* ناكشاده - نايافته .

Undisguised, *a.* نامبدل - بي پرده - بي لباس .

Undo, *v.* (See Ruin.)

Undoubted, *a.* بلاشك - مقرر - بي شبهه .

Undulation, *s.* تموج - موج زني .

Undutiful, *a.* نا فرمان بردار - نا مطيع - نا خلف .

Uneasiness, *s.* رنج - آزار - اضطراب - بي آرامي .

Uneasy, *a.* بي آرام - بي آمايش - مضطرب - دلفگار .
Uneducated, *a.* نا آموخته - بي تربيت شده .
Unemployed, *a.* بي كار - معطل - نا مشغول . [زيرتر] .
Unequal, *a.* (*not even*) نا برابر - نا هموار - (*inferior*)
Unequivocal, *a.* بي دو معني - نا مشكوك - بي شبهه .
Unerring, *a.* (*committing no mistake*) نا خطاساز -
(*certain*) مقرر - يقيني .
Unessential, *a.* نا ضرور - نا مهم - غير لازم .
Uneven, *a.* نا برابر - نا هموار - غير مستوي .
Unexampled, *a.* بيمثال - بي نمودار - بي دستور .
Unexceptionable, *a.* نا قابل استثنا - نامعرض برد .
Unexpected, *a.* نا گهان - ناگه - يكايك .
Unfading, *a.* نا زايل - نا افسرده - نا ضعيف .
Unfair, *a.* بي صلاح .
Unfaithful, *a.* بي وفا - خاين - غدار .
Unfashionable, *a.* نا موافق عادت - بي دستور - بلاقاعده .
Unfathomable, *a.* بي ته - عميق بلا اندازه .
Unfavourable, *a.* نا موافق - غير مسعود - خلاف .
Unfeathered, *a.* بي پر و بال .
Unfeigned, *a.* صادق - بي ريا - حقيقي .
Unfelt, *a.* نا محسوس - نا مفهوم .
Unfinished, *a.* بي انجام - نا انجاميده - نا كامل - نا تمام .
Unfit, *a.* نا موافق - نا لايق - نا سزاوار - *v.* نا موافق كردن -
نا مناسب ساختن .
Unfold, *v.* كشادن - بسط كردن - (*reveal*) گفتن - خبر دادن

Unforeseen, *a.* نا پيش ديده .
Unformed, *a.* بي كالبد - نا ساخته - بي شكل .
Unfortified, *a.* غير محاصر - بي حصن و حصار .
Unfortunate, *a.* بي نصيب - بي طالع - بدبخت - سياه روز .
Unfriendly, *a.* نا مهربان - بي دوستي .
Unfruitful, *a.* حقيم - بي بركت - نابرومند .
Unfurnish, *v.* مسلوب - اسباب برداشتن - بي رخت كردن [كردن .
Ungenerous, *a.* ناخوش طبع - نالطيف - بد انديش .
Ungentlemanly, *a.* بد اصل - غير مليقه - ناظريف - بي ادب .
Ungird, *v.* ميانبند كشادن - كمركشادن .
Ungodliness, *s.* كفر - ناخداي - صلاح - تقوي .
Ungovernable, *a.* ضبط و ربط - گردنكش - سركش - ناحكم پذير .
Ungrateful, *a.* بي وفا - نا سپاس - نا شكر .
Unguarded, *a.* بي تامل - غافل .
Unhandy, *a.* نا معقول - نا تيز دست .
Unhappy, *a.* دلتنگ - بدحال - بدبخت - بي طالع - ناخوش .
Unhealthy, *a.* بي آرام - ناتندرست - مريض - ضعيف - خسته .
Unhurt, *a.* نارنجيده - بي زيان - بي ضرر - بي نقصان .
Unicorn, *s.* گرگدن .
Uniform, *a.* يك گونه - برابر - موافق - يكسان .
Uniformity, *s.* يگانگي - موافقت - برابري - يكساني .
Unimaginable, *a.* بي قياس - نامتصوّر .
Unimportant, *a.* نامتكبر - ناخودبين - ناگران - غيرمهم .
Uninformed, *a.* ناخبردار - ناواقف - نامودب - نامعلم .

Uninhabited, *a.* نا آباد - نامعمور - نامسکون .
Uninstructed, *a.* نا مودّب - نا معلّم .
Unintelligent, *a.* بي دانش - بي عقل - نا عاقل .
Unintelligible, *a.* نا قابل فهم - نا ممکن فهم - نا هوشیار .
Uninterested, *a.* بي اشتراك - بي غرض .
Uninvited, *a.* نا طلبیده - نا خوانده - بي طلب - بي دعوت .
Union, *s.* وصال - پیوستگي - اتّفاق - اتّحاد .
Unison, *s.* همساز - هماواز .
Unit, *a.* یك .
Unite, *v.* متفق گشتن - متفق کردن - وصل کردن - پیوستن .
United, *a.* متفق - متّحد .
Unity, *a.* وحدت - توحید - یگانگي - یکتائي .
Universal, *a.* کل - جامع - شامل - عمومي .
Universality, *a.* جمله - همگي - شمول - عموم .
Universally, *ad.* بالجمله - عموما .
Universe, *s.* عالم - گیتي - جهان - دنیا .
University, *s.* مدرسه .
Unjust, *a.* جفاکار - بي داد - خلاف معدلت - نا حق .
Unjustifiable, *a.* بلا قابلیت معاف .
Unkind, *a.* بي محبت - بي شفقت - نا مهربان .
Unkindness, *s.* بد خواهي - خلاف مرحمت - نا مهرباني .
Unknowingly, *ad.* غافلانه - بي دانش - نا دانسته .
Unknown, *a.* نا معروف - مجهول - نا معلوم .
Unlawful, *a.* نا جایز - خلاف شرع - نا حق .

Unlearned, *a.* نا دان - نا خوانده .
Unless, *con.* الّا - گرنه - بغیر - مگر - اگرنه .
Unlicensed, *a.* بي دستور - بي اجازت .
Unlike, *a.* مختلف - نا برابر - نا یکسان - نا موافق .
Unlimited, *a.* بي حدّ - نا محدود .
Unlucky, *a.* بي نصیب - کم بخت - بد بخت .
Unman, *v.* دلفگار کردن - بیدل ساختن - نامرد کردن .
Unmanageable, *a.* گردنکش - سرکش - بي لگام .
Unmanly, *a.* ناکس - بي مردي - بي مردانگي - نامردانه .
Unmannerly, *a.* بدخلق - بي طرح - بي ادب .
Unmarried, *a.* بي زوج - بي نکاح - ناکدخدا .
Unmask, *v.* صورت وا کردن - برقع برداشتن .
Unmeaning, *a.* بیهوده - بي معني .
Unmerciful, *a.* بي مرحمت - بي شفقت - بي رحم .
Unmerited, *a.* ناسزا - ناواجب - نالایق .
Unmindful, *a.* غافل - ناآگاه - بي خبر .
Unmolested, *a.* نا رنجیده - نامضطرب - ناآزار رسیده .
Unmortgaged, *a.* غیر مرتهن - نا مرهن .
Unmoved, *a.* (*from one place to another*) قایم - پایدار - (*not changed in resolution*) برقرار - نا متردد - (*not affected by anger*) ناخشم آلود - (*pitiless*) بي شفقت .
Unnatural, *a.* ناطبیعي - خلاف طبیعت .
Unnecessary, *a.* بي ضرورت - نالازم - ناضرور .
Unnumbered, *a.* نا شمرده - نا معدود .

Unobserved, *a.* نا ديده - نا منظور .
Unoffending, *a.* ناآزار رسان - بي خطا - بي گناه .
Unorthodox, *a.* نا متدين - نا مسلم .
Unpack, *v.* تنگ كشادن - بسته كشادن .
Unpaid, *a.* نا ادا كرده - نا گذارده .
Unpalatable, *a.* نا نفيس - نا خوش مزه - بي ذوق و صفا .
Unpardonable, *a.* نا معاف - نا واجب العفو .
Unperceivable, *a.* نا معلوم - نا مفهوم - نا دريافته .
Unperformed, *pp.* نا پرداخته - نا كرده - نا ساخته .
Unperishable, *a.* نا فاني - نا زايل .
Unphilosophical, *a.* بحكيم ناشايسته - خلاف حكمت .
Unpleasant, Unpleasing, } *a.* ناخوش مزه - نا خوشنما - نا دلپسند - ناخوش .
Unpolished, *a.* غير مجلي - بي صيقل - بي جلا .
Unpolite, *a.* نا لطيف - نا ظريف - بي ادب .
Unpopular, *a.* بي اعتبار عام - بملّت نا قبول .
Unpractised, *a.* نا معمول - بي استعمال .
Unprecedented, *a.* بي نمودار - بي پيشنهاد .
Unprejudiced, *a.* بي تعصّب - غير متعصّب .
Unpremeditated, *a.* بي غرض - بي نيّت - بي پيش بندي .
Unprepared, *a.* نا آراسته - نا حاضر - غير مستعد - نا تيار .
Unprincipled, *a.* بيقرار - بفكر نا قايم - بظن نا بر قرار .
Unprofitable, *a.* غير مفيد - نا فايده مند - بي فايده .
Unpropitious, *a.* بد بخت - نا برداشته - نا مسعود .

Unprotected, *a.* نا معصوم - بي حمايت - بي دستگير .
Unprovoked, *a.* نا آزرده - نا خشمگين - نا غضبناك .
Unpublished, *a.* نا مشهور- بي شهرت - نا ظاهر .
Unqualified, *a.* نا لايق-نا قابل-نا موافق-بي موافقت .
Unquestionable, *a.* بلاشك - مقرّر - بلا اعتراض .
Unreal, *a.* نا اصلي - نا راست .
Unreasonable, *a.* (*immoderate*) نا عادل - بي اعتدال -
(*not agreeable to reason*) نا معقول - خلاف ادراك .
Unreceived, *a.* نا پذيرفته-نا قبول (*not accepted*)-نا يافته .
Unreconciled, *a.* بي صلح - نايكدل - ناهمدل ساخته .
Unrelenting, *a.* سنگدل-بي امان-بي مرحمت-بي شفقت .
Unreserved, *a.* (*open, frank*) صافي دل-كشاده مشرب -
(*kept back*) نا باز داشته .
Unresisting, *a.* بي تعرض - بي مزاحمت - بي مقاومت .
Unresolved, *a.* لامبين - - نامشروح - ناكشاده .
Unrestrained, *a.* نامحدود - بي نهايت - نابازداشته-بي قيد .
Unrevealed, *a.* ناآشكاره - ناكشاده - نافاش كرده .
Unrewarded, *a.* بي پاداش - بي عوض - بي مزد .
Unrighteous, *a.* بي راستي - بي نيكوكاري-بي صداقت .
Unripe, *a.* خام - نا رسيده - ناپخته .
Unrivalled, *a.* بي همتا-بي نظير-بي رقيب-غير حريف .
Unruly, *a.* سركش - بي حكم - بي ضبط .
Unsafe, *a.* خطرناك - بي سلامت - نا امين .
Unsatisfactory, *a.* نا موافق - نا خاطر پسند .

Unsavoury, *a.* نا خوش مزه - بد لذت - بي لذت .

Unseasonable, *a.* بيهنگام - بي وقت - بي زمان .

Unseemly, *a.* [See Indecency.]

Unseen, *a.* غايب - نا منظور - ناديده .

Unserviceable, *a.* نا مفيد - نا بكار .

Unsettle, *v.* نا پايدار شدن - بي ثبات ساختن - بي قرار كردن .

Unsheathe, *v.* از غلاف كشيدن - بي ميان كردن .

Unskilful, Unskilled, *a.* نا كار - بي وقوف - نا واقف - بي عقل - آزموده .

Unsociable, *a.* نا همدم - نا همزانو - نا مهربان .

Unsound, *a.* (*sickly*) مريض - خسته - (*cracked*) شكاف دار - (*rotten*) پر تباه - (*not orthodox*) نا مسلم - (*not honest*) نا صالح - (*not sincere*) نا وفادار .

Unsown, *a.* نا ورزيده - غير مزروع - نا كشته .

Unspeakable, *a.* ممتنع گفته شده - نا قابل تقرير - نا گفتني .

Unspent, *a.* نا مبذول - نا مصروف .

Unstable, Unsteady, *a.* بي قرار - نا ثابت - نا پايدار - نا قايم .

Unstring, *v.* بي تار كردن .

Unsubdued, *a.* نا مقهور - نا مغلوب .

Unsubstantial, *a.* بي وجود .

Unsuccessful, *a.* بي نصيب - بي مقصد - نا كامياب - بد بخت .

Unsuitable, *a.* نا سزا - نا مناسب - نا لايق - نا موافق .

Unsupported, *a.* بي عمود - نا برداشته .

Unsusceptible, *a.* نا قابل پذیر .
Unsuspected, *a.* نا محتمل - نا مظنون .
Untamed, *a.* گردنکش - دست آموزي - نا قابل - سرکش .
Untasted, *a.* نا مزیده - نا چشیده .
Untaught, *a.* نا مودب - نا خوانده - غیر تعلّیم - نا معلم .
Unthought, *a.* نا اندیشیده - نا پنداشته .
Untie, *v.* حل کردن - کشادن .
Until, *ad.* الي - حتي - تا .
Untimely, *a.* بي هنگام - بي زمان - بي وقت .
Untold, *a.* معروض - غیر مروي - نا گفته .
Untouched, *a.* نا زده - نا گرفته - نا ممسوس - نا بسود .
Untractable, *a.* نا دست آموز - گردنکش - سرکش .
Untrained, *a.* نا پرورده - نا مودب .
Untried, *a.* نا سنجیده - نا مجرب - نا آزموده .
Untrue, *a.* نا حق - بي حقیقت - نا راست - (*faithless*) [بي وفا .]
Untruth, *s.* دروغ - نا راستي .
Untwine, Untwist, } *v.* پیچ کشادن - نقض کردن .
Unusual, *a.* خلاف قاعده - بي دستور - بي قاعده - [غیر معمول .]
Unvanquished, *a.* نا مغلوب .
Unvaried, *a.* نامتغیر - بي تغیّر - بي تبدیل .
Unveil, *v.* حجاب وا کردن - بیپرده ساختن .
Unviolated, *a.* نا منتقض - غیر مقهور - نا مظلوم .
Unwarily, *ad.* غافلاً .
Unwary, *a.* بي بصیرت - غافل - بي اندیشه - بي احطیاط .

Unwearied, *a.* نا متعوب - نا مانده شده .
Unwelcome, *a.* نا خوش - نا پسندیده - نا دلپسند .
Unwell, *a.* بیمار - نا خوب .
Unwholesome, *a.* نا خوش - نا صواب - نا موافق - نا گواره .
Unwieldy, *a.* نا قابل - گران - نا آسان حرکت .
Unwilling, *a.* نا مراد - بي دل - نا خوشنود - نا راضي .
Unwillingly, *ad.* نا ضرورت - بلا اراده .
Unwise, *a.* غافل - بي وقوف - بي عقل - نادان .
Unwonted, *a.* بلا قاعده - نا مشهور .
Unworthy, *a.* نا لایق - نا مزاوار - نا شایسته - نا مستحق .
Unwritten, *a.* نا مکتوب - نا نوشته .
Unyoke, *v.* جفت وا کردن - بي یوغ کردن .
Up, *ad.* بر - بالا - علي - فوق - فراز - Up and down, زیر و بالا - زیر و زبر - Up to, تا - حتّي - Up to this time, تا این وقت - Up! (*get up*) بر خیز - خیز .
Upbraid, *v.* ملامت کردن - طعنه زدن - سرزنش گفتن .
Uphold, *v.* پروردن - برداشتن .
Upon, *ad. pr.* بر - بالا - علي .
Upper, *a.* اعلي - برین - بالاتر .
Uppermost, *a.* بلندترین - برترین - بالاترین .
Upright, *a.* (*straight up*) راست - راست برپا - (*honest*) نیکنام - راست - صادق - صالح .
Uprightness, *s.* صلاح - راستي .
Uproar, *s.* غوغا - شور - هنگامه .

Upside-down, *ad.* زير زبر - زير و بالا - سرنگون .
Upwards, *ad.* (*toward a higher place*) بالا - فراز - (*more than*) زياده - بيشتر - (*toward the source*) بسوي مصدر .
Urbanity, *s.* [See Politeness.]
Urge, *v.* تقاضي كردن - الحاح كردن - اضطرار كردن - فرمودن .
Urgency, *s.* تقاضي - ضرورت - اقدام . [داعي .
Urgent, *a.* ضرور - لازم - مبرم - An urgent affair, مهمت -
Urgently, *ad.* با تقاضي - لازماً .
Urine, *s.* پيشاب - بول .
Urn, *s.* صراحي - آبريز - دلو .
Us, *pron.* مارا .
Usage, *s.* (*treatment*) گيري - معامله - حركت - (*custom*) رسم - رواج - روش - آيين .
Use, *s.* (*experience*) وقوف - تجربه - كاردالي - عمل - (*habit*) عادت - (*possession*) تصرف - (*advantage*) نفع - فايده - (*practice*) استعمال - Use of money, معامله - To be of use, بكار آمدن - نافع شدن - *v.* (*to employ for any purpose*) بكار آوردن - خرج كردن - (*practise*) استعمال كردن -(*frequent*) آمد و شد نمودن.
Used, *a.* مستعمل - (*brought into use*) بكار آورده شده - (*expended*) صرف كردن شده .
Useful, *a.* بكار - فايده مند - مفيد .
Useless, *a.* نابكار - بي فايده - نامفيد .

Usher, *s.* (*who introduces*) عرض بیگ - (*an under school-master*) معلم کوچک - خلیفه - استعمال - متصرف.

Usual, *a.* معمول - معهود.

Usually, *ad.* دستور, موافق عادت - موافق.

Usurer, *s.* ریا خور - سود خور. [گرفتن.

Usurp, *v.* خود آوردن, از زبردستي بتصرف - نا حق تصرف

Usurpation, *s.* نا حق, تصرف.

Usurper, *s.* تصرف نا حق کننده.

Usury, *s.* رباخواري - سود خوري.

Utensil, *s.* (*tool*) آلت - (*pots*) ظروف - اسباب - متاع.

Utility, *s.* فایده (*pl.* فواید) - منفعت - نفع - سود.

Utmost, *a.* غایت - نهایت.

Utter, *v.* (*speak*) گفتن - کلام کردن - خطاب ساختن - (*sell*) فروختن - (*give currency*) جاري کردن.

Utterance, *s.* تلفّظ.

Utterly, *ad.* با لتمام - بالکل.

Uttermost, *a.* [See Extreme.]

Uxorious, *a.* زن مرید - زن پرست.

V.

Vacancy, *s.* خلوت - (*leisure*) فراغت - فرصت - (*want of thought*) عدم, فکر - غفلت.

Vacant, *a.* خالي - تهي - (*thoughtless*) بي خبر - غافل.

Vacate, *v.* خالي کردن - ل, کردن - (*quit possession of*)

دمست بردار شدن - گذاشتن .
Vacation, *s.* زمان، فراغت - ايام، استراحت .
Vacuity, } *s.* جاي خالي - خلوت .
Vacuum, }
Vagabond, *s.* آواره - دربدر - وبش (*pl.* اوباش) .
Vagrant, *a.* آواره - گمراه - برگشته .
Vague, *a.* نا پايدار - غير معين - نا مكرر - بي قرار .
Vain, *a.* باطل - بي فايده - عبث - بيهوده - In vain, بيهوده .
Vainly, *a.* بيهوده - بيمعني .
Vale, *s.* [See Valley.]
Valiant, *a.* جوانمرد - بهادر - مردانه - دلاور - دلبر .
Valid, *a.* درست - قوي - استوار - محكم - مستحكم .
Validity, *s.* قوت - استحكام - صحت - درستي .
Valley, *s.* درّه - وادي .
Valour, *s.* شجاعت - مردانگي - بهادري - دلاوري - دليري .
Valuable, *a.* قيمتي - بيش قيمت - گران بها - گران مايه .
Valuation, *s.* تخمين - تعيين، قيمت .
Value, *s.* قيمت - بها - ارزش - *v.* (*to rate highly*) عزيز
داشتن - اعتبار كردن - (*to fix at a certain price*)
تعيين، قيمت كردن - نرخ زدن .
Valued, *a.* (*estimated*) معدود - (*esteemed*), عزيز داشته .
Valve, *s.* قشرت .
Van, *s.* (*guard*) پيش لشكر - (*courier*) پيشرو .
Vanish, *v.* نا پديد گرديدن - نابود شدن - غايب شدن .

Vanity, *s.* (*emptiness*) بيهودگي - بطلان - (*self-conceit*) خود بيني - خود پرستي .

Vanquish, *v.* غلبه كردن - شكست دادن - فتح كردن - كشادن - ظفر گرفتن - مغلوب كردن .

Vanquished, *a.* مغلوب - مظفر .

Vapid, *a.* بي مزه - بي نشه - سرد .

Vapour, *s.* بخار - تف - غبار - *v.* تبخير كردن .

Vapours, *s.* (*vain imagination*), خيال - (*low spirits*) سودا .

Variable, *a.* متغيّر - ناپايدار - بي قرار - نا ثابت .

Variance, *s.* اختلاف - منازعت - نزاع - آشوب .

Variation, *s.* تغيّر - تبديل - تحويل - صرف .

Variegate, *v.* گونا گون كردن - رنگارنگ كردن .

Variegated, *a.* گوناگون - رنگارنگ - بوقلمون .

Variety, *s.* گوناگوني - رنگارنگي - تفاوت اقسام و انواع .

Various, *a.* متفرق - گوناگون - رنگارنگ - (*unfixed*) ناپايدار - بي قرار .

Variously, *ad.* بچندين صورت - با اختلاف .

Varnish, *s.* (*for giving a gloss to wood, &c.*) لك - روغن - (*fictitious colouring of discourse*) حسن كلام - رنگ .

Varnish, *v.* با روغن ماليدن - (*a tale*) زخرف ساختن .

Vary, *v.* تبديل كردن - تغير ساختن.

Vase, *s.* ظرف (*pl.* ظروف).

Vassal, *s.* رعيت - تابع .

Vast, *a.* عظيم - كبير - بي اندازه - از حد بيرون - واسع.

Vastly, *ad.* نهايت - از حد بيرون - بلا اندازه .
Vault, *s.* (*arch*) گنبذ - طاق - (*cellar*) ته خانه .
Vault, *v.* مقبب ساختن - طاق ساختن .
Vaunt, *v.* لاف زدن - خودفروختن - افتخار كردن - *s.* لاف .
Veal, *s.* گوشت گوساله .
Vegetable, *s.* نبات (*pl.* نباتات) - نشو .
Vegetate, *v.* نبت كردن - رستن .
Vegetation, *s.* رويدگي - نبت .
Vehemence, *s.* شدّت - سختي - درشتي - تيزي .
Vehement, *a.* تيز - تند - شديد - درشت - تيز مزاج .
Vehicle, *s.* عرابه - مركب - سواري - باربرداري .
Veil, *s.* برقع - نقاب - حجاب - پرده - *v.* حجاب ساختن .
Vein, *s.* رگ - عرق - نا شرت - To open a vein, رگ زدن .
Velocity, *s.* چستي - چالاكي - سرعت - زودي - بادرفتاري .
Velvet, *s.* مخمل - خميل - چكن .
Venal, *a.* اجر - مونجر - زير دست - سخن فروش .
Vend, *v.* فروختن - بيع كردن .
Vender, *s.* فروشنده - فروش .
Venerable, *a.* محترم - كريم - مكرم - بزرگ .
Venerate, *v.* احترام نمودن - مكرم داشتن - بزرگ داشتن .
Veneration, *s.* احترام - اكرام - تكريم - اعزاز - تعظيم .
Venereal, *a.* نفساني - شهوتي - (*distemper*) آتشك .
Vengeance, *s.* انتقام - جزا - كينه - پاداش - قهر .
Venial, *a.* واجب العفو - معذور .
Venison, *s.* گوشت آهو - لحم غزال .

Venom, *s.* زهر - سم.
Venomous, *a.* زهري - زهر دار - موذي - زهر آلود.
Vent, *s.* منفس - راه - سوراخ - (*a passage for smoke*) دودکش - *v.* منفس کشادن - باد گذار کردن.
Ventilate, *v.* هوا دادن - بادکشي کردن.
Ventilator, *s.* باد کش - مروحه - باد زن.
Venture, *s.* (*risk*) خطر - (*attempt*) اجترا - سعي - (*anything risked*) گرو - *v.* (*dare*) دليري نمودن - To venture at or on سعي کردن - قصد ساختن.
Venus, *s.* زهره - ناهيد.
Veracity, *s.* راستي - صدق - صداقت.
Verb, *s.* فعل (*pl.* افعال) - (*transitive*) فعل متعدي - (*passive*) فعل مجهول - (*intransitive*) فعل لازمي.
Verbal, *a.* (*oral*) زباني - لفظي - (*noun*) اسم مصدر.
Verbally, *ad.* بزبان - بکلام.
Verbatim, *a.* لفظ بلفظ - سخن بسخن - حرف بحرف.
Verdant, *a.* سبز - سرسبز - زمردي.
Verdict, *s.* [See Judgment, Opinion.]
Verdigris, *s.* زنگار - زنجار.
Verdure, *s.* سبزي - سر سبزي - تازه‌گي.
Verge, *s.* کنار - لب - طرف - حد - *v.* مايل شدن - توجه کردن
Verify, *v.* محقق کردن - تصديق کردن - ثابت کردن,
Verily, *ad.* في الواقع - في الحقيقت - براستي.
Verity, *s.* (See Truth.]

Vermilion, *s.* شنجرف - شنگرف .
Vermin, *s.* کرم (*pl.* کرمان) - دود (*pl.* دواد) - سپس .
Vernacular, *a.* مادرزاد - (*language*) لسان الام - زبان مادري .
Vernal, *a.* بهاري - ربعي .
Verse, *s.* (*poetry*) شعر - نظم - (*line*) مصرع .
Versification, *s.* تنظيم - علم شعر - علم عروض .
Versify, *v.* شعر کردن - نظم آراستن .
Version, *s.* ترجمه - نقل .
Vertical, *a.* در سمت الراس نهاده .
Vertigo, *s.* سرگيجه - سرگرد - صوداع .
Very, *ad.* بسيار - نهايت - غايت - Very much, خيلي - بس -
Very good, بسيار خوب .
Vessel, *s.* آوند - ظرف - (*vein*) رگ - (*ship*) کشتي .
Vest, *s.* جامه - قفتان - قبا - *v.* سر و پا دادن .
Vestibule, *s.* پيشگاه - پيشتاق - آستان - دهليز .
Vestige, *s.* نقش پا - (*mark*) نشان - علامت .
Veteran, *s.* پير سپاهي . *a.* جنگ آزموده - نبرد ديده .
Vex, *v.* تصديع دادن - آزرده کردن - ايذا رسانيدن - رنجيدن .
Vexation, *s.* تصديع - ايذا - آزردگي - رنج - آزار .
Vexatious, *a.* تصديع رسان - ايذا رسان - آزار رسان - دل آزار .
Vial, *s.* شيشه .
Viands, *s.* طعام - خوراک .
Vibrate, *v.* جنبيدن - پس و پيش جنبيدن - خطر کردن .
Vibration, *s.* جنبش پس و پيش - بطرف از طرف خطر .

Vice, *s.* عيب - گناه - شرارت - شر - بدكاري - بدي
Viceroy, *s.* نواب - صوبه .
Vicinity, *a.* همديواري - همسايگي - نزديكي - قرابت .
Vicious, *a.* عيب دار - فاسد - شرير - بدخو .
Vicissitude, *s.* گردش - انقلاب - دوران - دور .
Victim, *s.* صدقه - فدا - قربان .
Victor, *s.* فيروز - غالب - غازي .
Victorious, *a.* مظفر - فيروزمند - غالب .
Victory, *s.* نصرت - فيروزي - غلبه - ظفر - فتح .
Victuals, *s.* اكل - طعام - خوردني - خوراك .
Vie, *v.* غيرت نمودن - هم سري كردن - برابري كردن - حسرت بردن .
View, *s.* (*prospect*) نظر - نگاه - (*design*) عزم - اراده - قصد - At the first view, نظر اول . A distant view, نظر بعيد ..
Vigilance, *s.* هوشياري - خبرداري - آگاهي - بيداري .
Vigilant, *a.* هوشيار - خبردار - آگاه - بيدار .
Vigorous, *a.* توانا - زورآور - زورمند - قوي .
Vigour, *s.* توانائي - طاقت - تاب - زور - قوت .
Vile, *a.* ذليل - بي قدر - ناكاره - پست - خوار .
Vilely, *ad.* حقيراً - با حقارت .
Vileness, *s.* فرومايگي - نا بكاري - حقارت - خواري .
Vilify, *v.* عيب گفتن - بدنام دادن - حقارت نمودن .
Villa, *s.* ضيعت - دهكدت - راغ .

Village, *s.* ده - دیہ - قریہ - روستا .
Villager, *s.* دهقان - دیهي - روستاي .
Villain, *s.* حرام زاده - شریر - اهل فساد - فاجر .
Villainous, *a.* اهل فساد - فاسد - بد - شر - بد اخلاق .
Villainy, *s.* فساد - شرارت - شر - قباحت .
Vindicate, *v.* پوزش کردن - عذر آوردن - دستگیر شدن - حمایت دادن .
Vindictive, *a.* کینه کش - کینه ور - کین کش - کین گذار .
Vine, *s.* درخت انگور - زرجون .
Vinegar, *s.* سرکه - خل .
Vine-yard, *s.* باغستان انگور .
Violate, *v.* (*injure*) جبر کردن - جور نمودن - (*ravish*) بکارت گرفتن - (*to break*) شکستن - To violate an agreement, فسخ عهد و پیمان کردن - نقض کردن - To violate friendship, تفاسد کردن .
Violation, *s.* ظلم - جبر - (*ravishment*) پرده دري - (*infringment*) شکستگي عهد .
Violence, *s.* زور - جور - ستم - جفا - تعدي - ظلم .
Violent, *a.* سخت - شدید - تیز - (*passionate*) غضبناک .
Violently, *ad.* بشدت - جبراً - بزور .
Violet, *s.* بنفشه - سبزه دانہ .
Violin, *s.* [See Fiddle.]
Viper, *s.* افعي - مار .
Virgin, *s.* دوشیزه - باکره .
Virginity, *s.* بکارت - دوشیزگي .

Virility, *s.* رجوليت - مردي .
Virtual, *a.* قوي - ذاتي - مطبوع - مجبول .
Virtually, *ad.* مجبولاً - في ذاته .
Virtue, *s.* (*moral goodness*) خوبي - نيكي - خير - (*power*) قوت - ذات - By virtue of a royal order, بموجب حكم شاه صالح] .
Virtuous, *a.* (*good*) نيك كردار - نيكوكار - هنرمند -
Virulence, *s.* شدت - سختي - زهر - سم .
Virulent, *a.* زهر دار - (*malignant*) بدخواه - كينه خواه .
Visage, *s.* رو - روي - چهره - ديدار .
Viscid, Viscous, } *a.* چسبان - چرب - لعاب دار.
Visibility, *s.* ظهور - نموداري - منظوري .
Visible, *a.* ظاهر - صريح - آشكاره - نمودار .
Vision, *s.* بينائي - بصارت - بصر - ديده - (*phantom*) صورت وهمي .
Visionary, *s.* خيالي - تصوّري - متخيّل - وهمي .
Visit, *v.* (*pay a visit*) ملاقات كردن - زيارت كردن - To visit one another, تزاور كردن - *s.* ملاقات - زيارت .
Visitor, *s.* ملاقي - ملاقات كننده - (*inspector*) مفتش .
Vital, *a.* (*containing life*) حيواني - حياتي - (*giving life*) حيات بخش - (*relating to life*) حيات منسوب .
Vitals, *s.* جگر - جگر بند - زنده .
Vitiate, *v.* تباه كردن - ضايع كردن - خراب كردن .
Vitiated, *pp.* تباه كرده شده - خراب كرده شده .

Vitriol, *s.* زاج - زاك - رشگر - طوطيا .
Vituperate, *v.* طعنه زدن - سرزنش دادن .
Vivacity, *s.* زنده دلي - دلشادي - شوخي .
Vivâ voce, بزباني .
Vivid, *a.* تيز - روشن - شوخ .
Viz, *ad.* چنانچه - چنانكه .
Vizier, *s.* وزير (*pl.* وزرا) .
Vocabulary, *s.* كتاب لغت - لغت - فرهنگ .
Vocal, *a.* صوتي - نوائي .
Vocation, *s.* ندا دعوت .
Vocative, *a.* المندي - (*case*) ندا حالت .
Vociferate, *v.* نعره زدن - شور كردن .
Voice, *s.* آواز - صدا - صوت .
Void, *a.* خالي - تهي - (*null*) معطل - باطل - *v.* (*quit*) خالي كردن-(*make null*) باطل كردن-(*pour out*) ريختن.
Volatile, *a.* پرنده - طاير - (*lively*) هوادار - نا پايدار .
Volcano, *s.* آتش فشان - آتش انداز - كوهٔ آتش افگن - جبل تاب .
Volley, *s.* شلخ .
Volubility, *s.* زبان آوري - زبان چالاكي .
Voluble, *a.* زبان آور - زبان چالاك .
Volume, *s.* جلد - كتاب - دفتر .
Voluntarily, *ad.* با اراده - با اختيار - خود بخود .
Voluntary, *a.* مرادي - ارادتي - اختياري .
Volunteer, *v.* فداي شدن - *s.* آنكه خود بخود كاري ميكند -
Voluptuary, *s.* عياش - جشني - شكم پرست .

Voluptuous, *a.* شهوت پرست .
Vomit, *v.* استفراغ كردن - رد كردن - قي كردن - *s.* قي - استفراغ .
Voracious, *a.* خور - خوار (*in compos.*) - اكول - بلع - حريص .
Vortex, *s.* گرداب - ورطه - گردباد .
Votary, *s.* فرمان بردار - بنده - فدوي .
Vote, *s.* قول (*pl.* اقوال) - *v.* قول دادن .
Vouch, *v.* گواهي دادن - شهادت كردن .
Voucher, *s.* دليل - گواهي - شهادت .
Vouchsafe, *v.* ارزاني كردن - دستور نمودن - اجازت دادن - بخشيدن .
Vow, *s.* نذر (*pl.* نذور) - عهد - *v.* نذر كردن - عهد گفتن .
Vowel, *s.* حرف علت - حركت - (*points or marks*) اعراب - حركات .
Voyage, *s.* سفرِ دريا - *v.* سفرِ دريا كردن .
Vulgar, *a.* عام - (*mean*) حقير - دني - The vulgar, عوام الناس .
Vulgarity, *s.* عموم - حقارت - پستي .
Vulture, *s.* نسر - كركس .

W.

Waddle, *v.* از طرف بطرف جنبان رفتن .
Wade, *v.* (*walk through water*) پاياب رفتن - (*pass through with difficulty*) با دشواري گذر كردن .

Wafer, *s.* گردا - کلاج .

Waft, *v.* (*transport expeditiously*) بزودي رسانيدن - (*carry through the air*) درهوا بردن - To waft over a river, عبورِ دريا كردن .

Wag, *s.* مسخره - بذله باز - بدباز - *v.* (*cause to move*) جنبانيدن - (*to move*) جنبيدن - To wag the tail, بصبص كردن .

Wage, *v.* جنگ آوردن - مبارزت ساختن - جهاد كردن .

Wager, *s.* شرط - گرو - بحث - *v.* شرط كردن - گرو بستن .

Wages, *s.* وظيفه - مواجب - علوفه - Yearly wages, ماليانه - Monthly wages, مشاهره - ماهانه - Daily wages, روزينه .

Waggish, *a.* شرير - بذله باز - ظريف - حريف .

Waggon, *s.* عرابه - عربه .

Wagtail, *s.* (*bird*) مريچه - شيتالنگ .

Wail, *v.* ناله كردن - زاري كردن - شكايت كردن - *s.* نالش - زاري .

Wailing, *s.* نالش - زاري - غريو - شكايت .

Waist, *s.* ميان - ميان تن - كمر .

Waist-coat, *s.* كرته - تونيمته .

Wait, *v.* (*stay, remain, delay*) ماندن - باشيدن - درنگ كردن - To wait for, انتظار كردن - منتظر شدن - To wait upon, ملازمت ساختن - خدمت كردن - (*to visit*) براي ملاقات رفتن .

Waiter, *s.* چاكر - نوكر - خدمتگار - ملازم .

Wake, *v.* بیدار شدن - از خواب بر انگیختن - بیدار کردن .
Wakeful, *a.* بیدار - بی خواب .
Walk, *v.* سیر کردن - مشي کردن *s.* سیر - گشت - (*gait*) رفتار - (*a place for walking for pleasure*) تفرج گاه - گلگشت . To walk out, بیرون رفتن - To walk on foot, پیاده رفتن .
Walker, *s.* سیر کننده - کوچه گرد .
Walking-stick, *s.* سر دسته - عصا .
Wall, *s.* دیوار - جدر - منقبت - The walls of a town, شهر بند - شهر پناه - The plastering of a wall, مهرهٔ دیوار *v.* از دیوار احاط کردن - از دیوار محکم ساختن .
Wallet, *s.* بغچه - زنبیل - جامدان - خورچین .
Walnut, *s.* گردگان - جوز .
Wander, *v.* (*wander about*) جابجا رفتن - گردیدن - پویدن - (*to go astray*) بیراه شدن - گمراه شدن .
Wanderer, *s.* سیر کننده - گردنده - (*vagabond*) رند - وبش .
Wandering, *ppr.* گردان - پویان - سیر کنان - (*in mind*) سر گردان - سر گشته . [moon, محاق, هلال .
Wane, *s.* (*decline*) زوال - نقص - The wane of the
Wane, *v.* کاستن - کمتر گشتن .
Want, *v.*(*long for*) آرزو داشتن - خواستن - (*to be in want of*) محتاج شدن - حاجتمند شدن - حاجت داشتن - (*to be deficient*) کم شدن - قاصر شدن - (*to be necessary*) ضرور شدن - درکار شدن .
Wanting, *a.* ناقص - نقیص - کم .

Wanton, *a.* شوخ - شوخ چشم - شهوتي - *s.* شوخي - يار باز .
Wantonness, *s.* شوخي - شهوت - هوا و هوس .
War, *s.* جنگ - کارزار - پيکار - نبرد - رزم - To make war, جنگ کردن .
Warble, *v.* سرائيدن - سرود کردن .
Ward, *v.* دفع کردن - دافع شدن - *s.* (*young person under guardianship*) يتيم - پرورده - (*of a city*) محله - The ward of lock or key, مدنگ - پره .
Warden, *s.* وصي - حافظ - راعي - حارس .
Wardrobe, *s.* توشه خانه - جامه‌دان .
Ware, *s.* جنس (*pl.* اجناس) - مال (*pl.* اموال) - متاع .
Warehouse, *s.* خانه اجناس - مخزن - انبار خانه .
Warfare, *s.* حالت جنگ .
Warily, *a.* [See Cautiously.]
Warlike, *a.* (*skilled in war*) جنگ آموز - نبزد آزما - (*military*) جنگي .
Warm, *a.* گرم - تابدار - A little warm, نيم گرم - (*fiery*) آتشي - (*ardent*) صاحب غيرت - A warm bath, گرمابه - *v.* گرم کردن - گرميدن .
Warmth, *s.* (*heat*) گرمي - تابش - حرارت - (*passion*) تيز مزاج - گرمي .
Warn, *v.* آگاهي دادن - خبر دادن - اطلاع کردن - پند دادن .
Warning, *s.* خبر - اطلاع - تنبيه - آگاهي .
Warp, *s.* تار - حبالت - *v.* کج شدن - پيچيدن .
Warrant, *s.* سند - فرمان - پروانه - حکم نامه .

Warrant, *v.* (*give authority*) فرمان گذار - استقلال دادن - خاطر جمع کردن (*assure*) - حکم دادن -کردن .

Warrantable, *a.* سزا -واجب -لازم - روا- جایز .

Warrior, *s.* ابرد آزما - پهلوان - غازي - بهادر - جنگي .

Wart, *s.* ثولول - زخ .

Wary, *a.* هوشیار - دور اندیش .

Was, *v.* بود - شد .

Wash, *v.* شستن - غسل کردن - *s.* رنگ آب - آب - سپیدآب .

Washerman, *s.* گاذر .

Wasp, *s.* زنبور .

Waste, *v.* (*consume unnecessarily*) ضایع کردن - اسراف کردن - بیجا خرج کردن - (*make less*) کم کردن - *s.* ویران - بي آباد - نامعمور - بیابان - کاستن .

Wasteful, *a.* مبذر - مسرف .

Watch, *v.* (*not to sleep*) بیدار شدن - (*to observe*) نگاه داشتن - (*to keep guard*) نگاهباني کردن - پاسباني کردن - (*to be vigilant*) آگاه شدن - *s.* (*period of the three hours*) پاس - (*turn of watching*) نوبت - (*forbearance from sleep*) بیداري - (*attention*) نگاهباني - A watch or clock, ساعت .

Watchful, *a.* بیدار - خبردار - هوشیار - آگاه .

Watch-maker, ساعت کننده .

Watchman, *s.* پاسبان - چوکي دار - نگاهبان .

Watch-word, *s.* شعار .

Water, *s.* آب - ما - (*lustre*) آب - Running water, آب روان - Salt water, شور آب - To draw water, آب کشیدن - Water-carrier, آبکش - سقا - A draught of water, دم آب - To pour out water, آب ریختن - To be full of water, میراب شدن . Water-closet, ادب خانه - آبخانه . Water-fowl, مرغابي . Water-lily, نیلوفر - Water-man, ملاح . Water-melon, تربوز - هندوانه - Water-mill, آسیا - دولاب - *v.* (*sprinkle with water*) آب پاشیدن - (*to supply with water for drink*) آب دادن .

Watery, *a.* آبدار - آبي - میراب .

Wave, *s.* موج (*pl.* امواج) - The dashing of the waves, طلاتم امواج - *v.* (*beckon by signal*) اشارت کردن - اینجا و انجا جنبان شدن - (*to play loosely*) غمز ساختن - (*put off for a time*) پس انداختن - برطرف کردن .

Waver, *v.* پس و پیش کردن - نا پایدار بودن - بي قرار شدن .

Wavering, *a.* مضطرب - نا پایدار - بي قرار .

Wax, *s.* موم - Sealing wax, طین مختوم - Wax-candle, شمع - *v.* (*cover with wax*) از موم مالیدن - (*join with wax*) با موم پیوستن - (*to grow*) افزودن .

Waxen, *a.* از موم ساخته .

Way, *s.* راه - ره - طریق - سبیل - رهگذار - (*method, manner*) روش - طریق - طور - A high way, شاهراه - طریق عام - A narrow way, راه تنگ - The Milky Way, کاهکشان - Showing the way, راهنما - Finding out the way, راهياب - To direct into the right way, راه نمودن - هدايت كردن - In a lawful way, بحسب الشرع - A carriage-way, عرابه راه - A footway, پا راه - A by-way, كوره راه - A long way off, بعيد دور - By way of recreation, از براي تنزّج - Which way? چگونه - چون - كجا - چه - Every way, بهرجانب - Which way soever, بهر طرف كه باشد - Out of the way, بي راه - In the way, در راه - (*hindering*) مانع و مزاحم - By the way, (*by the bye*) مرحبة - (*on the road*) براه - To be in the way, مانع شدن - To be on the way, براه بودن - To give way, راه دادن - Stand out of the way, دور باش - To lead the way, پيش رفتن - To go one's ways, رو براه نمودن - Half-way نيم راه.

Way-farer, *s.* راهرو - ابن السبيل.

Wayward, *a.* سركش - خودراي - گردنكش.

We, *pron.* ما - مايان.

Weak, *a.* كمزور - ضعيف - بي قوت - ناتوان - عاجز.

Weaken, *v.* كم زور كردن - ضعيف ساختن - ناتوان كردن - بي قوت كردن.

Weakly, *ad.* ضعيفا - بلا قوت - كم زورانه.

Weakness, *s.* كم زوري - ضعيفي - ناتواني - Weakness of mind, ضعيف العقل - Weakness of sight, خفش.

Wealth, *s.* دولت - زرداري - نعمت - غنا.

Wealthy, *a.* دولتمند - توانگر - غني - زردار - مالدار.

Wean, *v.* از پستان باز داشتن .

Weapon, *s.* آلت (*pl.* آلات) - سلاح .

Wear, *v.* (*wear out*) فرسودن - To wear down, پاییدن -
- وجه داشتن (*have the appearance*) - پوشیدن (*put on*)
(*to be consumed*) فرسودن .

Wearer, *s.* پوشاكدار - اهل لباس .

Weariness, *s.* ماندگی - بیزار .

Wearisome, *a.* تعب انگیز .

Weary, Wearied, *a.* مانده - افگار .

Weary, *v.* در ماندن - بیزار شدن .

Weasel, *s.* راسو .

Weather, *s.* (*state of the atmosphere*) حالت هوا -
(*season*) موسم - Open or serene weather, كشاده هوا -
Moderate weather, هوای اعتدال - Cloudy weather,
مسبل هوا - *v.* كشیدن - صبر داشتن . [ناپایدار]

Weathercock, *s.* باد نما - (*inconstant*) بیقرار - هرجای .

Weave, *v.* بافتن - نسج كردن .

Weaver, *s.* بافنده - A weaver's shop, دستگاه -
Weaver's paste, شوی - A weaver's treadle, پاچال
A weaver's shuttle, ماكوب .

Web, *s.* (*of cloth*) كرباس - قطعه پارچه - A spider's web,
پرده عنكبوت . Web-footed, وصل پا .

Wed, *v.* نكاح كردن - عروس كردن .

Wedding, *s.* نكاح - عروس .

Wedge, *s.* فانه - *v.* از فانه شگافتن - فانه بند كردن .

Wednesday, *s.* چهارشنبه - يوم الاربع .
Weed, *s.* خس .
Week, *s.* هفته .
Weekly, *a.* هر هفته - (*once a week*) در هفته يكبار .
Weep, *v.* گريستن - گريه كردن - زاري كردن .
Weeping, *ppr.* گريان - نالان - اشك ريزان .
Weigh, *v.* (*examine by balance*) سنجيدن - وزن ساختن - (*to be equal to in weight*) هم وزن شدن - (*examine in the mind*) بخاطر سنجيدن - انديشيدن - پنداشتن - (*to be of importance*) گران انديشه شدن - To weigh anchor, لنگر برداشتن - To weigh or bear heavy, ثقيل شدن - To cause to weigh, سنجانيدن - To weigh exactly, درست عيار كردن .
Weight, *s.* وزن (*pl.* اوزان) - بار - سنج - Of the same weight, هم وزن - (*gravity*) گراني - سنگيني - (*authority*) قدرت .
Weighty, *a.* (*heavy*) سنگين - گران - (*important*) گران - مهم - لازم .
Welcome, *a.* (*grateful*) پسند - دلپزير - مقبول - To welcome, خير دعا گفتن - مبارك باد گفتن - To be welcome, خوش آمدن - تهنيت يافتن - A welcome, خير مقدم - Welcome! خوش آمدي .
Welfare, *s.* بهبودي - بهتري - خيريت - ترقي - اقبال - سعادت - دولت .
Well, *s.* چاه - چه - بير (*pl.* ابار) .

Well, *a.* خوش - بخير - تندرست - بختيار *(happy)* - مبارك - To be well or well disposed, خاطر خوش شدن - To be well (*in a good situation*) خوش حال شدن - To be or grow well (*recover from sickness*) بيمار خيز شدن - شفا يافتن - *ad.* خوش - خوب - نيك - Very well, بسيار خوب - To wish well *(to another)* خير خواه شدن - As well as, هم - چنان - همچنانكه - Well-nigh, نزديك . Well-born, پاك نژاد - نيك اصل . Well-bred, خوش خلق - نيكخوي . Well done, شاباش - واه واه - آفرين . Well-wisher, خير خواه - نيك خواه .

Wench, *s.* كنيز - غلام - صبيه .

West, *s.* مغرب - غروب .

Westward, *ad.* بسوي غروب - بطرف مغرب .

Wet, *a.* تر - رطب - آبدار - A little wet, نمناك - *v.* رطب كردن - تر كردن .

Wetness, *s.* تري - رطوبت .

Whale, *s.* حوت .

Wharf, *s.* فرود گاه - پشته .

What, *pron. int.* چه - In what shape ? چه گونه - Of what sort ? از چه قسم - To what end ? چه معني - What is it ? چيست - What can I do ? چه كنم - In what state ? بچه حال - In what place ? كجا - At what time ? چه وقت - Whatever, هرچه - هرانچه .

Wheat, *s.* گندم - *(boiled)* كشكك .

Wheedle, *v.* شيرين زباني گفتن - نوازش كردن .

Wheel, *s.* چرخ - چرخه - دولاب - A spinning-wheel, چرخ.
Wheel, *v.* گردیدن - دور رفتن - A wheeled carriage, گردون - عرابه. Wheelwright, چرخکار - عربه گر.
Whelp, *s.* *(young dog)* سگچه - *(young one)* بچه.
When, *ad.* *(at the time that)* چو - چون - وقتی که - پس آنگاه - *(after the time that)* چون - آن زمان - When? کی - چه وقت - کدام وقت - Just when, همان ساعت. Whenever, هرگاه که - هربار.
Whence, *ad.* *(from what place)* از کجا - از چه طرف - *(from what person)* از کدام - *(from what cause)* از چه سبب - *(consequently)* ازان سبب.
Where, *ad.* کجا - کدام جا - کو - Whereabouts, کجا - Whereas, چون - از آنجا که - Whereat, از آن - بر آن - Wherefore, چرا - از برای آن - از آن جهت - Wherein, در چه - بچه. Whereof, از که - ازچه - Whereon, بر آن - بعدازان - Wherever, هرجاکه - هرکجا.
Whet, *v.* تیز کردن - تیز مزاج کردن.
Whether, *pron.* یا این یا آن - Whether or not, خواه‌مخواه
Whetstone, *s.* سنگ فسان.
Whey, *s.* آب شیر.
Which, *pron.* *(relative)* که - چه - That which, آنچه - آنکه - Till which time, تا آنکه - Which? *(interrogative)* کدام.
While, *ad.* مدتی - A long while, مدت مدید - Somewhile, چندی مدتی - A little while, مدت قلیل - A little while

ago, اندک پیشتر . In the mean while, در این اثنا.

Whilst, *ad.* مادام - تاکه .

Whim, *s.* خیال - موج .

Whimsical, *a.* خیالي - متخیّل

Whip, *v.* تازیانه زدن - شلاق کردن .*s.* تازیانه - چابك - قمچي.

Whirl, *s.* گردش - دور . Whirlpool, گرداب - ورطه .
Whirlwind, گردباد - دیو باد .

Whisker, *s.* بروت - شارب .

Whisper, *v.* آهسته گفتن, سخن - با آهستگي گفتن - زیرلب گفتن .

Whisperer, *s.* آهسته گو سخن .

Whispering, *s.* آهسته سخن - *(slandering)* اثو - *(the sound of)* هدهد .

Whistle, *v.* مقلیدن - صفار کردن - *s.* صفار - صفیر .

White, *a.* سفید - سپید - ابیض - The white of the eye, سپیدي چشم - The white of an egg, بیاض بیضه .
White-ant, ارضه - دیوك . White-lead, سپیده - اسفیداج .

Whiten, *v.* سفید کردن .

Whiteness, *s.* سپیدي - سفیدي - بیاض .

Whitewash, *s.* سپید آب .

Whither, *ad.* کجا - بکجا .

Whitlow, *s.* درد ناخن - داحس .

Who, *pron. (relat.)* که - He who, آنکه - Who ? *(interrog.)* که.
Whoever, هر که - هرانکه . Whosoever, هرکه .

Whole *a.* مسلّم - بي عیب - درست - تمام .

Whole, *s.* جمله - همگي - (*all*) - كل - تمام - Upon the whole, في الجملة - القصه - العرض - كلام، حاصل.
Wholesome, *a.* موافق - نافع - شفا .
Wholly, *ad.* بالكمال - كاملاً - بالتمام - بالجملة .
Whom, *pron.* كرا - كه اورا .
Whore, *s.* روسپي - فاحشه - *v.* زنا كردن - بحرام رفتن .
Whoremonger, *s.* روسپي پاره - زناكار - دغل‌زن .
Whose, *pron.* كرا .
Why, *ad.* چرا - براي چه - بچه سبب .
Wick, *s.* فتيل - فتيله .
Wicked, *a.* بد - بدكار - زبون - شرير - فاسد .
Wickedness, *s.* بدي - بدكاري - بد عملي .
Wicker, *s.* شاخ - (*basket*) گريان.
Wicket, *s.* باچه - دريچه - درقت .
Wide, *a.* (*broad*) عريض - پهنا - (*extensive*) كشاده - واسع - فراخ - (*remote*) دور - بعيد .
Widely, *ad.* واسعاً - عريضاً - دوراً .
Widen, *v.* عريض كردن - پهنا كردن - فراخ كردن .
Wideness, *s.* وسعت - كشادگي .
Widow, *s.* بيوه - بي شوهر .
Widower, *s.* عزب - بي زوج .
Widowhood, *s.* بيوگي - حالت بيوه .
Width, *s.* (*breadth*) پهن - پهنائي - عرض - (*extensiveness*) كشادگي - فراخي .
Wield, *v.* بر كشيدن - خطر كردن .
Wife, *s.* زوجه - زن - عورت - To take a wife, زن كردن - نكاح كردن [.

Wild, *s.* (*not tame*) نا دست آموز - جنگلي - وحشي - (*desert*) ويران - خالي - (*in a state of uncultivated nature*) صحراي - غير معمور و آباد - (*uncivilized*) - ناپايدار - بي قرار (*irregular*) - نادان - بي ادب (*profligate*) - گردنكش - سركش (*imaginary*) - خيالي - متخيل - A wild beast, سبع - وحشي .

Wilderness, *s.* صحرا - ويرانه - جنگل - بيابان .

Wildly, *ad.* (*fiercely*) با وحشت - (*without cultivation*) بلا زراعت - (*without cultivation of mind*) - بي تربيت (*with perturbation of mind*) با اضطراب - (*without meaning*) بي معني - (*thoughtlessly*) غافلانه - بي فكر .

Wile, *s.* حيله - مكر - فريب .

Wilful, *a.* خود راي - سركش - عناد - خود سر .

Wilfully, *ad.* سركشانه - با خود سري - (*by design*) قصداً - ديده و دانسته .

Will, *s.* مرضي - رضا - اراده - مراد - آرزو - خواهش - A will, وصيت - The divine will, رضاي حق - قضا - Good-will, خير خواهي - (*right intention*) راستي - Free will, حسن اراده - Ill will, بد خواهي - Against one's will, نا خواه - بي اختيار - *v.* اراده داشتن - خواستن - (*command*) فرمودن - فرمان دادن .

Willing, *a.* راضي - خوش - رضامند - آرزومند .

Willingly, *ad.* با اراده - با اختيار - بدل و جان - بسر و چشم .

Willingness, *s.* رضامندي - آرزومندي - خوشنودي .

Willow, *s.* بيد - غرب .

Wily, *a.* روبه باز - حیله باز .

Win, *v.* اندوختن - غالب شدن - *(at chess)* مات دادن - *(at cards)* خلال دادن .

Wind, *s.* باد - هوا - A violent wind, باد شدید - A gentle wind, باد لطیف - صبا - A favourable wind, باد موافق - A contrary wind, باد مخالف - Wind from the stomach, باد شکم - ضرط - Swift as the wind, باد پا - باد رفتار - A blast of wind, لفحت - To blow as the wind, وزیدن - باد زدن - *v. (with a wheel)* ریستن - *(twine)* پیچ کردن - تافتن - To wind up a clew, دسته تاب کردن - To wind a horn, نفیر زدن - To wind گردیدن - *(move round)* گردانیدن - گرد کردن - *(roll)* گردانیدن - To wind as a river, پیچیدن .

Windfall, *s.* *(fallen fruit)* میوه افتاده - *(an accidental acquisition)* خداداد - بادآورد . [کفن .

Winding, *s.* *(of a river, &c.)* پیچش - A winding sheet,

Windlass, *s.* گردون - Windmill, آسیاء باد - Windward,

Window, *s.* دریچه - غرفه - روزن . [بسوی باد .

Windpipe, *s.* نای گلو - نای - حلقوم .

Windy, *a.* باد دار - هوا دار - ریحدار .

Wine, *s.* شراب - می - باده - خمر - Pure wine, شراب ناب - Strong wine, باده مست - Diluted wine, شراب بی کیف - To drink wine, باده نوشیدن - می خوردن .

Wing, *s.* بال - جناح - پر - Fluttering the wings,

بال زدن - The wing of an army, اياد, لشكر - The right wing, ميمنت - The left wing, ميسرت .

Winged, *a.* بال‌دار - بالور - جناحدار .

Wink, *v.* (*shut the eyes*) چشم بند كردن - پلك زدن - (*twinkle with the eyes*) چشم پريدن - To wink or tip the wink, چشم زدن - غمز كردن – To wink or connive at, چشم پوشي كردن - نازيدن - *s.* غمز - طرفت العين - رمزِ چشم .

Winner, *s.* كاسب - سود گير - غالب .

Winning, *a.* (*attractive*) دلكش - دلاويز - خاطر گير - خوب - لطيف .

Winnow, *v.* غله را در هوا افشاندن .

Winter, *s.* سرما - زمستان - شتا - *v.* زمستان را گذرانيدن, موسم .

Wipe, *s.* مسح ساختن - ماليدن - (*make clean*) پاك كردن - To wipe the hands, مناوشت ساختن - To wipe the nose, بيني را پاك كردن - To wipe out, محو كردن .

Wire, *s.* تار - رشته . Wire-drawer, تاركش - تارساز .

Wisdom, *s.* دانش - دانائي - ادراك - زيركي - فهم - شعور - عقل - حكمت .

Wise, *a.* عقلمند - دانشمند - خردمند - عاقل - دانا .

Wise, *s.* (*manner*) طرح - وجه - طور .

Wiseacre, *s.* احمق .

Wisely, *ad.* عاقلانه - باعقل - با حكمت .

Wish, *v.* خواستن - آرزو كردن - مراد كردن - اراده ساختن - راغب شدن *s.* خواهش - راغب - تمني - آرزو - خواه .

Wishful, Wishing, *a* آرزومند - اراده دار - (*in compos.*) راغب - خواه .

Wit, *s.* (*powers of the mind*) زيركي - ظرافت - خرد - صاحب لطيف - ذهن - عقل - طبيعت - A man of wit, خردمند - زيركي - Wits (*sound mind*) هوش - عقل - To be in one's wits, عقلدار شدن - To be out of one's wits, مجنون شدن .

Witch, *s.* ساحره .

Witchcraft, *s.* سحربازي - جادوگري .

With, *pr* با - مع - همراه - به .

Withal, *ad.* هم - نيز . [برگشتن .

Withdraw, *v.* (*take back*) باز گرفتن - (*retire*) باز رفتن -

Withdrawal, *s.* بازگرفتگي .

Wither, *v.* پژمرده كردن - افسردن - پژمردن .

Withhold, *v.* واپس داشتن - وا داشتن - باز داشتن .

Within, *pr. ad.* اندر - اندرون - در - Within two or three days. در عرصه دو سه روز .

Without, *pr.* (*not within*) بيرون - برون - (*wanting*) بيدون - بغير - بي - *con.* (*unless*) بجز - بغير - مگر .

Withstand, *v.* مانع شدن - اعتراض ساختن - مقاومت كردن .

Witness, *s.* شاهد - گواه - *v.* گواهي دادن - شهادت كردن .

Witty, *a.* تيز فهم - مزه‌دار - يافه گو - ظريف .

Woe, *s.* اندوه - الم - غم - افسوس - دريغ - غم زده - دلفگار - غم خور - دردناك - (*paltry*) حقير - دني .

Wolf, *s.* گرگ - ذيب .

Woman, *s.* زن (*pl.* زنان) - عورت (*pl.* عورات) - نسا - A married woman, - کدبانو- خاتون - A young woman, دوشیزه - A divorced woman, زن, مطلوق - A pregnant woman, زن, باردار - A barren woman, استرون - An old woman, عجوز - پیر زن .

Womanly, *ad.* زنانه - عورت, لایق - زن آسا .

Womb, *s.* رحم - زهدان - آبستن .

Wonder, *s.* عجب - تعجب - حیرت - شگفت - معجز .

Wonder, *v.* متعجب ساختن - عجب ماندن - حیران شدن .

Wonderful, *a.* عجیب - عجایب - حیرت انگیز - نادر .

Wont, *v.* عادت داشتن - قاعدة گرفتن - استعمال داشتن - *s.* عادت - استعمال .

Wonted, *a.* موافق, استعمال - معتاد .

Woo, *v.* عشق نمودن - ناز و نیاز کردن .

Wood, *s.* چوب - Fire-wood, هیزم - Wood of aloes, عود - A block or log of wood, گندهٔ هیزم - (*forest*) درختستان - جنگل . Woodman, هیمه شکن - چوب فروش .

Wood-pigeon, *s.* کبوتر جنگلی .

Woof, *s.* (*of a web*) پود - مدات - The woof, استیچی .

Wool, *s.* پشم - صوف - To card wool, حلج کردن - پشم زدن - To shear wool, پشم بریدن .

Woollen, *a.* پشمین - صوف .

Woolly, *a.* (*bearing wool*) پشمدار - (*resembling wool*) مثل پشم - (*covered with wool*) با صوف پوشیده - (*having the quality of wool*) پشمي .

Word, *s.* سخن - کلمه - لفظ - لغت - In a word حاصل الکلام - Not a word! خاموش - Word by word, کلمه بکلمه - لفظ بلفظ.

Work, *s.* کار - کردار - عمل - معامله - امر - فعل - He was at work, بکار مشغول بود - Skilful at work, کار آزموده - Performing work, کارکنان - کار گذار.

Work, *v.* کار کردن - عمل کردن - معامله کردن - *produce an effect*) اثر کردن - (*prevail upon*) انگیختن - متوجه کردن - To work out, از جد و جهد کردن - (*erase*) محو کردن - To work up (*irritate*), غضبناک ساختن - (*stimulate*) تحریض کردن - To set on work, کار دادن.

Workman, *s.* کارگذار - کارگر - صناع - کسبی.

Workmanship, *s.* کارگری - دستکاری - کردار - صنعت.

World, *s.* جهان - عالم - دنیا - گیتی - روزگار - زمانه.

Worldly, *a.* (*relating to the world*) دنیوی - (*attached to worldly things*) دنیا پرست - طمعکار - Worldly goods, مال دنیوی - A worldly-minded man, زمانه پرست.

Worm, *s.* کرم - دود - The silk-worm, دود الحریر - The glow-worm, کرم شبتاب - A tree-worm, قادحه - A dung-worm, مگس. Worm-eaten, کرم خورده - رمیم.

Wormwood, *s.* افسنتین.

Worn, *pp.* مسحوق - مایده - فرسوده - کهن.

Worry, *v.* [See Harass.]

Worse, *a.* بدتر - زبونتر - To make worse, بدتر کردن - To grow worse, بدتر گردیدن.

Worship, *s.* - مجده - طاعت - عبادت - پرستش
The worship of one god, توحید - Divine worship, عبادت خدائي - A place of worship, پرستشگاه - عبادتگاه *v.* پرستیدن - پرستش کردن - عبادت نمودن .

Worshipful, *a.* واجب الرعایت - مستوجب التعظیم .

Worshipper, *s.* پرستنده - (*in compos.*) پرست - A worshipper of God, خدا پرست - A worshipper of idols, بت پرست - A worshipper of fire, آتش پرست - A worshipper or admirer of himself, خود پرست .

Worst, *a.* بد ترین - زبونترین *v.* شکست دادن - شکستن .

Worsted, *a.* شکسته - مغلوب - *s.* (*spun wool*) پشم ریشته .

Worth, *s.* (*price, value*) قیمت - ارزش - بها - (*excellence*) فضل - فضیلت - لیاقت - شرفیت . (*equal in price*) همقدر - همبها - همسر . [خاکسار] .

Worthless, *a.* بی قدر - نا بکار - ناکس - حقیر - نامزا -

Worthy, *a.* (*deserving*) مزاوار - مستحق - واجب - لایق - مزا - روا - (*suitable, proper, becoming*) لایق - شایسته - واجب .

Wound, *pp.* گردانیده - پیچیده - بدمسته پیچیده .

Wound, *s.* زخم - جراحت - ریش - خستگي - A mortal wound, زخم مهمناک *v.* زخم کردن - جراحت دادن .

Wounded, *pp.* زخم یافته - زخمدار - ریشدار - To be wounded, زخم خوردن .

Wrangle, *v.* قضیه کردن - مناقشه کردن - خصومت کردن - *s.* قضیه - مناقشه .

Wrangler, *s.* قضيه كننده - اهل خصومت .

Wrap, *v.* لفافه كردن - ملفوف كردن - To wrap in a winding sheet, تكفّن كردن .

Wrapper, *s.* (*one that wraps*) لفافه كننده - ملفّف - *s.* (*that in which any thing is wrapped*) لفافه .

Wrath, *s.* قهر - غضب - خشم .

Wrathful, *a.* غضبناك - خشم گين - پر قهر - قهر آلود .

Wreak, *v.* انتقام بردن - كين گذار شدن .

Wreath, *s.* پيچ - (*garland*) تاج گل .

Wreathe, *v.* پيچيدن .

Wreck, *s.* تباهي - هلاكي - غارتي - (*of a vessel*) شكستگي - *v.* تباه كردن - خراب كردن - شكستن .

Wrench, *s.* مرور - پيچ - *v.* پيچيدن - تافتن .

Wrest, *v.* بزور گرفتن .

Wrestle, *v* كشتي كردن - زور زدن - مصارعت كردن .

Wrestler, *s.* كشتي گر - كشتي باز - پهلوان .

Wretch, *s* كم بخت - بدبخت - بي چاره - غريب .

Wretched, *a.* بي نصيب - بي كس - آشفته - پريشان .

Wretchedness, *s.* كم بختي - بد بختي - پريشاني - سوريدگي .

Wrinkle, *s.* چين - شكن - پيچ .

Wrist, *s.* پنجه - سر دست .

Writ, *s.* طلب نامه - دستك - پروانه .

Write, *v.* نوشتن - رقم كردن - تحرير كردن - نگاشتن .

Writer, *s.* نويسنده - راقم - متصدي - كاتب .

Writing, *s.* (*composition*) انشا پردازي - تقرير - تصنيف [illegible] (*instrument*) قبالة - كاغذ - نوشت خواند -) [illegible] *compos.*) نامه .

Wrong, *a.* نقصان - ضرر - قباحت - بي انصافي - تعدي [illegible] ظلم - ناحق - نا درست - نا مناسب .

Wrongfully, *ad.* بي انصاف .

Wry, *a.* كج - نا راست .

Y.

Yacht, *s.* پرنده - صلعت .

Yard, *s.* (*enclosed ground adjoining a house*) حيط - حيز - ميدان بيت - A yard before a house, پيشگاه - پيشطاق - A back - yard, كره دان - A court - yard in inns, &c., بارگاه - A yard (*measure of length*) زراع - گز - اندازه .

Yarn, *s.* تار - پود .

Yawl, *s.* بوصي .

Yawn, *v.* فسار كردن - دهن كشادن - دهن دره كردن - *s.* فسار - دهن دره .

Ye, *pron.* شما .

Year, *s.* سال - سنه - A solar year, سال شمسي - A lunar year, سال قمري - This year, امسال - Another year, سال ديگر - Last year, سنه سابقه - The new year, نو روز - One year old, يكساله .

Yearly, *a.* (*every year*) هرسال - هرسنه - سنوي - (*lasting a year*) سال دوم - *ad.* بهر سال .
Yearn, *v.* مرحمت داشتن - شفقت داشتن .
Yell, *s.* عربو - *v.* عربو زدن .
Yellow, *a.* زدن - اصفر - Of a deep yellow, زرده زرد
A wood for dying yellow, زرده چوب - To be yellow, زرد شدن - To make yellow, زرد ساختن .
Yellowish, *a.* زرد چرده - زردفام .
Yelp, *v.* نبح کردن .
Yes, *int.* بلي - آري .
Yesterday, *a.* دي - ديروز - Yesterday evening, دوش.
Yet, *con.* اما - ليلن - وليك - (*hitherto*) هنوز - تااين وقت
(*over and above*) بلا - فوق - (*besides*) دگربار - (*again*)
باري - (*after all*) اخرالامر - پس .
Yield, *v.* (*produce*) محصول نمودن - تحصيل كردن - (*to exhibit, to view*) نمودن - (*grant permission*) اجازت دادن -
رخصت نمودن - (*to give up*) تسليم كردن .
Yoke, *s.* (*for oxen, &c.*) ربت - يوغ - لير - *v.* يوغيدن.
Yokefellow, همباز - همكن .
Yolk, *s.* زرد بيض .
Yon, Yonder, *ad.* آنها - درآنها - اينك .
Yore, *s.* زمان .
You, *pron.* شما .
Young, *a.* جوان - تازه - خرد سال - *s.* بچه .
Your, *pron.* شما - شمارا . Yourself, شما خود .
Youth, *s.* جوالي - شباب - Early youth, بلوغ - طفولت.

Zeal, *s.* حسّ غیرت

Zealot, *s.* صاحب غیرت

Zealous, *a.* ذو غیرت

Zend Avesta, *s.* ژند

Zenith, *s.* سمت الراس

Zephyr, *s.* باد صبا

Zero, *s.* نقطه

Zest, *s.* مزه - *v.* دادن

Zigzag, *a.* پیچیده

Zinc, *s.* روی

Zodiac, *s.* منطق البروج

Zone, *s.* میان بند - کمر

The torrid zone, منطقت محروقت - منطقت مبرودت

The temperate zone, منطقت معتدلت

Zoroaster, *s.* زردشت